乔典运全集

黑洞

乔典运 著

中篇小说卷

河南文艺出版社
·郑州·

图书在版编目（CIP）数据

黑洞 / 乔典运著. -- 郑州：河南文艺出版社，2025.5.
--（乔典运全集）. -- ISBN 978-7-5559-1779-3

Ⅰ. I247.5

中国国家版本馆 CIP 数据核字第 20254ZU879 号

总 策 划　　许华伟
选题策划　　陈　静
责任编辑　　李　辉
责任校对　　赵红宙
装帧设计　　吴　月

出版发行　　河南文艺出版社
社　　址　　郑州市郑东新区祥盛街 27 号 C 座 5 楼
承印单位　　郑州新海岸电脑彩色制印有限公司
经销单位　　新华书店
开　　本　　700 毫米 × 1000 毫米　1/16
印　　张　　28.25
字　　数　　328 000
版　　次　　2025 年 5 月第 1 版
印　　次　　2025 年 5 月第 1 次印刷
总 定 价　　980.00 元（全 7 册）

印厂地址　中国河南省郑州市管城回族区南曹街道金岱工业园鼎尚街 15 号
邮政编码　450000　　电话　18695899928

乔典运（1929.3—1997.2），河南省南阳西峡县五里桥乡人。当代著名作家，曾任河南省作家协会副主席，南阳市文联副主席、南阳市作协主席，西峡县文联主席。国家有突出贡献专家，河南省优秀专家。

1955 年开始发表作品，共计二百余万字。代表作有短篇小说《满票》《村魂》《冷惊》等，中篇小说《黑洞》《小城今天有话说》等，长篇小说《金斗纪事》《命运》，其中《满票》荣获第八届全国优秀短篇小说奖。多篇作品被译成英、德、日、法、阿拉伯文。

下乡。1982 年 5 月摄

下乡途中，乔典运（中）遇到山区孩子。1982 年 5 月摄

在田间地头、瓜棚里，乔典运和农民拉家常。1986 年摄

短篇小说《村魂》创作期间，乔典运（右）回到西峡县五里桥镇，和农民张恒吕交谈。1983年秋摄

在灌河边，乔典运（左）和群众聊天。1986年春摄

乔典运（中）回到老家北堂村，和乡亲们拍闲话。1984 年摄

目　录

香与香

五爷香过。

后来,五爷臭了。

五爷又香了。

五爷是初级社的饲养员,把牛喂得很肥很肥,肥得浑身像披了缎子,摸着溜溜光,比老婆的肚子还光还滑。五爷的老婆很漂亮,给保长当过丫鬟,保长的丫鬟不会不漂亮的。人们都说,保长不是吃素的,丫鬟长得这样漂亮,放到谁身边谁也不会不那个的,一定叫保长那个过。五爷不信,五爷很亲老婆,喂牛有了空就回家和老婆玩。五爷没读过书,不会细玩,只会粗玩,为了能把亲劲使出来,就抱着老婆从房子这头走到房子那头,来回走,走一步亲一下,亲得嘣嘣响。这是真的。不少人偷偷看过,数过,说是从房子这头到那头亲了二十一下。五爷除了亲老婆就是亲牛,比亲老婆还亲。冬天里,母牛生了小牛。五爷叫花老婆守空房,自己在饲养室陪着牛住,怕牛冻着,把被子搭在牛身上。老婆给他送饭,五爷吃一半留一半叫牛吃了。五爷又冷又饿,牛又暖又饱。五爷瘦了,母牛小牛肥了。五爷的事上级知道了,就表扬他,选他当模范,叫五爷坐汽车坐火车去省里开会,住在高楼里,还叫吃香的喝辣的,还叫和省长握手。五爷记得,省长的手和棉花絮一样,几十年过去了,五爷的手心里还感觉着有团棉花。五爷从省里回来时光彩得很,县长接,乡长接,一路敲锣打鼓,还放鞭炮,和迎神一样风光。五爷在省里县里吃的喝的都变成了眼泪,流了一路,一直流到家里。五爷抱着老婆又哭,哭得很动心,五爷说,从今往后咱们不玩了,得把心思都使在牛身上,要不咱们就不算人了。老婆听着也哭,老婆说,我帮你。想想从前比比现在,要不是新社会还能有咱们?麦米都有个心,咱不能得恩不报。

五爷的福太多了。老婆给五爷生下个白胖白胖的儿子,五爷喂的牛给社里生下个活蹦乱跳的小牛,双喜临门。贺喜的人成群结队,连县委书记都来了,连县长都来了,来了不是先到支书家里,来了就一头扎到五爷家里,和五爷又说又笑,亲得不出五服。这还不说,县长还给五爷烧锅,县委书记给五爷的儿子起名,书记说,叫个爱社吧。五爷说,可好。五爷的老婆说,起到俺们心窝里了,长大了叫他爱社爱一辈子。村里谁家有过这么大的洪福?人们像看大戏一样围着看,看得乱咂嘴,都说五爷算是洪福齐天了。支书李老三来请书记县长去吃饭,书记乱摆手,县长乱摆手,说,你走吧,你走吧,我们就在这里吃了。李老三的饭菜白准备了。书记不给脸,县长不给脸,五爷也忘了给脸,没留李老三和书记、县长一同吃。李老三没劲地走了,惹得看热闹的人哈哈笑了,笑得李老三脸红了。李老三心里很不是味,这村里到底谁大?日他个妈,喂牛的成了正房,当支书的倒成了偏房,成了小老婆,喂牛的脸比锅笼还大,支书的脸成了屁股,这算谁家的天下?李老三好气,回去把准备好的饭菜倒给狗吃了。

五爷照样亲牛,给月子老婆做一碗鸡蛋丝面疙瘩,老婆倒给母牛半碗,实怕小牛没奶吃。村里人说,五爷两口子把自己当成牛了,把牛当成自己了。五爷笑,老婆笑,说,儿子和小牛一样,手背手掌都是肉,都连心。儿子长,小牛长,一天一个样,五爷盼着都快点长。五爷盼着盼着,突然母牛死了,好好地死了,没病没疾死了。五爷比死了亲爹亲妈还伤心,哭得死死活活,头直往墙上碰,碰得满脸是血,骂自己对不起这个对不起那个,对不起了一大堆还要对不起。五爷要求查查牛咋死的,支书李老三说,你放心,会查清的。社里找来兽医,兽医把牛开肠破肚细细查看,牛肚里有几根针,缝衣裳的针,原来是阶级敌人下的毒手。谁是敌人?村里穷,没有地主,没有富农,敌人是谁?支书李老三如临大敌,天天找积极分子开会,天天吃着香喷喷的死牛肉,又是调查又是分析,很是神秘了一阵子,很是严肃了一阵子,个个熬得眼屎成堆,死牛的肉吃完了,敌人也找出来了。别的还有谁?是五爷,是五爷的老婆。五爷给保长当过长工,是保长的狗腿子;五爷的老婆叫保长那个过,一日夫妻百日恩。五爷和老婆睡在床上能不说悄悄话,说啥?念诵保长的好处,说共产党的坏话,说保长叫枪毙了,说他们的主子可怜。五爷积极,不假;五爷的老婆积极,不假。看不假可假大了,驴屎蛋外面光,都是伪装的。不假装积极咋能混成劳模,不混成劳模咋能破坏,不破坏咋为保长报仇?不醉假装醉,这事谁不会?李老三这么那么一讲两讲,本来就很觉悟的村民们擦亮了眼睛,如同大梦初醒恍然大悟了。是啊,老早都看他俩积极得不像个人样,人嘛,谁能没一点私心,看着没一点私心的人私心才最大哩。会装,装得真像,把县长都哄住了,把省长都哄住了,差一点叫他把社会主义推翻了。五爷说话间成了阶级敌人,啥滋味就不用说了。五爷不想当敌人,五爷赌咒发誓,说他真心实意热爱社会主义,说他真不是敌人,说他冤枉,说他报恩都报不完哩,咋能想推翻社会主义? 五爷痛哭流涕。谁信? 狗嘴里吐不出象牙,听敌人的话要会听,得反着听。他说他热爱,一定是仇恨。他说他报恩,一定是报仇。别看他哭,他心里是在笑,笑广大群众是二百五,好哄。敌人不打是不倒的,扫帚扫不到灰尘是不跑的。人们想想是这个理,个个红了眼,个个摩拳擦掌,个个吼天吼地。日你奶奶,可叫你坐汽车坐火车,可叫你住高楼吃香的喝辣的,可叫你和省长握手,可叫你比香油还香! 不怕不招,五爷招了,说牛是他害死的。五爷美了,去住不掏钱的房子了。五爷走了,还有五爷的老婆。你说,你说,说说和保长那个过几回? 和保长那个比和老百姓那个咋美? 五爷的老婆说没有和保长那个过,人们不过瘾,不信,非要叫她说说和保长咋那个,说只要她说了咋那个就没事了。五爷的老婆顽固不化死不开口,五爷的老婆上吊了。日他妈,啥是不想活了,是想她的老相好保长哩,又去找保长那个了。五爷的老婆走了,还有儿子,爱社才两岁,饶了,外婆来抱走了。

爱社慢慢长大了,大到上小学了。成了学生就该说说家庭出身了,就该说说社会关系了,不用三说两说,爱社就和保长挂上了。老师知道了,学生娃知道了,知道爱社的爹是保长的狗腿子,知道爱社的妈叫保长那个过,爱社就继承了反革命的任务。和爱社一般大的小革命们被发动起来了,就常常举着小红本斗爱社这个小反革命。小革命们的感情被泼上了油,被点着了火,熊熊烧着,往爱社脸上吐口水,骂他,打他,踢他,叫他请罪。爱社从小就知道了人是什么,爱社常常想死又没死。外婆说,活着,你死了人家高兴。爱社不想叫人们高兴,爱社就活下来了。

爱社活得很可怜,爱社活得也很实在,别人天天革命,爱社不得革命就天天读书,读没毒的书,读写汽车的书,读写收音机的书,读写盖房子的书,见啥读啥。爱社长大了就偷偷跑了,天南地北混世界,讨饭,烧窑,修伞,修锁,修各种机器,啥都干,啥都干不长,干几天就换个地方,换个工种,怕人家摸住他的底细。后来,爱社听说爹爹释放了,爱社就没明连夜赶回来了。爱社看见爹就叫了声爹,五爷听见叫爹就哭了,哭得很痛很痛。五爷说,他不配当这个爹,都怨他这个爹害得爱社从小就受苦受罪。爱社也哭了,哭着不叫爹说,哭着不叫爹哭。爱社说,你是我爹,不比别人的爹差,别人咋说我不嫌弃,我啥都知道。爱社啥不知道,外婆天天说爹是好人,说爹是叫坏人害了,说爹冤枉得很。外婆临咽气时还拉住爱社的手,叫他给妈报仇,叫他给爹报仇。爱社记着外婆的话。爱社看爹还在哭,爱社就说,爹,咱别哭了,咱越哭别人越笑,别人笑得够多了,咱为啥还要叫别人笑?五爷就忍住不哭了。

五爷种地,爱社种地,承包的地丰收了。五爷只想着好好过日子了。五爷想错了。这天热得很,五爷搬个小椅子在村头大树下歇凉,村里人都在这里歇凉,人们说说笑笑,五爷自知身份低下,只歇凉不开口。李老三来了,李老三已经不当支书了。李老三四下看看没地方可坐了,就很随便地踢了五爷一脚,说,起来!起来!五爷看看他,五爷想,我坐我的椅子凭啥叫我起来?五爷想是这样想,可没敢说出口。李老三乜斜着五爷,嘿嘿笑笑说,咋啦,还不服?五爷只好站起来了,连小椅子也不要了,跟跟跄跄往家跑去。五爷听见身后一阵戏笑声:也不想想自己是啥人,还想往人场里钻。五爷回到家里就哭了,被子包住头哭。五爷才明白,在押犯人和释放犯人除了在押和释放不同,到底都是犯人,到死都是犯人,犯人这张皮到死也脱不掉了。五爷越想越伤心,自己本来是社会主义的根子,为啥非要叫自己当社会主义的敌人?五爷到现在还不知道牛肚里的针的来历,是谁把针放到牛草里叫牛吃下去的?五爷把村里的人想了千遍万遍,想不起得罪过谁。五爷倒是想过一个人,只想个开头就不敢想了,就埋怨自己不该有这个想法,他怎么会呢。五爷破不开这个谜,五爷也不敢去破,因为五爷承认过针是自己放的,不光承认还摁过指印,翻案会罪上加罪。五爷想这个谜只怕永远是谜了,自己永远是犯人了。五爷想起李老三踢自己的这一脚,痛倒不痛,只是和踢狗一样随便,自己还有啥脸活人,不如死了算了。五爷用被子蒙住头不吃不喝。爱社急了,爱社不怨爹不怨别人,爱社说,都怨我没本事,人们才敢把我的爹不当人看。日他奶奶,我就不信一个人能十七老十七,能十八老十八,我要不叫人们向我叫爹、向我爹叫爷,我就不活人了!五爷听爱社说到这个地步才不哭了。

政策好了,爱社在大路边开了个修理铺,修手电,修锁,修自行车,修拉车,修拖拉机,修汽车,修电器,啥都修,啥都会修,修得还好。爱社没少挣钱。爱社心狠,要钱死狠死狠,狠得五爷都怕。五爷亲眼看见的,一辆汽车坏了,不会跑了,爱社只摸了一下又会跑了。司机说,谢谢。爱社说,不用谢,谢啥?爱社说着递给司机一张条子,司机看看条子吓了一跳,说,摸一下就要一百元?爱社说,我只要五十,还有五十是你的。司机笑了,给爱社五十元。还说,够朋友。走时还笑,还不住地说拜拜。五爷看得迷糊了,只摸一下就挣了五十元钱,还送了五十元钱的礼,钱也有了情也有了。五爷说不上来有什么不对,却总觉着有点不正道。五爷说,只摸一下就要那么多钱?爱社说,别看这一下,我摸了十几年、摸了几万次才会这一摸。五爷想想也是这个理,把学费加上了,这就叫本事。

爱社黑夜白天挣钱,眼都熬红了。爱社有了钱就割肉,天天割一块,很大一块,带在自行车车把上,把车铃捏得叮叮响,在村里绕一圈才回家。不逢年不过节吃的啥肉？扎得村里人眼痛，谁见谁气：日他个妈，啥龟孙天下，这号人天天吃肉天天过年，咱没犯过法算白没犯了！爱社听见了不气，还笑，笑得很开心，五爷可吓得乱打颤颤。五爷知道肉是不能随便吃的，好吃难消化，吃了没有好下场。早年间村里有个双目失明的残疾军人，国家月月发钱，日子过得挺美，美中不足的就是爱吃肉。有一次割了块肉从路边过，李老三在地里做活看见了，看了他多远，还说，日他妈，比老子当这个支书都美。没几天，村里就传说，这个残疾军人能看见，双目失明是假装的，没人的时候走路跑得可快了。又没几天，上级就叫残疾军人去复查，把甲等弄成了乙等，害得这个残疾军人活活气死了。五爷想起了这事，就问，李老三碰见过没有？爱社说，见了也蛋球，他老早就垮台了。五爷说，别看人家垮台了，垮台了也比咱强，小心没大错。你又不爱吃肉，往后别割了。爱社说，你住监受的啥罪，我要把你住监受的亏都补上。五爷说，算了，现在我想着都怪美，别再割肉了，哪怕逢年过节别人也割肉时咱们多割一点。爱社说，别人吃肉了咱们才吃肉还有球的意思。五爷说，哪怕再割肉了装到提包里，别叫人看见了。爱社说，不叫人们看见，割肉还有球的意思，就是专门叫人们看哩！五爷知道爱社是在争气。爱社心里憋着一口气，憋了好多年。五爷不是不叫儿子争口气，只求儿子做得别过分了，过分了没有好下场。爱社说，哪一点过分了？咱们骂谁了打谁了诬害谁了？咱们没伤着谁一根汗毛，只是叫人们看看咱们吃肉了，他们就气了，就受不住了。有人故意冤枉了咱们，他们高兴疯了，他们想过咱们气不气服不服？五爷没啥说了。

爱社还是照样挣钱，还是照样割肉，村里还是照样骂娘。天数长了，人们骂够了就不骂了，就眼馋爱社了。先是婆娘们变了心，和男人吵架时就说，有球啥本事，你要能和爱社一样，哪怕你睡到床上不动弹，我掰嘴喂你哩。男人们气，气得红了眼，结成伙去找爱社寻衅打架，想把气出到爱社身上。爱社见来者不善，不等他们开口就先笑着开口，说咋有空来玩？说着就撂过来几盒好烟，撂到几个人面前地下，要是有五个人撂过来四盒，要是有四个人撂过来三盒，人们就疯了似的爬到地上去争去夺，争得不要命了。爱社在一旁看着笑，从心里笑，笑得心满意足。抢到烟的人哈哈笑着跑了，没抢到手里的人就骂娘，不是骂爱社，是骂那些同心同德来找事得到利就跑了的人，就给爱社说体己话，说那些跑了的人的坏话，说他们如何如何计划来找事，叫爱社小心防着。爱社只是专心听着，不说信也不说不信，不说长也不说短，听听笑笑，亲亲热热塞给说家两盒烟。说家就很是高兴了，就感恩戴德地说，以后有谁敢欺侮你了，给哥们儿说一声，哥们儿是杨家将保国忠臣。爱社才说，谢谢，谢谢。这是嘴上说的，心里可不是滋味，说不清的滋味，人啊，算个球！

爱社的生意越做越大，除了修理还倒卖山货，在路边开店，常和南来北往的人打交道，信息灵通，转手买点卖点什么就能发笔外财。爱社有了很多钱，人们像当年恨五爷吃得开一样恨爱社，恨不能活吃了他。爱社知道人们恨他恨得要死。爱社不气，爱社不怕，爱社早盘算着这一天，爱社心里笑笑，这一回不是那一回，骑驴念唱本——走着瞧，看看这一回谁哭谁笑。爱社在村里逢人都说，老少爷们儿哥们儿弟们儿，谁有难处了只管言一声，开开口是抬举我爱社，伸出手是看得起我爱社，我要是推三阻四搁下谁的脸，算我爱社不是人。只是丑话先说前头，咱这钱也来得不易，只借不赊，一分利钱也不要，冬天我想盖房子，到时候把本钱还我就行了。爱社说得很是动情，很是大方，村里人早就盯住了他，巴不得他有这几句话。

　　说起来这个村子实在可怜,地处深山,不成庄稼,全靠山萸肉卖点钱。山萸肉又名十月红,属于木本植物,到了十月叶子全落了,树枝上挂满鲜红晶莹的果实,犹如一树珍珠,十分好看。人们摘下来挤出果核,便是山萸肉了。山萸肉是珍贵中药,壮阳补阴的药物,据说城里人吃了能起金枪不倒的神奇作用。山里人就指望山萸肉卖点钱,维持一年的开销,可钱往往不到半年就花个干净。眼下政策好了,准许人们八仙过海各显神通,可惜山里人没文化,凭死气力很难弄个三元五元,遇到难处就到处伸手,又没处伸手。

　　如今听爱社讲出这般有情有义的话,人们觉得借贷有门,谁不喜欢。只是想起从前把五爷父子不当人看,哪有不记仇还给恩的好人?便有点不信爱社讲的是真心话,怕真伸手时,爱社会算旧账,借机说三道四耍笑一番,弄个脸红脖子粗难以下台,人们便不肯轻易张口。人们不肯张口是没有到弯腰树下,到了弯腰树下,不低头也自自然然低头了。

　　村里有个王三,妈妈生了病没钱医治,心急火燎没有办法。妈妈在难处想起了亲人,就说,三,去你李三叔家看看,他才卖了猪,听说卖了三百多块哩,叫他给咱拐个弯,等冬天山萸肉下来卖了就还他。李三叔就是李老三。李老三当支书时,王三的妈当妇联主任。村里风言风语说他们的关系有点那个,是真是假不得而知,反正黑里明里两个人形影不离。人们都说,李老三不是吃素的把式,棉花见火没有不着的道理。后来李老三因为贪污和索贿下台了,王三的妈也不明不白地不干了。王三恶心李老三,从不登李老三的门,路上见了也歪歪头不说话,还要冲着李老三的背影"呸呸"吐几口。王三听妈说叫去找李老三借钱,王三不想去。妈说,他会借的,你放心去好了。王三为了给妈治病,不想去也硬着头皮去了。邻里之间放个屁都知道,王三的妈久病在床,李老三怎能不知?李老三见王三来家,知道没事不登三宝殿,不等王三开口,李老三就说,找人不如等人,你来得正好,我正想找你哩。王三说,干啥?李老三说,还不是为了退赔,借人家的钱人家催得火急,卖了个猪还差远哩,想叫你们多少给凑一点,转过季就还你们。王三瞪了他一眼,二话没说就回头走了。王三在村头抱住头蹲了又蹲,才狠狠心跑到大路边修理铺里,攒着劲对爱社说,我妈有病,能不能借给五十块钱?爱社笑笑,说,怎么说能不能,我说过的话能是放的闲屁?王三嘿嘿笑笑,脸也展了。爱社又说,我这里没钱,钱是我爹管着哩,下午你打个条子去找我爹取。王三知道爱社孝顺,大小事都得叫爹知道。王三看爱社不是日哄自己,也就高兴地走了。

爱社回去吃饭时给爹说了,说下午王三来借钱,叫他照条付钱。五爷知道儿子的心,儿子是想叫爹落下这个人情,五爷就答应了。下午王三来了,笑着喊声五爷,五爷很是高兴,高兴得心里的肉乱颤颤。五爷自从释放回来,不论高低人,没人称呼过他,至多喊他声老五,连几岁的娃娃都喊他老五。突然王三喊他一声五爷,本来按辈数、按年龄王三都应该这样喊,应该这样喊五爷也觉着是高称了。五爷很是热情,拿出好烟招待,还敬了杯好酒,像待亲戚一样待王三。王三吸了喝了才拿出借条,五爷照条给了钱。王三数数,说,条子上是五十元,你这多了。五爷说,多这二十元是我一点心意,你妈有病,你替我买点你妈想吃的东西,我就不再去看了。王三推让一番还是接住了,千恩万谢走了。王三走了很久,五爷耳朵里还响着王三叫五爷的声音。总算有人把自己当人称呼了,五爷心里甜甜的,五爷笑了。

人们听说王三借来了钱,在村头碰见王三就问好借不好借,说外话了没有？王三没说多给二十元钱，也没少说五爷的好话，说好烟好酒招待，说五爷见条给钱，没说一个字的外话，说得不少人动了心。有人就跟着说五爷的好话，说，听说五爷扎根①都是好人，住法院②是别人给他栽的赃。李老三从一边路过，站住听了听，心里很不是味，就卖老地说，球，老家伙收买人心哩，你们得小心点才是。王三看见李老三气不打一处来，冷冷地一笑，说，小心个球，收买我们球用。你有本事你也收买嘛，你干了几十年你咋不收买，光会要要要、斗斗斗。你不收买也不叫别人收买，叫大家去死？我知道你气的啥，你叫别人收买了一辈子，现在成了破烂没人收买了。说得周围的人心里好痛快，忍不住哈哈大笑。李老三被噎得透不出气，脸像红布又变成黑布，气冲冲走了，又回头说，也不嫌丢人丧德，为刑满释放的人涂脂抹粉，咱们走着看！

　　李老三要走着看，五爷知道了怕了，就说爱社，算了，好心没好报，往后就说赔了，有钱了自己悄悄花，也方便，也少惹是非。爱社不同意，爱社说，有了钱别人都不知道，要这钱还有球的意思。外人都知道咱有钱，咱这钱才是钱，人们才能把咱当人看。五爷想想也是，咱凭啥叫人把咱当个人？不论冤不冤，反正自己是释放犯人，咱说咱是好人，谁信？只有靠钱挣个人当当了。爱社又说，咱借给谁钱又没叫谁去干坏事，又不是放高利贷，连低利咱也不要，咱怕个啥？五爷还是有些后怕，想想自己一辈子走过的路，没走错一个脚步，到底落了个啥下场？五爷就说，不犯法就当不了犯人？还是小心点好。李老三说要走着看，我真怕会再出啥事，我都不说了，你还年轻。爱社说，现在人们要是把咱还不当人看，李老三会恼火？五

─────────────────

① 扎根：豫西南方言，指从根子上。
② 法院：意指监狱，豫西南农民口头上并不严格区分法院和监狱。

爷想想也是,要是不借给王三钱,王三不会说自己好话,李老三也不会恼。爱社又说,他恼,还叫他很恼哩!爱社说时笑笑,笑得很冷,阴森森的怪怕人。五爷想劝爱社几句,爱社匆匆走了。

王三能向爱社借来钱,村里震动不小。五爷被法办时,王三还小,他不知道别人可知道。当时王三的妈跟李老三跟得正紧,为炮治①五爷没少出力。虽说别人也都喊过口号,也都动过手,可都是李老三逼的。李老三说,谁不和反革命划清界限,谁就是忘本,谁积极了给谁加工分,大家才打了顺风旗。五爷能不记旧仇借给王三钱,更不会搁下别人的脸。于是有难处的去借钱,没难处的也去借,反正不要利钱,不借白不借,借了转存到银行里,也能赚二斤盐吃吃;再说都借了,咱要不借,好像咱对爱社有意见。爱社心里明白,也不深究,都一律借给,都是打了条子去找五爷取钱。不论谁来,五爷都一样热情招待,打发对方心里喜欢。半年过去,村里十有八九的人借了五爷的钱,五爷手里攥了几十张借条,算下来也有三五千元了。借了钱的人在村里都念诵五爷的好处,都说五爷心好,都说爱社心好,不像有的人一有钱就变毒了。五爷没少听人们讲的好话,五爷的胆子也就慢慢大了,有时试着出去走走。人们见了五爷都是高接远送,让座让烟,还有的给烧鸡蛋茶,不喝不依;对五爷说不完的恭维话,说五爷命好,积德积个老来福,说得五爷忘了自己还是原来的五爷,真把自己当成人们的五爷了。五爷想笑,不过五爷忍住不笑,五爷回到家里才把心里的喜劲笑出来。五爷对爱社说,村里人对他如何如何尊敬,如何如何爱见他,喜得不得了。爱社看爹喜,自己也喜。前三十年看父敬子,后三十年看子敬父。前三十年没人敬自

---

① 炮治:豫西南方言,指摆治、整治。

己,不怨爹,后三十年能叫爹受人尊敬,自己这个当儿子的才算真是儿子。爱社看爹喜,就陪着喜了一阵,说,这算个啥,李老三也要来给你笑哩。五爷本来喜得忘了不喜的事,听爱社提起李老三,心里一沉就不喜了。五爷不信李老三会找上门求帮助,五爷说,他能来?他不会来向咱张口的。爱社笑笑,笑得十分自信。爱社说,能是他想来就来,他不想来就不来,由他的意?你等着吧。

李老三真来找爱社借钱了。李老三不是不要脸面的人,仰着脸过了大半生的人,是轻易不肯低头的。李老三真是没办法了。李老三好色,贪污的钱都给了相好的,犯事后不退赔就要住法院,就要拍卖他的房子。李老三的房子在山里人眼里是金銮殿,好得不能再好了。李老三不是住法院的人,李老三也不是卖房子的人,李老三凭着当多年支书的余威余情,到处伸手借了不少钱,才保住了平安。几年过去,余威余情一点一点地不余了,债主三天两头催讨。昨天,没想到几个债主同时找上了门,抹开脸子逼债,说了许多听一句就气死人的话,还给他指明生路,叫他去找爱社借钱,说他死要脸不顾别人活不活。李老三被逼得屙尿不下走投无路,想要脸也要不成了,才去向爱社开口。见了爱社心虚得很,不好意思得很,说得吞吞吐吐。爱社没一点点敌意,十分亲热,十分大方,说,远亲不如近邻,你这是给我脸,我能不要脸?干脆说吧,要多少?李老三说,真是说不出口,太多了,要能借了借个五百元。爱社哈哈大笑,什么叫能借不能,不就是两个二百五十元嘛,我就是砸锅卖铁,也要给你凑齐,别说还不到砸锅卖铁这一步。你要没难处也不会来找我,我就找着借给你你也不要。爱社几句好话打发得李老三心里美得很,李老三感动得眼都红了。爱社说,我现在就去找朋友凑凑,下午你去找我爹取,保证误不了事。爱社说完了就锁上修理铺子的门匆匆走了。

李老三见爱社这么热心这么积极,心里踏实了不少,来时还有点心虚,现在一点也不虚了。

爱社没去找朋友借钱,是去银行取的钱。爱社回到家里,对爹说了下午李老三来借钱的事。五爷想叫李老三来借钱,五爷想起歇凉时李老三踢的那一脚,就很想叫李老三来借钱,看看他脸往哪搁。五爷想是想,李老三真来借钱时,五爷又很是不满,凭啥借给他,他把咱看得连猪狗都不如,咱为啥还要帮助他解难排忧?再说,啥是少,五百块哩,有钱给讨饭的也能落个情。五爷说,别把钱不当钱,也得分分人。爱社说,他不是说咱收买人嘛,今天他找上门叫咱收买,别看五百块不少,比比还是个便宜货,咱为啥不收?你放心,吃亏的生意咱不做,你以后就会知道。爱社又再三嘱咐,叫爹分外殷勤招待,不要不高兴。儿子孝顺,五爷也顺着儿子,五爷叹口气也就应允了。

下午李老三来取钱,脸上只觉干巴,不知如何开口才好。倒是五爷笑脸相迎,抢先招呼说,你可真是稀客。李老三强装笑脸道,早就想来坐坐,就是穷忙。五爷像没事人一样,拿出好烟好酒招待。李老三也像没事人一样,叫吸就吸,叫喝就喝。李老三几杯好酒下肚,就打抱不平愤愤地说,日他个祖宗,不知是谁把你坑害到法院里,咱老弟兄我还能不清楚?你旧社会受的啥龟孙罪,要不是共产党来,早就没你这个人了,你会去害死集体的牛?我保你几回,上级不听,还说我没立场。五爷淡淡地笑笑,说,过去的事就别提了,哪个庙里没有屈死鬼?虽说后来受了几年罪,以前总也红火过两年,要不是你的抬爱保荐,我有多大能耐,能去省里开会受那份荣光?我也想开了,到现在为止咱村里还有谁和省长握过手?都怨咱命不大,经受不住这么大福气,才出了那个祸事。总算亏处有补,一巴掌拍消不提了。李老三说，还是你心好肚量大，我可不中，到现在我还背着黑锅，要不是给我戴大帽子说我没立场保举了坏人，我也早成国家干部了。唉，不说了，不说了，我干了几十年没功劳也有苦劳，没想到拉完磨杀驴吃，一句话就把我宰了，如今咱哥儿俩成了一类人。我算看透了。李老三说得十分贴气①，和五爷拉起了统一战线，五爷也不好反驳，只好不断地"唉唉"。两个人坐了一会儿，说到正题，五爷按条付钱，倒也简单。李老三心满意足地走了，五爷看着手中李老三的借条，条子上摁着李老三的手印，不由一阵发呆：人算个啥，李老三当年跺跺脚全村的土地就乱颤，李老三笑了大家得跟着嘻嘻笑，李老三脸子一黑大家得跟着皱起眉毛。家家户户把他当神敬，逢年过节人们争着请他得排队排号，请来的欢天喜地，请不来的唉声叹气。只说红火到老，谁知他也会有今天。五爷又看看手里的借条，狠狠攥紧了，像攥的不是借条，是李老三本人，李老三给攥到自己手心里了。五爷笑了，不是笑李老三攥到了自己手心里，是笑自己没攥到李老三手里，没想到他也有今天。

李老三借来了钱，钱借得顺当，李老三没想到会这样顺当，谁知会这样顺当。李老三心里很美，不光为借钱顺当，主要是通过借钱的顺当证明了五爷父子对自己没看法，证明了他们啥也不知道。只要他们啥也不知道，自己就不会再做噩梦了，就能睡个安生觉了。李老三有了初一还想十五，想粘住爱社，有事没事常去和爱社亲热亲热，给五爷送点五爷家没种的瓜果蔬菜，请爱社去他家喝酒。爱社有请必去，还不空手去，去时总是拿点好烟好酒。两个人猜枚：一心敬你，咱俩好，三星高照，四季发财，喝着谈着，谈得十分投机。酒

---

① 贴气：豫西南方言，指关系显得贴近而亲切。

逢知己千杯少，爱社这样说，李老三也这样说，一喝就是半夜。李老三认为自己收服了爱社，爱社也真是赤胆忠心，时不时悄悄给李老三透点小信息，李老三照计行事，果然能赚个十元二十元钱，没有一次落过空。李老三得意得很，说爱社长着一双钱眼，佩服得五体投地，对爱社的指点言听计从。李老三和爱社打得火热，越是人多的地方，李老三越对爱社亲热，对人们炫耀他和爱社的关系非同一般，说话又气壮了不少。李老三和爱社的亲热，扎得村里人眼痛，背地里没少说闲话。说李老三老奸巨猾，会粘，会玩，三下两下就糊住了爱社。说爱社到底是个嫩条子，看着怪能，实际是个傻屌，有眼不识好坏人，叫哄到杀锅上卖吃了还说是救命恩人。听说爱社借给李老三五百块钱，人们无不生气叹气，说现在的人算没法说了，没理可讲了，没情可讲了，没话可说了，啥都乱了，不可能出的事偏偏出了。

王三知道爱社借给李老三五百块，又看李老三和爱社越来越好，好成了一个人，就忍不住跑去找五爷。王三有一肚子话要给五爷说，不说憋得慌，不说对不起五爷。王三去找李老三借钱没借来，五爷借给了王三，五爷还多给了二十元，王三都给他妈说了。爱社借给李老三五百块钱，爱社和李老三好成了一个人，王三也给他妈说了。王三的妈气李老三不念旧情，过河拆桥，翻脸不认人，王三的妈感念五爷不记旧恶，以恩报怨，是个忠厚之人，王三的妈叹惜爱社认贼作父，太不争气。王三的妈忍不住给王三讲了当初五爷遭难的根根秧秧。王三都知道了，王三就去找五爷，王三给五爷一五一十讲了。五爷没出事前，李老三就知道五爷要出事了，李老三气五爷，李老三背地里给王三的妈说，树不焦梢会顶塌天，喂牛的也想成精哩，还想坐大王村的天下哩，也不尿泡尿照照自己的影子，他的气数尽了，要不了几天，就会去住不掏钱的房子了。李老三还说五爷和县委书记、县长叽叽咕咕,说了他的坏话,说五爷忘了自己姓啥名谁,得叫五爷灵醒灵醒。李老三说了没几天,五爷喂的牛就死了。王三说,我妈想了二十多年,越想这里头的学问越大。五爷听得头蒙了眼花了耳聋了,五爷想过李老三没使正劲,也只是想个开头就不想了,李老三是支书,支书是干好事的人,怎么会干这种坏事,想着根本不会的不能的。五爷愣怔了半天才醒过神来,认为听的是个梦。五爷看看王三,王三也正看着五爷。五爷就想,想了很多很多,这种事再去打官司再去翻案,能翻过来吗?王三的妈肯当堂对质吗?李老三和王三的妈说的悄悄话,一个说说过,一个说没说过,谁能做证?翻过来怪好,翻不过来呢?现在刚刚混成个人,要是翻不过来再翻过去,这把老骨头可就完了。就是翻过来又该如何?监已经住过了,罪已经受过了,还能揭下来吗?五爷想了很多很多,又想了很多很多,五爷才说,你给爱社说过这事没有?王三说,没有。五爷才长出一口气。五爷怕爱社突然知道了这事,爱社年轻,血气方刚,会和李老三拼命的。五爷就求告王三,千万别对爱社说这事,说搞不好会闹出人命的。王三想想也是,就答应不给爱社讲。王三走后,五爷才真正动了气。不光气李老三过去害得自己家破人亡,还气李老三现在还拿他们父子当玩意儿玩,真是欺人太甚。五爷咽不下这口气,五爷想,报不了这个仇也不能拿他当爷敬,不能咋着他也不能再帮着他。爱社回来了,五爷忍着气说爱社,以后交朋友要小点心,常话说,害人之心不可有,防人之心不可无。爱社看看爹,笑笑说,谁对你说什么了?五爷说,没有,我是说和人来往要分分好坏人,人心隔肚皮,不要听了几句好话、喝了几杯酒就迷了。爱社"哼"了一声说,啥好人坏人,我看都一个球样。咱们出事时都争着觉悟,有一个人护你没有,好人都跑哪里了?现在咱们有几个钱了,都争着来说好话,坏人都跑哪里了?是咱们过去真坏,是咱们现在真好?咱们还是咱们,为啥分成了好人坏人?五爷词穷了,不知如何回话。爱社又说,我知道人们都说我不该和李老三好,都说了才好,就怕人们不说。从前人们都争着和李老三好,他们好过了也该咱们和李老三好了。爱社说完突然笑了,笑得不阴不阳又阴又阳。五爷没听懂他说的是啥意思,不知道他葫芦里装的啥药,只看见他眼里闪着凶光。五爷身上起了鸡皮疙瘩,就咽口唾沫,把气和话都压下去了。

到了冬天,到了山茱肉收获的季节。今年是个大年,果实累累,家家大丰收,人们的脸上都堆满了笑,只等卖个好价钱了。五爷张罗盖新房,吆喝着要买砖买水泥,人们就想起了借五爷的钱,就说,五爷,山茱肉卖了先还你的账。五爷说,急啥,不急。人们说,你不急,我们还急哩,就这你都帮了我们大忙。五爷听大家说要还账,心里很美。五爷原来有这个念头,自己身份不好,头软,怕人们借了不还,自己也不敢讨要,借出去的钱算肉包子打狗了。现在好了,看样子没人赖账,到时候能收回一大笔钱。想到手里有厚厚的一沓子钱,五爷心里着实喜欢得很。五爷刚刚喜了个开头就不喜了,心里有点不是味了,人家还了账,就要把借条退给人家了,想到手里攥的是钱了,不是借条了,就觉得像失去了什么。失去了什么,五爷也说不清楚,似乎攥着一把钱,还没有攥着一把借条自在安生。五爷闷闷不乐地想着心事。终于想清了,想清了就没魂了。爱社回来看爹愣愣怔怔,就问爹怎么了。五爷说,没事。爱社说,不会没事,谁又说啥了?五爷说,没人说啥。五爷不想说,也说不出口。五爷才当了几天人,五爷还想继续当人,可是五爷知道人是怎么当上的,是用钱换来的,钱都还了,就没人欠情了。五爷似乎又看见了一张张无情的脸,又听见了一声声无情的话。五爷不怕穷就怕羞辱,就怕再过没脸没面人不像人鬼不像鬼的日子。爱社眼巴巴地看着五爷,五爷被看得低下了头。五爷说,人们都要还咱们钱了,我看还了还不如叫欠着。五爷说得少气没力,说得有些凄凉。爱社看见爹脸上有许许多多痛苦,有许许多多乞求,爱社心里好疼,不是疼钱,是疼爹。爱社没回爹的话,只是叹口气点点头。爱社没说什么,五爷却都听见了。

人们眼巴巴等着花钱,立等着把山萸肉换成大把大把的票子。等到了,公家开始收购山萸肉了,人们等着又不卖了,公家的价钱太低。一年只收获一次,一次要管一年哩,不能便宜了公家,不能亏待了自己,得等等,能多卖几个是几个。等到了,天南地北的药贩子从地下冒出来了,鬼鬼祟祟,躲过政府的耳目,有些耳目不用躲,塞几张票子就成了药贩子自己的耳目。药贩子好大方,口气粗得很,开口就喊出了比公家高一倍的价钱。卖不卖?人们心里痒痒的,想卖又怕再涨价。人们就盯着爱社,盯着李老三,人家消息灵通,跟着人家吃不了亏,说不定还能一嘴吃个胖子哩。爱社嘻嘻笑笑,急啥?李老三嘿嘿笑笑,急啥?大家看他们不急,都不急了。都不急了,药贩子们可急坏了,又喊出了比公家高两倍、高三倍的价钱。人们心里连痒痒都不痒了,认为还会再涨,要不贩子们图啥哩。人们不光不卖了,还买。爱社先买,去偏远的村子里买,用比公家高五倍的价钱买,悄悄地买,神出鬼没,连李老三都瞒过了。李老三找爱社找了几天没找着,就觉着里面有鬼,就千方百计打探。蠓虫过去还有个影儿,李老三知道了,就气,气爱社心里做活,气自己叫爱社哄了,只说爱社和自己一心了,谁知到发大财时把自己甩了。李老三恼了,老子离了你爱社,还能连毛吃猪,老子也能捞一票,老子就不信就你爱社能,咱们走着看。李老三拼上了,卖猪卖羊卖自行车,连棺材板子都卖了,除了老婆没卖,能卖的都卖了,又把房子做抵押贷了一大笔钱,也到远处村子里抢购山萸肉。李老三要打翻身仗了,要发大财了。人们都知道了,都眼红了,都倾尽全力去买,钱多的多买,钱少的少买,都在买,到处买、买、买、买,不声不响打响了山萸肉大战。

爱社笑了。白天偷偷笑,夜里睡在床上笑,明里对人们不笑,不光不笑还说,别疯了,该罢手就罢手,不要贪心不足,干这号事可是一嘴蜂糖一嘴屎,万一赔了可就苦了。人们嘴里不说心里冷笑,骂爱社吃独食,背着大家买美了,叫大家别买,实怕别人也跟着发财,平常看着不错,原来心里真毒。爱社知道人们不听他的,爱社还是说,别买了别买了,谁知道是福是祸。爱社越说别买别买,人们越买得凶。爱社臭了,爱社不灵了。爱社知道自己臭了,爱社很高兴,又吃肉又喝酒,喜得不同平常。五爷说,又赚了?爱社说,赔了。五爷说,赔了高兴的啥?爱社说,到时候你就知道了。

村子笑了。村子后边有个窑,旧的,过去红火过,天天冒狼烟,烧砖烧瓦,后来烧死了人就不烧了,长满了乱草,还长有乱刺,长得很深很密,住着狐狸,住着狼。人们说还住有阴魂不散的烧死鬼,想起它就头皮发紧汗毛倒竖。人们早忘记了它,人们忽然又想起了它。半夜里狼叫了,鬼出来了,成群结队的黑影往窑洞跑去,担的,扛的,背的,一包包一袋袋都是山萸肉。窑洞里塞满了人,塞满了口袋,人挨人,口袋挨口袋,连空气都没地方容身了。武汉的客官来了,乖乖,啧啧,卖一斤顶住卖给公家十斤,一斤都二百块钱哩,可碰住个闰腊月,发了,发狠了。人们笑了,不敢笑出声,比笑出声的笑还痛快,还美。窑洞里点亮了蜡烛,像是鬼火,被人们出气回气哈得一闪一闪的。开始过秤了,开始挤了,挤得没先没后。别挤!别挤!别挤!别挤!爱社说,李老三说,王三说,都说,先称我的!先称我的! 先称我的! 先称我的! 爱社说,李老三说,王三说,都说。自觉点! 自觉点! 自觉点! 自觉点! 爱社说,李老三说,王三说,都说。都是说别人的,说乱了,乱说。前边的被挤到了后边,后边的又挤到了前边,前前后后都在挤,挤得没前没后,挤得都称不成。武汉客官直冒火,大家也冒火,都冒火,吵开了,骂开了,打开了。

突然,四面八方亮起了电光,一道道,一道道,不知多少支手电一齐对准了窑洞。政府的人来了,窑洞被包围了,自己的买来的全没收了。完了,完了,人们傻眼了。

村子哭了。爱社赔了,李老三赔了,王三赔了,都赔了。老本赔了,借的贷的也赔了,赔完了。人人都在骂,骂天骂地骂娘,日他祖奶奶,谁去告的密,打听出来活吃了他。对,不能白白算了,他叫大家死,也叫他龟孙活不成,得去乡里打听打听,看看到底是谁背的这个血心! 爱社说,我拿酒钱,谁去? 你看我,我看你,大眼瞪小眼,没人敢去。谁敢去? 政府老早都下了命令,山萸肉得一律卖给公家,谁敢投机倒把拿谁问罪。爱社又说,谁去? 酒钱烟钱饭钱我包了,谁去? 李老三赔了牛羊,赔了家具,赔了房子,赔红了眼。李老三说,日他个妈,没人敢去我去,我就不信打听不出来是谁。对,你当过干部,乡里人熟,只要叫他们吃美喝美不怕他们不说。李老三去了,人们等着,摩拳擦掌,单等李老三回来说是谁就和谁拼命。李老三去请了吃了喝了回来了,爱社问他,谁? 是谁? 李老三说,日他妈,是个没名没姓的人打的电话。人们塌腔了。爱社说,白请了。李老三说,白不了,举报有百分之二十的奖金,能得几万块哩,日他妈,不怕他不露头。爱社说,对,人为财死,一定会露头的。李老三说,日他奶奶,他把老子送到了死地,老子就是死也得拉他做个伴儿。于是,爱社等着,李老三等着,王三等着,都等,天天去打探谁去领奖金。政府也等着,等了一个月,等了两个月,等了三个月,领奖的期限过了。几万块奖金充公了,还没人来领。白等了,日他个妈,连报仇都没处可报了,人们没指望了,一个个叫霜打了。

人们对爱社诉苦,说日子难过。爱社说,我比你们好过?谁比我赔得多?你们要难过,我就该死了!人们说,我们咋比你,你拔根汗毛比我们腰还粗。爱社说,怨老球,我就说做生意是一嘴蜂糖一嘴屎,赚起赔不起的别买别买,有人还说我想吃独食哩,试试。人们想起爱社劝大家的话,便很是后悔,很是感激,都说,当初要是听爱社的话就好了。人们赔着笑脸,笑得很苦,说欠他的钱还不上了,只好到明年还了。爱社说,我不管,给我爹说。

五爷这几个月又是四门不出,病了,是心病。才出事时五爷也心痛,扳着指头算算,就爱社赔得最多,五爷就埋怨爱社不该贪险,好不容易弄了点钱,一下子把一半都赔进去了。爱社说,球,咱还有一半,照样过日子,那一半只当扎根就没赚,只当捐给国家了。国家要还像从前那样把人拴得死死的,咱连这一半也没有。总比别人赔完了还欠账强多了,日他妈,只当买戏票了,叫他们也唱唱哭洋调,也该咱们稳坐钓鱼台好好看看戏了,还是看的包场。老早就巴着这一天,赔得再多也值。爱社说得一点也不心痛,说得很是轻松自在。五爷看爱社一脸扬扬得意,不像是自解自劝的宽心话,又想起爱社过去说的那些不明不白藏头露尾的话,心里不由打个冷战,浑身骨头都酥了,就狠狠看着盯住爱社,说,是不是你给乡里通风报信的?爱社看爹这副害怕的样子就笑了,说,不是的。五爷不信,是眼里不信。爱社看见了,爱社又说,真不是我,别说不是咱,就是咱也不犯法,还是响应政府号召哩。他们都积极过觉悟过,就不许咱也积极一回觉悟一回?五爷说,只要不是你就好,不管别人要不要良心,咱可不能坏了良心。爱社不承认是他报告政府的,五爷也信也不信,一时信一时又不信,心里总是恍恍惚惚,总觉着这事和爱社有点不明不白的瓜葛。想到一村子人得一年日子难过,五爷好像是自己做了亏心事,好像自己又成了犯人,便不想见人,怕见人,倒把过去自己的冤枉忘了。

五爷不想见人,人们还是纷纷找上门来。人们找上门来,五爷便有几分胆怯,怕人家是来兴师问罪的,五爷忙献殷勤,又是好烟好酒招待。人们低三下四说到不能还账的事,没说一句外话,还着实夸了爱社一番。五爷才放下心来,五爷才想起炮治他的时候,这些人满脸凶相,又喊口号,又动手动脚,没想到这些人如今都换了脸,一脸可怜相,又是求告,又是唉声叹气,真是河东转河西。人一辈子太难说了,真是前边路黑洞洞,谁也不能把人看死了。五爷又想,虽说过去都那个过自己,今天也够他们难受了,都说得可怜巴巴的,再要逼债还算个人? 都是乡里乡亲都不好过,自己要过得太好了自己心里也不安生。五爷说,算了,算了,大家过日子比我盖房子关紧,我和爱社说说今年房子不盖了,明年再说吧。人们听五爷说得这么通情都很感激,五爷看人们千谢万谢心病才轻了。

转眼到了年关。往年这时节村里到处喜气洋洋,都杀猪宰羊,都忙着准备年货,今年不中了,手里没钱笑不动喜不成,都是愁眉苦脸地喊叫过不去年。乡政府知道了,派人来开了会,把大家美美抹刷了一顿,说,你们村里积极觉悟了几十年,咋见了钱都不积极觉悟了,要有一个人觉悟高一点,早些报告政府,政府也会制止,也不会出这号事了,你们和投机倒把拜成难兄难弟也不嫌丢人,脸都跑哪里了? 都装裤裆里了? 人们听得脸上像火烧了、滚水烫了,恨不能找个地缝钻进去。来人又说,大家错了也不怨大家,我们知道是个别贪污犯还不老实,挑动大家往坑里跳,以后大家要提高警惕,小心再上他的当。人们听了都看李老三。不看他看谁,什么个别贪污犯,村里的贪污犯就他一个。李老三耷拉着头,任人去骂去看,当年他也常常站在台上骂人,没有想过被骂的人是啥滋味,现在才尝到了这滋味是不如吃肉喝酒美。来人把大家洗刷够了,就给大家分钱,说是政府的一点心意,得叫家家户户吃上饺子,得叫孩子们吃个糖疙瘩。大家挨了骂心里很不美,钱分到了手里又很是美,说政府到底是人民的政府。只有李老三一直不美,骂比别人挨得多,分钱偏偏没给他分,这还不说,还叫他腾房子,说是他的房子已经拍卖了,限他三天搬走,要是不搬,就要叫法院强制执行。人们听了就忘了李老三过去的种种劣迹,心里很不是味。李老三心里啥味就不用说了。

五爷也分到了一份钱,钱不多,在手里觉着老沉,心里沉。想起自己遭难时的难过,将心比心,现在大家一定也很是难过,当时要有人给自己端碗凉水喝喝,自己也会感恩一辈子。啥好人坏人,平时都看不准分不清,只有到了难时才见真心。现在对大家要是能歪好①拉扯一把,比平时多少仁义都强,也显得自己不枉是个人。五爷想到这里就给爱社说,把这钱送给别人吧。爱社说,不送,该送给谁?政府给咱的不论多少咱得留着自己花,这钱花着味道不一样。我老早都想好了,咱们是要送,是送咱们自己的钱。爱社又说了许多,说得五爷俯伏在地没话说了。

五爷挨家挨户请客,欠账户都请了,连李老三也请了。五爷到李老三家门口,不由想起了王三的话,就不想进去又想得进去,能漏一

---

① 歪好:豫西南方言,意为无论如何、不管怎样。

村不漏一邻,到底还是进去请了。五爷请的,谁不答应?到了天黑时分,人们纷纷都来了。五爷家挤满了人,十分热闹。五爷家曾经这么热闹过,是几十年前热闹过,后来就没有这么热闹了,比冰井还凉,现在又热闹了。五爷看见现在和从前又一样了,老眼里就噗噜噜流下了老泪。爱社看看人都来了,就差李老三没来,爱社知道李老三心不净不会来也就算了。爱社请大家入席,大家按辈分坐了。五爷也坐了,爱社跑前跑后倒茶敬烟,大家叫爱社也坐,爱社不坐,爱社说,今天是我爹请大家,没有我坐的理儿,我伺候大家。酒菜上来了,酒是好酒,菜是好菜。爱社专门请了厨师,做了招待所才吃的菜,山里人没见过也没听说过的菜,都说开了洋荤,城里人真会享福,怪不得人们都争着往城里跑。爱社给每个人都敬了酒,人们又猜枚划拳。待人们喝得脸红耳热时,五爷站起来了。五爷说,咱们都是老门老户老邻居,原来都相处得很好,后来的事就别说了。现在大家有了难处,我给大家添补不了啥,我只能给大家减少点啥,大家要是看得起我,借俺们的那点钱就一笔勾销了,钱不多也算我点心意。五爷说着掏出一把借条,对着姓名,谁的退给了谁。爱社跟在五爷后边,手里端着蜡烛,让对方看清了条子,就着蜡烛的火头烧了。人们没想到五爷会来这一手,起初惊惊乍乍,后来便说不能、不能,这算啥话?说是这样说,到底也都半推半就地烧了。五爷很是高兴,五爷说,大家成全了我,从今往后咱们的账清了,谁也不欠谁了。大家比五爷还高兴,喝到半夜才欢欢乐乐散了。

就在这天后半夜,李老三上吊了。第二天吃了早饭,五爷才知道。爱社一早就走了,又去挣钱了。五爷一个人愣怔了好半天,然后五爷去了。李老三院里挤了好多看热闹的人,人们看五爷来了就闪开一条路。五爷掏出李老三的借条,让李老三老婆看看,就走到李老三尸首旁边,当着大家的面把借条点着火烧了,从始至终没说一句话,连一个字也没说。五爷不想说,也没法说,也说不出来。借条烧完了,五爷又默默地走了。

五爷回到家里,见爱社躺在床上,两只眼死死瞪着房顶。五爷不说话,爱社也不说话,两个人都默默不语。过了很长时间,五爷说,李老三死了。爱社说,我知道。又过了很长时间,五爷说,王三给你也说了?爱社说,我老早老早就知道。五爷明白了,明白了也就都知道了,知道了一切一切。五爷心里流下泪了,脸上也流下了泪,流了好长。五爷能说什么呢?五爷默默地走开了。

五爷突然老了许多,五爷自然又很香了。

原载《河北文学》1990 年第 9 期

《中篇小说选刊》1991 年第 1 期转载

《作品与争鸣》1991 年第 1 期转载

黑洞

●

大花把门闩住了,雪花是飘不进来了;风声还能挤进来,呜天呜地地吼,叫唤得人直打哆嗦。冷,越听越冷。她想生火,屋里有炭,是在山里工作的丈夫玉良拿回来的。玉良亲她,亲得很,送炭回来时说:"冷了你就烤,别舍不得,我要个热乎乎的肉人暖我,可不要个冰棍冻我。"说着就不老实了,把她的奶头狠狠地捏了一下,捏得她浑身麻得要瘫倒了。她想起这话,想起这一捏,就想笑,就还麻。玉良真好,一个端铁饭碗的国家干部,还不嫌弃自己这个端泥巴碗的老婆,打着灯笼上哪里找这么好的男人?火生着了,炭火就是好,不冒烟还通红通红的,屋里顿时热烘烘的。她拉把小椅子坐下去烤火,手先热了,身上也热了,可是心里忽然不是味了,忽然发毛了,忽然着急了。咋了?咋了?这是咋了?想来想去,原来是屋里空空荡荡,火盆四个边,只有一边坐着个人,这个人还是她自己。独一个烤这么好的火,老没劲,老没味,烤瞎了,烤可惜了。这么好的火,男人玉良要在家多美,一边坐一个,两个人面对面烤着,你看看我,我看看你,你一言,我一语,两双伸在火盆上的手,你摸我一下,我摸你一下,这样烤火才有意思,才美,要多美有多美。说不定他马上就会回来了。他真要现在回来,才喜坏人哩。大雪天,又没人串门,两个人关着门在家里亲亲热热,做点好吃的,再煮壶黄酒,烤着炭火,你一杯我一盏,喝个醉醺醺的。然后,然后,然后两个人搂着睡一觉。大白天怕什么?自打结婚到现在,他一直匆匆来,匆匆去,至多隔个夜就走了。夜又那么短,还没睡哩天可明了,他可又要走了。还没有大白天搂着睡过哩,大白天睡一觉也新鲜新鲜,那味道一定不一样。她想得美,想得甜,想得酸不溜溜,想得麻酥酥的。可是美过了甜过了酸过了麻过了,再看看屋里还是只有一个人,这一个人还是她自己,伸在火盆上的手也只有一双,伸过来是自己的手,伸过去是自己的手,自己摸自己一点也不美,一点也不动心,忽然觉得乏味了,忽然觉得炭火也不热了。

大花叹了口气,叹了口长气,心里好凄凉,心里好着急。都说女人家三十如狼,四十如虎,自己都三十五了,要真是如狼前几年早该是狼了,为啥前几年一点也不像狼,没一点点狼的味道。前几年,自己可真是个正经女人,正经得见了男人就低头,就脸红;男人回来了就回来了,没有格外高兴过;男人走了就走了,没有多舍不得过,从来没有像现在这样想过男人。现在是怎么了? 走路,做活,吃饭,不论干啥,都会想起男人。自己怎么变得这么没出息了? 怎么变成了男人迷?

她想来想去想疯了,可是没有一点点办法。一天,她下地做活,路上的摩托车呜呜地开过来,呜呜地开过去,像一阵风,眨眨眼过来了,眨眨眼过去了。她忽然灵醒了,笑了。咋迷了,天天见的东西咋就没想起来。给男人也买一辆,听说这玩意儿快着哩,比汽车还快哩,一点钟能跑一百多里哩,六十多里路还不要半点钟哩。男人要有一辆多好,天天下午下了班,骑上它呜吱一下就跑回来了,然后两个人就一块儿去逛逛大街,两个人一块儿去看看电影,然后床上也就不只自己一个人了。

大花下决心要买摩托车了。一打听,得两三千元钱。老天爷,她吓了一跳,吓得心都凉了。别说两三千,就是千儿八百上哪里去弄?指望男人不能指望,一个干部娃没几个钱,吃饭钱,吸烟钱,穿衣钱,还有三朋四友的花销,还不能把他抠得太紧了,太紧了会伤了他的身子,会瘦了他,那才心痛死人哩。指望自己也不能指望,就那巴掌大一点承包地,浑身都是铁能打几根钉?不要说买摩托车了,架子车也难买得起。她想到钱就把心想凉了,凉成冰棍了。可是,一看见别人成双成对地来来去去,她的心又热了。

大花开始弄钱了,到处钻窟窿打洞弄钱。白天种地,紧做慢做做累了,歇歇的时候去菜市上拾烂菜叶子,回来喂鸡喂猪。夜里也不肯闲着,给毛巾厂加工锁手套,锁一双一分五厘钱,熬上大半夜竟也能锁上三四十双,一夜就能挣五六角钱哩,别看不多,多一分是一分。又是在路灯下锁的,不费自己的电,省一分是一分。加上卖鸡蛋,加上卖猪,平均算起来一天也能挣上一块多钱哩,一年就能净落四五百块钱哩,不少,不少,一个女人家一年挣几百块可不少。可是,再算算账,要攒够买摩托车的钱也得六七年哩。再过六年,自己多大了,四十多岁了,该美该乐的时候早过去了,成个老太婆了,再和男人一块儿走一块儿玩还有啥味?人常说,少年夫妻老来伴儿。年轻时没和男人痛快过,到老了再美也只是个伴了。不行,得快点挣钱,得快点买个摩托车,她等不及了。

大花要去打小工了。打个小工也真难,托了好多人都没找来,还是卖烧饼的张大婶看她可怜,才给她找到了个地方。不远,就在附近的料石场。说是砸石子的活儿,只要人家肯收,一天两块五毛钱。一天两块五,原来的小活加加班不掉手,合起来就是四块多钱,两年多就够买个摩托车了。她高兴得一夜没合眼。她听说过,如今办啥事都得送礼,她买了两瓶酒两条烟就去了。管事的人姓王,是场里的会计,岁数不小了,有四十吧,有五十吧,反正不年轻了,一脸胡茬子。老王看见了她,猛一愣怔,眼睛忽然亮了,直直地盯着她,看得她心里发毛。她是怕人家嫌她身单力薄不要她,就紧赶紧地表白道:"砸石子我能干,真能干,我啥力都能出,啥苦都能受。真的,前些年修大寨田时,我还当过样板人哩。"老王笑了,笑得很开心,笑得两只眼眯成一条线,笑罢了又直直地看着她,说叫她干,叫她明天上午十点钟再来,来了就给她派活。她放心了,感激不尽,要把礼物留下,老王坚决不要,把礼物硬退给她,说:"看你是个老实人,我就喜欢老实人。你要是有钱人,能来打小工?收没钱人的礼,我还怕背良心哩!"

大花千谢万谢走了。第二天她又去了,自己没有钟表,怕早了晚了,人家说十点钟去就得十点钟去,不能第一次上班就给人家个坏印象。她早早就去了,在料石场门前的商店里等着。商店里的墙上挂着个钟,叮叮响着,秒针一圈一圈转着。时间过得好慢好慢,干等不到十点钟,心里急得发毛。天好冷,没事干了更冷,连着打了几个喷嚏。乡下人都说,小时候妈也说过,打喷嚏是有人在别处说自己了。是谁说自己了?一定是男人玉良,除了他,还有谁?她想起了男人高兴时的样子,他高兴起来就会搂住自己,像铁箍一样箍住自己,箍得腰里生疼生疼,疼得直掉眼泪。痛是痛,掉眼泪是掉眼泪,是越疼越美,越美越掉眼泪。现在不能告诉他自己在攒钱,他知道了就没劲了。等摩托车到手了,叫他比哪一次都高兴,比哪一次都搂得紧。叫他搂住就不松手，一直搂下去。她想到美处脸上泛起一片红晕，甜甜地笑了。

墙上的钟响了，十点钟到了。她走进老王的办公室，先闻见一股子香味，是香脂味，浓香浓香，香得腻人。她看了，屋里只老王一个人，没有女人呀，香味从哪里来的？再看看老王，头发也理了，胡子也刮了，脸也嫩面些了。老王坐着没动，低着头看什么文件，连一声来了都没说，只是指指一边的椅子叫她坐下。她坐下了，规规矩矩地坐着，等待着老王派活。老王不急，一双眼睛盯着手中的文件，文件好像很长很长，老看不完，看了后头又翻回到前头，好像屋里没有她这个人。她想问问老王叫干啥活，可是看看老王眉头皱得紧紧的，文件上一定是啥大事，她就不敢开口了，生怕打断了人家的思路，只好耐着性子死等。老王终于把文件看完了，长长地叹了口气才抬起了头，头摇个不停，摇足摇够了才开了口，抖着手里的文件苦笑道：“你看，你看，真叫没办法张嘴，昨天才答应了你，谁知今天上级就来了新精神，真是，真是……”真是什么，老王不好开口，又是摇头，又是叹气。大花看他为难的样子，就猜了个八八九九，还能是别的啥事，别的事就是比天还大，也和自己打小工没关系，一定是不叫招小工了。进来时一颗心热乎乎地乱跳，现在一颗心凉个透，冻死了。一天两三块钱挣不成了，买摩托车的事不知又要等到哪年了。想着不由低下了头，差点哭出来。老王看她难受了，才把“真是”说出来：“上级讲了，不准招小工了，谁招谁负责，你看这事办的！”大花的泪水本来噙在眼窝里，老王这一激，眼泪顿时哗哗地流了下来。

上级有了命令，谁也没有办法，都怪自己是个守活寡的命。再多说也是白费，大花只好站了起来，忍着伤心苦笑道：“上级不叫干就算了，我走了。”说着就要走，老王忙抢前几步拉住了她的手，为难地说:"别急嘛,咱再想想办法。政策是死的,人是活的,死政策活人拿,政策是为人民服务的,不能叫政策把人治死!"大花听说还有一线希望就又坐下去,眼巴巴地看着老王。老王眉头又皱了几皱,叹道:"看你也怪可怜的,我是个心肠软的人,见不得可怜人,我就担个犯政策的风险,把你进场的日子往前写个五天,也就没事了。"说完轻松地笑笑。大花顿时松了口气,感恩不尽,千谢万谢。

老王又顺手拿了一张表,说:"得填个登记表,我问你说我写。"大花懂得公家事都得有这道手续,就任他问长问短。当问到岁数时,大花说:"三十五岁。"老王忽然放下了笔,看着她的脸又是乱摇头,说:"不是吧,不像,可不像!"大花一怔,忽然想起了自己这一年多为了挣钱,没明连夜地干活累着了,老相出来了。上次男人玉良回来时也说自己老了,说花才开可要落了。不论像不像,岁数是死的,会不会岁数大了人家不要,就急急地表白道:"真的,真是三十五岁,我要瞒一岁就赌个咒。我面相长得老,面相看不出来。"老王哈哈大笑道:"你别哄我,我要连个岁数都看不出来还咋工作哩!"大花急了,反问:"你看我几岁?"老王又把她端详个够,才认真地说:"我看你二十三四岁,最大不超过二十五岁,没猜错吧?"大花噗一下笑了,说:"错远了,我真是三十五岁,一岁也不少。"老王叹了口气,又连连摇头,说:"咋看你也不像三十出头的人,长得多嫩面呀,真是看面相看不出来。你估估我有多大岁数?"大花心里猛一愣怔,老不高兴地想,这人好没来由,我是来做活挣钱的,是你招我的工,又不是我招你的工,你一百岁你刚满月我管得着?可是再一想,谁不随便说句话?自己是求人家办事的,不可太多心了,就应付道:"我眼拙,看不出来。"老王就自我介绍道:"我也三十五了,像不像?"大花想笑又不敢笑,心里说只怕你的儿子都三十五了,嘴里却说:"咋不像,可像了。"老王听了好得意,又连连追问:"别哄我,真像假像?"大花心烦脸不烦,说:"真像嘛,像极了。"老王笑了,眯着眼酸溜溜地说:"你看我不老?"大花的脸唰地红个净,这话啥意思?她收起笑,郑重地说:"还有别的没有?没有了,说说我干啥活,我快些去做。"老王看大花羞红了脸,又问了几项,就讨好地说:"干啥活,看你细皮嫩肉的,叫你去砸石头吧,也不是我的心意,你就去量方吧,这活儿轻,又有权,工钱又高,一天三块钱哩。往后是自己人了,有啥不称心的事只管来找我。"说着写了个纸条,叫她去找矿山的刘队长。

大花本来该感恩戴德的,可是听了这一堆肉麻的恩典话,心里打了个冷战,一点也感激不动了,反觉得浑身不自在,只盼着快点离开这里,接过纸条转身就走,谁知老王伸出了手,要和她握手道别。大花没和男人握过手,迟疑着不伸手,可是老王的手一直伸着不缩回去,还冲着她嘻嘻地笑,她只好和他握手了。谁知刚刚握住,老王就把她的手心抠了一下,她只觉着头炸了心炸了,便愤愤地挣脱手跑了。

大花逃出了料石场,已经没有了知觉,疯了似的跑回家,一头扑到床上哇一声哭了,哭是哭够了才坐了起来,伸出右手看着发呆。手还是原来的手,只觉着手心又疼又烧,不由心里升起了一股怒气,告他,告他!利用职权,调戏妇女,不告他便宜他了。她恶狠狠站起来,气冲冲往外走去,走到门口又忽然站住了。这事好说不好听,本来别人不知道,一告就扬撒开了,人们会咋说?她想起了村里人常说的话,母狗不摆尾,公狗不敢上。自己真没摆尾呀,真不怨自己呀,可是别人会信吗?只怕跳到黄河也洗不净了。她把手放在墙上狠命地搓,又用肥皂搓,用水洗,可是觉得这手上的脏劲入内了,再也洗不干净了,好像这手已经不是原来的手了。这只手以后还咋能再摸男人？她忽然恨起了这只手，真想把这只手剁下扔了。从此，她不敢再有一点空闲，有了空闲就不由得伸出这只手呆呆地看，心就跳脸就烧，觉得自己不清白了，太对不起男人了。后来，每次男人玉良回来，一见面她就不由自主地把右手背到身后，就是夜里睡到床上，她的右手也从不挨住男人，生怕会脏了男人。偶尔不小心右手挨住了男人就像触了电似的忙把手抽回。她自觉着对男人犯了罪，就更加拼命地干活挣钱，想弥补自己的过失，料石场的活儿虽然没有去干，可是又找到了给别人洗衣服的活儿，如今总算也攒下了一千多元了。

大花心神不宁地坐在火盆边，锁着手套，越烤越觉着独自一个人烤着乏味，想起这一年多经历的事，心里好苦，可是，想起已经有了半个摩托车的钱，心里又甜了。要是再攒快一点，明年的今天要还是个大雪天，就能和男人一同坐在火盆边了，自己就不是孤雁一只了。咋弄才能再快一点哩？大白天锁手套太可惜了，可是干啥呢？她想了又想，忽然想起了承包田边的乱葬坟，要是把坟与坟之间的空地挖挖，开春栽上红薯，少说能收个三五百斤红薯，也能卖个三十二十块钱，等于离男人又近了一步。她放下手套，埋好炭火，扎上头巾就掂起镢头出门去了。

乱葬坟坐落在料石场后边，很大，很荒凉，原先长着密密麻麻的树，看着怪瘆人的，后来树都砍了，只剩下高低不等的土丘，横七竖八地卧着，长满了乱刺野草，平常没人来，只是到了秋天，草高了黄了，干部们闲急了嘴馋了才来这里打兔子。一场大雪把草压塌了，坟不像坟了，成了一个个雪堆。大花挨住自己的承包地往坟里边挖去。土冻了，很硬很瓷，一镢头下去一个白印，震得手疼，麻疼麻疼，一直疼到肩膀头，疼到心肺里。疼是疼，可是不冷了，浑身发热了。

公鸡头母鸡头,不占这头占那头,又想美又想弄钱,哪有这等好事。她挖着,一镢又一镢,又想起老天爷会给个宝贝,说不定下一镢头挖住才美哩。一镢没有,一镢还没有,说不定下一镢就出来了。下一镢给了她希望,给了她力量。本来想歇歇了,本来真挖不动了,可是又一个下一镢就会有宝贝在勾引着她,她成了个永动机,停不住了。"咣"的一声,响了,镢头挖在了虚土上,进去得很深,碰住了什么。是什么?真是出了宝贝?她的心跳了,跳得很快很急。她抽出镢头,慢慢地轻轻地刨着,不要把宝贝挖烂了。出来了,出来了,一个防潮布包着的东西。她蹲了下去,把那东西拿起来端详着,是什么?她看不透,试试分量,不重,不足一斤。她拭去表面的泥土,撕开了防潮布,露出了防潮纸,撕去了防潮纸,是个罐头瓶子,玻璃的,隔着玻璃看去,又是防潮纸包着,玻璃瓶的盖子还用蜡焊着。是什么?这么金贵?她费力地揭开瓶盖,费力地掏出瓶内塞的东西,拆开防潮纸一看,看见里面的东西,吓得她的头蒙了过去,两眼珠瞪死了,愣怔得傻了。钱,钱,十块的票子,卷得瓷实实的,很多,很多。她的手抖开了,身子抖开了,整个人成了一堆泥。她想宝贝,宝贝可来了,反倒怕了,怕得要命。好半天才反省过来,慌乱地往四下看去,什么也没看到,没有人,没有狗,连个鸟也没有,只有风还在呜呜地吼叫着,只有雪还在纷纷扬扬地飘着。她放心了,心诚则灵,想钱钱就来了,她忙把钱又装进瓶子里,把瓶子揣进了怀里,扛起镢头,一步一回头地看着,像刚刚偷了东西的小偷,胆战心惊地回到了家里。

大花闩上了大门,闩上了正房的门,又闩上了住室的门,听了听没有动静,才把钱掏出来放到床上。数了数,一遍,两遍,三遍,只想多少给一点添添买个摩托车就行了,没想到会这么多,不用自己的老本,买个摩托车也用不光。老天爷真是太好了。她把钱又收拢好,藏到了床底下,想想,又拿出来藏到了灶里,想想,又藏到了墙头上。这里,那里,藏来藏去都觉得不保险,恨不得藏到自己肚里。忽然间想起一个最最保险的地方,她公公活着时藏钱的地方。公公是个木匠,是条资本主义尾巴,做了活挣下钱不想交队里,不交又怕搜家,就在当间墙上掏了个小洞,把钱藏在里面,外边贴上领袖像,不要说人们想不到这是藏金藏银的地方,就是想到了也不敢去动一动,除非他活够了不要命了。她如法炮制,把钱藏好才放下了心,才拉开当间的门闩,才拉开大门的门闩,才又坐到火盆旁边,装着没事人一样,好好想想这笔外财。可是想不成,想心定,也定不住,乱得很,越装着没事,心事越重。这钱来得太蹊跷了,真是神仙念自己心诚赏给的?只听说过神仙给摇钱树,给聚宝盆,给宝葫芦,给魔笛,都是能叫变金变银的古物,没听说过直接给钱的,给票子的,还是现在用的票子。再说,要是神仙给,也不会包那么严实,又何苦埋到地里,扔到自己院里就行了。咋想咋不像。这钱肯定是人埋的,听爹妈说过,土改时地主老财埋金银财宝的故事。如今没有了地主老财,也不土改了,也没有人抄家了,为啥要把钱埋到乱葬坟里?一定是不义之财,不是抢的,就是偷的,花也不敢花,存也不敢存,放也不敢放,才埋到野地里。这两年贪污盗窃分子不少,法办的也不少,可总是还有人接班。大花去看过公审,她恨这些人。自己起五更爬半夜,累得骨头散了架,一天才能挣来三两块钱。这些人身不动膀不摇,没喘一口气,没流一滴汗,不费吹灰之力,就比万元户还万元户。真是撑死胆大的,饿死胆小的,这些人别说住监了,拉出去祭枪子也不亏材料。自己挖的这些钱,一定也是贪污盗窃分子埋的了。可叫你花!可叫你美!叫你空做贼一场,叫你白喜欢一场。做贼的偷了,没做贼的花了,花了还不承谁的情。大花笑了。花,明天就去买摩托车,不花白不花,花了白花,为啥不花? 自己又没偷没抢,挖地挖的,怕啥? 大花高兴,痛快,不单单是为了白白得到的钱,还为了那贼白白做了贼!

大花只一会会儿又不心安理得了,贼把钱埋了,必定挂在心上,必定要天天偷偷摸摸去看几回,要是去看看发觉没有了,一打听谁开的荒,还能不找到自己门上? 是贼都心毒得很,都手毒得很,能会轻饶了自己! 他不敢,谅他也不敢! 找到了门上,等于承认是自己做了贼。大白天不敢,半夜里? 大花头皮麻了。她听说过许多杀人灭口的故事。贼要知道了,肯定要杀自己,不杀怕走漏风声,死是一定的了,再也不得见男人玉良了。啥都舍得下,就是舍不下男人。这可咋办? 这可咋办? 明明坐在屋里烤火多美,为啥心里发毛? 为啥毛得一会儿也坐不住? 是不是该出祸事了,才鬼使神差地去挖地开荒? 才惹下这个杀身大祸? 不行,得赶快去报告,叫公安局把这个贼抓住,只有这条路了,只要把贼抓住了,灾星就落了,自己就平安了。她走到领袖像前,伸手去取墙洞里的钱时,又有些舍不得了。一大堆钱送出去容易,哪年哪月才能再挣这么多钱? 白白到手,再白白送走,白白给福也不享,自己是不是迷了? 自己真是天生的苦命? 怕,怕,就自己怕死,就自己的命金贵,贼就不怕死了,贼的命就不是命了? 自己不偷不抢就胆小如鼠,又偷又抢的贼就胆大包天了? 贼也是人生父母养的,心也是肉做的,不信他长有天胆,不信他就一点也不怕死。是贼都不憨不傻,他能不知道杀人要偿命,他偷吧抢吧贪污吧,图个啥? 不是想活个痛快? 他能是为了不想活才去做贼哩? 说不定他比自己还怕死哩,说不定他吃个哑巴亏算了。不交等于包庇了他,他还承我情哩。贼要是不吭不响算了,自己当成贼要杀自己就把钱交了,多可惜,多亏心,大花的胆子忽然又大了,伸到钱边的手又放下来了。

大花又坐下烤火了，自己劝自己放宽心。管它哩，是福不是祸，是祸躲不过。人的命，天注定，命的事，能是自己安排的？天下这么大，哪里埋不了钱，为啥会埋到乱葬坟里？乱葬坟那么大，又为啥偏偏埋在我开荒的地方？多少年想钱想疯了，为啥早没想起开荒，为啥晚没想起开荒，为啥就今天想起了开荒？去开荒又为啥不错南一点错北一点？为啥又那么巧恰好开在埋钱的地方？又为啥叫我挖住了，没叫别人挖住？这不是命是啥？"为啥"这么多，要有一个"为啥"不存在，就发不了这笔外财。大花解不开这一个又一个"为啥"，就认定是命了。既然是命中注定的，就不会有三灾八难了。买摩托车，今天就买，买了叫男人玉良回来骑，男人进屋一看摩托车，一定会高兴得乱蹦，会搂断自己的腰，会亲个不够，然后呜地一下去了，呜地一下来了。不行，得先在城里兜几圈，自己坐在后座上，也搂住他的腰，也在人前亲热亲热，也在人前风光风光。不行，摩托车这么贵，好几千块钱，自己不懂得好坏，买回来个坏的咋弄？对，打个电话，叫男人玉良回来一块儿去买，他想要个啥样的，就买个啥样的，花一大堆钱得买个称心如意。现在就去打电话。她站起来了，走到门口又不走了。男人玉良要问你哪里弄的钱，自己咋说？总不能瞒自己的男人呀！实话实说，就说是自己挖地挖的钱。男人会不会不叫花这些钱？她不由看看墙上的奖状，奖状上的金字闪闪发光，一张又一张都是男人得的。男人正在争取入党，觉悟比天还高，他会白花这钱？她去过男人的单位，听过男人给群众开会，讲什么心灵要美，说当一个人要想自己，也要想别人。说自己不沾光，也没少了什么，别人吃了亏可就少了什么。沾光的高兴，也得想想吃亏的痛苦，说多占一分便宜，心就会黑一块。这话不假，人是得将心比心，要不还算个人？这么大一堆钱要占了，心不是都黑完了。她坐了下去，又想开了。贼埋的这么多钱是在哪里弄的？要是偷公家的自己花了还不要紧，公家的腰比牛腰还粗，听说，招待所里吃一席都一百二百，一天能吃好几十席，天天吃月月吃都吃不穷，这点钱也不过是牛身上的一根毛。就是交上去，也不够他们吃一天。自己花了，也伤不住谁的肺，算不上背良心。这钱要是老百姓攒的，人家要指望这钱治病哩，没了这钱就会没命了。人家要指望这钱娶媳妇哩，丢了这钱就会打一辈子光棍汉，这家人就要绝后了。人家要指望这钱盖房子哩，没了这钱会急得上吊。人家挣这么多钱不知拼命拼了几年，可能比自己还难，可能比自己还急着等钱用。自己要是没挖住这钱，照样能活，再挣两年照样能买个摩托车，只不过晚和男人高兴两年罢了。自己要白花了这钱，自己美是美了，可就立时三刻苦了人家，可就要了人家的命，就要家破人亡了。自己为了能和男人早点亲热亲热高兴高兴，就叫别人去死，这不等于自己拿刀杀人了，自己成了个啥人？背良心可就背大了，一辈子啥时候想起来就会犯心病。是谁叫偷了，拿去给谁，救人家一命，一条命总比一辆摩托车关紧，人家也会承一辈子情，也会说自己是个好人，一辈子救过一条命，活个人也不算白活。

大花胡思乱想，左不是右不是，烦躁得心急火燎，再也坐不住了，想去找人商量商量。找谁？得找个亲人，找二大爷，自己从小妈死了，是他把自己拉扯大的。他当过农会主席，当过支书，现在不当了，可是啥事都经过。常话说，不听老人言，吃亏在眼前。大花说去就去了。

二大爷和二大奶在烤火，烤的木柴，烟火熏得二大爷又流泪又咳嗽。自己的男人要不是干部，哪有炭火，冷了，也得成天烟熏火燎。大花坐下去，把木柴架起来，弯下腰吹火，火着了，烘烘的火苗子起来了，没烟气了，热劲一点也不比炭火小，烤着也怪暖和人。二大爷看看她，又把架起的木柴弄塌，火不着了，又冒起了烟。看她奇怪就说："成天烤，有个烟气冲冲寒气就行了，要烤明火，一天得烧多少柴？"大花笑笑，不再拨弄火了。三个人说着闲话，东扯葫芦西扯瓢，说到了生活艰难，大花就试探着说："就得拾个几千块钱才美，也把家里好好装备装备；先不说别的了，我真要是拾个几千块钱，先给你买点炭，也省你们二老几十岁了还烤烟气。"她说着看二大爷的脸色。二大爷看看二大奶，摇着头说："你听听，你听听，现在的年轻人越变越坏了，连大花都想发外财了，外财能是发得的？唉，咋得了呀！"二大奶也帮上了腔，看着大花唠叨道："命里七合米，连七合一都不要想。常话说，没病别嫌瘦，平安就是福。你二大爷能平平安安一辈子，主贵就主贵在不爱外财上。"二大奶又讲起讲了几百次的故事。才解放时，二大爷还不是农会主席，农会主席是王老五，一个财主跑了，王老五领着二大爷们几个人去追，追到山上，地主急了，扔下了一箱子金银财宝，几个人拾了商量着咋办，二大爷看他们想私吞就推故去拉屎了，王老五们把值钱的私吞了，拣了几件不值钱的交给了农会，二大爷一个钱皮也没要，只装着不知道。后来，地主叫逮住了，向他要财宝，他说扔了，上级不信就把他毙了。再后来王老五疯了，天天自己打自己的脸，说了分金银财宝的真相。大家都说他让地主死鬼缠住了他，他才鬼掰嘴了。王老五疯得跳井了，二大爷才当上了农会主席，一干就干了几十年。二大奶讲完了过五关斩六将，又庆幸地说："你二大爷当时要动了心，他能当几十年干部？别看他当时没分吃了亏，吃得亏才享得福呀！"二大爷教育了一辈子人，下台后再没机会教育人了，心里老是痒痒，还想教育人就是没人听了。现在好不容易抓住了大花,就振振有词地说开了:"外财不富命穷人啊!人生在世,得凭良心行事,前边走过去后边才没有人捣脊梁沟。解放后不许说良心了,讲个毫不利己专门利人,你们年轻,没学过老三篇,你学学就知道了咋做个人……"二大爷从古讲到今,说个没完没了,大花打断他的话,苦笑道:"看我说句玩话,你们可当真了,我要真拾了几千块钱悄悄花了,你们该说不完了。"二大爷咳嗽着说:"我能不知道你是说的玩话,我是说人不能存下这个歪心。古话说当个人能背起银子钱账,背不起良心账,都说王老五叫鬼缠住了,我看是心病难害,毛主席说,不是不报,时候没到,时候一到,一定都报。"大花想起王老五就头皮一麻一麻的,二大爷当时要也分了金银财宝,说不定也只能喜欢一时,坏了一辈子。算了,算了,把挖钱的事说出来算了,为人不做亏心事,半夜不怕鬼敲门。她要说破了,张开了嘴不知为什么吐不出来,只好把话又咽了下去,把嘴又合上了,又坐了一会儿,就推故天不早了走了。

大花出了二大爷的门,心里有点灵醒了。回去就把钱交出去算了,听二大爷的话没错。二大爷没本事是没本事,可是落个一辈子平安,穷是穷,穷得有骨气,天上掉下块金子,掉到他脚边也不拾,能踢到一边照旧走自己的路。活个人图啥?雁过留声,人过留名。交!坚决听二大爷的。大花嘱咐自己,坚决不要三心二意了。谁知走着走着,二大爷的声音越来越小了,二大爷的形象越来越低了,她不由想起了村里开会的情景。二大爷咳嗽了一声,要开口发言了,一个"古"字刚出口,会场就哄一下笑开了,嘁嘁喳喳地说开了:"又是'古话说'了,明明是现在的活人,偏偏要说死人的古话。古话古话,不是古话能叫大家穷成这号样?"村里有几个人瞧得起他?老思想,老保守,老红薯干命!大花又心神不定了,身不由己地去到表弟王三娃家里。

三娃这几年发财发狠了,楼房瓦屋,屋里陈设得赛过神仙府。三娃的妻子回娘家去了,三娃独自一个人躺在沙发上看书,见表姐来了,忙给她让座。大花从雪地里进到屋里,突然浑身像起了火热烘烘的,一点也不像冬天,倒像初夏的天气。她落了座,眼睛四下瞧去,看不见柴火,也看不见炭火,热从哪里来,叫人奇怪,就问:"你烤的啥? 咋这么热?"三娃笑道:"对真人不说假话,我烤的是胆!"大花没听懂,十分新鲜地问:"胆? 胆也能烤火? 啥胆能这么热?"三娃嘎嘎大笑,拉开床前幔子,挥手一指说:"你看!"烤的竟是一只很大的电炉子。大花惊讶地说:"爷娃呀,你咋能烤这?"三娃笑道:"咋了? 烤柴有烟,烤炭有灰,又费时又不卫生,还得花钱。烤这多美,一举几得。"大花听得大睁着眼,提着心说:"也不怕人家查住了,罚你!"三娃不在话下地笑道:"小事一桩,比这怕人的事多了。想美就不怕,怕了就别想美。"大花连连摇头:"你可真胆大。"三娃得意地说:"从前是有理走遍天下,如今是有胆走遍天下。你锁手套可不怕,一天能挣几个,到猴年马月也美不成。"大花又不服又佩服,趁势把话引到了正事上,自叹不如地道:"咱真是胆比针尖还小,别说担险的事咱不敢干,就是脚底下有几千块钱,咱也不敢拾,拾了也得交上去。"三娃哈哈大笑:"交上去奖给个啥? 能奖给你个县长干干? 叫我我是不交。"大花想起了二大爷的话,反驳道:"古话说,外财不富命穷人。"三娃乱摇头,讥笑道:"古话,古话,我看你中二大爷的毒中得太深了。你要信古话,我也送你一句古话:'马不吃夜草不肥,人不发外财不富',都啥年代了,你还信这哩。"三娃又讲了些胆大人发大财的例子,讲得眉飞色舞,末了劝她道:"我送你一句今话:要想发,胆要大!"大花听得入心,只是嘴上还强辩道:"那也不能背良心,光想自己美,就不想别人苦了。"三娃忽然来了气:"良心?我才挣钱时啥不懂得,也讲良心,叫良心把我坑死了。良心,别人给你讲良心不讲?你出去挣个钱试试,你想吃他一个,他都想把你整个人都吃了!"这话不错,自己去料石场打小工,想卖力气挣个活钱,老王就想占有自己的身子。想起这事,大花不由脸又红了,不由又看看被抠过手心的手,不由愤愤地摇头。三娃以为她嫌自己的话不中听,就不屑地嘎嘎笑道:"算了,算了,算给你白说了,看你也不是发财的人。"大花心里还在恨着老王,眼里盯着火红火红的电炉子,一句话也说不出来了。

大花迷迷糊糊回到家里,迷迷糊糊地坐着,迷迷糊糊地想着。本来想出去串串门子,讨个主意,现在是越发没有主意了。没钱时,想着有钱了美得很,谁知有钱了比没钱还不美。二大爷古板正经的脸,三娃嬉笑怒骂的脸,一个推,一个拉,两个人在她心里吵开了,打开了,折腾得她一塌糊涂,急得要疯了。大花火了,恨自己没材料,恨自己没个主心骨。是福不是祸,是祸躲不过,算了,不想了,睡,睡睡脑子不疼了,再好好想想。她闩住门,被子包住头睡了,迷迷糊糊地睡着了,不知睡了多久,醒来时天已昏暗了。她折身坐起,想起了刚才的梦,梦见良心有了,摩托车也有了,男人也入党了升官了,也调回来了。这真是个喜欢人的好梦。她不敢动一动,是怕好梦会跑了,她静静地呆呆地坐着,顺着梦尾一步步往梦头追去,把这个好梦又重演了一遍,她笑了。多好啊,这真是一举几得。上哪里去讨主意?原来主意在梦里,要早知道梦里有主意早就睡了。她心里明白了,精神清爽了,便照着梦里的样子去公安局了。

公安局的老丁同志接待了她。她交出了罐头瓶,把根根秧秧说了一遍。老丁像听古经一样,两只眼眨也不眨地盯着她的眼,听她说完,把瓶里的钱数了数,连连夸她好好好。接着做笔录,问了年月日、姓名地址,又问:"挖住钱时有人看见没有?"

"没有。"

"连一个人也没有?"

"连个人毛也没有。"

"你对别人说了没有?"

"没有。"

"那你为啥不藏住自己花?"

"不是自己挣的钱,花着背良心。要是贼偷的谁家看病救命的钱,我要花了,等于把人家杀了。"她说了许许多多不该花这钱的话。

"好,想得好。这么多钱交了,你家里同意?"

"俺们那一口子比我还积极哩,他可让交。他在山里工作,叫张玉良。他说,这钱不交,等于包庇一个坏人,坑了一家子。他说,咱们现在不是党员,也要按共产党员的规矩办事。"

"好好好!"老丁心里很是感动,现在有些人见财眼黑,这个女人能不爱不义之财,也算得一个奇人了。他很表扬她一番,又问她有啥要求没有。

"啥也没有,我就怕贼知道钱叫我挖走了,会害我。"

"没事,我们会保护你的。"

大花心里一块石头落了地,高高兴兴地回到了家里,上午煎熬得没吃饭,肚子里也饿了,就做顿捞面条吃着想着好事。男人是个干部,自己是个老百姓,男人对自己这么好,自己帮不上他一点忙。这一回他正要入党,自己总算帮他往前进了一步。上级一定要表扬他思想好,肯定叫他入党,只要入了党,就能往上升升,大小升个官,也比现在强多了。看看隔墙的石股长,一天收的礼够自己过个年了。男人要熬到这一步会高兴坏了，一定会对自己更亲了。她想象着男人亲起来的疯劲，就心里甜了，身子麻了。再一想，嘿，人家要去问男人，男人要不知道，可就露馅了，钱算白交了，得赶紧给男人说一声，别坏了好事。她三口两口吃了饭，找熟人给男人打了个电话，推故说她有病，叫他赶快回来一趟，这才放下了心。

大花回到家里，准备了好菜好酒，又把炭火生得旺旺的，等着男人回来。她烤着火，约摸时间差不多了，男人要回来也该回来了，就支棱起耳朵听着外面的动静，外面只要"嗯啦"一下，她的心就喜得乱跳，就飞快地跑出去迎接，可一次又一次都扑了空。她埋怨男人，自己急坏了，你倒一点也不急。不怕你不急，一时我偏叫你也急急，不给你说，不给你笑，连摸一下都不叫你摸。外面又有响声了，她强忍着不动。一直到天大黑了，客车早就没有了，想着男人不会回来了，说我有病，你就不心疼，要叫我早就回来了，男人家心真狠。心里失望极了，一委屈就哭了，流了一阵眼泪，赌气要睡了，男人玉良回来了。玉良慌慌张张撞进屋里，看她好好坐着，就问："你不是病了吗？"大花眨眼工夫把赌气的事全忘了，忙站起笑了："我真要生病，你回来这么晚，我早就死了。"玉良问她有什么事，她说："好事，叫你高兴的事。"再问她到底是什么事，她还是不说，她想憋他一会儿，憋得他越急她就会越高兴。她给他扑打雪，给他端来酒菜，坐在对面眯眯笑着看他吃，看他喝。他倒真憋急了，就吓她说："到底啥事，这么大雪叫我回来，我忙得很，我得连夜赶回去，再不说我就走了。"说着真站了起来，大花本来想等睡到床上了再说，看他急成这样只好说了。她把下着大雪为啥要去开荒，走到路上如何想得个宝，细细说了一遍。男人高兴得不住亲她，喝一口酒亲她一下。当说到挖出钱时，男人不吃不喝了，听得眼睛比星星还亮。男人急不可待地问她挖出了多少钱,她犯难了,要是实说了,怕男人逼她让都交出去,就把交出去的钱数说了"三千元"。男人忽地一下站了起来,伸出了手,问:"钱哩?"她说都交了,交给公安局了。男人顿时脸子冷了下来,扑通一声跌坐了下去,生气地质问道:"谁叫你交的?就这样白白交了?"男人气啥?是不是埋怨她不该交,想由他去交?大花献好地说:"我给公安局说了,说我不舍得交,是你非要叫我交不可。说你说沾了一分光,心里就黑一块。这一回保险能给你立一功!"男人瞪她一眼,又"哼"了一声,质问道:"你咋知道我要这样说?"大花笑了说:"我还能不知道你的心思,我听你给群众讲过话。"男人倒噎了一口气,半天不言语了,停停才又埋怨道:"这么大的事,也不和我商量商量,就冒冒失失地交了!"大花听出味道不对,就问:"你是说不该交?"男人的火起来了,瞪大了眼说:"我说你不该交了?"男人刚才还热得和火一样,怎么忽然变成了冰块,闷闷不乐地吃了喝了就独自去睡了。男人为啥不高兴?莫非男人想把这钱昧了?男人可不是没良心的人呀!大花记得,去年过年时,她和男人一块儿去赶集,人很多,挤得透不过气,走到十字街时,见地下有个纸包,男人弯腰拾了起来,拆开一看,里面包着八元九角七分钱,多是角票和分票,钱里面还夹着一张药单。男人四下看看没人发觉,高兴地笑道:"谁白白送咱们五斤肉!"当时大肉一块九一斤。两个人又走了一截路,男人突然又笑了,说:"走,咱们去广播站,得把钱交了。"广播站就在附近,他们进去找到了负责人。男人说:"看看这钱都是小票,丢钱的人一定很困难,好不容易凑了这点钱买药哩。不知失主的什么人得了病,也不知得的什么病,得赶快找到失主,别误了病!"广播站马上广播了,失主的钱和药单失而复得,感激得都哭了。原来是失主的老娘得了急病,买回药才救了命。后来广播站还专门播了一条消息,说男人心灵美,心里装着人民群众,拾金不昧救人一命,演奏了一曲共产主义高歌。人们都夸男人,男人却不在话下,说得比水还淡:"别说八九元钱,就是十万八万也不能动心,这点觉悟都没有还算个干部? 我割五斤肉吃了,等于吃了一个活人! 我还能算个人?"男人这些话,大花如今还记得清清楚楚,肯定男人不是想昧这钱。要不是记着这些话,自己也不一定会交公哩。那么,男人到底气的啥? 男人一定是想自己去交。大花默默地洗碗刷锅,一边埋怨着自己交得太急了。当初为啥心里像钻了个虫子,不马上交上去就好像要疯了? 现在想想真是后悔死了。男人气的也在理,自己是个庶民百姓,就是交的钱再多,上级也不会给个官干,该种地还种地,交了也是白交。男人是个干部,干部们讲究个觉悟,这一大堆钱交上去就不一样了,肯定会往上升升,交了也交得值。大花埋怨着自己,灶里收拾干净后就怯怯地睡了。听听男人还没睡着,就在他身边表明心迹,重复着吃饭时说过的话,说交这钱都是为了他好,想帮他入党,想帮他升升,想把他调下来。男人不吭声,只叹气。她试摸着把手放到男人身上,男人厌烦地把她的手推开了,翻了个身,把冰凉的脊梁给了她。大花委屈极了,忍不住抽泣起来,哭得很是伤心。男人叹了口气,才又把身子翻过来,淡淡地劝道:"别哭了,已经交了就说交了的话,我又没埋怨你不依你嘛!"大花还是抽泣,说:"那你气的啥?"男人叹道:"这里头的学问深得很,给你说也说不清。亏你也是二三十的人了,还没长心,还和小娃们一样,分不清个轻重多少,啥也不懂!"大花听得似懂非懂,想再问个明白,男人已经打起了呼噜,就不敢再吭声了。

第二天一早,男人就又走了。每次走时,都是不舍得走,也不知搂几回亲几回才恋恋不舍地走了,这一回也没搂没亲就走了。大花很不是味,像掉了魂似的,总觉着心里空落落的。以前,男人每次走后,她就想着男人亲自己的细节,想想忍不住就突地笑了,笑得心里很甜,好像男人还在搂着自己还在亲着自己,凭着回忆心里能美半个月。这一次不中了,一想就想起男人的种种冷淡,就不由得掉眼泪。自己没有一点点外心,都是为了男人好。男人一点也不承情,埋没了自己的好心,这是为啥呀!大花伤心透了!

没几天,村里开个大会,说精神文明的事,要开展"五讲四美三热爱"的活动。村长不知怎么知道的,在会上说了大花交钱的事,把她着着实实狠劲表扬了一番,说她心灵美,说她是共产主义新人,说她为本村争了光彩,对照着她的模范事迹,又批评了村里一些青年只向钱看的不良倾向,叫大家都好好向她学习。末了,还要叫她上台讲话,对大家进行现身教育。她低下了头,羞红了脸,死也不肯出头,她说:"我没上过台,我也没讲过话。"会场上的青年人笑着闹着乱吼道:"干了上台的事,为啥不敢上台说说?""上呀!上呀!上去也给俺们上一课嘛!叫俺们也心灵美美嘛!"她听出话里有话,头就奋拉得更低了。几个年轻人一哄而上,不由分说地跑过来架她,半真半假地笑道:"该露不露,心里难受。知道你想说嘛,别不好意思。我们想上台说说,人家还不叫哩!"她搂住身边的树娃挣扎着,可是抵不过人多势众,到底把她架到了台上。村长嘻嘻笑着劝道:"大家想听你说说嘛,你就给大家说说,这又不是丢人的事!"这真是强赶鸭子上架,看着台下那么多脸那么多眼,大花心里咚咚乱跳,脸涨成块红布了,憋了半天说不出话,忽然又想起了男人,就想给男人补补亏,才说:"要凭我,我还没那么高觉悟哩,这都是俺们玉良的主意。玉良回来一次教育我一次,叫我不要见财眼黑,这一次又是他叫我交的,他说,别说就这三千块,就是十万八万咱也不要,要了良心就黑了!"村长带头拍手,底下也拍,拍得大花心慌意乱地跑下去了。

大花已经成了"模范",她自己还不知道。那些受了批评的人,面不改色,气不发喘,散了会就围住了大花,嬉皮笑脸地要她请客。

"当模范了,这可是千金难买,可得好好请请大家!"

"村长叫我们向你学习哩,你成我们老师了,能不请请学生们?"

大花红着脸说不出话,夺路而走。她往左闪,人们抢到左边拦;她往右边闪,人们抢到右边拦。她无路可走了。

"咋,舍不得了,老师?"

"你把老师看扁了,老师能和咱们一样见财眼都黑了,几千块都舍得交了,请客能花几个!"

大花强压着气,苦笑着求告道:"我身上没钱,真没钱!"

"还装穷哩,没钱能把几千块觉悟出去!"

人们死皮赖脸地拉拉扯扯着,硬是把大花推搡到糖烟酒商店里。营业员是个姑娘,熟人。一人拿了一盒彩蝶烟,对营业员指着大花说:"俺们老师掏钱。"说完大笑着哄一下散得没影没踪了。大花面善,不会开黑脸。人都走了,她只好强笑着,正要交给营业员钱时,这伙人又哄一下笑着冒了出来,推开大花,说:"走走走,我们可不敢敲模范的竹杠。就这都把头敲打烂了,要再报告上去,俺们可就要吃不完兜着走了!"说着每人往柜台上撂了一块钱,又大笑着四散了。

大花噙满眼泪看着手中的钱,无力再装进口袋里,想走都走不动了。营业员同情地劝道:"别和猴娃们一般见识,他们就好逗人!"

大花像一只被狼咬伤了的孤羊,艰难地回到了家里,坐下去就哭了。开玩笑能这样开? 还不如敲竹杠哩,这明明是耍人,把人不当人! 把钱交给公家,钱是我挖出来的,又没伤住你们一根汗毛,坏着你们啥事了？你们看我的啥笑话？越想越委屈，不由得哭出声了。

正在这时，表弟王三娃来了，进了门就黑着脸嘲笑道："表姐，不错呀！"大花知道他说的什么，头都没敢抬。王三娃坐了下去，又说："要不要我陪你去医院看看病？"大花糊涂了，才看他一眼，奇怪地问："我怎么了？我没病呀！"王三娃冷笑道："没病？我看你是得精神病了！为当个模范，就把几千块钱白白扔了！模范当个屁用，解放以来模范多了，表扬罢了，停几天就没影没踪了，该穷还穷！你要把这几千块钱买成东西，早晚都有东西在！"王三娃埋怨个没完没了，大花低声下气地说："我想着那钱来路不正，自己花了背良心！"王三娃嘿嘿笑道："你还讲良心哩！你把钱交上去，公安局要查出来了，把埋钱的人法办了杀了，为了当个模范，就害得人家老婆没男人了，娃子没爹了，人家能不恨你一辈子！"大花还要再辩几句，王三娃气冲冲地走了，到门口又回头重重地说："哼，不听劝，能得不轻。就是自己不想花这钱，把钱借给送给别人，人家还能承你个情。交给公家，公家可是记仇不记恩，公家有啥情！"

大花的眼泪被三娃吓干了，伤了的心上砸了铁块，直往下坠，压得透不过气。品品三娃的话就是有理，好像看见一个妇女在收尸，孩子在尸首上哭得死去活来，一群人指着她骂不绝口，孤儿寡妇忽地扑上来撕抓着她，咬她，打她，她吓坏了，急忙双手捂住了脸。当初咋就没想到这一步？脑子一热就闯了这么大的祸！拾的麦磨的面，送到自己嘴里的东西，自己不吃还反咬人家一口！大花越想越怕，从指头缝里往外看看，屋里到处都是仇恨的眼睛在瞪着她，她不敢再在屋里待了，就匆匆地逃出去找二大爷了。

二大爷还在烤着火，屋里狼烟滚滚，像熏腊肉干一样熏着老两口。大花来了,二大爷很高兴,让她坐到自己身边,真想像小时一样搂住她亲亲。多年了,他只要一开口劝说别人应该怎样怎样时,对方就满脸笑着说:"行,行,可行!"心肠好的人胡乱应付一句,转过身嘿嘿笑笑就算了。心肠不好的人,背过脸就"呸呸"吐口水,嘲笑道:"思想都老得发霉了,还想教训人!"二大爷听见过,伤心透了,不论社会往前走多远,也不论啥年月,当个人总不能不要良心啊!二大爷叹息自己老了,说话还不如放个屁哩。这一回大花听了自己的话,说明自己的话多少还有点灵,心里高兴得很。多冷的天,他成晌站在门口路边,逢人就叫人家站住,问知道不知道大花把挖的钱交了,然后就夸个没完没了,对方听得烦死了,他还讲得津津有味。他把大花看成知己,等着大花来。大花来了,他也没看大花的脸色,就说不及了,夸道:"闺女呀,你这一步棋算走对了。当个人就得三条路打中间走,也叫人们看看,天下还有要良心不要钱的人!"大花受了半天委屈,如今才算见了亲人,才听了几句就哇一声哭了,吓得二大爷蒙了,忙问她怎么了。她把一肚子黄连水都倒了出来,说了人们要笑她,说了三娃如何吓唬她。二大爷听得吹胡子瞪眼,连连骂道:"坏货,坏货!没一个好东西!良心都叫狗掏吃了!"大花抽泣着说:"真要把埋钱的人法办了杀了,我可背不起这个良心!"二大爷正颜正色地说:"我问你,埋钱的人会不会是从正路弄的钱?"大花说:"不是。"二大爷说:"不是从正路弄的钱,肯定是邪门歪道弄的钱。你想想,他要是抢人家的钱,偷人家的钱,或是贪污大家的钱,背良心不背?"大花说:"背。"二大爷笑了,说:"这就对了。你把钱交了公,是为了不叫坏人背良心,不叫坏人坑害好人,你这才是最有良心了!"二大爷说的也在理,要是不交,坏人抢了好人,自己又抢了坏人,才真是背良心哩!大花想想自己没背良心,就破涕为笑了。二大爷又说:"别听那些坏货胡说八道,他们对他们有理,上级咋不表扬他们? 我就不信,当个人谁不想光荣? 他们是看你受了表扬眼红你。自己端端正正做人,没病不怕喝三碗凉水,你气啥? 你还应当气气他们哩。"二大奶一直在弯着腰吹火,熏得眼泪巴巴的,这时也抬起头说:"你二大爷这两天都在夸你,昨黑他还把支书找来,说要叫你入党,两个人还抬了半天杠。"这是真的。昨天,二大爷捎了几次信才把支书叫来,二大爷批评说:"这几年多少人入了党,为啥没发展大花?"支书只是嘿嘿笑,不说话。二大爷瞪大眼道:"笑啥? 你说她咋不够格?"支书反问:"你说她哪一点够格?"二大爷理直气壮地说:"把这三千块交给公家,谁能办到? 就凭她不爱财的德行也够个党员了。"支书眯眯笑道:"不爱财是老标准。"二大爷气了,质问:"新标准是啥?"支书说:"除了自己不爱财,还得能帮大家发财,脱贫致富。"两个人为这事抬了很长时间的杠,一个说为人只要不爱财比什么都金贵,一个说不能为大家谋幸福就不能当党员,结果支书让了步,答应说可以培养,二大爷自告奋勇要当大花的入党介绍人。二大奶替二大爷表功,说:"你二大爷为你可没少说好话,就是支书……"二大爷瞪了二大奶一眼,制止道:"这是俺们党内的事,你少给我传话。"二大奶知道党的规矩,党内的事要保密,才把话题转了,说:"你二大爷最赞成你了,干干净净做个人早晚都安生。像比……"她又说起了农会主席的故事:"为人不做亏心事,半夜不怕鬼敲门。"大花听得心里乐滋滋的,不但把来时的苦恼早忘干净了,还觉着对不起二大爷,上台讲话时忘了说二大爷的功劳,后悔死了。大花这两年很少来二大爷家,不是不亲二大爷了,她没忘二大爷待自己的好处,只是一进二大爷家的门就浑身不自在。二大爷干了几十年支书,还是住着三间草房。窗子本来就小,又用塑料布捂得严严实实,不通风,不透光,再加常年烟熏火燎,屋里比监屋还黑,尿罐白天也塞在床底下,进了屋先是觉得眼瞎了,啥也看不清,接着又臊气熏人,使你又揉眼又捏鼻子。大花每次来就会想起人们对二大爷的嘲笑:"干得多排场,干了一辈子支书,自己都住在狗窝里,老百姓就可想而知了。"她同情二大爷,也有点瞧不起二大爷,嘴里不说,心里总认为他干支书白干了。她来了,二大爷总想叫她多待一会儿,可她总要编个瞎话推故匆匆走了。今天不同了,她坐了很长时间还没坐够,觉着这里才是人坐的地方,比坐在王三娃洋楼里美多了。二大爷说话入耳,听着气顺,听了心里亮堂;听王三娃说话怕人,越听心里越迷。天色已经昏暗了,大花不得不回家了,二大爷把她送到门口,还没说够,又站着说了半天,说要保她入党,还要推举她在村里当干部,以后也能和玉良平起平坐了。大花听得浑身都是精神,和来时大不一样了,好像换了一个人,回家的路上头也抬高了,胸腰也挺起了,连脚步也大了。自己做的是好事,为啥放着光荣不光荣?为啥见了人像做了贼?不怕,她给自己打气壮胆。她穿过十字街往家走去。一街两行都是邻居老熟人,平常见了都亲亲热热打招呼,有说有笑,现在忽然都变了,都可怜巴巴地看着她,眼光都充满了同情怜悯,担心一开口她就会忍不住哭了。她有点心虚了,装着谁也没看见,目不斜视,昂首挺胸地穿过人群,不想和人搭话,只求赶快回到家里。谁知街边卖烧饼的张大婶叫道:"大花!"大花站住了。张大婶招招手,说:"你过来,我问你句话。"大花不想过去,可是张大婶是好人,亲她,有时路过这里,总要叫她吃个烧饼,她不吃,说:"你是做生意的,光叫我吃!"大婶就笑了,强塞给两个,说:"哎呀,这能值多少,多卖几个就有了。你一个人吃饱了就全家不饥了,也省得再生火了。"她不知吃了张大婶多少烧饼。张大婶叫她,她只好硬着头皮过去,强笑着问:"咋?"张大婶怀疑地说:"听说,你把挖的钱交给了公家,真的?"大花点点头说:"真的。"张大婶又摇头又叹气,无限惋惜地问:"你咋想的嘛,能会交了?"大花低声说:"我想着这钱一定是谁贪污公家的,自己花了背良心。"张大婶又摇头叹气,埋怨道:"又不是私人的钱,花了背良心。公家的钱不花白不花,花了白花,这背个啥良心?"大花苦笑着不言不语。张大婶又愤愤地说:"公家对你多好? 连个小工都不叫干!"大花忽然又想起了老王,想起被抠过的右手心,脸忽地红了,尴尬得不知说什么好。这时,卖花生的、卖麻花的、卖甘蔗的男男女女都凑了上来,像责怪自己不懂事的儿女一样责怪着大花:"这女子,平常看你心底怪清嘛,咋糊涂成这了? 公家啥恩啥义。就说卖个花生吧,摊子摆上还没卖一分钱哩,就伸手要管理费了,你敢说个不字,马上把你的花生撒一地。你给了钱,他还过来过去伸手就抓着吃,比吃自己的还仗义! 你会和公家一心?""公家都不和公家一心哩,你咋想迷了和公家一心! 就说义娃这个万元户吧——"义娃是大花的紧邻,义娃的爹在东风厂当副厂长,厂里买了部新黄河车,没两天坏了个零件,义娃的爹拖着不修理,扔在院里风刮日头晒,过了半年一句话报废了,五百块钱处理给义娃了。义娃花了七八十元换了个零件,喷喷漆又成了部新车,转手赚了两万元。听说有工人提意见,还叫穿了小鞋,被贬到苦处做活。"你不坑害公家,公家还不依你哩! 你再没人一心了,会去和公家一心?"你一言我一语,把公家数落得一无是处,说的又是大花知道的真人真事,她想辩都无法辩,只得耷拉着头听下去。人们说足说够了,大花才无趣地走了。

大花回到家就睡了,心里乱成了一团麻,分不清谁是谁非了。二大爷说的有理,为人要只顾自己就和畜生一样了。二大爷呀,真会叫自己入党当干部吗？她突然感到脸上烘烘发烧，后悔死了，当初鬼迷心窍了，为啥没把钱交完？自己只有一半是人，还有一半是畜生，就凭这就入党当干部了，不行，现在再去把留下的钱交了。想着就折身坐起，从床底下翻出了钱，不交真要入了党多背良心。良心？张大婶说的也不错，公家有啥良心？去打个小工没打上，还叫抠了手心。想到抠手心，手心又突然发烧了，气得浑身哆嗦，咬牙切齿。当初真是疯了，为啥把三千块交了，就是一分不交也不解恨！想想又把拿到手里的钱藏到床底下，又躺下睡了。她迷迷糊糊想了半夜，后半夜才睡着了。她做了一个好梦，梦见和玉良一块儿入党了。上级叫他们两个人一块儿去开会，玉良骑着摩托车带着她，摩托车一阵风地开去，先在路上走，后来就升起来了，在半天云上飞，飞到一座高楼上，楼里金黄金黄漂亮极了。她眼看花了，头晕，晕得要倒下去了，玉良笑着搂住了她，亲她，从脚跟亲到脖颈，然后咬她的奶头，她自在得浑身酥痒酥痒的，后来咬得她生疼生疼，她就嗔怪着推他，他死皮赖脸咬住死不丢，她疼得受不住了，就扑打他，他却一口把奶头咬掉了。她吓坏了，疼醒了，才发觉是被头窝得太紧了，猫娃拱不出去，在上上下下地舔她咬她。她一把抓住猫娃扔到了地下，又想起了心事，再也睡不着了。

天大明了。她没睡过懒觉，要起时头晕得很，就又睡了。病了？自己就没生过病。她想起来了，两顿没有吃饭了，再加连着几天没睡好觉，可能是为这才晕。人为财死，鸟为食亡。她听人说过这句话。钱，钱，要为这点钱忧愁死了多不值得！她有点怕了，挣扎着起来去做饭。别人都有人心疼，自己是只孤雁，自己不心疼自己，谁心疼？她又想起了男人，他要在家啥心他都操了，现在啥都叫一个女人家操心！她想想又流下了眼泪。

有人敲门。男人回来了！大花心里猛一喜，千种苦恼一扫而光，忙擦干了眼泪，笑着跑着去开门。门一打开，大花就怔住了。公安局的，一男一女。两个人态度很好，跟着她走进屋里坐下，四下看看，连连夸道："不错呀，看你就是个巧人嘛，屋里收拾得真美！"大花没坐，靠门边站着，赔笑，等着他们问话。男公安和女公安互相看了一眼，女公安就拍拍身边椅子，对大花说："坐，坐，你也坐嘛！"大花就坐了下去。女公安满面笑容地说："大花同志，我们两个是代表公安局来感谢你的。石股长，你说说吧！"石股长笑笑，夸道："你拾金不昧，说明你想着国家，爱祖国，心灵美，值得大家学习。还有，你把钱交给公安局，提供了坏人的线索，帮助我们为民除害，立了大功。"大花甜甜地谦虚着，说这不算啥。石股长正色说："为人民立了大功，怎能说不算啥？为了不埋没成绩，你说说都是和谁商量过？将来好论功行赏。"真要行赏！大花心里真乐了，男人还气哩，咋样，没有白交吧！不怕他下一次回来不笑不高兴，还有二大爷，上两次都忘了提他，这一回也得好好说说，都讽刺挖苦自己，就他支持自己，功劳有他一份，自己可不能独吞了。大花想好了，就先说自己如何和男人讲，男人又如何教育自己，石股长问："当时你男人在家？"大花脸一红，说："我给他打电话说的。"石股长恍然大悟地"啊"了一声，大花又说男人玉良扎根就思想好，不爱财，只爱国家，啥事都和公家一心。石股长又问："后来你丈夫回来咋说？"大花心里一沉，嘴上却说："他可高兴了，说我听话，说不愧是干部家属，没给他脸上抹黑。"接着就夸起了二大爷，说自己是个女的不懂事，挖住钱吓得不知道该咋办才好，就先去找二大爷，二大爷给自己讲古论今，说到老农会主席咋死的，叫自己做个干干净净的人，还说交了就是和坏人坏事做了斗争。石股长专心地听着，女公安在本上记着。大花说说停停,是怕女公安记得慢了,会把男人和二大爷的功劳漏了。石股长听完了,看看女公安,又问:"你当时是咋想的? 突然得了一大堆钱,你就没有动一点心,想过不交没有?"大花心里一紧,格格笑了:"我是个没心的人,一看见这么多的钱心里就迷了,没想过交,也没想过不交,只想着得问问玉良和二大爷,他们说咋办我就咋办,我听他们的,他们叫交我就交了。这都是他们教我的,我啥也不懂!"石股长也笑了,说:"你太谦虚了。有没有人劝你不要交?"大花想起了逼他请客的人,想起了王三娃,想起了那一群做小生意的人,心里又气又恨,真想把他们都供出来出出恶气,可是又想起二大爷说过,害人之心不可有,就把到嘴边的话咽了下去。管他们咋要弄我是他们不对,背地里说人坏话背良心,咱可不干这号缺德事。大花想到这里就强笑道:"没有,谁也没劝过我不要交!"

女公安看看表,又看看石股长,石股长点点头,女公安才说:"感谢你的协助,埋钱的人是个贪污犯,我们已经逮住了。"大花拍手叫好道:"这么快! 是谁?"女公安说:"料石场的会计老王。"大花"啊"了一声叫道:"好! 好极了!"石股长一直看着她的神色,微微笑道:"你认识他?"大花才猛地清醒了,肚里马上来个三回六转,逮住他,报了抠手心的仇,打心里痛快高兴。可是一个女人叫别人抠过手心,这可不是小事,就是跳到黄河也洗不干净,要叫别人知道了,要叫男人知道了,自己还怎么活在世上! 大花连连摇头说:"不认识。"石股长怀疑地看着她,说:"他怎么说认识你?"大花吓了一跳还是摇头,死咬住不认识,说:"我就去过料石场一回,想打小工,一个连鬓胡子叫我去砸石子。这不是女人家干的活儿,我砸不动没有干,就再也没去过。"石股长说:"那个连鬓胡子就是会计老王。"大花说:"反正我不认识。"石股长看看女公安,淡淡地笑笑,说:"认识不认识都没啥，你要是受过他啥欺侮，啥时愿说了再说也不晚。"大花像吓丢了魂，脸上的血色一下子全落了，这货是不是把抠手心的事坦白了，不由浑身哆嗦起来，愤愤地辩白道："我就见过他一回，还是在办公室里，又是人生面不熟，我啥欺侮也没受过。"说着眼泪都出来了，追问："他说他咋欺侮我了？是不是我把钱交了，他恨我，就糟践我！我一个年轻女人家，你们可要给我做主！"女公安忙安慰她："没有啥就算了，我们怕他对你有啥不轨的行为，是想给你出气。"大花才止住了泪。石股长停了停，看大花平静下来了，又突然进攻道："老王坦白了，说他埋的钱不是三千块！"大花失神地"啊"了一声，脖子一硬，反问："他说是多少？"石股长冷冷地笑道："多少？他知道，你知道。"大花强挣扎道："你们就信他说的！"石股长这才缓和口气："我们不是不相信你。别说你交了三千块，就是只交一百块，你这种行为也值得表扬。我们是为你负责……"石股长和女公安凭着三寸不烂之舌，讲了办好事要办得完全彻底的好处，夸她有觉悟，说当时没交完，想留一点也是人之常情，还说，只要全交了，将来查清了有奖，奖的钱不比私自留的钱少。石股长还将心比心，说要是他得了这么多钱也会留下一点，想想再交了还不晚，还照样光荣。又说了不交完的害处，说天下没有不透风的墙，纸里包不住火，将来万一查清了还得要交，还会落个坏名声。又讲了许多案例，实怕大花身败名裂。末了，石股长又设身处地为大花着想道："我们是替你怕呀，你要是留个尾巴没交，将来真相大白了，大家会说，看，这两口子还有个二大爷，还没个犯人老实，比犯人还鬼，多难听。不要说你了，连我们也没脸见人了！"石股长和女公安说话比兄弟姊妹还亲，没一点外人外意的感觉，又讲得入情入理。大花听得心里乱动，本来想用这几个钱成全男人入党提升调回来，夫妻两个能恩恩爱爱在一块儿生活。自己是个农民，本来就不般配，要是为这几个钱再坏了男人的大事，男人不气死了，不和自己离婚才怪哩。想到和玉良分开，浑身不由瘫成了软面条。到时候，别说买不起摩托车，就是买了谁骑！权当自己没有去挖地，没有得到这笔外财！只要能帮男人立功提升调回来，比啥都强。想买摩托车，往后慢慢挣，还是花自己的钱保险！再说，石股长讲了奖的钱也不少，发财也发个光荣，何必偷偷摸摸弄得成天提心吊胆！大花脑子一热就拿定了主意，羞红着脸说："人都有三昏四迷，我当时叫鬼迷心了，也不知道咋想的，就稀里糊涂留下一点。昨天下午我就想送去，真的，真是昨天下午就想送去。"大花说着跑进了里间，把藏下的钱一分不留地都拿了出来。石股长和女公安很高兴，当面数了数，石股长问："没有了?"大花说："没有了，连一分也没有了。"石股长和女公安互相看了一眼，石股长说："好吧，我们先拿回去。"女公安给大花打了收据，两个人就笑着走了。

外财没一分了，大花手里干净了。二大爷的话，王三娃的话，张大婶的话，还有别人的话，突然间都飞得没影了，只有轻松高兴了。最高兴的是老王叫法办了，她伸开了右手，看看手心，再也没有火辣辣发疼的感觉了。"叫你抠我手心，不知道你抠了多少人的手心，你往后还抠不抠?"报复是最大的快乐，大花快乐极了，从来没有这样快乐过。还有，男人就要立功了，自己立功不立功不关紧，只要男人能立上功，比自己立功还美上一百倍。她又想象着男人亲起来的疯劲，想到了男人咬掉自己奶头的梦，浑身不由得酥痒酥痒的，不咯肢她也笑了。

风声不知怎么走漏了，才隔了几天，大花留下钱不交的消息就传开了。这天大花去卖菜，刚摆到地下，左左右右摆小摊的人都赶

快往一边移移,离她远远的。她强笑道:"咋了,怕我穷灰沾你们身
上了。"没人理她,只是叽叽咕咕说着什么,还一眼一眼看着她冷笑。
大花心里很不是味,不知怎么惹恼了大家,怔怔地蹲在菜摊后边。
买菜的都是熟人,看见她就取笑道:"哎呀,你还卖菜呀,真是!"不说
真是什么就摇着头走开了,去别的摊上买菜了。大花守了半天没有
卖掉一棵菜,又急又气,实在憋不住了,就跑到街对面找张大婶,眼
泪丝丝地问自己怎么了。张大婶也不像以前那样热乎了,擀着烧饼
有一句没一句地淡淡说道:"你把钱交了,大家都可怜你太老实了,
说你憨。原来你比大家都能,还留着个大头,又发财又立功,大家才
知道你把大家当成了傻屄,白可怜你了!"大花委屈透了,抽泣着说:
"我真没存心哄大家呀!"张大婶"哼"了一声,又说:"你知道埋钱的
是谁?"大花低声回道:"料石场的老王。"张大婶翻她一眼,把擀杖打
得哐哐响,数落道:"咱们这里谁没得过老王的好处? 不论高低人去
拉点石头,人家都没外待,本来拉两方,人家只收一方的钱。你这可
好,自己名利双收了,把大家的路断了! 公家的钱像河里的水,不流
进他腰包里,也会流进别人腰包里了。你没看看,有些多大的官,不
花一分钱就盖起了洋楼,他弄这几个钱算啥? 你把人家送到了死
地,他老婆上吊没吊死叫救下来了,唉!"有人来买烧饼了,张大婶就
和买主亲亲热热说起了话,把大花晾到一边了。大花没魂了,冷站
了一会儿,没趣地回到菜摊上,也没心再卖菜了,就收拾收拾担着回
去了。

　　大花还没到家,远远看见大门开着,心想一定是男人回来了,心
里顿时一热,真想扑到男人怀里哭一场,忙三步并成两步跑回去。
一脚踏进门槛,就见男人的脸像酱猪肝一样,她心里打了个冷战,强
装欢笑道:"你可回来了!"话出声泪也流出来了。男人好像没看见

她哭,就劈头劈脑地呵斥道:"你干的好事!我问你,你到底挖了多少钱?"大花低声下气地说:"五千块。"男人又呵斥道:"你为啥只交三千?"大花抽泣道:"我想留一点添添,给你买个摩托车!"男人一点也不领她的情,骂道:"你想买摩托车,为啥还要去觉悟?日你奶奶,你交了就交了,为啥咬我一口说是我教你的!"大花委屈地诉说道:"我想着这个功叫你立了,比我立着有用……"男人的火更大了,破口大骂:"立功,立你妈个×,你算把老子送到了死地!"男人从来没骂过她一个字,这一回是气疯了。男人入党的事本来都批了,眼看要宣誓了,谁知出了这个事。犯人老王坦白说埋了一万块,可是大花两次才交了五千元。公安局把详情转告玉良所在的单位,单位领导很气,批评玉良不该教唆妻子隐瞒赃款,叫他回来如数交公。玉良有口难辩,不但入党的事会吹,只怕还会受处分。玉良把前前后后的经过连说带骂讲了一遍,大花哭都不会哭了,只想给男人立一功,往上提提,没想到好心没好报,把男人推到了火坑。贼咬一口,入骨三分,公安局真要一万块,自己上哪里去弄?卖了房屋也凑不够。只说福从天降,谁知是祸从天降。家破了,男人反目成仇了,真是得福成祸。大花急火攻心,整个人全僵了,连黑眼珠都没有了,只剩下了白眼,憋了半天,哇地吐出一口鲜血。男人见她口吐鲜血,心里一软,火也就去了几分,蹲下去抱住头埋怨道:"谁叫你喝了迷魂汤把钱交了?你自己跑到杀锅上叫人家杀,怨谁?"大花哭诉道:"我想着你拾几块钱交了,上级都表扬……"男人被噎得半天说不出话,虎生①站起来指着大花骂道:"妈的,你还有理哩!你不会觉悟还想觉悟!我交!我交!一个糖疙瘩一分钱,我掏一分钱就买了,值得;

---

① 虎生:豫西南方言,指猛然、猛地。

你掏一百块买个糖疙瘩,也值得?你交得好,你把人家的一万块都交了!"大花哭泣道:"真是只五千呀,公安局也不能光信犯人的话呀!"男人说着气又上来了,恨道:"公安局不该信,你信了没有?犯人一说,你就先信了,就又乖乖地交出两千块,证明犯人说的是实话,人家凭啥不信?你算瞎披个人皮,歪好有个心也不会这号样!"大花哭成了泪人儿,求救道:"你说咋弄呀?"男人绝情地说:"我管你咋弄,你把你卖了赔给人家!"说着一怒而去。大花扑了上去,死死拉住男人,扑通一声跪到了他面前,苦苦求告道:"你不能走啊,你说说咋弄呀!"男人喝道:"现在来问我咋弄哩?晚八百年了。你交时咋不问我哩?你排场,你漂亮,你可能嘛!你自己找死,还要把我也活活送到了杀锅上……"男人气得成了一头疯牛,一脚把她踢到地上,气冲冲走了。

大花从地上爬起来,哭叫着去追男人,男人拾了一块土坷垃恶狠狠地冲她砸来,她不敢再追了,站住了,看着男人走远了,没有想头了,才回头失魂落魄地往家走。她沉重地走着,骂着,不怨天不怨地,不怨自己不怨男人,就恨老王,龟孙活着抠我手心,死到临头还要咬我一口,我坏着你啥了,你这样坑害我,也不怕背良心!良心?良心?自己一辈子干过啥坏事?是背地里捣过谁一指头,还是背地里给谁添过一句害言①?卖个菜不要说缺斤少两了,还老想着人家来个钱也难,总要给人家多称个三两二两。门口来个要饭的,锅里有两碗就要给他一碗,锅里要只有一碗就全盛给他,想着他可怜,下一顿不知能不能要来。只说良心好了有好报,谁知老天爷偏偏作践自己,坑坑骗骗背良心的人倒没灾没难!大花想想不由得又哭了。

---

① 害言:豫西南方言,指坏话。

往后咋弄？靠谁？天大地大，为啥把自己挤得没路可走？人在难中想亲人，谁亲？男人最亲了，自打结婚只说一辈子有了靠山，恨不能把心炒炒叫男人吃了，没想到自己害了男人，男人把自己当成了仇人，在难中撇下自己走了。还有谁？只有二大爷了，是他叫自己把钱交给了公家，才落到这个下场，找他，他总不能也不管，他总要给指条活路！

大花去找二大爷，她没想到把头梳梳，没想到把脸洗洗，也没想到把衣服换换，刚和男人吵过闹过，披头散发，满面泪痕，一身灰尘，她就这样去了。一个漂亮女人忽然间成了乞婆，经过十字街时，人们都瞪大眼睛看她，眼里充满幸灾乐祸的得意，大花每往前走一步，身后就有一句狠话："哼，又想发财又想立功！""这就叫又想当婊子又想立牌坊！""活该！""叫她试试啥滋味！"她好像听见了，又好像没听见。她的心大概已经死了，脸上没一点点表情，只是慌慌地走着。

大花到了二大爷家里，刚刚踏进门槛，二大奶奶就看见了，像看见鬼怪来了，慌慌乱乱地迎上来，一言不发就把她拉到门外，埋怨道："你还来弄啥哩！"

"咋啦？"大花蒙了。

"还咋哩？你办的好事，你还不知道！"二大奶一脸生气的怒色。

风烛残年的二大爷不中了，病危了。昨天支书找上门，批评二大爷，说他是老党员老干部，竟然会给大花想这号邪门，叫把钱交一点藏一点。还埋怨二大爷不该推荐大花入党，叫在大会上表扬她。支书生气地说："表扬得可好，这两天人们见了我就耻笑我，挖苦我，还说了很多难听话，说我为啥表扬大花，是因为大花的男人不在家，好像我和大花不干净，弄得我见人不敢抬头！"支书埋怨够了就气冲冲走了。二大爷气个半死,除了支书冤枉他的这些话,更气的是大花骗取了他的感情。二大爷成天念叨过去如何如何好,还想叫人们回到过去,人们不信他这一套,都说他是过了时的陈货,不时兴了,他不服,忽然出现了大花交了几千块钱的事,他看见了自己的信念还活着,就很高兴,觉着自己又年轻了,他逢人就夸大花,没想到自己认为最好的人恰巧是骗自己的人。二大爷垮了,好像刚燃起的死灰被浇了一盆凉水,支书刚走,他就一头栽到了火池旁边。二大奶吓死了,忙叫来医生,才算保住了一口悠悠气。二大奶气大花,恨不能撕吃了她,见大花又找上门,就没好气地说:"你看你还没把他害死,又来给病人加气哩!"

"我……"大花哭了,问,"我可咋弄呀?"

"我管你咋弄! 哪一点对不起你,你把你二大爷送到了死地! 你啥良心,你快走你的!"二大奶连推带搡把大花往路上推去,然后回身进屋关上了门。

大花站着没走,怔怔地看着,慢慢地眼前出现一片雪白,除了雪白就什么也看不见了。她笑了,笑得很狂,笑笑着跑了。

大花疯了,一天到晚在电影院门口,看着成双成对的男男女女,就跑上去拉人家,嘻嘻地傻笑道:"咱俩亲亲吧! 咱俩亲亲吧!"

人们只要一看见她就心酸,就摇头叹息,就想哭。

"凭良心说话,大花真是百里难挑一的好人呀!"

"唉,扎根她要把钱全昧了,死咬住没挖住钱,也不会弄成这样!"

"唉,扎根她要把钱全交了,别留一点再交个二回头,也不会弄成这样!"

"唉!"

"唉!"

张大婶只要远远看见她,就跑过去给她两个烧饼!

原载《当代作家》1988 年第 6 期

《中篇小说选刊》1989 年第 5 期转载

多了一笑

天天过去了，天天都一样，一样得像同一天的报纸，一千张一万张没一点点不一样。

天还黑着，不用看钟就知道又到昨天这个时候了。她照例悄悄起床了，照例没敢当场穿衣服，怕弄出响声惊动了男人的美梦，赤着身子把衣服拿到当间才穿，冻得浑身打颤，她没敢颤，冻得上牙下牙要交战，她强忍住不战。她穿好衣服，轻手轻脚去灶房做早饭了。这一切进行得没一点点声响，好像什么也没有进行，好像她还在床上睡着没动。

男人老王，是个国家干部。国家和干部都很伟大，他却一生平庸，不是没有本事，是没有带引号的"本事"，除了做本职工作，不会吃喝拉拢，嘴里吐不出甜言蜜语，脸上也不肯奉献一笑。干了几十年没有升迁过，从科员到科员几十年一贯制，似乎只有科员才是真革命，他决心要坚持革命到底。儿子小林看不起老子，说他干了几十年白干了，不说穿绣龙的蟒袍了，连绣麻雀的官服也没穿上，混了几十年还是白衣秀才。她反对儿子小林的看法，为他抱不平。在她眼里，男人老王是个有学问的人，他天天夜里看书，看到十二点下一点,就凭这她敬重他。她没工作,是个净家属,吃的喝的全靠男人的工资。想到是男人养活了自己,她就把家务活全包了,还要种菜园,一天忙得手脚不闲。男人是个懒人,从不帮她一指头,只是怜惜她。常说,做了一辈子,五六十岁了还没做够,不会叫娃子们去做?她不,儿子和媳妇都是大学生国家干部,她没当过干部,以为当干部的都很累很累,像她快六十岁的人挖地一样累人,累了一晌,下了班再叫他们做活,她不忍心。不过,她有时也气,不叫他们做活,叫他们吃现成的,他们还说长道短。常常嫌淡了,她就说,我都放一汤匙盐哩,要搁旧社会,这么多盐够吃十来天哩。也常常嫌咸了,她就说,多咸,我才放一汤匙盐,要搁旧社会,你想吃这么咸还不得吃哩。每逢这时候,儿子小林就嘻嘻笑,媳妇玉儿就窃窃笑,男人就摇头叹气。他们虽没批驳她,她却比受了批驳还要恼火。她就说,我知道饭做好了,又该说我不是了。说了就说了,她没一点反应,算白说了,她就气,真想把做饭的活儿撂下不管了,下定了决心,赌咒发誓不再做饭了。可是到做饭的时候忍不住又去做了。她想,自己还没睡到床上不能动,能做动不做,和儿女们赌气还能算个妈?

天大明了,媳妇玉儿从楼上下来了,到灶房里四下看看没活可做了,就问:"妈,我做啥?"

"你看住锅,别淤了。"她端起锅台上的鸡蛋茶走了。

男人老王还没醒,还在均匀地打呼噜。她把茶放到床头柜上,坐到床边轻轻地摇他,轻轻地喊他。他微微睁开眼看了看她,她说:"起来。想睡,喝了再睡。"

"还热着哩。"他看了看还冒着热气的碗,又要闭眼了。

她端起碗,稍稍抿了一小口,咂着嘴说:"不热了,正合口,再停停就凉了。"

男人一脸不情愿地坐起身子,她把碗递给他。他喝着,她看着他喝,心里比自己喝还美。她等着他喝完了好接碗。这时候,儿子小林掀开了门帘子,伸头看了她一眼,嘻嘻地笑了一声,笑得神秘兮兮的,还做了个鬼脸,然后缩回头要走了。

她感到奇怪,就问:"笑啥?"

"不笑啥。"儿子小林把缩回的头又伸进来。

"不笑啥? 那你笑的啥?"她追问,心想总有个啥原因。

"真不笑啥。"儿子小林还是一脸笑意。

"总是为个啥。"她认真了。

"啥也不为,"看妈认真了,小林便收起笑脸也认真说,"真不为啥。"

"不为啥笑的啥?"她穷追不舍。

"真是!"男人烦了,瞪了她和儿子一眼。

她还想问不敢问了,小林想走趁势走了。

小林感到好笑,到灶房里对爱人玉儿说:"刚才我对妈笑了一下,妈贵贱要问个为什么不可。"

玉儿在搅锅,斜了他一眼,说:"叫我也要问问,平白无故就笑了,总是有个原因!"

"你怎么也这样想?"小林有点奇怪。他想了想,也想不出个原因。从楼上下来经过爸妈住室的门口,不由掀开门帘子看了一眼,见妈又在伺候爸喝茶,就笑了一下,就这么简单。他说:"真没一点点原因,心里啥也没想。"

"这样说,你这是下意识地笑了。"爱人玉儿给他定了性。

话还要说下去,妈端着空碗来了,小林怕她再追问,急忙溜走了。

她喊住他,说:"咋? 老鼠见猫一样溜不及了,我能吃了你?"

小林在院里站住，回头问："干啥？"

她板下了脸，说："你心里要是没鬼，为啥这么怕我？你说说，你刚才到底笑的啥？"

"我不知道为啥！"小林顶撞了一句，犟着出了大门。

她委屈得眼红了，对媳妇又不好发作。

媳妇玉儿还是孝顺的。单位里女同志凑到一块儿爱数落婆婆，为了谁多吃一口少吃一口也说个没完没了。玉儿从没插过嘴，她认为自己碰上了好婆婆，没有为吃喝引起过不快。这一顿馍少了，婆婆就说："你们吃馍，我爱喝汤。"这一顿汤少了，婆婆又说："你们喝汤，我就爱吃馍。"只要改善生活，婆婆总是推故忙东忙西，好似油瓶倒了急着去扶，要等一家人吃过了她再去吃。还有花钱的事，谁家孩子们不交生活费？交的少了晚了都给黑脸看，婆婆不叫他们交，总是说年轻人应酬多，同学们同事们上婆家的结婚的，别人都去送礼你们能不去？朋友们在街上吃点喝点热闹热闹，能光叫别人掏腰包？人活在世上图个啥，钱金贵不假，还有比钱更金贵的东西，就是情义，只要你们把钱花到正处，我心里比收你们几个钱还美。玉儿对这些事很有点过意不去。还有，婆婆再忙再累也不叫自己帮忙，有时帮着刷个碗她也不让，总是拦住，说："你快去上班吧，别误了正事，反正我不上班，没个早晚。"特别是冬天，婆婆手上炸裂子炸得长道短道流血还刷碗，儿子小林看了心疼，就叫爱人玉儿去刷，玉儿就去抢着刷，婆婆不让，推开玉儿，对小林埋怨道："她细皮嫩肉，冷水一激还能不炸裂子！"小林说："你哩，你没看看你的手炸成啥了！"她就说："我老了，粗皮粗肉炸不炸坏啥！"玉儿很感动，几次和小林研究婆婆讲的"坏啥"，研究得心里很甜很甜，小两口之间添了不少爱意。当然，也不是没一点点矛盾，牙和舌头还时不时咬一下哩。婆婆没文化,思想也不现代化,说话做事也有看不惯的时候。像来了讨饭的,不论真可怜假可怜,婆婆都一律打发。给点馍就算了,可她总当成亲人看待,常常用家里的碗,给讨饭的盛碗热饭热菜。玉儿对这种事就很是不满,心里一百个怪婆婆不讲卫生,传染上了艾滋病可怎么办?讨饭的走了,玉儿就把讨饭的用过的碗开水烫滚水煮,消了毒还不放心,能记住这个碗十天半月不用。除了这点不足,可真是天底下难找的好婆婆了。

玉儿想着婆婆的好处,看婆婆一脸不高兴就劝道:"妈,你别生气,我问他了,他真不知道为啥笑。"

"天天都没笑,为啥今早去笑笑?不为个啥,我不信!"婆婆说得理直气壮。

"我也这样问他。"玉儿想解释是下意识,人人都会有毫无意识的言行,又想这个词婆婆听不懂,就译成了白话,说,"他这是无心,和你笑着玩的。"

"无心?"婆婆原来只怨儿子小林,玉儿这么一说倒提醒了婆婆,一定是儿子和媳妇在一块儿说自己什么了,就脱口而出地说,"无心?玩的?还值得跑来给你说说?"

"这……"玉儿说不清了,便有了几分不高兴,也不敢再劝了。

婆婆越想越断定儿子和媳妇在背后贬损自己了,要是说的好话去笑,会表白不及了。能说自己什么坏话呢?她感到委屈冤枉得很。怎能不委屈呢?她活得很难很难。儿子小林一岁那年,男人老王被打成反革命,没有了工资,被赶回家劳动,还说不算劳动,是改造,不给工分。两个女儿也小,做不了活儿。为了一家人活命,她只好一个人不要命了,白天在队里学大寨做死做活,夜里在家里纺花卖线,上山割柴,下河担水,样样都靠她,累得她大口大口吐血,还得背着躲着一家人吐,怕给一家大小雪上添霜。当时生活困难,茶饭不如富人家的鸡狗,怕小儿小林伤了身子,没敢叫他断奶,自己吃野菜喝稀汤变成奶水喂他喂到七岁。没想到长大成人了,娶了媳妇就变心了,嫌弃自己了。前天中午吃米饭剩了一碗,她舍不得倒给鸡吃,雪白的大米饭倒给鸡吃多可惜,第二天早上她把它炒了炒,吃饭时端到了桌上。她想着这是好东西,让别人吃,她不吃。谁知媳妇玉儿像吓掉了魂,叫道:"哎呀,隔夜的大米剩饭不敢吃,吃了会生病,报上都登几百回了!"她看看别人都不吃,她说:"都不吃,我吃,我不怕。"儿子小林说:"你吃?你生病还不如我们生病哩,我们病了有公疗不用花自己的钱。"小林说的实话,说时也没在心,说了就没影了。她听了就存到心里了,就想,我还没卧床不起就怕我花钱了。想起这事,再加这一笑,她心里就酸了,眼里就红了。

吃早饭时,她把饭菜端到桌上,说头疼,你们先吃,我躺一会儿。爸爸老王知道为什么,就说:"去喊你妈吃饭。"小林不愿去,怕她又要问为什么笑,便给玉儿使个眼色,说:"没听见?"玉儿抬身欲走,爸就对小林重重地说:"我是叫你去!"玉儿得意地一笑又坐下了。小林硬着脖子去了,妈听见他来装着睡着了。小林轻轻地晃悠着她,赔礼道:"妈,我错了,行不行?"

妈说:"你还会错?谁也没错,都是我错了。"

小林看妈不肯罢休,就拉起她的手往自己脸上打,撒娇道:"我叫你笑,我叫你笑!"妈妈挣脱小林的手,说:"你兴的啥?你们先吃,别叫你爸生气,我躺一会儿就去。"

天天吃饭时都有说有笑,今天都怨小林多了一笑,这顿饭便吃得没一点点欢乐了。爸爸瞪了小林一眼,小林低下了头,心里很不是味。小林知道妈亲他,他也亲妈,就是不想和妈多说话,越来越不想和妈说话。因为妈只会说过去,开口过去,闭口过去,不知道还有东南西北,也不知道还有将来。自己不知道,也不准别人说,谁只要说别的地方如何如何好,别的人家如何如何美,她就恼火,每次都用同一句话堵死大家的嘴,说:"真是人心不足蛇吞象,我看现在比过去美到天上了。"说得大家顿时没了情绪,热场变成了冷场。爸只要听她这么说,就二话不讲钻到书房去读死书了。玉儿是媳妇,不便回奉什么,就对小林无言地嘲笑。小林就气,就说:"妈,以后我们说话,你不懂,你不要乱打岔!"妈就脸红脖子粗,骂他:"我说坏啥了?找个人评评,我说的哪一点不对?行吧,你娃子长大了中用了,看不起妈了。你本事再大也不是天生的,要不是你妈,有你娃子吗?"这话不错,小林也坚信不疑,没有妈就没有他。可小林认为,这话该他说,他说了是念恩感恩,妈不该说,妈说了就说破了,很深厚的恩情说破了就浅薄了。怎么人老了就这样小性,就说今天这一笑吧,何苦生这么大的气,还揪住不放!

吃了饭,玉儿把小林叫到卧室里,忧心忡忡地说:"我看妈是真气了。"

小林问:"你说咋办?"

玉儿说:"你得去承认个啥才行。"

小林问:"承认啥?"

玉儿说:"承认你笑的原因。"

小林烦了:"我给你说过,没有原因。"

玉儿浅浅一笑:"没原因也得编个原因。"

小林气了:"啥呀,叫我去哄我妈?"

玉儿劝道:"这叫哄?去解开她心里的疙瘩,要不窝憋下病可不得了。"

小林想想也是，妈有高血压，前年就犯过一回，差一点脑血栓瘫了，就问："你说说，说个啥原因？"

"编呗！"玉儿笑笑。

小两口开始编了。都说说谎话比说官话套话大话真话容易，不过，要编得天衣无缝还真得费点脑子。编好听的怕她不信，编难听的怕给她加气，小两口好为难，这时方知编谎话也真是一门大学问大本事，看起来以后得另眼相看说谎话的人了。好在两个人都有文化，又都是干部，以往虽没说谎话的直接经验，但听的谎话多了，也算有不少间接经验。两个人编来编去，一时三刻编了许许多多，然后优中选优选了一个，认为这一个比真的还要真三分，还没一点点副作用，去一说保险话到病除。小林很高兴，就兴冲冲地去哄妈了。

妈还在睡着，见儿子进来，就寒下脸问："你又来干啥？"

"妈，我爸上班走了，我可给你说说，我早上为啥笑。"小林坐在妈身边，一脸兴奋。

"为啥？"妈顿时脸上放出光彩，好似久旱盼雨雨来了，折身坐起看着儿子。

"我不好意思说。"小林故弄玄虚。

"有啥不好意思？"

"我怕你脸红。"

"我老得都没脸了，想红也没地方红了。"

"那我可说了，你可别脸红。"

"你说。"妈被逗急了。

小林先笑，虽然没有第三个人在场，还是做出神秘的样子，对着妈耳朵悄声说："我看你和爸这么大岁数了，还亲这么很。"

"就这？"妈一脸失望。

"就这!"小林很是肯定。

"哼!"妈咚地又躺了下去,不满地质问道,"这又不是说我坏话,问你你为啥不说?"

小林怔了一下,说:"这? 当着我爸的面,我好意思说?"

妈又"哼"了一声,步步紧逼道:"就说你当场不好意思说,在灶房里问你你咋不说哩? 你要不是想的坏话,你心虚的啥? 别拿我当二百五来捉弄了!"

"这……"小林被问得哑口无言,到底不是说谎的老手,没本事接住话茬编下去,急了半天才说,"我要是说一个字的瞎话,就给你赌个咒!"

妈火了,又虎生坐起,说:"我知道你长大了会赌咒了,你说说,你想咒谁? 是咒你啊,是咒我? 我叫你赌咒了!"说了又躺下去了,把脊梁给了儿子。

小林愁眉苦脸地叹了口气,看看手表到了上班时间,就无可奈何地咂咂嘴走了。

上班的路上,玉儿得意地问:"咋样,妈笑了吧?"

小林摇头叹气说了经过,又冤枉地说:"笑一下算笑坏了,非逼着说个谎话骗她才行,说得轻了又不信,只该她气了。"

玉儿嘻嘻一笑,说:"怨谁? 谁叫你平常和她笑得太少了,你要天天和她笑几回,她看惯了还会有这事?"

这话不假。白天他们都上班走了,偌大的房子空落落的,只剩下她一个人,她顿时觉得像跳进冰井里了,便滋生了难耐的冷落和孤独。为了度过一大晌冷落和孤独,就手脚不闲地做活做饭,没活儿做了找活儿做。离下班还早得很,她就不住地看墙上的钟,看门外的路,盼着他们早点回来,也好有个人说说话。一日不见如隔三秋,这话只有热恋中的恋人和孤独思亲的老人才懂得怎么讲。她盼着他们早点回来，他们回来了，她喜笑颜开了，要开口说话了。可是，男人连眼也不斜一下，径直走进书房里去了。儿子跑不及地上楼了，和媳妇疯着玩去了，说呀笑呀，还放着录音机哇哇地叫得可欢了。她活在人当中了，也有热闹了，她感到的却是更加孤独，孤独得有点要发疯了。天天如此。孤独的天数多了，从忍受不了到习惯了，也就没有孤独了，一切都正常了，今天突然多了一笑，便又不正常了。

都上班走了，她才懒懒地起来。饭在锅里留着，玉儿临走时没忘记添上一块柴，饭还热乎乎的，她没吃，吃不下去。还像往常一样刷锅扫地做活。做着想着自己如今落得这般下场，都怨老实男人。那年从农民户口转市民户口，她才四十多岁，人家快五十的家属都弄个工人干干，能做不能做都月月拿工钱，旱涝保收。她也想去干个工人，她给男人说，想办法叫我也去吧，我去了保险比那些光拿钱的人强。男人死不透口，说急了，男人就说："我张不开嘴，好事能叫咱独占了，我没那么厚的脸皮！"男人说的也是这个理，一家人转成了市民，人不能得寸进尺。男人脸皮一薄，就耽误得自己当不成工人了。自己要也是月月拿工资的人，儿子和媳妇一定会另眼看待，如今成了包袱，怨不得人家嫌弃。儿子和媳妇是不是嫌弃？她过去只是这样猜想，前几天出了一件事，她便断定自己的猜想猜准了。那天吃早饭时，她用打发过要饭吃的饭碗吃饭，玉儿只看了她一眼，什么话也没说。中午吃饭时，儿子小林也用那碗吃饭，碗都端到嘴边了，玉儿突然夺过小林的碗。小林一愣，问："干啥？"玉儿笑道："我不爱吃稠的，咱俩换换。"玉儿把自己的碗给了小林，端起小林的碗，还装着边走边吃的样子走了出去。事后，她发觉玉儿并没吃，没吃也算了,留下喂鸡也行,可是连鸡也没敢叫吃,端到厕所倒了。她为这事伤透了心,心想,不怕我死,只怕她男人咋了,怕小林咋了也行,不该怕鸡也咋了,看起来自己连个鸡也不如了。为这事她害了多天心病,又不好对外人说,玉儿一点也不知道,还照旧妈妈长妈妈短。玉儿的嘴越甜,她心里越不是味,总认为小林和玉儿背地里常说自己坏话,表面上装得没事人一样。今天小林这一笑,勾引得她又想起了这笔老账,想想忍不住就流下眼泪了,都怨自己没本事,别的怨谁?

到了中午,她做好了饭,给邻居家说:"老王和小林回来了,叫他们先吃别等我,我去闺女家看看。"托付了捎话的人,就提着篮子去薅鸡草了。她不是闹别扭才走的,是觉着肚子发撑,怕吃不下饭会惹男人生气。男人整天不言不语,高兴了脸上一片笑,生气了脸上一片云,再高兴再生气都不说话,只是通过多吃半碗饭、少吃半碗饭,来表示自己喜了气了。她心疼男人,认为别人再亲也是有边有沿的,只有男人的亲才是无边无沿。男人要有个三长两短,靠谁都像靠在小柳条枝上,无风也会乱摇晃。为了怕男人少吃半碗饭伤了身子,有许多不顺心的事想说都忍住不说了。

老王和小林、玉儿下班回来,邻居给他们捎了话,小林和玉儿马上黑了脸,想着妈妈一定是还在怄气才走的,屁大个事值得吗?他们松塌塌地往灶房里走去,一股香气迎面扑鼻而来,揭开锅一看是逢年过节才吃的大米肉干饭。他们吊着的心放了下来,脸上也有了笑意。看样子妈的气消了,要不怎么还有心做这么好吃的饭?每次改善生活,她总是怕别人不够吃推故走开,今天肯定也是这样。想到一场矛盾冰化雪消了,两个人就高高兴兴地陪着爸爸吃饭,每个人都说了在单位里的见闻,又没人打岔,谈得很开心,饭也吃得快乐。吃了饭，玉儿说："你刷碗，我去接妈回来。"小林说："不用了，她一时会自己回来的。"玉儿说："有早上那个事，还是去接接好。"小林想想也是，玉儿就去了。不远，两个姐姐都住在城里，小县城不大，街这头打嗝，街那头能闻见吃的啥饭。玉儿先到大姐家，大姐说妈就没来。玉儿心里一沉，扭头就走。大姐追出来问出了什么事，玉儿不顾回话，直奔二姐家去了。二姐也说没见妈的影子，玉儿急得愣住了，自己问自己："她说过来这里了，她能去哪里呀？"二姐看玉儿慌里慌张，就问出了什么事，玉儿把根根秧秧说了一遍，是站在婆婆的立场上说的，把小林狠狠地埋怨了一顿。二姐会来事，虽然心里也急，在玉儿面前还是护着小林，埋怨妈道："这哪能怨小林，都怨妈老变小，老没材料，为个针尖大的事划着生气？"玉儿也替小林自责了一番，说："怎能怨妈？都怪小林无缘无故地笑笑，叫谁谁也要心里画个道道。"二姐安慰她道："没事，你先回去找找，我把屋里收拾一下也回去。"玉儿又央告道："你回去好好整整小林，也好好劝劝妈，自己的亲儿，打也打得，骂也骂得，有啥过不去的，别气坏了身子。"二姐连说："好，好。"玉儿就匆匆回去报信了。玉儿走在路上直往坏处想，越想事越大，人老了小性多，要想不开万一……玉儿出了一身冷汗，头皮都麻了。

玉儿跑回家，正要大惊小怪叫小林去找妈时，见妈妈坐在院里择野菜，顿时换了口气，又喜又恼地说："妈，你跑哪里了，叫我好找，吓死我了！"妈没抬头，听玉儿的口气好像是认为自己寻死觅活去了，便没好气地说："我跑啥？我要会死也算个人了！"玉儿倒噎一口气，心想：我又没笑你，我好心好意去找你，你对我发的啥牢骚？她委屈得要哭，想到自己是媳妇就忍住没哭，默默地走进灶房里，看留的饭还原封不动，就盛了一碗走到院里，双手敬上，忍气吞声地叫道:"妈,吃饭吧!"妈正在后悔刚才不该对玉儿牢骚,儿子是亲生的,说重说轻说过了儿子还是儿子,媳妇是外来人,再气再恼说话也得有个掂算分寸。她怕玉儿恼火不理自己了,谁知玉儿没有发火,还端来了饭,便有了几分不好意思,有心说句对不起,对晚辈又羞于开口,就轻言细语地说:"我看过了,亏你把饭小火温着。我不想吃,你端回去吧。"玉儿捧着碗不肯缩手,求告道:"妈,你早上都没吃饭,多少吃一点吧,别伤了身子骨。千错万错都是我的错!"说时忍不住眼泪噗噜噜落了下来。她看了也不由动情了,呜咽着说:"妈不是怪你,你待妈亲,女儿也不过如此,妈怎能怪你?我真是吃不下去,犟着吃了会生病的。"玉儿只好把饭又端回灶房里了。

　　玉儿觉得太委屈了。她从小在家里是爹妈的掌上明珠,兄弟姐妹谁敢说她个不字,马上啼哭乱喊闹得全家不得安生,只是到了小林家才变了性子。临结婚时,娘家妈哭天抹泪地求告她,说:"妈不求你养活妈,也不想沾你一分钱的光,只求你在公婆面前孝顺,别给妈挣骂,就算报了爹妈养你一场的大恩。去了要想着自己是媳妇了,不是闺女了,这是其一。其二,婆婆有了言差语错,要想想婆婆大字不识几个,自己歪好是个大学毕业生,该忍就忍,该让就让,别坏了自己名声。"玉儿到了婆家真是时时牢记,当媳妇是短处,大学毕业也是短处,对公婆小心伺候。再说,公婆也没外待自己,公公是个老实人,只要不妨碍他看书,天塌下来他也不管不问。婆婆更是千里挑一,一天三顿现成饭,香的尽自己吃,好的尽自己穿,从没说过一个破字。玉儿心里有数。别的小两口吵架,当婆婆的都偏向儿子,挑唆儿子狠整老婆。自己的婆婆不,总是帮着自己整儿子。一次,玉儿和小林吵架,隔了一夜小两口又好成一个人了,婆婆还不依小林,背着玉儿训斥小林道:"玉儿哪一点不好?长的仙女一样,又上过大学,还和凡人一样,成天慢声细语,来这两年对你爸和我没有红过一次脸,没有起过一次高腔,打着灯笼上哪里去找这么好的人?你要再敢对玉儿有个不是,我轻饶不了你,看我不敢撕吃了你!"小林给玉儿讲了妈妈的恶劲,玉儿笑得两只眼挤出了眼泪。只说能年年月月天天这样和睦平安,谁知为了小林一笑就拿自己出气,玉儿觉得委屈极了。

玉儿回到住室里。小林看书看迷了,玉儿狠狠瞪了小林一眼,就躺到床上,拉过被子包住头哇地哭了,小林才从书中被惊醒,问了几声怎么了,玉儿一声也不回话。小林急得去掀被子,玉儿裹得更紧了。小林叹了口气,不再理她了,又接着看书。玉儿在被窝里听不见劝她了,觉不着拉她了,心里更火,虎生撩开被子坐起来,冲着小林喝道:"你倒可怪美,和没事人一样,气叫我受! 我哪一点对不起她了,没吃饱就放下碗去找她,找了一家又一家都没有,害得我跑了几身汗,还差点吓掉了魂,回来二话没说就冲着我撒老虎性,这以后还有个完没有?"小林听她说了原委,嘿嘿一笑说:"亏你上过大学,这么快就婆婆妈妈化了,真是速成。我笑了妈一下,妈不依我;妈说了你一句,你又不依我,还叫我活不叫? 你要真受不了,我去找妈替你出气!"小林做出要去的样子,玉儿信以为真,一把拉住他,嗔怪道:"好爷娃,我叫你去了? 你是看都还没有气够,再去给病人加气?"说着把小林强按着坐到床上,小林拿起书又要看,玉儿一把夺过,恨道:"书里头有你的命,啥老啥小。我问问你,就这样算了,不把她的气消了别想安生。"小林烦烦地说:"我已经山穷水尽,只好由她气了。"玉儿说:"你别嘴硬,她已经两顿没吃饭了,这么大岁数的人,连饿带气还有个不出事的,下午躺倒了咱们夜里都不得安生,到时看你嘴还硬不硬,我可不管。"小林皱皱眉头,说:"你说叫编个谎话也编了,她还不信,我有啥办法?"玉儿笑了,对着小林端详了好大一会儿,说:"我也细细想了,你这几天就是喜得和往常不一样,常常自己一个人发笑,连睡觉走路都不安分,像吃了喜药。要没个原因,别说妈不信,我也不信。"小林戏弄道:"咋了,要查思想哩?"玉儿说:"反正有个啥事瞒着不说。"小林笑笑,说:"你到底也看出来了,我就实话告诉你吧,你可别恼火。我在外边找了个情人,不对,是有女的看上我了。"玉儿抿嘴一笑,说:"谢天谢地,我只说我眼瞎了,找了个没人要的男人,原来这世上还有个瞎女人和我做伴哩。不错,真不错,我的男人也有女人看中了,我也有值得骄傲的事了!"说完得意地咯咯大笑不止。小林急得一把捂住玉儿的小嘴,低声下气求告道:"你疯了,妈正在气头上,听见你笑得这样得意,不等于叫她喝农药哩?"玉儿从小林指头缝里透出了话:"你不是说由她气吗?嘴软了吧。"小林放下了手,问:"你说说你还有啥办法?"玉儿说:"你先说说你这几天喜的啥?"小林摇摇头,说:"真没啥。"玉儿甩手要走,说:"你不说为啥,咱也没有办法。"小林要说没说脸先红了,憋了一会儿才说:"给你说了你可别乱传,这还在秘密阶段哩。"玉儿催道:"别铺垫了,为啥,快说。"小林不好意思地一笑,说:"要提拔我哩。"玉儿听了心跳加速了,急问:"真的?"小林点点头。玉儿啪地打了他一巴掌,埋怨道:"这么好的事,为啥瞒着我?"小林嘿嘿笑笑,不好意思地说:"才考核,还没成真的,说它啥益,显得我这么不存气,小虫骨头喜不及了。"玉儿拍了拍手,推着小林说:"去,快去告诉妈,保险妈会笑岔了气,去呀!"

妈还在低着头择菜,小林来了,像小羊羔似的蹲在她面前,叫:"妈,你还在生气?"

妈不看他,说:"谁又没惹我,我气谁?"

"气我呗。"

"你都对着,我敢气你?"

"我不该瞒着你。"

"你还会瞒我?"妈还不看他,还不住地择菜。

"妈,你听我说呀!"小林夺下她手里的菜。

"我又没有不叫你说。"妈又拿起了野菜。

"妈,我可给你实话实说了吧。"

"你啥时候给我说过瞎话?"妈反讥了一句。

"妈,这一回是真的。"小林的脸又先红了,说,"上级要提拔我哩,我心里一喜就对你笑了,你可信了吧?"

妈心里一喜,差点笑出声了,拿着菜的手也不动了,端端地看着小林。当妈的谁不盼子成器? 可是看小林的脸像块红布,便又以真当假了,继续择着菜说:"哼,没当官,我都不配当你妈了,真要当官了,我还敢当你妈?"

小林急得搓手拧指头,说:"你还不信?"

妈说:"叫我信干啥,只要你自己信就行了。"说了也不看小林一眼,站起来拍拍身上泥土,就径直去喂鸡了。

小林败兴走了,不由得窝了一肚子火,这是为啥呀,这是干啥呀,这号老人家!

下午,大姐、二姐一同回娘家了,走到半路碰见了爸爸老王,就关心地问:"我妈好了没有?"

老王迷糊了,反问:"你妈好好的嘛,啥好了没有?"

二姐简单讲了玉儿说的经过,老王"哼"了一声,追问:"就这?"

二姐说:"别的没听说啥。"

"撑的!"老王很是不满,又问,"你们干啥?"

大姐表白道:"去看看我妈,劝劝她。"

"劝啥? 你们都是吃饱了撑的!"老王说了扭头就走,喃喃自语道,"哼,庸人自扰。"

大姐、二姐看着爸爸的背影,大姐愤愤不平地说:"真不像话!"

二姐问:"什么不像话?"

大姐说:"爸嘛,对妈一点也不关心!"

二姐问:"咋不关心?"

大姐说:"妈气得要死,他连个影也不知道,妈一辈子对他多好呀!"

二姐连连摇头,怜惜地说:"我看爸对妈就很不错了,扳着指头算算,像爸妈这种情况几个没离婚? 爸也够苦了,回到家里连个能说说话的人都没有!"

二姐说得不错。人们只看见老王遭罪时,受了老婆多少恩情,谁也没想想老王为了报恩,天天在忍受着多大的苦恼。老婆死做活、死尽妇道,几十年如一日伺候老王,可是,老王几十年地天天在受着老婆的折磨。像比,做条裤子腰太宽大了,老王说穿不成,她说是请邻居李局长的老婆照着李局长的裤子剪的,以此为根据就说:"人家李局长多大的干部穿着都合适,你还嫌大了小了!"老王忍了,不争长不争短地穿了。像比,看电视正看到有味处,出了杀人越货的场面,她就大呼小叫地说:"哎呀,咋好好地把人家杀了,看看死得多惨啊,老婆娃子可咋弄啊!"老王咽口唾沫,说:"这是戏,是演的,不是真的。"她不服,就说:"眼看是真的嘛! 你的心咋这么狠,说人家是演的!"说了老王也忍了,可她还叹气,流泪,抽泣得十分伤心,还骂那些杀人越货的坏人背良心,搅混得大家都不得安生地看下去。老王陪着叹了口气,什么也不说,默默地钻到书房去了。天天都能碰上这种鸡毛蒜皮的事和话,虽没伤害老王,可是比伤害了还不是味。二姐碰上过这种事,就劝她:"妈,少说话威信高,你以后能不能少说几句话?"她就睁大了眼,反问:"咋了,我说错啥了?是反对毛主席了,是反对社会主义了,还是烂舌头说谁闲话了?"二姐看她一副认真的样子,知道越说会越说不清,也就不再劝她了。二姐想着这些事就对大姐说:"咱们去了,千万不能顺着妈说,越顺她,她的气越大。小林不都说了,惹恼了玉儿,她到了老境就没人伺候她了。"大姐说:"妈也真可怜,咱们再不替她说话,谁还向着她?"二人说着话就到了。

妈在洗衣服,心想,都吃得饱饱的好好的走了,出去该说就说该笑就笑,说不定没一个人想着自己还没吃饭,这样一想就觉着自己最可怜了。这时两个女儿来了,平时没事见了两个闺女都想哭,何况今天出了这么大的事,没开口就先落泪,说:"你们来干啥?你们还记得有个妈?妈都快叫人家降①死了!"大姐拙嘴笨舌,直来直去地劝道:"别哭行不行?你看,你看,万一来个人多难看,还当咱们家里出了啥大事哩!"妈听了更添几分伤情,愤愤地说:"啥是大事?我快叫人家降死了还不是大事!我知道你们来干啥的,有人搬你们来结成伙子降我哩!"大姐辩解道:"谁搬我们了……"二姐嘴头子不饶人,打断大姐的话,冷冰冰地说:"妈,你口口声声人家人家,人家到底是谁?咋降你了?给我们说清楚了,我们也好给你出气!"妈被问得愣怔了半天,气也被按下去了大半,才松松地说:"别的还有谁,就小林一个就够了。"二姐嘲讽道:"我还当真是人家哩,原来是自家嘛,啥时成了人家?你说说,小林怎么欺负你了?"妈的劲憋得很足,

① 降:豫西南方言,指欺负。

真要叫说又觉着不值得说了，只好淡淡地说了小林一笑的事。二姐扑哧一笑，说："我和大姐走一路愁一路，当成了多难解的疙瘩了。妈，这就是你的不对了，他对你笑了你生气，难道见你就黑着脸子你才高兴？"妈受了批评，板起脸子，说："你别教训我，好像我老得连个好坏脸都不懂了。我也知道这是小事一桩，只是问问他为啥笑，他一时说，啥也不为；一时说，是看我对你爸好；一时又说，是要提拔他，他心里喜。你们想想，针尖大麦芒小的事都对我不老实，别的会和我一心？"二姐听了暗暗埋怨小林，是啥就咬住是啥，为啥要变来变去，越变越说不清。她嘴上却说："说来说去不就是为了一笑吗？你扎根就不该追问为啥笑，一家人要计较这种事能计较完吗？"妈振振有词地说："笑？往常为啥都没笑，今天为啥笑？你们也识文断字，想想能没个原因？"二姐问："按你想，他为啥笑？"妈"哼"了一声，说："反正不会是好事，这几天他们就……"新账旧账都涌到了嘴边，小林说"你生病还得咱们花钱"的事，玉儿把饭倒进厕所的事，她都想说又都不能说。两个女儿出嫁了，小林结婚了，一家人变成了三家人。可是，吃的喝的用的没有分过彼此，三家人还像一家人，三天两头互相来往走动，门口才没结下蜘蛛罗网。自己要是在他们中间传言送语，说些伤情的话，挑得姐弟间犯了生分，亲骨肉变成了路人，自己这个当妈的还算个妈？她想到这里啥话都没有了，只有眼泪，姐妹两个问急了，她才说："我老几十岁快死的人了，我对他们还会有啥过不去的，恨不得把心都扒出来炒炒叫他们吃了。我哪一点对不起他们，只求他们说到明处，不该在心里画上道道，对我挤鼻子弄眼，拿我当外人看待。真要嫌弃我了，我去拉棍要饭也不连累他们！"越说越伤情，哭得凄凄惨惨，大姐忍不住也长道短道流泪，二姐还要再说下去，大姐拉拉她的衣裳襟，恨道："你别再说妈了！"

　　姐妹两个没劝好妈妈，叹了一阵气也就走了。出了门，大姐就埋怨二姐，说："你怎么能一直一面斧砍，也不为妈说一句话？"二姐"哎呀"了一声，说："你咋也糊涂了？咱们能两面斧砍吗？小林这头连着玉儿哩，你想想能说吗？自古以来有多少家事都坏在小姑子手里，小姑子顺着娘说媳妇的不是，传到媳妇耳朵里，有几个不结仇记恨的？"大姐想想也是，说："清官难断家务事，真不假。"二姐为了表白自己不是大姐不叫说才不说，就说："看妈吞吞吐吐的样子，一定还有内情，咱们问问小林再说。"

　　小林上班时接到二姐电话，叫他下了班和玉儿一同去她家吃晚饭，小林满口答应了。小林和两个姐姐亲得很。爸妈就他一个男孩儿，娇贵得很。小时候，逢上那场怕人的"大革命"，爸妈成天在外边做活，怕小林万一出了事，两个姐姐就停学在家，轮流抱他，哄他玩。他稍大一点，又领他上山拾柴、野地薅草，他再顽皮，两个姐姐也没动过他一指头。一次，两个姐姐领他剜野菜，大姐问他："小林，长大了干什么？"小林想了老半天，才说："长大了弄个白馍吃吃。"二姐忽然恼火了，喝道："没出息的东西，说，长大了到底想干什么？"小林还是说："弄个白馍吃吃！"二姐哭了，按倒他就打，边打边问："再说，想干什么？"小林死不改口，一个劲地直叫："弄个白馍吃吃，弄个白馍吃吃！"二姐还要再打，大姐扑上去护住了。二姐气红了眼，拳头雨点般落到了大姐身上，打足打够了，三个人抱成一团哭得天昏地暗。然后，二姐拖起小林就走，狠狠说："吃！吃！今天就叫你吃！"大姐追上去，说："你把他往哪里拉？"二姐说："你别管！"死劲拖住小林往前走，小林走不动了，她就把他背上，边走边愤愤地说："爸妈多难，指望你长大了争口气，你要吃白馍，你还有点志气没有？爸妈受的啥罪呀？"大姐紧紧跟在后面，一直喊："你要干啥呀？"二姐狠狠地说:"我要把他卖吃了!"一直走到街边一个小饭店门口,二姐把他交给大姐,说:"你看住他,我去去就来。"大姐问她干啥,她不回答径直跑了。小林看二姐跑了,就泪巴巴地说:"我二姐去干啥哩?"大姐说:"不知道。"小林吃白馍的心不死,死死盯着店铺里边的白馍。一会儿,二姐转来了,质问小林:"说,想吃几个白馍?"小林怕再挨打,就心虚地说:"吃一个。"看看二姐难看的脸色,又说:"吃一嘴。"二姐进去了,顷刻拿着两个白馍出来了,递给弟弟小林,发狠道:"吃,今天你得把这两个馍都吃完,看你长大了还想吃不想!"小林接住馍就狼吞般大口咬着。大姐傻眼了,看了好一阵才发觉二妹没有头发辫了,大姐哭了,说:"你、你把头发辫卖了?"二姐说:"你别管。"小林只挨过姐姐这一回打,也只有这一次吃的白馍终生难忘。为了他,两个姐姐没读成书,误了前途,连个全民工也没混上,爸爸平反后才安排个集体工。后来,他上高中读大学,又是两个姐供养的。现在虽说他当了干部,从没忘过姐姐们的恩情,更没有小看过姐姐,常说:"要不是为吃个白馍,挨了二姐一顿苦打,要争口气,我还上不了大学,当不上干部哩!"

下了班,小林和玉儿一同去二姐家。小林特别爱去姐家吃饭,不论好坏饭,都比在家里吃着香,还能喝点酒。在家里不行,家里有爸有妈,不敢随便。有时偷着背着喝杯酒,爸只要看见了闻见了,就板脸就哼唧就说:"小心酒后无德,酒香不如书香,酒醉不如书醉。"吓得小林转过头直对玉儿伸舌头。到了姐家就没天没地了,愿咋说就咋说,想咋喝就咋喝,才能痛痛快快地当会儿人。玉儿也愿去姐家,姐们对她和待亲妹妹一样,不像别人对兄弟媳妇,总是笑得隔了一层纸。玉儿央二姐去劝妈的事没告诉小林,小林不知道,还当成是叫他去吃香的喝辣的了,就一脸笑眯眯的。玉儿看看他,笑道:"你别喜得太早了,准备着挨训吧。"小林摸不着头脑地问:"挨训？我怎么了？"玉儿叹道:"哎呀,说你是个没心人,一点也不假,多大的事你可忘了？"小林更迷糊了,问:"多大事,啥呀？"玉儿"哼"了一声,说:"惹妈生气的事呀,你真是忘了？"小林"啊"了一声,他真是忘得干干净净。别说和妈生气的事,就是别人说他长道他短,他也不放在心上,眨眨眼就烟消云散了,从来不记仇,遇事该怎么办还怎么办。今天这事出在家里,出了家门就没有了。看玉儿把这事当成了天大的事,就嘲笑道:"我的心胸没有你的大,心小,装不了多少东西。要是成天把鸡毛蒜皮坷垃粪草都装到心里,把心装得满满的,就没地方装正事了,还咋工作？"玉儿生气地说:"噫,我咋忘了,你是一心为公的积极分子,算咱多操闲心了。"小林笑道:"我这人就是这样,是个现实主义者,从来不记前一分钟,前一分钟已经走了;也不想后一分钟,后一分钟还没来,只想着把握住眼前这一分钟,把眼前的事办好。"玉儿不耐烦了,说:"算了,算了,谁还不知道谁吃几个馍,别在我面前卖弄学问了,到二姐家你就明白了。"

二姐准备了好菜好酒,正和二姐夫在灶房里忙着,大姐在帮着烧火。小林和玉儿推门进来,先到灶房里看了酒菜,只觉香气扑鼻,小林就乐得不可开交,看看玉儿取笑道:"你猜错了吧!"玉儿咪咪笑而不语。大姐问:"啥子猜错了？"小林得意地说:"玉儿说你们叫我来是要整我的,我说肯定不是,她还不信。"大姐笑了,说:"谁说不是？可是哩。"玉儿开怀大笑。二姐说:"到底玉儿比小林聪明,叫你来,就是叫你说说你咋惹妈生这么大气。"小林看看她们都一脸喜气,就笑道:"真是酒没好酒,宴没好宴,原来你们都串通好了,叫我来围攻我。你们说是文斗还是武斗？我可是不打自倒。"说得大家哈哈大笑。二姐夫挥手撵他们,说:"你们都先去客屋里说吧,别耽误我做饭。"二姐附和道:"对,你二姐夫是外人,家丑不可外扬,咱们去客屋里说。"大家动身要走,小林坐到了大姐刚起来的小椅上,说:"你们去说吧,说啥我都承认,我帮着二姐夫烧火。"玉儿一把扯起了他,说:"你是被围攻对象,你不去还围攻谁?这里就二姐夫和我是你们家的外人,外人不干涉你们的内政,你们都去,我帮二姐夫做饭。"小林只好和大姐、二姐一同去了。

到了书房里坐下,小林把妈生气的经过又说了一遍,和玉儿说的一模一样,大姐听得不耐烦,就说:"不说这个了,一笑是明的,说说还有啥暗的,背着妈说的话、做的事,叫妈听见了看见了?"二姐瞪了大姐一眼,纠正道:"不是暗的,也不是背着的,许是玉儿你两个不在意说了什么做了什么,中了妈的心也是有的。一个锅里搅稀稠,又是亲骨肉,不注意不在心的事多了。"小林就开始想了,想得皱起了眉头,大姐、二姐不断提示启发,吃的呀,穿的呀,亲戚来往呀,花钱呀,什么什么呀。小林想得头疼也没想出什么。也真是没什么可想的,古来有二十四孝,小林也够格当二十五孝了。前些年,一次妈得了高血压微血管血栓,躺在医院里不会动弹,只会嘻嘻嘻地傻笑。也真巧,也真不巧,当时单位里正要选送小林去上海培训,回来后肯定会受到重用。两个姐姐和玉儿都劝他:"机会难得,有我们三个轮流伺候,你只管放心去吧。"小林坚决不。他最看不惯这种人,干个不痛不痒的小干部,平常吊儿郎当,逢到爹妈病危,忽然间来了神,公而忘私坚持工作,多么忠心保国似的。天下人多了,少了你一个地球照样转;人浮于事,少你一个人工作照样开展。真要是少了你马上就要亡国,你坚持抗战就是死了爹妈也值得,也情有可原。利用爹妈病危来表现自己,不就是为了一级一职?小人!小林对姐姐和玉儿说:"不说孝心了,还有人格,父母要死能顾而不顾的人,我不信会忠心为公!"他谢绝了单位领导的好心,一直守在妈妈身边,七天七夜没眨一眼,熬到晕得扶着墙走。妈妈病好后后悔了两年,说自己误了小林的前途。自打妈妈生了这场病,玉儿和小林就月月悄悄给妈存七十块钱医药费,已经存了两千多块钱,一分也舍不得动,到现在还看的是黑白电视。小林想不起什么,就说:"我就没有不亲妈的心,咋会做嫌弃妈的事?还是问问玉儿吧,她记性好,能记些陈芝麻烂谷子的小事。"说着喊玉儿来了,叫玉儿好好想想。玉儿想了半天也没想起什么,四个人便没办法了。

　　说时,二姐夫端上了酒菜,看看一个个愁眉苦脸的样子,边倒酒边说:"咋啦,还没说完说好?"大姐摇摇头,说:"啥原因也没找着。"二姐说:"我看,不论你们有没有不对的地方,你们都得承认个不对,要不,我看妈这口气咽不下去。现在天冷了,树木叶落是老天爷放人的季节,你们就委屈委屈说自己个不是,别叫她的病再犯了,谁叫咱们是儿女哩。"二姐夫看二姐一眼,连连摇头反驳道:"你这是瞎主意。我听玉儿讲了,你们承认自己笑得不对,她就信了?"二姐反问:"你有办法你说嘛!"二姐夫笑道:"咱是外人,不干涉内政。"二姐反唇相讥道:"你别拿捏,有屁谁不叫你放了?"大姐央求道:"一个女婿半个儿,你有好主意就说说吧!"大家都看着二姐夫。二姐夫在一个企业里干事,见多识广,看大家求他,就说:"小林已经给妈说了两次,妈都不信,到了这个份儿上,小林一笑的原因,越说得好她越不信,得说坏话她才会相信是真的,说的原因轻了小了还不中,得说个不大不小的事,这事得似有理实无理,看着是妈错了,其实她是对的,叫她有个辩头,争辩到底她胜了,你们输了才行,叫她真错可万万不中!"四个人听得睁大了眼,同时叫道:"说得这么复杂!"二姐夫说:"简单的事情复杂化,这就是中国的特色。拍马屁也是门大学

问,明明是拍马,还要拍得不是拍马。"说得大家都又笑了。大姐说:
"看样子,你已经想好怎么对妈说了?"二姐夫说:"这么容易? 我要
有这么大本事也早当官了,大家都想才行。"小林不耐烦了,伸手去
端酒杯,说:"想到啥时候了,先喝酒吧。"二姐挡住小林的手,说:"等
不及了? 想好了心里没事了才喝得痛快,还怕没你喝的?"大家看着
桌上的酒菜都皱起眉头努力去想,二姐夫看大家挺为难,就说:"这
样苦想怕也想不出来,我看边喝边想吧。咱们也行个酒令,轮到谁
谁装成小林,对妈说个笑的原因,说好了不喝,说不好了罚酒一杯。"
大家都说:"这样最好,说不定热闹热闹脑子就开窍了。"二姐夫说:
"大家都赞成的话,我就当酒司令,我先喝一杯。"说时端起酒一饮
而尽。

论资排辈,第一个是大姐,憋得脸红红的才说:"妈,我笑你啰
唆。李老三受不住儿媳的虐待上吊死了,你见我一回说一回,说十
回也不止了,我耳朵都听出茧子了,你还当没给我说过哩。行吧?"
大家都说:"不行,不行!"二姐夫评判道:"事太小了,妈也辩不出个
啥兴致。再说,和当时小林一笑的场合也挂不上钩,她根本不会相
信。罚酒一杯。"大姐不喝,被玉儿强灌下去一杯酒,大姐辣得流眼
泪,口口声声叫道:"都怨妈,叫我受这个罪。"轮到了二姐。二姐早
已想好了,笑道:"我这个保险中。妈,我笑你关心我爸都关心不到
正经地方,只知道叫我爸喝鸡蛋茶,不叫我爸戒烟。大家都叫他戒
烟,就你一个人反对。你说,他一辈子吃喝嫖赌一样都不沾,就爱吸
个烟,再戒了就没一点嗜好了,怪可怜人的。行吧?"小林摇头笑道:
"不中,不中! 她这是真不对,辩到天边她也不对。不符合二姐夫的
要求,她最后胜不了。"二姐夫也说:"事还算不大不小,就是没有辩
头。罚酒一杯。"二姐连连叫苦道:"我还想着挺圆的,妈算把咱们难

住了。"说完端起杯子灌进了小林嘴里,笑道:"都是你惹的祸,你不喝谁喝?"下一个轮到了小林。小林想了半天,端起酒杯,求饶道:"我编瞎话真是外行,没那个细胞,我自甘认罚,重罚,喝两杯。"二姐说:"我看你一点也不憨,酒也喝了,还省了脑子。"大家又笑了一阵,轮到了玉儿。玉儿羞红了脸,推辞道:"大家行酒作乐编着圈哄妈,酒后妈要知道了多不好,你们不怕,我可不敢。"大姐不依,说:"咋了? 和小林一个床上睡两年了,还要当外人,还不把妈当亲妈,我们可没想着你是外人。小林,你说放她不放? 她要成了外人,我们上了婆家才名正言顺是外人哩。"小林推推玉儿道:"说你的,谁会透信去惹妈恼火,再说是为了打发她心里高兴。妈真要知道了,你都推到我头上,就说是我强迫你说的。"玉儿只好胡乱应付了一个,大家听了都说不中。轮到了二姐夫,二姐夫死活不肯参与,说:"酒有酒理,赌有赌理,我喝过了司令酒,当司令的不参加。"大家无可奈何,只好从头再轮。闹闹嚷嚷地轮了十几圈,一瓶酒快喝完了,大家也都笑够了,还没编出一个合适的原因。玉儿看看表,夜已深了,怕回去得太晚了,爸妈睡了会惊动他们,就把想了一夜的文章说出来,说:"我再讲个试试吧。"玉儿先说了这几天家中曾争论过的事,有了背景就顺理成章地编了出来。大家听了分析分析,齐声说好,完全符合标准,夸奖了玉儿一番,就在笑声中散了。

这天晚饭,家里只有爸妈老两口了,她在心在意做了羊肉扯面。她本来还不想吃,只是怕他知道了她在生气也跟着生气,才犟着陪着他吃。她问:"味道咋样?"

他点点头,淡淡地问:"你生气了?"

"没有呀。"她以为他不知道,赶紧笑笑。

"真没有?"他看着她。

"真没有。"她推故擤鼻涕,把脸扭到一边。

"没有就好。"他不想点破,顿了一会儿才缓缓地说,"真要有了,人家给搬了梯子就趁势下来,不要不下,临到想下的时候可就没有梯子好下了。"

"说没有就没有嘛。"她心虚了,做出很自然的样子,假装不知地反问,"我能生啥气?"

他不满地"哼"了一声,她就紧赶紧地表白道:"真没生气,现在多美,顿顿吃得饱饱的,又没人打没人斗,想出门了就出门,不像从前一样尿泡尿都得给生产队长请假……"

他看看她,她忙把不断头的话断住了。他说:"人老了,毛病多不怕,就怕不知道自己老了毛病多,自己多生气也气人。"

她猜想他知道她生气了,可是还在坚持,就说:"谁说不是?我几十岁了,四门不出,和谁生气?就是想生气也气不动了,何况也没气可生。"

他吃得很慢,看她吃完了,他才三扒两咽吃完递过碗去。她接过碗,又去盛了一大碗饭。她想他今天情绪好,多吃了一碗。碗递给他,他说太多了,给她扒了半碗。她真是吃不下去了,又不敢说不吃,为了证明自己没生气,只好陪着他硬吃了。

他看看她,摇摇头,叹了口气,说:"人老了,耳朵要聋一点,眼要昏花一点,肚子要大一点,少听少看肚里多装,气才能少一点。你一辈子跟着我没少受苦生气,老了不要再找着去生气。享福说不上了,落个清净也好。"

他平时从没对她说过这么多话,偶尔多说几句也是带着气的。他一年说的话加起来也没今天说得多,又说得心平气和,她感动得流了眼泪,忍不住说了实话。抽泣着说了小林怕生病花钱的事,说了玉儿夺过小林的碗把饭倒进厕所的事,说得啰啰唆唆,最后又说到小林今天早上的一笑,是看她笑话,越说越伤心,终于抽泣变成呜咽了。

他听着听着烦躁地长叹了一声,饭还没吃完就放下了碗,谁是谁非一字不说,就一脸不高兴地钻进书房去了。她吓得愣愣怔怔哭不出来了,只是眼泪流得更欢了。她不知自己又错到哪里了,傻呆了一会儿,想不出错在哪里。她觉着更加冤枉了,就在心里埋怨男人,不说给我出气了,连听听都不肯听!我哪一点对不起你们一家老小了?夜里你们都睡了,我还在给你们洗刷。天不明,你们都还在睡着,我爬起来给你们做吃做喝。天天没明连夜把你们伺候美了,你们吃饱了喝足了就结成伙来收拾我,还有点良心没有?我这活的算个啥呀,算是白活了!

正在这时,小林和玉儿欢天喜地回来了。她听见他们的脚步声忙擦干了眼泪,装成没哭过的样子。他们进屋里了,她气恼地看他们一眼就不看了,端坐在饭桌旁边。玉儿对小林窃窃一笑就上楼去了。小林走过去,蹲到妈妈面前,叫道:"妈!"她猛地扭个脊梁给他,小林笑笑又转到她面前蹲下。这样扭了几回,小林就扳住她的肩头,逗她道:"噫,谁家当妈的和儿子记仇!"

"谁和你记仇了?"她说,把刚才一肚子怨气一齐发泄到小林头上,质问道,"我咋惹你生气了,叫你爸拿住我出气?"

"妈,是我惹你生气了!"小林嬉皮笑脸地求告道,"我想了一天,越想越觉着不该早上笑话你了!"

她"哼"了一声,听着。

小林正正经经地说:"早上见我爸喝鸡蛋茶,我就想,你老几十岁了还不会算账,放着便宜不占找着背亏,我就忍不住笑了。"

"我咋又叫你们背亏了?"她的火气被点起来了。

小林看看效果出来了,想笑忍住没笑,扳着指头给她算账,喂鸡生蛋不如去买鸡蛋,一斤饲料多少钱呀,一个鸡蛋多少钱呀,还得天天剜野菜,又出力又不讲卫生。末了,理直气壮地兴师问罪道:"吃不穷,喝不穷,划算不到一生穷。一个鸡蛋多花一分多钱,一年吃多少鸡蛋,你算算要背多大的亏?"小林一副得理不让人的样子,直盯着她,好像她不投降誓不罢休。

她听了更是火冒三丈,气急败坏地说:"噢,原来是为这笑话我呀! 好,我也给你算算。上个月你来了一群同学,请人家吃饭,家里鸡蛋不够去买了十个,拿回家打开一看就有四个是坏蛋。一个三角,十个三元,只有六个好的,算下来一个划五角钱。咱们要是一年到头都买鸡蛋吃,得买多少坏蛋? 得吃多大亏? 一个鸡蛋多花一分多钱,你都看见了记住了,一个鸡蛋多花两角钱,你眼瞎了,咋看不见了?"

"这……"小林做出张口结舌的样子。

"还有,鸡屎粪和麻油饼一样壮地,上到菜园里一年能多长多少菜,你算过没有? 这都抹荒牌不算了?"她越说劲越大,"你说呀!"

"……"小林哑口无言了。

"去剜野菜是我抽空剜的,误过你们一顿饭没有?"她看看小林一脸尴尬认输的样子,她得理了,胜了,就起了高腔,几分得意地说,"还有卫生。卫生当吃当喝? 多卫生? 我一天打扫几回,没见你们多干净!"

小林被彻底打垮了,一副无地自容的样子,装着输了还不认输的神色,不服地说:"反正都是你有理,算我没往细处算账!"说完松松垮垮地走了。

"你别走！这能是算的？你有理,谁不叫你说了？好账算不亏,你不服了咱们再算,行吧？过日子你娃子还不中着哩,光会算个表皮,还笑话我哩!"她心里滋生了大获全胜的扬扬自得,看着小林狼狈逃走的样子,一天的气一下全消了。

小林头也没敢扭一下,一直跑到楼上住室里,把门咚的一声关死,才对着玉儿扑哧一下笑了,大难得救似的说:"没想到当个演员也怪难的!"

玉儿走上去问:"好了？"

小林说:"好了。可把我憋坏了,想笑一下也不敢。"

玉儿松了一口气,笑笑说:"总算对付过去了!"

小林想了想,摇摇头,叹道:"我这是干啥呀？亲妈呀,也得玩这个!"

玉儿也长叹一声,苦笑道:"活个人真难。在外难,谁想在家里也难!"

小林又长叹一声,说:"唉,以后可不敢随便乱笑了!"

这天夜里只有妈妈高兴,高兴完了又发愁,睡到床上给男人说了小林一笑的原因,最后长长地叹息道:"娃们连个细账都不会算,咱们百年之后,他们可怎么过日子啊!"

男人冷笑一声,说:"睡吧,别把心操烂了!"说完拉灭了灯。

多了一笑的风波总算过去了。妈妈和小林、玉儿都睡得很香,每人都做了个梦,只是梦和梦不同罢了。

原载《长城》1992 年第 1 期

《中篇小说选刊》1992 年第 3 期转载

小城今天有话说

这是在五台山里拾来的故事。

这故事像空气一样平常,一样淡而无味,一样无处不有。没人想过,没人争过,没人霸占过,谁见过为争夺空气而闹过什么吗?

这也算个故事吗?

头天夜里,吃了晚饭,妻子弯月掂起小包又要走了,对丈夫老于说:"我出去一下。"

老于问:"又给谁买的啥?"

"王科长爱人叫给她买点卫生纸。"弯月在百货大楼当营业员,能买来批发价的东西和处理品,便成了左邻右舍的采购员。

"多少?"

"十刀。"

"能便宜多少钱?"

"一刀便宜二分多钱。"

老于烦了,连连摆手:"去吧,去吧!"

弯月走了。

啥话呀,为了两毛多钱就张嘴使唤人,简直把人不当人!你王科长又不是没钱人,天天吸洋烟,哪一支不值几毛钱,好像不占公家点便宜就不算人了。老于很不是味,在心里牢骚着。牢骚完了就刷锅,洗碗,拖地板,铺床叠被,该做的活儿都做完了,还不见弯月回来。说起来也可怜,老于和弯月都是农村来的,弯月的老娘常年患病住院,每月的工资除了吃饭,都给了弯月娘家,闹得到如今还没个电视看看。老于没事干了,就坐到床上暖被窝,顺手拿起床头一本小人书看着,书名叫《火烧美人鱼》,弯月借的。真好看,才看个开头就被迷住了,怪不得弯月天天看,看了一遍又一遍看不够。他一页一页看下去。一个女人,长得美极了,人爱她,神爱她,鬼爱她,连狗也爱她,狼也爱她,墙角的蜘蛛也爱她,有灵性的东西都爱她,都争着献好,都来缠她,为了她闹得人非人,神非神,鬼非鬼,狗非狗,狼非狼,都变了性,最后……老于忽然想起了妻子弯月,一下子头蒙了,心惊了。

弯月长得美极了,美得不像个人了。她在百货大楼当营业员,就她站的柜台兴旺发达,早早晚晚人挤人,再赖的货只要叫她卖也能脱手,还能卖个好价钱。因为不分高低人都想看她,看她一眼心里美几天。不光城里人想看她,乡下人更想看她。前些年学大寨,报上增产粮食,村里增产光棍,算得上两大丰收。光棍们多是青壮年,虽说穷了生活,可是都富了思想,一个个都脱离了低级趣味。他们战天斗地还斗人,斗上十天半月实在斗得人困马乏了,就互相约会道:“日他妈,走,去看看高级人,解解心焦。”于是,他们就装病请假,从家里偷几个鸡蛋,卖个三角两角钱,就直奔百货大楼去了。弯月卖小百货,他们就站在柜台前指指点点,一眼一眼狼吞虎咽地看着弯月,看得心里直痒,身子酥酥的舒服极了。

弯月知道他们是干啥的,就迎上去甜甜地笑笑,问:“买啥?”

买啥?就没打算买啥,况且口袋里也没几文钱,只好拣最便宜的,嘻嘻道:“买针,缝衣服的针。”

"两分钱三根。"

"只买一根多少钱?"

"一根一分钱。"

"一分就一分。"光棍们非常慷慨大方,一人买了一根针就走了。

出了商店,大家心花怒放,就喜,就笑,心里老美。一分钱花得值得,能看她的脸,能听她的声,接针时还能挨一下她的手,真是物美价廉,好似捡了天下最大的便宜。他们在街上东西南北游荡,去新华书店看年画上的女人,算啥女人呀,板着个整人的脸,好像谁把她的娃子抱扔井里了,看她还不如回去看支书的脸哩。去看戏吧,唱的《青松岭》,看社员斗社员,还得多花两毛钱,划不着。想看回村里看真的,比它这戏上斗得还凶哩。再也找不到比弯月更好看的东西了,就又跑到百货大楼买针,还是只买一根。弯月还甜甜地笑,柔柔地说,这笑这说似泉水流到他们心里。他们就这样反反复复把钱花完了,乏解了,心不焦了,才心满意足地回家去继续革命了。

弯月常给老于讲这些开心的事,说得直乐,笑个没完没了,笑着笑着又突然眼泪汪汪的。老于听了一点也不开心,也笑不出来,心里酸酸的,很不是味,看她哭了以为她受委屈了,就愤愤不平地说:"谁叫你白白认了? 你不会狠狠整他们两回,看他们还敢不敢?"

弯月像不认识老于了,瞪大了好看的眼睛,反问:"为啥要整人家? 人家又没看掉我一根汗毛,能打发人家个痛快为啥不打发? 乡里人还不够可怜,几十几了找不来个对象,看见他们我就想起了我哥哥……"弯月的哥哥四十多了还是光棍一条,老于听她这么说也就不再说什么了。

老于看着《火烧美人鱼》,想着这些不算事的事,实怕弯月和美人鱼一样,不住叹气,一阵心惊肉跳。就在这时,弯月回来了,怕老于埋怨,就抢先解释道:"送去就要回来,王科长的爱人硬拉住不叫走,叫等着吃他们的韭菜包子。"

老于问:"你吃了?"

"只掰了半个尝尝,真好吃。要是咱们蒸的,我真想再吃它几个。"弯月说着打了个哈欠,一边脱衣服一边惺忪着眼,说:"睡吧,站一天柜台困死了。"

老于想说什么没有说,只是呆呆地看着弯月。小四十的人了,还是柳条腰、桃花脸,还是如玉的肌体,还像十八九岁的姑娘。弯月挨住枕头就响起微微的鼾声,老于却睡不着,因为那韭菜包子。家里钱紧,弯月从没提出过想吃什么要吃什么,听她说了韭菜包子好吃,心里就很不是滋味,好像自己亏待了弯月,很有点罪恶深重的感觉。老于常常觉着自己不配做弯月的男人,自己长相老,也没混上一官半职,干了一二十年还是个提茶倒水的小干事。别人说弯月是鲜花插到了牛粪上,自己也觉着是鲜花插到了牛粪上。他总觉着欠了弯月很多很多还不清的债。他们双双都三十多了,还没有孩子,这在别的人家没有什么问题,放在他家就引起了全社会的关注,都说弯月长得如此漂亮,一定少不了野男人,搞得多了便不会生育,还旁征博引,说谁见过妓女生孩子?为这事老于也半信半疑,言语之间难免露三不露四地透点不敬之词。弯月为这事也没少悄悄流眼泪,她自知自己是清白的,就背着老于去医院做了全面检查,结果证明生育能力正常,医生说,肯定是你爱人有问题,叫他做个检查吧。弯月回来把这事瞒得死死的,只字不提,更不催老于去检查。她怕老于检查出了问题,对他刺激太大了。污水已经泼到自己头上了,何苦再收回来泼到他头上?后来,老于还是听医生说了,回来就问弯月,弯月矢口否认,说:"我给医生说过想检查,可是没有检查。"老于要去检查,弯月拦住不让去,说:"不检查,这多好,谁也不埋怨谁,没孩子多清静,为啥要花钱去买个夫妻不和!"老于还要再说什么,弯月拦住了他,重重地反问:"你这不是逼着我也去检查吗,想查出我有病了和我打离婚?"老于不再说什么了,一连多天弯月都监视着他不让走进医院。后来,老于趁出差去外地做了检查,确实自己有病,还是先天性的不治之症。老于心里惶惶不安,几次吞吞吐吐想给弯月说说,弯月都不让他说下去。他知道她是怕他自惭,怕他失去男子汉的尊严,就故意岔开说一些开心的话。老于只好把愧疚埋在心底。他们就这样生活着,从不拌嘴,从不红脸,算得上恩爱夫妻。只有一次,老于下定决心要和弯月离婚。是老于陪弯月去医院看病,大夫对老于说:"没事,你放心,你女儿没啥病。"顿时老于和弯月都愣怔了,出了医院大门,弯月忍不住笑个不住,冲着老于戏弄道:"老爹爹!"这一呼叫,喊得老于脸红又脸青,只尴尬地"哼"了一声。回家后,老于一直发愣,死活不说话,做饭洗衣服都不让弯月插手,把她当成客待。弯月这才发觉那声呼叫出了毛病,便每天格外多笑几次,想冲淡他心中的不快。转眼到了中秋节,老于破例割了肉买了几样菜,还买了酒,怕弯月不喝白酒,特意买了葡萄酒。像过大年一样隆重,做了八个菜,要和弯月对饮。待喝到酒蒙住了脸,老于忽然把弯月拉到穿衣镜前。他们虽说年岁不相上下,可恶的镜子里却出现了老夫少妻的形象。老于红着眼,颤抖着说:"弯月,咱们离婚吧!"弯月吓了一跳,说:"老于,你喝醉了,走,躺床上歇一会儿。"老于不肯,坚持道:"我没醉,我想了又想,不论哪一方面我都不配你,我不能再耽误你了!"说时泪水哗哗地滚。弯月看他当真,才醒悟那句"老爹爹"闯了大祸,把他伤害苦了。她急得也哭了,拉住老于说:"你把我看成了什么人,我是叫着玩的呀,我再没良心也不会忘了当初呀……"

　　老于和弯月家是紧邻，又是小学同学。弯月从小就十分仁义，老于的奶奶十分喜欢她，把她当成亲孙女看待。弯月家里成分不好，学校里同学们也闹革命，闹得七八岁十来岁的娃子们都有很高觉悟，可惜又没地方用，便常常拿弯月来比觉悟，就争着打她骂她吐她，她总是咬着小嘴不叫眼泪流出来，腼腆地说："我妈说了，俺们成分不好，谁愿打叫人家打，谁愿骂叫人家骂，不许还手还口，你们要没打够就再打，没有骂够就再骂，俺不动弹！"老于回来给奶奶学说了，奶奶听得眼里泛红，然后就破口大骂，骂了别人又骂老于："她不敢，那你呢？你嘴哑了，你手断了，你以后给我护着，谁敢再动她一指头，你就还他一拳，看龟孙们谁还敢！"老于倒真是听话，一次有人又打弯月，老于冲上去把人家打翻在地，打得鼻子流血，人家告到老师那里，说他护地主反对革命，老师就把老于的红领巾没收了。老于回到家里哭得饭也不吃，学也不上，被子包住头硬睡，奶奶把他硬拉起来，怒气冲冲地说："哭啥？好球稀罕，不就是一块红布嘛，他们收你一个，奶奶给你发俩！"奶奶真去买了红布，做了两个红领巾，又去拉上大队革委会主任和她一块儿去学校。主任听了原委，真不愿去，又不敢不去，因她丈夫是个烈士，解放县城时立了大功，到如今人们还说，咱们县是在他手里解放的。还有她，土改、互助合作，都是模范，后来作为军烈属积极分子代表到过北京，和毛主席在一块儿照过相，几尺长的照片如今还挂在她家当堂墙上，那可是避邪免灾的宝物，别说村里怕她，就是县里大官也得让她几分。革委会主任和她约定，去了他不讲，叫她讲。到了学校，老师们见她来了先怯三分。她说："我要给学生娃们讲讲话。"校长不想叫她讲，推辞说："正上课哩。"她瞪了眼，说："咋啦，我也成反革命啦？贫下中农管理学校,这可是毛主席说的,今天我非讲不可,我看谁敢不让我讲!"校长只好打钟集合,她先念了句"斗私批修",就气汹汹地讲了:"都摸摸屁股,摸呀,看看你们屁股眼里的屎茄子离了没有?懂得啥叫革命?弯月你上来,来我面前!"她指着弯月,反问:"她有枪有炮有劲?再没啥革命了,革个十来岁女娃的命,糟蹋革命哩!我给你们说,以后谁敢再欺负弯月,我叫你们的老子剥你们的皮!"她又转向老师们,质问道:"谁教娃们去欺侮人哩,这不是害践贫下中农的娃们是啥?这是培养革命接班人还是培养恶人坏货哩?我看得先革革自己的命才行!"她又叫出老于,给他戴上新做的红领巾,大声大气地说:"以后谁再欺侮弯月了你还护,出事了奶奶去替你坐监,我就不信共产党会叫人去平白无故欺侮人!"说也真灵,往后再也没人欺侮弯月了。

后来,老于上完中学,在县城里当个干事。弯月终因成分不好,小学毕业没上成中学,就在家里劳动。到了一九七〇年,弯月已是十七八岁的大姑娘了,长得更漂亮迷人,惹得村里不得安生,人们都骂她是狐狸精托生的。弯月故意不洗脸,还把脸上抹点灰尘什么的,穿得破破烂烂,头发也蓬松散乱,就这样也不得安宁。村里有头有脸的人,常常以革命的名义用专政的手段,派她去干点什么什么,像半夜看场啦,独自去护秋啦,或干脆叫她去坦白啦,抽空吃点便宜。弯月不敢明哭就在肚里哭,有一次实在忍受不了就去投了河,也是她命不该死被人救了上来。老于的奶奶实在看不过去,就把她带到了县里,让人领到县革委会主任办公室里。主任姓李,是她丈夫手底下的班长,也算得熟人。李主任十分热情,说长问短,想说什么又不说,不时瞟弯月一眼。老于的奶奶说:"她叫弯月,是我们的紧邻。弯月,你先出去,我和李主任说会儿话。"弯月出去了,李主任把门关死了,便忍不住说起这几年在斗争中受的大苦大难,说到伤情处一双眼泛红:"老嫂子,还是老于哥有眼力有福分,早死了也落个烈士。我真后悔,当时要和老于哥一块儿死了,也不会受这份罪。这两年我才算知道了啥叫革命,月月斗,天天斗,拉到万人大会上斗争,打骂都不说,还往脸上吐口水,吐得顺脸流,这还不说,硬逼着我张开嘴,往我嘴里吐……"说得老于的奶奶也陪着落泪。说完了体己话,老于的奶奶直说:"老李,你总算熬过来了,我今天可是来求你的呀!"老李问:"啥事?"老于的奶奶说:"刚才那闺女你见了,你给她找个事干干,不论干啥都行。"老李略加思索,问:"她和你们啥关系?"老于的奶奶心里咯噔一下,看样子关系不亲还有难处哩,便说:"我想叫她给我孙娃子当媳妇。"老李想想,几分难为地说:"好吧,你没张过嘴。"老于的奶奶看答应了便进一步说:"老李,我不瞒你,她家里可是地主呀!"说了便注视着老李,老李顿时皱起了眉头,他刚刚解放,才进领导班子,搞不好让人抓住把柄,又要跌进苦海,沉默了一阵笑道:"老嫂子,真要孙媳妇我给你找一个四面净八面光的,包你满意。"老于的奶奶冷了脸,说道:"我就要这一个,我是找孙子媳妇的,不是找革命接班人的。"老李嘿嘿苦笑笑,说:"如今讲成分比啥都关紧……"老于的奶奶不让他说下去,说:"我知道这事要担风险,我是想了几个月才来的。毛主席说,这是可以教育好的子女,这话能是说着玩的? 还有,她爹救过俺那一口子的命呀! 敌人要抓他,是她爹把他藏到她的家里,敌人去俺家才没搜出来,咱们共产党可不能过河拆桥忘恩负义,她家也算对革命有功的人。谁要反对了,你可以讲讲嘛。贫下中农好,可不是都好,那一回敌人逮俺那一口子,就是一个贫下中农告的密!"老于的奶奶说了盯着老李,老李点点头叹口气,说:"好吧,我和大家研究研究。"老于的奶奶笑了,说："老李，你别日哄我，我知道，研究研究就是不中。实给你说，今天我把她领来就没打算叫她再回去，走一路我打定了主意，你要不答应，我就跪死到你面前，不怕你不给办。弯月，你进来！"弯月怯怯地进来了，老于的奶奶说："你跪下，替我给你李爷磕个头，今天算碰上讲良心的人了，救了你娃子一命！"弯月扑通一声跪下去，磕了个响头，也哭了。老李赶忙扶她起来，连连埋怨道："老嫂子，你、你……"老于的奶奶对着弯月说："你不回了，他不给你找个去处，你就死跟着他，一步也不离。"老李嘿嘿笑道："好，好，不叫她回，真找不来事了，我这事让给她，可行了吧！"老于的奶奶也笑了，说："老李，你给我传个信，谁要为这事想闹，我可不答应，别看我老了我还能从乡下吆喝个千儿八百人，也进城革命革命，也凑凑热闹！"老于的奶奶走了，老李谁也没商量，找到当商业局长的老战友老丁，第二天就叫弯月去百货大楼站柜台了。

中国人的婚姻讲究恩爱夫妻，说什么恩恩爱爱，先恩后爱，成夫妻都有点前因，不像当今的青年人，一见就爱，爱不及了。弯月想起这些恩爱，怎能答应老于离婚？她痛恨自己失言，跪到老于面前，抱住老于的腿，哭得泪人一样求老于原谅。老于被她哭得收了心，也就答应不离婚了。

话说远了，还是回到这天夜里吧。老于听弯月说韭菜包子好吃，决心明天也去买点韭菜回来，好好蒸点包子，让弯月吃个够。时下才入春，不到韭菜大量上市的季节，卖家很少。老于怕去晚了买不来，也就不敢睡着，眨住眼便一乍一乍的。初春的夜还长，天明都快七点了，老于五点钟就起来了。弯月还睡得正香，微微的鼾声比小曲还好听，他怕惊醒她，就拿上衣服蹑手蹑脚到了外间才穿，然后做贼似的轻轻地开开门，直奔十字街去了。

　　县城最繁华的地方是十字街,最热闹的时刻是早晨。天不明,乡下人就从四面八方赶来卖菜,东西南北四个街口摆满了菜摊。青菜这东西讲究个新鲜,又天天要吃,价格也不太高贵,人们送礼不送这个,也不值得为这个去开后门,菜市就成了最公开最公平的市场。有权的,没权的,上至书记县长,下至光头百姓,不分地位高低,都来这里买菜,再加卖菜的多是乡下人,分不清来者是官是民,不会看人论价,不管是谁,该要多少是多少,全凭嘴一张一合,谁少掏一分也不卖。于是,小县城的人常常为有这块宝地感到自豪,有些不安分的人甚至说,法律面前人人平等,这话好听。十字街里人人平等才是真的。人们觉得到这里买菜是莫大的精神享受。看着当官的和自己买一样的菜掏一样多的钱,就好像当官的平白无故降得和自己一样低下了,又好像自己平白无故升得和当官的一样高贵了,能和当官的一样心里老美,没有什么比这更美了,更顺心了。

　　老于到十字街时,卖菜的才上市,买菜的人就更少了。他把四个街口转了一遍,没有一个卖韭菜的,心里就有点着急,急得四下乱窜乱看,终于在西街筒里才发现一个卖韭菜的,还不多,只有两小捆,一捆可能是一斤。老于忙蹲下去抓住韭菜细细地看着,真好,根根又肥又嫩,绿得滴水,连个黄尖尖也没有,买回去弯月准会高兴,就仰起脸问:"多少钱一斤?"

　　卖菜的是个青年人,身上穿着劣质西装,头发比女人的还长,脚下是一双沾满泥巴的解放鞋,不伦不类,不像个老实百姓。他斜叼着烟卷,把老于打量了一番,看他披着旧袄,袖口露出了黑不溜秋的棉花,便说:"这可是才上市的鲜物,你要?"

　　老于听出话味不对,抬起头盯住他,悻悻地说:"不要? 不要我问它干啥?"

卖菜的伸出两个指头，比了个"八"字。

"八分！"老于心里一松，还当多贵哩。

"八分？你有多少，给你五角钱一斤，我全买了。"卖菜的一脸嘲弄神色。

"你到底要多少钱一斤？"老于忍着气。

"才开市，图个吉利，不多要，零点八元，八十分，你要吗？"卖菜的要笑人了。

"八角！"老于从地上弹起来，这真是老虎大张嘴想吃人哩。一斤韭菜都要五斤面粉的钱，这不是捉大头是啥？没想到如今乡下人的心也狠了，一个月百十块的工资，还要给弯月她妈治病，他不舍得花这个冤枉钱，五斤面粉两天还吃不完，一斤韭菜不过祭祭牙缝。再说，也不愿叫他当大头捉，就瞪了卖菜的一眼愤愤走了，走多远又甩过去一句解恨的话："干脆，你要一块钱一斤多好！"

卖菜的也回奉了一句："哼，看胡子也不是杨延景，还想冒充好汉哩！"

老于好气，不信就你这棵树上能吊死人。他要等等，卖菜的人多了，肯定还会有韭菜上市。他在四个街口转来转去，半小时过去了，天也大明了，还没有看见第二个卖韭菜的。他有点沉不住气了，眼看买菜的人越来越多，如今有钱人多了，舍得花钱的人也多了，再等等只怕那点贵韭菜也会有人买走。他狠狠心，想拐回去把那韭菜买来算了，贵是太贵了，可自己成年不吃鲜物，一回半回也穷不到哪里。他走过去又有点不好意思了，好马不吃回头草，何苦让卖菜的耻笑，不买算了。不由又想，弯月成年没有说过想吃什么，可说一回，要是舍不得算啥话？想想就不当好马了，硬着脖子走回那个卖菜人面前，说："称称。"

卖菜人得意地问:"要多少?"

"都要。"

"不用称,一捆一斤。"

老于递过了钱,卖菜的人数了数,伸出了手,说:"不够,差四角。"

"二斤不是一块六角钱吗?"老于睁大眼。

"一块钱一斤。"卖菜人的口气似铁。

"啥呀,刚才说过八角钱一斤!"老于有点恼火了。

"刚才是刚才,现在是现在,刚才不是现在,现在也不是刚才。"卖菜人戏弄道,"君子一言,驷马难追。刚才你不是叫我要一块钱一斤吗? 听你的话还不中,怎么,不君子了?"

老于被激恼了,噎得半天透不过气,这不是欺侮人明敲竹杠?球,晚吃几天也死不了。他正想把钱要回来时,又有人来问这韭菜了,卖韭菜的人就问他:"到底你要不要? 这本来就是叫有钱人吃的嘛,便宜了有钱人还不吃哩!"

老于看看围上来了许多人,怕伤了脸面,忙补了四角钱,提起韭菜匆匆走了。妈的,要不是想等便宜,咋能多花这四角钱? 多要四角钱,拿回去买膏药贴吧。老于气坏了。

老于提着韭菜没走远,就有四五个人问他在哪里买的。因为是不相识的路人,也因为心里憋着气,就懒得回话,只是往身后边指指,人们便一溜小跑地跑过去了。走到十字街心时,又有人问:"在哪里买的?"老于又顺手往后一指,忽然间抬头一看问话的是石县长。石县长手里提着两条鱼,朝他指的方向就要走去。石县长不认识他,他可认识石县长,在大礼堂听过他的报告,讲的多半是老百姓想说又不敢说的话。老于忙笑道:"在西街。"

"买了几天都没碰着。"石县长随口说。

"没有了。"老于不愿诓他白跑腿。"就这二斤,我都拿来了。"

"啊!"石县长收住了脚,脸上有点失望。

老于心里一动,嘻嘻道:"给你一斤吧!"

"不,没有算了。"石县长不认识老于,人生面不熟,怎好要人家东西?况且这是鲜物,岂能夺人之爱?他说了声谢谢,回头要走了。

"反正我吃不了这么多,让给你一斤!"老于说着就硬递给石县长一斤,还解释道,"我们只有两口人,一顿也吃不完,这东西又不能放,隔夜就黄了烂了。"

"谢谢,谢谢!"石县长高兴地接住了。自己买多了,让给想要的人一点,街上常有这样的事,也不足为怪。石县长一边掏钱一边说:"这东西是鲜物,可贵了,多少钱一斤?"

"钱……"老于是个老实人,没有和这么大的官打过交道,听说县长要给钱,不知哪根神经出了毛病,竟然脱口而出,"我都没掏钱……"他看看石县长的脸色,"真的,卖菜的是我舅倌头,送给我的,我哪能转手再卖了,你拿去吃吧!"

"这……"石县长犯难了。他是谁?干啥的?自己全然不知,怎能平白无故受他人之物?想了想又把韭菜递过去,说:"妻弟给姐夫的可以不要钱,我怎么能白要,你还是拿回去自己吃吧!"

老于不接,说:"哎呀,一把菜叶子值多少,啥金贵物,你也太那个了!"

"这不合适!"石县长伸出的手不肯缩回。

一个坚持着递过去,一个坚持着不接,推来让去,僵持不下。石县长进退两难,抬头一看,只见四个街口的人都停止了买卖,都在专注地看着他俩,像看玩猴一样。石县长脸上顶不住了,心里又烦又火,这个人怎么这样,又不认识,为啥非要给斤韭菜! 真想把韭菜扔到地下扬长而去,又觉着太不近人情了,要是训他一顿,又伸手不打笑面人,苦板不下脸。万般无奈中忽然灵机一动,强笑道:"这样吧,我家人也不多,一条鱼就够吃了,给你一条吧!"说着解开提鱼的绳子,把一条递向老于。

"这……"老于反倒为难了,看这条鱼二斤来重值五六块钱哩,一斤韭菜才一块钱,要是接住不是明明占了县长的便宜,显得自己太不是人了。不如实话讲了,要他一块钱算了,可刚才已经说是舅倌头给的,再回话不是自己打自己脸了。看看石县长已经不高兴了,只好苦笑道:"算了,算了,一斤韭菜还要你一条鱼!"说着拔腿就走,想一走了之。

也怪石县长太认真了,白吃一斤韭菜算个啥事? 是对方硬给的,日后就是别人说了能算多大个错误? 他偏偏不肯白吃,看老于跑了,就跑上去一把拉住老于,说:"你不要这条鱼,你就把韭菜拿走,啥意思嘛!"声音很低,口气却很是不快。

老于怕再推让下去石县长要发火,只好苦笑着接住了鱼,满面愧色地告罪:"真是! 真是!"连连咂嘴,不知怎样说才好了。

"这有啥!"石县长摆脱了困境,轻松了许多,连说,"谢谢,谢谢!"

两个人道谢后都急急走了。

四个街口的人还在傻呆地站着,好像看完了戏还没从戏里迷瞪过来。有的从头看,有的从半截看。石县长是父母官,谁都认识。和石县长说话的人是谁,认识的人就不多了,石县长和他说些什么,大家听不见,只见一说老半天,还拉拉扯扯,还硬要送给他一条鱼,受县长的礼,这人的来头一定非同一般了。

"这个人是谁?"人们互相打听。

"于大成。"有人认识。

"于大成是谁?"

"说了你们肯定知道。"

"谁?"

"百货大楼营业员弯月的男人!"

"噢!"人们好像恍然大悟,全县城的人不论正派的不正派的,谁没美美地看过弯月?说到弯月,人们心里各有各的滋味,便有了各样的话。

老于隐隐约约听见了这些不三不四的话,不由脸红了,心虚了,便低下头加快步子冲出了十字街,走了好远忍不住回头看一眼,只见人们还在对着他指指点点说着什么,他再也不敢回头看了,急匆匆地走去。怎么搞的,这事闹成这样,他有点心绪惶惶,有点后悔。细想想,自己真是没有拍马的心,也没有拍马的习惯,也不会拍,拍他县长也没益,自己是个小工作员和县长还隔着几层天哩,他是匹高头大马,自己就是想拍还够不着哩。自己平常还耻笑拍马的人,说自己一辈子不会拍马,为啥见了县长自己也迷了,就心不由己地说了谎话,就身不由己地送上了韭菜,就不由得拍上了?闹得人们都看见了,以后脸往哪里搁?还有,石县长会咋想,一条鱼换了一斤韭菜,白白吃了几块钱亏,心里能不恼火?久后知道自己姓啥名谁是哪个单位的,会不会变着法儿来收拾自己?老于越想越不对劲,真是鬼迷心窍了,后悔死了。唉,都为这一斤韭菜!

"知道吧,石县长给老于一条鱼。"

"听说,人家老于贵贱不要。"

"可不,是石县长跑多快,追上老于,硬塞给老于的。"

"怪事,只见下级给上级送礼,还没见过上级给下级送礼的。不知道他们啥关系?"

"反正关系不一般,听说,多大一条鱼,还是鲤鱼,有十来斤重,值五六十块哩?"

"他们到底是啥关系嘛,这么热乎!"

"猜不透!"

猜不透了才好,猜不透了思想才会扎上翅膀,才会去互相打探,才会去分析调查,才会发挥每个人的聪明才智,才会不断猜下去。要是一下子全明白了,也就没有一点滋味了。

这顿早饭,家家都吃得好长好香,人人都在苦思冥想,一百个人就有一百个想法,想得丰富多彩,虽说费了脑子,也都是自愿的,也是值得的。再说,脑子闲着也是白闲着,不往这上边费还往哪边费。

结果,家家买的馍都不够吃,因为在不知不觉中吃多了。

老于和弯月不知道别人都在猜在想,只是觉着不该占石县长的便宜,要是占别的当官的便宜,就是再多占一点十点,心里也不会有愧。因为他们认为石县长是个好人好官。石县长才调来两三个月,为人为官如何,他们一点也不了解,和他们隔着八架大山,他们就是想了解也了解不到,何况他们也就没有想过要了解县长。是石县长自己让大家了解了一点点。开春植树造林,县直分在西边酸枣沟,离县城只有三四里路,竟然去了一百多辆汽车,大车小车,国产的进口的,没处停就停在麦地里。虽然年年如此,可是地下跑的和骑自行车的还是习惯不了,还是嘟嘟哝哝骂娘:"日他妈,造这点林还不知道是死是活,就是活了也不值汽油钱。""看看,把老百姓的麦苗轧的!"自己坐不上汽车就忧国忧民,白忧了。老百姓可是争着叫汽车停自己地里,停一辆车给五块钱停车费,巴不得天天来造林,就不用种地了。其实,当官的也气,一百多辆车停在一起,不比不知道,一比吓一跳,就觉着自己活得不如人,很有点白活了的羞惭和痛苦不堪的样子。一个局长指着自己的小轿车骂得唾沫星子乱飞,说:"日他妈,坐这号车不叫坐车,是叫找人打脸哩!去年上省里路过一个检查站,说是尾灯不亮要罚款,我问罚多少,人家看看车又看看他,说了:'看这车你也不是个像样的官,本来罚五十,你就拿二十吧!'日他妈,好像我是个叫花子,连罚款都少罚我的,今年说啥也得换换了。"说得一堆当官的哈哈大笑,笑得昏天暗地又突然中止不笑了,哗一下散了。原来是石县长来了,骑着自行车来的。只有商业局的胡局长没动,还笑嘻嘻地说:"怎么搞的,县政府车都出去了?咋没言一声哩!"石县长看看一沟的车,笑笑,说:"我是想锻炼锻炼,生命在于运动嘛,天数长了不锻炼,我怕只剩下一张会吃会说的嘴了!"说了就从车后架上取下工具,去种树了。说什么大家没听见,可光凭也是骑自行车来的这件事就入了大家的心。本来,人们从房子套房子连出气吸气都觉得窝憋的县城来到山上,大也大了,空气也充裕新鲜了,应当是很愉快的,可是过得很沉闷。都因为石县长。那些地下跑的和骑自行车的人,觉得石县长都是骑自行车来的,县长和自己一样了,也就没有了低人一等的不舒服。再说,石县长骑自行车来,等于抹了坐汽车的小官们一脸灰,替他们出了愤懑不平之气。他们一眼一眼偷看坐小车来的顶头上司,脸板得和黑馍一样,又想笑又不敢笑。坐汽车来的小官们觉得石县长骑自行车来是打自己的脸,好像比得自己不是人民的官了。他们认为部下对自己坐小车很是羡慕也很是同意的,石县长骑自行车来等于挑拨部下对自己的不满。他们想骂又不敢骂,怕传到石县长耳朵里,就一眼一眼偷扫自己的部下,看看谁有得意之色,小心着你娃子!想笑的不敢笑,想骂的不敢骂,都憋着。其实,没少笑也没少骂,只是笑骂在心里罢了。

实说,石县长不是当官的料,原来在省城一个科研单位搞科研,只因提倡科技兴县,才阴差阳错把他弄下来当了县长。临走时,朋友们为他饯行,都说如今的官也难做,做坏事容易,做好事很难。有时为了办成一件正事好事,得先做很多坏事才能促成这件好事,大家祝愿他好自为之。他是个不善言辞的人,大家问他的施政纲领,他只说了一句话:"我要先不做一些事,再去做我想做该做的事!"

他妈听说他要当县长,连捎几次信叫他回去。他老家是农村的,妈妈七十多了,他几次接她进城她都不肯,一直一人住在乡下,如今还很扎实健壮,眼不花耳不聋,还能自己照料自己。他回去了。邻居们成群结队来看他。乡下人厚道,都拿了礼物,一壶黄酒,几个鸡蛋,一把木耳,一瓶香油,一点粉条,各种鲜菜干菜,有些是藏了多年自己不舍得受用的东西,一时放了一大堆。都恭喜他,说自古以来村里没有出过大官,都是你家积德多,如今出了个县长,大家也跟着你光荣光荣。说得老石心里热乎乎酸溜溜。他想说他现在的职称比当个县长还高一点,可他没说,他知道人们看重的是官不是职称,就是个大科学家,在老百姓眼里也不如个县长伟大。

人们走了,老石检视着送来的东西,感动地说:"乡下人真是忠厚好客,比城里人可强多了。"

妈妈说:"好客?你又不是放在咱们县当县长,离咱这里上千里,人家巴结你啥益?"

老石笑笑,说:"我知道,都是看在你的分上。"

妈妈说:"不是,是看你死老子的分上!"

老石的爹爹石老三,是个死犟筋头,原来当饲养员,牛喂得很肥,人们说他不偷牛料,后来吃食堂了,大家便选他打饭,掌握勺权。自古说,阎王爷叫你三更死,你不敢等到五更。当时掌握勺把子的也有这个权力,想叫你死你也活不成。一天三两二两粮食,有时甚至一两半两粮食,分成三顿,又分到每勺里有几粒糁子?掌勺的别说给这个多打给那个少打了,他要想对你好,从锅底狠狠捞一勺,便稠的多稀的少,不管别人死不死保你活着。他要想坑你,从面上给你打一勺,便全是清水,别人活不活保你得死。石老三不,只要一拿起勺就不认得高低人了,不论是谁给一勺的票就给打一勺,谁也别想多了,每打之前总要把锅咕咚咕咚搅搅,搅均匀了再打,人们喝到碗底比比沉在下边的糁子都差不多。百姓说他眼明,干部说他是瞎子。一次民兵排长去打饭,看看前后没人时,给他三勺的票叫他打六勺饭,说是来了客。石老三不干,说,把我的饭给你打一勺,再多就不行了。结果,他真是饿了一顿,还惹得民兵排长怀恨在心。干部想换他,他家是三代贫农,苦找不出理由。后来总算查出了他的问题,他亲舅的亲老丈人是个富农,社会关系不好,阶级立场不稳,就批评他还要撤他的职,群众不服,质问干部有啥表现?民兵排长说:"打饭时,不论谁去他都搅锅,贫下中农去打饭他搅,五类分子去打饭他也搅,没一点阶级感情。"这是真的,没人敢再说不对了。然后叫大家再选一个立场坚定的有阶级感情的,谁知一选还是选住了石老三,气得干部干瞪眼又没办法,只得还叫他干。他也不接受教训,还是拿住勺把子就不分人不分阶级,还是交几勺的票打几勺饭,还是打之前先搅锅。干部们气红了眼,找茬又批他几回,撤他几回,群众回回都仍选他。石老三白天照干不误,到夜里就疯了,躺下起来,起来躺下,一时叫道:"日他妈,不干了,再干就不是我妈养的!"妻子说:"我早就说不干不干,啥好事,维持一百个群众顶不住得罪一个干部!"石老三说:"可是哩!"停一会儿忽然又跳起来,说:"不行,现在都饿红眼了,都想叫自己活,咱得叫都不死!还得干!"妻子又顺着说:"干就干吧,眼活一点就行了。"石老三说:"不行,现在这光景只管保命,给谁多打一勺,他也胖不了,别人还得死。都是个性命,一米度三荒,咱的眼要活了就得有人活不成!"石老三想来想去忍着羞辱还是干下去了。全村的人数他家最先浮肿,他拖着病一直干到食堂解散。别的村都多多少少死了些人,他们村里总算都活过来了。

要不是石老三公道,村里可能也会死人。死住谁?谁也说不了,人人都觉得死的可能是自己,于是都对石老三感恩戴德。农村人不开化,还保留着知恩不报非君子的遗风,便处处恩待石老三,说石老三是村里的小太阳。为了这个称呼,"文革"中石老三差点住了监狱。石老三死后,人们把报不完的恩情转到石三奶奶身上,村里几十户人家争着奉养,不论谁家只要吃好的就要先给她端一碗,就是吃个蚂蚱也要给她一条大腿。就是为了这个,她才不愿进城,村里人也不让她进城,支书说:"村里人多了,一人一条心,谈不到一块儿的事多了,碰上这种场合我就说石三爷,说你,大家马上就又能说到一块儿了。你别走,就在村里当个业余支书吧!"就凭这话石三奶能走?

老石知道这些事,他也常想,爹爹一辈子没有轰轰烈烈干过什么革命,只拿过两年勺把子,不在中国干部的职别级别序列之中,真是微不足道,可是这么多人记了这么多年还要记下去。

但是,娘儿俩睡在一起,灯熄了,屋里漆黑漆黑,想起城里没有黑夜的天下,觉得分外的宁静。

妈问:"你心里高兴吧?"

老石说:"高兴啥?"

妈说:"你升了。"

老石说:"升啥,我原来的级别比这县长还高哩。"他是副教授级的研究员。

妈问:"管多少人?"

"一个也不管,只管我。"

"那算啥? 那是个事,不是个官,往后要管几十万人哩。"

"也算是升了吧。"

"你能当好吗?"

"我怕当不好。"

"那你为啥还要当?"

"上级叫干,我是党员。"

妈妈不言语了,停了很长时间,忽然又问:"你说说,村里人对你好不好?"

"好极了。"

"你爹对村里人好,村里人忘不了。村里人对咱好,咱也要记住。到如今,想起你上大学临走时大家的情分,我还眼红,想哭!"妈妈叹了口气。

当时,一个劳动日才一角多钱。村里五十多户,每家拿十块钱,凑了五百多块钱用红纸包着,送到老石家里。说村里没出过大学生,也算大家的喜事,多少表点心意。娘儿俩没见过这多钱,看着这钱哭了,妈说:"咱不能要啊,明知道好些人家没钱吃盐,谁家能一下子拿出十块钱? 这钱来得不知道有多难呀!"也是真的,人们为了报恩,有的卖了鸡,卖了羊,有的回娘家串亲戚到处转借,才凑够十块钱。妈妈领着老石挨家挨户赔礼,说:"叫你们为难了,作大难了,我们心领了。"磕头作揖好不容易才把钱都退了。谁知隔一夜又送来了五十多元,说一家一块钱,总得叫大家心里过得去,再不收准是大家哪一点得罪了你们。人走了,妈说:"一块钱咱也不能要,要下这一块钱,等于每家一个壮劳力白给咱做十天活,有这一块钱,能称六七斤盐,够人家一家人吃一两个月咸饭。"老石觉着再退给人家不近人情,妈说:"一家收一角钱,把九角钱退给人家,情也有了,义也有了。"妈没去退叫老石去退,老石到谁家谁家都眼里泛红地说:"娃子啊,你这咋叫我们对住你死去的爹呀?"有的还哭了。老石想起这件事,眼里就流泪。

这天夜里,娘儿俩睡在一起。老石睡着了,娘没睡着,想了一夜,想的什么也说不清了。

第二天,老石临走时,问:"妈,还有事吗?"

"你当县长了,妈不求享你的福,妈只求你一件事。"她双手拉住他,呜咽着说,"妈只求你别叫人们提着你的名字骂妈!"

"妈!"老石心里也酸了,说,"你不叫我报答你,我要再给你挣骂,我还算你的儿子嘛!"

老石上任了。新官上任三把火。在欢迎他的会上,县委吴书记半开玩笑地问他:"我们可是等着烤你的火哩,打算怎么烧?"老石笑了:"我连一根柴都没有,烧什么? 我打算先拾柴。"吴书记连声说好。于是,他天天下乡下厂了解情况,想等熟悉了再施展自己的想法。当时他的家属还没调来,就在政府小灶上吃饭。在这里用餐的只有几个副县级干部,不用买票排队,坐桌吃饭。饭菜虽没宾馆里丰盛,倒也多样可口。一天他去晚了,只有他一个人了,他问炊事员:"这么好的伙食一天得交多少钱?"

"一块钱。"

"一块钱？能够？"

"超过部分公家贴补。"

"在大灶吃饭的人没意见？"

"有啥意见？谁想来吃都行，只要他当副县级！"

"噢！"老石没再说什么。

老石心里很不是味，个人吃饭叫公家贴钱，当上官肚子也成公家的了？他原来的单位里也有过这种事，他没少骂过娘，没想到自己如今也成了自己骂过的人。他想建议把小灶撤了，想想不妥，初来乍到就坏了人家多年兴下的规矩，人们该咋说？再说，别的人吃惯了，撤下会闹得大家心里不愉快，也影响今后共事。一连几天，他每端起碗心里就不自在，再香的饭吃下去也不顺当，总觉着嗓子里有个疙瘩。他想，我不反对别的领导吃小灶，我不吃总行吧。一天早饭时，他给一桌吃饭的其他领导说："我想趁吃饭时了解了解情况，熟悉熟悉下边的同志，中午我到大灶上去吃。"大家听了一愣，都看看他，见他一脸诚恳也就没说什么。

中午，老石真去大灶上吃饭，排队，买饭，他找着和人说话。大家很惊奇，他怎么来了？猜想着内中原因。待他买了饭端到桌上，虽然别的桌坐得很挤，可他这桌上只他一个人，也没人来和他坐一块儿。如今的一般干部也精得很，不拍马的人和他坐一块儿怕人说是想拍马，爱拍马的人不和他坐一块儿来证明自己从不拍马。再说，他为啥来大灶吃饭内因不详，是不是和别的领导闹矛盾了，要是这样更不能和他坐一块儿，免得别的领导对自己有看法。他孤零零地坐在群众之中，虽没人直接和他谈什么，可他很注意听，从别人的相互闲谈中倒也多少听到了一些情况，特别是从有人旁敲侧击中听到了一些不满，最突出的是大灶办得不好，价高质差量少。吃了饭他就找到行管科长，叫抓抓大灶的管理。这又不是什么重大工程，很快就见了效果，在大灶吃饭的人看伙食大有起色，吃了如意的饭菜就信口说："这都是托了石县长的福！"跟着也有了闲言碎语："别的领导要是早些来大灶吃饭，大灶也办不成那号样！"得寸进尺地说："正县长都能来大灶吃饭，别的人为啥不来，小了他们架子似的！"更难听的说开小灶公家补贴是不正之风。这些话老石没听到，在小灶吃饭的人们却都一一听到了，心里好气。他给大家带福了，好像我们给大家带灾了，才来几天就挑得六神不安，想干啥哩，好像就他一个人革命？这事有人说给了县委吴书记，吴书记没有一个字的回话，沉默了一会儿才哈哈笑笑，笑了马上又扯别的事了。

吴书记在这里已经干了两届，算得上老书记了。县直大小领导多是他一手提拔的，互相之间都很了解，有话都愿给他说，说起来毫无顾忌，很有点同志加父子的味道。县里也有些曲曲弯弯的矛盾，但大家都以安定团结为重，倒也相安无事。有人说他就会"捂"，他听了一笑了之，说："捂也是个本事，叫他来捂捂试试，只怕他还捂不住哩。"对说他"捂"的人，他也不计较，捂住算了。政府开小灶公家补贴的事，由来已久，在大灶吃饭的人也曾有过不满，他刚调来时就有人对他反映，他以领导们便于商讨工作为由捂住了。那些不满的人天数长了也就渐渐地满了。没想到石县长不仅挑得大灶的人又不满了，连吃小灶的人也不满了。吴书记听几个副县长说了，心里埋怨石县长太不成熟了。又不是一般干部，吃饭就是吃饭；当领导就不同了，吃饭也大有学问，有时看着该吃又想吃的一口也不能吃，看着不该吃也不想吃的反而一定得吃，还要吃得津津有味。掌握不好，为了一顿饭的吃与不吃便会断送了前程。这话又不好明说，也说不清。石县长不在小灶吃饭，从小节上看，似乎没错还对了，从大节上看就错很了,惹得伙计们不快,种下不和的种子,往后还怎么协同工作?他想找石县长提个醒,别因小失大。可是,人都有下意识,吴书记虽说是书记,也有。他刚想找石县长谈谈,下意识就泛上来了。如今党政分家,不少县里政府和县委不和,闹得都不安宁。石县长为人如何,吴书记不摸底细,他最担心的是石县长会和政府一班人抱成一团,和他分庭抗礼,惹出种种是非。石县长不吃小灶,自绝于吃小灶的人,他就是有天大的意见也孤掌难鸣了。吴书记想到这里心头涌起一种莫名的快感,本来想和石县长谈谈,想想又决定不谈了。

一波未平,老石又骑自行车去造林,坐车去的大小领导窝了一肚子的火,有人找到吴书记诉苦:"石县长虽没把我们斩首示众,也算打脸示众了,挑动群众日爹骂娘,是不是不想叫我们干了?"吴书记没去造林,听了顿时沉下脸,破口大骂来诉苦的人:"亏你娃子们了?四指长的路还坐个球车,烧的,打回脸也好。哼,不给我争一点气,好像我没给大家讲过要艰苦朴素一样!"听骂的人从骂里得到安慰便嬉笑着走了。

吴书记暗自庆幸自己没去造林,自己要去了也肯定是坐车去的,也会落个没趣。县城不大,城北头放屁城南头都能听见。吴书记去下边的局,抬抬脚就到的地方也有车送车接。这也难怪吴书记,他只要出门,小车便开到他身边,他说不用,行管科长便说车闲着也是白闲着,他不好拂人一片美意也就坐了。其实,这车也真的确实闲着。这是县委最好的车,不是吴书记的专车,可是只有吴书记才坐,连几个副书记也不坐,叫坐也不坐,有急事出门碰上县委没有别的车了而只有这辆车时,宁可去别的单位借车也不坐这辆车。这辆车便常常闲着。就像金銮殿上的龙椅,除了皇帝老子上朝时坐一会儿,退了朝便成天空着,空着可以,谁敢想龙椅空着白空着我去坐一会儿,一坐便有了想篡位登基之嫌之罪,不杀头才怪。这车太闲了,吴书记被这个闲字逼得不坐不行,不论远近都得坐。一些好事之徒便说:"谁说吴书记爱坐车? 一天几次上厕所都没坐过一次车。"吴书记知道这话,大人不和小人怪,是吃不上葡萄才骂葡萄酸,哈哈笑笑就过去了。可是,石县长去造林不坐车,是什么意思? 他可不是说怪话的小人,他可能吃上葡萄,是不是听人说了什么,故意挑战? 吴书记立即叫来了政府行管科长,责备道:"石县长去造林,你不知道?"

"知道。"

"知道为啥不派车?"

"派了,他不坐。"

"派了? 派的什么车? 是不是车不好?"吴书记盯住行管科长。

"政府最好的车,桑塔纳。"

"他为啥不坐?"

"他说,动不动就坐车啥意思? 去劳动的,又不远,骑车多方便,还能锻炼锻炼。"

"还说什么?"

"没有了。"

行管科长走了,"动不动就坐车啥意思"这句话没有走,在吴书记心里扎根落户了。

针鼻大的洞斗大的风。石县长去造林不坐车的事传得沸沸扬扬,好似当个县长天生就没有长腿,没有长腿还能骑车当然是天下奇闻。又好似石县长是星外来客,不懂得地球上的规矩。没见过石县长的人都想看看他是什么样子,是不是和地球上的人长得一样。

一次,吴书记和石县长一同去招待所,走过电影院门口只听背后嗷嗷叫:"看,看,那个瘦子就是石县长!""哎,和咱一样也是个有胳膊有腿的人嘛!"吴书记和石县长回头看看,只见上千的人对着他俩指指点点。石县长不懂得他已抢了镜头,只是随便笑笑。吴书记不由脸上发烧,这是下意识作祟,也难怪,不过吴书记想想还是笑了。

事后,吴书记总觉着头顶似乎罩着一块阴影,心情老不开朗,他要驱散它。吴书记虽然也是人,也有七情六欲,可吴书记是书记,想事得想方方面面,要想得滴水不漏。他想了很多,便在一次县直全体干部大会上表扬了石县长去造林不坐车的事,说他到底是从省里下来的,就是觉悟高作风好,给大家带了个艰苦朴素密切联系群众的好头,号召大家向他学习。末了,吴书记慷慨激昂高呼:"我建议,往后除了急事和病号,在县城内一律不坐车,下乡在十里内一律不坐车,从今天开始,从我老吴开始!"

掌声很响,也很热烈,就像报纸上常说的那样,雷鸣般的掌声,经久不息的掌声。

吴书记很快乐,走出会场只觉着天也宽了大了,晴空万里一丝阴云也没有了,心里也晴空万里了。

林子大了,啥鸟没有?在散会的路上,有画眉唱好听的歌,也有老鸹噪耳地呱呱:"吴书记不愧是书记!"

"是啊,吴书记这个头带得好!"

"哼,亏他说得出口,从他开始?石县长去造林是结尾?"

"要不是石县长将这一军,他能舍得下这份决心?"

还有更难听的,吴书记都没听见,说者不是瞎子,当然不会叫他听见。可是,自有人替他听了,还替呱呱者又说给他听了。吴书记听了,什么也没说,他才知道那阴影驱散不走了。不过,他还是笑了:"不论从谁开始,总是开始了,只要能坚持下去就是做了有益的工作。"他叫办公室写了个简报,把这个会议的情况报到了上级。

弯月知道了鱼的来历,又是石县长,心头的旧病马上犯了。她见过石县长也等于没见过。一天,同柜台的营业员小王姑娘突然对着她的耳朵神秘地问:"你知道刚才买刮脸刀片的是谁?"

"谁?"

"石县长。"

"啊!"弯月惊讶地赶忙伸头去看时早没影了。她埋怨道:"你咋不早说哩,叫我也看看长的啥号样。"

"你给他刀片时咋不看哩?"

"谁知道他是县长。"

"没见过当个县长还亲自来买刀片。"小王一脸鄙薄的神气。

"亲自来买刀片咋了?"弯月怔怔地反问。

"咋? 不像个县长。手底下那么多人,不能使唤个人来买?"小王说得振振有词。

"也是哩。"

"哼,都说他是兔子尾巴——不长。"小王摆出了消息灵通人士的姿态。

"为啥?"人们听说这么重大的内部新闻,便都围上来打听。

小王愤愤不平地说:"听说选他当县长时,上级瞎眼了,没看清,选住个二百五,不要说不会工作了,吃饭都不知道香臭,连小车都不会坐……"

人们听得哈哈大笑,弯月也笑了,是脸上笑,心里没笑。她还在想着他为啥要亲自来买刀片? 是不是……她用劲回忆刚才卖刀片时的情景,想不起一点点反常的言行,苦没一点印象了。可是,"那么大的官为什么要亲自来买个小刀片?"这问号在她的心里抹不净了。

县城太小了。弯月没想到老于也会碰见石县长,怎么会这么巧呢?就一个劲埋怨老于不该占这个便宜,埋怨得很,老于才想起弯月不爱吃鱼,结婚时吃过一次,鱼刺卡到嗓子里弄不出来,急得跑医院找单方,闹得洞房花烛夜都没快乐成。老于本来就后悔,现在弯月又埋怨,便更加后悔,说:"当时只顾推推让让,真忘了你不吃鱼。"

"不是我吃不吃,我说过几百回了,咱穷死也不占别人的便宜。"弯月说到这种事心里便有了酸甜苦辣。一个漂亮女人,男人又没权势,活得提心吊胆,别人给点好处总怕对方是为了占有自己的身子。于是,别人给她一分钱的便宜,她马上变着法还人家二分钱的好处,为的是叫给好处的人从根上断了想头。当然,真有想头的人就是她还了好处也断不了想头。眼前就有人死死缠着她,想起这事她不由堆起了一脸愁云。

老于见弯月不高兴,就说:"要不,打听打听石县长住在哪里,再给他送去。"

"算了,算了,本来他不认识咱,再去找着自报家门啊!"弯月看着这条鱼忽然鬼迷心窍了,眯眯一笑说:"你要也不吃,送给俺们胡局长吧!"

老于看弯月不气了,也笑着说:"可行。谁像咱们成年不请客也不送礼,你也去表示表示,如今兴这个,说不定也能弄个门市部主任干干!"

"啥呀?"弯月打个冷战,重重地反问,"哼,你想叫干呀?……"下边的话咽回去了。

弯月不是想拍胡局长的马屁,是想借着这条鱼的来历压压胡局长。弯月恨胡局长,恨得咬牙。老东西算人?五十多岁了,肥得像个皮球,脸圆得像个葫芦瓢,眼像葫芦瓢上画了两条线,咋看咋像个不倒翁。三天两头去柜台前晃来晃去,说是检查工作哩,问个没完没了。哼,说得好听,看看那流涎水的眼就知道他想干啥哩。弯月每次看见他心里就发毛,不知为什么总觉着自己要死到他手里。她竭力避着他,每次他去了她都找事忙,自己把顾客都揽下,把小王推给他。可是,他是上司,想避也避不开。一天,店里张主任对她说:"胡局长叫你去一下,他在等着。"她一听心里怕了,就烦烦地问:"干啥?"张主任冷冷一笑,说:"干革命呗! 谁知道又想找啥事哩,这两天一个一个挨着谈话,小王才回来,轮到你了。"弯月忙去问小王谈话干啥哩? 小王很是兴奋地说:"领导关心呗!"说了言犹未尽,又扒住她的肩膀悄悄说:"叫我入党哩,你可别对外人说。"小王说完笑了,笑得很天真。

弯月不想去想想还是去了,领导找谈话,怎能不去? 她去了,在他办公室兼住室里,县城里领导们都是寝办合一。胡局长见她来了,就顺手关上了门,让她坐下,给她倒茶,很是亲热。胡局长没坐,在浑身上下口袋里乱摸,像在找什么重要的东西,终于从裤子口袋里掏出了钥匙,打开了办公桌抽斗上的锁,从抽斗里又拿出了一串钥匙,然后又打开了文件柜上的锁,从柜子里取出了几个白纸包着的圆圆的东西,胡局长把白纸撕开,原来是几个苹果,很大,白里透红,红里透白,浓浓的香味顿时散发开来,扑鼻而入,使人心里又香又甜。小城的保鲜技术还没过关,三月天气能有这般水果算得上奇珍了。胡局长拣个大的放到弯月面前茶几上,笑道:"这是个朋友从北京回来捎的,你吃!"

弯月看了这一连串动作,知道是为了强调这苹果一般人是见不到更不得受用的,便添了几分戒心,笑笑说:"谢谢,我胃不好。"

"没事,这对胃有好处。"胡局长拿起苹果递到弯月面前。

"我就是昨天吃苹果吃的。"弯月不接,撒了个谎。不要说昨天了,苹果大量上市时她也没舍得买过。

"真是……"胡局长无限遗憾地放下了苹果,又东张西望地看看再没有别的东西可以表忠心了,无奈地说,"你喝茶吧!"

弯月端端茶杯又放下,问:"你找我?"

"是的,了解了解店里的情况,不然就要犯官僚主义了!"胡局长哈哈笑笑,然后十分正经地问了许多事,店里有什么问题?谁好谁坏?群众有啥反映?又说到要调整店里领导班子,接着就表扬弯月,说她资历长,服务态度好,营业额月月超额,证明有工作能力,末了郑重地说,"先给你吹个风,想把店里这副担子压到你身上,你先有个思想准备。"

"我可没这个本事。"弯月回得很随便。

"这是组织上的事。"胡局长立场很坚定,重重地点着头,似乎拿定了主意,说,"打算叫你先入党,然后就把主任的事接过来。"

弯月一听就想冷笑大笑,可是又忍住了。她进城当营业员也不是才三天五天,已经一二十年了,在她身上打主意的也不只十个八个人,啥人都有,她经见人们的各种各样能处太多了。才开头她背地里哭哭忍下算了,后来也学刁了,能对付自如了。胡局长说的这些一点也打动不了她,反而想起小王说的胡局长叫她也入党,就在心里骂娘,你这一手是人家早八百年吃剩的饭,喂狗狗都不吃了,你还当成是你发明的新武器。她发觉胡局长盯着自己的脸自己的胸脯,盯吧,就是把眼使得流脓也盯不下老娘一块肉。她端端坐着,任他看去。她一脸淡淡的笑意,不阴不阳不出声,似乎入定了,显得更加娴静动人。胡局长品尝得过量了醉了,声音都颤抖了,伸长脖子低声下气地问:"你同意了?"

"什么同意了?"弯月突然一声尖叫,好似大梦被惊醒了。胡局长吓了一跳,定了定神嘻嘻笑道:"入党,当门市部主任呀!"

弯月轻快地反问:"真的?"

"当然。"

"难吗?"

"只要你真心愿意,容易得很。"

"多容易?"

"我一句话说办就办了。"胡局长看生意谈成了,没想到这么快当顺手,便跃跃欲试,又强调了一句,"只要你真心愿意!"

弯月听懂了"真心愿意"指的什么,却假装迷瞪地说:"我不是说过了吗?"

"真心愿意就行,好办得很。"胡局长开始行动了,一脸淫笑,脸涨得像鲜血淋淋的猪肝,突然说,"你是不是病了?"

"病了?"弯月倒真迷瞪了,"没有呀!"

"没有? 咋脸上泛红,是不是发烧了? 叫我摸摸。"胡局长不待弯月反应过来,便伸出手不仅摸了弯月的额头,手滑下来正捎带了脸和脖颈。弯月虎生站起正颜正色地说:"胡局长,你是局长呀!"

"看看看,我是当你发烧了嘛!"胡局长哈哈大笑,"看把你急的,你回去了再好好想想。"

"还想什么?"弯月瞪了一眼。

"入党,当门市部主任,真的。啥时想通了来给我说一声。"胡局长一脸可怜相巴结相。

"你常教导我们,见困难抢着上,见好处抢着让。这事太好了,我听你的教导,我让了。"弯月看他一副失意的样子,便莫名地一笑拉开门走了。像从地狱里逃出来,一路走一路骂,经过医院时,她顺便去量了体温,三十六度五,正常,便越发断定胡局长不是个好东西。她不由想起了小王,胡局长也这样对她吗,虽说她长得丑,可终究年轻还是个黄花姑娘,弯月真有点为她担心。

胡局长不死心,又捎了几次信叫弯月去,她都扛住了,她成天躲着他。可是,她不是山野百姓。天天要上班,还能有个碰不上的?前天,在下班的路上,胡局长等着了她,满面笑容地迎上去还伸出了手,她真不愿和他握手,可是,看看左右都有人,怕闹得他下不了台,引起别人胡乱猜疑,还是伸出手和他握了。他大声大气地说:"捎信叫你去局里没捎到?"

"捎到了。"

"为啥不去?"

"我说过,我让了。"

"这能是让的事?"胡局长朗朗大笑,公事公办的口气,"党员、干部能是商品,不想要了就便宜一点让给别人,三岁小孩的话。"

路人看他们一眼,继续走自己的路。

弯月不想纠缠,烦烦地说:"好吧,我入,我当,你办吧。"

"大街上说一句就行了?"

"你说过,你一句话就办了。"

前后没人了。

胡局长认真地说:"我可是真心帮助你!"

她调笑他:"我也是真入真当。"

胡局长笑了,掏出一个小包递给她,她无意识地接住,问:"是什么?"

"你回去看看就知道了。"他怕她当面打开,说了就匆匆走了。她想还给他,他已经走远了。她追了几步又停住了,在大街上和一个男人推推让让撕撕抓抓,会引得满街人注意和看热闹,她看着手中的小包发呆,里面包的什么? 不知道,觉着是个魔鬼。她怕拆开,又想拆开,就匆匆跑回家里,丈夫不在家,她从里边锁死了门,心里咚咚跳着拆着小包。白纸包了一层又一层,每拆一层就增加一分害怕,越拆手越抖。当她看见里面包的东西时眼花了,头蒙了,心跳了。是梦? 是醒着? 老天爷,一只黄灿灿的金戒指。她心里成了一团乱麻一盆糨糊。过去也有人悄悄给她塞过东西,都是些不太值钱的稀罕物,她都一一退了。不要说收了,这样贵重的东西过去只从外国回来的华侨手上看见过,还是离多远看见的,没想到现在自己手里也有一个了。怎么办? 怎么办? 想想,想想,她强迫自己平静下来,坐下去鉴赏着手心里的金戒指,戴到手指上取下又戴上,反复地玩弄着。这该值多少钱呀,少说也得几百块。下这么大本钱,娘的,这货真是疯了。金戒指,党员,门市部主任,她有点——她的脸发烧了,心和打鼓一样跳得咚咚响,像做贼被人捉住了。不行! 妈的,这货一定是干这号事的老手,打惯野食了,不知糟践过多少妇女了。娘的,别说老娘不是烂货,即使是也要挑挑人。没一点点情分,就一只手交钱一只手脱裤子,把老娘当成啥人了? 瞎眼了! 弯月气坏了。交上去! 交上去! 断了龟孙的想头。她气昏了头站了起来冲到了门口,心里忽然一动又退回去坐下了。不行,没有证人,他要死不认账,反咬一口说是诬陷他,他抱有粗腿,官官相护,自己跳到黄河也洗不净,传得满城风雨自己还怎么见人? 她知道,男人们都是馋嘴猫,见了她贱相就出来了,鼻子眼都喜得不分家了,没话找话说,不该笑也要笑,变着法挨一下摸一下,浑身都是下三烂劲。她从心里对这号人也不气,一个女人能叫别人喜欢,证明他们的老婆都不如自己,心里自然高兴。她气的是这些人只要背过脸谁也不肯为她说句公道话,特别是那些想打她主意的人更坏,当面急得向她叫娘叫奶奶,亲热话说尽,恨不能把心扒给她吃了,转过身为了证实自己是正人君子,就争着抢着骂她是坏货是破鞋,啥话不毒气不说啥话。她想,告他没人证明也没人同情,不如退给他。对,退给他,叫他看看老娘是个啥人,叫他知道知道天下还有不爱财的女人,叫他明白明白天下还有拿钱拿权买不来的东西。想到这里她觉得自己又清白又伟大了,很有几分自豪。她从地下拾起包戒指的纸,又照原样把戒指包好装进口袋里,正气凛然地打开门走了。她要去找胡局长当面退给他,她要去当节妇了,有一股力量膨胀着她,浑身都是劲又义无反顾地走去。走到十字街口碰见了小王,小王打扮得花枝招展,一副兴高采烈的样子,小王喊住了她,问她干啥,她的勇气顿时消了几分,支支吾吾地说:"没事,随便转转。"

"没事了和我一块儿去找胡局长吧!"小王拉住了她。

"找他干啥?"弯月惊异地问。

"给他送个表。"小王拍拍口袋,几分得意地说,"入党的表。"

"啊!"弯月的脸色突然变白了。

"咋?胡局长找你谈话没叫你入?"小王看弯月的神情有点不对,怔怔地问。

弯月摇摇头,说:"没有。"

"走,咱们一块儿去,叫他也给你一张。"小王拉住弯月就走。

"不,我去我姑家有点事,你去吧!"弯月挣脱了小王拉她的手。

"咱俩一块儿去多好啊!"小王埋怨了一句,快活地走去,走了几步忽然又回头招招手,说,"拜拜!"

　　弯月看着小王的背影,心里涌起无限的愤恨,不由摸了摸口袋里的戒指,也不由得改变了主意。娘的,退给他,平白地退给他,太便宜他了。不给他! 不给他! 她拿定了主张。自己去告他,没有证人。他要告我,也没有证人。再说,谅他也不敢告,一个领导为啥要送给一个女人一个金戒指? 气死他他也不敢去告。龟孙,一辈子不知玩了多少女人,这一回叫他哑巴吃黄连——有苦说不出,偷鸡不成蚀把米,叫他尝尝女人的厉害。再说,这东西肯定不是他的血汗钱买的,要是血汗钱他还舍不得哩。听说,安排个工人都成千成千地收礼,这戒指也不知是喝的谁家的血? 给他,他还会拿去送另一个女人,说不定明天就会戴在小王手上。他落下还不如我落下,也能叫他少糟践一个女人,也算自己救了一个女人。想到这里好像自己成了活雷锋,很有点自得其乐。回到家里,把戒指藏到一个老于找不到的地方,就像没事人一样了。

　　隔了一天,胡局长不见她退礼,以为大功告成,就在一个僻静的巷口等着弯月,笑眯眯地约会道:“今晚我在办公室等你。”

　　“干啥? 还是说入党当门市部主任的事,办好了?”弯月淡淡地问。

　　“妈的,装的啥蒜!”胡局长心里骂了一句,问,“包里的东西不错吧?”

　　“啥东西? 不就是个糖疙瘩嘛,我又不是个小娃,啥稀罕?”弯月一脸不在话下的神态,“我当场就扔了。”

　　“啥呀?”胡局长变脸失色,急得搓手顿脚地追问,“真的?”

　　“还能是假的,我看都没看,你前脚走我接着就扔了,我看得清清的,扔到你脚后跟上了,你没拾着?”弯月说得轻松自然,“咋了?”

　　“你——”胡局长的脸皮煞白,恨不得上去打她一耳光,“你——

咋能把它扔了!"

"咋？不是糖疙瘩,是啥?"她一脸狐疑。

"是……"胡局长要哭了,"我的好祖奶奶,那是金戒指啊!"

"啥呀?"弯月大惊失色,继而咯咯地笑了,"别开玩笑了,别拿我当三岁小娃来哄了。"

"我要哄你……"胡局长赌咒发誓,"就不是人生父母养的!"

"哼,装得怪像!"弯月驳道,"要真是金戒指还能轮到我,早给黄花闺女了!"

"真的! 真的! ……"胡局长要疯了。

"老天爷!"弯月也急了,埋怨道,"你看你,你看你,这么贵重的东西你当场咋不给我说一声哩? 这可咋办? 要不你去报告派出所,叫人家查查看谁拾了。"

"这能是……"胡局长还要说什么,有人走来了,便忙改口打起了官腔,"你回去再把账好好查查,心里好好想想……"

"行,行。"弯月顺口答应着趁着过路人走来忙走了,这时才觉着出了一身冷汗。想着胡局长那个急劲,不由笑了。娘个脚,看样子这货信了。

胡局长仍不死心,三天两头还来柜台前转悠。弯月见他来了,马上喊来别的营业员做伴,使他不能得逞。胡局长又气又急,一天又在路上等着她,愤愤地说:"这事就这样算了?"

"啥事?"弯月明知故问。

"你是不是把东西真扔了,总不能把我的心也扔了吧?"胡局长看弯月态度平和,又开始乞求了。

"你说咋办?"弯月反问。

"我说……你自己说咋弄?"胡局长眼里又有了希望的光。

"我说,"弯月轻佻地一笑,"你不是还有党票和官票吗,这东西可扔不掉。"

"这一回你总得先表示表示吧!"要不是在大街上,胡局长真想马上抱住她先亲亲。

"当然要表示,一定好好干,争取当个十佳营业员,给你脸上增光。"弯月板下脸子冷冷地说着,撇下他扬长而去。

"妈的!"胡局长气入心了,"火星爷不放光,不知道火星爷的厉害。"

昨天,在百货大楼全体职工会上,胡局长放光了,不冷不热地说:"小百货过去不错嘛,听说最近营业额不断下降,是什么原因?要好好查找查找问题,再上不去可要扣奖金了。"

弯月不等他说完就插嘴道:"现在是淡季,再说货也不全。"

"不要强调客观嘛。"胡局长板着面孔,质问道,"品种比原来少吗?"他转脸对着门市部张主任。

张主任干笑笑还没回话,弯月抢先说:"不比原先少,可是老货不中了,群众生活水平提高了,都想买高档商品,例如,最近就有顾客要买金戒指,咱们一没资金二不知道货源,请胡局长想办法给进一点。"

"这……"胡局长吸了一口冷气,狠狠瞟了弯月一眼,便挂起了免战牌,忙扯到别的事情上了。

散会之后,弯月心里有点后怕。胡局长恨自己一定恨得心里长了牙,肯定不会白白饶了自己。他只要对主任和支书暗示一下,他们就会磨道圈里查驴蹄——找不完的事,虽说杀不了头,也别想过安生日子了。弯月憋了一肚子苦水,真想抱住男人痛痛哭一场,心里也空落些。可是不能,和男人千万说不得。她见过有的女人在外碰上了这种事,为了显示自己清白便向男人表忠心,说谁谁调戏了她。原以为能博得男人的欢心,谁知恰好相反,不仅叫男人多了个死敌,去和对方大吵大闹拼刀子玩命,还对自己疑神疑鬼,说什么母狗不摆尾公狗不敢上,多少生点气开口就是你去和谁谁过吧,当成短处捏住一辈子也不放。女人可怜,碰上这种事只好烂在肚里,不仅不敢和男人说,还得和没事人一样对男人笑。男人只知道妻子笑得好看,怎知这笑是从苦水中榨出来的,怎知妻子这笑比哭还难受。为了胡局长的事,弯月提心吊胆了几天,不由暗中叹息老于没有本事,他要是有个一官半职,或是和大官走得近,谁还敢打自己的主意? 就是打了没打成,他也不敢报复。弯月正愁得没有办法,忽然有了石县长给的这条鱼,眼前顿时一亮,不由生出一个念头,何不借着这条鱼压压胡局长,叫他别忘了天外还有天,牛大还有捉牛法。弯月想得很是美妙,不由一笑,说:"吃了早饭,你把这条鱼给胡局长送去。"

"你去吧,我上班还有事哩!"老于皱起了眉头,他不会送礼。

"叫个女人去送礼啊!"弯月看了老于一眼。

"好,好,我去。"

"去了,胡局长要问这条鱼是从哪里弄的,你就说是石县长给的,别的不要细说了。"

"这? 这不是说瞎话,我不会。"

"怎么是瞎话? 不是真的,是你自己买的?"弯月看看老于一脸憨相,叹了口气,说,"算了,算了,今天上午我轮休,还是我去吧!"

还不到上班时间,老于就去上班了。

老于在河务局秘书科工作,二十年前是干事,二十年后还是干事,一直没升过。比自己参加革命早的晚的一茬一茬都升了,有时比比,老于就气。再想想,气啥,二十年算啥? 老爷爷是农民,爷爷是农民,爹是农民,祖祖辈辈都是农民,都没升过,要气他们早气死了,哪里还有自己。这一比也就不气了。要说,老于早该升升了,又不是没升的条件,只因为条件多了一点才没升上去。

这事压根还是坏在老于自己的良心上。他才参加革命时还小,还是小于,第一顿在灶上吃饭就是吃的白馍,他高兴得很,买了两个白馍拿回住室里吃,他怕在食堂吃会忍不住笑出来。那时乡下人可怜,天天革命加稀饭,就是稀饭也得先敬敬毛主席才能自己吃,除了过年吃一顿白馍,平时谁吃过? 他认为自己运气好,第一顿就碰上了白馍。他在住室里忍不住直笑,他没舍得吃完,还留下一个,他想这是稀罕物,留一个啥时想吃了再吃,好像以后再也碰不上了。谁知顿顿是白馍,才知道当个干部真美,天天顿顿过年。他心里很是激动,想着党叫咱顿顿过年,一定要好好干,要报答党的大恩大德。

小于的本职工作是抄材料,他就一笔一画认真得很,恭恭敬敬像抄经书一样,抄得比印的还要清楚。他觉着这还不能报答吃白馍的恩情,再加上吃白馍吃的身上劲太多了,每天总是提前十分钟上班,把办公室打扫得干干净净,整理得井井有条。局长看他勤快就鼓励他,同志们省得自己扫了整理了就夸奖他。他想,自己就做了这么一点小事,革命就表扬自己,很有点受之有愧,便决心把这成绩发扬光大。于是,他每天提前半个钟头上班,除了打扫和整理办公室,还把偌大个院子也扫得干干净净。这个院子是几个局共有的,因为是共有的便等于没有主人,常常又脏又乱很像个垃圾场。突然出来了个小于,把院子弄得干干净净面目一新,大家一问知道小于是河务局的,于是都夸奖河务局李局长培养了一个活雷锋。有人写了个广播稿,说"谁说雷锋死了,雷锋还活在河务局"等等。小于听了喜得悄悄流泪,说革命真没亏待人,扫个地都惊动得全县人都知道。李局长虽说没哭可是比哭了还激动,上级说他会做政治思想工作,给全县人民培养了学习的榜样,有功于党,提拔他当了副县长。李局长很有良心,临去当副县长时,叫局里买了一个很好的镜框,装进了一张烫金的奖状,召开了一个虽小却很隆重的会,亲手还是双手把镜框授给了小于,又惹得小于流了一脸感激的泪水。小于没有辜负党的爱护和奖赏,坚持扫下去,一年三百六十五天,天天都把院子扫得干干净净。结果年底又当了县模范,又领了一个奖状。几个局的同志们都有很高的觉悟,没一个人去和他争夺这份荣誉,也没人和他分享这份荣誉,就他一个人一月一月、一年一年地扫了下来。

后来,秘书科的科长调走了,要提个新科长。考核了两个人,一个小于,一个小王。都说,小于十拿九稳,因为小王调来得晚,也是抄材料的,还没小于抄得好抄得多抄得及时,平时又懒得出奇,连自己的办公桌都是小于给他擦洗整理的。不料宣布的竟是小王当科长。有人愤愤不平就去问局长,局长哈哈笑了:"叫你当局长你也会这样处理,小于这面红旗能拔吗? 拔了不犯错误? 连这大院里兄弟局都要活吃我。再说,用人要用其专长,小王会干啥,最突出的就是抄材料,小于虽说比小王抄得好,可他最突出的不是抄材料而是雷锋精神。"这话传出去,大家想想也是这个理,小于虽说业务工作完成得很出色,可扫地扫得更出色,他用更出色盖住了出色,自找的,活该他永远扫下去了。

换了一任又一任局长,小于也扫了一任又一任。有时弯月埋怨他,扫那么积极也没见给你提个官干干。他想想也是,也气,决心再不扫了。可是,还没等他气上来,领导就又表扬他了,又给他发奖状了,本来要气的也气不成了。想想,凭啥上级三天两头表扬自己,又年年叫咱参加模范会戴大红花？人不能不识抬举。"想想"这玩意儿还真灵，小于想想不能不扫便照旧扫下去了。扫呀扫呀，小于扫成了老于还在用劲扫，可是不费劲的表扬话慢慢少了又没有了，习以为常了，好像老于就该扫，他不扫谁扫？有一天家里来客去晚了没有扫成，大家顿时觉得生活中少了什么多了什么，都感到奇怪，好像尼克松当总统当得好好的为啥突然不当了，于是哗然了。

"这个老于，今天怎么搞的？"

"是不是生病了？"

"天天锻炼还能生病！"

"是不是在家里和老婆生气了？"

"他还生气？那么漂亮的老婆，就是天天下跪也不气。"

"是看别人都提拔，心里不满了？"

"那也不该罢工啊！"

"叫你你还游行哩。四十了，还不给人家动动，欺侮老实人！"

王局长知道了，就是原来和他在一块儿的小王，先当科长，如今又当了局长，把老于叫到局长办公室，很是关心了一番，问了身体、家庭、思想情况，就推心置腹地说："你是老模范了，不像我们这号没名没姓的人，就是闹点情绪也没啥影响。你的一举一动就影响大了，相信你能把雷锋精神坚持下去，不会半途而废。关于你的安排问题，组织上会认真考虑的，不要为这事有啥情绪。"

"我没啥呀？"老于辩白道。他来晚了，他一来就已经有很多人关心过了，现在局长又亲自关心。局里这么多人，天天都有来晚的，从来没有谁问过，为什么自己来晚一回就大惊小怪，就关心个没完没了？不就是因为一天没扫地吗？他有点牢骚，想说这地就该我扫？我要死了这地就永远不扫了？可是，看局长如此诚恳，又高抬自己是有影响的人,就把怨气全咽了,再次表白道,"真没什么,今天家里来了个客人,来晚了耽误了扫地……"

"看看看,你说哪里了,我是因为扫地吗?"王局长截住他的话,笑道,"找你随便谈谈心嘛。咱俩是老伙计,按岁数你是老大哥,这工作还全靠你支持哩!"

事后,老于才品出了话味,原来是说自己没被提拔就闹情绪,要挟领导要官哩。没想到一次没扫地就引起这么大的误会,好像自己居心不良,扫地就是为了换个官,他觉得自己受了侮辱,心里愤愤,很不是味。为了证明自己不是想换官,为了怕别人再说三道四坏了自己名声,家里再有关紧的事也要早早赶来扫地,一直扫到了今天。

话说远了,还是说今天吧。老于没去给胡局长送鱼,看看表离上班时间恰好还有三十五分钟,他天天都是这时候走的,机关离家里有五分钟路程,到地方还有半点钟才上班,一次也没误过扫地。他出了家门走到巷口,一个卖烧饼的大嫂叫道:"老于,吃过了?"

"吃过了。"老于边走边回了一句,天天如此年年如此,中国人讲究问候。

"再吃个烧饼吧!"大嫂笑着递过来了。

"不啦,不啦!"老于没看见她笑,也没看见她递过来的烧饼,只顾走自己的路。突然被从后面拉住了,他回头一看是卖烧饼的大嫂,堆着一脸笑,把一个烧饼硬要塞给他,他不接,推辞道,"刚吃过饭嘛!"

"再吃一个可撑坏了,撑坏了我负责!"

"不,真是吃不下去嘛。"

"咋啦?是不是怕我身上的穷气沾到你身上了!"她装出生气的样子,硬把一个烧饼按到老于手掌上,一边回头跑去一边笑道,"咱们是谁和谁嘛,还见外!"

老于有点不知所措地看看手中的烧饼,又看看已跑回原处的卖烧饼大嫂,今天她是怎么了,以前可没这样呀。他纳闷。大街上怎么吃?他只好把烧饼一折两半装进口袋里,继续往前走去。继续想着这大嫂今天为啥这么亲热。

"老于!"

老于看看,纺织局的杨局长在街对面喊他,他们上下班时常碰见,从没打过招呼,今天有啥事?他走过去叫道:"杨局长!"

"来,来,吸支烟。"杨局长给他掏烟,误掏出一盒许昌烟,笑道,"不叫你吸这个。"装进去又从另一个口袋掏出一盒洋烟,抽出一支递给老于,"吸根帝国炮。"

老于吸着,看着他,等他说什么事,要不就给帝国炮?

杨局长拍拍他的肩膀,笑道:"不错呀!"

老于怔怔地问:"啥不错?"

"不错就是不错嘛!"杨局长哈哈大笑,笑得挤鼻子弄眼阴阳怪气的,笑着闪下老于径自走了,走两步又回头甩过来一句话,"以后有啥事用得着老弟了,只管言一声!"

"不错就是不错",还有叫人起鸡皮疙瘩的笑,还有愿意帮忙的嘱咐,老于都有点摸不着头脑,他走着寻思着杨局长准是又喝醉了,杨局长是全县赫赫有名的酒布袋,可也不会大清早就喝呀?

"老于!"

老于抬头看见民政局的老赵匆匆跑过来。他和老赵只是挂面认得,从没打过交道,叫自己干什么?老赵一脸惶惶的神色,掏出烟递给老于一支,讨饶地笑道:"真是对不起得很,我有点关紧事,等有空了咱们再好好拍拍①!"说完又匆匆走了。

这才怪哩!你有事没事关我屁事,我又没喊住你打听,干啥跑过来找着说对不起?真见鬼!

老于百思不解。刚走两步又有人喊住他,又是递烟问好献好。五分钟的路还没走够一半,手里已经攥了十几支烟。今天人们怎么了?往日可不是这样,一路上没一个人给说话递烟,就是碰见很熟的人也不过点点头就过去了,怎么突然间都变得热情了,热情得连路都走不成了。这世界出了什么事?他看看表吓了一跳,已经二十分钟过去了,要耽误扫地了,人们不知又会咋捣脊梁沟哩。为了不再和人说话招呼,老于耷拉下头,慌慌张张地大步走去。

一辆小轿车开到老于身边忽地停住了。老于忙往一边让让继续走去。车上下来一个洋里洋气披头散发的女人,往脸上一看原来还有两撇八字胡,才知道是个男人,他冲着老于叫道:"老表!"看老于没回头,又喊,"于老表!"

老于才回过头,怀疑地问:"叫我?"

"咋啦,不认识我?真是贵人多忘事!"小胡子笑得甜得腻人。

"你……"老于见过他,别人在一旁悄悄指给他看过。姓张,是个农民企业家,开了个什么厂,用了两个女秘书,在县里吃得很香,也很臭,怎么忽然成了老表?老于迷糊了。

"看看吧,我就说贵人多忘事嘛。你三姑是我舅妈。小时候有一次,你去看你三姑,我去看我舅妈。咱们一块儿在她们村边河里逮过鱼,你逮住了,我没逮住,我把你的鱼夺走了,你还好哭了一场。你再想想,想起来想不起来?"小胡子看着老于。

---

① 拍拍:豫西南方言,指聊天。

"噢,噢!"老于好像在费劲地想,不过想的是快点走去扫地,连连说,"想起来了,想起来了,是张厂长嘛!"

"什么厂长不厂长的,小打小闹闹着玩玩罢了。老早就想找你叙叙旧情,想着你如今是堂堂的国家干部,我混得不像个人样,怕你不认我这个穷亲戚,一直没敢登门!"

"看你说到哪里去了,把话说颠倒了,我高攀还攀不上哩!"老于胡乱应酬着。

"别打趣小弟了。想着老表也不是不念旧情的人,走,去我那里,咱弟兄俩好好叙叙旧。"张厂长拉开了车,伸出手做请状,"上车吧!"

"这……"老于看看表,再有五分钟就上班了,急道,"不了,快上班了。"

"上班怕啥嘛! 我还不知道你们当干部的咋上班,一杯茶一盒烟一张报,现在又加了一副扑克牌。走吧!"张厂长伸手拉了。

"真不中!"老于心急如火,又不好说要去扫地,苦笑着求告说,"今天真不中,有关紧事!"

"那好,那好,我不耽误你的事,晚上我再登门拜访!"张厂长说着屁股一歪进了小车里,伸出手说,"晚上,一言为定!"

小车开走了,老于想跑又不好意思跑,竟走似的到了机关,四下一看心里一惊,院里已经扫过了,只见小刘正在放扫帚,他好像犯了弥天大罪,不知所措地问小刘:"你怎么……"

小刘喜笑颜开地说:"你还不知道呀,你这个班王局长叫我接了。"

"为啥?"老于心里一沉,是不是王局长看自己来晚生气了?

"我想干呗!"小刘眉飞色舞地笑笑,对老于做个鬼脸走了。

　　老于真不知道为啥。是王局长吃早饭时灵机一动才决定叫小刘干的,小刘还小,从待业青年中招收的公务员,做活很有眼色。一次办公室叫他去给王局长家里买柴,他不仅买了,还主动锯锯垛垛,锯得很短劈得很碎,垛得很整齐,王局长看了很喜欢,随口说:"好好干,将来想办法给你转个干。"小刘才到机关不久,还不知道机关的水深水浅,王局长随口夸奖一句,他就信以为真,便对王局长敬如父母,伺候得就差没替他擦屁股了。今天小刘才吃过早饭,王局长突然来到他住室里,王局长从来没来过,小刘受宠若惊,忙把本来干净的椅子又擦擦让王局长坐下,毕恭毕敬地问:"有啥事?"小刘心想肯定有事。王局长说:"没事,今天来早了,随便来看看。"小刘不敢再问也不敢坐,就站在一边。王局长停了一会儿,关心地说:"本来想给你转个干,大家扯了一下,说你没有突出成绩。我想了,你得好好表现表现,我才好说话。"小刘一阵兴奋,说:"可行,你说咋表现?"王局长沉思着抖着腿,好像费了很大劲在想,说:"啥适合你干呀,哎,你接过老于的扫帚也扫个样子,大家都能看见,你说?"小刘不假思索地回道:"可行,这又不难。"王局长说:"行了,从今天开始,趁着老于没来你就去扫。"小刘说:"老于没意见吧?"王局长说:"你别管,我给他说!"

　　事情就这么简单,老于还当成王局长有了意见。他没扫地省下的劲全冒了、跑了,抬抬步都有点沉重了。走进办公室时,里面传出放肆的狂笑,什么事这样高兴? 他推开门,笑声马上死了,一屋子尴尬和正经,齐声地招呼:"老于来了!"客气得像对陌生人。他感到气氛不对,知道是为了没扫地的事,就想把一路的奇遇说给大家,解释解释为什么来晚了。一抬头见人们相互在窃窃地笑,笑的味道很怪,嘴就张不开了,也装作没事人一样,低下头去抄材料了。

中国人多,到处人挤人。老于的办公室理所当然地为国分忧也人挤人。没有多少公可办,上了班首先互相发布自己听到见到的新闻,红色的灰色的桃色的,合成了一个五彩缤纷的世界,比听马季的相声还逗人,叫人笑断肠子笑岔气,真是个寻欢作乐的好去处。今天不了,统一吃了哑药,嘴不说了都用眼说,眼比嘴说得还生动、还含蓄。含蓄就是艺术,让人想得更深远。老于不敢抬头,他怕生产艺术的眼。他不由埋怨一路上热情的人,要不是他们咋会生出这么多的影响?这时,王局长喊他,他走出去顺手把门带上,只听屋里哄的一声,爆发了一阵大笑,炸得他的头蒙了。

老于知道王局长找自己没好事,肯定又是什么什么影响,这个模范真像狗皮膏药贴到身上了,要想揭了就得连皮带肉撕下来。他后悔极了,硬着头皮走进去。像妹夫来了,王局长异常热情,让座,倒茶,从桌上拿起许昌烟又放下,走进套间拿出帝国炮让老于一支,自己却吸桌上的许昌烟。老于想起杨局长,怎么今天都动用帝国炮来打自己,我值吗?他吸着烟等王局长拐弯抹角用表扬来训自己。

王局长笑道:"真对不起得很!"

"……"老于等着下文。

王局长一脸内疚,摇着头道歉:"我也不了解情况,你嘴稳也不说,真被误了!"

"什么情况?"老于身在云里雾里了,想问又不好开口,只好在心里猜谜了。

"不说这个了。"王局长笑笑,笑得很开心,然后郑重其事地说,"上一次咱们谈过,关于你的安排问题。我想了又想,咱们局办公室只有张副主任一个人,主任这个位置还空着,你先屈就吧!"

"这……"天外飞来横喜,这怎么可能?不训自己还提拔?老于的心要跳出来了,似在梦中,哑哑地说,"王局长,你别开玩笑了。"

"天下有这种玩笑?这是组织的决定!"

真不是玩笑。王局长为了选个这样的人才,已经费尽了苦心。河务局算老几?除了夏天防洪,平常上级把它忘个干净,给点经费也少得可怜。钱多了多办事,钱少了少办事,没钱了不办事,这好说得很。只是日常的花销太难了,小车还是个破吉普,哪个局里没个轿车?还有客来客往招待不?不说领导潮流了,也不能叫人家吃蒸馍面条吧!为了要钱,王局长下定了决心,日他妈,非调个太太小姐来局里不可,啥都不叫她们干,专门叫她们去要钱。可是,太太小姐们都在极乐世界里躺着,谁肯跳进他这个苦海?王局长为了这事,日日夜夜都在思念着。吃早饭时,听说老于和石县长的关系非同一般,顿时就有了"踏破铁鞋无觅处,得来全不费工夫"的快感,没想到眼皮底下就有这么大个人才,一定得好好重用。他吃了早饭就赶到机关,叫小刘替老于扫地,上班时又匆匆赶到人事局,商量老于的安排问题。人事局的一个局长哈哈大笑,问:"你知道老于和石县长啥关系?"王局长摇摇头反问:"啥关系?"

"球关系!"这位局长对着王局长的耳朵悄悄说,"听说,石县长和老于的老婆弯月有一手,可不要对别人说呀!"

"啊!啊!"王局长听得惊惊乍乍,继而一想,球,这才好哩,真要是这样,老于去要钱才好要哩,比县长的亲老婆去求县长还灵哩,嘴里却说:"我不管这些闲话,反正人家老于够格。"

说起老于,也真早该提拔了,又不是个什么大官,很快就说妥了。

老于不知个中原因,激动感动了就进入了角色,谦虚道:"我怕没这个本事,万一完不成任务,误了局里的事……"

"你百分之百地胜任这个工作。"王局长自信选准了人。

老于认真思考办公室主任的工作了,面有难色地说:"光陪客我就不中,我不会喝酒。"

"有张主任这口酒缸哩,你放心,不叫你陪客。"王局长布置任务了,"别的不叫你干什么,局里有时困住了,你去找县长要要钱就行了!"

"要钱?"老于傻脸了,县长认得我是老几?他知道王局长常说要调个太太小姐来要钱,没想到会叫自己顶太太小姐的缺,不由急得头上冒汗,"这事我可真不中啊!"

王局长看他发急的样子,不由想笑。这货是不知道老婆和石县长的事,还没发觉自己的价值?还是知道了不好意思承认?就说:"别谦虚了,咱们是谁和谁嘛,还玩这个虚心干啥!"

"我、我……"老于急得没话说了。

"别再说了,就这样定了,你又没去咋知道要不来!"王局长严肃了,站起来拿起本子送客了,"回去吧,我这就去叫下通知。"

"这……"老于看看王局长的脸色,无奈地走了。

王局长看他走了,想到很快吉普就能换小轿车了,想到以后吃喝招待不用愁了,不由笑了。

早饭时,胡局长听说了老于和石县长的关系,开头他不信,一个小办事员怎么可能和县长有如此深交?后来听说是千真万确的,顿时吓跑了食欲,突然得了食管癌一样一口也咽不下去了。

胡局长提起石县长就骂娘,狗咬吕洞宾——不识抬举。石县长初上任不久,一天晚饭后,胡局长去找他汇报情况。石县长不认识他,他做了自我介绍,石县长就认识了。石县长很热情,给他敬烟,倒茶。石县长知道,一个下级主动找上级谈情况是很不简单的。他在研究所时,一次想提个合理化建议,鼓了很大勇气去找所长,到了所长家门口,忽然犹豫了。所长会认真听吗?所长会不会认为自己想讨好?会不会怀疑自己有不可告人的目的?他在所长家门口转悠了很久,几次抬步要进去到底没进去。夜里他不断批驳自己的多心,自己是为公又没私心怕什么。第二天他去所长办公室找所长,到了门口听见所长在和什么人说话,他举手敲门又放下了,人家会说自己露能吗,所长要说这个建议他早想到了,自己多么没趣。还有,所长会咋想,会不会心里说,咋了,你认为你比我高明是不是?他想想算了,领导又没征求自己意见,自己找着送上门,也显得自己太没劲了。后来,他在上班的路上碰见了所长,两个人一同走着,他想这个场合说说自己的建议最好了,同路顺便谈话,不算找上门,也不算专门,他正在攒劲还没攒足时,所长也斜他一眼,说:"老石,最近听说你表现得还不错,以后好好干啊!"这神态这口气使老石觉得受了侮辱,到口边的话又压下去了。这个很好的建议就烂在肚里了。石县长想到这段经历,觉得胡局长主动来谈情况是对自己的信任。听得十分认真,还不时记录下要点。胡局长对如何繁荣经济很有见地,说得头头是道。石县长心里便有了几分惋惜,这么有能力的同志怎么才是个副局长,应该提拔提拔了。两个人从八点谈到十一点,谈得很投机,很快成了知交了。石县长问:"我来一两个月了,听同志们对我有什么意见?"胡局长借群众之名,说了很多恭维话。石县长说:"说说有啥意见吧!"

"一人难趁百人意。"胡局长面有难色,摇头晃脑地说,"要听反映,别说没办法工作,就是活人也活不成。有些人工作是外行,编派人可是专家。说这个没益,还是说别的吧。"

"听听也有好处嘛。"石县长看胡局长面有难色,就越想听越要听,催道,"说说,说说。"

"好吧。"胡局长为难地说,"都是胡说八道,不足为凭。有人可恶毒了,说你想挑动群众斗干部,攻击你是漏网的'四人帮'残渣余孽!"

"啊!"石县长一怔,"是吗?说说他们讲的根据。"

"啥根据?你去造林骑着自行车,坐车去的脸上不光彩。"胡局长愤愤不平地说,"当时我就和我们一把手林局长顶上了,我说这算啥话?"

"噢!"石县长沉思着。

"有些人就善于颠倒黑白。"胡局长一脸无可奈何的神情,看看石县长脸色沉重,说道,"你别放在心上,俺们那位林局长就是这号人,不光对你,对谁都想咬人家一口。"

"这个事我是欠考虑,事前通知一下都不坐车才对。"石县长没想到会引起这么大风波。

"你就坐车去,他还会有别的话。"胡局长为了证明林局长一贯不是个东西,并不是专对石县长,就如数家珍地说,"他这个人标准是个刺头,前年十二月十七,老县长动员发扬艰苦朴素作风,他说,只看见别人一身绿毛羽,没看见自己是个妖精。去年三月初六,吴书记参加义务劳动整修街道,他说,球,想上电视哩。今年元月二十,听说你要调来还没见你人影,他又到处说,日他妈,又来个饿臭虫……多了,别说县里了,连上级他都反对……"

石县长越听越觉着不是味,一点点兴致也没有了,打了个哈欠,看看手表,说:"不早了,以后再谈吧。"

胡局长谈兴未尽,也只好走了。

石县长这天夜里一直想着胡局长这个人,觉着太可怕了。同志间说句话,几年过去了,还记得这么清,有年有月有日,不是有小本本记着,准是胡编的。心术太不正了。他有点后怕,既然能记下他们局长的话,也会记下自己的话,就竭力回忆着自己是不是说错了什么。他为自己的轻信害羞,开头还为他当副局长鸣不平,差点上当了。第二天,和吴书记谈了工作,顺便提起了商业局的工作,没说胡局长找他的事,吴书记倒说起了胡局长。原来,胡局长在局里搞文字工作,写个总结简报通讯报道,偶尔也写点所谓的诗歌小说,林局长看他是个人才,就要提他当副局长,同志们说这个人太阴太冷,林局长不信,坚持把他提了。才开头还不错,两年没过去就翻脸不认人了,成天光玩嘴不做实际工作,还到处造林局长的谣言,说林局长占住茅坑不拉屎,想叫林局长快点下来,他好当正局长;动不动就当面威胁林局长,说什么你也快退了,等你病倒床上了咱们再算账。林局长是个老实人,想想自己也确实快退了,为了留条后路就忍气吞声地咽了。一次,他给食品公司经理说:"林局长过年叫你给弄点肉,你咋不给弄哩? 林局长心里可不美了,在上级面前说了你许多坏话,提议要换你。"食品公司经理听了很生气,说前天林局长还在会上表扬我,怎么明一套暗一套? 他一气之下就去找林局长交换意见。林局长就批评胡局长不该无事生非,胡局长理直气壮地说:"咋了? 正月十五上午,在你办公室里,你坐在办公桌旁,我坐在沙发上,你亲口给我讲的你可忘了? 共产党员办事要光明磊落,要凭党性,说了就要敢承认。"林局长气个半死。后来证明,正月十五林局长在地区开会,根本没在家。县委几次研究想处理他,考虑到他姐夫在地区是某个单位的头头,县里常常有求于人家,想来想去不敢动手。又说把他调出商业局,还怕他再搞乱一个单位,只好不长不短算了。石县长听了愤愤不平,说:"有这么个副手,林局长还怎么工作?"吴书记叹道:"为了大局,只好委屈他了,要为他撑腰,县里的工作就得受损失。"石县长说:"那也该好好批评批评他。"吴书记苦笑道:"还批评哩? 就这他姐和他姐夫还不满哩,三番两次来县里游说,叫把他提成正局长。"石县长担心地问:"你答应了?"吴书记苦笑道:"没答应也没有不答应,拖吧,能拖一天是一天。难啊,如今很多事讲不成原则,你要讲原则,别人就会把你先宰了,天数长了你就知道了。"

　　石县长从没当过县长,了解了胡局长之后,不是用县长的身份从大局来对待胡局长,而是用一般人的身份,从感情出发来对待胡局长,心里总是憋着一口气,不吐不快。一次在干部大会上讲到干部作风的事,着力表扬了林局长,讲林局长品德好,勤恳一生,任劳任怨,面对诽谤而不惧,鼓励他大胆工作,很有点要和林局长共存亡的大义凛然气概。说他不怕谁后台硬,就怕他理不正,等等。石县长自认为他这一手很高明,你有活动能力,我不敢批评你,表扬别人总可以。胡局长绝顶聪明的人,不会听不出石县长的话外音,心里恨死了石县长,跑到地区在他姐和姐夫面前哭诉了石县长的罪行。他姐夫明里批评了他,暗里也很不是味,打狗还看主人面,这个姓石的也太不知高低了,你既有初一,也就别怪我十五了。不久,县里搞一个矿产开发项目,搞成了每年收入上千万元,可以把穷县变成富县。如今管事的门槛很多,搞个项目要盖几十个公章,费了好大周折,已经盖了三十多个,轮到胡局长姐夫那个部门盖章时卡住了,说要研究研究。县里急了,请客不吃,送礼不收,一副公事公办的面孔。吴书记知道石县长把事搞糟了,又不好埋怨,只好亲自去地区找胡局长的姐夫求情。胡局长的姐夫盛宴招待了吴书记,说这是发展经济的好事,表示一定给办,不过这是政府的事,涉及许多具体问题,得叫县长亲自来才行。吴书记回到县里十分窝火,生气石县长不该只图痛快坏了大事,也坚决不叫石县长亲自去求胡局长的姐夫。"我要叫我的县长去受人羞辱,我还算个人、算个书记?"到如今这个项目还在悬着,吴书记还在不断地跑不断地求人。胡局长当然知道这件事,心里很是得意,以为县里会求告到他头上,谁知等来等去没人找他,他就托人给吴书记游说:"胡局长讲,这是为全县人民谋幸福的大好事,如果县里领导找他,他愿意去地区跑跑。"吴书记听了像受了侮辱,气得变脸失色,要不是他搞鬼咋能盖不来章?他还有脸说为全县人民办好事?去低头求告他,我这书记当的就这么下三烂?都说县委书记如何如何有权,不知背地里受了多少气。给上级当孙子不算,还得给下级当孙子!恨上来真想把胡局长开除算了,可是有权不能用。吴书记气过了再想想,不能感情用事,个人的人格是小,误了县里项目是大,就叫捎话的人转告胡局长:"林局长快退了,县委对胡局长有考虑,希望胡局长有所表现。"这话说得很官方,余地十万八千里。

胡局长听了吴书记捎的话,好似正局长非他莫属了,美得飘飘欲仙。正在得意头上听说了老于和石县长的关系,心里禁不住扑通、扑通跳个不停,老于会不会对石县长说了什么?那个金戒指会不会交给了石县长?石县长要是捉住自己的把柄,别说正局长了,只怕连副局长也不说了。胡局长吓得早饭也没吃成就四下活动去了。秦桧还有三个朋友,何况胡局长土生土长又管着商业,找他开后门买便宜东西的人两千五,在各部门都有熟人。他先到县委查了档案,石县长老家离这里一千多里,社会关系这一栏也没老于这一宗,显然不是亲戚关系。他又找到县政府问了秘书,没听石县长提过老于,老于也没来找过石县长,说明不是故交,也不是新交。真要有啥来往,肯定不是明交。满街的人都在议论石县长送给老于一条鱼,胡局长就满街打听石县长和老于的关系,有人听了不放在心,顺口说:"一个小工作员和县长有球的关系!"对方的意思是没一点点关系。可是,一个"球"字使胡局长冲破了团团迷雾,重见了天日,一切的一切都看明白了。既然没一点别的关系,肯定是"球"的关系了。石县长是县长,可也是人,是人没有不爱弄这的,一定是和弯月勾搭上了。怪不得弯月不买自己的账,是抱住了粗腿。胡局长醋意大发,头都气炸了。没想到费尽心机快到嘴边的食叫石县长夺走了。老早都想着自己又没得罪石县长,还主动靠近他,他不但不承情还反过来整自己,原来是为了霸占弯月!妈的,你吃稠的老子喝口汤也不让。真毒!咱们走着瞧!

胡局长越想越恼火,匆匆赶到十字街百货大楼,把小百货柜台的小王叫到主任室里,很是关心了一番,说她的入党申请书写得很好,夸她对党的感情很深,叫她好好表现,争取在"七一"前把她的组织问题解决了。小王感激万分,想着自己快成党员了就好像高了许多。胡局长问长问短,很随便地问:"县里领导来你们柜台买过东西没有?"

"可来过。"

"谁?"

"石县长。"

"买啥?"

"刮脸刀片。"

"你给他取的?"

"不是,是弯月。"

"噢!"胡局长激动得心都快跳出来了。

"他和弯月说话了没有?"

"说了。"

"说的什么?"

"说要刮脸刀片。"

"还说了什么?"

"还问多少钱。"

"还说了什么?"

"别的没说什么。"

"你再想想。"

"……"

"弯月笑了没有?"

"笑了,她对谁都是一脸笑。"

"弯月给他递刀片时,攥住弯月的手没有?"

"没有。没有!"小王吓得乱摆头。

"是吗? 你再想想!"

"我没注意看。"

"听说了没有,石县长送给弯月爱人一条大鱼?"

"可听说了。"

"你两个这么要好,弯月能没给你说她认识石县长?"

"她说她不认识石县长,还埋怨我没早给她说,后悔没看看石县长长得啥号样。"

"你信了?"

"……"

胡局长笑了,笑得哈哈的,奚落道:"你呀,你呀真是小娃家,天真得叫人可怜,叫人哄卖吃了,你还认为她是救命恩人哩。"

小王的脸红了,心里好气,气弯月不该哄她,还装得和真的一样,拿她当娃儿玩,一点也不过心,自己白对她好了。

胡局长进一步启发道:"你想想,石县长送给他们鱼,这交情能浅了?这么深的交情为啥要装成不认识?瞒你瞒得这么死,是不是怕你坏她啥事了?"

小王想想也是的,顿时委屈死了,自己哪一点对不起她,把她当成了亲姐姐,对她可真是忠心耿耿。谁不捣她脊梁骨,把她说得不三不四,自己从来不信,还处处护着她。就在今天来上班的路上,还有人问弯月和石县长的关系,吞吞吐吐,不干不净,自己还死咬住她不认识石县长。没想到她是拿自己当枪使,叫她玩了,上了她的大当,好像受了莫大的侮辱,一腔报复情绪油然而生,脱口而出道:"哼,瞒人的事干惯了,好像我是瞎子聋子!"

胡局长看她气昏了头,就叫她接受党的考验,大胆揭发坏人坏事,勇敢维护党的利益,这就叫火线入党。小王看多大个领导都这么抬举自己,更气弯月狼心狗肺把自己不当人,又听胡局长说得如此神圣伟大,就坠入了云里雾里,照着胡局长的指点写了揭发材料。说弯月如何利用色相腐蚀石县长,石县长三天两头借故来买东西,来了两个人就眉来眼去,借着递东西和递钱之机又捏手又抠手心,等等。胡局长得到小王的材料,如同光天化日之下抢来了稀世珍宝,几分胆战心惊,几分欢喜若狂,做贼得手似的匆匆跑了。

弯月在局里等着胡局长。胡局长看见弯月不由得一阵心虚,好似做贼被逮住了,脸上红个透,怔怔地问:"你?"

"咋?"弯月自得地笑笑。

胡局长把弯月让进屋里,尴尬地问:"你咋舍得来了?"

"不欢迎?"

"请都请不来!"

"不请自到。"

"有事？"

"来看看你。"弯月拆开报纸包着的鱼，放到了桌上，浅浅一笑，戏言道，"平常也没啥孝敬领导，今天别人给老于一条鱼，看看还不错给你拿来，也算俺们一点心意！"

"鱼！"胡局长顿时双眼光芒万丈，掂起鱼前后左右地观赏了一阵，咂着嘴，"不错，不错，好鱼，好鱼！谁送给的？"

弯月坐在沙发上，顺手从茶几上拿起了一本流行杂志，翻阅着，没抬头淡淡地回道："石县长。"

"嘿，没想到你们连着这么粗的大筋！"胡局长装出一副全然不知的样子，继而嘲弄地套问，"你和石县长很熟吧？"

弯月微微地摆摆头，似乎被书迷住了，没有了往日的泼辣风流，另有一种静如处女的迷人的妩媚。

"我不信，不熟透了就送鱼？好大的福分。"胡局长看着低头不语的弯月，有点魂不守舍了，莫非心回意转了，要不怎么送鱼？机不可失，时不再来，他起身走向弯月，冲动得脚下醉了，走不稳了。这时还不晚，如果弯月这时略有表示，哪怕只献上甜甜一笑，哪怕从眼角里多少传点情，她的明天就不会是另一种命运了。弯月继续低头看书没看见胡局长走向她，可是她感觉到胡局长走向她了，还感觉到他的眼光刺进了她的皮肉，她把手中的书往茶几上一撂，忽地站了起来，也不看胡局长一眼，简短地说："我得去上班了！"说了就起身扭腰走了。

"就这？"胡局长大失所望，有点恼怒。

"就这！"弯月头也没回就走了。

"妈的，不识抬举的母狗！"胡局长下定了决心。

弯月走在大街上,想起刚才胡局长大吃一惊的样子,自以为得计,心里直想笑。可好了,谅他龟孙以后再也不敢怎么自己了。她好像摆脱了魔鬼的纠缠,又好像挣脱了绳捆索绑,浑身上下轻松自在,不由轻轻哼起了小时候学的一首歌:"解放区的天,是明朗的天……"

弯月来到肉市,韭菜有了,只差肉了。想起昨天夜里在王科长家吃的包子,到现在还流口水。肉市上人不多,挂的猪肉倒很多。一个满脸横肉长着张飞胡子的杀猪头喊住了她,叫道:"弯月大妹子,割肉呀,来来来!"弯月抬头看去,是李老八,在一个街筒里住过,也算邻居过。她不想买他的肉,尖酸石榴皮,买过他的肉,回家称称一斤少了九钱。她推故道:"随便看看。"说时就要走过去。李老八从肉架子后边走过来拦住她,说:"看啥? 来吧,保你满意,说吧,准备咋吃哩?"弯月不好意思拒绝,笑道:"你可别再割我一刀子!"李老八哈哈大笑,说:"看你说哪里了,别说猪身上的肉,就是我身上的肉也舍得,亏别人还能亏了你?"说着拿起刀,问:"准备吃啥哩?"弯月说:"吃包子。"李老八叫道:"好呀,肥的瘦的都来一点,多少?"弯月说:"一斤吧。"李老八一刀下去,足足砍了二斤多重一块肉,称也不称就递给弯月,弯月看太多不接,说:"称称,称称,我只要一斤!"李老八哈哈大笑,说:"称称就称称,世界上怕就怕认真二字,共产党最讲认真,没想到弯月大妹子也共产党了。"他往秤钩上挂,胡乱称了一下,说:"一斤整。"把肉递给了弯月,弯月给他掏钱,他不要,说:"看看,要啥钱,你这不是打我脸吗?"弯月硬塞给他三块钱就走了。旁边卖肉的看着李老八一脸得意的样子,就出息他,说:"今天怎么了,日头打西边出来了,一刀下去白送人家一斤多肉,是叫小白脸迷住了吧!"李老八大声大气地吆喝道:"你们知道个球,你们知道她是谁?

她就是弯月。县长都送给人家鱼哩,咱这半斤四两肉算个球!"人们如大梦初醒,纷纷咂嘴道:"啊,她就是弯月,真是长得和天仙一样,怪不得县长给她送鱼哩。""听说,那条鱼都二十多斤重哩!""大小算个啥?猪大可不值钱,听说那鱼可金贵了,是武昌鱼哩!""日他妈,这世界,当县长的也弄这事,还算个县长吗?"李老八听了愤愤不平地喝道:"县长咋,县长不也是人生父母养的,当县长的就不该弄这事了?全县七八十万人,三四十万女的,挑好的叫县长弄几个,打发他心里美气了为大家多办点好事全有了。听说,这个才来的县长可清了,只弄个这比贪官赃官强多了。"人们听了哈哈大笑,说:"也是这个理,只是她男人愿意吗?"李老八像很了解内情,说:"球,有啥不愿意,叫我我都愿意,那东西又不是米不是面,挖一瓢就少了,会只多不少。县长只要张张嘴,斗大元宝就滚进来了。"说得大家哑口无言伸舌头。李老八又滔滔不绝地夸奖弯月,说弯月对他如何如何好,前些年物资紧缺,弯月三天两头问他:"李哥,肥皂用完了没有?火柴还有用的吧!"说得十分自得,好似认识弯月也就高人一等了。他自吹自擂了半天,人们就说:"咦,你俩是不是也有一手?"李老八脸红脖子粗,说:"你们别胡说八道,人家是朵鲜花,咱是泡猪屎,别说人家眼里没咱,就是有咱咱也不能干,咱还心疼糟践了好东西哩!"

弯月占了李老八的便宜,还不知为什么得来这个便宜,手里掂着肉越掂越沉,越想越觉得做人要做个好人。李老八说得不错,前几年住在一个街筒里,那时候不兴搞资本主义,李老八还没杀猪,混得不像个人样,常常求告弯月买点便宜东西,弯月从来没有搁过他的脸。这两年李老八杀猪赚了大钱,对弯月不像从前那样亲热了,有时弯月去割肉,李老八和对别的买主一样对弯月,一点也不照顾。

为了这事,弯月常常埋怨如今的人不讲良心。没想到李老八良心发现了,今天这一刀肉就叫自己至少占了三块多钱便宜。弯月很是感慨了一番,人不能看人端菜碟,再低贱的人也不可小看,说不定啥时候就能用上对方,常话说,烂套子疙瘩还能塞个墙洞堵堵风哩。

　　弯月快到家时,看见门口停了一辆小车,红色的,她不懂得这就叫桑塔纳。她们这个家属院是五十年代盖的平房,如今已经破败得不堪入目了。当年这里也曾红火过风光过,门前也曾扎过各种小车,可算得车水马龙。曾几何时,县级领导搬走了,局级领导搬走了,股级干部搬走了,连有能耐的一般干部也搬进了自己盖的小洋楼,三教九流的人搬到了这里,这里成了名副其实的大杂院,院里再没来过小轿车,只有拉车、三轮车和破自行车。弯月看见小轿车就纳闷,谁家来了这么高贵的客人,没听说过谁家有这么高贵的亲戚朋友呀!弯月三步五步走了过去,忽然从车里钻出个洋派人物,拦住弯月,亲亲热热叫道:“表婶,你叫我好等呀!”原来是早上拦住老于叫老表的张经理,不知为什么一晌没过就主动降了一辈。弯月不认识他,愣怔了一下,这么有派头的亲戚怎么没听老于说过,一定是认错了人,就吞吞吐吐地说:“你——”张经理自我介绍道:“你不认识我,早上我才见了于表叔。”听说老于认识,弯月才放心,有点受宠若惊地忙打开门,请他进屋落座。张经理似乎对老于家做过详细调查,转身从小车内抱出一台彩电才跟上弯月,弯月吓得愣愣怔怔,说:“这、这……”张经理朗朗笑道:“来了也没啥孝敬表叔表婶,一点小意思。”弯月不知所措地连连说:“这、这……”张经理跟着弯月走进屋里,把纸箱打开,把彩电放到桌上,接通电源,屏幕上立时出现了五彩缤纷的图像。张经理退后几步看了看,频频点头,说:“不错,不错,还可以。”弯月看得发呆,似在梦中,弄不明白其中奥秘,为什么突然出现了这么一个亲戚？为什么突然送这么一份厚礼？他要干什么？老于和自己能为他干什么？她隐隐约约感到这里面大有文章，是什么文章读不懂。她给他倒茶，差一点茶水溢出茶杯烫住了手。张经理看她发呆，就自自然然地说："你是不知道，我和于表叔从小光腚就在一块儿玩，当时好得和一个人一样。后来于表叔混阔了，当上了国家干部，我混得不像个人，在城里做个叫人笑话的小生意。"他介绍了自己办的企业，弯月才恍然大悟，失声惊叫："哎呀，你就是张经理，老早就听说你，只是没见过面，不知道咱们还是亲戚哩，真是背误①了。"弯月很是高兴，堂堂的张经理在县城谁人不知他是个企业家，没想到能找上门来认这个穷亲戚。弯月换了一副笑脸，说："看你说的，老于混得算个啥，你在天上，他在地下，你拔根汗毛也比他腰粗。"张经理得意地谦虚了几句，站起来把屋里看了一遍说："表婶，不是侄娃子贬低你，干革命干十几年了，还住这号房子，咋不自己也盖一座哩？"弯月眯眯笑道："看我们是盖房子的人，把指头剁了给人家？有碗饭吃吃就心满意足了。"张经理哈哈笑笑，说："这能要几七几八，只要于表叔和表婶不嫌弃我这个表侄子，房子的事我全包了，不要你们掏一个柿皮。"弯月笑道："可不敢当，就这都叫破费了。"弯月只当是随便说说的应酬话，也就没有再当真探讨下去。

老于回来了，一踏进门，张经理就站起来叫道："表叔，没想到我真来了吧！"老于迷糊了，怔怔地说："不是老表吗？"张经理笑道："各赶各叫，赶你姑咱们是表兄表弟，赶我姑我就该问你叫叔了。"老于还不明白，问："你姑？"张经理说："你五嫂是我亲姑哩。"老于想起来

① 背误：豫西南方言，指误解。

了,点点头,说:"是的,是的。不过,咱们还是赶我姑吧,称我叔我可担当不起。"张经理坚持不肯,一板认真地说:"咋,这能是假的,是不是不想认我这个侄子?怕沾你身上穷灰了?你叫我老表可以,我可得叫你叔。"老于只好认了,就叫弯月倒茶,抬头一看桌上放了台彩电,就问:"这……"弯月指指张经理,说:"他给咱们拿的。"

"这……"老于顿时出了一身鸡皮疙瘩,心里不由咚咚地跳。老于虽和张经理不熟,可张经理是全县有争议的人物,关于他的事传闻很多,他听得不少。据说,他有一张好嘴,善说六国,你明知他要来骗你,也下定了决心不上他的当,可是他只要和你说上一阵,你的决心就动摇了,到了还得听他摆布。前任县长被他哄得滴溜溜转,对他言听计从,给他批了几百万贷款。他倒也真办了企业,只是没见效率,光见他坐小卧车领女秘书,过着花天酒地的生活。干部们议论纷纷,县长就在大会上敲打人们害了红眼病,是攻击中央改革开放搞活的政策。人们面上不敢说了,背地里直骂娘,说什么一定是把县长和上下左右都喂肥了,要不不会拿着国家的钱往水里扔。当然,也有人想得开,说他也不容易,由农民混到这一步也算一大奇迹,虽说有点招摇撞骗,也是人的一种活法,何必强求人人都活得一个样。老于本来就认为张经理不算正经人,何况今天刚刚当了河务局办公室主任,警惕性马上高了一大截,以为他要自己为他办什么事才送这份厚礼,就惴惴不安地问张经理:"找我有什么事吧!"说时两只眼盯着电视机。张经理何等聪明,怎能摸不透老于的心思,就勃然变色道:"表叔,你也太轻看我了,我一生最看不起用上了搂怀里,用不上了推崖里的人,好像我今天来是求你办事才送了你一台彩电,我想我还没有混到小人之辈。我只想咱们是亲戚,小时候又熟,早就想和你叙叙旧,只是穷忙,这几日闲了,才想了却这个心愿!"老于听他说得如此仗义,疑虑消了几分还有几分,叹道:"我只当你找我有事,我这人无权无钱,别误了你的大事!"张经理坦然笑道:"你也太多心了,你在河务局工作,我又不做水里生意,找你会有啥事?要说没一点事嘛,也有一点小事求告你。"老于的神经马上又绷紧了,急问:"啥事?只要我能办的一定帮忙。"张经理很认真地说:"当然你能办,要不能办我还不来呢。"老于的心又跳起来了,问:"啥事,你说吧,既然是亲戚,都是自己人,有话说到明处。"张经理开怀大笑:"还说什么,你已经答应了。"老于困惑不解地问:"我答应了什么?"张经理笑道:"答应认下我这个穷亲戚呀,要说事也就这一个事,别的再也没有了。"老于悬着的心放下来了,亲戚是真的,走到哪里也假不了。张经理看老于认下了,就起身要走,说:"往后咱们就常来常往,别把亲戚生分了,有用得着侄子的地方只管说一声。"老于指着电视机,求告道:"这个你拿走吧。"张经理板起了脸,声色俱厉地说:"咋,说了半天还是不认我这个侄子啊,给你说了,不会找你办任何事,你也别害怕,这是走亲戚!"老于没收过礼,没经见过这种事,被张经理的气势镇住了,等他醒悟过来时汽车已经开走了。

张经理说的不是假话,他真的不打算找老于办什么事,只是想证明自己明明实实是老于和弯月的至近亲戚。新社会讲究个社会关系,干部职工登记表上少不了这一栏,可见其重要性了。老县长调走了,才来这个石县长贵贱接不上头。石县长听说张经理吃了国营企业贷款的指标,又大肆挥霍享受很是恼火,叫银行追回贷款,说什么"对个体企业主要是政策性扶植,不能不要国营企业,把大笔钱扔给私人"。张经理听说后像热锅上的蚂蚁,急得四下乱窜,几次去拜见石县长,不是不见,就是见了也只打官腔,说:"有什么事去找乡镇企业局,他们会来汇报的。"任你说得嘴角流油,他就是死不吃,不放一点笑脸。张经理正在着急时,听说了老于和弯月与石县长有这层说不清的关系,他就找上了老于的门,只要石县长知道了我和老于家是亲戚,就会逢凶化吉了。张经理这个如意算盘老于当然不会知道。

送走了张经理,老于本来应该高兴的,可是苦高兴不起来,还忧心忡忡,总觉着今天的事有点反常。弯月玩弄着电视机,心里像喝了蜜,没人给送过礼,今天收了这么厚一份礼,再也不用去别人家看电视了,怎么不高兴?回头见男人愁眉苦脸,就问他怎么了?老于把半天来的遭遇详细给她讲了,弯月听说男人当了官,喜得一脸桃花,往男人脸上捣了一指头,撇着嘴撒娇嗔怪道:"有什么反常?皇帝轮着坐,今天可到咱家了。一个办公室主任算个屁,你哪一点不比别人强,叫我说,局长也早该轮着你干了。成年埋怨当官的是瞎子,看不见你的功劳。如今人家的眼睛可闪了个缝看见了你,你又说不正常,真是站惯了,坐一下屁股就疼了。按你说,你当一辈子办事员才算正常?别自己把自己当成了小虫骨头!"弯月说到兴头上就喜欢得不成人样了,坐到了他怀里看着电视。老于想想也是这个理,就真认为自己应该当这个官了,也真把自己当成个官了,就说:"领导既然看得起咱叫咱干了,咱就得好好干,不能当天干上当天就收礼,我看把电视机退给人家算了,一个国家干部……"弯月在他怀里捣着他的鼻子,戏弄道:"我不!不光是给你的,还有我一份哩。好像天下就你一个人是国家干部,有些人送一座房子该如何?是官比你小,还是礼比这轻?再说,他保证过不找咱办事,你又没卖权弄私,怕啥?他真要找咱办事了,咱再退也不晚,行吧!"弯月又是抚摸又是亲吻,老于被闹昏了头,只好说:"算了,算了,就依你说的。"

胡局长忙坏了。

胡局长找小王了解情况时,连自己也不相信石县长和弯月会有那号事,只是出于报复,心里还有点发怵。待小王按他说的写了证言,他越看越怀疑是真的了。弯月来送鱼时吞吞吐吐欲说不说的表情,他更对石县长和弯月的关系确信无疑了,好像石县长和弯月那个时他就在场,是他给他们解的裤腰带,还是他亲手给石县长扶的家伙。他一想起弯月和县长那个,对自己却冷酷无情,还有那白白扔了的金戒指,就气得浑身发抖。日他个妈,堂堂正正的县长竟然干出这号事,这成何体统?于是,胡局长就迸发了强烈的革命正义感和责任感,他决心要为民除害了。

胡局长把弯月送的鱼吊起来,拿出相机前后左右拍了照片,又去照相馆亲自督战洗了十来张,比快照还快,然后把小王的揭发材料拿去复印了十来份。胡局长欣赏着人证物证,心里十分得意,恨不得马上坐车送到地区,又想想势单力薄,找几个人联名才有力量。于是就去找了几个科局长,大家为石县长造林不坐车的事还在耿耿于怀,听胡局长说了原委,又看了人证物证,就破口大骂:"日他妈,还当他是个真革命哩,原来嘴里叫革命下边反革命,告他龟孙!"说到气恼处,一个个真的签了名。签过了又有点后怕,互相发问:"能告倒不能?现在可都是官官相护,别打不住黄鼠狼惹一身臊气!"有人提议说:"咱们去找兰主席澄澄底,他是四大家的一个领导,听听他的意见。"大家说好就去了。

为什么要找兰主席呢,只因为兰主席和石县长有一段纠葛。石县长当了县长还装不起县长的架子,招待所啥好吃的没有,一桌几百块的酒菜他不去吃,偏爱去车站吃担担面,蹲到地下和老百姓一样地吃,和在省城当工程师时一样去吃小吃。老百姓传为奇闻。县里曲艺家老牛把这事编成小曲歌颂,石县长听了很不高兴,在一次大会上公开点了老牛的名,说:"当县长就不是凡人了,我看比老百姓不高四指,老百姓吃得,县长也吃得,就这事划得着编成曲唱?小题大做。老百姓和我一样吃,为什么就不歌颂老百姓,我看这里面有个感情问题。"不说老牛挨了批评的滋味,单说石县长隔上三五天还去照吃不误。有一天夜里,石县长又去喝羊血汤,小摊前挤满了人,小桌被占得没有空位了,他买了一碗就蹲在地上喝。没喝过羊血汤的体会不到那个味道,又细又嫩的羊血汤上边漂着一层红油,撒着碎碎的香菜,喝到嘴里满口喷香浑身发热,特别是从嗓子眼里下去那一阵,光滑无比,好像美女的舌头轻轻舔着,想什么滋味有什么滋味。石县长正喝到美处,忽听有人叫道:"老家伙,给碗,你聋了!"石县长凑着灯光看去,吆喝者是个头发披肩浓眉大眼的青年人,卖羊肉的老汉忙赔着笑接住大碗,讨好地说:"再喝一碗吧!"这青年拍拍肚皮,笑道:"爷的肚子怀孕了,来,借五块钱,爷买盒烟抽抽。"老汉高叫一声:"好的,五块够了?"这青年大方地说:"看你这是小打油,将就吧!"老汉爽快地递过钱,又说:"明天再来喝啊!"这青年接过钱扬长而去,老汉目送他走远,笑脸顿时变成了气脸,狠狠骂道:"日你奶奶,不给钱还得老子倒贴皮!"喝羊血汤的人看得大张着嘴合不住,问:"他是干啥的?"老汉低声说:"税务局的。"说得咬牙切齿。有人愤愤不平了,说:"你就不会告他龟孙!"老汉连连摇头,看看左右,说:"告他,我不要命了,这可是县城的一条虎,兰主席的公子兰少爷,谁个不怕?"石县长听了气得浑身乱颤,没想到自己的部下会有这种人,会有这种事,一碗羊血汤没喝完再也喝不下去了,站起来放下了碗,他给了老汉七元钱说,两块钱是他和兰公子的羊血汤钱,另五元是兰公子敲诈的钱,老汉吓坏了,问:"你是?"石县长恨恨地说:"我是……"他想说是"县长"说不出口,嫌丢人,他说:"你别管了,你一碗羊血汤能赚多少钱,经得住这号货的讹诈,你放心,我会管教他的!"老汉拿钱的手抖个不住,说:"同志,我可没有说他坏话哎,给他钱是我愿意给的,他可没有强要啊!"老汉说得他心里都乱颤了。

石县长回到县政府,越想越气,堂堂的社会主义天下,怎能容忍明火执仗抢钱? 连夜叫来了税务局局长,大发脾气。税务局局长等他骂完了娘,才给他详细汇报了情况。兰主席是老革命,当年曾领着一个班打退敌人一个团的进攻,立了大功,被命名为战斗英雄。要不是不识字,如今至少是省地级领导,也不会困在这小县城了。兰主席两个姑娘,就兰公子这一个男孩,亲成了宝贝疙瘩。兰公子上小学时又逢上了"大革命"年代,在校里就很革命。每逢下雨地上泥泞,放学时就强迫成分不好的同学背他回家。老师批评了他,他妈就找到学校,兴师问罪:"你们知道啥叫革命? 革命就是一个阶级统治另一个阶级,打天下图啥哩,就是为了统治另一个阶级。"在那火红的年代里,谁敢说个不字? 从此,他在学校里再横行霸道也没人管了。初中毕业没考上高中,家里给他开了后门,可是他死活不愿再上。兰主席一气之下把他送到乡下锻炼,在一个山村供销社当营业员,他见好东西就要,见好闺女就调戏,稍不遂心,开口就说:"妈的,要不是老子们打天下,你们还在水深火热中踢跳哩。"后来因为错账太多,供销社实在不好交代,就找到了兰主席,求他把兰公子调换个工作。兰主席好恼,认为给他脸上抹黑,把他好打,皮绳沾湿了打,打得他躺了半个月。然后,又把兰公子调进城里,安排到化工厂当工人。兰主席保证说:"日他个妈,成千上万的反动派都叫老子打折了,不信管不住这个畜生。"谁知兰公子到了化工厂又旧病复发,随便拿厂里产品卖钱不说,还调戏奸污女工,人家告得紧了,厂里只得把他除名,用行政处分代替了刑事处理。兰主席又把兰公子痛打一顿,兰主席打着打着气破了心,休克过去了,惊动了四大家领导都去看望,劝他安心休养,经过多方抢救才死里逃生。后来兰主席通过地区一个老战友说了话,才把兰公子又安排到了税务局。前几天夜里,他又敲开一个女个体的门,奸污了人家,现在公安局正在立案调查,只怕也是不了了之。

石县长听了拍案而起,叫骂道:"岂有此理,犯一次法往好处调一次,要再犯几次法就该调来当县长了,还有国法没有? 就因为他有个好老子,国家的法律算吹灰了!"税务局局长冷冷一笑,说:"我们也巴不得处理哩,省得坏了税务工作的名声!"税务局局长走后,石县长又通知公安局局长来汇报此事,公安局局长来了二话不说,把案卷放到石县长面前,石县长看了看,犯罪事实清楚,人证物证俱全,就问:"既然这样,为啥还叫他逍遥法外?"公安局局长笑笑,说:"我们请示了主要领导,领导叫我们慎重处理,这慎重两个字怎样解释,我们拿不准。考虑到兰主席的身体状况,万一刺激狠了——还有兰主席在上边有很多战友,万一不慎,影响了安定团结,我们负不起这个责任!"石县长明白公安局局长说的"主要领导"是谁,也就压下去了几分火气,想了想说:"后天上午你再来找我,咱们再定。"次日上午,石县长找吴书记说了兰公子的事,吴书记也十分恼火,说:"这是明摆着的事,我们不能为民除害,咋有脸红口白牙说别人? 如果连这个问题都解决不了,我们还算共产党吗?"接着他大骂公安局不是个东西,说:"请示,就会请示! 如果是农民的儿子犯了这样的法,他们还请示吗? 只怕早就抓起来了,不给县委分一点忧,难缠事都推给县委,不给人留一点点回旋余地。"石县长一听全明白了,吴书记是本地区土生土长的干部,与兰主席和兰主席的战友都有撕掰不清的关系,处理不妥以后见面都难说话,自有难言之苦。石县长笑道:"这事交给我处理吧?"吴书记自然应允,说:"你看着办吧。"石县长心想,当官一任,造福一方,造不了福为民除除害也是好的,大不了纱帽丢了还回省里当工程师去。第二天,吴书记去地区开县委书记会,石县长叫来公安局局长,叫他对兰公子采取法律措施,公安局局长面有难色,问:"吴书记啥意见?"石县长恼火了,责问道:"你别问吴书记啥意见,你只说根据法律该怎么办?"公安局局长说:"逮捕法办。"石县长说:"那就按法律办事,别的你就别管了,我负责。"兰公子就这样被逮捕归案了。于是县里就有人谣传,说逮捕兰公子是石县长一个人的劲,要是吴书记在家还逮捕不了。其实,吴书记是很感激石县长的,从地委回来后,吴书记专门找石县长在一块儿喝了一次酒,两个人第一次交了心,吴书记说:"你帮了我的大忙,去掉了我一块心病。"石县长也很激动,说:"这我就贪天之功了。"

胡局长们找兰主席,就是想着兰主席对石县长一定不满,也会参加签名告石县长的。其实也不尽然。按兰主席给吴书记讲的,他的心倒安稳了。他说,过去一天到晚都提心吊胆,一听见警车响,就以为是来抓儿子的,心就怦怦跳个不停,一时也不得安宁。现在好了,再也不用害怕了,反正他已经进去了,受受罪接受点教训也好。当然,这不是升官发财的好事,心里对石县长也难免有点疙瘩。胡局长们把材料递给了兰主席,兰主席看着看着又气又喜又惊,激动得直喘粗气,心里骂着,他奶奶的,自己也是个这号货,还说别人是妖精。要放在以前,凭他的脾气会拍案而起,不要说签名了,还会立时去找石县长骂他个狗血喷头。可是现在,他摇摇头,自己不光是老革命的身份,还加了个犯人家属的身份,气势也就低了小了许多。他把材料放到桌上,拿不定主意该怎么办,站起来在屋里蹀来蹀去,看看几个人眯眯笑着直盯盯望着他,他不知怎么想到了抗日时的情景,鬼子策动伪军打共产党,他浑身一激灵,感到了害怕,他们找自己为什么不找别人?是不是看中了自己老革命加犯人家属的双重身份,自己难道成了伪军?想到这里,他从桌上拿起人证物证的复印件交给胡局长,冷冷地说:"你们找我干啥?你们拿走吧,我什么也没看,我什么也没听,你们愿意怎么办由你们办,我连自己儿子都管不住我还管别人的闲事!走吧!"

兰主席赶走了胡局长一群人,心头涌起了一种莫名的情绪,是喜是忧是气是恨自己也说不清楚。对于儿子,他又气又羞,恨不能钻到地缝里不见人,他曾不止一次地对吴书记说:"我是管不住了,你们把他抓起来算了。我抓过千百个国民党俘虏,到如今连儿子也俘虏不了!"说时悲愤欲绝。可是真抓起来了,他心里又有一点不是滋味,革命革了一辈子连自己儿子也保不住。许多天来心中一直憋着一团怒火,想发作又没地方发作,他感觉到这团火是冲着石县长来的,可是又知道不应该埋怨石县长。有人说话时还能冲淡片刻,没人时他就独自一人念叨个没完没了:"该抓,该抓,叫谁当这个县长都会抓,叫我当县长我也要抓!"以此来压灭心中的怨火,胡局长们给他带来了这个消息,他有些幸灾乐祸,妈的,你也有今天!好似满天黑云,突然响起了一个炸雷炸开了一条缝,从这缝中看见了什么。他一阵激动,就匆匆地回家去了,他要把这个消息告诉老伴,妈的,有人给儿子做伴了。

老伴是个退休干部,其实,她是一直休息着,一直在家忙家务伺候男人,很少上班,只是在单位里领领工资罢了。去年才办了退休手续,成了名副其实的退休干部,儿子被抓起来后,她哭得死去活来,闹着要男人去地区走走门子,把儿子放出来。兰主席坚决不肯,说自己没脸见人,怎么还有脸张嘴,说急了他骂她把儿子宠坏了,她只好天天以泪洗面了。今天,她放了笑脸,在厨房里忙着做菜,海参啦鱿鱼啦烧鸡啦等,摆了满满一案。兰主席回来了,不等把消息告诉她,见她忙着做菜,就纳闷地问:"你干啥?"老伴神秘地笑笑,说:"我请客。"兰主席问:"请谁?"老伴说:"你别管。"兰主席看她不说就不再追问,急不可待地把石县长和弯月的事告诉了她,她不等听完就打断他,说:"我早知道了,我今天就是请弯月的男人那个姓于的!"兰主席犯难了,说:"这合适吗?"老伴又气上心头,骂道:"日他个妈,自己是个特务,斗争别的特务时为了表明自己不是特务,就斗得格外凶;自己好搞男女关系,斗争别的人作风不好时为了表明自己作风正派,就斗得格外狠。老娘干了一辈子革命,这一套老娘见得多了。他搞破鞋,为了表明自己清白,就把咱的娃子抓去。今天就是要叫他野婆娘的男人给他捎个信,不怕他不放人!"兰主席听了半天哑口无言,想想这一手太毒了,就担忧地说:"你这不是威胁人家嘛,这可也是开后门啊,闹不好会落个包庇罪哩。"老伴恼火了,哭天抹泪地吵道:"事到现在了,你只知道在家里享清福,也不想想娃子在里边受的啥罪呀!你是党员,你怕了你给我滚得远远的,好汉做事好汉当,你别打我的岔!"兰主席长叹了一口气,无奈地说:"好,好,你愿咋折腾就咋折腾。反正,我没见,也没听你说,我啥也不知道!"老伴把他推到了门外。

兰主席站在门外想了想,到哪里去呀?对,去找吴书记谈谈心,到时候万一有事了,他可以证明今天夜里我不在家里。

小县城的商店太多了,营业员也太多了,常常比顾客还多。营业员们没事就三三两两凑到一堆说张家道李家,谁家夫妻不和了,谁家婆媳生气了,说得眉飞色舞,比营业的劲头还大,偶尔来个买主也难得打断她们的兴头。

　　下午,弯月来上班,跨进门见一堆营业员围住小王在说什么,有的兴高采烈,有的惊讶万状,弯月叫了一声:"又在说啥好听的呀?"大家看见弯月马上四散而去,还都用不同的眼光盯了她一眼,没有了往日的亲热劲。弯月感到气氛不对,走进柜台里悄声问:"咋啦,出啥事了?"小王冷淡地回道:"啥事也没出!"说了远远躲开了她。弯月看小王一脸气色,以为她在家里生了气,也就没再追问,信手收拾着柜台里的商品,应付着一两个零星的顾客。弯月不问了,小王却憋不住了,越想越气,我把心都扒给你吃了,拿你当亲姐姐看待,无话不给你说。你和石县长相好就相好,我又没有从当中传言走语,你为啥在我面前装作不认识,拿我当外人看,拿我当娃玩? 小王咽不下这口气,就撒个谎试探道:"刚才石县长又来了。"弯月自己也说不清为什么对石县长特别有感情,一听说石县长脸上顿时像开了桃花,喜不自禁地问:"又来买啥的?"小王乜斜她一眼,心里说看喜得这个样,一定有关系,"哼"一声冷冷地回道:"买啥? 还不是刮脸刀片,把脸刮个净净的白白的叫意中人看嘛!"弯月戳她一指头,甜蜜蜜地说:"看你这嘴,一个姑娘家说这号话也不脸红。"说了又后悔不迭地叹了一声,自语道:"要别耽误,早来一步也看看石县长到底啥号样。"小王听了气不打一处来,还在装哩,就撇着小嘴说:"别装了,谁不知道你们和石县长好,别当人们都是二百五!"弯月看她说得很认真,也就认真地说:"装啥? 我真没见过石县长,我还能对你说谎,我要见过他就不是个人!"小王听弯月赌咒,越发相信她和石县长好,要没有关系何必这么急? 就冷笑道:"你认识不认识和我有啥关系,你不认识就送给你们鱼了? 自己没做亏心事,为啥要死死瞒着?"说时委屈得要哭了。弯月一听,扑哧一声笑了,就给小王讲了鱼的来历，只说讲清了误会就冰化雪消了，谁知小王反说："别编了，按你说石县长是个二百五，又不认识你们，拿一条十来斤重的大鱼换一斤韭菜，他是害伤寒烧迷了，编也编个能遮住活人眼的嘛！"弯月只想着小王平日一句一个亲姐姐，没想到忽然间变了性，造这么大的谣，也气道："谁说这条鱼十来斤重，你见了？不要听别人瞎哄哄。"弯月还想说点什么，忽然发现满店的人都注视着她们，有抽鼻的，有挤眼的，有撇嘴的，一屋子不屑的神色。她不憨不傻，凭着女人的独特感觉，明白了自己进来之前人们在议论什么了，心里一阵委屈。平常她和男人说句话，马上就有人打听她和这个男人的关系，时时都有人想到裤腰下边的事。这种屈辱她受得多了，也就慢慢地不当回事了。她和小王说到这里也就忍住不说了。她明白，要想叫人们别说自己不清白的最好办法，就是别强调自己清白，你越强调自己清白别人就越说你不清白。她没再搭理小王，只是气在心里，不是为自己气，是为石县长气。你们糟践我可以，为什么要糟践石县长？人家才调来，不说办多少好事了，单说法办兰公子这一条，大家也该感恩戴德，人们怎么能这样不讲一点良心？石县长真是和自己说过三句两句话看过自己几眼，叫人家背这个黑锅也不亏，她感到太对不起石县长，好像是自己造了大罪，是自己把石县长推到污泥坑里了，不知该怎样赎罪来洗雪石县长的冤枉。忽然间心里升起了一种若明若暗的感情，脑子有点模模糊糊了，石县长要真是心里有自己，自己怎么办？她娘的，拼上了，自己清白了一辈子落了一辈子不清白，反正是不清白了——她只觉浑身燥热难耐，激动得发抖了，脸上浮起了两朵桃花云。

　　好不容易熬到下班，弯月匆匆回家去了。上午说好的，老于早点回来先把韭菜淘好把肉剁好，她回来了就和面蒸包子吃，要做得比昨天夜里在王科长家吃的还香。到家一看,老于没有回来,她以为老于的公事还没办完脱不开身,只好自己先动手了,她去院里水池上淘韭菜,水池是公用的,已经挤了许多妇女在淘菜洗衣服,她刚踏出门口,就听见人们笑得嘎天嘎地,一个四十多岁的妇女说:"叫这个骚货说说,县长的那个家伙和老百姓的有啥不一样? 是粗啊大啊长啊,还是长有花啊!"人们一片附和道:"对,叫她说说!"弯月的头一蒙,立时悄无声地退了回去。回到屋里像失去了知觉呆呆站了一会儿,突然把韭菜往地上一扔,扑到床上哭了起来。我坏了谁的事了,我把谁家的娃子抱扔井里了,平常见了你们心里哭面上也给你们笑,你们叫我干啥我没给你们干,你们为啥不肯饶我啊! 她越想越伤心就哭得越痛。这以后可咋有脸活人啊,县长,县长,我见过县长啥号样? ……她哭到天黑,还不见老于回来,他怎么了,出什么事了? 她一肚子苦水想往外吐,又没个人听听,想去找老于,又怕出门碰见了人。她哭干了眼泪,就呆呆坐着,想来想去想到了死,活个人真难,活着啥益呀。为什么人们到处和自己过不去? 都怨爹妈把自己生成这个样子,这能怨自己? 长的好了是短处,长的丑了就清白了,好像天底下的贞节女都叫丑八怪承包了。她想想就不哭了,就赌气,县长看中我了,县长为啥看不中你们? 石县长你知道人们在咋说你吗? 你知道有个弯月吗? 你知道这个弯月为了你在被人辱骂吗? 她想去找石县长,叫他给自己做主,给自己出气,可是,可是,她只是想想,去找县长,县长认得自己是老几? 去了怎么说? 去了会不会被赶出来?

　　天已黑定了,突然有人敲门,老于回来了,她赶忙去开门,啊,不是老于,是门市部的张主任,她忙强装笑脸,说:"啊,张主任,你可是稀客!"张主任四下一看,问:"老于哩?"弯月发牢骚道:"谁知道跑到哪里去了,到如今还没见影。"她让张主任坐下,敬烟,倒茶,看着张主任,他可是没事不来,会又有什么事呢?她眼巴巴看着他,等着他说。张主任避开她的目光,只顾吸烟喝茶,要说的事情太难张口了。下午,胡局长把告状信送走后,余怒未消,又找到了张主任,把石县长和弯月的事说了,还叫他看了人证物证,张主任大吃一惊,他心里不信,根据多少年的观察,弯月不是这号人,传闻很多,到最后桩桩都是谣言。再说,弯月长得漂亮,吸引了不少顾客,生意也做得红火,年年超额完成任务,他从心里爱弯月,不愿弯月出事。他看看人证物证,什么也没说,想说不敢说,他怕胡局长,他知道胡局长这人阴险奸毒,什么事都能办出来什么话都能说出来。胡局长看他不言语,就先下了炸弹,训斥道:"你们的职业道德教育怎么搞的,出现了这种骇人听闻的事,腐蚀革命领导干部,你们得好好检查检查!当然,我也有责任,平常对下边教育不力。"张主任硬着头皮听下去,还是不回话。胡局长看他认了,就说了处理意见,胡局长想说,老子弄不成叫姓石的也弄不成,可是话到嘴边变了,叹道:"算了,先叫她下去锻炼锻炼改造改造。"听说要调弯月走,张主任急了,问:"去哪里?"胡局长说:"局里研究决定,去黑石曼营业点。"张主任张开的嘴合不住了,这不是杀人不用刀吗?黑石曼在伏牛山深处,离县城一百八九十里,点上只有两个人,不通公路,把人家夫妻分开打入深山老林,未免也太狠毒了。张主任讲情道:"这合适吗,一个女的?"胡局长嘿嘿冷笑道:"有什么不合适?那里也是革命工作嘛,按你说原来在黑石曼的营业员就该在那里一辈子了?喝酒也该换换盅了,她在县城干一二十年了,不该她下去?何况她还有严重错误。再说,她去一段,表现好,还可以再调回来嘛。就这样定了,你去和她谈谈,叫她一半天就去报到。"张主任为难了,低下头沉默了半晌,才说："我张不开嘴。"胡局长两眼闪起了绿光,威严地说："不要温情主义,和这种女人在一块儿,时间久了没有好处。"差一点说张主任和弯月也不清白了。张主任有了几分害怕,就畏畏缩缩地说："黑石曼点两个营业员都不是正式工,叫弯月去了咋安排? 要叫她当个主任也好说话。"胡局长想了想,说："好吧,就按你说的去给她交代吧!"张主任只好硬着头皮来了,来了又实在不好开口,怕她受不住这个打击,烟吸够了,茶喝足了,才鼓足了劲,嘿嘿干笑几声,吞吞吐吐地说："是这,下午胡局长通知,局里决定提拔你当门市部主任。"弯月忽然心跳了,没想到这一手还真灵,上午把鱼送去,下午就见了效,我还当你谁都不怕哩,看起来你也怕县长。她压抑着激动,谦虚地笑笑道："你别开玩笑了,你干得怪好嘛,我不中,我啥也不懂。"张主任看她误会了,就吭吭哧哧地说："不是咱们店里。"弯月问："是哪个店?"张主任攒攒劲才说："黑石曼。"说了连自己的心也跳了。弯月失态地啊了一声,然后咬紧了嘴唇,停了半天才说："我犯了什么错误? 我干坏了什么?"说时流出了无声的泪,哭得呜呜咽咽。张主任也不好实话实说,只是一个劲劝解,说那里没有正式工,需要加强,又说局里表过了态,去把那里工作搞好了就再调回来,等等。弯月什么也没听见,她明白是为了什么,她恨得咬牙,半天才缓过气来,叫道："卑鄙! 打击报复,不得好死!"张主任劝她不要胡思乱想,说什么他也不想叫她走,可是那里工作需要,你干的年代长了,工作有经验什么什么的,弯月一直闷气不说话。张主任看时候不早了,就说："我该走了,你要真不能去,明天去找胡局长好好谈谈,请局里换别人去。"弯月突然冷冷地嘎嘎大笑道："我去! 我去,别说去黑石曼,就是上五台山削发修行我也去。我没好话给龟孙们说!"

张主任以为弯月的神经出了毛病,长叹一声走了,无可奈何地摇了一路头。弯月单身一人在家里骂开了娘,把一天的气和恨全骂了出来,肚里才稍觉宽松了一点点。不过,一想到从今往后要钻在深山老林,细细想想那滋味不由得又哭了,就为了不让胡局长招惹自己,人家就杀人不用刀地炮制自己,自己为啥要是个女人呀!她一直哭到夜里快十二点,老于才回来,是被人扶着送回来的,喝酒喝得醉成烂泥了,她问他在谁家喝的,他推开她,一个劲说:"我,我,真不认得石县长。"原来,他被人叫到兰主席家里,陪他的人走了,只剩下他一个人被圈弄住不叫走了,就他一个人也是吃的全席,菜上了一个又一个,端下去一个又一个,兰主席的老伴给他倒酒,他不喝,兰主席老伴给他跪下,他只好不得不喝了。到十来点钟,兰公子也从监狱里偷偷回家了,又是一句一个于叔,给他敬酒,他实在不能喝了,兰公子就跪下,给他磕头,叫他救命恩人,把他说得不知东西南北了,才央求他去找石县长给他们说情,他迷迷糊糊还记得石县长不认识自己,他们说,他不认识你没关系,只要你去说了他就会立即放人,兰主席的老伴和兰公子又说了些什么他都不知道了,他只知道自己真不认得石县长。弯月看他醉成这样,又不断地呕吐,她给他洗,叫他,捶打他,他还是什么也不知道。弯月心里好苦,自己被打进深山老林了,男人还一点也不知道,一肚子苦水本想倒给他,他却成了一堆泥。自己的命好苦啊!老于还在床上一个劲地叫唤:"我不喝,你们叫错人了,我真不认得石县长啊!"弯月急了,用冷水毛巾捂到他的头上,他推开她,叫道:"你们别这样,谁要认得石县长就不是个人!我不喝,我不喝!"弯月也猜不透是谁请他喝酒,因为没权没钱,别说平常日子了,就是逢年过节也没人请过他呀!她又急又气,上去狠狠打了他一个耳光,喝道:"在谁家喝的酒?"老于忽地坐起来,瞪着血红的眼说:"打死我我也不认识石县长呀!"

曲艺家老牛吃罢饭放下碗，就往南关茶馆跑去。上一次他编了个段子表扬石县长吃小吃，石县长批评了他，他不但不生气，还更服石县长，认为他是个好官，不说别的，骑自行车去栽树，自己把自己也当成了老百姓，就凭这一点他打心里美气。晚饭前，他的徒弟小刘告诉他，说胡局长给卖唱的老黑买了条烟，叫他夜里在茶馆里唱唱今天的新鲜事，也就是石县长和弯月的事。老牛听了很憋气，江湖义气大发作，他要为石县长打抱不平。可是又一想，不行，这事要是真的，不是自己打自己脸了？他跑到县委找到卫主任，把今天听到的各种传闻说了一遍。卫主任说："你不用说了，我都知道了，还有人给吴书记递了告状信。"老牛紧问："吴书记怎么说？"卫主任说："吴书记很生气，说这事根本不可能，石县长也不是这种人，纯属无事生非，想闹地震。"卫主任又说他找老于问了，老于说了韭菜换鱼的经过。老牛就回家编了一个段子。夜里老黑不唱便罢，他要唱了，自己要和他唱唱对台戏。

南关茶馆很大，屋里摆着几十张竹制躺椅，躺椅与躺椅之间摆着茶几。每到天黑，人们吃了晚饭就来这里喝茶，与其说是喝茶，不如说是来这里寻乐子听新鲜，因为三教九流的人从不同单位来，这里便成了各种新消息的集散地，在县委机要局不知道的新闻都从这里传了出来。老牛来晚了一步，茶客已经满屋，老黑已经登台唱了：

　　不说东洋说西洋，

　　有个县长本姓脏。

　　工作他不会干，

　　弄那他挺在行。

　　到任不够三月整，

　　勾结个小娘儿们本姓张。

…………

不知什么原因,也不知从什么时候开始,有些人就只愿听坏的不愿听好的了,听坏的就认为一定是真的,就觉得解馋过瘾,就叫好鼓掌。老黑刚刚开个头,就逗引得满屋子的人乱笑乱叫。

"唱的谁呀,是弯月吧!"

"日他奶奶,如今当官的就弄这在行!"

有人大喝一声:"捉奸捉双,谁逮住了?"

老牛听有人鸣不平,趁势一个箭步跳到了台上,双手一拱,低声重重地说:"老黑师弟,别为几根烟就坏了名声,咱哥儿们就这么掉价,老哥一时给你买两条! 活人得讲个良心,你想想,哪个当官的和咱们老百姓一样去吃小摊,和咱们一样骑自行车,还有逮兰公子……"老黑一阵脸红,步步退下。老牛转过身,又对众人拱拱手作个揖,说:"老黑让了,在下献丑了。"说完唱道:

　　劝人都把良心讲,

　　莫把好人泡染缸。

　　谁家没有姐和妹,

　　谁家没有爹和娘,

　　何苦说人短来道人长!

　　今天不把别的讲,

　　单表一个县长本姓江。

　　为人正直又清廉,

　　从来不肯沾人光。

　　今天一早买韭菜,

　　跑了东巷跑西巷,

…………

向水的向水,向火的向火,不少人被今天的事闹糊涂了,他们不相信石县长是这号人,也不愿石县长有这号事,从心里护着石县长。也有人对石县长这个具体人并没有什么深仇大恨,只是不愿听好的,一听好的就心烦,就认为一定是假的,就认为是想骗自己上当的,就想发火骂爹骂娘。老牛刚开了个头,下边就乱了场子,响起了叫好声、骂人声,呼喊和口哨炸了茶馆。

"好啊!"

"马屁精!"

"为什么不叫说实话?"

"拿到报纸上去日哄人吧!"

"别唱了,快去吧,县长等着你去当官哩!"

茶馆里嗷嗷叫,乱哄哄,再也唱不下去了。

老牛流下了眼泪。

夜深了。小城还不想睡,还醒着。家家户户灯光雪亮,都在津津有味地说着今天的事,说到弯月和县长干那号事时,兴奋了,激昂了,来劲了,心痒了,才拉灭了灯去干那号事了。

都为一斤韭菜!

小城今天是说不完了。

原载《莽原》1992 年第 2 期

《中篇小说选刊》1992 年第 5 期转载

定时炸弹之谜

快活的王科长不快活了。

烦恼都是自己找的。上午,科里开会选先进人物。这是例行公事。一年一次,大小是个单位都得选,叫作评先。这玩意儿好选,因为没有多少油水,选上了顶多去参加一天表先会,吃两顿香饭,发个奖状罢了。如今生活好了,按吃白馍等于过年的标准衡量,人人都天天过年。不稀罕这两顿香饭。至于奖状,不等于文凭,只是一张花花纸而已,有它不多一分钱,没它不少一分钱。大家对这事不在意,没人去争,选谁不选谁都稀松平常,小事一桩。科里只有五个人,上级给分了一个指标。往年都是口头选举,只要一个人提名,四个人便随声附和,哈哈一笑就选成了。

今年不行了。王科长也想赶赶时髦,变变花样,笑道:"今年咱们也得改革改革,真正民主民主,这一回也投票,玩玩真的!"大家听了乱摇头乱笑乱说:"哎呀,咱们就这五个人,何必六个指头挠痒——多这一道子。不管咋选,总也得凭工作好坏,不都还是王科长你嘛!"王科长立时正颜正色道:"就是喝酒也该轮盅了。咱们大小是个单位,年年叫我去当先进,影响多不好!大家没意见,我还怕别人背后捣我脊梁沟哩,年年我去开会都脸红!"大家看他说得情真意切,也就恭敬不如从命了。

王科长看大家尊重自己意见,笑从心里出,很是高兴。他找来一张白纸,截成了五小张,叫秘书小于在每张纸上写上五个人的名字,然后分给大家。王科长说:"赞成谁了就在谁的名字后面画个圈。"大家嘻嘻哈哈画了票,揉成纸球,交给了王科长,没有半分钟选举就结束了。王科长把五个纸球在手里摇了几摇,摇得不分你我了,笑道:"都来! 都来! 都来当监票的!"大家都来了,围住了王科长,嘻嘻笑着伸长脖子看着。王科长将票一张一张展开,只有五张,每张又只准画一个圈,不用在黑板上写正字,更不用计算机,入眼一看就清清楚楚了,王科长得三票,小于得了一票,还有一票所有的名字后面都没画圈,是张白票,弃权票,废票。除了王科长,四个人都不约而同地互相怀疑地看了看,继而又同时大笑着欢呼道:"就说吧,不管咋选都是王科长嘛!"

王科长选是选上了,可是心里不自在了。自己得了三票,实际上反对自己的只有一个人,因为小于得的一票是自己投的。那张白票是谁投的? 当时看得清清的,四个人都拔出了钢笔,都在票上画,说明有一个人是假装着画的,这个人也太奸猾了。不赞成自己罢了,当个领导能没人有意见? 不过,总不能对每个人都有意见吧! 大家都不好,都是王八蛋,都当不了先进,说明我这个科长是个总王八蛋了! 你好,为啥不投自己一票哩! 这不是把整个科都否定了!

王科长嘴里不说,心里可是气上了。

事情发生得太突然了,王科长没一点点思想准备,一时想不出来这个人是谁。科里连他五个人,不连他四个人,平时看着都不错,互相之间相处得也很好,彼此都没有红过脸顶过嘴。自己虽说是个领导,从来没摆过领导的架子,为了大家能在人前人后上上下下说自己一个好字,逢年过节总是请科里人到家里喝一场。平常和别的科局长说闲话,都说自己单位里有矛盾,有刺头,有闹颠覆的人物。王科长听了很高兴,以为自己身边没有睡赫鲁晓夫,江山坐得安稳,天下太平。万万没有想到自己身边也有定时炸弹,还是埋得很深的定时炸弹。王科长想想就怕了。不赞成自己,不赞成科里所有人,背地里不知已经说了自己多少坏话,不知已经说了科里多少坏话,自己还被蒙在鼓里,还和没事人一样。王科长想到了四张笑脸,一张比一张笑得可爱可亲,这个人真狡猾得很,真会装,装得叫人看不出来,说明这个人阴险到家了。

这个人是谁?

王科长想找个人谈谈,探听探听是谁投的白票。一想,不行。要是找的这个人恰好是投白票的人,他不光不说实话,还会倒打一耙子,说自己对投白票的人心怀不满,想打击报复。这等于给他提供了打倒自己的炮弹,可就坏大事了。不能找人谈! 王科长把心病窝在肚里,闷闷不乐了一天。夜里还闷闷不乐,睡到了床上还在想这个人是谁? 把四个人想遍了,想一个不像,再想一个还不像,都对自己挺好,自己也对对方挺好,都不像反对自己的人。实在想不出来了,不想却憋得慌,没办法就用脚把老婆勾醒了,叫她帮着想想,反正老婆不是外人,不会走话。科里的人她也都很熟,说不定她还能猜个八八九九,当事者迷,旁观者清嘛!

老婆叫丁小雪,在另一个单位当会计。她瞌睡得要命,强睁开眼听他说完,就蹬了他一脚,不耐烦地说:"针尖大个事,就选个先进能当吃当喝,若是少给你提一级工资,还值得不睡觉去想!"王科长折身坐了起来,拉明了电灯,神态严肃地说:"不是先进不先进的事,别说选上了我，就是没选上我也不在乎。问题是说明有人反对咱，这事传得可快了，只要有一个人站出来反对咱，别人就会跟着起哄。你知道他把坏话说到哪里？要是说到领导耳朵里，把领导耳朵窟窿灌满，别说提级，只怕这个科长也保不住了！千里大堤，毁于蚁穴，你连这个都不懂得？"小雪听他说得这么严重，细想想也有理，再说有人反对自己的男人，心里能有多美？想想就问："你在科里得罪过谁？"

王科长说："我谁也没得罪过，连大气都没哈过别人一口。"

小雪问："你没想想是谁？"

王科长说："平常看着都对我不错，不笑不说话，没听谁说过有意见。"

小雪也在苦思冥想，半天才试着说："敢情是张星？"

"张星？"王科长连想也没想，就说，"会是他吗？不会！"

张星是个大学毕业生，分到科里才三年，心肠很热，对同志们也好得没说。科里有什么艰巨任务别人不想干，张星就主动去干。王科长常说，张星是自己的左右手，使着得心应手。去年，王科长生病住院需要输血，张星正在大山里扶贫，从电话里听说后急坏了，夜里又没车，天还下着雨，他硬是双腿跑了一百多里，赶回来把自己的血输给了王科长，还说："我们科里人少，别的同志岁数都比我大，不论咋说这血都该我输。"他要是对自己多少有一点点意见，完全可以不回来，事后也有合理的托词："又是夜里，又没车，我急死了，就是回不来。"或许根本不需要托词，因为要不是他输血，自己或许死了，还说托词干什么。不像！他想着张星冒着毛毛雨，在深夜里走在老林中的可怕情景，要不是真心诚意地爱护自己，何苦赶回来输血；要说他是为了表现自己对领导的忠诚，为了拍马往上升升，也不像。今年小丁的老娘生病住院,小于一个人忙不过来,他主动去帮着伺候,擦屎刮尿,还给大娘买好吃的东西,像亲儿一样。再说,自己最近才介绍他入了党,他怎么会过了河就马上拆桥? 王科长左思右想也想不出张星要反对自己的理由,就问妻子:"你怎么会想起来是张星?"

小雪说:"你不是说过,你们科里就他够科长的料,会不会是等不及了?"

"这……"王科长的心里猛地一动,小雪的话说中了他的心病。这话不假,将来能取代他这科长的只有张星一人。不过,不过,不过,他不会这么急吧? 不过,人心隔肚皮,谁也没钻到谁肚里看看谁咋想的,难说呀! 王科长忽然想到了许多故事。听说,亲得很的人,越是想打倒自己的人。难道张星也是这类货色? 说不定。世上没有无缘无故的爱,张星为啥跑一百多里回来献血? 本来他不回来谁也不会说他个"不"字,他为啥要冒着雨摸着黑翻山越岭回来,是不是为了有意表白自己对领导的忠诚,为了取得信任? 可以不回来,又偏偏要回来,可能是深思熟虑做出来的表面文章。想到文章,王科长忽然想到一件事。春天的一个早上,王科长坐在走廊里看书,是一本专业杂志,封二上登着一张相片,还附有一首诗,当中有一句:"春天里充满了希冀。"王科长像发现了敌特,恰好张星从旁边经过,王科长叫住他,指着"希冀"两个字,不满地说:"你看看,你看看,还是个全国性刊物哩,能把'希望'印成'希冀',现在不论啥工作都越来越马虎了!"张星看了深表同感地摇了摇头。王科长又气愤地说:"不像话! 给他们写个信,叫他们以后注意点!"张星只当说说算了,未置可否。谁知王科长抱着负责的态度,真给这家刊物写了封批评信。事情过去了,张星早把这件事忘了。有一天王科长突然把张星叫到自己的办公室里,哈哈笑道:"亏你还是大学生哩,原来咱们都错了。你看看!"王科长递给他一封信,是那家刊物的回信,信写得虽然很客气,除了表示感谢对刊物的关心,还叫他查查字典,言外之意多少有点嘲笑。王科长早查过了字典,知道"希冀"是不错。张星当时就红了脸,再三解释道:"我学的理科,文科底子太差,也真当人家错了。"王科长当时也信以为真,并没有多心,现在想起来才明白张星是在玩他的难堪。我就不信,一个大学生能连"希冀"这个词都没听说过? 肯定懂得,不当面说破,可能是意识到不好,怕伤了我的面子,对他不利。后来,我说要写信批评,他还是不肯点破,是不是想出我的洋相,叫人家笑话我这个科长没有水平。王科长分析来分析去自认为分析清了,就对妻子说:"你想得有道理,可能就是张星!"

小雪得意了,自以为高明地说:"咱又没得罪一个人,要不是为了争科长这点权,谁平白无故反对咱干啥?"

"可是的!"

王科长信服得五体投地,认定了是张星,就埋怨自己瞎了眼,错把奸臣当成了忠臣,只看见了外面光,没有看到里面是驴屎蛋,差一点叫张星哄住了。接着又庆幸自己总算识破了张星的两面手法,醒悟得早,没有上当上到底,感慨地说:"人呀,真看不出来,看起来对谁也不能太信了!"

夫妻两个你一言我一语,说如今人心都坏透了,说自己太老实了,说以后也得学能一点,多长两个心眼,别叫人家给哄吃了,说到很晚才睡了。

第二天,机关里大家都照前如后,王科长也照前如后,只是不由得注视着张星的一举一动,看看有没有不同的地方。做贼的人都心虚。昨天的白票要真是张星投的,今天肯定会不自然,要是还自自然然,说不定是自己怀疑错了,冤枉了他。王科长坐在办公桌旁,端着茶杯,一眼一眼看张星。张星在写个材料,偶一抬头,恰好碰上王科长的眼光,就忙站了起来,说:"我去打开水!"说着拿起暖水瓶匆匆走了出去。王科长心里就明白了。怎么一见我看他就急忙推故出去了,是不是认为我知道了,心虚了,坐不住了。张星打开水去了很长时间,回来时还顺便买了一包茶叶。机关里没有公用茶叶,茶叶都是自带的,因为机关里人少关系又好,谁也不好意思自带自喝,今天你带一点,明天我买一点,放在办公桌上公用。因为要充公,不论带的买的都是中档茶叶。张星走进办公室就叫道:"都来喝吧,新茶,信阳毛尖,一级的。"大家一阵兴奋,争着来喝新茶,都笑道:"张星,今天是不是发啥财了!"张星摇着头叫苦道:"营业员捉我的大头,给他两块钱,硬塞给我一包好茶。"说着拆开包,先给王科长撮了一撮,又给他冲上水,然后坐下继续写材料。王科长喝着茶,看着张星,心里疑问丛生,为什么早不买晚不买偏偏今天买? 说人家强迫谁信? 不是想讨大家好是什么? 凭这一包茶叶就能掩盖住了? 凭这两块钱就能冲淡大家的注意力? 也太会划算了。真是欲盖弥彰,太此地无银三百两了。这不是做贼心虚是什么。王科长越看张星越像投白票的人。不过,王科长也不是武断的人,何况自己身上还流着张星的血,他又怀疑起自己,为啥越看张星越像呢? 是不是自己的心病太重了,才看着像张星? 他想起了那个怀疑邻居偷斧头的人,自己可别像他一样冤枉了好人。王科长想想就走了出去,走到了茶馆旁边卖茶叶的商店。营业员是个姑娘,不笑不开口,开口就叫你心里甜蜜蜜的,机关里的人们和她是老相识了,都很熟。王科长靠在柜台上问着各种商品的价格,问了许多种之后才问到了茶叶;"一级信阳毛尖多少钱一包?"姑娘态度好手勤快,听问就递给他一包,说:"不多,才两块。"王科长笑道:"还不贵哩,咱可喝不起。"姑娘取笑道:"刚才张星都在这里买一包,科员都喝起了,科长还喝不起!"王科长连连摇头道:"别说了,张星还在埋怨你们不该强迫他买哩!"姑娘咯咯笑道:"我们强迫他了,绑他了,打他了,上他口袋里硬掏了,喝好茶喝美了还倒打一耙哩!"王科长心里咯噔了一下,强笑着说:"我不信,张星的钱也不是多得脚踢着走,你要没强迫他,买这么贵的茶叶他会舍得?"姑娘还是笑得银铃一般,说:"我也强迫你买一包行不行?人家张星就和你一样,一个钱掉地下八面沾灰!"王科长又搭讪几句就走了。

王科长通过调查研究,弄清了真相,证明了自己的判断正确,一点也没冤枉张星。明明是为了讨大家的好,又装着不是自愿的,拍了马屁,还要叫你认为不是拍马屁,能得头发梢都空了,一包茶叶能做一篇两面文章,可见大事更是虚心假意了。王科长好一阵叹息,唉,自己的心肠太好了,给自己输了点血,就把自己的眼睛糊住了,分不清忠奸了,自己老实得也算到家了。看起来自己过去大错特错了,总认为民主选举是个样子,没有用处,现在看看就是好,能叫人擦亮眼睛,能发现两面派,能使坏人露出真相。这多好,好极了,自己也好早点想个对策,也好防患于未然了。

王科长心里安生了。投票以后,王科长只知道有个人反对他,在暗算他,准备对他下毒手,可是,这个人是谁,暗藏在哪里,两眼漆黑看不见,弄得心神不安,吃不下饭睡不着觉。这两天总算没有白操心,总算看清了是谁,看清了他拿的是刀还是枪。有了目标就好办了。不能惊动他,还叫他在科里,以后小着他的心就是了。他有初一,咱就回他个十五,如今一般高一般粗都不怕,何况他还是个下级,只要想找他差错,他就有差错,还怕磨道圈里查不到驴蹄印?王科长心里的怨气得到了发泄,一阵轻松。可是又一想不能慢刀子割他,他总算救过咱的命,他无情咱可不能无义,滴水之恩当涌泉相报,何况还是滴血之恩。再说,为了没投咱的票,咱就找他的差错,叫别人知道了该说报复他了,显得自己太小气了,太没水平了。还有,让他成天在自己眼皮底下晃悠,一见他就有气,这不是和自己过不去?算了,叫他走了算了,眼不见心净,也省得他把不满情绪再传给别人。身边埋个定时炸弹,早晚都会爆炸。他有文凭,弄不好还真会把自己取而代之。不行,得把他调走。他虚心假意对自己,自己就不会虚心假意对他?为啥不能推荐他大小当个什么,把他赶下去,还叫他对自己感恩不尽,来个一石二鸟多好,也叫他看看我王某肚大能容,大人不和小人怪,说不定还能赚他一个顺水人情。王科长拿定了主意,要送鬼出门了。

事有凑巧,北山里遭了水灾,城里掀起了救灾捐款活动。王科长召集全科开会,动员大家踊跃一点,要急灾民之所急。说着一眼一眼瞟着张星,投去了鼓励的眼光。张星年轻,又没结婚,家里也没负担,不知道钱的重要性,见王科长注视着他,知道是在鼓励他带个头,他想到了山民们流离失所的可怜相,就血性大发作捐了一个月工资。王科长很是高兴,当场表扬了他。会后又叫秘书小于给广播站和报社写稿,说当今不少人把钱看得比父母还亲,而张星却把山区人民看得亲如父母。说张星和山区人民心连心,不愧是个新党员,不愧是人民的好儿子。广播站播了,报纸也登了,一时间轰动了整个县城。王科长扬扬得意,逢人就夸自己为党培养了一个好党员,几分得意中还带着几分委屈,说:"看看,当初我介绍张星入党,还有人说他不成熟,要再考验几年。咋样,是骡子是马现在可看清了吧!"这还不够,王科长又拿着报纸去找管干部的方书记游说,说张星如何如何有文化有理想有魄力,是个"四化"干部,说张星在山区扶贫如何如何不怕苦不怕累,想山区人民所想,急山区人民所急。说张星平时在科里如何如何积极能干,一个顶十个,把张星夸成一朵花。末了又放了个冷炮:"不是我吹的,要叫张星上山搞一个乡,要不了两年,这个乡要不能脱贫致富,我就头朝下走路。"方书记正想选拔干部充实山区各乡的领导班子,又苦于找不到合适人选,被他说得心动了,再加平时对张星的了解,高兴地说:"好吧,就叫张星去北山当副乡长吧!"王科长顿时傻了脸,怔怔地说:"方书记,怎么能这样? 我来汇报汇报张星的情况,一汇报就把张星调走了。我培养了几年才培养了这个骨干,这不等于砍掉我一条臂膀,还叫我工作不工作?"方书记说服他:"怎么能把党的干部当成私有财产? 你为党培养个好干部,不是为了党的事业兴旺发达嘛!"经过方书记的再三动员,最后又晓之以纪律,王科长才带着不满的情绪走了,临出门还甩给方书记一句牢骚话:"早知道我不来汇报了,这弄得算个啥!"

　　张星接到了去北山乡当副乡长的调令,科里的同志们大吃一惊,都不知道张星出了什么问题,才被贬了下去。北山乡地处伏牛山主峰下边,多见树木少见人。乡政府所在的北山镇,小得可怜不说,因经济落后,街上成天还没几个行人。县委书记曾嘲笑说:"北山镇只有一项工作好,就是战备工作好,在街东头架上机关枪往街西头扫射,保证不会伤住一个人。"有的干部想当官,想得发迷,却宁可在县城当个公务员,也不愿去北山乡当官。去着容易回来难,没有后台搞不好在那里干一辈子,不说别的事,平常连个人都见不着,更不用说什么文化生活了,这种日子谁受得了? 大家听说张星被发配到那里,背地里都替他可惜,年轻轻的被塞到老山肚里,连个对象都不好找。接着又为他愤愤不平，啥任务没完成？思想好工作棒，犯了什么错误？为啥把人家贬下去。最不满的要数王科长了，当着张星的面对科里的同志牢骚道："叫谁去不行，为啥叫张星去？这不是鞭打快牛是什么？我还没有说个不字，就拿组织纪律压我，这样用人谁还敢积极？"在一片不满声中，只有张星满意得很。人说初生牛犊不怕虎，一点也不假，张星好像已经成了北山乡的人，兴高采烈地辩护道："我就不信北山乡变不了！"他列举了北山乡的种种有利条件，树多，土特产多，矿产资源丰富，人也勤劳能吃大苦，末了雄心勃勃地断言道："只要带去科技和文化，五年，到时候要叫平地人害红眼病！"本人都充满了信心，本人都认为英雄有了用武之地，别人再同情就多余了，只好在心里骂他几句傻瓜罢了。

张星对发配到深山里一点也不怀疑是王科长做的手脚，一点也不怨恨王科长。临走前还买了礼物到王科长家里辞行，感激得要命，说忘不了王科长的培养，这几年使他学会了很多东西，说到了山里一定好好干，不给王科长脸上抹黑，还征求王科长对山区致富的意见，态度诚恳得很，没一点虚情假意。人都是感情动物，王科长也不例外。张星真要走了，人在分别的时候往往会记起对方的好处。王科长反把投白票的事忘了，感到不安。忽然想起一句谚语：把你拉到杀锅上卖了，你还认为人家是救命恩人。眼前不正是这样吗？张星是被自己卖给了杀锅，他还千谢万谢。他竟然一点也不怀疑自己，老实得叫人可怜！王科长想到这里，很不是味，心里一阵酸溜溜的，脸红了，眼红了，真想一语道破天机，向张星忏悔一番，可还是忍住了，强压着冲动起来的感情，嘱咐他安心干，有什么困难他会尽力帮忙，停几年一定帮他再调回城里。王科长这几句话真是出自肺腑。两个人互道了无数次珍重，王科长才把张星送到门外路上，张星走了几步回头见王科长还在站着,还投来依依惜别的眼光,不由又转了回来,迟迟疑疑地说:"王科长,有一句话不说总觉着对不起你,我说了你也别气!"王科长一怔,干笑道:"我不气,你说吧。"张星难为情地说:"科里个别同志对你有些看法,希望你有机会了能多征求征求大家意见,免得小意见发展成大意见。"王科长心里一沉,急问:"有些啥意见?"张星本想直说,话到口边忍住了,那等于打别人的小报告,他不愿充当这种角色,就推托道:"具体我也说不清,我只是有这种感觉!"说了怕他追问下去就急急告别了。

王科长突然间愣了,脑子里一片空白,不知呆立了多长时间才回到家里。"科里个别同志",难道投白票的不是张星? 要是他投的他会这样说吗? 好像张星不是这号人。一次,和张星一同下乡,乡里送了二斤木耳,说得清清楚楚是送的,张星也在场,到临上车走时,张星竟突然说:"王科长,忘了吧,木耳钱还没给人家哩。"王科长和主人打起哈哈,想哈哈过去算了,张星却掏出钱,说:"你要没带钱,我先给你垫上。"搞得王科长难以下台,只好掏了腰包。还有,虽说事都不大,张星都当面提了,次次都惹得王科长老大不高兴,要不是念他给自己输过血,早就把他开销了。王科长越想张星越不像当面不说背地捣鬼的人,可是已经晚了。王科长好气好悔,为啥这几天一直想着是张星? 为啥就没有想着不是张星? 他妈的,这几天高兴哩,还认为眼明心亮了,没想到眼瞎得更狠了,心更糊涂了,叫鬼迷住了,把恩人当成了仇人,把仇人当成了恩人,把拥护自己的人弄走了,把反对自己的人留下了,这不是搬起石头砸自己的脚是啥? 这算搞的啥名堂呀! 王科长正在气着自己,妻子小雪下班回来了,开心地笑道:"听说张星已经走了,心病可去掉了吧!"王科长火冒三丈,骂道:"妈的,坏都坏到你这个黑高参身上。"小雪顿时收住了笑,呆呆地问:"怎么了? 出什么事了?"王科长把来龙去脉讲了一遍,末了埋怨道:"你看看你搞得多排场!"小雪撇嘴冷笑道:"这怨我? 你心里平常要是对张星没画道道,别说我只一说,就是十说你也不会动心,你气个啥,他走了算了,反正他在科里,凭他的本事能耐早晚也会踢了你的饭碗!"王科长想想也是,气也就消了三分,可总觉着失落了什么,闷闷不乐。小雪看他不高兴,又问:"张星知道不知道你怀疑他了?"王科长摇摇头。小雪又问:"领导知道不知道?"王科长又摇摇头。小雪咯咯笑道:"这多好,人家办事至多一箭双雕,咱这一箭三雕。对张星来说是提拔了他,他承你的情;对领导来说是输送了好干部,领导会表扬你;对你来说少了后顾之忧,你可以放心了。咱又没背良心,又没坏一个人的事,有啥不高兴的!"说得王科长心里冰化雪消了。

王科长高兴了,眨眼工夫又不高兴了,那张白票又从心底泛了上来,既然不是张星投的又是谁投的呢? 算了,算了,管他是谁,谅他也翻不起大浪。弄错了张星,别再猜错另一个人了。可是,这道理总说服不了自己,查不清总是有点不甘心。一只老鼠能坏一锅汤,一点也不假,要不是这张白票,咋能怀疑张星? 有意见不当面鼓对面锣说出来,叫领导胡乱猜疑,这不是借刀杀人是什么? 王科长又忽然想起来自己住院开刀的事。去年,他忽然肚子疼了,一时三刻疼得在床上乱滚,脸上颜色全落了,只好送进医院抢救。医生诊断为肠粘连,马上送进手术室开刀,肚子打开了,一看傻脸了,肠子好好的,一点也没粘连。既然肠子没粘连又疼得要命,肯定是阑尾炎了。于是就往腹部右边又划了一刀,终于找到了病,切除了阑尾。事后,王科长很恼火,大骂医院是庸医误人,害得他多挨了一刀。院长是老熟人,半开玩笑半当真地给他解释:"虽说多挨了一刀,总算保住了命。要是一看肠子没粘连就再缝上,不仅白挨了一刀,还会搭上性命。多挨一刀总比白挨一刀强多了。"将理比理,张星等于是怀疑的肠粘连,既然不是肠粘连,就该往阑尾上找找。肠粘连能要命,阑尾炎也能要命。张星这一刀动错了,不能白错,得顺着找下去。张星走了,科里剩下三个人了,白票肯定是这三个人中的一个投的,不信就弄不出来。王科长下定决心,要排除万难去争取胜利了。

张星调走了,又调来一个小郑。这天,王科长把小郑介绍给大家,大家说了些欢迎之类的客套话,只有老赵表现得分外热情,一眼一眼看着王科长对小郑鼓励道:"好啊,咱们科里是个出人才的地方,好好干两年,又是一个张星,也弄顶纱帽戴戴!"王科长听了,不由脸红个净。觉得这话刺耳扎心,整整一个上午都很不高兴。"又是一个张星",这是什么意思?妈的,明明都认为张星是被贬下去了,这不是说我还要把小郑也贬下去?是不是老赵知道了什么?你个老赵也想怎么怎么了,也不想想自己是个什么东西,别说我没错,就是我有天大的错误也轮不上你说三道四。王科长看不起老赵是有道理的,因为老赵自己就不把自己当个人看。老赵当年也红火过,还是小赵时就在县委当秘书,是个有名的笔杆子。人怕出名猪怕壮,他有了名就忘了自己姓啥名谁,动不动就说一些荒唐之极的话。有一次,书记在大礼堂做一个重要的报告,通知全体干部都要去听。开会之前点了名。发觉小赵没到。主持会议的副书记追究请假了没有?办公室主任说没有。书记很恼火,派办公室刘副主任马上去叫。刘副主任东南西北地好找,找得一身火,最后才在他的住室找到了他,原来他正在睡大觉,睡得呼呼噜噜。刘副主任把他推醒,没好气地问道:"你知道不知道今天上午开大会?"小赵睡眼惺忪,牢骚地回道:"知道,咋?"刘副主任又问:"你知道为啥还不去听报告?"小赵翻了个面朝墙,不满地嘟哝道:"我听啥?那报告都是我写的,也不过是用书记的嘴念念,我写了整整一夜还不中,还得叫我自己再去听我自己的报告!"说完又呼噜开了。刘副主任平时就看不惯他的骄傲狂妄,听他说出如此非礼的话,也没有给他讲明利害关系就转身走了,回去一五一十地向副书记做了汇报。副书记气得紫了脸,当天就把小赵宣布成了右派,还是极右。经过几十年的风风雨雨,小赵变成了老赵,如今好不容易又来坐机关了,就分外珍惜这个职位。平日里,看着领导的脸色说话,对领导百般殷勤,把领导当成爷敬,自己甘愿当孝子贤孙。第一次孝顺时王科长真受不了。老赵才恢复工作调来,是个冬天,大家在办公室烤火,王科长的脚伸在火盆上,老赵看王科长的皮靴上沾些泥巴,就从口袋里掏出一张纸去擦。泥巴烤干了擦不掉,老赵吐些口水在纸上继续擦。老赵的岁数比王科长大得多,王科长心想老同志怎么能这号样,也不怕人笑话。王科长不好意思得脸都红了,可是看看老赵的脸却一点也不红,显得很自然。王科长想把脚缩走又觉着更不妥,只好任他擦了。天长日久,再逢着这号事也不难为情了。有一天夜里,老赵去王科长家里请示工作,王科长在洗脚,边洗边听老赵说话。脚洗好了,王科长看了一眼妻子小雪,示意她把洗脚水倒了。可是不等小雪弯腰,老赵就抢过去把洗脚水端到外边泼了。老赵谈完工作走后,小雪一阵开心大笑,王科长也一阵开心大笑,只有儿子小飞没笑,好奇地问:"爸,赵伯伯比你老咋给你倒洗脚水?"王科长笑而不答,小雪往儿子额头上捣一指头,笑道:"傻货,宣统三岁当皇帝,全国七老八十的人还得向他叫爷爷哩!你好好上学,长大了也有人给你洗脚哩。"小飞好像明白了什么,笑着跑了。类似这种事多了,这就是老赵。"又一个张星!"这不是说我停两年又要把小郑发配到深山里? 挑拨离间! 没想到连老赵都敢指桑骂槐说风凉话了,放肆! 王科长又上气了,这还了得,我就不信!

王科长气过了,还有一点弄不明白。老赵在科里事无大小都看眼色行事,从不说二话,明的大家叫他老伯奶奶,暗里大家说他温顺得像只兔子。人都说,兔子急了才咬人。自己做了什么事把他逼急了,他才咬自己? 细想想,自己没有得罪过他,去年过年时看他可怜,还主动提出救济他三十块钱,他还感激得两只眼红红的,为啥他会突然兴风作浪了? 没风不起浪,总要有个啥原因。王科长百思不解,就叫妻子帮着破破这个谜。小雪不听罢了,一听来了气,冷冷笑道:"这谜不用猜,你要不说我想沤烂到肚里算了,你说了我也就说说,你可别把老赵看偏了,这货也狠毒着哩!"小雪激动得涨红了脸,说出了一件惊心动魄的事。他们的宝贝儿子小飞在城关一小上二年级时,和老赵的孙子小良是同班同学。一天,两个人在一块儿玩打面包。面包不是吃的面包,是烟盒叠的三角。两个人讲明,谁输了谁当马叫对方骑上走三圈。第一次小良输了,小良自觉趴到地下装马叫小飞骑上转了。第二次小飞输了。该小飞装马叫小良骑了,小飞偏偏不肯,还叫小良装马再叫他骑。小良不干,两个人就吵起来。小飞粗壮有劲,上去把小良按趴在地骑上,一步一巴掌打着骂着:"你爷都给我爸倒洗脚水,你凭啥不叫我骑!"小良哭得呼天号地,惊动了老师和同学,才把小飞从小良身上拉下去。第二天,小良竟然向小飞瞪眼,还说:"我爷说了,不叫我跟你玩。"又隔几天,小良就转学到城关二小了。小雪说完了事情的始末,愤愤地道:"两个小孩打架吵嘴还不是常事,当大人的为啥要插一杠子?"王科长恼怒地责备道:"小飞也太不是东西了,都叫你把他惯坏了!"小雪辩解道:

"我也没说小飞对呀,可是老赵也太那个了。孩子打架有多大个过不去,就把孙子转到别的学校,好像和咱们结下了不共戴天的仇恨!"王科长"哼"了一声,不言语了。

王科长这天夜里又失眠了,一直设想着老赵的样子。孙子小良回去扑到他怀里哭得很痛,他问清了原因,抱住头长叹短叹,然后就提礼物去二小开后门转学,低三下四地给人家哭诉:"小飞仗着他老子的权势,光欺侮小良,真是一天都待不下去了,你们只当救救小良的命呀!"或许,他还给人家下了跪。妈的,也不知道都造了我些什么谣言。不假,自己过去是把他看扁了。既然把孙子转了学,为个屁大的事动了这么大干戈,说明对我是恨之入骨了。没想到这个人肚量这么小!王科长忽然想到流行的克己复礼一词。妈的,没想到表面上是孙子,心里是个蝎子,当孙子是为了当蝎子。当初打他右派打得准,一点也不亏他材料。

改造了几十年,还是贼心不死。要叫他得势了,以后还有老百姓的日子?哼,就凭你这个熊样,也想翻了我的船,只怕是白日做梦。不过,也得小着他的心,这号人都是老奸巨猾,都是嘴里叫哥哥腰里掏家伙的东西,狠着哩!看起来那张白票是他投的了,没跑,一定是他投的。王科长胡思乱想了一夜,似乎还没有想够,还有许多应当想的没来得及想就天明了。吃早饭时,王科长又盘问了儿子小飞,问小良还说了什么?小飞眨着眼皱着眉狠劲想着,小雪鼓励道:"好好想想,想起来了,给你买个烧饼馍!"小飞爱吃烧饼馍,有了烧饼就想得快了,指着爸爸说:"还有,还有说你是个大坏蛋!"王科长嗯了一声,斥责小飞道:"又是说谎吧!"小飞强硬地伸出手说:"谁说谎了,来给你勾勾指头!"小雪对着小飞又催:"总还有吧,能光说个大坏蛋就算了?"小飞眨眨眼,说:"还有,说要打倒你!"小雪还要问,小飞不说了,就伸手要钱:"我都说两句了,能够两个烧饼了,给我钱吧!"小雪给他掏了两毛钱,小飞抓起就跑了。小雪对男人说:"你听听,你还当老赵是个好人哩!"王科长直摇头,说:"别光听他的,娃们的话听不得。"小雪坚信不疑,说:"小娃嘴里掏实话。哼,总是不相信自己的人,外人都是好的,咋还有人反对你?"王科长嘴里不说,心里想,不可全信,也不能不信。老赵这号人啥坏心眼都有,不能因为给倒回洗脚水就叫他给迷住了。

八点稍过,王科长就上班了。办公室里只有老赵一个人在扫地擦桌子。这些年制度松懈,准时上班的不多。唯有老赵例外,没有迟到过一次,八点准时到班。等他把办公室弄得干干净净整整齐齐了,人们才陆续到齐。年年月月日日如此,大家有时过意不去,就说他:"你这么大岁数了,真叫我们过意不去!"老赵就嘿嘿笑笑,说:"这算啥,这不比劳改时强到天上了!别的我又不会干,大家多干点别的就补出来了。"王科长为他的积极也不止一次感动过,说他是科里的老黄牛。可是,今天咋看咋不顺眼,装的啥,就指望抹抹扫扫装积极,谁不会!王科长坐了下去,肚里冷笑了一阵,就问:"老赵,你老伴的病轻了吧?"老赵对他凄凉地苦笑一声:"就那了,要得好了,除非死了!"老赵的老伴偏瘫多年,卧床不起,着实叫人可怜。王科长充满同情地叹息道:"你在家多伺候她一会儿嘛,咱们科里的工作是软任务,你就晚来会儿大家也会谅解的!"老赵抬起身看王科长一眼又弯下腰扫地,感激不尽地说:"又不是急病只耽误一天半天,成年这号样嘛,每天不过少睡一会儿,起早一点把她安排安排就行了,歪好还是干部,上班时间怎么能光去办私事!"王科长感叹道:"如今年轻人可不都像你们老同志了,你看看都八点多了,还不见人影!"老赵受之有愧地说:"年轻人瞌睡大,来了只要正经干啥都有了,也不在乎早一点晚一点。"王科长又对老赵勾勾头,说:"你过来!"老赵赶忙走过去,佝偻着腰恭恭敬敬站到王科长面前等他指示。王科长嘻嘻一笑,神秘地问:"老赵,你说实话,我对你怎么样?"老赵吓了一跳,忙说:"科长,我知道好坏,你对我只有这样了。"王科长盯着老赵的眼睛,追问:"那好,你说说,科里的同志对我都有些什么意见?"老赵躲开王科长的眼光,连连说:"没有,没有听谁说过,谁对你会有什么意见,看你说到哪里去了!"王科长烦了,这货这么不老实,就开门见山地问:"你自己有啥意见,也可以说说嘛!"老赵出了一身冷汗,简直要哭了,求告说:"科长,你别开我的玩笑行不行?别的不说,就凭你对我的关心,救济我,我歪好是个人,再没良心也不会没良心到这一步!"王科长哈哈大笑,笑得老赵出了一身鸡皮疙瘩,真想给他跪下,一个劲地表忠心:

"王科长,我以后听到谁有意见一定给你说!"王科长看他吓成这样也就收住了笑,认真地说:"以后有啥困难言一声,不要不好意思开口。你说你对我没意见,你那么大困难为啥没找我提过一次?是不是怕我不解决?"原来是领导的关心!老赵才发觉是虚惊了一场,就感恩不尽地连连道谢了。

通过这场谈话,王科长证明了老赵真是个阴险毒辣的家伙,明明有意见,就是死也不给自己交心。啥了不起的大事,就是孩子们闹闹玩玩嘛,你直说了,我能把你吃了?你明说了,两个人哈哈一笑也就完了。为什么不说?你不主动说,我主动征求你的意见,你还是死不说,存到心里想叫这意见发芽长大哩!咋,有意见不说,还想秋后算账哩!让这种人在身边太危险了。自己是个心直口快的老实人,脑子简单,不会藏奸,不会玩心眼,天长日久还能不跳到他摆的圈里了?就说张星调走吧,要不是他投了白票摆了迷魂阵,咋也不会把张星调走,咋也不会自己砍了自己的左右臂!王科长恨上来恨得咬牙,恨不得马上叫他滚蛋。可是,自己还没有这个权,还得借助钟馗打鬼。王科长得意地笑了,又去找方书记,先发了一通牢骚,埋怨不该把张星调走。方书记说:"不是又给你调去个小郑吗?"王科长委屈地说:"科里有的同志只顶半个人使唤,张星是一个人顶两仨,把本来属于别人的工作都包了。小郑才来业务不熟,只能一个顶一个,现在连正常工作都摆治不开。"接着,他把科里几个人的情况摆了摆,着重讲了老赵的情况,说老赵是个标标准准的老黄牛,地扫得净,桌子擦得光,茶倒得勤,千好万好,就是不会工作,再加老伴去年生病,难免分心,算起来是一个人,实际上连半个人也抵不上。张星在这儿时,顺手就把分给老赵的任务捎干了,现在真是推不动磨了。王科长为工作忧心忡忡,急得像热锅上的蚂蚁,说得可怜巴巴。方书记也不是铁石心肠,被王科长的负责精神感动了,就问:"你说怎么办?"王科长说:"老赵真不适应机关工作,能不能换个年轻的同志,要是能给我们调来一个,又不叫老赵走,那是最好不过了。"方书记笑了,嗔怪道:"你可真会想,我给你来个走马换将就行了,你还想吃着碗里的看着锅里的,哪有这样的好事!"王科长叹息道:"你不知道,老赵这个人要多好有多好,单位里要是有个这号同志,啥杂务事都不用你操心了,要不是为了工作说啥也舍不得叫他走!"方书记劝道:"针没两头尖,不能啥好事都叫你占全了。"王科长听方书记这样说,也只好忍痛割爱。方书记又问:"你想要谁?"王科长心里早有人选,话到嘴边又变了样。"这是组织上的事,调谁来都行。只要业务对口,能适应工作就行了。"方书记说:"你也可以提提建议嘛,调去一个干不了就又麻烦了。"王科长满面为难,眉头皱了几皱,才说:"我一时也想不出来,我回去了解了解,再给你汇报。"方书记说可以，王科长才走了。

王科长回到机关守口如瓶，一点也没走漏风声，只是满面春风，对同志们格外亲热罢了。又停了几天，科里开会研究工作，散会时王科长突然说："先别走，还有个事，研究研究老赵的事。"大家只好又坐下了，你看我我看你不知老赵出了什么事，都偷偷看着老赵。老赵也不知道自己出了什么事，只好低下头等待发落。王科长扫了老赵一眼，心里一阵好笑，才缓缓地说："两条，一是以后包括我在内，都要向老赵学习，准时上班。扫地抹桌打开水干杂活，都得自觉干一点。本来应当小的伺候老的，现在打了个颠倒，光叫老赵同志干，我想也不是大家的心意。二是老赵的家庭状况咱们都知道，困难得很，科里还有点福利金，应当救济一点。"大家情绪为之一松，老赵却紧张了，抬起头可怜巴巴地求告道：

"科长，可不能这样，年前才救济过我，我这困难是个填不满的穷坑，我不能躺在国家身上。再说现在比过去强多了，组织上的心意我领了，这个钱我不能要！说啥也不能要！"说着已经热泪盈眶了，抬起袖头擦着。王科长正颜正色地批评道："老赵，你这就不对了，你有困难，有苦不叫苦，不向组织伸手，是你的觉悟。可是，组织上也有责任帮助你嘛！你有困难组织上不管不问，还算啥社会主义？"王科长撇开老赵，又对着秘书小于："你看看还有多少钱？"小于打开抽斗，翻了一通找出账本看了看，说："还有四十七元三角九分钱。"王科长看着大家："我的意见，咱们留下九分钱做个引窝蛋，剩下的四十七元三角全部救济老赵，大家有没有意见？"谁会有意见？凭老赵的好劲和困难劲，就是自己掏腰包再添一点都行，何况是公家的钱，还有个通不过的？老赵还是坚持不要，只是经不住大家的劝解和王科长的批评，才感激涕零地收下了。

王科长救济过老赵，像完成了一个艰巨的工作，又完成得很漂亮，才长出一口气，感到身上和心里都轻松多了，这几天的疲劳全消了。下班时他约小郑到家里谈话。小郑的爸爸当局长后当部长，是小雪的远房表哥，据说当年两个人青梅竹马过，稍大后来往甚密，只因为岁数悬殊太大才没成就好事。王科长没当科长时在郑局长手下干事，因为表现得很好，郑局长看他大有前途，才把小雪撮合给他。两个人结婚后，王科长风闻其事就疑神疑鬼，时时防着小雪不许她再和郑局长来往。后来，岁数都大了，郑局长当了部长，官也大了，王科长才放心松手了。有时小雪找郑部长，有时郑部长找小雪，王科长再也不疑心了。郑部长是个大好人，讲义气，体贴人，不仅使王科员成了王科长，还给王科长在家种地的妹妹弄了个指标，在工厂里当上了合同工。这都不说，上级有了什么风吹草动，郑部长就先给王科长打招呼，叫他如何如何，保他万事平安。王科长把郑部长当作恩人，感激不尽，常常催促小雪拿点礼物到郑府去心情心情。天长日久，郑王两家人就好得像一家人了。小郑是个老实孩子，原来在企业里工作，这次王科长为了报答郑部长的恩情，费了好大心机才把他调进机关里。小郑不知为什么讨厌小雪和王科长，特别是讨厌小雪，只要小雪一到他家里，他就黑脸来白眼去，无事生非地摔摔打打，对爸爸发火，闹得鸡犬不宁。自从调到科里，他还没进过王家的门。今天王科长说叫他，他真不愿去，可是他妈硬要叫他去一趟，说："如今姓王的成了你的顶头上司，他们是啥人咱心里明白就行了，只当妈妈求你哩！"妈妈的日子过得不顺心，他可怜妈妈，妈妈说了他才勉强答应。走时妈妈从众多的礼品中选来选去，选中了一包强塞给他。他死也不拿，妈妈又求他道："这是妈妈的心意，拿去也叫他们看看妈不是没长心的人！"小郑准时到了王家，王科长看他还带着礼物，很是过意不去，受宠若惊地嗔怪道："谁叫你带这个？是你爸不是？咱们是谁和谁，还兴这一套，下一次可不许了。"小郑强笑着不语。小雪削了一个苹果给小郑，小郑不接，说："才吃了饭，不吃。"小雪不容他不吃，强往他嘴里塞，说："我就不信，吃个苹果可撑坏了。"小郑只好接住，小雪才回头掂着礼物看了看，喜得咯咯的，笑眼瞟着男人，自得其乐地说："你这个科长如今真是当大了，连部长都得给你送礼，面子可真不小啊！"又回头盯着小郑问："你们给谁送过礼？只怕今天是头一次头一家吧？"小郑红着脸点了点头。三个人说了一阵家常话，王科长才言归正传，说："你调来眨眨眼一个多月了，工作顺手不顺手？有啥困难没有？有啥问题你只管说。"小郑摇摇头，淡淡地说："王叔，啥都好，叫你费心了。"王科长像被蝎子蜇住了，忙纠正道："我正想给你说，往后在单位里不要再叫王叔，在单位里都是革命同志。机关里嘴稠，本来咱们没啥私人关系，不要叫人家说七说八，好像咱们走得多近！"小郑脸又红了，应付道："行。我才来，不熟悉机关里的规矩，以后你多指点。"小雪贴住他坐下笑道："这你就外气了，不用你说你王叔也要指点你。"王科长有意无意地随便问道："来了这么多天，没听科里同志们闲谈起来对我有些啥意见？"小郑也有意无意地回道："还没听说过有啥大的意见。"小雪忙说："小的也行嘛，你说说，也帮你王叔注意注意！"王科长也说："对，小的也行，只有了解自己的不足才能改进嘛！"小郑想了想，说："真是没啥，就是今天大家有点议论。"王科长不由警觉起来，注视着小郑，问："议论啥？"小郑说："其实也不算啥议论，就是救济老赵以后，下午闲谈起来，说你今天满面春风，高兴得不同往常，一定是有啥喜事了！"王科长心里犯了病，追问："谁说的？"小郑说："谁说的记不清了，也可能是我先说的。"听说是他说的，王科长开怀大笑道：

"有啥喜事,社会主义嘛,改革开放,心情舒畅,我哪一天不高兴!"笑过又问:"老赵咋说?"小郑同情地说:"老赵一开口就流眼泪,哭着说科里只剩下九分钱,一下午不知说了多少遍。唉,说得大家心都酸了。"小雪又问:"别的还听到了啥。"小郑不愿传闲话,说:"没有啥了。"小雪叹了口气,愤愤地说:"小郑,对真人不说假话,你王叔是个老实人,睁着两只眼是瞎子,长着两只耳朵是聋子,只知道拼死拼活一个心眼干工作,除了工作啥都不知道。如今这社会坏透了,良心都叫狗扒吃了,你王叔再好也有人反对他。我一听说你调来就高兴坏了,你王叔身边总算有了个自己人,有了个耳目,往后你们能互相照应着,我就放心了。"小郑听说叫他当耳目,气得站起来就要走,说:"要是没啥我就走了!"王科长瞪了小雪一眼,对小郑说:"别听她胡说八道,咱们科里还是很团结的,大家都相处得很好,谁也没有反对过谁。"又说了几句闲话,小郑才走了。

送走了小郑,小雪忙拿起小郑送的礼物,喜得心里乱颤,笑道:"快来看看,部长给咱们送的啥!"王科长收过不少礼,可是收上级送的礼这还是第一次,也很激动,便走到桌旁边伸头看着。小雪拆开了牛皮纸一看,捧到心口叫道:"哎呀,葡萄干,想着也不是不值钱的礼物嘛,真是好东西!"王科长心里突然来了个三回六转,惊叫道:"哎呀,是不是他们忘了,把咱们送给他的礼物又送回来了?"去年,王科长去新疆出差,专门给郑部长买的。小雪袒护道:"看你把人家说的,好像就你给送了人家才有葡萄干一样!"王科长说:"你叫我看看。"王科长接过一看,指着塑料袋下角说:"可是的,去年我送时发觉这里烂了个小洞,我还嘱咐他们快吃,袋烂了进空气了,天数长了会坏的! 你看看!"小雪看看果真不假,心里还没来得及不是味,就又咂嘴叹道:"看看,不愧人家当部长,屋里好东西真是多极了。送去一年多了，咱们还认为是稀罕物哩，人家还没轮到尝一粒。看看咱们，八辈子没见过好东西，一到手就恨不得一口咽了！"王科长掏出一粒尝了尝，"呸呸"吐个不停，不满地嘟哝道："坏了，又拿来给咱们！"小雪白他一眼，奚落道："噫，不管好坏总算人家心里有咱们，花十块钱能再去买包好的，给你一百块，你是能买来这个味？再坏，我看也比吃啥鲜物强！"说得王科长哑口无言了。

王科长是个好人，好人都有良心。良心这东西害怕太阳，往往白天死了夜里又活了。王科长睡到床上熄了灯，屋里一团漆黑，不由想起小郑的话，像看到了老赵，穿着旧棉袄，用破袖头擦着鼻涕眼泪，抽泣地道："科里只剩下九分钱了！科里只剩下九分钱了！"良心又回到王科长肚里，他忽地坐起来，决绝地说："不行！"小雪吓醒了，忙伸手拉开灯，看男人发呆，就急急地问："咋了？"王科长闷闷不乐地说："我想了，不能撵老赵走！"小雪莫名其妙了，问："咋了，心又软了！"王科长同情地说："你没听小郑说，他下午哭了几次。"小雪"哼"了一声："亏你还是个男子汉，就为这个可又变了！"王科长叹道："想想他也怪可怜，人总得讲点良心！"小雪冷笑道："你有多少良心？顷刻都讲完了我看你还讲啥！你可怜他，谁可怜你？上级要是来个民意测验，都要和他一样，都投你的反对票，到时候良心能当钱花，能当权使？"良心这东西太软弱了，无力也无用，小雪的一句话就把王科长的良心吓跑了。王科长无可奈何地说："不过，也真叫人心里有点不忍！"小雪烦了，说："睡你的，他哭？谁知道是真哭还是假哭？说不定还是眼里抹了辣椒，哭着叫别人看哩，叫别人给你捎信哩！小郑不是都中了计来给你说了！你能得还不轻！"王科长认了小雪的理，狠狠心就又睡了。谁知灯一关屋里黑了，良心又缩头缩脑地偷偷摸摸回来了。老赵即使是假哭，也是为了讨好自己，好坏跟着自己干了几年,管他真的假的,总是前前后后伺候自己。要是万一给他调个太紧张的工作,就等于杀了他卧床不起的老伴。再去找书记说说不让他走算了。不行,出尔反尔,书记会怎么看自己?总不能为了要良心就不要自己了。唉,右派算白当了,在水里跳了几十年还不知水深水浅,怎么动不动就反对领导?投票反对我,我不计较,还三番两次表扬你,号召向你学习,把科里的钱都救济了你,你自己也说,科里只剩下九分钱了,我做得也算足头尽尾了,也算够味了。除非你碰上我这个好心人当领导,宽宏大量。要是碰上小气人领导,凭你这一票就会把你治得哭都哭不出来。你先下手,也别怪我还手了。况且这也不算整你,只是调调工作,革命工作到哪里都是一样嘛!良心听了王科长的话,也就不再缠磨王科长了,就感激不尽地退走了。

　　没有多久,科里调来个小石,老赵调到了纱厂。纱厂离老赵家远了点,王科长自己心里觉得有愧,也怕老赵不满,就找老赵谈话,诚心诚意地说:“我知道你有实际困难,你要真不愿意去,我可以活动活动给你再换个近一点的单位。”谁知老赵和张星一样也很满意。从来没有笑过现在笑了,说:“不用了,麻烦了你几年就不再叫你受劳了。远能远几步?这不比前些年强多了,前些年就是再远一点也不会叫我干!”王科长临别又表扬了他一回:“还是老同志通情达理!”老赵也回敬了一句:“这都是你的教育。”老赵一走,科里老同志只有两个了:秘书小于和干事老何。王科长就派小于和老何去送老赵,一再交代道:“一定要送到地方,对纱厂王厂长说,就说是我讲的,老赵表现很好,叫他为老赵安排个适当的工作,要安排不好我可不依他!”老赵听了很高兴,又流下几滴眼泪,才握手告别了。

　　三个人出了城,都默默无言。走了一程,小于提议道:“咱们喝一杯吧!"于是就进了一个小酒馆,炒了四个菜,要了一斤酒,三个人慢慢喝着,几杯酒下肚头发热了,干事老何嘿嘿冷笑一声,对老赵说:"张星是个能人,你也不憨。"老赵好似没听见,忙端杯道:"喝酒!喝酒!这酒不赖!"老何脸红了,犟道:"老赵,你……"老赵又抢着说:"好酒,好酒,咱们今天喝个痛快!"小于看看老赵不愿谈其他事,怕又惹他伤情,就也劝老何道:"喝酒,喝酒!"又怕老何不听,就在桌底下踢踢老何的脚,示意他算了。老何只好长叹一声住了口。三个人喝着闷酒,老赵无话找话地笑道:"如今真是生活水平提高了。旧社会谁喝过大曲酒,玉谷酒都算高级了。"没人回话。老赵又说:"我年轻时可能喝了,有一次上火星会,打了三个通关,把全桌人都灌倒了,我一家伙喝了二斤半连晕都不晕。哈哈哈,哈哈哈!"老何听这笑声比哭声还难受,忍不住大叫一声:"别笑了!"老赵和小于吓了一跳,看看老何眼红了。老何气道:"去球,不喝了,走!"三个人闷闷地出了酒馆,老赵拦住小于和老何,说:"别送了!"小于和老何坚持要送到。老赵眼巴巴地求告道:"给我点脸面吧,你们两个人把我送去,纱厂会怎么想?好像我不愿去,好像我求你们来帮我要求什么,初来乍到叫我还怎么做人?"两个人只好留步。握手告别时,老赵忽然从怀里掏出一个信封,递给小于,说:"我给科长和科里同志写了封感谢信,受劳带回去。"说了扭头匆匆去了。

小于和老何看着老赵走远了,走得看不见了,才你看看我、我看看你,恋恋地一步一回头走去。两个人心里都不是味。小于摇头叹道:"人啊,人啊!唉——"这话是什么意思?老何似懂非懂,却突然爆发了一阵纵情大笑,笑得小于愣了,问:"笑啥?"老何收住笑,板着脸认真地说:"你放心,我保你。"小于摸不着头脑地问:"你这是啥意思?"老何不满地说:"小于,咱们打开窗子说亮话,你年轻轻的就混上个秘书,凭你的本事,再大一点也能拿下来,可惜你没后台,不要说再往上升了,只怕这个秘书也难以保住了。"小于不惊不慌地问:"为啥?"老何冷笑道:"你心里比我清楚。"两个人一路打着哑谜,谁也不肯点破,说着就回到了机关。王科长和小郑小石正在笑谈什么,见他俩回来就关心地问:"这么快,送到纱厂回来了!"两个人说老赵家里有事,今天上午不去报到。王科长惋惜地说:"老赵真是个好同志,要不是组织上硬调动,真舍不得他走。"又心满意足地笑问:"走到路上又哭了没有?"老何说:"还哭哩,我看他还高兴得很哩。"小于忙示意他不要这样说,老何却照旧说下去:"送了他一节,他又说又笑,把这几年的笑都补了出来。是吧,小于?"小于脸红了,尴尬地说:"也不像你说的那样,我看他真舍不得走,笑是强笑,心里可不美了。"老何说:"我看他心里没一点包袱!"王科长听说老赵没哭,心里忽然觉得不满足,像失落了什么,脸子顿时寒了下来。小于看了心里一急,想起了老赵的信,忙掏出来递上,说:"老赵还给你和科里写了封感谢信哩!"王科长接过,掏信纸时竟然掏出了一沓钞票,心里一愣,再看信纸上写着:"科长和同志们,多年来承蒙大家关照,我永世不忘。我走了,科里只剩下九分钱!科里只剩下九分钱,我走了!我惭愧得无地自容。前些年一分钱都没有,我活得像狗一样也活下来了。现在一个月党给我几十块钱,我活得像个人了。虽然当狗当惯了,有时还不得不露出点狗相,可我正在努力当一个人。大家的好心我领了,两次救济的七十七元三角现在奉还科里,恳请大家成全我想当个人的愿望!"王科长看着看着手抖了,看完了黑着脸牢骚了一句:"岂有此理!"气冲冲地把信又塞给小于,就拂袖而去。科里四个人把老赵的信传阅了一遍,小于看了摇头叹气,说:"何必呢!"新调来的小石看了嘻嘻笑道:"哈,真傻,送到手的钱不要,不要白不要!"小郑看了赞叹道:"人不可貌相,看样不咋着,没想到还真有骨气哩!"老何看了拍案而起,叫道:"看像狗的不是狗,看像人的不是人!"小于瞪他一眼,故意笑着冲淡道:"又来了,按你的说法,看不像老何是老何,看像老何不是老何了!"说得个个大笑着收场了。

老赵退钱的事,特别是不哭还笑最叫王科长受不了,他越想越不是味,哪一点不是味又说不清,气都不知道往哪里气,搅得头昏脑涨也理不出个头绪。笑啥你笑?成天装得像个缩头龟,哭丧着脸,好像就你老实!一年不见你一回笑脸,难得笑一回也是皮笑肉不笑。哪一点错待了你,去年调级没给你调,可马上救济了你,今年为了孩子闹架,你把事情办绝了,我连二话都没说,还一次两次救济你。没想到一脚踏出我的三尺门里就笑,咋?我这里是地狱,出了我这门就进了天堂?妈的,这不是打老子的脸是啥?还是小雪看得准,他哭是假的,笑是真的,标准是个定时炸弹!自己前两天还心软哩,还想找书记再说说,把他留下,多亏小雪打个岔,要不是这颗定时炸弹就永远埋在身边了。哼,要是不调走,他敢不买这个账把钱退了,他敢说不当狗了?看管不住你了,你就逞开了能,就要在老子面前装人了,老东西也未免太那个了!真想整他一顿,可是已经跳出了自己手心,也只好干气硬鼓了。王科长管不住老赵了,可是老赵退的钱还属王科长管,就想在这钱上出出恶气。得把这钱花了,花到最下贱的地方。可是买什么才好,买糖吃了,买烟吸了,买茶喝了,买点东西分了,想来想去买啥都不合心意,都太高贵了,都出不了这口恶气。也刺伤不了老赵。这天,他上厕所忽然得了灵气,回到办公室里喜笑颜开地说:"小于,把老赵退的钱给大家办点福利算了。"小于高兴地说:"行,买啥?"王科长说:"买点卫生纸。"小于不解地问道:"咱们科里又没女同志。"王科长说:"土包子,男的就不能用卫生纸了？每人分一点，留一点公用。现在就去买。"小于无奈地站起来往外走，王科长又嘱咐道："也给老赵送一点，这钱也有他一份，何况又是他退的，咱们可不能人一走茶就凉！"说完了为自己的用语生动而哈哈大笑。

卫生纸买回来了，在办公室里放了三天，惹得大家不高兴了三天。王科长叫给老赵送去，谁都推故不去。小于和老何不愿去，认为科长太过分了。这算啥话，去了能说，老赵，你退的钱买擦屁股纸了，这不等于在老赵的心上扎一刀。小郑说得干脆："我送？我吃的不是这份粮！"小石想去，就是王科长没派他。第二天，王科长忍不住了，批评道："未免有点太不像话了吧，老赵是个老同志，人调走了，情还在嘛，该他得到的东西为啥不能送去？"老何忽然灵机一动，站起来自告奋勇道："小石，咱俩去吧！"王科长巴不得有人应承，就给小石使眼色说："小石，你和老何一块儿去。"小石立时答应："行，保证完成任务。"小于知道老何的脾气，怕惹出是非，忙追出去喊住老何，斜看着站在远处的小石悄悄嘱咐道："你知道小石的来历，路上嘴可得管点风。"老何笑道："我知道，你把心放到肚里吧。"老何赶上了小石，亲亲热热地走着说着闲话。小石试探道："我才调来，啥也不懂。你是老大哥哩，以后你可要多指点。"老何佩服地讲："你来的当天，我都看出来了。"小石报到的当天，到了办公室二话没说，还不知每人姓啥名谁，就从提包里掏出了几盒三五烟，哗哗地往每个人办公桌上扔一盒，不待介绍就流里流气地说："我叫石大雄，还是叫我小石吧，往后咱们都是一家人了，望多多关照。"老何看见他就恶心，听他说叫指点，就不冷不热地说："我一看就知道你讲义气够朋友，是个痛快人。"小石被夸得有点晕了，笑道："你算看准了，往后老哥有啥为难之事，只管说一声，小弟哪怕两肋插刀也要助你一臂之力。"老何连连道谢，慢慢地扯到科里的情况。老何说："你不了解，老赵是个大好人，可惜好人没有好下场。"小石斜了他一眼，反驳道："好个球！听说他阴得很，一肚子奸筋，是个哑巴蚊子。"老何嘿了一声，问："你咋知道？"小石自作聪明地反问："我咋能不知道？"老何又说："我咋看不出老赵阴在哪里。"小石气愤地说："你看不出来，证明他阴得到家了。听说，科长把心都扒扒叫他吃，他一点不承情都不说，还忘恩负义。选个球先进算个啥，都投票反对科长，他还不阴？"老何大吃一惊地"啊"一声，叫道："哎呀，这可真是冤枉了老赵！白票是我投的啊！"小石也大吃一惊，好像突然不认识老何了，怔怔地看着他，说："你别给我开玩笑，我不信是你投的？"老何笑道："我哄你干啥？我能自己铲屎往自己头上倒，真是我投的！"小石顿时沉默了，半天才说："你为啥投票反对科长？"老何环顾左右神秘地说："我给你说，你可不要对别人说。"小石保证道："咋啦，你看我是出卖朋友的人？羞死了！"老何才慢慢道来："要说我也没反对他，我投的是白票。"小石反问："这和反对有啥两样？你为啥不赞成他？他哪一点对不起你了？"老何说："要说，他也没什么对不起我的地方，我就是硬看不惯他的为人，心比针眼还小，一点也不像共产党的干部！"小石听了，连声地噢噢，老何又讲些具体细节，末了又是一番嘱咐："我看你不是外人，才对你讲了，你可千万不要走漏了风声，要让科长知道了，可够我喝一壶了。"

老何和小石说着话，不知不觉到了纱厂，找到老赵讲明来意，把卫生纸交给了他，老赵的脸唰地一红，好像电灯泡闪了一下，马上就又恢复了常态，爽朗地大笑道："好，好，好极了，科长为我真是想到骨头缝里了，我调走了还想着我老伴瘫在床上，需要大量卫生纸。只是委屈了你们，你们也不得不要这么多卫生纸，又是我拖累了你们!"只说老赵会气,谁知说得这么合情合理,笑得如此自然开心,倒叫老何想好的劝解话没用处了。老赵给他们倒茶敬烟,介绍自己到纱厂后的情况,说工作安排得好,对家属照顾得好,同志间相处得好,滔滔不绝讲了一件又一件,显得十分得意十分满意,好似从地狱到了天堂,送别时又再三再四地嘱托:"回去代我谢谢王科长,叫他费心了,把我安置到福窝里了!"

老何和小石送卫生纸走后,王科长心情突然好了,定时炸弹起出来扔走了,老赵的一笑之仇也报了,回到家里忍不住一声一声地笑。小雪看他自得其乐,不知笑的什么,就问:"又有啥喜事了,笑得像吃了笑药!"王科长眯缝着小眼看着小雪,逗笑道:"今天忽然发觉你漂亮了。"小雪脸一红嗔怪道:"看你这个死样,又想浪哩?"王科长这一段心事太重,无心观赏老婆,刚才本来是开的玩笑,现在顶真细看一番,小雪就是不减当年的美貌。小雪三十多岁了,因为生得面嫩,又保养得好,鸭蛋脸上的水色还是白里透红,穿着蓝布起小花的紧身夹袄,突出了胸前的两个高尖馍,突出了柳条般的腰肢,再加上笑眼传情,显得分外风骚,逗引得王科长春心大动,就一把把她拉到怀里,不由酸溜溜地吃醋道:

"郑部长又找你了没有?"小雪立时飞红了脸,怒道:"找了,怎么样?你是看小郑跳到了你手心里,就不怕人家了,就可以拿捏人家了!不要良心的东西,人家外人糟践我,你也铲屎往自己头上倒!"骂着哭了,用劲挣脱着。王科长拉得更紧了,嘻嘻道:"你看你看,我是说句玩笑话嘛,管他外人咋说,我又没信嘛。我要信了,还能主动叫你去看郑部长?"小雪这才破涕为笑,偎到了他怀里。两个人欢乐无穷,正要玩到正事时,忽然有人敲门,四只扫兴的眼互相看了看只好暂停了。王科长整整衣冠,一边去开门一边烦烦地问:"谁?"外面答道:"我,小石。"

　　小石是个农民娃子,原来也很贫贱,随着县城经济建设的起飞也飞了起来,县城飞多高他飞多高,可谓同步起飞。都说县长是芝麻官,他爹是个比芝麻官又小了许多级的小干部,分管征用土地的工作。不论机关和个人要盖房子,都得经他的手。刚准许个人盖房子时,都是盖的平房,小石弄了个合同工。后来水平提高了,个人盖起楼房了,小石也提高成全民工了。再后来水平又提高了,个人要盖别墅或小洋房了,小石就提高成国家正式干部。这两年,上级三令五申不准乱占耕地,大煞私人盖房风,批地皮严得要命,弄巴掌大一块地就比登天还难,小石也难着难着登了天,进了机关。小石进机关并不承干科长的情,因为王科长也没吃亏,弄了一块价廉物美的宅基地皮。不过,小石是个有志气的人,进了机关不是最终目的。他知道要再登高就得靠王科长大力拉扯。从调进来的第一天就决心和王科长心贴心了。今天听了老何的话,知道把这话传过来比送二百块钱的礼物还贵重还见效,于是就匆匆来找王科长了。王科长打开门把小石让到客厅里坐定,第一句就问:"卫生纸老赵收下了?"小石说:"收下了。"王科长很得意,本来想问生气了没有,却问成:"说外话了没有?"小石兴致勃勃地报喜道:"没有,可高兴了,像得了外财,笑成了屁花子,一连说了几遍感激你!"王科长大失所望,怔怔地问:"我不信!"小石坚持道:"真的。"接着把老赵的得意细细说了一遍。王科长听得倒噎气,立时没了兴致,连话也不想说了,想送客了,倦倦地问:"还有啥没有?"小石似乎未察觉,兴头刚起,说:"可有。"把椅子往科长面前移移,神秘地说:"你知道不知道?"王科长心烦了,淡淡地问:"啥?"小石伸长了脖子,说:"老何对你的意见大极了!"王科长像吃了兴奋剂,精神为之一振,也伸过头,急问:"有啥意见?"小石说:"意见可大了,你知道谁投的反对票? 就是他!"王科长听得张大嘴合拢不住,真是大大出乎意料! 王科长摇摇头怀疑地看着小石,哈哈大笑道:"他这个人爱说个松话,他给你说着玩的!"小石看科长不信,好像被小看了,受了侮辱,就严肃起来,认真地说:"我能连个真话玩话都分不清?"接着绘声绘色地把老何的话讲了一遍,末了又说:"老何还再三嘱咐我,不叫我给你说! 哼,他把我看成他的人了!"王科长听得心肺都炸了,脸和酱猪肝一样难看。小石见生了效,就反转话意愤愤地说:"我压根就不信他说的这一套,他张开嘴我就知道他要屙啥屎。各单位都一样,没吃上葡萄的就说葡萄酸,没当上领导的就说领导坏,这号人没一个好东西! 你也别气!"王科长气是气,再气还是科长,看看小石的眼睛里放着谄色,就大度地笑道:"这有啥气的? 要为这个就生气还咋干工作哩。你能向组织靠拢,主动反映情况,很好,群众意见嘛,正反面都得听,多听听有好处,有则改之,无则加勉嘛! 老何是个好同志,就凭有话能说出来就很好嘛。"小石心里不服,明明生气偏偏大笑,不亏人家说你是个白脸奸臣,好心好意来给你报信,反而给了一顿教育,也就不再说什么了。

小石走后,王科长坐在沙发上不会动了。他妈的,祸不单行,真是不假。本来想报了一笑之仇,谁知老赵笑上加笑。这还不说,半路里又冒出个老何,做梦也没想到会是他! 真是人心隔肚皮,没一个好东西。

小雪在隔壁卧室里等着男人来继续工作,好不容易白天玩一回,左等右等不见来,就到了客厅,见男人像木偶一样死坐着,就惊疑地问:"怎么了? 小石来说啥了?"王科长只摇头不说话。先搞错了一个张星,又搞错了一个老赵,就是对老婆也羞于出口了。小雪上去扳住他的肩头,追问:"到底出了啥事吗?"王科长看她一眼,无奈地说:"啥事?闲话。气死人了!"小雪抿嘴一笑,说:"就你好气!现在这个社会又不搞运动,谁也把谁咋着不了,就是比着气,看谁能气住谁,谁能把对方气死才是真本事,要叫对方把自己气死说明自己是个狗熊!"三十如狼,四十如虎,小雪正是如狼似虎的年纪,被勾引起来的情欲还烧得火红,死拉活扯着男人去卧室里,喜眉笑眼地催道:"气啥气,走呀!"王科长是男子汉大丈夫,心里早被正事大事占满了,哪还有心思去玩女色?他挣脱她的手,气冲冲地往外走,烦道:"就知道弄这!"小雪看着男人撇下自己扬长去了,委屈得眼都红了,不由恨道:"这个鳖小石,早不来晚不来,拍马屁也不分个时候!"

王科长往机关走去,一路上都耷拉着头。老赵可能是真没意见,他的笑或许是真笑。受打击受惯了,吃苦吃得多了,受气受得多了,这种人容易满足,多少给他一点点好处他就会感恩不尽。孙娃子转学的事,可能是胆小怕事,常话说,惹不起躲得起。不要救济款的事,可能是为了争刚强,想表现自己的觉悟,老家伙们都好显示自己觉悟,死要面子活受罪。王科长找各种理由自圆其说,竭力为老赵开脱,越开脱老赵就越气老何。没想到老何对自己这么大意见,不讲一点情义。

老何和王科长是同乡,老家住隔墙,光屁股时就在一起玩泥巴放羊,长大后又是同窗同学。王科长初中毕业就参加了工作,老何多上了几年高中没考上大学,也参加了工作。没想到混来混去两个人又混到了一块儿,只不过一个是领导一个是下级。天长日久,两个人相处得还不错,怎么会忽然反对自己了?王科长翻着心里的账,一页一页查着。只有一次,老何要求调动,自己好心挽留了他,没让他走。老何业余时间爱捣弄个电器,收音机是缺物时,学着装配收音机,有了电视机,又会装配电视机。谁家机子坏了,他三下两下就修好了,在县里都喊他专家,于是就想调个对口部门搞专业。那天上班时,老何递上来一份请调报告,王科长当场没表态,邀他去家里谈谈。夜里,王科长十分热情,专门摆了个席,六个菜两个汤,和老何喝酒谈心。老何说:"我看透了,官场的事像正月十五玩的走马灯,没一点点意思,不如安安生生搞个专业,凭技术吃饭。"王科长嘿嘿笑笑,说:"我看你一点也没看透,专业有千行万行,行行都得听党的领导。你只要站在这个位置上,看似没有专业却等于有各种专业,想叫哪一行给干点什么,他都会跑得风快给你干。比如当书记的没有专业,大的如房子漏了,电器坏了,小的如脸盆烂了,桌腿断了,有关的各种专业马上都跑来了。"老何只是笑只是摇头,末了还是要调走。王科长急了,问:"是不是对我有啥意见? 还是我有啥对不起你的地方? 亲不亲故乡人,咱们在一块儿也好有个互相照应嘛!"老何听他把话说到如此地步,也就勉强答应不动了。这几年哪一点伤了老何? 没有,自己对他可是小心加小心。王科长想来想去终于想起了一件不小心的小事。一次,老何借王科长的自行车下乡,把脚蹬碰扭了一点点。自行车是新买的,老何在街上修好了才送去。王科长家里有客,酒喝多了,醉醺醺的。老何把自行车交给王科长,很过意不去地赔了千不是万不是。王科长毫不在意,慷慨大方地哈哈大笑道:"这算个啥嘛,还划着说说! 我能和你一样,骑你个牛就恼了! 没事,没事!"老何愣怔了一下,脸红着尴尬地走了。原来,老家解放初期还没成立合作社,土地和牛都还是群众自己的,老何和王科长当时还小,都在家里放牛。一天放到河滩上,老何上树掏鸟蛋了,王科长骑在老何家的水牛上,还用柳枝打着牛快跑,好不快活。老何看见心疼死了,从树上跳下来追上去,把王科长从水牛背上拉下来,按到地上挥着小拳头好打,边打边气道:"我叫你打我牛,我叫你打我牛!"王科长挣开跑了,跑了好远才回头骂道:"日你奶奶,以后叫我逮住你娃子再说。"这比麦芒还小的童年趣事,已经过去了三十多年,本来忘到九霄云外了,王科长不知怎么会顺口冒出来。老何走后,王科长睡了一觉酒也醒了,想起酒后说的话,心里好像塞了个石头,真是怕处有鬼,就怕惹到老何,偏偏无意之间说出了这句话。老何会认为是无意的吗?无意?无意咋会脱口说出来,说明是念念不忘旧嫌,是时时搁在心头上的。叫我也会这样想。王科长好后悔,后悔不该喝多了。酒后无德,真是不假。事不大,可是事越小越伤人。王科长后悔了一夜,第二天去给老何赔礼,装着没事人的样子笑道:"老何,昨天我喝醉了,你去送车时我说啥错话了吧?"老何淡淡地回他:"没有呀,你没说错啥呀?"王科长摇头怀疑地说:"我咋记得我说了啥?"老何思索了一下,还是坚决否认:"没有呀,也可能是我不注意没听清。"王科长尴尬地笑道:"没有算了。你知道我这个人有嘴没心,说话不忌生冷,真要是说错啥了可不要介意呀!"老何突然大笑道:"我说,你是不是喝酒喝晕了,在梦里说了啥,当成是醒着时说的了?"老何这一说倒真把王科长说迷糊了。这话到底是醒着说的还是梦里说的,自己也分不清了。事后,王科长对老何察言观色了很久,老何的言谈举止还是照前如后,没有发觉丝毫变化。王科长就断定真是错把梦话当成醒着时的话了,也就放了心。现在想起这件事,王科长又犯疑了。不是梦里的话,老何说是梦话,正是老何的狡猾,是装的,要不,别的又没伤住他,他为啥有这么大意见?看起来自己大错特错了,当时要趁腿搓绳放他走了,人情也有了,自己也平安了。怕他不归自己管了会到处胡说八道,他说了又能如何?可是,当时没叫他走,现在怎样才能叫他光光堂堂走呢?

王科长本来往机关里去,却鬼使神差地来到了无线电修配厂。他在厂门口转了几个来回,才硬着头皮走了进去。王厂长热情地接待了他,笑道:"夜猫进宅,没事不来,贵干?"王科长笑道:"你说准了,我想打听个事,最近有没有彩电供应?"王厂长为难地说:"彩电现在紧缺得很,拿东西去换也换不来。我知道你家有彩电,这又是给谁开后门的?"王科长说:"一个至亲亲戚。能给咱方便方便弄一台,咱感激不尽!"王厂长笑了:"用啥感激?用嘴?我们可是做生意的,做生意的可讲究个有来有往。"王科长取笑道:"哈,都说做生意的只认得钱,真是一点也不假。想在我身上打主意,你打错了算盘,我身上可是没一点油水。"王厂长端详着他,说道:"没有?可有!"王科长迷瞪了:"我有啥?有文件,有纸有笔,你要吗?除了这些,机关里穷得连个茶叶都没有。"王厂长笑得更甜了,说:"我啥都不要,只要人,把老何调给我就行了!"王科长一怔,继而恍然大悟地笑道:"哎呀,你的贼心还不死,现在还想挖我的墙脚呀,亏你说得出口!"原来,王厂长半年前找过王科长几次,想调老何,王科长死不松口。王厂长笑道:"不把老何调来,我这贼心就永远死不了。上级提倡专业对口,又说机关要为企业服务,不知道你死霸住老何干啥?你不能开开恩,也为振兴咱县经济割点爱!"王科长连连摇头,面露难色地说:"你咋光想拆我的台?我不是给你说过,老何是我们单位里顶梁柱,你总不能把我的房子扒了,来盖你的庙吧!这样吧,换个人来行不行?"王厂长笑了:"咋,你是看我这里吃闲饭的还少?这样吧,咱卖给你两台彩电咋样?"王科长有点动心了,不过还有点不甘心,迟疑地摇着头说:"拿个栋梁才换两台彩电,你未免有点太占便宜了吧?"王厂长又狠狠心,说:"泼上了,两台彩电都按进货价,我们赔运费赔利息总行了吧?"王科长还是三心二意地摇头,王厂长又半真半假地将了一军:"看看和割你心摘你肝一样,你要是再不同意,我可要找书记告你了!"王科长被逼到崖上,才无可奈何地默认了,叫苦道:"你可真会强胁人,好吧,看在一个王字掰不破的份上,为了振兴咱县经济,我就黑黑眼往崖里跳了。不过,手续你们去办。"王厂长看大功告成,好不喜欢。对王科长大公无私的支持,感激万分,为了表示一下心情,特意备了一桌,厂里主要干部都参加了,轮番敬酒,王科长得意万分,直喝得大醉才心满意足地走了。

不久,老何调动的事就办成了。王科长在办公室里看到调令勃然大怒,脸红脖子粗地把王厂长骂个狗血喷头,骂他本位主义太严重了,只顾自己活,不管别人死,恨不能撕吃了王厂长。同志们好说歹说劝了半天,王科长才稍稍心平气和了一点点,只是心痛难忍,摇头叹息不已,说:"培养一个调一个,培养一个调一个,哪个单位工作好,就专门调哪个单位的干部,也不知道组织上是啥意思?"秘书小于笑着说:"这说明咱们单位出人才嘛!"王科长瞪了他一眼,不满地说:"别来这一套自我安慰了! 唉——"王科长"唉"的这一声很长,把对老何的"爱"全"唉"了出来。王科长又专门请了老何的客,反复表示自己忍痛割爱之情,老何看着王科长充满感情的脸,自己的脸上也泛起了凄凉的愁云,一个劲地叹息。不知是王科长感动了他,还是他想感动王科长,听来听去他只说了一句:"别的我也没啥能耐,感激你,你的电视机啥时出了毛病,我保证早叫早到,晚叫晚到。"怕夜长梦多,老何很快办完了调动手续,临走那天夜里也请了一次客,只请了小于和小郑。小郑是王科长的人,又是初来没什么感情,小于不明白老何为啥要请他。小郑心里也想不出来。他听小石说过,老何反对王科长,自己虽说也讨厌王科长,可别人眼里认为自己和王科长又有点说不清的关系,怕酒席上万一老何喝多了,把对王科长的怒气迁到自己身上,会弄得下不来台。老何好像有很重的心事,表情沉闷,说话也不自然,连笑都带着苦味。三个人都存着戒心,都只字不谈自己想说的话,只好说些不涉及人际关系的淡话,一点也不来劲。为了不冷场,就你劝我一杯,我劝你一杯。老何本来不会喝酒,量很小,今天猛喝起来,几杯下肚,脸就红成关公了,小于劝阻道:"老何,你差不多了就别喝多了!"老何还要喝,举起了杯,说:"主不食客不饮,来,干杯!"不待对方举杯,自己先一饮而尽了。又是几杯,客人没醉老何自己先醉了,话就多了起来,眼睛泛红地看着小于,自问自答地说:"你说,咱们单位里谁最可怜?凭良心说,我说王科长最可怜!"小郑惊疑不解地看着老何问:"他咋最可怜?"老何硬声硬气地说:"他心胸太窄了,也太能了,他玩别人别人看得清清的,像看玩猴一样,看着他咋玩,他还当别人是傻瓜不知道!"小于急得拧手搓指头,忙制止道:"老何,你醉了,别胡说八道说醉话了!"老何瞪大了眼,犟道:"谁说我醉了?哼,我醉了!早着哩!来!"他又端起一杯,杯子摇摇晃晃地往外溅酒,叫道:"来呀,干杯!谁不干杯谁是王八蛋!"小于伸手夺杯时,他已经又灌进肚里了,待放下杯时,他的头也埋到了桌上,嘟嘟哝哝道:"不论他咋着,我们总是光屁娃的朋友,我们是小时的同学呀!我不是人,我对不起他呀!"说着哭得呜呜不止,十分悲痛。小于和小郑听糊涂了,不由互相看看,都不知道他说这些话的由来,就拉他劝他:"你进屋里休息吧,有啥话以后再说吧!"老何已经瘫成了一堆泥,抬起头泪流满面地看看小于和小郑,语无伦次地叫道:"我坏,我不是人,我怕和王科长在一块儿工作,想叫他放我走,我就说瞎话,说白票是我投的,使他上了我的圈套,我不是人!"小于和小郑吃惊得张大了嘴合不住,心里灌进了辣子水,又不好说什么,只好死拉活扯把他扶进屋里躺下,然后才不欢而散了。

小郑憋了一肚子气。原来小石听老何说投了白票,好像拾了个元宝,按捺不住肚里的喜气,认为小郑和自己都是王科长的人,就先给小郑讲了。小郑看不起小石,认为他一身小家子气,动不动就挤鼻子弄眼,把王科长当爹敬,不是个正经货。现在看他把自己当成和他一类的人,不由想起了小雪说的"耳目",就故作淡漠地说:"老何投个白票咋了? 这又不是啥错误,你还想去给王科长报信哩!"小石吃个没趣,也板起脸说:"羞死了,你把我看成了啥人?"今天听老何一说,才知道小石真去立了功。哼,当特务! 小郑气小石,更气王科长,就为投个白票没选自己,就把人家撺了出去,真是小人得志,算个啥龟孙领导? 小郑不怕王科长,一气之下敲开了王科长的门。这时夜已深了,王科长他们正要睡觉,见小郑来了就又来了精神,欢天喜地地迎接,王科长让座,小雪拿橘子,小郑不坐也不吃,站着说:"我只说两句话就走。"王科长和小雪这才注意到小郑的神色不对,急问:"出啥事了?"小郑没好气地反问:"小石给你传啥闲话了吧?"小雪看看王科长,王科长愣了一下就急急否认:"没有呀,说啥闲话了?"小郑冷笑一声,说:"没有? 我知道,小石来说老何投了你的白票。我给你说,那都是假的。老何为了调走,怕你不放,才说了谎话,叫小石来给你捎信的。哼,啥话嘛!"小郑说了就走,任凭王科长和小雪再拉也不回头。小郑没说个来龙去脉,闹得王科长摸不着头脑,不由一阵迷糊,小郑听谁说小石来报了信? 小郑咋又知道老何是说的谎话? 小雪没听懂小郑说的啥意思,只看小郑气冲冲来气冲冲走,就捏了一把汗,埋怨道:"你疯了,咋惹着他了,他要回去给他爸说说,有你好吃的果子!"王科长的气焰顿时灭了,心乱如麻还得把如麻的事一一给小雪讲了,从小石来报信讲到他去无线电修配厂。小雪听说就是那天小石来打断他们好事时报的信,旧气新气一齐来了,骂道:"看那个龟孙鬼头蛤蟆眼的样子,就不是个好东西,你再没啥听了听他放闲屁! 当时我就叫你别听别听,你还怪我哩! 这可听得好,以后不准他进咱的门。"骂了小石又骂男人:"你能嘛,总认为自己能得很! 这么大事也不和我商量商量,就背着我办了。哼,老何坏咱啥了,那个龟孙一说,你就当成了圣旨,把人家撵走了!这事叫郑部长知道了,他会咋看你? 就这还成天想再往上提提哩!"小雪没头无尾地数落得没个休止,王科长烦死了,火道:"你还叫我活不叫?"小雪不再言语了,想了想又讨好卖乖道:"算了,算了,睡吧,也没啥大不了的事,明天我再去找找郑部长,咱就是千错万错,他也不会对咱起外心!"

睡了。王科长窝了一肚子死血咋能不失眠? 妈的,这个小石太不是玩意儿了,他要不对别人讲,小郑咋会知道他来通风报信? 这样的话能是随便乱传的? 一定是为了显示自己和领导关系非同一般,也给小郑讲了。生成是小虫骨头,不敢得一点架,对他好一点就到处卖能。看样子也成不了大气候,这种人太靠不住了,以后要离他远一点。小郑为啥恼火? 是不是妒忌,认为自己和小石近了和他远了? 也太小孩子气,小石是啥人,你是啥人? 小石和我啥关系,你和我啥关系? 我还能分不清个轻重远近! 我再迷心里也不会没个数。不行,得找个机会和他好好谈谈,机关不比家里,心里越近的人面上要越远,心里越远的人面上要越近,连这都不懂,以后咋能干好工作? 王科长好不容易把小郑和小石的头绪厘清了,才开始理大事,小郑说得像,老何早就想调走,自己死死拦住不放,他急了才用这个计策。真要是他投的白票,又没有追查,他又不憨不傻,会自己大喊大叫说自己反对领导？当时我就有点不信，哼，小石硬咬住是真的，说得有鼻子有眼，好像就他聪明，妈的，都叫这小子把水搅浑了。不过，真要不是老何，别的就没人了，还能是小于？也不像，小于敢吗？小于也不小了，三十出头了，长得白面书生，早晚打扮得整整齐齐，风流潇洒，从街上经过女人们都争着看他。按说他可以找个称心如意的爱人，可惜偏偏找了个丑老婆。他高中毕业时，上大学全凭推荐，他家庭成分不好，功课再好也是枉然，只好回家务农。当时，成分不好的青年多是光棍，再丑的女子也不愿眼睁睁跳进火坑里，披地富的皮。谁知偏偏出了怪事，生产队长要把闺女嫁给小于。事后听说，是因为一个算命先生在队长家里算命，小于也去看热闹。小于走后，算命先生对生产队长说："你们队里我看了一遍，就刚才那个小伙面相好，将来要成大器。"队长嘿嘿一笑，说："你知道他是个啥？富农娃！"算命先生不认输，坚持说："人的命，天注定，老天爷可不管啥成分，这人必有出头之日，到时候非你我可比！"生产队长信以为真，好像小于以后能当皇上，要是能把闺女嫁给小于，将来自己就成了太师爷。小于嫌他闺女丑不愿意，爹妈就苦苦逼他，说："咱们这种人家找媳妇还论丑不丑？人家说，地富孩子找对象只要求三个条件：一是人，二是女人，三是活女人。人家这三条都占全了，还另外多了一条，和人家成了亲，以后也能少挨点斗争。你就念起爹妈老了经不起斗争，也该答应才是！"小于只好和这闺女成了婚。"四人帮"被粉碎后，小于虽说没当上皇上，却也当上了国家干部，也算应了算命先生的话。可是，小于总是对老婆好不起来，常年不肯回家。

前年，王科长和小于去地区开会，两人住一个房间。一次王科长外出归来时，发现小于和一个漂亮女子正搂着亲嘴。那女子匆匆跑了。王科长气坏了,小于吓坏了。原来那女子是他上高中时的同学,两个人好过一阵,后来面上好不成了,心里好得更狠了。小于对王科长说了实话,苦苦哀求,说万一叫人知道了,毁了自己事小,毁了那女子自己就太背良心了。又说,只要能保他这一回他终生不忘大恩大德。王科长看他说得可怜,也就答应把这事包下来。王科长也真是好人,事情过去了几年,在科里没提说过,就是对妻子小雪也没露过风声。小于感激不尽,对王科长百依百顺,不论王科长好坏,从没说过不字。王科长想起这件往事,就断定小于不敢投白票。不过,要不是小于又是谁?想来想去又拐回来想到了小于头上,也可能是他!听人讲过,闲书上也写过,别人的隐私要被你发现了,别人怕你暴露,为了灭口,轻的想方设法陷害你,重的会下毒手杀了你。为了保住自己,连杀人都敢,何况投了一张白票?把这种人留在身边,等于脖子上黑夜白天架着一把刀,一点不注意就白刀子进去红刀子出来了。两个人一块儿下乡,两个人一块儿出差,天长日久还没个下手的机会?茶水下毒,半夜里卡住脖子,半路上推到崖里,杀人的方法多了。被窝里热乎乎的,还有漂亮的小雪暖着,王科长却浑身起了鸡皮疙瘩。也不知道他啥时候下手,可能在明年,也可能就在明天?万一他把自己杀了,谁知道能不能破案,就是能破了案当个啥?把他也枪毙了,还能当自己再活?王科长又想象着自己死后的情景,小雪会哭吗?哭是要哭的,哭过了啥样?她那个浪劲,能守得住?说不定背过脸就和人那个了。想占她便宜的人不算少,首先就是郑部长,他肯定要来,只怕来得更勤了,算是给老东西做了锅好饭!王科长似醒似梦,迷迷糊糊想着迷迷糊糊的事。对小于的杀身之仇,对郑部长的夺妻之恨,憋得脑袋都要爆炸了。不行,不能白白叫小于把自己杀了,不能叫郑部长白白把小雪占了。要打拳就得先下手,明天就去找书记,有妇之夫还调戏民女,道德败坏,衣冠禽兽,干部队伍中的败类!不把他撵回家种地,要他干啥?要他丢共产党的人哩!王科长下定了决心,顿时轻快地入睡了。

第二天,王科长匆匆吃了早饭,八点整就来到书记家门口,心里忽然激灵一下,不由又转身走开了。书记要问,前年的事怎么当时不说?是不是现在惹到你了才来汇报?自己不是找着吃家伙哩!再说,自己大小是个领导,来汇报自己的部下,也显得太不地道了。何况,如今人们都看不起打小报告的,自己为啥要去扮演这不光彩的角色?好险!多亏到书记家门口脑子冷了一下,要是进去滔滔说了,一定会在书记心里造成坏印象,以后叫小于知道了,又要结下仇!王科长庆幸过了又责备自己,真傻,为啥非要自己主动去说?为啥不能叫书记逼着自己说?世界上的事千变万化,人们常说遇事要争取主动,其实,有些事越被动越好。柳暗花明又一村,王科长想想笑了。

科里还是照前如后运转着。一天,王科长把小石叫到自己小办公室里,递给他一个材料,说:"你把这个报告抄抄,有什么不顺的地方可以改一下,字要写工整一点。内容你知道了就行,千万不要对别人讲。"小石拿回办公室一看,原来是提升小于当副科长的报告,立时脸红心跳了。为什么这报告叫我抄?科长还说只叫我知道,不要对外人讲,说明对自己信任。看样子小于秘书当了副科长,这秘书就是我的了。小石想到才来不久就要往上升,激动得手都发抖了。他抄着用笑眼看着小于,笑得小于有点不安了,就问他:"写啥的,这么高兴?"小石笑而不答,小于走过去要看,小石用手捂住卖能地说:"科长叫抄个材料,说这不让别人看。"小于脸一红转身走了,心想自己是秘书,抄写材料是我的事,为什么今天突然不叫我抄了,还要对我保密？是不是有关我的什么事？小于心里犯病了，想着王科长的为人，想着张星老赵老何的下场，科里老人就剩下自己了，自己的下场是什么？小于感到一阵惶惑一阵凄凉，不由长叹了一口气。小石看小于闷闷不乐，就笑得更加神秘，惹得小于心里烦恼极了，就推故去看病了。

小石抄了一份，转身要给王科长送去，心里忽然一动又坐下来抄了一份，一份装进口袋里，一份送给了王科长，说："你看看，不中我再抄一遍！"王科长看了看，随口夸道："不错，不错，字写得真不错，添这几句也不错，好极了！"小石听了好得意，又试探着问："上级会不会批准？"王科长乜斜他一眼，取笑道："往后你得好好学习，连这都不懂。要是事先没给组织上说好，写这个报告啥益？这叫作手续，懂吧？"小石笑了，说："懂了，这等于男女双方谈恋爱谈得都睡到一块儿了，只剩下去领结婚证这道手续了！"王科长夸奖道："不错啊，一点就破。"

小石看着小于烦躁不安，强压住心里的快乐，一直不给小于说破。到了下午下班，小石悄悄邀请小于道："走，去我家里喝一杯！"小于怔了一下。他知道小石的来历不干净，羞于与他为伍，又不敢得罪他，平日对他只远不近，现在听说要请自己，感到纳闷，本不想去，又想向他打听抄的什么材料，就半推半就地说："又不逢年过节的喝什么酒？"小石亲亲热热地拉住他，说："走吧，去了我告诉你个大事！"小于只好跟他去了。到了小石家一看，原来他妈早就准备好了，八个盘子摆了满满一桌，还放着美酒，小于才知道是叫自己来陪客的，就问："有客？"小石笑道："有。"小于问："谁？"小石郑重地说："你！"小于奇怪地说："别开玩笑了！"小石笑道："真的！"说着就拉小于坐到首席，小于挣扎着说："还有谁？都叫来嘛！"小石嘻嘻笑道:"别的没人,就咱们两个。"小于看看满桌丰盛的酒菜,再看看真没有第三个人,为什么专为自己置一桌?不由迷惑不安地说:"你这是干什么?"小石斟满酒,给小于端起,说:"你先喝三杯,我再给你说!"小于心想,肯定是叫自己办什么事,才这么隆重地招待自己,喝了给人家办不了就不好说话了,就坚持道:"你先说了我再喝!"小石劝道:"你怕了?不叫你给我办什么事,你放心吧!"小于还不信,小石才笑道:"给你实说吧,我这是庆祝你高升哩!于科长!"小于愣了一下,自己从没有想过当科长,据自己所知也没有叫自己当科长的迹象,怎么突然……是不是小石在耍弄自己,就涨红着脸问:"小石,你这是什么意思?"小石从口袋里掏出那份报告,说:"你看看,这就是王科长上午叫我抄的东西。"小于接过去看,小石在旁边指指点点,说:"这几句是我加上的,要写就叫它一箭上垛。听说提你,我佩服王科长有眼力,算个伯乐,凭工作凭思想,别说副的,就是正的你也能轻松拿下。"小于看了不动声色,只说王科长为人太阴,没想到王科长对自己如此器重,强按住心头激动淡淡地说:"这只是王科长有这个意思,我不够格,上级不会批的!"小石把送报告时王科长和他的对话又学说了一遍,笑道:"这等于先婚后娶,肚子里已经怀了孩子,还怕上级不发结婚证!"两个人说着喝着酒,上一个菜又一个菜,上一个汤又一个汤,有的菜没吃一口,有的汤没喝一口就撤了下去换上新的,虽说只有他们两个,酒席的规格还是一点不减。谁一生一个人吃过一整桌席?小于没有受过如此隆重厚待,虽然觉得小石有点太过分了,又不能不感激小石的深情厚谊,喝口酒吃口菜,心里就想一次:以后如何报答小石?

没有不透风的墙,虽然小于守口如瓶,没有丝毫反常表现,几天工夫熟人都知道小于要当科长了,见面都祝贺他的荣升,越传越像真的。小于天天都想去给王科长说几句谦虚话,说几句感激话。王科长要问自己怎么知道的? 等于自己告小石泄密了,只好把感激之情忍在心里。不过每次见了王科长就不由脸红心跳。王科长好似也有所察觉,总是对他眯眯一笑,笑得他心里痒痒的,赶忙低下头。小于本没什么欲望,安安生生地生活工作,现在被撩拨起了一种期待,每天都在等,等得他难受极了,对啥事都敏感了。

一天,来了一个电话,小于问对方是谁? 对方反问他是谁? 他报了姓名,对方不说什么事,只命令道:"叫你们王科长马上来纪检委一下!"小于去通知王科长,王科长一愣,纳闷道:"纪检委找咱们有啥事?"王科长匆匆去了,小于心里惶惶了,科里谁出了事? 不会是我吧? 细想想自己啥事也没有,也就放下心了。不一会儿,王科长回来了,一脸紧张的神色,对小于说:"你来一下!"小于跟着到了办公室,王科长让他坐下。王科长长叹一口气,半天不说话,小于感到气氛有点不对,就胆怯地问:"出了啥事?"王科长掏出一封信放到办公桌上,痛苦地说:"说了你也不要怕,要冷静对待。地区你那个女朋友的单位来了一封信,说你女朋友现在是军人家属,说你破坏军婚! 唉!"王科长停住不说了,连连摇头。小于吓坏了,忙解释道:"王科长,我和她好不假,可这是她没结婚前的事,这两年我们就断绝了来往,连信都没通过啊!"王科长深表同情地说:"这事搞的,刚才我在纪检委就说了,政治上都不能算老账,男女关系上怎么要算老账? 不过,这事涉及军婚,人家告了,纪检委插手了,你还是得交代交代。组织上的意思是你暂且放下工作,等把问题弄清了再说。"这不是叫停职检查吗? 小于眼巴巴看着王科长,求告道:"我们这几年真没关系呀!"王科长安慰道:"这我相信,你只要如实检查了,我想不会有太大的事,人一生谁不犯点错误,只要改了就好,可不要想不开做出糊涂事,就错上加错了!"小于耷拉着头走了。王科长又把小石叫来,郑重地说:"交给你个政治任务,负责照看小于,小心他寻死觅活!"接着把小于的事简单说了一遍,末了,非常懊恼地说:"这事搞得,叫我吃了一顿好批,说我不该还要提拔他哩!"小石听古经一般愣怔了半天,想起最近下的本钱白白扔了,不由得恨道:"我日他奶奶,这个货!"说了就愤愤地跑了。

小于羞死了。提拔自己的事像大街上贴了告示,认得自己的人没有不知道的,现在忽然出了这个丢人的事,像从半天云上掉了下来,还怎么有脸见人?不要说去食堂吃饭了,连大小便都不敢去厕所。他整整睡了一天,小石又来把他好埋怨一顿,说东道西,骂他不该不争气,自己倒霉不说,还连累王科长吃了批评。小于不住埋怨自己,不该害得女朋友丢人,害得王科长受连累,害得自己往后站不到人前,再想想丑八怪老婆,越想越没活头,还不如死了干脆!这天天黑了以后,他推故上厕所,悄悄溜了出去,是怕小石追出来,就拐弯抹角跑到大河边,看看前后左右没人就往河里跳,谁知被人拉住了衣裳,他一看是小石,小石冷笑道:"就知道你临死还要拉个垫背的,你明知道科长把你交给了我,你死了不是想让我难看!"

小于没死成,错误又加了一等,多亏王科长来回奔波说情,从轻处理,给他留下了一碗饭吃,下放工厂当了工人。小于把王科长当成恩人,临走时流着眼泪感激不尽。

科里除了王科长,全换成了新人。王科长又把大家团结得很好,相互之间谁也没和谁红过脸,逢年过节王科长还是照例请科里人去家里喝一场。平常和别的科局长说闲话,都说自己单位里有矛盾,有刺头,有闹颠覆的人物。王科长听了很高兴,认为自己身边没有定时炸弹了,江山坐得安稳,得意极了!

一年以后,县里开人民代表大会,张星是所在的北山乡的代表团团长,王科长是大会派到这个代表团的联络员。这天大会选举前,张星召集代表们开会,嘱咐道:"大家都检查检查自己的钢笔,看看有墨水没有。"又笑道:"我可干过这种事,我在县直工作时,有次选先进,钢笔没水了,就投了个白票。"张星回头看了王科长一眼,说:"那是小事,画不画圈没关系,这可是代表人民来选举治理全县的领导哩,可不能弃权!"

"原来是钢笔没水了!"

王科长听见了,听清了……

原载《莽原》1988 年第 4 期

《中篇小说选刊》1989 年第 6 期转载(改名为《你不该这样》)

从早到晚

老王醒了,又一天开始了。

屋里漆黑漆黑,什么都看不见,他又闭上了眼睛,去追寻醒来之前的梦。梦见了什么?好像是个很甜很甜的梦,又好像是个很苦很苦的梦,他竭力去追那个梦。不管是甜的还是苦的,都有个想头。甜的梦在醒之前总还甜一会儿,苦的梦也没什么可怕,只要一醒那苦便会永远去了。可恨的年纪,自打白了少年头之后,忘性就战胜了记性,连个梦都不给人留下一点点记忆,活着还有啥意思?

梦中的苦和乐是暂时的,和睡之前没关系,和醒之后也没关系。一觉醒来,该苦还苦,该乐还乐,这种苦和乐可不是一入梦就能了结的。唉,梦中的事追不上,忆不起,就是追上了,忆起了,又该如何?能当吃当喝?还是好好想想今天吧!

今天可要写点东西了!当个作家真难。谁知纸上字,个个皆心血!别人还说,你们真美,笔尖绕绕都是钱。屁话,真要这么容易,三岁小孩都去绕了,还能轮着作家?

写什么?写什么?老王苦苦地思索着,寻找着,挖着脑子里那个又丰富又贫穷的仓库。对了!就写那个法院院长。

不错,是个好材料。昨天县里开公审大会,他去听了。法院院长是个独眼龙,执法犯法,包庇谋财害命的儿子。他儿子可真是个人物,二十多岁了,还不知道他爹的官比芝麻籽还小,把他爹看得比天还大。享福享惯了,使人使惯了。杀了人往水库里沉尸,自己还怕冷,雇了个人替他沉尸,伸手甩给人家五百块。这小子杀人还怕吃苦,就凭这个细节也够深刻了。还有那个被杀的,也不是个正经笋。他开杀锅,做杀牛生意,做生意就正正经经做你的生意算了,偏偏生了一副贱骨头,偏偏要找个靠山,要找个"保险公司"。费了九牛二虎之力,终于抱住了法院院长儿子的粗腿。把院长儿子当爹敬,把院长当爷敬。比古代"二十四孝"中的孝子还孝顺,不论刮风下雪,天天送牛杂碎,日日送原汁汤,真是爹亲娘亲不如后台亲。好不容易挣下一万多元,亲手送给了院长儿子,叫他买辆汽车。院长儿子吃了一冬天牛肉,喝了一冬天原汁汤,喂肥了,喂胖了,喂得浑身是劲没处使,你又把大把票子给人家当杀人工钱,人家不杀你龟孙杀谁?有人说,不会拍马的拍到马腿上,叫马踢了一脚。这小子也不知拍到哪里了,看他还拍?这个情节也不错,可以教育教育拍马的人。写! 就写这个,趁热打铁,今天就写! 再一想,不行! 又是揭露的,没一点积极的健康的上进的东西,写它啥益? 没病别嫌瘦,平安就是福,写错了招来一场批判可不是闹着玩的。从小卖蒸馍,啥事没经过? 前些年为写稿被打成反革命,赶回农村劳改受的啥苦? 连盐都吃不上,只想着谁能积积福一个月给五块钱就谢天谢地了。现在好不容易又混上个铁饭碗,月月几十块钱拿着,旱涝保收,可别为了一篇稿子把铁饭碗再弄碎了。再说,这玩意儿要涉及很多人。不像省里作家,下来了解个材料回省里写了,谁能把人家怎么着? 想报复也报复不成。自己是本乡本土的,写了还不得罪人? 惹人家恼了,捅你一刀子怎么办? 一个稿子给仨核桃俩枣稿费,搭上老命可划不着。啥是小,五十多岁,连孩子都有孩子了,自己死了不打紧,婆娘娃子怎么办? 算了,啥写不了,还是写点别的吧,写点离现实远的东西,写点不惹天不惹地不惹人的东西,多保险,多好! 可是,不写这个写什么? 写什么? 写什么?

老婆在床那头打起了呼噜,像一连串忽高忽低的闷雷。妈的,就知道憨吃憨睡。还说不打扰我创作哩,这不就干扰我的构思了! 他忽然气上心头,真想狠狠蹬她一脚。不行,蹬醒了,她要说话,还不如独自一个想着美哩。老婆要和自己有共同语言多好,有事了也能商量商量,没事了也能谈谈心,多美! 可是,自己的老婆叫人想哭。就说昨天夜里看电视吧,在新闻联播中,美国总统里根出场了,她问:"这是哪一国?"

他看她一眼,为她的无知感到不满,但还是忍着气冷冷回道:"美国!"

节目又换了几个,荧光屏上出现了非洲饥民的镜头,她惊异地叫道:"哎呀,都说美国富得流油,怎么小孩都饿成皮包骨头了? 看起来都是说的瞎话!"

他火了,重重地说:"这是非洲!"

她看他一眼,不满地埋怨道:"刚才你咋说是美国? 问个这也日哄我!"

他气极了,瞪了她一眼。小女儿小华看看他,忙对她说:"妈,你以后不懂了,不要当着我爹的面问!"

他的胃口叫她坏完了,电视也不看了,上床用被子包住头睡觉。

他想起这些,就叹了一口长气。叹罢了,忽然灵机一动,就写老婆吧,这就是一篇好小说。现在不是提倡写正常生活中的正常人物嘛,老婆就是个这样的人物。从哪里下笔? 就从吃饭写起吧。你说淡了,她说:"哎呀,这还淡呀,我都放了一把盐哩,要是旧社会够一家人吃半个月哩!"你说咸了,她又说:"咸? 从前一斗麦一斤盐,想吃这么咸能吃得起吗?"她嘴里这么说,脸上却挂着歉意。对,就写这些鸡毛蒜皮的小事,别看文章淡,越淡味越长。好! 吃了早饭就写,今天一气呵成。妈的,不能再当混世魔王了,天天得写点啥,才对得起这个铁饭碗!

　　窗子透白了。老婆醒了。她虎生坐起来,吃惊地发问:"哎呀,又睡过了,又晚了吧!"老王听着,不回话,装着没醒。老婆没听他回答,以为他睡得正香,忙合上嘴巴,轻轻披上衣服,慢慢下了床,连鞋也不敢穿,生怕弄出响声惊醒了他。她提着鞋,赤着脚,踮着脚尖去外间穿了。他看着她蹑手蹑脚的样子,心里想笑,又觉得她可怜。唉! 他又叹口气。爱情是什么? 去哪里寻找? 自己这一辈子算白活了,只有米面夫妻,没有尝过爱情的滋味。可是,可是,可是什么呢? 老婆还是老婆。他又想起了"文革",他天天挨斗挨打,猪狗都不如。有一次开斗争会,靳支书说:"今天不是斗争大会,是个考验大会,考验考验大家的立场感情,看看谁够入党入团的条件。"咋考验呢? 每人往他脸上吐一口唾沫。光天化日之下,面对面地吐,也真得有点立场感情才办得到,吐得出。轮到他老婆了。她死也不吐。不吐就斗她,叫她和他划清界限,和他离婚。她还不吐,就推她,打她,她死也不开口。散了会,靳支书又把他十五岁的大女儿叫去,拍着桌子教导她,说:"王小月,你们跟着你爹是死路一条! 回去给你妈说说,叫你妈和王子云离了婚,我再给你找个好爹!"他清清楚楚记得,他和老婆正在当间面对面站着说话,小月踏进门槛就扑倒在她妈面前,跪着,搂住她妈的腿,放声大哭道:"妈,你别和我爹离婚行不行？你别离婚呀！撇下我爹多可怜呀！"老婆蹲下去搂住女儿，哭道："妈不离！妈不离！妈生是你家人，死是你家鬼，就是把妈打成骨头渣，妈也不离！"当时，他也哭了，哭得很痛心。从此，老婆就煮了许多鸡蛋放着，一看有人来揪他，就赶快叫他吃几个熟鸡蛋。她怕去了斗个没完没了，他会挺不住倒下去。想起这些，他迷惑了，这到底是恩情，还是爱情？他想，爱情这玩意儿大概只有识得字的人才有，老婆没文化，只怕自己永远也尝不到爱情的滋味了！

老王正在为没有爱情悲叹，赶毛驴车的炸鞭声和吆喝声突然在窗外响起。妈的，磨洋工又开始了！窗外是某单位的工地，一座三层的楼房，每层才十二间，总共才三十六间房子，盖够四年了，还在天天施工，看样子是下决心要永远盖下去了。轰轰烈烈，一派建设景象，闹腾得和真的一样。一天到晚机器响，一天到晚人声嘈杂，震得他头蒙耳疼，使他在家里一分钟也待不下去。他气，他恨，巴不得窗外来次地震，把这座永远盖不起的楼房埋到十八层地狱下边去。他向一个同志发牢骚，说深圳几年工夫建成个现代化城市，骂这个工地是原地踏步。这位同志倒很达观，拍着他的肩头哈哈笑道："深圳是深圳，咱们是咱们，管它是往前跑，还是原地跑，只要是在跑就行，总比躺倒强些！"真是妙论！中国的事都坏在舌头上，不论好坏是非都能说出个道理，都能找到自欺欺人的安慰之词。轰隆一声巨响，吓得他浑身一颤。他只当是地震了，那楼房倒塌了。再仔细一听，原来是从汽车上往下倒石头。一场虚惊！他气坏了，就再一次运用了他对这件事情的全部权力："妈的，啥玩意儿！"

小女儿小华端着碗进来了。小华在一个单位当集体工，在家里吃饭。她走进来第一句话就是："睡！睡！睡着有多美吗？就不能早点起来出去走走，也呼吸一口新鲜空气。看看人家谁像你，这么大岁数的人,哪一个不是天不明就起来,去山上爬爬,去河边转转!"他忙披上衣服,靠墙坐在被窝里,嘿嘿笑道:"都怕死,我不怕!"小华回奉道:"你不怕,我们还怕哩!"说时把一碗荷包鸡蛋茶递过去。他接住喝了一口,埋怨道:"又是温的!"小华瞪了他一眼,反驳道:"老早就烧好了,我妈不敢喊你。看你成天把我妈吓得吧,你只要睡觉,她连路也不敢走,连大气也不敢出一口,想咳嗽一声也得跑到外边!"说着也不看老子脸色,一转身走了。这闺女,一张嘴不饶人!我吓她?我咋吓她了?她自己硬要怕,我有啥办法!哼,她要是敢站起来大吵一仗,说不定还好受些哩,成天都是不死不活的样子,啥意思!

老王喝着鸡蛋茶,继续想着老婆。老婆不知在哪里听说,江青不吃生下来超过二十四小时的鸡蛋。她想着新鲜鸡蛋一定好,要不,江青能吃?她就暗暗下了决心,自己养鸡,要叫自己的男人也吃新鲜鸡蛋。有一次,她和邻居家一个妇女扯闲话,竟然说:"咱啥也比不上大官,只有一样,江青吃的鸡蛋不超过二十四小时,我偏要俺们那一个吃的鸡蛋不超过十六个小时。一辈子总要有一样比他们强!"这时,老王恰好回来,听见了这不伦不类的话,气得哭笑不得。他真想揍她一顿!

他喝完茶,把碗放到床头柜上,然后才穿衣服下床,走到外间。老婆一扫见他的影子,忙端来洗脸水,还用手试了一下,说:"正好。"他洗了脸,坐到沙发上开始吸烟,掏出烟盒,一摸空了,才想起昨天夜里一个朋友来找他说闲话,一直说到十二点,把两盒烟吸完了,才余兴未尽地散了。他叫道:"小华!"

小华跑过来,问:"干啥?"

"买烟去!"他看着她。

"吸！吸！吸烟就那么美吗？你就不能戒了！谁和你一样,成天吸,也不怕得肺癌,看咳嗽得还轻！"小华站着不动,还训他。

他笑笑,求告道:"一样不成病！光吸烟就死得快了？"

小华嘴一撇:"就你有理！我看忍一早上不吸烟也死不了！"

老婆听他们顶嘴,忙从厨房走来,苦笑着劝小华道:"去吧,去买吧！你爹一辈子吃喝嫖赌都不会,就爱吸个烟,烟再戒了,就没一点爱好了！"

小华瞪妈一眼,气道:"看我爹管教你的还轻,好坏事都顺着他。今天早上偏偏不给他买,看能咋着？"

老婆看看他的脸色,忙讨好地说:"你不去,我去,你去做饭。"

老婆走了,小华不满地"哼"一声也走了。

他坐在沙发上等着。一会儿,老婆拿着一盒烟回来了,茅庐烟,硬壳,长过滤嘴的。他接住看了一眼,要拆时犹豫了,问:"多少钱一盒？"

"一块一。"老婆说。

他有点生气了:"拿去退了,换盒芒果的！"

老婆含笑地劝道:"吸吧！都说烟有毒气,要省在别处省,哪怕我穿的差一点！"说完笑笑走了。

他打开烟盒,抽出一支吸着,烟味不错。这种烟他吸过,陪客时吸过,自己从来没有买过,连价钱都没敢问过。今天自己掏钱买了这种烟,吸了几口,心里产生了一股说不上来的滋味,说不出是好滋味还是坏滋味,反正不是正味。不知是女儿引起的,还是老婆引起的,他吸着烟,琢磨着。"妈的,一盒烟快够割一斤肉了,真不会过日子！"他终于品出了味！

每天早上都是吸三支烟才吃饭,今天早上才吸了一支,就叫端饭。饭还没吃完,只听门咕咚一声推开了,大女儿领着孩子进来了,劈头劈脑地命令道:"爹,你上班时把他捎到幼儿园!"他瞪她一眼,不满地说:"你没长腿! 啥都叫我干,就该我给你们当奴隶?"大女儿嘿嘿一笑,反问道:"我上班晚了扣工资,你们当干部的一天不去也没人管。你上幼儿园门口看看,哪个娃不是爷和外爷接的送的?"他一口回绝,说:"别人是别人,我还要写稿哩!"老婆忙解围道:"我送,我送,反正我是个做饭婆,没事。你爹大小是个干部,带个孩子走到街上也不好看!"

"管你们谁送!"大女儿像来时一样,又匆匆走了。

这个外孙娃刚刚三岁,他妈一走就乱开了,伸手从盘子里抓起一块鸡蛋塞进嘴里。然后,拿起一把玩具手枪,冲着老王的额门叫道:"外爷,看枪!"还眯缝着眼叭叭地乱叫。

老婆一看,忙拉过外孙哄道:"不准冲着外爷打枪! 那不吉利!"

小外孙一听,就叫道:"那我打你!"举起枪冲着外婆叭叭叭地乱叫。

小华一把夺过他的枪,训道:"再发坏,我揍你!"

小外孙"哇"一声哭了。

老王烦透了,撂下碗筷发火道:"没一点教养!"就一怒而去。

老婆忙追到门外,问:"晌午吃啥饭?"

"你做啥就吃啥!"他牢骚了一句,就骑上自行车上班去了。

老婆不敢再问,听见屋里还在哇天哇地哭个不停,叹了口气,忙拐回去哄外孙了。

老王骑着自行车,没走出两丈远,就有人迎着他笑道:"王主任,吃罢了?"

他忙下车,也笑脸相迎:"吃罢了。你也吃罢了?"

"吃罢了。"对方又笑着问,"你去上班啊?"

他也回道:"啊。你也去上班?"

"是啊。闲了,去我们那里玩!"对方又说。

"好!好!"老王又骑上车子走了。

没走多远,又有人打招呼,他又下车。

"王主任,吃罢了?"

"你也吃罢了?"

"去上班啊!"

"你也去上班啊!"

"有啥事没有?"

"没事。"

"有事了说一声,咱大事办不了,跑个腿还行!"对方关心地说。

"谢谢!"老王满脸感激之情。

"闲了去我家坐!"

"好!"老王又上了车子。

没走多远,又有人打招呼,和前一个人的话一模一样,一字不差,双方对答一番,才算了结。在一条街上共同生活了几十年,满眼都是熟人。进了闹街,更是一步一招呼,五步一下车。他干脆推着车子不骑了,不然就上不及也下不及了。有的人本来在街那边走,偏要穿过街道跑到这边来问:"吃罢了没有?"一年三百六十五天,一天三晌,晌晌见面就是这几句话。都说中国语言丰富,怎么又这样单调?不说几句淡话,嘴痒得慌!操蛋,车走车路,马走马路,为啥车马非碰一下才安生?"吃罢了没有?"笑脸,亲热。我说没吃,你还拉我下馆子不成?再有急事,再忙,碰见一百个熟人,也得要说一百回"吃罢了没有?"碰见一百个熟人,也得要做出一百回笑脸,不说不笑能行吗？马上就会骂你"傲得不轻"。中国人真是有礼貌。中国真是一个从容不迫的国度！

"王主任！"老王正在心里牢骚着，突然又有人喊他。他扭头一看，又一个闲臣，某单位的申支书。老天爷，这可是个说客。他硬着头皮站住，申支书从街那边跑过来，照例先问"吃罢了没有"等例行套话。然后，两只笑眼笑成一条线，夸道："老兄，你可真不简单，棒极了！"

"咋又不简单了？"老王不解地问。

申支书伸出了大拇指，笑道："你最近写的文章，我读了好几遍，真是姜越老越辣！"

老王愣了一下，最近？见鬼了！他妈的，一年都没写稿了，报刊上连一个铅字也没有我的。你看个屁，全是胡说八道。他不想纠缠下去，就正色揭穿道："你别说梦话了，我就没写东西，你看见我的魂了！"

申支书一点也不脸红，笑得更脆了，说："你别怕，我不向你借钱，何必要瞒老弟呢！"

"好吧，你再多看两遍吧！"老王哭笑不得地甩了一句，推上车子就走。

申支书叫了一声："别急嘛，我还有正事哩！"说时上前夺过他的车把，把车子扎到街边，又拉过他，走到临街的墙边，强按他蹲下去，笑道："我找你几天了，好不容易才碰见你！"

"啥事？"老王看这架势要长时间谈下去，着急地催问，"我还有点事，啥事快说！"

"啥事？"申支书故弄玄虚地笑道，"想给你送点钱花花！"

"钱？"老王迷糊了，"啥钱？"

申支书正正经经了，认真地说："俺们单位有个材料，一等一级的，你写写保险送去就登，又够你吸几条彩蝶烟了！"

老王知道他肚里没墨水，谈不出啥好东西，可又不得不听，就淡淡地问："啥材料？你先说个大概。"

申支书来了劲，掏出烟先敬老王一支，自己也吸着，才兴致勃勃地说："俺们单位有个老林，三十多岁，是个响当当的大模范。前些天，省里要开模范会，票都买好了，第二天一早就要走哩，谁知晚上家里打了电话，说他妈生急病住院了，叫他快回去。老林想了一会儿，你猜人家咋说？"他顿了一下，卖起了关子。

老王心急地问："他咋说？"

申支书高兴地讲："人家老林说，既然送到医院了，医生会发扬革命的人道主义精神，会全心全意治疗的。又说单位里就我一个人去开会，我不去，一个单位就都耽误，听不到新精神！你听听，多有觉悟！"

老王一点也不感兴趣，淡淡地问："就这？"说着起身要走。

"精彩的还在后头哩！"申支书又拉他蹲下，得意地讲下去，"谁知到了后半夜，又打来了紧急电话，说他妈病危了，叫他火速回去。他思想上展开了激烈的斗争，你猜……"

"我猜他马上回去了！"老王听烦了，搪塞了一句。

"哈哈！你算猜错了！"申支书越说越起劲，自豪地讲道，"他说，开模范会是研究国家大事哩，国家事大，个人事小。我又不会神仙一把抓，回去也不起作用。我坚信医生会大力抢救的！会救死扶伤的！第二天一早硬是坐汽车去开会了。咋样？"

"后来呢？"老王听着听着来了气。

"后来才精彩哩！"申支书两个嘴角两堆白沫，扬扬得意地讲，

"第二天上午，又打来电话，说他妈病故了，叫他赶快回去。我们往省里发了个电报，你猜人家咋说？人家真不愧是个模范，回电说，既然死了，回去也无济于事了，速葬。就是叫赶快埋了！"申支书说着又掏出了笔记本，从里面抽出一封电报让老王看，还说："你看看，你看看，这可是份宝贵的革命文件，我们准备送给县委，请县委给他提个股长，报告都打好了。咋样？好吧！你写吧，我把题名都给你起好了，叫作'三个紧急电话，一颗革命红心'，不错吧？这样的人现在去哪里找，保险送去就登！"说得眉飞色舞。

老王听得窝了一肚子气，一句话也说不出来。这些话耳熟得很，好像在哪里听到过。他追忆着过去了的声音，终于又想到了那个可怕的年代。八十年代了，没想到还有这号模范，还有培养这号模范的领导！妈的，老子要是有权，非开除他不可！舍个妈，换个股长，啥玩意儿！

申支书看老王低头不语，只当感动了他，便以功臣自居，喜道："老哥，这下你可捞个大瓢了吧！咱也不要多的，钱来了，请我吃个烧鸡就行了！不多吧？"

"好！好！"老王怕一开口说个"不是"，就会无穷无尽地争论下去，胡乱答应着脱了身。

申支书冲着他的背影，还高声嘱咐："可别吃独食呀！"

老王没有答话，头也懒得回一下，心里像吃了苍蝇，不是味，恶心，咬住牙才没吐出来。

老王的心绪更坏了，低着头走去，突然走不动了。抬头一看，前边人停车停，黑压压一街筒人原地不动地站着，像一江潮水被前边的大坝堵死了，还倒涌着。前边出了什么事，他问身边的人，那人漠然回道："谁知道！管它哩，反正前边的人不走，咱也等着。"他站到人行道上,踮起脚尖往前看去,只见十字街的街心处,有几个留着长发的青年各自扶着自行车站在那里,嘎天嘎地笑着说着。街道很窄很小,他们的车子有南北横着的,有东西横着的,挡住了四面的行人和车辆。这几个青年人一点也不急,看着四面被堵住的人群还有点得意,一点也不脸红,笑眉笑眼,好像在说:"试试,别看不起我们,我们能挡住人群前进!"前边的四路人群一个个板着脸,瞪着眼,看着,站着,竟没一个敢出面干涉一声的。看样子就是等到日落西山,宁可把地球站穿也甘心等下去。前边的人不急,后边的人更不急。等吧!几千年都等了,何必在乎这一时半天。忍耐是中华民族的古老美德,千万不能丢掉!汽车都讲究"宁停三分,不抢一秒",何况人哩!家里没失火,又没死人,急啥?等吧,安心地等吧!

老王身边有几个人干脆蹲了下去,互相让烟。一个人惊叫了一声:"嘿,拾钱了?咋舍得买这么好的烟!"

老王低头一看,一个工人模样的人竟拿着一盒三五烟。这烟,三块多钱一盒,没发大财也准是有啥大喜事,才舍得吸这个。老王怀疑地看着,听着。

工人模样的人笑道:"昨天看公审,一听院长的少爷被判了死刑,心里一高兴就买了一盒,庆祝庆祝!"

"真解恨!"一个农民模样的人接住烟,吸着,得意忘形地说,"我也在看,日他妈,衣裳淋湿透了,我都没觉着一点冷!这一回共产党才叫个共产党!"

昨天,老王也在看。当时,下着大雨,瓢泼大雨。在大礼堂里公审,凭票进场。谁也没料到会来那么多人,不是倾城出动,是倾县出动。解放以来,开什么会也没有这么多人自动参加过。男女老少,婆娘娃子,啥人都有。拄着拐棍的老汉,坐着拉车的老太婆,穿红挂绿的姑娘,真是人山人海。不少人还真舍得花钱,放着各种各样的鞭炮。不由得让人想到过去常用的革命词句"人民战争的汪洋大海""盛大的节日"。人们在雨地里等着,从上午等到下午一点。就要开始了,礼堂大门打开了,凭票进场了。霎时,有票的,没票的,都发疯似的往礼堂里挤、冲,把礼堂大门的玻璃都挤烂了,有的鞋挤掉了,有的衣服撕破了,有的挤得披头散发,冲着,扒着,呼喊着,拼着命往里挤。警察们组成了一堵堵人墙,声嘶力竭地呼喊着,威胁着,逼着没有票的人后退。于是,招来了人们的愤怒,给人们添了更大的挤劲,一片骂爹骂娘声:"他妈的,看个审判也凭票!""为啥只给当官的发票!""老百姓就不是人了!""当官的犯了法,怕老百姓看看丢你们人啊!……"

马上就要挤出人命了!眼看审判不成了!谁知,礼堂里面审判一开始,外边大喇叭一响,广场里马上鸦雀无声了,人都在原地钉死了,没一个人再挤了。审判了四个小时,下了四个小时大雨,人们在雨地里淋了四个小时,没一个人说话,没一个人走动。最后,判处法院院长七年徒刑,判处他的儿子死刑。广场里马上响起一片欢呼声。多少人笑了:"好啊,共产党到底是共产党!"多少人哭了:"这才是共产党啊!"

老王想起昨天的情景,心里发出一点酸意,不是为杀人犯和包庇犯,是为了人们像节日一样的欢乐。在那欢乐里好像尝到了一点酸味。突然,旁边的人几声大笑,使他收住了回忆,低头看去,蹲在地上的几个人正说到兴头上。工人模样的人恨得咬牙切齿,说:"有些干部娃这两年成了没王的蜂,没笼头的马,到处学坏,就得一天枪毙一个才美!"

农民模样的人亏心地说:"啥都不可惜,就可惜光能听见声音,看不见人脸。下一回哪怕砸锅卖铁哩,也要花点钱开个后门弄张票,进去看看他们还得意不得意。日他妈,审了一辈子人,最后叫人审了!"

"你放心,好戏还多着哩,有你看的!"工人模样的人信心百倍地说。

老王听得浑身打冷战。情绪,这是什么情绪?他不由对这几个人瞪了一眼。这几个人也回敬了他几眼,眼睛里充满了幸灾乐祸的冷光,似乎在说:"哼,瞪眼!小心你的,说不定下一回就是你!"像向他示威似的,又掏出三五烟,甩给对方一支,笑道:"来,再高兴高兴!"

"瞪的啥眼,我比你们高四指?我不想叫杀?"老王发觉人们把他当成另一类人,一阵委屈,一阵不满,"不过,干部犯了法,也不能高兴得太过分了!"他扭过头去,不再看他们了。心里不痛快就想吸烟,他掏出老婆买的茅庐烟,抽出一支伸到嘴边又收回了,装进了烟盒里。一支五分五哩,平白无故地吸了太可惜。放着吧,来了客再吸。他把烟盒又装进口袋,四下看看,把自行车往街边推推,锁住,走进附近一家烟酒商店。店里的营业员都是熟人,见他进来就齐呼乱叫:"王主任来了!"

"王叔来了!"

"买啥呀?"

"可好好照顾照顾我们吧!"

他笑笑,掏出两块钱一张的票子,递给一个年轻的女营业员小玉,说:"买盒烟,芒果。"

小玉转身取烟,几个年轻营业员一齐起哄道:"小玉,给王主任取盒好烟!"

"茅庐的!"

"至少是茅庐的!"

小玉真取了一盒茅庐烟,连同找回的九角钱,一齐递了过来。老王不接,笑道:"你王叔穷,吸不起么好的,换盒芒果的!"

"别给他换!"

"这两天都买好烟,就你……"

"多大的作家吸芒果?"

"咋,怕王婶和你算账?"

老王干急没办法,钱已经给了,能板着脸再要回来?会扫这群青年的兴,也会显得自己太小气了。他苦笑着,接又不愿接,不接又觉着不好。正在犹豫不定时,小玉却拆开烟盒,抽出一支递给他,笑道:"吸就吸一盒吧!这两天连赶毛驴车的都要吸三五牌哩!"

又是三五牌!老王想起刚才那两个吸三五烟的人,脑子忽然失去了作用,就接住了茅庐烟和找的零钱,匆匆出门去了。街上人流已经疏通,他骑上车子缓缓蹬着,心里被懊悔的情绪占满了。又是茅庐,又是一块一,连老婆买的就是两块二,自己一个月工资六十六元,一天的工资一分不剩了!人家吸三五,自己也赶这个兴头?高兴!高兴!他想起昨天到现在没有碰见过一双痛心的眼睛,不由得一阵冷战。

老王终于到了机关。这是一所四合头小杂院,住着三个单位的人,大门一排住着曲艺队的几个女演员,南厢房住着另一个单位的退休干部,东正屋和北厢房是他们的单位。他们单位是个比芝麻籽还小的群众团体,只有三个人。他和另外一个同志都有家属房,只有一个姓王的同志吃住在这里。这是一个了不起的现代青年,自幼家贫,全靠自学成才,如今是省里小有名气的业余作家,一年能发表几十篇作品。老王走进院里时,看了看手表,已经九点四十三分了。一里路走了近两个小时,过五关斩六将好不容易才闯了过来。这时候,他已经感到疲劳,脑子昏昏沉沉,豆米不分。他一边往正屋走去,一边照例地随便问道:"小王,有啥事没有?"小王从北厢房里跑到当间,手里还掂着钢笔,看样子正在写东西哩。小王神秘地招招手,老王犹豫了一下,回身走进了北厢房,问:"有事?"

小王向大门那一排指了一下,低声说:"昨天夜里出事了,闹腾了一夜,大家都没睡成。"

老王一惊:"啥事?"

小王绘声绘色地讲:"昨天半夜里,那个女演员突然大声喊叫起来,叫得瘆人。我们赶紧穿上衣服跑去。她裹着衣服站着,浑身抖得筛糠一样,哭着说,她刚刚睡下,就从床底下伸出一只手摸她。她猛一拉开电灯,从床底下钻出来一个人,不慌不忙地开开门往外走了。我们听了就去追,那个人已经没影了!"小王眼里闪着惊异、气愤的光,看着老王,想听个处理意见。

老王沉默了一会儿,"哼"了一声,淡淡地说:"好嘛!养了一群快活的人,还能不出快活的事!"说着退出了厢房,往正屋走时冷冷地看了那个女演员住室一眼。他对这群女演员当初颇有好感,都是乡里孩子,天赋一副好嗓子,又苦学苦练,唱得确实不错。他夸她们是"深山里的俊鸟"。可是,她们端上铁饭碗以后,一个个就打扮得花里胡哨。他不是古板的人,认为穿戴上赶赶时髦也无可厚非。他恼火的是她们再也不下乡了,就是在城里半年也难得演出一次,连嗓子也不练了,除了打扮和作吃作喝,就是成天听浪里浪气的音乐,引得不少流里流气的男青年来甩扑克,打打闹闹,疯得不成体统。更叫他愤怒的是她们不要家了,秋夏两季大忙季节,连一头沉的干部都回家帮着抢收抢种。她们的家也在农村,却不肯回家帮帮爹妈,照样在城里养白①,听音乐。好像她们不是爹妈生的,是石头缝里蹦出来的。他对这些事感到恼火,不止一次地骂道:"妈的,真是被铁饭碗改造成功了,彻底脱胎换骨了。完了,好端端的材料被扔到坑里沤成粪了。"骂归骂,不是一个单位的,奈何人家! 只有干气,只能多瞪几眼人家住的房子。

老王走进办公室,桌上放着才来的报纸,他如饥似渴地乱翻着。这是他的习惯,再忙,心情再不好,每天都要看看报纸。他想在报纸上发现自己等待的新闻,等待什么? 他也说不清楚,只是隐隐约约地觉着在等待,希望等待的东西会突然出现在报纸上。他匆匆地浏览着一张张报纸的标题,寻找着自己想看的东西。突然,从旁边伸过来一杯热茶。他侧头一看,小王不知什么时候站在他的身边了。小王眨着诡秘的眼睛看着他,嘻嘻笑道:"别找了,没有的!"

老王摸不着头脑地问:"什么没有?"

小王笑道:"你想看的消息!"

老王更迷糊了,盯着他问:"我想看什么消息?"

小王笑道:"中央下的一道命令,命令一夜之间把你看不惯的坏人坏事都斩尽杀绝。想一嘴吃个胖子,这不可能!"说完冲他又一笑,就去写东西了。

老王愣怔了,自己是在等待这个吗? 他似乎明白了一点,又似乎更迷糊了。他心烦地推开报纸,走进了里间自己的办公室。

"别操闲心了,还是写自己的东西吧!"老王坐到写字台前,摊开了稿纸,拿起了钢笔。当他伏下身子低下头去写时,才发觉要写什

---

① 养白:豫西南方言,指好吃懒做。

么还没有认真想好。到底写什么？他觉着可写的东西太多了，乱七八糟的材料塞满了脑子，憋得头昏脑涨。可一提起笔又觉着没一样东西值得写，脑子里顿时空空荡荡，像新盖的房子，里面一无所有。他有点心烦意乱了。妈的，这活儿真不是人干的，不如锄地，掂起锄就能锄掉草。不如上山打柴，没有多的有少的，一次总能担回一点。这玩意儿看似有却又无，看似无却又有。他放下笔，叹气，吸烟，喝茶，从头想起，理着脑子里乱哄哄的材料，苦苦地思索着。他这个人命中注定是个悲剧角色，命中注定成不了气候。本来，他有许多材料可写，这些材料也有分量，他也有创作冲动，想写，如果顺着感情奔流而出，也可能会打响。可是，每一次冲动都被莫名其妙的害怕情绪抵消了。写矛盾，怕批评他是暴露，写光明怕嘲笑他是拍马。创作需要勇气，他偏偏没有勇气。白白扔掉许多有用的素材，也白白浪费了不少宝贵时间。于是，无休止的苦恼折磨着他，达到不能自拔的境地。又怕受打击又怕失了人格，"怕"字把他压垮了，压扁了，压得变形了。

他常常自暴自弃，算了，自己不是搞创作的料，还是干点别的实际工作吧。可是干什么呢？什么也不会，连当个一般干部也不会。他看得清清楚楚，现在社会风气如此这般，不论干什么都不容易，都得看别人的眼色行事，都得搞好上下左右关系。一说到搞关系他就怕，头皮就麻。不说别的，光笑这一条自己就不行，哪怕是见到自己心里恨死的人，也得笑，还要笑得比真笑还真，这比哭还难受，自己会吗，自己笑得出来吗！想来想去还是写稿好，无须给别人说好话，无须四下求人，是独立作业。可是，要选择一个不招惹是非又有分量的题材太难了。他也不止一次想过，算了，写不出来又不犯法，工资虽少得可怜可也能将就着活下去，就这样混下去算了。可是，又觉着良心不安。他是从五十年代走过来的人,啥都没学会,就学会了忆苦思甜,现在虽说不时兴了,他心里还在不断忆苦思甜,他想到了那悲惨的年代。有一年冬天,斗争他斗到高潮,靳支书宣布:谁要和他家接触来往,一律按同情包庇反革命罪论处。当时,到处点燃革命烈火,把火柴都点完了,要买盒火柴得开后门才行。供销社的前门都不许他家进,还敢进后门?他家没有火种做不成饭,只好逼着哄着孩子去邻居家点个火。孩子做贼似的去了,邻居家吓坏了,离老远就向孩子连连摆手不让走近,接着又忙闩上了门。孩子一步一哭回来了,打死也不去第二家点火了。没有火做不成饭,只好吃生红薯吃红薯干。一连半个月,大风大雪,冷得滴水成冰,大人咬咬牙还能对付,孩子们不懂高低,饿了就搂着妈妈放声痛哭。天天都是热泪泡着冷红薯下咽。直到今天想起那段生活还心酸,想哭。如今时来运转,还受到人们的尊重、上级的鼓励和优待,要不发奋创作就觉着亏了党,亏了人民,良心上不断受到鞭挞,他只好在这个岗位上拼搏下去了。

他终于理出了头绪,找到了要写又可写的东西,顿觉一阵轻松,脸上也有了笑意,是从心里生出的笑,不是在大街上和人打招呼时做出的笑。他伏下身子,重新拿起笔,在稿纸上工工整整地写了题目:今天,然后开了正文。一个字还没写完,突然响起什么迪斯科舞曲声,那样急,那样狂,像一阵龙卷风,他被旋转着抛向天空。接着是女人和男人的欢笑声,击掌声,呼喊着,狂叫着,整个世界不分东南西北地滚动起来了。他的脑袋要爆炸了。妈的,昨天夜里才哭罢,眼泪还没干,可又疯了。脸哩,难道缺少了血色素,一点也不脸红!响声从两个耳朵里冲进去,赶走了脑子里的一切想法。完了,又完了,无法写下去了。他气愤难忍。你们不干活,凭什么也不叫别人干活? 要疯到山上去疯吧,要狂到河里去狂吧! 他虽说老了,可还有血性。他猛击桌子一掌,忽地站起来,恨道:"我就不信管不了你们!"如果他是个有勇气的人,要管的话也真能管住,因为,他在县里还担任着一个领导职务,是一个权力机关的副主任。可是,他从来没有用过他的权力,因为,他明白那个机关和那个职务在人们心目中的实际价值。有人把那个机关看作0,他既承认也不承认。0难道就没有价值了? 如果在10的后面添加个0,10就变成了100,一个0就使原来的价值大了十倍。可惜,这个0往往被人放在小数点的前面。他常常为这个0的位置感到悲哀。当别人喊他"主任"的时候,他就脸红,心虚。因为,他从对方脸上看到的是嘲笑,当然更多的是友爱的玩笑,是戏称。他一点也不介意,嘲笑也罢,玩笑也罢,他知道都不是冲他来的,更不是对他的不尊重,而是冲着那个很好听的机关名称来的。现在,他冲动了,他要试一下他的权威了。他冲出办公室,快步走到大门口,冲着那女演员的窗户,憋在嗓子里的气话就要冲出口了,忽然身后有人轻轻叫道:"王老师!"

他回头一看,又是小王。小王轻轻拉拉他,含笑地乞求道:"你过来一下!"

他不情愿地走进小王屋里。小王给他倒了杯水,含着笑体贴地劝道:"王老师,小气好生,别去戳这个马蜂窝了!"上一次,小王在写东西,她们把录音机开到最大音量。吵闹得实在没有办法了,小王去求告她"恩典恩典",那位女演员竟说:"你的工作需要安静,我的工作需要热闹,为什么只要求我'恩典恩典'服从你,你为什么就不能'恩典恩典'服从我? 咱们还是一律平等,各自为政吧!"当时,老王就有气,可是忍了。现在,他正在火头上,怎肯罢休,就气冲冲地说:"咱们不能再忍了,忍,忍,何时是了!"说时又要出门。

小王收住笑,正言厉色地说:"王老师,真要说还是我去说,你这么大岁数了,她们要万一说出三言两句难听话,你能生了这个气?再说,哪怕是个名义职务哩,你歪好也算个领导干部,和一个小演员计较顶嘴,不值得嘛!"

老王听了这入情入理的劝告,顿时塌了腔,默默地站着不动了。他忽然想起报纸上的一条消息,美国总统的妹妹在餐馆吹口琴,因为妨碍了别人的安静,竟被罚了款。一边想着,一边没好气地讲道:"你去,就说是我说的,上班时间不准搞这玩意儿!无法无天!"说完气咻咻走了。

老王又回到自己的写字台前,颓丧地坐下去,强迫自己两耳不闻窗外声,两只眼死死盯住稿纸不放,看着"今日"两个字不由叹道:"还没出世哩,又被吵死到肚里了。"谁知,突然间狂烈的舞曲声戛然而止,连人声也没有了,院里屋里顿时寂静得死了一般。"一定是小王去说了,去说我发火了!"他满意地想。他拿起笔又要写下去了,忽然心里又升起一个念头:小王去说了,打断了她们的兴头,她们会怎么说,怎么想?会不会说自己倚势压人?会不会骂?会不会哭?会不会记仇?上班时间大放舞曲,影响别人工作,当然不对。可是,比起上班时间放舞曲更不对的事还少吗?自己听说过也亲眼见过,气得比今天还厉害,为什么都能忍得住,都不去干涉?小演员们放个录音机,仅仅妨碍了自己的创作,就发这么大火?就敢去明令禁止!难道不是因为她们是没权没势的小人物?他是个受过百般欺压的人,知道受压者心里的滋味。知道受压者对压人者的刻骨仇恨。他痛心了,心软了,也害怕了。自己怎么能去压一个小人物?自己原来也是个欺弱怕硬的小人!他痛恨起自己了,真想骂自己一顿,打自己的耳光!他真后悔,不该去对一个小演员发火!小院里静悄悄的,正好集中思想创作。这是他希望得到的安静,可是得到后又后悔不该有这个希望。寂静,寂静,静得像一座黑压压的大山,压碎了他的身子,压碎了他的心,他感到了孤独,悲伤。他忽然希望出现一个奇迹,那狂烈的舞曲会突然间再响起来,人声会再喧闹起来。可惜,奇迹没有出现,断了的声音就这样断了,只有他的痛苦和懊恼断不了,在延伸着。他对着稿纸发呆,该怎样补救?才能使小演员被伤害的心灵得到平复?

"谁在家啊?没人?有贼了!"院里有人大叫。

老王听了暗自叫苦:"糟了,洪局长来了,今天上午只怕又要被这个强盗抢跑了!"他忙拿起笔,装作正在写稿的样子,企图保住今天上午的时间。

洪局长不等应声就径自走进办公室,往里间探头一望,便哈哈大笑道:"又在挣钱哩,想当万元户啊!"

老王连屁股都没抬,做出愁眉苦脸的样子,为难地道:"在赶个关紧材料,人家急着要哩。"他想推个故把他打发走。

洪局长又是哈哈大笑:"关紧?多关紧?你们这一行我还不知道,早一点晚一点死不了人!钱得慢慢挣,别一头拱到钱眼里出不来!来,写半天了,下一盘换换脑子!"

老王苦笑笑:"今天真是下不成……"

小王赶来救驾了,笑道:"王老师今天真不得闲,来,我陪你下一盘!"

洪局长回头看了小王一眼,连连摆手,坚持道:"走,走!今天专门来和老王比个高低。上一次叫我连输三盘,回去想了几天才想起来输在哪一步上,今天非破破你的卒攻心不可,不信捞不回本!"说着就动手拉他。

小王救不了驾，只好站在旁边嘿嘿笑。

老王今天真不想玩，早上到现在没碰见一件顺心的事，没一点情绪，就一个劲地推托道："上班下棋，让人看见了影响多不好！"

洪局长听了大吃一惊，睁大眼睛看着他，打哈哈道："影响？影响咋不好？你知道今天上午上班时间，有多少人去开后门？有什么人在化公为私？你敢担保就没人去拉人家婆娘？咱们下一上午棋，没做正事，总也占住这个时间没去干坏事，就这都算给人民办了好事！"

老王听着这番歪理，不禁连连摇头，心想，我们的理太多了，不论干啥都能找到理，看样子不下是不中了，既然人家已经下了决心，要是扫了人家的兴，会白白得罪个人，为这半晌工夫得罪个人可划不着。何况是老上级，不由就软了下来，妥协道："好吧，舍命陪君子！咱们丑话先说头里，只三盘，速战速决！"

洪局长胜利了，脸上笑开了花，喜道："好吧，咱们骑驴看唱本——走着说吧！"

两个人走出里间，在当间会议桌上摆开了战场。棋子摆好，红先黑后，洪局长占的红子，该他先走，他却按兵不动。老王催道："走啊，咋不走哩？"

洪局长环顾左右，摇着头说："就这样下呀，你也不嫌丢人！"

老王不解地问："还要咋？"

洪局长哈哈笑道："咋？不加加油打打气，能走得动？"

小王笑了，忙泡上一杯茶端给洪局长，然后笑着看看老王。老王摘心割肝地掏出一块一的茅庐烟，放到桌边。洪局长眼睛一亮，抓住烟盒看了看，又抬起头审视着老王，感慨地道："那娃判了死刑，这两天到处吸好烟喝好酒，没想到你也有这个兴头！好吧，咱也借借你的烟,庆祝庆祝!"

老王看他误会了,想说说这烟的来由,又怕笑话,只好哑巴吃黄连了。洪局长品了口茶,又狠狠吸了一口烟,厮杀就开始了。

"不干坏事就是为人民办了好事!"老王还在品味着这句话,想从里面挖点什么,一时又捕捉不住。趁他心神不在,洪局长占了个便宜,只听他一声大叫:"可叫你跑!"举起棋子打枪似的叭一声击下,吃掉了老王的一匹战马。老王被响声吓了一跳,心头一颤,不由往外看了一眼,心虚地低声求告道:"轻点,小声点,我才批评了人家不该上班时间放录音,咱们就……"

洪局长不待他说完,就脱口而出道:"咋?批评了他们就不许咱们下棋了?"他注视着棋盘,不在乎地说:"该批就批,谅她也揭不下来;该下咱们下,谅她也挡不住咱们。就你们知识分子胆小怕事!"说着又从盒里抽出一支烟接上,继续盯着棋盘。

老王心里突然一阵刺痛,怎么能这样说,又说得这样轻松,叫人浑身不自在。这不是把人不当人看?不是认为自己比别人高一头?你洪局长挨了批评就这么轻松吗?他记得有一次县直开大会,听上边来的一个领导做报告,讲话之前先点了名,事后通报了没有参加的人,里面也有洪局长的名字。这本来是小事一件,检讨几句就完了,谁知洪局长看了通报冲天大怒,脸红脖子粗地破口大骂:"娘个脚,就会专拣软头捏!那么多贪污盗窃的人,行贿受贿的人,化公为私盖私房的人,安插亲信的人,为啥憋气不吭?老子干啥坏事了,不就是打个扑克没去开会嘛,这一回叫他们捏不成!"他咽不下这口气,就串通一同打扑克的另外三个人,说一个人生了急病,他走到半路碰见了,不顾自己体弱多病,扶着那个人进了医院,叫另外两个人当证明人。然后,他去找到领导,说不该不表扬他的救死扶伤精神,还点名通报他,是标准的死官僚。上级被他吵得没有办法,就派人去找他提供的知情人,随便了解一下就当真表扬了他。事后,几个知心朋友在一块儿喝酒,酒过三巡,都有点醉意了,大家规劝他不该小题大做,不该弄虚作假。他咕咕嘟嘟喝了一大杯酒,突然哇一声哭了,说:"我气得憋不住呀! 我看见做坏事的人还升官发财,心里就难受——我就想玩他们一下!"老王耳闻目睹了这件事的始末,他不赞成这种做法,又对他这种变态心理不无同情。可是,刚才他说起小演员受批评的事,那种腔调,那种神态,那种不把小人物当人看的优越感,完全是另一个洪局长了。老王睁大惊异的眼睛,看着这个洪局长,想着那个洪局长,这两个洪局长到底哪个是真洪局长?可能两个都是假的,两个假的合到一块儿才是真的;也可能两个都是真的,两个真的合到一块儿就成了假的。据说,人是阴阳二气合成的,阴的专门用来对别人,阳的专门用来对自己。他想批评洪局长几句,又想想不妥。自己和他虽然交往不短,可是批评他自己还不够条件。现在人说话,不在于你说的对不对,而在于你的资历,级别,权势。这几种条件占了,话就有理,值钱。还有一种人,一个条件也不占,只要有个好亲戚硬后台,说的话也有理。自己有什么?什么也没有。说了不仅不起作用,还会生出许多烦恼,何苦! 他呆呆地想着,竟忘了走棋。洪局长不满地大喝一声:"走啊,谁家一步棋想半天,怪不得你回回当胜家!"

老王从痴迷中醒来,看了他一眼,只见他摆着一副稳操胜券的得意样子,心里一阵愤懑。"该批就批,谅她也揭不下来;该下就下,谅她也挡不住咱们。"洪局长的话又像大炮似的轰鸣着,字字击在他的心上。一个歹毒的念头油然而生:报复他一下,杀他个落花流水,扫扫他的兴头,打打他高人一等的优越感,给他一点不痛快,叫他垂头丧气。于是,老王专心下棋了。他和洪局长是老对手,他知道他那几下子,他用牺牲车作诱饵,调动洪局长的红子过河。洪局长果然心动,把自己的车马炮全部调到黑子这方来,一气吃掉了黑子的一车一炮。老王为这一重大损失连连叫苦,做出伸手悔棋的姿态。洪局长看自己占了绝对优势,好不痛快,胜利得来不易,岂容他悔棋,一把推开他要悔棋的手,大笑道:"举手不悔大丈夫!"他作出无可奈何的样子,摇头叹气。接着,老王又走了几步错棋。洪局长没看出那错棋的妙处,只当是对方连失二子招架不住乱了阵脚,便继续调兵遣将往前猛攻,直取黑子老将。眼看再有一步就要结局,洪局长得意地纵情大笑道:"大局已定,红子必胜!咋样,没跑了吧!"然后往靠椅上一躺,面朝房顶,摊开四肢,展露出便便大腹,只等对方投降。老王不紧不慢,举起一个棋子,淡淡笑道:"将!洪局长,你看你咋走吧?"洪局长忽地坐起一看,吓得"啊"的一声,竟然是个死棋,老帅前后左右皆不能动,回天无术,顿时满面羞红,伸手"哗啦啦"把棋子往一块儿一拨拉,叫道:"这一棋不算,我都没看见哩可输了!再来,我就不信!"

于是,重整旗鼓,从头再战。洪局长接受失败教训,举棋不定,步步犹豫。老王是不动声色,缓缓行兵。两个人你来我往,杀得不可开交。老王看着洪局长胆战心惊的样子,忽然又觉得自己太可怜了,为这种报复可怜,可怜自己再没有比这更厉害的能耐了。不论胜败,自己充当的都是陪人玩的角色!这时,小王大概又写完了一段稿子,跑来观战。看了棋势,料定洪局长必输,就眯眯笑着对老王使眼色,指指腕上手表,又指指棋盘,意思是天不早了,赶快输给洪局长一盘算了,就能早点收兵了。老王笑而不语。小王当他没看懂自己的意思,就提醒道:"王老师,你那个材料人家可是急着要的呀!"洪局长正在聚精会神想棋,抬头看了小王一眼,气道:"走走走!别打岔了,今上午是不获胜决不收兵!"老王笑道:"好吧,今上午反正啥都弄不成了,我奉陪到底!"这话不假,老王真是一心扑到了棋上。他进退自如,出奇制胜。总是先叫洪局长喜上眉梢,大笑不止,不等他笑完,就使出绝招,将他置于死地,使他笑着的嘴巴合不及就气得脸红脖子粗。两个人杀得起了性,下了一盘又一盘,越战越快。洪局长越输步子越乱,老王越胜越稳如泰山。刚开局棋子还没有走乱,洪局长就一败涂地。棋摆好,小王跑出去一趟,转身回来时可结局了。小王笑道:"真快,去尿一泡可又下一盘!"洪局长败而不馁,老王胜而不骄,不知下了多少盘,谁都不肯先提出休战,看样子要永远战斗下去了。

"爹,天已过午了!"随着一声牢骚,老王的小女儿小华气冲冲地走进来,入眼看见洪局长,马上转怒为喜地笑道:"洪叔呀,又叫我爹把你缠住了吧!"然后才冲着老王生气地埋怨道:"叫你送娃上幼儿园,你说你要写稿哩!就会下棋,啥时候了,还下!你不回还缠住我洪叔回不成!你回家吃现成饭,我洪叔可是兼着炊事员哩,回去晚了,我洪婶又要'表扬'他哩!"

洪局长笑道:"这女子真是一张利嘴!"

大家看看手表,同声惊呼:"哎呀,可十二点半了!"

老王看看残棋,又看看洪局长,笑道:"再把这一盘输了吧!"

洪局长站了起来,伸手把棋子拨拉一下,笑道:"算了,算了,过瘾了!"说着和老王一同往门外走去。走到门口分手时,他拍拍老王的肩膀,开心地笑道:"我真怕你输了不下了,总算不错,下了个痛快,这一上午总算打发过去了!哈哈哈!"笑着来了,笑着走了,边走边阴阳怪气地唱道:

有为王出京来大不幸，

不是下雨便刮风。

走一步退一步等于不走，

走两步退两步等于不行。

…………

老王看着洪局长的背影呆住了。洪局长逍遥自在的神气，无忧无虑的腔调，没透出一丝丝懊恼和不快。这等于给老王迎头一棒，打得他晕天晕地，天地不分。刚才他还为这种报复感到可怜，可怜自己再没有比这更好的能耐了。没有想到连这一点点可怜的能耐也没起作用，洪局长比来时还得意，还高兴。他想使对方一败涂地的目的达到了，他胜利了，可忽然发现真正的失败者是自己。他感到被洪局长玩弄了，也被自己玩弄了，像腊月天被人推到了河里，浑身凉透了，心也凉透了。"我真怕你输了受不了！"妈的，原来傻瓜是自己！洪局长没有懊恼，他倒懊恼个没完没了。

小女儿小华看他还望着洪局长身影不动，就气上心头，重重地说："还想下呀！真是老没材料！"

老王跟着女儿走了。一路上无精打采，默默无语，心里是一片空白。他想吸烟，摸摸口袋，空空如也，才想起两盒好烟早在战场上吸完了。两块两毛钱白扔了，连一个字也没换来就白扔了，不觉一阵后悔、惋惜。他走向路边一个个体户经营的小摊，每天从这里经过时都顺便在这里买盒烟，每次都是只买一盒，一下子买两盒有点舍不得钱。每次都是买的芒果牌，比芒果低的他嫌拿不出手，有失体面，比芒果高级的又买不起，四角五一盒的芒果正合自己的身份。他走过去还没开口，卖烟的就照例给他一盒芒果，他忽然犹豫了，想起今天已经在烟上花了两块二，就想吸几天次烟，补上今天的亏欠。

他没接芒果,要了一盒两毛二的白河桥。卖烟的被这个例外弄糊涂了,一脸不解地看着他,笑道:"怎么今天要吃红薯面馍了?"他没回话,只是淡淡一笑走了。

卖烟的久久看着他的背影,暗自奇怪,然后恍然大悟地自言自语道:"这人一定是出啥事了!"

小女儿小华回头看了卖烟的一眼,对着爹爹委屈地埋怨道:"以后吸起了你吸,吸不起了你不吸,别丢人现眼地买这种烟。你也不看看卖烟的脸色眼色,好像你是个杀人嫌疑犯!"

老王看女儿一眼,想说什么又不好出口,只是叹息了一声,吸着烟走了。

一走进家门,小华就抢先告状:"有功之臣回来了,今上午写的稿可真不少,马拉车装兵卒抬!"说着嘲笑地看了爹一眼。

老婆看看丈夫的脸色不好,就埋怨女儿道:"你就巴着他写稿!你就没有看看你爹老成啥了!写稿写稿,吭哧吭哧写了半年,给点稿费还不够烟钱哩。少操点心多玩一会儿,只要身体好比啥都强!"

老婆要是埋怨他,和他吵一架,他也对着吵,肚里闷气也许会发泄发泄,心里也许会轻快些。谁知老婆又是顺着他,护着他,他连说话的机会都没有了。他把她的顺从看成巴结,就狠狠回她一眼,然后一言不发地到饭桌旁坐下。娘儿俩忙着端上饭,雪白的九月寒大米干饭,炒的肉菜。他一看马上寒下脸子,一肚子不满终于发作了,瞪着老婆火道:"你不知道我不爱吃米饭?"

小女儿小华不等他说完,就翻他一眼,牢骚不满地说道:"你成天埋怨,我妈想给你换换样,上午跑到乡里弄了点新米。"

他起了高腔,把筷子啪地一放:"改样?就专改成我不爱吃的?"

小华委屈地哭了:"你——真难伺候!"

还没落座的老婆忙推了小华一把,不让她说下去,又对他满脸赔笑地说:"早上你也没说吃啥饭!我还擀有面条,鸡蛋和的面,酸菜也炒好了,水也烧开了。你不想吃干饭了,我去给你下面条!"她转身下灶,又喊,"小华,快来给你爹捣蒜水!"小华不乐意地起身去了。

老王心里刚冒上一点火苗,又叫老婆浇灭了。饭桌上只剩下他一个人,他看看面前冒着热气的饭菜慢慢不冒热气了,不由感到一点不安,又有一点歉意。心里本来就塞满了烦闷,又加上不安和歉意,就憋得更加难受,只觉得想摔打点什么东西出出气才美。可是,不等他发作,面条就端上来了。因为是鸡蛋和的面,面条又细又黄,像一碗金丝,又浇上了蒜水和小磨香油。喷发着香气。世界上的事情怪得很,凡不费工夫得来的东西,再好再美也不觉得可贵可爱。他端起碗吃着,嘴里没一点香味,为了活命不得不吃,像吃药一样勉强吃着。老婆吃着放凉了的饭菜,不住偷看着他,想看到他的笑脸,想听到他的夸奖,等来等去没有看到,也没有听到,只看见他心事重重的样子。她当他还在想着写稿的事,心痛得很,吃饭都在操心,真苦坏了他。她想说几句别的话,叫他分分心,又怕自己不会说话惹他生气,只好叹了口气。小女儿也不满意。睡懒觉,下象棋,还得叫人去喊才回来,还嫌这不好吃那不爱吃,还成天板着吓人的脸子,叫人真受不了,就憋着气一言不发。饭桌上的饭菜虽然不错,可惜没有欢乐,沉闷得很。老婆忍不住,就对小华使个眼色,指指书桌上放的东西。小华看了妈一眼,她不想理爹,又不得不说,就冷冷地说:"爹,我二姐托人又给你捎来十斤蜂糖,在桌上放着。"

老王抬头看了一眼,书桌上放了个黑漆小木桶,就淡淡地"哼"了一声,表示知道了。

小华又说:"我二姐听说你的肺不好,她费了好大劲,托了好多人,才在深山老林里买了点土蜂糖!"

老王又毫无表情地"哼"了一声。

连着两声"哼",小华受不住了,怎能这样无情,谁得罪你了? 就恼火地质问道:"你就不可怜可怜我二姐? 她调动的事,你就不能再催催?"

老王满嘴打嘟噜地说:"你知道我没催?"

小华不满地说:"催! 催! 都快两年了!"

老王也不满地说:"这能是我想办就能办成的事? 我都不知咋作难哩,你还……"他说这话不假,他有他的难言之苦。

二女儿在深山里工作,丈夫在城里当工人,夫妻两地分居,生活上确实不方便。前些年她还能坚持,总是自己安慰自己:"都是人,别人能在山里干,我为啥就不能。"这两年,和她在一块儿工作的人都一个一个调回城,有的是有关系,有的是靠送东西。她也受了传染,坚持不下去了。一次,她从山里回来,求他把她也调上来。他知道如今的事难办,没有答应她。她就绕着弯子激他,说谁谁的爹官不大就调上来了,谁靠个远门亲戚也调上来了。意思非常明白,你歪好还是个领导,还是亲爹亲女,为啥不给办? 他听了话味不对,就勃然大怒,训斥道:"你爹不比人家的爹,人家的爹哪怕是个炊事员,盛饭时也能给有的人盛稠一点;哪怕是个理发员,剃头时也能给有的人脸刮光一点。你爹凭啥和人家交换? 再说,咱写文章批评别人,说人长道人短,自己再去搞这,你爹成了啥人?"她被镇住了,哭足哭够走了。去年,她生了孩子,一个人在外地实在没办法过下去,又提起调动的事。她再也不敢当面和他说了,就哭她妈,哭她妹妹,叫她们三天两头求他,提醒他。她一个月只有二十九元的工资,还不断往家里捎东西,隔几天捎点柴,隔几天捎点山菜,隔几天又捎点木炭。他有点受不住了,就给老婆讲:"你给二女儿讲讲,不要再往家捎东西了,再捎得多我也没有办法!"话是捎到了,没几天二女儿来了封信,说:"给我办是我爹,不给我办还是我爹,东西是捎给我爹的,不是捎给办事人的!"他看了信好几天心里不是味。后来,她的孩子生了病,因为举目无亲,看得晚了,差一点送了小命。他才真动了心,决定活动活动把她调上来。她的单位直属于县里一个局,这个局的刘局长他也认识,他想去找找。一连几天,天天一早都下决心,说是今天去找刘局长。可是,天天都没去,没有勇气。后来,他在家里分析了刘局长的为人和人品,认为这个人正派,通情达理,不是认钱认物不认人的人。又分析了他和刘局长的关系,虽无深交,也认识了几十年,又没啥矛盾,见面还是挺亲热的,早晚见了总是笑哈哈的。又估计刘局长听了自己的请求如何回话,从最坏处着想,他也不会叫自己难下台,不会当面回绝,最坏是句"研究研究"的推托之词。想来想去,还是有条件去试试。于是,他下决心真要去了。老婆说,买点礼物带上,现在时兴这个。他骂老婆无知,凭他的身份去给刘局长送礼,等于打刘局长的脸。他决定空手去,只是买了一盒好烟装在口袋里,想想又掏出烟拆开了盒,先吸了一支,别让刘局长看出好烟是专为他买的。他吃了早饭就攒着劲去了,走到这个局的门口忽然腿软了,上不去台阶了。他想,共产党会多,上午肯定是在开会,会场里那么多人怎好讲这种事,还是下午来找吧!他找到了理由,就心安理得地退回去了。下午又去,这一次一定要找到刘局长。可是,走到门口不由又心虚了,这种事一开口就脸红,多不好意思,还是夜里说着好,就是脸红对方也看不见。这样想着又拐回去了。一连两次去而复返,他责备自己太无勇气,解决夫妻两地分居的问题,符合上级政策,怕什么? 有什么见不得人? 夜里坚决去!夜里他真去了,走在路上,他巴着刘局长在家,在家就好了,成不成问个明白,也好去了这块心病。到了这个局门口,恰巧从院里出来一个人,他问刘局长在家没有? 对方很热情,说在家,还给他指指刘局长住的屋子。他希望刘局长在家,现在知道刘局长在家了又有点失望。可是,已经问了,那个好心人还在看着他,怕他走错了,他只好硬着头皮走去。他到了刘局长家门前,隔着窗玻璃看见刘局长正和一个人说话,他又动摇了,就在门口徘徊。他在暗处能看见明处,刘局长在屋里明处看不见他。他在门外展开了激烈的思想斗争,到底是进去啊,还是不进去? 这时,门突然打开了,刘局长往外泼残茶,发觉有人就问:"谁?"他只好应道:"我!"刘局长把门前电灯一拉,叫道:"啊,王主任,你可是稀客!"就把他拉进屋里,忙倒茶让烟。那个谈话的人知趣地推故走了。刘局长看着他,问他有什么事? 他不知为什么竟脱口而出地说了个谎话:"我来找老李串个门子。"刘局长遗憾地说:"老李去地区开会了。"接着两个人说起了闲话,云天雾地地说了两个钟头。其中好几次他想说说来的目的,可是想到开头都没说,已经说过没事,再不好说出口了。临走时,刘局长送他到大门口,又问他:"别的有啥事没有?"

"没有。"他又脱口而出。

刘局长又嘱咐道:"以后有啥事了言语一声!"

"好! 谢谢!"他又应酬了一句。

回家的路上,他后悔死了,专门来干啥的,为啥事到临头又不张嘴了! 多好的机会,刘局长那么热情,反复问自己,自己偏偏装成正人君子的样子,充的啥好汉? 他气,骂自己无用! 他掏出烟吸时,才发觉买的好烟还原封未动,没敢掏出来让人家一支! 他更恨自己了,就自己的脸皮值钱?本来最不值钱,自己为啥硬要把它当值钱物!

夜已深了。他回到家里,老婆正在等他的好消息,他一进屋她就问:"找着刘局长了没有?"

他回道:"找着了。"

老婆关切地又问:"说了没有?"

他淡淡回道:"说了。"

老婆又担心又高兴地看着他,问:"刘局长咋说?"

他随意地应付道:"人家答应给办嘛!"

老婆喜了。第二天,小女儿也喜了,忙给她二姐打电话报喜。第三天,二女儿从山里捎回了一斤木耳,还有一封信,说她高兴得哭了,还说:"爹到底是爹。"一家人只有他不高兴。他看着老婆和小女儿的笑脸,看着二女儿的信,他倒想哭,想打自己。他本来应该再去找刘局长,可他没有勇气,怕刘局长会说:"上次见面咋不说呢,还假装正经哩!"脸太主贵了,事情就拖下来了。老婆和女儿们想都没想过他能哄她们,每天都在希望中过日子。她们越满怀希望,他就越不敢说出实情。他不愿在老婆面前失去做丈夫的尊严,更不愿在女儿面前失去做父亲的威信。希望终究也是有限的,拖了一年多还没一点音信,一家人就抱怨他抓得不紧。今天二女儿又捎回了蜂糖,一定也捎有话。他不用问就知道。他低着头吃饭,想着怎么办。小女儿小华看他一点也不动情,也不着急,就忍无可忍地抱怨道:"你这个上帝可真难感动!你知道不知道,我二姐一个人在山里过得多难,我妈怕分你的心,压住我们不叫告诉你!……你就少下一晌棋,也能去催催!"她眼红了,抹起了眼泪。他听了看了烦死了,心里狠狠骂道:"你哭?老子比你还想哭哩!"他没敢骂出声,他在老婆面前可以破口大骂,在女儿面前却总是有点心虚胆怯。为什么?说不清。大概因为女儿上过学,多少有点知识,对有知识的人得文明一点吧!小华说了哭了之后,大家都不说话了,屋里一片死寂,空气都有点不足了。三个人都低下头吃饭,都觉得胸里憋得慌。

有人敲门。是谁?来得多不是时候。三个人互相看了一眼,小华不情愿地去开门了。

小华打开门一看,一个高高大大的老汉,留着苍白的八字胡,脸上堆满了小孩子天真的笑容,两只笑眼盯着她看。小华怔了一下,突然一声惊喜的狂叫:"哎呀,陈爷呀!"高兴地扑了上去拉住老汉,又回头报喜道:"爹、妈,我陈爷来了!"陈老汉摸着小华的头,嘻嘻道:"娃子还认得我呀,我是怕你们不认我了!"

老王和老婆听了叫声,烦恼、沉闷、希望和不快顿时全没影没踪了,两个人同时撂下碗,争着往外跑,差点互相绊倒了。他们跑到门口,冲着老汉叫了声:"陈大叔——"脑子里就成了一片空白,就不知该说什么了,眼睛却不由全红了。

老王一家和陈老汉非亲非故,却胜亲胜故,感情深得只能意会不能言传。老王挨斗的那年冬天,下着大雪。一天早上,来了个要饭的老头,就是这个陈老汉。老王的老婆给了他一个生红薯,陈老汉不接,要叫他们给盛碗热汤喝喝。一听说要热饭,婆娘娃子都哇一声哭了,说:"俺们没有火,都吃半个月生食了……"

陈老汉听了原因,放声骂道:"日他祖宗,天下还有这号刑法!"骂着回头就走了。一会儿,陈老汉又来了,径直走进屋里,掏出一盒火柴递给老王老婆,还不可一世地骂道:"日他妈,我就不信弄不来一盒火柴!"

有了火种就有了生命,有了活命。老王一家喜出望外,老王问:

"在哪里弄的?"

陈老汉大咧咧地说:"在供销社要的呀!"

老王怀疑了,火柴是紧缺东西,能卖给一个讨饭的? 就问:"人家能卖给你?"

陈老汉嘻嘻笑道:"不卖? 老子是天下第一穷人,是共产党的铁杆队伍! 他敢不卖给老子,老子就敢吊死到他们柜台里面!"说着一阵哈哈大笑。

老婆感动得泪流满面,叫孩子们跪下去给陈老汉磕个头,叫声"爷"。老王问了他家住址,老婆不断扒住门往外看有没有动静,胆战心惊地对陈老汉说:"陈大叔,你的恩情我们一辈子也忘不了,久后有了出头之日一定报答。现在,你得快点走,人家看见了会不依你,别叫我们连累你!"

陈老汉听了怔了一下,接着又一阵大笑,又重复了刚才的话:"怕啥,老子是天下第一穷人,共产党都怕我三分,看谁胆大能把我怎样! 你看看,就凭这个谁敢动我一根毫毛!"他掏出一纸公文,老王看了看,是深山区一个公社革委会开的,写着他是贫农,四面净八面光,因家境困难,前往各地解决生活问题。下边盖着血红血红的革委会大印。老王看完放心了。没想到革命者和反革命者都是这个生活水平! 多少天了,老王家没有和外人接触过,没有吃过熟食。这天上午,一个反革命作家和一个革命乞丐同吃一顿熟食热饭,老王感慨万千。孩子们太高兴了,一个个狼吞虎咽。老王看着想着哭了,不是眼里哭,是在心里哭,不是流的泪,是流的血。一盒火柴把一个作家和一个乞丐融化到一起。老王"解放"后,曾专程去看过陈老汉一次。因为山高路远,交通又不方便,别后多年就断了来往,也断了音信。今天陈老汉突然出现,老王和老婆喜得心里咚咚乱跳。

他们忙把他请进屋里,先给他倒水洗脸,小华忙给他倒茶。陈老汉不洗不喝,说要先看看屋里,老王领着他每个屋里看了看,他咂咂着嘴,连说:"乖乖,鸟枪换大炮了!"然后到了客厅,陈老汉坐到沙发上,又忽地跳起来看着沙发,嘻嘻道:"真是美伤了,连屁股都享上福了!"老王打开电风扇,风呼呼地吹来。陈老汉盯住风扇看了看,笑道:"人真能,啥都会做,连风都会做!"老王和他说着话,老婆去重新做饭了。小华站在桌边摆弄着录音机,看着她陈爷的脸,听着陈爷的话,又新鲜又好笑。停了一会儿,小华笑道:"陈爷爷,你听听你说的话!"她把录音机换了个钮,放出了声音:"乖乖……真是美伤了,连屁股都享上福了!……人真能,啥都会做,连风都会做!……"

陈老汉听了,吓得变脸失色,叫道:"爷呀,这不是我的腔吗?你咋把它扣住了?"

小华笑得银铃似的,把录音带取出来叫他看看,又给他讲讲原理。陈老汉也听不懂,只是一个劲咂嘴,叹道:"爷呀,人都能成精了,这世道真是不得了啦!"他想了想又问:"逮住我这话,能响几天?"

小华笑道:"放几百年还响!"

陈老汉马上站起来走到桌旁,把录音机前后左右看个不够,连连点头,最后下定决心地说:"真神极了,真是个神物,我也要攒钱买一个。过去都说人死如灯灭,死了啥也没有了,有了这神物,人就不会全死了。我说个好话,都给我录住,将来我身子死了,我的话还活着,子孙后代都能听见我说话!"

小华又笑了。老王瞪了她一眼,不许再逗下去。陈老汉带来了欢乐,冲散了老王心中的一切闷气,忘掉了一切烦恼,情绪好极了。可惜,欢乐是这么短暂,刚才的这幕戏又在老王心里涂上了浓厚的阴影。"神物"这个词刺痛了老王的心,这就是现代中国一部分农民的语言!八十年代了,人们本来应该受用的东西却连见都没见过。这个状态!还有多少人是这个状态?可是,每天看到的听到的全是美好的形容词。老王感到一阵难受,低下头,双手支住下颏呆呆地想着。

陈老汉看看老王,快活地说:"你想要的东西,我给你带来了!"

老王一愣,东西?什么东西?自己啥时候向他要过东西?他迷糊地问:"我要的?"

"你忘了。"陈老汉起身拿过提包,掏出了一个纸包,笑哈哈地递给老王。

老王接过拆着,小华走过来看是什么金贵的东西。老王拆开沉甸甸的纸包,原来是十多粒圆滑多彩的小石子,像城里人爱好的雨花石一样的小石子。老王愣了一下,忽然想起来了这个宝物。多年前,也就是莺歌燕舞的年代里,老王一解放就去看望陈老汉。路很远,他坐了一天汽车又步行了半天,才找到陈老汉的家。一家六口人,四个整劳力,只住着三间旧草棚。老王来了,像来了贵客,一家人忙上忙下,父子们还不时到外边背着他商量什么,看样子是在商量如何招待他。上午喝酒,陈老汉和三个膘壮的儿子陪他,陈老汉先道了一番歉,说:"日他妈,摆治得啥东西也没有了,只剩下'革命'了。那玩意儿又不好吃不好喝,叫你笑话了!"说着把一个锅笼扣在地上当桌子,周围放了几块石头当凳子。一个儿子端上一大碗白酒,一个儿子端上一碗鸽子蛋。陈老汉端起酒碗,先请老王喝了一口,然后自己喝了一口,再后三个儿子轮着各喝一口。转了一圈,酒碗又转到老王面前。陈老汉举起筷子对老王请道:"吃菜!吃菜!"老王伸筷子夹了一个鸽子蛋,竟是出乎意料的沉重,又十分光滑,费了好大劲才夹起一个填进嘴里,原来不是鸽子蛋,是……陈老汉看看他惊疑的脸色,便尴尬地解释一番,说这是在河里精选的圆滑石子,放进锅里添上水,再加上盐和花椒狠煮,使盐味和花椒味黏附到石子上就成了下酒的菜,喝一口酒嗍一下石子,只图个味道。还说,这里人都如此待客。陈老汉说完又劝酒。老王忽然间想起了原始社会,一抬头又看见墙上敬的领袖像,老人家笑得那样慈祥,不由端起了酒,疯了似的咕咕嘟嘟一气把一大碗酒喝干了。陈家父子惊呆了。老王平常滴酒不沾,眨眼工夫已不省人事,跪到领袖像前放声痛哭,任你再劝也劝不住。第二天,老王临走时,陈老汉找遍屋里也没有东西可以回礼,就难为地说:"明年再上山摘木耳,拣好的给你留一点。"老王心酸地说:"如今我啥也不缺,我就想要你们昨天上午吃的那道菜,等你们啥时候用不上了,给我送去比啥都强!"

老王早忘了这件事,没想到今天送来了。他双手捧着光彩夺目的石子,回头对女儿小华无限感慨地说:"这就是那年我从你陈爷家回来时,给你们说过的下酒菜。你看看,你们现在已经好到哪里了,还嫌这不美那不美。你收藏着,也经常看看想想,就会……"

"算了!算了!"女儿小华打断他的话,嘲笑道,"又来忆苦思甜了!这一套起的啥作用,你想过没有?全国忆苦思甜搞得正红火的时候,是千百万人挨打受气的时候,正是全国老百姓没东西下肚的时候。忆苦思甜和这些悲惨事情就没关系?有关系是啥关系?你当作家,想过没有?"说完捧着石子走了。

老王被问住了。他确实没有想过这两者的关系,现在一想也真不假。越是忆苦思甜越是没东西下肚,越是忆苦思甜越是残酷斗争。这两者是啥关系,哪个是因哪个是果,或者两者都是因,或者两者都是果。他一时也想不清楚,就继续和陈老汉说话。

陈老汉说起现在的生活眉飞色舞,说粮食吃不完了,说盖起了三间瓦房,说一个儿子结了婚,还说如今年年杀个大肥猪。末了笑道:"现在可是大茶壶升老板——一步登天了!"

老王听了介绍,心情好得很,胸中的积闷一扫而光。他不仅为陈老汉高兴,也因为陈老汉的变化证明了自己的看法。他不止一次地讲过,上下几千年,中国农民现在处于最佳状态。陈老汉的一步登天,印证了自己论点的正确。老王终于在生活中找到了亮点,脸上有了光彩,眼睛也亮了,顿时年轻了许多。他想,写写陈老汉就蛮不错。他微笑着,满意地问:"现在还缺啥? 还想啥?"

陈老汉喜得眯着眼,笑道:"还缺啥? 人要没良心,狗都没有肋巴骨。如今,见天三个饱一个倒,吃不愁穿不愁,出门也不用请假开条了,要多美有多美,还想日天呀? 要说不缺,也缺一样!"

老王专心听着,以为他要说出一种伟大的缺少,就关切地问:"还缺啥?"

陈老汉笑道:"还缺个猫娃! 日他妈,粮食一多老鼠也多了,再也治不住了,大白天都乱跑乱咬。我这一回下来,就是去我闺女家逮猫娃哩!"他闺女住在县城东边,离县城有二十多里路。

老王听了心里一松,真容易满足! 谁说中国的知识分子物美价廉,中国的农民更是价廉物美,只要填饱肚子就啥也不想了。他忽然想起去陈家时见过的那位李支书,真是个大好人,当了好几十年支书,还是两袖清风,一贫如洗。穿着一双烂鞋,葛条系在脚脖上,一抬步就看见脚掌在外露着,在石尖上还走得飞快。他关心地打听道:"李支书还好吧?"

陈老汉说:"他早不干了,去年就换成他儿子了。"

老王愣了一下,不满地说:"怎么能叫他儿子干?"

　　陈老汉对老王的反问感到奇怪,反问:"人家干了一辈子,没有功劳也有苦劳,人又没犯啥法,凭啥不叫人家的儿接着干?"说了还看着老王,一脸不解的神气。

　　老王看着他那种认真的神态,不由得叹了口气,知道越说他会越糊涂,就苦笑一下,又问:"他儿能干得了?"

　　陈老汉夸道:"可干得了! 这娃子啥都能行,就是有一点点不好,好那一道子!"

　　老王不解地问:"啥一道子?"

　　陈老汉哈哈笑了,好像笑话他连这个都不懂。回头看看没有女的,才伸长脖子对老王悄悄地说:"年轻人嘛,血气正旺哩,见谁家婆娘长得好了,就好动手动脚。前些天,又拉胡黑娃婆娘,叫胡黑娃把婆娘苦打了一顿!"

　　老王"噢"了一声,不平地说:"群众就忍了,没人告他?"

　　陈老汉不以为然地笑道:"这能都怨支书? 怨谁? 谁叫他们婆那么好的婆娘,老百姓嘛,为啥要找个漂亮婆娘,还能不招事? 要找个难看的婆娘,谁还招惹她? 就是睡到大路上也出不了事!"

　　陈老汉说得如此有理,如此轻松,如此自然,老王听得一颗心都凉了,不由一阵反感。怎么能这样说话? 同情心哩,正义感哩,是非黑白跑哪里去了? 是几顿饱饭吃糊涂了,还是压根就黑白不分? 刚才的热烈欢乐情绪跑完了,再也没兴趣谈下去,便起身去催老婆快端饭。

　　饭端上来了,先是四个下酒的菜,老王去柜子里找酒,翻腾半天,找出了半瓶茅台。这是大女儿结婚时,女婿孝敬的,那年春节喝了一点,就再没舍得动,一直放到如今。他给陈老汉倒了一杯,小女儿小华是怕埋没了好东西,就介绍道:"陈爷,这酒叫茅台酒,是中国第一好酒。"

陈老汉感动得"啊"了一声,喝了一口,细细品了品味,咂咂嘴,夸道:"真好,真好,就是比红薯干烧的酒好一点!"

老王被夸奖得哭笑不得。

陈老汉看着老王,求道:"你也坐嘛,咱叔侄喝一杯!"

老婆也乞求地看着他,说:"你陪陈大叔喝一杯吧!"还把一个椅子拉到他面前,让他坐。

老王瞪老婆一眼,看看手表,推辞道:"我们已经吃过饭了,我还要去参加个会,你慢慢喝吧!"

老婆又看他一眼,无可奈何地对女儿说:"小华,来,咱娘儿俩陪你陈爷喝!"

老婆从来不沾酒,女儿也是见酒就醉,两个人对看了一眼,就坐下去每人倒了半杯,和陈老汉对饮起来。老婆举起筷子,请道:"陈大叔,夹菜!"

陈老汉伸头看看四个菜,伸出筷子一一捣着盘子,心满意足地自夸道:"这个是肉,如今俺们屋里也有,年年腌了一大缸腊肉,啥时想吃了就据一块子出来吃。这个是鸡蛋,如今俺们屋里也有,咸的淡的都有……"他又看看老王,喜道:"你啥时候有空了再去,保险不像上一回了!"

"这能都怨支书?谁叫他们娶那么好的婆娘。"老王耳朵被这几句话塞住了,再说什么也听不进去,又看看手表,对陈老汉干笑道:"你慢慢喝,我去开会了,今天别走,夜里咱们再好好谈!"

陈老汉忙着起身送他,说:"你去,你去,可不敢耽误公事!我今天下午可得走,猫娃是快货,去得晚了叫人家抢完了!"

老王出了家门,呼吸了一口新鲜空气,才觉着胸里畅快些。他真是有会。他顺街走去,忽然心里有点不安,不踏实,似乎做错了什么,似乎有个事没去做。"不能这样算了!"他想明白了,就走进一家烟酒商店,东看看西看看,犹豫了半天,才狠狠心买了一条茅庐烟。出了商店门,他自嘲地苦笑道:"今天叫茅庐烟缠住了!"然后又转身回了家,陈老汉看他又回来了,忙又站起,老王不等他开口,就递上这条烟,干笑道:"别的也没什么送你,给你买了条烟,这是街上最好的烟了!"又是个最好!

陈老汉双手接住,金贵地看看,嘿嘿笑道:"今天我算把一辈子没享过的福都享了,最好的酒,最好的烟……"

老王笑笑走了。

女儿小华追到门口,叫道:"爹!"老王站住了,问:"咋?"

小华大概是喝点酒上了脸,脸红得血一般,重重地说:"你像话吗?"

老王不解地问:"我怎么了?"

小华挖苦道:"你对得很!该做的都做了,自己不舍得喝的酒拿出来了,自己不舍得吸的烟买来了,是吧!"

老王不满地反问:"你还要我怎么办?"

小华委屈得要哭了:"要你的心!看看你笑得那个冷劲,那个强劲,以为别人就看不出来!"她不等他回话,就擦着眼泪转身回去了,她要以自己纯真的心和笑去补上爹爹的亏欠!

老王被击垮了,心沉腿沉,一下子又苍老了许多。他顺着街边无力地走着,头耷拉得很低,像一个羞于见人的刚刚释放的囚徒。女儿一下子戳破了他的假面具。好酒好烟都是理智指点的,可是感情呢?细细想想,对陈老汉的话是有点烦,有点气,有点厌,才使感情上一下子疏远了,冷漠了。"……凭啥不叫人家的儿接着干?……

这能都怨支书？谁叫他们娶那么好的婆娘……"老王这才发现，是陈老汉的这些话在他们中间挖了一条深沟。可是，陈老汉的话，陈老汉说这些话时的神态，是怎么形成的？是天生的，还是被扭曲的？解放三十多年了，他竟然说出这种话，证明他够可怜了。他认为支书的儿子应当接着老子的支书干下去，他不同情被奸污的妇女，是不对的。可是，自己不同情他这种被扭曲的认识就对了吗？他又忽然想到那盒火柴，只说那盒火柴把他们融为一体了，没想到只是像糨糊一样把他们黏合在一起，我还是我，他还是他。难道自己是忘恩负义？是人一阔脸就变？为什么感情变化得这么快？他一路胡思乱想着到了会场。

这是个总结农业丰收的座谈会。规模不大，摆满了沙发的小会议室里已经坐了十来个人。老王走到门口就听见里面笑声四起。他进去后，人们纷纷和他打招呼，他笑笑算是回答。然后扫了一眼，去和一个熟人坐到一起。会议还没开始，人们在说着玩话。一个瘦子指着一个胖子说："人证物证俱在，你还不坦白呀？咱俩一块儿在省里开会，你买了好些高级美容霜，我问你给谁买的，你说你给你老婆买的，叫她也美美。后来，隔了一个多月，我去找你儿媳妇联系一件工作，见你买的美容霜都在她的床头桌上放着。你好好坦白坦白，你俩啥关系？"人们哄堂大笑，纷纷指着胖子叫道："扒灰头！扒灰头！"

"标标准准的扒灰头！"

"说说，说说，美不美？"

老王看看大家都笑了，自己也跟着笑了笑。他知道，这是每次开会之前必有的笑话。现在人们学能了，在人多的地方从不谈正事。说国事吧，谁知道谁啥态度，说不对了，有人报告上去会惹是非。论人间是非吧,谁知道谁和谁啥关系,说走嘴了传出去会得罪人。可是,一堆人聚在一块儿要是都咬住嘴唇死不开口,一个个板着脸瞪着眼硬坐,不就成了庙里木雕泥塑的偶像,那个气氛会闷坏人的。况且,一个活人不说话还能忍住,要是一堆活人在一块儿也不说话,就会憋得慌。正话又不便说,于是就说些不正经的玩话。这些话听起来好像很低级,很不卫生,最没政治性,实际上是最高级的艺术语言,也是最干净的语言。因为这些话不伤天,不伤地,不伤人,上下左右四面八方都坏不了事,凡是人都爱听,也都会笑。就是碰上一个半个老古板的人,听着不顺耳,却也无可指摘,至多背后说上一句:"谁谁谁没钢水,没心劲,净爱说淡话!"这多好,看是批实是夸。"没钢水,没心劲"这几个字,在中国人心里就是"不奸诈,直肠子",有了这个评语,说不定还能往上爬爬哩。看看,这些淡话的好处大不大?最安全,最保险,这不是最大的政治是啥?真是有百利而无一害。于是,老百姓爱说这些淡话,一般干部爱说这些淡话,领导干部也爱说这些淡话。领导干部说了这些淡话,除同样享有上边的好处之外,还比一般人多得几条优点:不分高低,平易近人,联系群众。于是每会之前,都会说个没完没了,百说不厌,百听不烦。老王正在漫无边际地想着,忽然起了更高的笑浪,他认真一看,原来人们把矛头对准了主持会议的丁主任,乱嚷乱叫:"丁主任,介绍介绍你和你嫂子玩的经验吧!"

丁主任脸不红,还击道:"你们都是和嫂子玩惯了!"

有人揭发道:"还想抵赖呀!那一回,你和你哥吵啥哩?你哥气得脸红脖子粗,掂个扫帚就打,你吓得一头钻到桌子底下。你哥一扫帚下去,打烂了桌子上一个水瓶三个茶碗。你说有没有这事?"

又是一片大笑乱叫:"坦白!坦白!"

"坦白从宽,抗拒从严!"

"说是你先起的意,还是你嫂子先起的意?"

"党的政策是立功受奖,反戈一击有功;是你嫂子先起的意吧!"

可能因为丁主任是领导,原来没发言的人也凑起热闹,好像自己不发话就显得和丁主任远了。

会场里一阵又一阵狂笑,笑浪差点冲破了屋顶。

笑!笑!笑得无忧无虑。笑!笑!同志之间,上下级之间,被笑拉近了,被笑贴紧了,互相之间好像没有隔阂,没有猜忌,没有提防了,人和人变得像一个人了。痛苦,仇恨,不快,在这里都被淡忘。这里只有笑,纵情地笑,放肆地笑。多么美妙的世界呀,因为这里只有笑!

"开会吧!"丁主任说了一声,顿时,鸦雀无声,人人正襟危坐,个个都成了正人君子,还是这个地方,还是这些人,却好像掉了天地换了人。刚才的大笑狂笑,竟然没有在一张脸上留下一丝笑的痕迹。笑来得容易,去也容易。可见这笑是没有根的笑,不甜蜜,也没有厚度,浅薄。不过,人类需要笑,不论是无公害的笑,还是百无禁忌的笑。再浅薄再虚假的笑,也比厚实的真实的笑恐怖好一百倍,何必要去寻找笑根!老王品味着失去了的笑。

丁主任从公文包里取出一份材料,喝了一口水,戴上眼镜,不是说而是开始念。老王忙掏出笔记本准备记。他本来不想参加这个会,可是听说有关方面都要参加,一定有不少生动的材料,来听听也能吸收一点营养,说不定还能拾个小说材料。于是,他抱着希望来了,匆匆地做着记录:"同志们,在三中全会的正确路线指引下,在省地县委的领导下,我们冲破了'左'的禁锢,思想上得到了大解放,及时地正确地大胆地推行了承包责任制,广大农民从'左'的束缚下解放出来了,积极性得到了空前的发挥……"老王停住了笔。这些话太耳熟了,在哪里听到过,记过?他匆匆翻着笔记本,终于在前边找到了。是一年前在大礼堂听书记作报告时记的。他听着丁主任的讲话,一边对照着记录,心里说:"下一句准是'使我们在原地徘徊了几十年的产量有了飞跃'!"果不然,真是一字不差地念了。他轻轻地笑了。他再看看在座的人,以为大家都会发觉这种可笑的重复,谁知,除了他没有第二个人。一个个都神情庄重,都在用心地认真地作着记录。挨他而坐的乔副局长还要求道:"丁主任,讲慢一点。把刚才那一句再说一遍。"丁主任满意地看他一眼,脸上浮现一层笑意,把讲过的一句又一字一字地重念一遍。老王看看乔副局长,心里嘲讽道:"真是少见多怪,多一句少一句有啥关系,这能是圣旨,少记一句就满门犯抄!"他骂过又觉不妥,别人都在低着头认真地记,唯独自己仰着脸不记,丁主任会怎么想?要是说自己懒还没啥,要是说自己看不起他就糟了。再说,也有点脱离群众,别人都记自己不记,好像自己比别人高明。于是,他又挥笔在笔记本上写着,心不由己写着陈老汉的话:"神物。人家干了一辈子,没有功劳也有苦劳,人家又没犯啥法,凭啥不叫人家儿接着干。这能都怨支书?怨谁?谁叫他们娶那么好的婆娘……"他写着品味着,为什么弱者不同情弱者?为什么弱者为强者的罪责开脱?可怜吗?可恨吗?可怒吗?究竟为什么?一时想不通,反正这话深刻,要记住,说不定啥时候就用上了。忽然,身边的乔副局长又问:"丁主任,增产八十几啊?"丁主任又一字一顿地念了两遍:"全年粮食增产百分之八十七点六三,百分之八十七点六三。"老王把这一句记上了。心想,不错,半个钟头讲了一个具体数字,还不算满篇空话套话。

丁主任又继续念着,老王又在本上胡乱写着自己即兴想写的东西:"吃罢了没有?吃罢了。上班啊?上班。三个紧急电话,一颗革命红心。占住这个时间没去干坏事,就算给人民办了好事。该批就批,谅她也揭不下来……"他不时看看满屋子的人,没有一个抬头的,没有一个停笔的。他忽然又同情起这些人来,都干吗呀,记这个还不如去抄社论哩。听这些听了千百遍的套话,真是无味,浪费时间,还不如下棋哩。忽然,乔副局长站了起来,对丁主任笑笑,说:"憋死了,上厕所一下,讲慢一点,别叫我把精彩的落下了。"丁主任点点头,算是批准了。

乔副局长走了,老王不满地看他背影一眼,顺手拿起他放在座位上的笔记本,只见上面写着:"亲爱的,我一写这三个字浑身都酥了,软得和挂面条一样,手也抖了,抖得和发了疟疾一样,因为我的心跳得太快了,我数数脉搏,你别吓坏了,一分钟就是一百三十次,比平常增加了百分之八十七点六三……"老天爷,这小子真中,屙屎逮虱——一举两得。老王怕乔副局长转来,忙把笔记本原样放好。天才!真是天才!百分之八十七点六三竟在这里派上了用场!老王又抬起头,眼光在每个人的脸上搜索着,猜想着每个人都在写什么。乔副局长转回来了,提起笔侧过头问老王:"刚才讲的有啥重要的没有?"老王忽然想开他个玩笑,对着他的耳朵说:"就说增产百分之八十七点六三。"老王讲了看着他,以为他会脸红,谁知这个玩笑没有一点效果。乔副局长说:"这个我记住了。"然后又一本正经地记起来。

丁主任终于念完了,让大家发言。人们你看看我,我看看你,都不肯先开金口。乔副局长自叹不如地说:"丁主任都讲透了,又全面又具体,又生动又深刻,我们还讲什么?"

丁主任满意地笑道:"我讲的是全面情况,大家讲讲各自部门的具体情况。座谈会嘛,都要讲,集思广益嘛,都放开思想讲,不要有任何顾虑嘛!"他动员了还是没人开口,就看着乔副局长笑道:"乔局长先讲讲吧!你经常深入下边嘛!"

乔副局长看看左右,然后笑道:"咱是个炮筒子,总爱先放炮。我说,丁主任的报告是抛玉引砖,我就先撂一块砖头。"说着也掏出了一份材料念道:"在三中全会正确路线的光辉照耀下,在省地委的正确领导下,在县委的直接领导下,我们商业战线冲破了多少年的禁锢,思想上行动上组织上来了一次大飞跃……"老王掏出笔还一字未记就迷糊了,又是这个!当场就炒剩饭,也不怕别人说他重复!唉,写小说要是也允许重复多好,写一篇稿子打印几百份,每个月发出去一份,月月发,年年发,多省心,多省事!可恶的编辑和读者为啥不准重复?你们没听过重复了十次百次的报告吗,也没见你们提过抗议,也没见你们枪毙过哪些报告,为啥偏偏不准作家重复,你们是不是也有点欺软怕硬!老王又在胡思乱想了,想了一阵又看看会场,都没记录,都在交头接耳说着悄悄话。丁主任靠在沙发上,耷拉着眼皮养神,不时弹弹烟灰,不时抖抖腿,表示自己没有睡着,在听着。乔副局长对别人不听不记一点也没影响情绪,照样滔滔不绝地念着,像录音机一样,管它有人没人一样响。老王盯着他,想找出他的思路。这个人的想象力真是达到了超人的境界,真是思想插上了翅膀,能飞到太阳上月亮上,百分之八十七点六三怎么一下子就和恋爱挂上了钩?自己要有这种联想力就好了,说不定还真能当个名副其实的作家。可惜,自己只有个老母鸡的翅膀!乔副局长终于讲到了正题:"由于我们全体职工的奋发努力,保证供应及时,送货上门,使农业产量比往年提高了百分之三十一点五三……"老王终于在笔记本上记上了这个数目字。不错,农药、化肥是增产的保证。

乔副局长讲完了,对大家笑笑,是谦虚还是得意? 丁主任睁开了眼,肯定地讲:"乔局长讲得很好嘛,又生动又活泼,有理有据,说明是经过认真准备了的。下边谁讲? 老于,你讲讲吧,不要冷场了嘛!"

于局长打开了材料,不卑不亢地念道:"我们这个战线和其他战线一样,三中全会像一盏明灯,给我们照亮了前进的方向,给了我们无穷无尽的力量……"还是这! 老王不耐烦了,一口气刚要叹出来,忽然又强咽下去。叹气,啥意思? 对谁不满? 有人站起来要上厕所,马上有人响应:"我也去一下!"立时走了四五个。老王看看丁主任没有反应,也实在坐不住了,就随大流走了出去,出了门才把憋回去的气吐出来。

厕所里倒很热闹,热烈,争着说话。

山经理撒着尿说:"开这号会啥益呀!"

白支书解着裤带说:"没事干了,不开会干啥? 开个会就算做了工作嘛!"

金科长小便完了还不走,站在尿池边显示自己的独特见解:"别狗咬吕洞宾——不识好歹了! 这是领导关心照顾,忙一段了,叫你来喝个茶吸个烟,坐到沙发上养养神,歇歇又不少发一分工资,还嫌爹黑娘长麻子!"

大家笑了。老王进来了,尿池边挤满了人,他只好在后边等着,听着人们说笑,他也感慨地插了一句:"这会开的,怎么都说些空话套话?"

撒尿的人好像突然看见了外星来人,一齐回头惊奇地看着他,不解地反问:"开会嘛,不说这话说啥话?"接着又好像忽然明白了,一齐哈哈大笑,笑得很开心,很轻佻,似乎说:你连这个都不懂还能当人呀！老王有点受不住了，不服地说："也不能人人都重复领导的话呀！"

金科长拍拍他的肩膀，贴心地说："老兄，隔行如隔山，这你就不懂了。领导最喜欢啥？最喜欢别人重复他的话了，时时重复，处处重复，人人重复，他就会认为自己的话正确，谁重复他就认为谁和他一个观点，越重复他心里越美！这就叫学问！"

老王睁大眼看着金科长，沉默不语。学问，真是天下啥学问都有。

几个人都撒完了尿，都还没有走的意思。好像站在厕所里闻着臭气，比坐在沙发里喝着一级花茶还美，还香。

山经理说："我看，乔副局长的'副'字快要抠扔了！"

白支书叹道："人家生下来舌头就长，你干气也不中！"

金科长又有独到见解："这就叫一本万利！今天他一个舌头舔领导，明天就可以换来千百个舌头舔他，将本求利，干吗不舍得在舌头尖上多抹点蜂糖？"

人们又是哈哈大笑。他们还没走的意思，越说兴致越浓。绿苍蝇嗡嗡着和他们接吻，脚下的蛆不畏艰险地顺着他们的腿往上攀登，臭气加上六六粉气刺得鼻子生疼。他们毫不在意，越说越得意。老王感到恶心，就笑笑不奉陪了。

会议室里，于局长还在不紧不慢地讲着："……急农民所急，想农民所想，宁可自己跑断腿，不让农民一时难。由于服务及时，群众都说：今年增产八点七，技术功占三点一……"老王坐下去，于局长看看他，又把上边的话重复了一遍，"仅我们战线服务到家这一项，就使产值增加了百分之三十一点二四。"老王见于局长盯着他，知道这个重复是专门为他而重复的，就对于局长点点头，表示赞许，忙提笔记上了"百分之三十一点二四",当写到"点二四"时,忽然想起了一句成语:没零不成账。一种社会服务产生的物质效果,能算出整数,又能算出零数,中国的计算科学太发达了,太精密了。他想问问,这种计算机是国产的,还是进口的洋货?他刚要问问这效果是怎么算出来的,丁主任抢了先,表扬道:"老于这两年干得很出色,在夺取农业丰收的战斗中,你们立了大功,党不会忘记你们,人民不会忘记你们。"老王又厌烦又好笑,心里接着说:"你们将永远活在人民心中!"他为自己的这句杰作感到得意,不由得笑笑。

会议顺利地进行着,每个都重复着相同的字,只是在词句组合上前后变了变。不断的重复胜似高效安眠药,有人竟然打起了呼噜。人们的注意力马上集中到呼噜上,互相挤眉弄眼,窃窃笑着。丁主任一脸不悦之色,乔副局长看看丁主任,就大喝一声:"老李,你昨天夜里没干好事吧!"老李吓醒了,触电似的叫道:"干啥?我可没睡着!"人们又一阵大笑。因为丁主任没笑,就马上又静下来,继续听着发言。又有人上厕所,三三两两地前赴后继,去了很长时间还不转来。老王看看座位空了一半,忽然想起了一场争论:物质和精神的关系。有人认为,物质能引诱人,驱使人。这话对,也不全对。厕所那么脏,那么臭,人们对厕所为什么有如此深厚的感情,像去会情人一样,到了那里就眉开眼笑,就恋恋不舍,就不愿离开?会议室这么舒适,干净,为什么却留不住人,光想推故离开这里。看起来,真理也不是绝对的,他忽然又产生了一个非常新奇非常大胆的想法:像今天这样的会议到厕所里开,人们去了就舍不得离开,发言也会生动活泼。他为自己的设想感到滑稽。又一想,自己为什么会产生这种不伦不类的念头,是不是自己的神经出了毛病?神经质,标准的神经质!完了,自己的神经不正常,还怎么写东西?明天得去医院看看，要是真得了神经病，也和刘疯子一样，每天在街上举着语录本唱语录歌，被人们围住当猴看，那才有意思哩。

会议还在继续进行，发过言的有七八个人了。照例都是先说书帽。人都要戴帽子，冬天棉帽，夏天草帽，保住头不冷不热。说话当然也得戴帽，啥形势戴啥帽，保住说的话不"左"不"右"。说了书帽，才报出自己单位的功劳，使产量增加了百分之几。老王在笔记本上算了一下，已经报的增产数量就百分之二百二十三点四七了，还有五个单位再多少贡献一点，就要百分之三百多了。丁主任说，总共才增产百分之八十七点六三呀！功劳一下子就超支了二百多！他对着本子上的数字发呆，农民打的粮食，全部算成你们的功劳还不够，还有赤字。农民自己呢？风里，雨里，热坏了，冻死了，忙了一年没落一点功劳。还倒欠了二百多功劳。赤字如何办？欠账还账，古之常理。怪不得各行各业都向农民伸手，谁叫你们欠下人家那么多功劳！老王有点生气，想把大家报的累计数字说说，也算自己发了言，也算自己没有白喝一下午公家的茶水。愤愤不平的情绪冲击着他，他有点憋不住了，巴着正发言的人快点说完，等他一说完自己就马上接住说。只说几句，要控制住感情，不要激动，不要戴帽子不要加评语，只说出丁主任说的数字和大家报的数字就够了。他下定决心要说了，可是，发言的人不知道他的心思，还是不紧不慢地讲着。他有点等不及了，真想打断对方的话，自己插进去。可惜，通信员从外面伸进头，叫道："王主任，外面有人找！"

老王有点迟疑，想说的话没说出来不痛快，偏偏有人找！他不情愿地走出去，通信员往外指指："在大门口！"谁？找我干啥？他急匆匆地大步走去。离很远就看见了，是陈老汉，正在探头望着哩。他快步迎上去，叫道："陈大叔，有事？"

陈老汉嘻嘻笑着，把他拉到大门外边，靠墙根站住，看看左右没人，才不安地问："你说了没有？"

"啥？"老王迷瞪了。

陈老汉表白道："我去我闺女家，都走到半路了，想想不对又拐回来了！"

什么事情这样严重？老王急切地问："到底啥事吗？"

陈老汉吞吞吐吐地说："我给你说的那个事，你可千万别对外人讲呀！"

老王听了半天，还不明白原委，着急地追问："你给我说啥事了？"

陈老汉做贼似的告饶道："俺们小支书拉人家婆娘的事呀，都怪我穷嘴呱嗒舌惯了。好说！"

原来是这！小事一桩。老王奇怪地问："咋了？坏啥事了？"

陈老汉一脸害怕的样子，说："叫人家知道了，可没有我好吃的果子！"

老王不由退了一步，盯住陈老汉看个不够。一别十年，上午对陈老汉感到陌生，现在可是完全不认识了。当年天不怕地不怕的陈老汉跑哪里去了？面前这个人胆小如鼠，眼里全是讨好求饶的神色，这能是给他家送火柴的陈老汉？他真有点怀疑了。他怔怔地问："陈大叔，从前你那么胆大，现在咋胆小成这了？"

陈老汉嘻嘻着，连说话都有点低声下气了，苦笑道："咋能和从前比！从前嘴里没有填的，身上没穿的，屋里啥都没有，只有一个好成分，这是胎里带的，谁也给我拿不跑，怕啥？现在，吃饱穿暖，新房子里粮食成仓，成分又不值钱了，要是戳了祸，啥都会飞了。"

老王心里打个冷战，只觉得一阵寒气刺骨，人心！真没想到是这样……

陈老汉干脆把自己不当人了，下起软蛋了，哀告道："我说了只当没说！你听了只当没听，权当说梦话听梦话了！可千万别传出去，叫我们支书知道是我说的可不得了啊！"他仰起脸，可怜巴巴地看着老王，像在求他饶命。

人怎能这样？老王看着他的可怜相，不由产生了厌恶之情，但终于还记着那盒火柴，就同情地说："你放心吧，我一定不说就是了！"

陈老汉才放心地笑了，千恩万谢地说："我承情不过，我知道好坏！我想着你也不会给我戳祸！"好像是老王救了他的命。然后又寒暄了几句，才高高兴兴地走了。

老王看着陈老汉的背影，一下子像泄了气的皮球，再也打不起精神了。他低着头回身走去。来时那样匆匆，回时这样无力。人啊，太可怜了！得到一碗饱饭，一件粗布衣，三间藏身的屋子，就要失去一副硬骨头，值得吗？是得到的多，还是失去的多？为什么不能又得到又不失掉？他闷闷不乐地回到会议室。又一个人在发言。他坐下去，却什么也听不见。奇怪，勇士得到了物质就没有了勇气！自己呢，宁要什么，不要什么？说不清楚。他也渐渐迷糊了。"才过上好日子，别为了一篇稿子，再把这些都葬送了！"他忽然想起来了，自己家里人也常常这样嘱咐自己，求告自己。自己反抗过吗？面上没有接受过这种嘱咐，可是心里呢？他想起自己非常欣赏的一句话，是美国电影中巴顿将军说的："世界上最大的敌人是自己的嘴巴！"还把这句话当成口头禅，到处宣扬。自己不仅说了，还身体力行，处处时时严加防守这个最大的敌人，为什么？不是也怕失去什么吗？还有写稿，这不敢写那不敢碰，总想找些不痛不痒的……丁主任突然冲老王笑道："老王，大家都讲完了，你说几句吧！"

老王从胡思乱想中醒过来,不假思索地谢绝道:"没啥说,没啥说,我是来学习的!"

丁主任出于礼节,又请道:"随便说几句吧!说说感想也行!"

老王的心动了一下,想起了那个可笑的数字。抬头一看,一屋子的人都一齐看着他,一双双眼睛似乎都不怀好意。他心慌了,忙再次谢绝道:"真没啥说,大家都讲得很好嘛,我学到不少东西。真没啥说!"

丁主任笑笑算是礼到了,开始做会议小结,也是事前写好的,取出材料念道:"这个会开得很好,也很及时。大家的发言都言之有物,又有原则又具体,明确了目标,采取了措施,生动地说明了实事求是的优良作风得到了恢复。通过这次会议,互相之间交流了经验,协调了步伐,对夺取更大丰收将起到巨大的推动作用。……这样的会,我们打算以后还要多开几次!"

丁主任的"多开"刚落地,会场里便立时活跃起来,一个个正襟危坐的君子马上又变成了人,互相之间又逗起了笑:"快回去呀,你嫂子早就在扒着门框等你哩!"

"小心点,别叫你哥抓住了!"

"哈哈哈!"大家笑着闹着散了。

老王没笑,闷闷不乐地往外走去,心里有点反感,是对人们的笑,也是对这个多余的会。干吗呀,又白白浪费了一个下午。几个人笑着从他身边越过去,还顺便开了他个玩笑:"王主任,今天下午又捞住了什么材料?可别拿我们卖钱呀!"几个人同时爆发出纵情的大笑。

老王的自尊心受到了伤害,瞪了他们一眼,心里暗自恨道:"就会说瞎话,谎报成绩。刚才——"他后悔刚才没有说出那个可恨的累计数字。为什么丁主任请自己发言时,自己不知不觉就谢绝了?见陈老汉之前的冲动和决心怎么突然没影了?当丁主任再次请自己发言时,为什么在一双双眼睛之前胆怯了?不说就算了,还表扬大家讲得很好!怎么搞的,十年才变了陈老汉,一个钟头就变了自己?自己的不说和陈老汉的怕说有什么不同?不同的是陈老汉没文化,没地位,不会羞羞答答,敢自由自在地懊悔,敢把心赤裸裸地捧出来。自己多了点知识,有个虚位,脸皮第一,把心包上一层纸才肯拿出来。这就是不同点。想到这里,觉着自己反而不如陈老汉。自己对陈老汉的厌恶,不满,只是老鸹落到猪身上——只看见人家黑罢了。"他妈的,啥玩意儿吧!"他喃喃地骂了一句。骂谁?是骂别人,还是骂自己?他也不明白,反正是骂了,骂过了心里才稍微松散了一点。

老王刚走出大门,忽听一声呼唤:"王主任,王叔。"老王回头看去,小李子满头大汗地跑到他面前,庆幸地叫苦道:"哎呀,我腿都跑断了,总算找着你了!"

老王心不在焉地问:"啥事?"

小李子献好地笑道:"坏事我能找你?我们局长请你去陪客!"

老王本来就烦得要命,一听"陪客"二字,顿时看见了胡吃海喝的场面,听见了鬼哭狼嚎般的猜枚声,心里就更烦了,转身就走,连连摆手道:"我不去!我不去!"

小李子忙跑几步拦住他的去路,嬉皮笑脸地说:"别客气嘛!"

老王听了气上心头,好像自己真想去吃去喝,只是故意做作忸怩罢了,便没好气地说:"客气啥?我还有正事哩!"说着又要走。

小李子听话味不对,才收住笑求告道:"王叔,我们这事才正哩!你知道陪谁?上边局里的财务科长。明年我们单位是吃白馍还是啃红薯干,可是全靠人家一句话哩!"

又是这!上边来个人,下边就咬咬牙花上三百五百请客送礼,打发来人肚里包里满载而归,回去给你多批个三万五万。要不,人家把钱拨给别的地方也是革命,为啥非要给你不可?老王陪过这种客,坐到一块儿憋一肚子气,实在没话可说又得找话说,自己又滴酒不沾,一坐半夜真是活受罪,和挨斗差不多。他听说这种事就来气,现在又要他去帮着干这种勾当,心里更不乐意,就决绝地说:"说不去就不去,回去叫你们卫局长再找别人吧!"

小李子这才体会到"酒席好置客难请"的古话不假,急得脸红,再次拦住老王,求告道:"王叔,今晚这个酒场你一定得去。来请你时,大家都说你肯定不会去。可是,我们卫局长说,只要你在家,只要说是他请的,你一定会给这个面子。还当着大家的面说,如果请不动你,他就一头栽到尿罐里淹死!你要不去……"小李可怜巴巴地看着老王。

"这个老卫!这个老卫!"老王听了又气又急,不知怎么说才好了。卫局长当着众人夸下这个海口不是没有根据的。原来,老王和小李子的爹爹是一块儿挨批挨斗的难友,共过十年患难,后来,小李子的爹含冤而死,死前把小李子托付给了老王。"四人帮"被粉碎后,小李子的爹虽然也平反了,可是,也管不住阳间的事了。小李子的工作一直安排不住,老王找了许多单位都不肯接受。有一次,老王给卫局长谈到这件事,卫局长火了,骂道:"他妈的,不就是因为他爹死了吗?他要是还活着,不争着要才怪哩!叫他来,我要!我就专爱看死人的面子,人得往前看,谁不死?死后到了那阴间不又多个朋友!我就不信活人能叫尿憋死,叫他来,明天就来!"第二天小李子就去报到了。事后才听说,卫局长给小李子的这个指标,原来是给他女婿的,为了小李子,他叫女婿在家里继续待业。老王知道后非常感动,曾对卫局长发誓:"老卫,以后要有用得着我的地方,哪怕下火海上刀山我也不打退堂鼓!"万万没有想到真的需要他了,不过不是刀山火海,而是叫去吃吃喝喝,自己要是连这都不去,日后咋见面?这个老卫,怎么能当着众人的面说什么"一头扎到尿罐里淹死"!老王真不想去,又不能不去,实在进退两难!

小李子看老王默默不语,又哭丧着脸说:"起根一说请你,我就说我来,卫局长说:'不叫你去,老王心细,你去了,他还当成我逼他还账哩!'后来,叫谁都不来,说怕搬不动你,没办法了,只好又叫我来!你要不去……"

"别说了!别说了!"老王心乱如麻,眼一黑,手一摆,横下了心,说,"走!"心里恨道,"是坑是崖也得跳这一回!"

在去招待所的路上,不断碰见熟人,不断地打招呼,不断地开玩笑:"去陪客啊!"

"又使上花瓶了!"

"好啊,又得香香了!"

"当个公仆可真苦啊,得天天替主人去吃!"

老王哈哈着,脸皮红透了,心里不服地骂道:"妈的,啥美事!龟孙才愿去赔罪哩!"他骂着骂着还是走进了招待所。

老王来晚了一步,到时已酒过三巡了。卫局长一看见他就跳了起来,拍着屁股对别人炫耀道:"看,我说不会不来嘛!"

"刚散会。"老王表示歉意。

卫局长把他介绍给一个坐在上席的胖子:"这是石科长,这是王主任!"

老王忙走过去做出笑脸伸出手,对胖子说:"欢迎!欢迎!"胖子科长稳坐不动，只是伸出指头尖和老王的手碰了一下。老王顿觉受了辱，心里很不是味，暗暗骂道："妈的，官不大架子不小，真是王八有钱出气粗，侄娃子有钱不叫叔！"

卫局长指指石科长身边的空位对老王说："坐！坐！"

老王真想一冲而去。只是碍着卫局长的情分才强坐下去。石科长侧过身子看着他，用首长的口吻说："听说你还会写文章呀，不错嘛，以后写出好文章了说一声，我叫儿子读读！"

这是人话？老王受不住了，血往头上冲，头上直冒火星，想发作还没发作，石科长早把他撇开了，对着众人叹道："写文章的人这几年美了，想咋编就咋编，越编越玄。前些天，我听我儿子读篇文章，说：'仓库门上挂的不是锁，挂着保管一颗心！'真是胡扯八道！"

老王忍不住要说话了，卫局长忙扯扯他的衣襟，乞求地看着他。他只好忍下了。

石科长继续贬损道："我快干一辈子革命了，走南闯北，还没见过哪个门上挂着血淋淋的人心！再说，干保管得把心摘了挂到门上，谁还当保管？别人当不当我不知道，反正我是不当！"他为自己的精彩发言得意得嘎嘎大笑。"还有，心要是能锁住门，国家还办锁厂干啥？哈哈哈！"

原来是个草包！老王的怒气顿时消了，也跟着大家笑了起来，不过是哭笑不得的笑。

喝！喝！一杯又一杯，一瓶喝完了又开一瓶。吃！吃！一口又一口，一盘没吃了又上一盘。吸！吸！一支又一支，一包没吸完又放上一包"三五"牌。老王不喝也很少吃，就一支接一支地吸。一支就是一角八分钱，称一斤盐还用不完，平常打死他也不舍得买一盒。冒股烟就是一斤盐！他吸着看着计算着，这一桌少说也得二百元，在座的每人平均二十五元，要叫自己掏腰包，谁来给谁记一功也不一定有人来。二百元，两个农民一年的生活费，多可惜，多心痛！可是，你想给农民修条路架根电线，办个学办个医院……不叫人家吃美喝美去哪里偷钱？不把这二百元流到肚里，不把那颗心泡醉，钱就流出来了？为了万利就要舍得一本，不干才是笨蛋，只有不识得数的憨子才不干！老王不住地喷云吐雾，又透过云雾看着石科长，石科长像一首朦胧诗，看不清，摸不透。只能听见石科长滔滔不绝的声音，声音也是朦朦胧胧的。不论话题扯到哪里，石科长都懂，都说一通又一通与众不同的妙论，来显示自己比下边的人高明。人们也不知听懂了没有，也不知赞成不赞成，就笑，就说好，就咂嘴；表示新鲜，表示吃惊，表示大开眼界。反正，这表情和酒一样都为了一个目标：讨石科长欢心。老王先是乏味，后是恶心，烦得一分钟也坐不住了，想走又不能走。戏还没开正板。卫局长的目的还没达到。杀人要杀死，救人要救活，既来了，三五烟也吸了，就要助卫局长一臂之力，走了不够朋友。老王看看表，快十点了，喝到何时是了？得想办法缩短过程，快点展开矛盾把人物塑造出来，争取早点结尾。对，得变被动为主动。老王想想就叫道："老卫，石科长轻易不来，给石科长再敬一杯嘛！"

"好啊！"卫局长站了起来，敬上一杯，石科长笑着一饮而尽。老王又说："再敬一杯，感激石科长对咱们县里的大力支持！"卫局长又端起一杯，石科长推辞道："真不中了，不中了！"说是这样说，仰起头又倒进了嘴里。老王笑笑又说："石科长连喝两杯了，够味了。老卫，再和石科长友谊友谊！"卫局长举起一杯敬给石科长，自己也端起一杯，请道："石科长，来，心情心情！"两个人一饮而尽，三大杯酒下肚，只说石科长该晕乎了，谁知石科长是酒缸里生酒缸里长，一点也不脸红,还是谈吐自如。老王又指点几位陪客轮番敬酒,石科长才稍有醉意,可是还差一把火不到开锅的时候。老王无可奈何了,想来想去,为了早点把文章收住尾,只好自己舍命陪君子了。他年轻时也是个有名的酒布袋,一年春节给邻居家陪客,年少气盛独战全桌,竟然喝干了邻居家的一缸黄酒。这些年老了,百病缠身,早就戒酒了。可是,和熬夜相比,他宁可喝酒。于是,就硬着头皮站起来,端起满满一大杯酒,笑道:"石科长,为咱们初次相识,敬你一杯!"

石科长大概也发现自己快被酒泡透了,接住杯子环顾左右道:"这……"

大家异口同声帮腔道:"俺们王主任从来不陪客,今天听说你来了才例外一回,这一杯可得喝了!"

石科长狠狠心,皱起眉仰起头灌了进去。

老王又倒一杯端起,笑道:"刚才听了你对写文章的高见,真是听君一席话,胜读十年书,受益匪浅。你算是老师,敬老师一杯!"

石科长不接杯,连连说:"美了!美了!不中了!"

众人又帮腔道:"这一杯可得喝,王主任喊你老师,学生向老师敬酒,哪有不喝之理!"

石科长苦笑着接过杯子,一饮而尽,然后一屁股坐下,醉眼惺忪地说:"不中了,真不中了,说啥也不喝了,打死我也不喝了,我爹给我倒酒也不喝了!"说话都有点不伦不类了。

老王又倒满一杯端起来。人们听石科长把话说绝了,就怀疑地看着老王,认为这一杯是再也劝不下去了。卫局长怕弄僵了,就试着劝老王道:"石科长真不能喝就算了!"老王笑而不答,把酒杯递给石科长,说:"这一杯不是敬你的,是敬你们高局长的,我们是老朋友了,你替他领了吧!"

这话像是醒酒剂,石科长忽地站了起来,惊疑地问:"啊,你认识他?"

老王笑道:"认得,我们是多年的老朋友啦!"

石科长赶紧双手接住酒,弯下腰赔笑道:"好,好,我喝,我喝!我替他谢谢你!"说完不仅痛痛快快地喝了下去,又亲手倒了两杯,这是今夜入席以来他第一次亲自拿壶倒酒。先双手捧给老王一杯,然后自己端起一杯,看着老王请求道:"王老,你要是不嫌弃的话,咱们交个朋友!"

老王突然间变成了王老,便微笑着和石科长碰了碰杯子,两个脑袋同时仰起,两张嘴同时张开,两杯酒同时灌了进去。石科长放下杯子,把椅子换了个方向,面朝王老坐下,和王老攀起了亲热:"俺们高局长可真是个人才,是个专家——咱对他可是没一点点二心,我到处宣传他。现在有人想挑拨他和我的关系……"老王只是听,笑而不答,只是不住地看卫局长,催他趁热打铁,别误了火候。

卫局长心领神会地笑道:"石科长,明年我们想给群众办几件事……"

"下午你不是都讲过了嘛!"石科长正和老王说到关键处,对老卫的打岔有点不耐烦。

卫局长赔着小心,笑道:"那钱?能不能给我们十万,多了我们也不要!"

石科长像被蝎子蜇住了,"哎哟"了一声:"你可真是狮子大张口,一下子就要吃我十万!"

卫局长乞求地看看老王,老王对石科长哈哈笑道:"十万,对你来说不过是九牛一毛。你笔尖轻轻一绕,别说十万了,一百万也和玩的一样!"

石科长听了扬扬得意,自夸道:"要说这话也不假,可是,要钱的地方太多了!"

"给谁都是革命嘛!"卫局长提醒他。

石科长看着卫局长,怀疑地说:"我知道下边的毛病,都爱报个空,宽打窄用。这可瞒不住我,你说吧,你报这十万里有多少折扣?"

卫局长看有门了,拍着胸脯赌咒道:"我活了几十年,啥都学会了,就是贵贱学不会说瞎话。我要报一分钱的空就上对不起党,下对不起人民,更对不起你! 要有一个空,我就不是人! 不信叫王主任说说!"

老王心里一沉,这个老卫,刚才上厕所时给提了个六万的码子,怎么一下子就涨了四万? 怎么能这样欺骗上级? 卫局长看老王不表态,就将了一军,正言正色地说:"王主任,我们的情况都向你作过汇报,你也亲自调查过,复核过,你说有空没有?"

鬼才知道! 铁路巡警——我啥时管过你们这一段! 老王暗自埋怨,这个老卫,平常直得像墨线绷过的,怎么也会这个? 还说没学会哩。卫局长一直看着老王,眼里全是笑,全是求。老王被逼到了悬崖上,心一横就对石科长含糊其词地说:"老卫这个人我了解,是个好同志,实话都不会说,还会说瞎话?"

卫局长马上接住话茬,步步紧逼道:"石科长,你就大力支持支持吧,我们知道好坏!"

石科长看看王老,只见王老冲他笑着,就对着卫局长连连摆手道:"别说了,别说了,不就是十万嘛,我给你两个五万还不中! 就凭王老这句话,也值十万!"

酒场里顿时笑声四起,纷纷举杯:"来! 为石科长的大力支持干杯!"

"干!"咣咣的碰杯声中,酒像大雨一样洒落在桌面上。

石科长忙撇下众人,又和王老谈起来,谈他急切要谈的话,谈他想叫王老传达给高局长的话。

没有不散的筵席。总算散了,已经十一点半了。安排石科长休息以后,卫局长和老王一同走出招待所。卫局长从口袋里掏出两盒三五烟,塞进老王口袋里。老王像受了侮辱,忙又掏出来还给老卫,正颜正色地怪道:"你这是干啥?"

卫局长接住烟,哈哈笑道:"这还能是收买你? 这都算过账了,不要白不要! 不要,都便宜会计了!"说着又塞进老王口袋里,笑道:"别傻了!"

老王也没再硬着掏出来,边走边埋怨道:"你是咋搞的,原来说只要六万,怎么一眨眼就变成了十万?"

卫局长自鸣得意地笑道:"六万? 才开头他把自己当成爷,把咱们都当成孙子,我连六万都没信心哩。后来,他把自己当成了孙子,把你当成了爷,我就想,再涨十万也有门!"

老王不由得"啊"了一声,当时只是出于对石科长的不满,想多灌他一杯,才抬出了高局长的招牌,没想到会起到这样大的作用。心里忽然生出了一股滋味,不是喜,也不是忧,是一种说不清的味道。随便一句话,一个玩笑,竟能如此,越想越不是味!

卫局长又后悔地说:"原来不知道你和高局长是朋友,要早知道……"

"朋友? 屁!"老王一声冷笑,"我们只是一块儿在省里开过两次会,互相问过'吃罢了没有',除了这谁也没和谁说过话!"

卫局长好像有点失望,沉默了一下:"就这都行! 就这都起作用!"

老王歪着头,对卫局长审视了半天,无限惋惜地叹道:"没想到你也学会这个了!"

卫局长自得其乐地笑道:"这能是做原子弹?难学?干了几十年,要连这都学不会还咋当局长哩!"

卫局长说得太自然了,太随便了,老王听了一阵寒心。以直肠子著称的卫局长都会干这个了,太可怕了!

到了分手的十字街口,卫局长又轻松又感激地说:"忙了整整一天,这场战斗总算结束了!你也总算没有白熬眼,帮助俺们打了个大胜仗!"说完哈哈笑着走了。

"战斗总算结束了,打了个大胜仗!"一声炸雷在头顶滚过,老王吓了一跳。战斗?谁和谁战斗?谁胜了?谁败了?胜的一方代表谁?败的一方代表谁?老王有点后怕了,起了一身鸡皮疙瘩。又一想,自己也参加了战斗,帮助一方打败了另一方,心里就更加发毛了。怎么能干这种事,太糊涂了。怕!怕!前怕狼后怕虎,怕着怕着跳到了坑里。自己平常以清白自居,看不惯这种肮脏勾当,看不起这种肮脏勾当,认为这是个悲剧,没想到自己竟然也是这幕悲剧中的一个积极角色,今后还怎么有脸写文章说人短道人长!他在悔恨交加中往家里走去。

街灯早灭了,临街的门窗也都关上了。人们忙了一天都睡了,可能都在做着梦哩。人和人不同,梦和梦也不同。幸福的人可能做着痛苦的梦,痛苦的人可能做着幸福的梦。因为,幸福的人害怕痛苦,痛苦的人追求幸福,梦中都会让他们尝尝。反正,谁也不知道别人在做什么梦,连夫妻都同床异梦,人的心谁能估得透?老王像夜游神一样,信步走着,思想像没笼头的马一样,随便想着。街道上一片漆黑，静得出奇，天不冷不热，正是想心事的好时光好地方。偶尔从一两个窗口透出一丝幽幽的光，传出几声笑语，传出几声酒令，才使人想到这条街还在活着。半夜不睡，是在干什么？干好事，还是干坏事？是不是和自己刚才干的一样，也在进行战斗？老王一想到"战斗"这两个字，就又一阵浑身紧张。唉，不只是老糊涂，简直是混蛋！自己在为谁战斗，为啥战斗？为了削减自己的理想，为了背叛人民！他再也不敢想下去了，想想都想死！不只是因为自己太无用了，也因为自己太有用了，只是用和用不同罢了。

突然眼前出现了一片炽烈的亮光，像夏天正午的阳光，刺得眼花。老王才发觉已经走到东门外大桥了。这里在加宽桥面，为了不影响白天车来人往，就在夜里突击施工。工地上没有机械，全靠人工。抬石头的，担沙的，拌泥的，砌石的，一片繁忙，一片吆喝。工程是包给农民的，农民是啥苦都能吃的，整夜不睡也不知疲劳，还没忘了笑和骂，笑得狂，骂得也野。老王经过工地，不由站住看着，忽然又想起了"战斗"，心里一阵难过，人家是战斗，自己也是战斗，可是，可是——他呆呆地立着，工地上的人们惊讶地看着他，马上停止了笑骂，默默地干得更凶了。领工的灵醒，大声地吆喝道："都得按质量要求办事，谁敢偷工减料，看我不剁了你们的爪子！"然后跑到老王身边，又敬烟又献好地说："你放心，我都看着哩，谁也不敢日哄——"老王"啊"了一声，发觉自己被人当成监工的了，忙推开工头递的烟，尴尬地说："不，不，我不是的！"说着匆匆走了，像逃跑的犯人一样走得又快又急。工地上的战斗者竟然怕酒席上的战斗者。他的心酸了。

终于回到家里了。在院里看见屋里的灯还亮着，气着的心又添了气，半夜三更不睡，还在干啥哩？有多少活白天做不了，专门夜里熬灯。他走到门口,不等他敲门,门就从里面打开了,老婆站在门里,看着他说:"听着就是你的脚步,没喝醉吧?"老王"哼"了一声,往卧室走去。床铺已叠好了,他坐到床沿上,不高兴地问:"又在做啥哩?"老婆四下看看,不解地说:"啥也没做呀!"老王更不高兴了:"为啥还不睡?"老婆笑笑:"不是在等你哩!"他不好再说什么,就脱了鞋袜裤子钻进了被窝里,靠住墙半躺半坐。老婆从床头柜上端起一杯茶,放在嘴边试了试,才双手递给他,说:"不凉不热,正合口,喝了酒多喝点茶,省得夜里发烧。"他接住尝了一口,是蜂糖茶,果然不冷不热,便咕咕嘟嘟一气喝完。老婆接住空杯,问:"还要不要?"他淡淡地说:"不要了,快睡吧!"老婆放下杯子,脱去鞋袜上了床,在床那头坐着,看着他。他还不脱上衣,一直靠墙坐着,掏出烟要吸时一看是三五牌,便没舍得拆开盒,伸手放到床头柜抽斗里,对老婆说:"这两盒烟不论谁来了也不准动,到年下来客了吸!"老婆在床那头说:"行。"说了又指指书桌上:"陈大叔把你买的那条烟又送来了!"老王心虚地急问:"为啥?"他以为陈老汉看出了他的不高兴。老婆淡淡地讲:"他都拿走了,到街上转一圈又拿来了,说一盒烟一块多,叫山里人吸糟蹋了!"老王放了心,叹了口气:山里人就该吸坏烟!

老王掏出了半盒芒果烟,抽出一支吸着,吸着,烟雾在他面前飘绕。屋里是宁静的,灯光是柔和的,这时候半躺半坐靠着墙想心事是一种享受。他夜夜如此这般地坐,这般地想。今天觉得格外疲劳,又觉得格外烦躁。他长长地叹了口气,今天又过去了,和以往的许多天一样地过去了,白白地过去了。早晨睡在床上本来想得好好的,想着今天可要干点正事了,可是,除了在稿纸上写下"今天"这两个字以外,啥也没有干成。都是忙些啥呀?早知如此,还不如被子包住头睡一天哩!日子就这样一天天白过了。他突然感到了可怕的空虚,空虚使他更加烦躁。床那头窸窸作响,他的思路被搅乱了。他看了床那头一眼,老婆还在磨磨蹭蹭地坐着,两只笑眼看着他。他气了,牢骚地说:"你不能快点睡,也叫人安静一会儿想点啥!"老婆脸上的笑意顿时失去,忙脱脱睡了。他伸手关了灯,屋里立时黑了,黑暗使屋里显得更静了。他还没睡意,还照样靠墙坐着,烟头不断闪烁着一明一亮的红点。他继续想着,别人还以为自己成天在写作,忙得不可开交,一分钟的闲空也没有。自己也确确实实在忙着,一天又一天地忙,一早起来,半夜回家,忙到底什么也没有干。这种忙是没事忙,是闲忙。闲忙? 要是闲忙也好,连闲忙也不是,是倒忙……

老王一支接一支地吸着烟,想着一天中的一件一件事情,懊恼、失望、不满,一齐袭上心头。这一切怨谁? 怨自己,怨别人,好像都怨,又好像都不怨。因为这一切都不是谁有意安排的。像春夏秋冬一样,自自然然地来,自自然然地去,来来去去都是自然的。为什么这样自然? 大概这就是生活吧。那么,自己在这生活的洪流中算个什么角色呢? 他想找到自己,找来找去,终于找到了,原来是洪流中的一片树叶,飘忽不定地随波逐流着,冲到哪里在哪里。"他妈的,一片树叶,这就是自己!"他骂了一句,心里一阵悲哀。

忽然,他发觉了什么。老婆在被窝里翻来覆去地不住翻身,一时翻过来,一时又翻过去,一会儿也不安生,不住碰他。他火了,怒道:"你今夜是怎么了? 能不能叫人安生一会儿? 你是看我烦得轻不是?"老婆在床那头虎生坐了起来,怨气冲天地诉说道:"你烦! 你烦! 你哪一天不烦! 你只知道你自己,你心里还有一点别人没有?"屋里漆黑,什么也看不见,可是从哀怨的诉说声中听到了哭泣。她的话像是冲破了堤坝的洪水:"我在你心里是个啥东西? 是挂在墙上的筛面罗,你啥时候要磨面了,才想起了罗,伸手从墙上取下来使使,用罢了就挂到墙上再不管了,再不想了。只准你使罗,不准罗使你! 这就是你!"说完咚一下躺倒用被子包住了头,哭了。

老王本来窝了一肚子烦气和怨气,想发火,想吵,想泄泄气,谁知被老婆一顿臭骂倒不由突地笑了。他和她生活了几十年,没想过她也是个活人,也有思想,也有感情,也会发火,还会说出这样的话。她说的不假,自己对她真是这样。她的话使他高兴,也起了一点点爱心,他笑道:"行啊,来这头睡吧!"她没动,还在哭泣。他又充满感情地说:"今夜不错啊,这是咱们结婚以来,你说的第一句有思想的话,也是第一次敢和我顶嘴。你要是早这样就好了!"老婆虎生坐起来,跑到了他这头。他嘲弄地说:"来吧,和树叶睡一头吧!"

"什么树叶? 你怎么了?"老婆不解地问。

"……"对她怎么说呢? 他叹了口气。

老婆听他又叹气,体贴地问:"最近出啥事了?"

他说:"没有。"

老婆又疑虑重重地问:"谁招惹咱了?"

"没有。"他淡淡地说。

老婆半信半疑地埋怨道:"那你成天不高兴的啥。看你成天烦得那个劲,蝇子都不敢往身上落!"

是啊,谁也没有伤害住自己,到处都是笑脸,笑声,受到的又多是尊重,自己为啥要烦? 哪来那么多烦恼?

可是,他说:"成天过得没一点意思!"

老婆惊讶地劝慰道:"现在还没意思呀? 有吃有喝有钱花,也没人再欺侮咱了,多美啊! 比起从前强到天上去了,还不知足! 我看现在就有意思得很,别成天没事找事地多操闲心!"

他听着她的劝说，忽然又对她烦了，动了的心又忽然不动了，扭了个脊梁给她。

屋里什么也没有，没有光，没有声，连烦恼也没有了，连希望也没有了，只有梦。

又一天过去了！

原载《莽原》1986 年第 3 期

小猫不知人间事

一

　　田里打农药，家家毒老鼠，越毒老鼠越多，倒害得村里的猫死完了。只有李玉娥喂的猫还活着。是个母猫，浑身漆黑发亮，柔软光滑得像披着黑金丝绒，眉眼间有指头大一块白斑，实在惹人喜爱。李玉娥叫它"黑妮"。

　　李玉娥是个寡妇，二十年前死了丈夫。当时，她徐娘半老，颇有几分姿色，膝下又没儿没女，不少人来劝媒，叫她再嫁。可是，她忘不了和丈夫的海誓山盟，一直守着这个穷家。一来寡妇门前是非多，二来没权没钱没力，帮不了别人的忙，平日里很少有人和她来往。用她的话说，是蜘蛛罗网网住了门。她知道自己的身份，没有担待，也不走东家串西家。除了下地做活，就是关住门吃吃。一个人生活，耐不得孤独寂寞，就一头扑在黑妮身上。她养过几只猫了。她和黑妮相依为命，把它当作家里唯一的亲人。一天三顿做好了饭，总是先给黑妮盛一碗，还要往碗里打个鸡蛋，为的是有个腥味黑妮爱吃。黑妮不知吃了她多少鸡蛋,她却没尝过鸡蛋味,剩下的都换盐了。冬天夜长,她搂着黑妮睡觉,和黑妮说话,半夜半夜地说,说当年她和丈夫的恩爱,说如今半边人的艰辛。在外边遇到困难,受了别人的气,回到家就抱着黑妮哭。遇到喜事,回到家就逗着黑妮笑。偶尔发了余粮钱就给黑妮割肉吃。她爱它,疼它。有时黑妮不听话,想跑,她气上来了,也会打它几巴掌,可是,接着她就流着眼泪劝它,叫它好好听话,不要乱跑,不要乱吃嘴。白天出去做活时,她把黑妮拴到床腿上。才开始它不习惯,喵喵直叫,叫得她心疼,不忍,就抱起它,和它亲着嘴,祷告道:"我还不是为了你好!你没看看,李家的猫跑出去,吃了中毒的青蛙,死了;张家的猫乱跑,吃了中毒的老鼠,死了。咱不学它们,咱们老老实实在家里待着。"黑妮好像懂话,不叫了,她才走了。到夜里关紧了门,她才放开它。猫狗识温存,一来二去,黑妮和她一样,她和黑妮一样,都四门不出,与世无争。她没有维持住人,也没得罪过人。虽说门前日见冷落,可是冷落也有冷落的好处,不论大事小事,好事坏事,人们都想不到她身上,倒也断了是非,落个清净,她和黑妮才平平安安地活了下来。

李玉娥平淡地活了一年又一年,人世间的祸福都和她断了缘分。想不到今年突然福从天降。打春前,不知从哪里蹿来一个郎猫,在她房前屋后嗷嗷地叫着,一直叫了三天三夜。不久,黑妮怀孕了。又不久,黑妮生仔了。生了两只,一只白的,一只花的。因为怀孕期间一天三个鸡蛋供着,小猫肥肥胖胖。李玉娥把没用过的母爱全用到了小猫身上,一天几次捧起小白和小花在自己脸上磨蹭着。每隔几天,还特地去赶一次集,称一斤半斤鱼,给黑妮下奶。小白和小花一天天大了,调皮了,白天往裤腿里钻,夜里卧到她心口上,柔软的舌头舔得她连骨头都麻酥酥的,唤回了她失去的青春。她心里充满了喜气,脸上布满了笑容。每日里为黑妮和小花、小白忙忙碌碌,空虚的生活一下子充实了,寡妇不寡了。

半月过去,小白和小花在院里上树了,在屋里捉老鼠了。李玉娥看着她俩大了,喜欢之外也来了心事,想着给她俩找个好主儿。如今老鼠成灾,三五成群,日夜加班害践人。粮食还长在地里,它们先尝新;收到屋里一石,它们得吃三二斗;除了铁锨镢头不吃,别的见啥咬啥。谁不想要个猫娃! 只要松松口,讨要家就会有两千五,不愁没有人要。可是,不能随便给人,要是落到厉害人手里,他们不会疼饥疼冷,小白和小花就会受苦受罪,一定得给个细心人好心人,也省得自己挂心。

该给谁呢?

二

李玉娥一想就想到两个人。一个是隔墙任月芬大婶。那年,她突然得了急病,烧得迷迷糊糊起不来床,一天没人打个照面,一天水米没粘牙。天迎黑时,任月芬大婶来了,摸了摸她的额头,大惊失色地埋怨道:"一天没见你,我想着你一定不美了。看看,烧成火炭了,也不言一声!"说着回头就走,出了门隔着院墙喊儿子道:"小拴,快去请公社医院曹大夫来,你李姐病重,叫他带上针带上药来!"小拴在墙那边迟迟疑疑地说:"医院早下班了,黑天黑地,谁知道人家来不来。"任月芬大婶嘱咐道:"不来? 就说是我病了,烧得昏迷不醒,他保险比你跑得还快。"任月芬是个老党员,当过大模范,进过北京,和毛主席、周总理坐过一个桌,公社医院的名医曹大夫常来给她看病。乡里人多少有点迷信,认为说自己病重不吉利,李玉娥听了这段对话,不由想起了自己的亲妈。任月芬大婶回到屋里,给她倒凉茶,用舌尖试试不热了,才扶她起来靠在自己怀里,喂她喝下去。李玉娥一杯水下肚,不由想起了恩爱的丈夫也这样伺候过她。没有多久,果真曹大夫来了,又吃药又输液。整整两天,任月芬大婶没有回家,陪伴着她,给她说宽心的话,给她做如意的饭菜。一直到她能下地走动了,任月芬大婶才回去。

天快黑时,任月芬大婶又打发儿子小拴来了。小拴从隔墙的墙洞眼里拉过来一根细铁丝,拴到李玉娥床头墙上的钉子上。李玉娥好生奇怪,问他干什么。他笑而不答,只是把铁丝拉了几下,就跑到门口,隔着墙大声问:"妈,响不响?"任月芬大婶在墙那边高兴地回道:"响!响!可响极了!"小拴这才回头对李玉娥说:"我妈说,人吃五谷杂粮,谁没个三灾八难。再说,万一有个风吹草动,你一个妇道人家招架不了。往后,你要有了啥危难事,只管把这铁丝拉几下,我们屋里的铃声一响,我们就会来看你了。"李玉娥听了这话,眼泪不由直流,这情分比亲妈和男人加到一块儿还要足,她真想拱到任月芬大婶怀里放声痛哭一场。虽然这几年她没有拉过那根铁丝,可是她的心天天连着任月芬大婶。恩重如山,拿啥去报呢?人家不缺吃不缺穿,啥子没有?只有这猫娃她家没有,给她一个,也算尽点心意。

李玉娥想到的第二个人是小憨。小憨不憨,今年二十出头,人长得俊俏精灵,像个大闺女。李玉娥不敢看见他,一看见他就想哭,就有股邪劲忍不住要往外冒——想把他搂到怀里亲亲。为啥哩?原来李玉娥也开过怀,生过一个女儿,也长得挺俊俏秀气,恰恰和小憨同年同月同日落地,不差分毫。当时人人称怪,都说像双胞胎,两家大人曾约定将来结为儿女亲家。谁知,李玉娥的女儿不幸在三岁时病死了。虽然，当初那话只是一句戏言，却偏偏钻进了李玉娥心里，年代越久，那话的印象越新。李玉娥早晚见了小憨，马上眼睛就湿漉漉的。小憨也怪，瞄见李玉娥的影子就远远躲开，虽然同住在一个村里，李玉娥和小憨一年当中很少面对面说过话。有时真是避不开照了面，小憨也总是羞得耷拉下头，不敢抬头看她一眼。越不见面，李玉娥就越想见他。过上一两个月，李玉娥憨不住了，就推故借油借盐，去小憨家走一趟，没话找话地说上一阵，偷偷地看上小憨一眼两眼，能管上一两个月心里不着急。然后，又推故去还油还盐，再看小憨几眼。小憨的妈妈猜透了李玉娥的心事，为了怕伤她的心，也从不点破。小憨的爹在大队当干部，常常给小憨说："李玉娥是个半边之人，心里比黄连还苦，你年纪轻轻，不要惜力要惜人，看她有啥重活了，帮她做一点。咱也不图她啥东西，只图往她心里滴几滴糖水，使她苦轻一点。只要她觉着是活在人们中间，不是活在荒郊野地里，你就算给党办了点好事。"

小憨倒也听话。李玉娥下地去了，他就悄悄去她家里把猪圈出出，把粗柴劈劈；李玉娥放工回家了，他就悄悄去给她地里活做做。三次五次，十次八次，李玉娥还有个不撞见的？这时候小憨走也走不开，只好尴尬地呆呆站着，李玉娥也不说话，只是看着小憨滴滴答答落泪。哭得小憨也陪着落泪，柔声柔气地劝道："姨，别这样。这点活放到你身上，你得累得腰酸臂疼；放到我身上不算个啥，和玩的一样就干好了。我们年纪轻轻不帮别人干点啥，那还算个人？"小憨不说还好，这一说倒使李玉娥呜呜地哭出声来了。

李玉娥不用想就想到了小憨身上，这一只猫不给小憨给谁！

两只小猫都有了主儿。本来待到满月之后，悄悄地把小白和小花送过门也就罢了，可是李玉娥偏要过细，当个大事来办。乡里有个风俗,说是把猫娃主动送给亲人,猫娃就会"咬断路",日后两家必定要断绝来往,反目成仇;一定得让要猫娃的送个项圈,外带几条麻皮来,说这样才能系着两家关系不断,永远和好。李玉娥当然不愿犯这个忌。这天上午,她怀着报恩的心情去告诉了任大婶和小憨家。两家人见她送好上门,感激不尽,满口答应,马上做了项圈,下午连同几条麻皮送到李玉娥家里。李玉娥像是给闺女找了个称心如意的婆家,接过项圈和麻皮,等于收下了重金聘礼,单等佳日一到就送女上门了。

三

黑妮生仔,李玉娥没有声张,不露风声。这个小山村,只有二十几户人家,又多是房连房的邻居,自然没有不透风的墙。任月芬大婶和小憨家又都是大人口,人多嘴快,难免不传开去。一时三刻,成了村里的特大新闻,争相传说:"李玉娥的母猫生娃了!"

于是,家家户户的夫妻之间婆媳之间,都在诉说鼠患之苦,都在议论猫娃的重要性,好像如今已经是万事如意,只差一个猫娃了。每家人都在估计自己的身价分量,都在回忆自己曾经给过李玉娥什么恩德,去讨个猫娃会不会丢脸。每家估量的结果大同小异,都认为自己和李玉娥相比,是天上地下,也都找到了李玉娥应当报答自己的根据,去要个猫娃不成问题。不过,乡里人厚道,想是这样想,却又念起她寡妇人家困难,养个猫也不容易,光鸡蛋就吃一堆,白要不像话,得换,不能叫她吃亏。于是,家家户户又一齐开动脑子,有钱的人想她最需要什么东西,有力的人想她最需要做什么活,然后,有钱的出钱,有力的出力,一齐行动起来了。二十年来,李玉娥的院子里比冰井还凉,今天突然变成了繁华的闹市。

最先赶来的是李玉娥的远门族嫂子李大嘴,村里有名的女光棍,一张巧嘴能把水说得点着灯。她的儿子在外头当采购员,捎带着贩卖点山货,家里的钱像老灌河的长流水。她来了,李玉娥忙迎上去叫了声:"你可真是稀客!"李大嘴快步上去拉住李玉娥,上上下下看个不够,好像离别了几千年,大惊小怪叫道:"哎呀!几天没见,大妹子可又白了胖了,不是我打发你心里美气,你可真是个春不老啊!"

李玉娥淡淡一笑,让她坐下。李大嘴拉过小椅子,和李玉娥坐个面对面,膝挨膝,把一双手按着李玉娥膝盖,亲亲热热地说:"一年三百六十天,天天都想来看看你,就是穷忙,好像离有几千里远,再也跑不到跟儿了。"说到这里,她忽然变成哭腔,"人没来,心可是成天搁在你身上。我们老两口哪一天不念叨十次八次,都怨妹夫命薄,多好的美人儿没福受用就走了。唉!你对他也算尽到心了。我还记得,那天半夜里,又打雷又扯闪,瓢泼大雨,你去喊我们的门,问有没有链霉素。除非是你,要是我可不中,就是老头子瞪了眼,我也不敢出门。那时候,俺们老头子也害肺病,大口大口吐血,好不容易在外边求爷爷告奶奶弄了几支链霉素,说是救命哩。我一听妹夫病重心都碎了,老头子不是东西不想给。我说,妹夫年轻,比你主贵,先救妹夫的命关紧。谁知道……"李玉娥听着听着落下了泪,感恩地说:"我啥时候也忘不了你们的好处,都是他命薄……"大嘴也跟着落了几滴泪,知道对方还没忘记,心里就踏实多了,马上转悲为喜地骂起自己:"可不许说外气话,咱们是谁和谁呀,我还叫你记我好处哩?我是说,那么黑的天,那么大的雨,你还跑着给他找药,真是夫妻情深。唉!看我多不是人,不来不来,一来就勾引你伤心。算了,算了,别哭了!"大嘴掏出手巾,嘻嘻着伸手给李玉娥擦泪,李玉娥只好止住了泪,强打精神陪着她笑笑。

李大嘴又拉起李玉娥的布衫看了看,深表同情地说:"哎呀,大妹子,不是我笑话你哩,人家都现代化了,谁不穿个的确良布,就你还是老棉布。不要说你自己咋想了,我早晚看着心里都不是滋味。我没少给你侄娃子数落,你常年在外头走南闯北,啥大地方没去过,见有啥好料子了,给你姑扯上一半件,尽尽当侄子的心意,也让外人看看,咱们一个李字掰不开,一家子到底是一家子。娃子当真记在心上,看!"李大嘴说着从怀里掏出一卷蓝的确良布,"给,这是娃子孝敬你的!"李玉娥要推却,李大嘴双手把布紧紧按在她怀里。正在这时,院里响起了脚步声。李大嘴趁势站起告别:"有客来了,我不坐了,你忙吧!"李玉娥要把布还给她,李大嘴嗔怪道:"咋啦?一家人不认一家人,还分你我哩!"说着回头匆匆跑走了。李玉娥拿起那块布出神,不知她为啥突然给自己送布,也不知该怎么办才好。她抖开那块布一看,里面夹着一个缎子做的猫娃项圈!李玉娥的眉头顿时蹙起来。

院里又一阵咕咚响声,李玉娥奇怪地往门外探头一看,王老五拉了一架子车土,正往北山墙下边倒。李玉娥纳闷不解,便暂且放下那块的确良布,走出去强笑道:"五哥,你……"王老五抬头看了李玉娥一眼,指着山墙埋怨道:"你就没看见?这山墙叫雨漂得坑坑洼洼,今年夏天再来几场疾风暴雨就危险了。这两天我闲着,来给你搪搪。"

王老五看得真准,这墙也真是该搪了。可是……可是……他搪搪再要猫娃可咋办?话又不好挑明。人家要是真心来帮忙,不是为了换猫娃,自己开口先讲猫娃没有了,这不是小看人家,伤了人家的一片好心。李玉娥为难地推辞道："五哥,你的心我领了。你也忙,一家几口人全靠你一个人做活。这墙,我娘家兄弟早说了,他过几天来搪。"

王老五生成一副热心肠,见忙就帮,见穷人就可怜,宁可自己饿着,也要给人家三升二升。这样的人发不了家,也是穷得可怜。偏偏他遇事总怀疑别人看不起他,早晚都揣着一肚子老虎娃,开口就放出来咬人。村里人知道他的脾性,没有不让他三分的。今天他本意不来,妻子硬缠着他来,现在见李玉娥不让他搪,就认为是看不起自己,脸还往哪里搁?二话不说,就掂起锨把倒在地上的土又往车上装去,闷声闷气地骂着自己:"都怨我主贱,穷灰沾人家墙上了咋办?"李玉娥看他发这么大火,吓坏了,忙拦住他的锨,噙着眼泪乞求道:"五哥,你说到哪里了?你低,比起我你还站在天上哩。你对我的好处,我就是到死也忘不了。我是怕你误了家里活,你真要闲了,你搪搪光好了。我捎个信,叫我娘家兄弟别来了。"她说着背过脸擦了一把泪。王老五听出哭声,心一软才住了手,把装上车子的土又倒在地上,拉起空车又去拉土了。

晚饭前后,李玉娥家里更是热闹了,张三刚走,李四就来,脚跟脚地不断头。来了就急着看猫娃,逗着小白和小花玩个不够。这个说小白好,那个说小花好;夸罢猫又夸李玉娥,这个夸她细心,那个夸她会喂,好话儿甜得腻耳朵。末了,便掏出项圈,掏出十个二十个鸡蛋,放到桌上,也不问问有了主儿没有,也不管李玉娥答应不答应,就要定住自己相中的猫娃,好像自己说了就一定算数。

李玉娥心里比盐腌的还难受,还得做出笑脸赔着笑,要是露出真面目,就把人家得罪了。笑比哭还难受。见人家拿出项圈,说得那样武断,倒好像自己做了伤天害理的事,千告饶万道罪地解释道:

"可中！可惜你说得晚了。任大婶和小憨家早有言在先了，人家早送来了项圈，把我这两个小闺女定住了，好女不许两家男。"她为了使对方好下台，还故意说了句笑话，然后取出两家送的项圈让人们看。人们的满心喜欢落了空，顿时收起了讨好的笑脸。李玉娥一看不好，忙满口许愿道："你放心，咱们不是外人，一个猫娃算啥，就是给你十个、八个，也还不完你对我的情。明年一定给你一个，任你挑任你选。"人们还是通情达理的，听了李玉娥的表白也无可奈何，只怪自己消息不灵通，晚来了一步，只好留下项圈和鸡蛋走了。李玉娥没有猫娃，怎能白收人家的鸡蛋和项圈，求人家把东西拿回家去。人们死活不肯，看她坚持不收，就板起脸质问："你要不是存心诳我，这就算明年的定物；你要是诳我的，我就拿走。"李玉娥听人家把话说到这个地步，不敢再坚持了，只好横横心留下了东西。

谢天谢地，总算把人们都打发走了。李玉娥又想着如何打发李大嘴。两个猫娃已经亲口许了任月芬大婶和小憨家，拿啥给李大嘴？李大嘴可不好惹，得罪了她，别想清清白白活人了。她一张嘴和粪瓢一样，啥脏话说不出来？自己是个寡妇，怎经得起她糟践！怎么办？怎么办？想到半夜，也想不出个两全其美的办法，只好满腹心事地睡了。

李玉娥睡在床上，猫娃就卧在她身边。猫娃无忧无虑地睡熟了，打着呼噜，李玉娥却翻来覆去发愁。三家人两个猫娃，给谁不给谁？任月芬大婶和小憨家为人厚道，不给他们，他们也不会怪罪。可这两家是自己找上门亲口许下的，活个人怎能知恩不报？怎能说话不算话？不给李大嘴吧，实在怕她那张嘴饶不了自己。一直想到鸡叫，还难以入睡。这时，墙角哗啦一声响动，黑妮箭一般飞下床去捉老鼠了。李玉娥心头一亮，有了主意：把小白和小花给任月芬大婶和小憨家,就说自己不想喂了,叫李大嘴来把黑妮逮走算了。想到黑妮也要给人,又难舍难分,心里一阵酸。可是,谁叫自己当寡妇呢?只要能落个平安就好,平安就是福啊!

四

李玉娥决定忍痛割爱。只说猫去人平安,谁知不等打发走老猫和小猫,第二天一早就有人咚咚敲门,叫声又重又急:"开门!开门!"李玉娥一夜没睡,刚刚迷糊过去,被敲门声惊醒,忙披衣下床,连走带跑出去开门,问:"谁呀?"门外人口气不俗地回答:"你是咋啦?连我都听不出来了!"这话像一块石头砸到李玉娥心上。老天神!这不是邻村的王秋华吗?她不在屋里纳福,这么早跑来干啥?千万别是为了猫娃才好。她慌乱地开开门,拿出笑脸相迎。王秋华四十多岁,打扮得青枝绿叶,开口就笑嘻嘻地问:"我来得早吧?"李玉娥笑道:"早。"王秋华喜道:"早就好!"两个人说着进到屋里,不等李玉娥让她坐,王秋华就拉把椅子自己先坐下,故弄玄虚地问:"你知道不知道?"李玉娥莫名其妙地反问:"知道啥?"好像对方应当知道,听说个不知道就损了她似的,王秋华马上来了气,冷冷地说:"知道我咋来的呀?"咋来的?不是跑来的嘛!李玉娥话到嘴边又咽了。看她气色不对,不知自己咋冒犯了她,不敢胡乱回话,只好顺着她也故意惊奇地问:"咋来的?"王秋华就等着这一问,李玉娥的这句话,好像一把铁锨朝湖堤上挖了个口子,湖水就汹涌而出了。王秋华嬉笑怒骂地说开了:"咋来的?我可是犯上作乱违旨偷跑来的!我的好李姐呀,还对我外气哩!"我咋外气呀?李玉娥想插嘴,王秋华的话连个缝眼也不留,不容她开口,紧打紧地说个不休:"你也不怕我以后怪你,生猫娃还对我保密,要不是昨天夜里拾了一句话,我还蒙在鼓里呢。昨天夜里我都要来哩,俺们那个死货硬不叫我来,为这俺们还干了一架,差一点把头都打烂了。死货说,现在猫娃缺,要家一定不少,咱们不要去和群众争。你听听他那口气!鳖形吧,开口就拿捏个支书腔。哼,在屋里也来这一套,我才不怕哩。真是小虫骨头,几百辈子没当过官。我还没有驳他几句哩,死货又说我光想自己,也不想想你的难处。说我来要猫娃,你要不给吧,想着我是支书老婆,怕得罪俺们;给俺们吧,又会得罪别人。你听听他这混账话!我心里和明镜一样,凭咱俩的情分,好得就多个头,我就是个挨门讨饭的,你也会好里挑好的给我一个。今天一早,他开会临走时又吓唬我,不准我来。哼,他的话就是圣旨,娘娘也敢抗他一回,他前脚走我后脚就跑来了!"末了,又撩起衣裳角抖着神秘地说:"李姐,实话给你说,咱家的衣裳起码也是这种料子,不像别人的破破烂烂,叫老鼠咬坏一件怪心疼哩!"

李玉娥不由低头看看自己的粗布衣裳,脸一红,倒抽了几口冷气,呆呆地坐着,不知如何回话。王秋华好不容易才算住了嘴,两只眼骨碌碌四下乱瞅,问:"哎,说了半天,猫娃哩?"李玉娥失神地指指里间。王秋华跳了起来,蹿了进去,扒开被窝,一眼看见小白和小花就扑了下去,逗着小猫玩来玩去,咂嘴连声说:"真好看!真好玩!差一点点跑到别的家了!"然后头也不回地问:"哎,给我哪一个呀?"李玉娥不想说给,也不敢说不给,含含糊糊地说:"要家多得很呀,你看!"她扭身把针线筐端到王秋华面前,为难地说:"这都是要猫娃的送来的项圈。"王秋华抬头扫了一眼,奇怪地道:"咋,还向我要项圈呀?"李玉娥看误会了,忙解释道:"我是说要家多。"王秋华笑了,不在话下地说:"不用你说我都知道,我只要一个嘛!"李玉娥听口气不容商量，只好哑口无言。王秋华恋恋不舍地放下猫娃，往外走去，交代道："咱们可说死了，等满月了，你给我送去，要不我就再跑一趟来逮。反正咱主贱，想猫娃都想疯了，多跑几趟也不会把脚跑大了。"她只管自己说得痛快，要得干脆，从头到尾看都不看李玉娥的脸色，也不管李玉娥答应不答应，就心满意足地笑着走了。

李玉娥气得想哭。王秋华的口气粗得怕人，又是她的衣料比穷人的主贵，又是想要猫娃是主贱，还说只要一个，好像她开了多大恩，也不管主家愿不愿意给，就叫给她送去。这不是明摆着把自己不当人看！寡妇伤心，不由想起男人。你要还活着，我也有个靠山，给谁不给谁，我也敢说个硬话。你只管图清闲去了，撇下我半边之人，处处低人一头，我敢在谁面前说个不字？李玉娥忍住憋在眼皮里的泪水，扣住门就往男人坟上走去，去痛痛快快哭一场，解解心里的闷气。

李玉娥快走出村时，经过王老五家门口，见门关着没有锁，她想进去说一声，省得王老五拉土去了没见人，又会引起误会。她踏进院里，没见王老五，王老五的妻子白春花站在山墙下边，弯着腰往架子车上一锨一锨装土。李玉娥想喊还没出口，一眼看见山墙也被雨漂得一脸麻子坑，原来他把自己搪墙的土拉去给她了。李玉娥心里一沉，好不是滋味，叫声："五嫂！"就说不出话了。白春花抬头看见是李玉娥，像做贼被人撞见，没开口先脸红，慌乱地说："哎呀，你咋跑来了？老五去买石灰了。走，走，去屋里坐。"说着就撂下锨拉她。李玉娥指指墙又指指地上的土，埋怨道："五嫂，这墙比我的墙漂得还厉害，你咋能这样！"白春花看遮盖不住了，就直说道："他是个出力杠子，先给你搪了，我们搪时再拉。这是南地的活土，得收了庄稼才能起，是个重活紧活，你能干得了？你都够困难了，俺们能白要你的猫娃?"又是猫娃!李玉娥头蒙了,喃喃地道:"猫娃?"白春花怀疑地说:"咋啦?老五没舍得张嘴?这个人真是脸金贵!他不去不去,去了又不说。"李玉娥看着麻子墙发呆,白春花的话她恍恍惚惚听见了,又像没听见。白春花看她不言不语,只当她不愿给,就眼巴巴地看着她说:"老鼠专欺侮咱们穷人啊!咱不比人家美气户,人家的凉的热的,一叠子一叠子,在上海柜里装着,老鼠连见也不得见;就是咬烂一件半件,搁到人家身上也不当一回事。"白春花边说边扯起衣裳襟,"别看咱这是棉布片子,可是老虎下山一张皮啊,咬了这件就没有那件了。虽说值不了仨核桃俩枣,买一件得刮半年牙齿哩,又没有个保险地方放,咬烂了只好不穿。去年卖鸡蛋攒俩钱,给你五哥做件新袄,没穿几天,老鼠就咬洞。为这我还哭了一场,这是我来王家几十年第一次给他做的新袄啊!"白春花说着眼红了。李玉娥听得心酸,不由想起那年腊月间男人死时,人没人,钱没钱,只有哭不完的眼泪。正在困难之时,王老五第一个赶来了,手里还提着烟酒。李玉娥强忍住哭,伸手去接东西时,见他只穿一件破夹袄,冻得嘴脸发青,她伸出去的手又猛地缩回来,不忍地说:"五哥,你人来了就有了。这东西退给人家吧,你也没有呀!"老五横眉冷眼道:"我啥都没有,可我还活着!"一句话说得李玉娥又哭成了泪人。王老五也不劝她,就放下东西去张罗丧事。李玉娥想到这里一双眼也红个净。白春花又说:"你五哥总认为人穷没面子,一辈子不肯向别人伸手。我想着村里就咱两家比别人家穷,自古都是穷人惜穷人,我才叫你五哥去的。"李玉娥被说到痛处,心里一热,脱口说道:"五嫂,别说了。我给,给!"白春花听她应承下来,满心喜欢,想再说几句感激话,李玉娥却快步回身走了。

五

李玉娥跑到坟上哭了一场。好像看见丈夫从坟里出来了,好像听见丈夫说话了。丈夫当过干部,活着时常说:"人生在世,好事坏事,吃亏事便宜事,顺心事冤枉事,啥事都会轮到头上,只要别忘了自己是个人,就知道应该咋对付。"李玉娥影影绰绰听见这话,好像得了灵性,脑子也清爽多了。回来的路上细细想想,愁得没有道理,该给谁不该给谁清清楚楚摆着,何苦自己为难自己。

李大嘴没有明说要猫娃,自己也没有答应过给她。链霉素的事,亏她脸皮厚不嫌口羞。男人死后,我一个寡妇人家还不够可怜,砸骨旋扣弄俩钱买药还她,她说她男人病好了,不要药要钱,一嘴咬住是高价买的,狠狠割了我一脖子血。就凭这一回送的那块的确良布,也看得出短见了。是买猫娃的,猫娃不是卖的。是买我心的,我就这么不值钱。布是她强留下的,当时我就说不要,把项圈还卷到布里头还给她就行了,只当自己就没解开布看过。她的嘴头子厉害不假,自己清清白白也是真的。过去她不是没糟践过人,还不是自己搬砖砸自己的脚,落得人人说她不是东西。没有猫娃给她,至多把我说成狐狸精,人正不怕影歪,让她去说吧。

还有王秋华,人里头有她这个数?谁不知道她是个肉做的衣裳架子。心比蝎子还毒,手比狼爪还尖。背过男人就向别人要东西,蚂蚁肚里也要刮点油,谁家有个缺物,她都要弄到手里。人们都恨死了她,要不是看她男人三分脸气,早把她活吃了。我又不想入党当干部,又不造谣破坏,走得端坐得正,为啥怕她吹枕边风?再说她的男人是堂堂正正的大队书记,为官清正,总不会为难一个寡妇,去小自己的身份。她不把我当人看，我要再去溜她，把许给别人的猫娃送给她，我可真不是人了。我没有猫娃给她，让她把脸丢在一个寡妇面前，叫人们看看寡妇也是人！也长着人的骨头！

李大嘴和王秋华不说了，两只小猫给任月芬大婶和小憨家，老猫给王老五家，这样办情也有了，义也有了，也没啥再作难了。老小三只都是女猫，来年又会添上七八只小猫。好猫管三邻，有了十只八只猫，全村家家户户都会断了老鼠。自己还想喂了，明年不论向谁要一只就行了。李玉娥用人的标准去想着如何应对，倒也顺顺当当，一点也不觉得难了。心里一轻松，连走路的步子也迈得快多了。当她又经过老五家门口时，忽然觉得刚才的想法行不通。原来打算把老猫给李大嘴是个好办法，放到王老五身上只怕不中了。李大嘴是个只顾自己的人，不管你还有没有，也不管你心里美不美，不给她还要强夺哩，只要给她她就要。王老五不是这种人，他宁可自己没有也不会去夺别人的心爱之物，把老猫给他，他肯定不要，弄不好还会说是搪塞他的。好心要是被当成恶意，不是白白得罪了好人？得罪了李大嘴，人们会说我不是见财眼开的人；得罪了王秋华，人们会说我不是拍马溜须的人；要是得罪了王老五，人们就会骂我是穷人还看不起穷人，是个忘恩负义的人，以后咋还有脸面见人！要是给王老五一只小猫，老猫又该给谁？是给任月芬大婶，还是给小憨家？这三家都是自己的恩人，都是好人，伤了哪一个心里都不忍。她回到家一坐又是半天，呆呆地想着咋办。两只小猫娃不知她的心事，跳到她怀里又撕又咬，和她逗着玩。她心烦地推它们下去，恨道："要不是多了你们两个，我咋会有作不完的难！"小白和小花吓了一跳，看看她，喵喵叫着去找老猫了。

李玉娥正在惆怅，突然院里有人叫她。她听出是任月芬大婶的声音,心里不由一沉,是来捉猫娃的吧,也顾不得多想,就答应着跑出去。只见任月芬大婶喜眯眯走进来,怀里还抱着个猫娃。李玉娥只当自己眼花了,再定睛一看,真是一只银灰色的小猫。任月芬大婶不等她开口,就笑道:"我来拿项圈的,我娘家兄弟给我送个猫娃。"李玉娥双手接过猫娃,细细看着,又放在脸上来回亲着。两个人一同进到屋里坐下。李玉娥刚才看见她抱的猫娃,心里不由一轻,认为给自己解了难,这时心里又忽然不是滋味,埋怨道:"不是说,我给你嘛。"任月芬大婶笑道:"你有多少? 还怕找不下主儿?"李玉娥亏心地道:"平常我也没啥给你,只说这猫娃是个稀罕物,偏偏你又有了。"任月芬大婶嗔怪道:"看看你说得多见外! 你和我的亲闺女还差多远? 我要不是有了,你不给我还不依哩!"说得李玉娥浑身发热。她真想把这几天为猫娃惹下的惆怅往外倒倒,话到嘴边又咽了下去。说这些啥益? 能说支书老婆来要我都不给,专门要给你吗? 现在她已经有了,再说就成了送空头人情,卖这个油嘴干啥? 李玉娥取出任月芬大婶送来的项圈,给猫娃戴上。两个人叙了一阵家常,任月芬大婶就抱着猫娃走了。

谢天谢地,多亏任月芬大婶的娘家兄弟给解了围。得赶快把猫娃打发走才行,省得再招惹是非。李大嘴和王秋华可不是撕不开脸下不了手的善人,她们要是来死皮赖脸抓走咋办? 李玉娥捧起小白、小花亲了又亲,放到篮子里,用被单盖紧捂严,悄悄送到了小憨家和王老五家里。两家人捧起猫娃看个不够,夸个没完。李玉娥看自己也能给别人带来喜欢,心里甜丝丝的,便高高兴兴地回家去了。

二十年来,李玉娥家里比别人不知少了多少好东西,日子也不显得难过,心里也不觉得难受。一旦自己有了一点点别人没有的东西,日子就这么难过,心里就这么难受,好像大祸临头了。猫娃送走了，又不比别人多一样东西了，心里又像从前那样踏实安生了。现在只剩下李大嘴和王秋华了，李玉娥也想好了对付的话："我谁也没应承，给你们留着，谁叫你们来晚了。你们又不是不懂，猫娃兴抓呀！"对这号人不必实话实说，糊她们几句算了，叫她们也气气，愿咋报复就咋报复吧，反正都是个人，谁怕谁！

六

"反正都是个人，谁怕谁！"李玉娥真不怕了，一直到睡都在不断念着这句话。谁知道心里不听话，一合上眼就做噩梦。梦见李大嘴拍着屁股骂街，脏话比屎还臭；梦见王秋华冷笑着拉她去大队，往她脖子上挂破鞋；一夜吓醒了几次。她不由生自己的气，为啥这么主贱，醒着不怕梦里怕！

第二天一早，小憨来了，提了个挎包，低着头叫道："姨，给！"李玉娥一见小憨，心里啥气也没有了，甜甜地问："又给我送啥来了？"说着接过来解开一看，啊，是小白！就奇怪地问："咋了，嫌小不是？想叫老猫再喂几天？"小憨摇摇头，说："你给别人吧，俺们不要了。"说着回头要走。李玉娥心里一愣，一把拉住他，急得眼泪丝丝地问："为啥又不要了？我咋得罪了你们？"小憨看她可怜巴巴的，忙解释道："俺们可想要，就是我爹不叫要。他昨天夜里从大队散会回来，一看见猫娃就叫给你送来。"李玉娥追问道："他为啥不叫要？"小憨想说又不说，诚恳地讲："姨，你问为啥也没益，我爹也不叫说，反正不是对你有意见。"李玉娥看他不说，愈加要问，强按他坐下去，假装生气地吓唬道："你不说清楚，一定是我得罪了你们。你们真不要了，我把它捏死算了。"说着双手去卡猫娃脖子。小憨急忙拦住，叹了口气,低声说:"我说了,你知道就行了,不要往外再传了,越传越不好。我爹和支书有点意见,他听说王秋华也来要过猫娃,你不给她给俺们,她会说你和俺们走得近,以后对你没有好处。你都够可怜了,我爹说,不能再给你招是非了。"李玉娥听了,想起王秋华的为人,冷笑一声道:"走得远走得近谁也管不了,又不是跟谁干啥坏事,我不怕。这猫娃非给你们不可!"说着又把猫娃装进挎包,往小憨怀里塞去,又委屈地说:"只准别人对我好,我想表表心意都没人敢接!"小憨推过李玉娥的手,难为地说:"姨,你别说外气话。这猫娃俺们真不能要啊!俺们要是要了,王秋华会说她定住的猫娃叫俺给夺走了,是欺侮她的,她可敢闹到支部会上。别为了一个猫娃因小失大,影响大队干部的团结,以后不好工作。我爹说,能得罪个君子,不得罪个小人。你还是把猫娃送给王秋华算了。"李玉娥听了这话,心里凉个净。小憨把话讲到这个地步,也不好再强着要给。

李玉娥送走小憨,觉着他讲的道理老不是味,不是味在哪里又说不清楚,只是呆呆坐着发怔,早上饭也懒得做,直到王老五来搪墙,她才走出去。王老五拉了半架子车石灰,白春花端了个升子跟在后边。寒暄了几句,王老五忙着和泥,白春花抱着升子进了屋里。坐定以后,白春花抱歉地说:"我给你说个事,不知道你怪不怪?"李玉娥奇怪地问:"啥事?"白春花不说,还是追问:"你得先说怪不怪,我再说是啥事。"李玉娥想着也没啥大事,笑道:"你和五哥待我和亲哥亲嫂子一样,老嫂比母,你就是打我一顿我也怪不出来。"白春花这才放心地说:"真不怪我就直说了,猫娃我们不要了。"说着揭开捂在升子上的毛巾,把猫娃逮出来放到地下,猫娃咻溜一下跑进里间了。李玉娥像被砸了一砖,头轰一下蒙了,直愣着眼变脸失色道:"咋了?这是咋了?为啥说不要都不要了?"白春花郑重地说:"不为啥。你五哥和我也是个人,不能没个良心!"李玉娥听了浑身发抖,气道:"咋啦?问我要个猫娃就不是人了?我成个啥东西了?"白春花苦笑着责备道:"看,你说过不怪不怪,为啥又怪了?"李玉娥苍白着脸说不出话。白春花又动情地说:"猫娃少,要家多,任月芬大婶为了怕你作难,她都不要,俺们就忍心叫你作难?"李玉娥一听变气为笑道:"原来为这!你才不知道哩,任月芬大婶不是不要,是她娘家兄弟给她送来了一个。"白春花朗朗笑了,说:"还说我不知道哩。你才在鼓里蒙着哩。谁也没送给她,她怕说个不要,会伤了你的心,她在邻村借了个猫娃糊你哩。今天一早人家可来逮跑了。"李玉娥迷瞪了,呆呆地问:"真的?"白春花真切地说:"早上我亲眼见的,还能假了?任大婶说,你可怜,只要你能少得罪一个人,过个太平安生日子,啥都有了。"一句句体贴人的话钻进李玉娥的耳朵里,又变成泪水从眼里流出来。白春花劝道:"猫娃不给俺们,俺们帮不了你的忙,也坏不了你的事。有的人可不中,别看他们平时眼里没有你,你要是不给他,他就会钻窟窿地坑害你。你头软,就会流眼泪,你能缠过人家?这猫娃俺们咋能要得下去!"李玉娥抽泣着说:"五嫂,你们光这样想,就不知道我的心!"白春花安慰道:"你的心我都知道,反正,猫娃给谁都是逮老鼠,明年再添小猫了,我一定要一个。"

李玉娥迷了心窍,看不见东西,听不见说话,连白春花啥时候走的也不知道。自己的东西,不能送给自己的亲人,偏偏叫送给自己不愿给的恶人,这比怕得罪人还伤情啊!好人啊,你们太好了!你们可怜我是个寡妇,头软,没担待,替我想这想那,啥都想到了。为啥就没想到我也是个人?我要照着你们替我想的去办,我这心还是人的心吗?李玉娥越想心越酸,止不住又哭了。

七

小白和小花不知人间事,不知道明天就满月了,不知道就要落到恶人手里了,还照样偎依在黑妮怀里,又咬又拱,打闹着玩个不够。李玉娥看着它们又疼又气,心里闪过一个又一个念头:捏死它们,叫谁也要不成;赶出门外,让它们变成野猫;把它们远远地送到娘家去,眼不见为净。李玉娥又觉得这主意都不是人应当干的。她想来想去,一直想到半夜,忽然又闪出一个念头:都是个人,谁怕谁?拼上了,天王老子地王爷来要也不行!谁也不给,大小三只猫我都养着。人们想要猫娃不是图逮老鼠的吗?见天黑了,我把它们全放出去,叫它们去各家各户逮老鼠,这多好!

这主意好是好,可是李玉娥能做到吗?能!一定能!因为好人会赞成这个主意,还因为她想到自己也是个人,是个有骨头的人!

原载《奔流》1982 年第 9 期

一

灯

山村的秋夜，不冷不热，静得好像没有了世界，正好睡觉。

这时，纷争的世界只有在东东的梦中还活着。这个外号叫作"猴娃"的青年人，连睡觉也不安生，又是踢脚，又是挥拳，脸上的表情更是丰富多彩，喜怒哀乐变化无穷。

东东腾云驾雾在空中飞行。他左手提着一个男人的耳朵，这男人四五十岁，额头上有块伤疤，嬉皮笑脸地踢跳着；右手提着一个女人的头发，这女人鼻子尖有颗黑痣，撇嘴抽鼻地尖叫着。他飞过茫茫林海，徐徐飘落在一条土岗上，走向一座孤坟，坟头上竖着一座比天还高的汉白玉墓碑，上边刻着金光闪闪的大字：老队长丁忠之墓。东东把手中提的一男一女扔到地上，强令他们跪到墓碑前面，然后他对着坟头深深作了一个揖，痛哭流涕地叫道："爹，三十年河东可转河西了，孩儿东东今天给你报仇来了！"

只听坟里吭咳一声，如同雷响，坟墓

突然从中炸开,里边坐起一个老人,宽脸膛,紫铜色,怒睁圆眼看了看,哈哈大笑一阵,先冲着那个男人喝道:"陈大磨,你讲了多少瞎话坑害我,今天还有何话可说?"

陈大磨指着额头伤疤,嘻嘻道:"噫,老队长,你咋记性不大、忘性不小,一九五八年咱也流过血哩!"

墓中人"哼"了一声,扳起脸子,又指着那个女的喝道:"金水花,你红口白牙诬赖好人,该当何罪?"

金水花摸着头发,抽鼻撇嘴冷笑几声,反驳道:"嘿嘿,你向我要账,当初我被剃了阴阳头,又该找谁算账!"

"刀来!"墓中人突然站了起来,对着天空招招手。

说话不及,密密麻麻的闪闪发光的刀子,像大雨一样从天而降,东东顺手接了一把,用指头试试锋利的刀刃,一步一步逼上去……

"当当当——"伴着清脆响亮的钟声,真实的世界复活了,梦中的世界消失了。东东虎生折身坐起,睁眼看去,窗子还是灰蒙蒙的,他迷迷糊糊刚要躺下再睡时,又传来了比画眉鸟唱歌还要好听的叫声:"小水电站开工了,都快上工啊!"

东东听见叫声,像喝了凉甜的蜜水,一下子清醒了,来劲了,赶快起床。衣裳才披上,大门外就传来了他熟悉的脚步声,接着又是甜甜的叫声:"喂,上工了!"

叫声又柔和又亲切,东东一听走了神,慌得倒趿拉着鞋就往外跑,开开门站在房檐下看去,大门口站着一个手拿广播筒的姑娘,瓜子脸儿,似红似白,红中有白,白中有红,比荷花还要好看十分。她叫刘玉妹,是新上任的队长。她对他甜甜一笑,转身走去时,手一扬扔过来一件东西。东东打个箭步,跳下台阶,伸手接着。哈! 一双硬底硬帮的新鞋。他低头看看脚上的旧鞋,已经烂得大张嘴了,再看看手中新鞋,不由脸上堆起了幸福的笑容。

东东走到院中石凳前站住,看看南北厢房还是关门闭户,就冷冷一笑,右脚一甩,一只烂鞋飞了过去,砸在南厢房门上,啪的一声响。他一边坐下去换鞋,一边不满地叫道:"喂,队长的嗓子都喊哑了!"

这一砸一叫,惹恼了南厢房里的一个女人。你道是谁? 就是在东东梦中见过的金水花。她本来已经从被窝里坐了起来,这时又赌气地钻到被窝里,牢骚地咕哝道:"怕对象嗓子使坏了,你去替她喊嘛! 还没过门哩,可心疼不及了!"

"你积积福,少说一句行不行? 你看他老赞成你!"她的丈夫——憨头憨脑的老木,早已起床,在墙角找工具,听她牢骚,就低言轻语劝她。他拿起工具要走,回头见她又睡了下去,着急地埋怨她道:"你咋又睡了? 新官上任三把火,不怕拿你开刀!"

"她敢! 开刀就叫她卷刃,不能把她惯得和她老公公一样凶!"水花愤恨地"哼"了一声。

老木看她上火了,吞吞吐吐劝道:"早去一会儿,又使不死人。人家都在搞四化哩,你就不想点电灯?"

"爬一边去,少给我说光棍话!"水花说着狠狠拉过被子,包住头又睡了。

"哎呀!"老木在床前呆呆站了一会儿,说又不敢说,拉又不敢拉,长长叹息一声,无可奈何地扛起工具转身走了。他一开开门,见东东在弯腰提鞋,就悄悄快步溜了出去。

新鞋难穿,东东好不容易才穿上一只。在他直起腰拿另一只时,看见北厢房的门还关着,就左脚一甩,一只烂鞋砸在北厢屋门上,讥笑地吆喝道:"日头晒住屁股了!"

这一声吆喝急坏了北厢房里的一个女人。她四十多岁,收拾得整整齐齐,利利亮亮,掂着一张铁锹,走到床前,床上被子里包着一个人,睡得呼呼噜噜。她甩开右手,重重打了那人一拳,吆喝道:"你耳朵塞驴毛了,没听见喊上工!"

被子里的人伸出了头。你道是谁? 就是在东东梦中那个额门上有块疤的陈大磨。他睡眼惺忪地嘟哝道:"再积极谁还赏个屁吃吃!"

"你还要脸不要?"大磨婶又扬起了手,喝道,"快起!"

"脸多少钱一斤?"大磨嬉皮笑脸地折身坐起,顺手从床头桌上拿过烟袋,吸着。

"你不要脸,我还要哩!"大磨婶从他手里夺过烟袋,啪的一声又扔回桌上,黑着脸发怒道,"快些起来走!"

"你叫我过过瘾吗!"大磨看妻子发了脾气,忙收起嬉皮笑脸,求饶地看着她,又从桌上拿过烟袋吸着,说,"你先走,我马上就去,保证误不了点!"

大磨婶狠狠瞪他一眼,转身走了。

二

一条小河经过一个峡谷,河床突然跌落,小水电站就修在这里。

山里人命苦,夜里靠一盏油灯照明,白天抱着杠子推磨。人们盼电盼了一年又一年,要有了电该多好啊! 一九五八年在这里修过电站,刚开个头,钢铁元帅升帐了,一切都要让路,只好停了。一九六五年又开始修,修了一半,"文革"开始了,金三阎王起来造反,说,心中有了红太阳,半夜三更亮堂堂,要电站干啥? 批斗老队长丁忠天天想用电灯光压住红太阳的光辉。老队长气死了,三阎王当了队长,一心为"革命",小电站又停工了。前不久,三阎王叫法办了,群众选刘玉妹当了队长,水电站才算又开工了。

谁不盼电?工地上人来人往,匆匆忙忙,人们干得凶,笑得响,充满了欢乐的气氛。

"站住!"记工员小山正在撂土,突然大叫一声,撂下锹,箭一般往路口跑去。

人们大吃一惊,抬头看去,只见陈大磨和金水花像没事人一样,不紧不慢往工地走来。

小山跑到路口,拦住他们,弯腰从旁边石头上拿起一个小本本,又指指石头上放的马蹄钟,气喘吁吁地说:"看,大家干够一点钟了,得扣你们一分!"

陈大磨推开小山,嘻嘻笑道:"去去去,开的啥玩笑!"

小山正颜正色地说:"谁开玩笑?这是才订的制度!"

金水花抽鼻撇嘴地不屑道:"啥制度?别拿鸡毛当令箭!"

陈大磨和金水花不肯认罚,小山就不肯放行,夯开双臂拦住他们。他们两个嘻嘻哈哈,死皮赖脸地从小山两胳膊下钻了过去,就要混入干活的人群。小山急了,转身紧跑几步,到他们前边,又死死拦住他们,回头大声求援道:"玉妹,快来啊,他们来晚了还不认罚!"

玉妹正在远处担土,听见小山呼叫,迟疑了一下,就放下担子快步走去。干活的人都眼巴巴看着玉妹,声声嘱咐道:"玉妹,这可是第一炮,可不能瞎了火!对这号人,可不能心软!"

"哎呀,黑脸咋开呀!"玉妹微微含笑,皱起了眉头。她不光长得好看,心也特别软。"文革"中她当了几年团支书,每逢批斗人,她不是推故不参加,就是参加了也一直双手捂着脸,不忍心看上一眼。

造反派三番五次找她谈话,激发她的无产阶级义愤,她总是笑眯眯道:"哎呀,我这人不知道咋搞的,就怕看武武扎扎地整人!"造反派火了,把她撤了,骂她是"生成的绵羊变不成猛虎"。前不久,金三阁王被法办了,群众选了她当队长。她想,队里人多嘴杂,叫"四人帮"搞成了一团乱麻,自己是个棉花絮脾气,不会斗争咋能领好一个队?她就推辞道:"哎呀,再没人干了,找我这个绵羊羔子来充数!"人们乐了,都说:"大家挨了一二十年整也挨够了,就是看中你不会整人这个好脾气,才想叫你干哩!"她干上了队长,啥也不怕,就怕有些人难缠,自己又不会抹下脸子整人,怎么领导?怕着怕着,上任第一天就碰上了这两个有名的"绞筋头",她又不能不管,只好硬着头皮走过去。

陈大磨看见玉妹来了,抢着迎上去,打哈哈道:"玉妹,我积极落后,你一脉尽知。这些天我一颗心都迷到电站上了。昨天夜里,我想出个办法,早点把电站修好,一直想到后半夜才迷糊过去,做梦都在修哩。就这,他还要扣我工分哩!"

围上来看热闹的人忍不住笑了起来。东东却不笑,上前一步,挺严肃地说:"都听清了吧?大磨叔多积极啊,做梦还在修电站!我提议,给大磨叔记点做梦分!"

"好啊!"人们哄笑不止。

玉妹瞪了东东一眼,对大磨好言好语劝道:"想得好,还要干得好,电站才能修起来。来得晚,少干活,就该少记工。真要一心为电站,就该带头执行制度!"

"这……"大磨一时找不到词。

金水花插上来,撇着嘴冷笑一声,逼问道:"制度,制度,早不制,晚不制,为啥专制我们?"

玉妹轻言细语解释道:"从前'四人帮'破坏,不按劳取酬,能说会道的沾光,老实干活的吃亏。现在落实按劳取酬的政策,多劳多得,少劳少得,这可不是专制你们的!"

"好! 这制度真好,我举双手赞成!"大磨忽然换个态度,冲着看热闹的人自夸道,"这制度要是早点告诉我,哼,不是吹的,我比谁都跑得快!"

水花也趁机倒打一耙,问罪道:"对啊! 订制度为啥不打招呼?哼,'四人帮'都打倒了,还搞突然袭击呀!"

"哈,自己错了不认错,还给干部戴大帽子!"看热闹的人们炸了,愤愤不平地吵吵。

玉妹心地善良,遇到矛盾,总是爱在自己身上找缺点,爱把别人往好处想。现在看大家吵闹起来,又见东东在一旁得意地笑个不停,不由心里一动,暗自想道:"东东是生产组长,平日和大磨、水花不和,莫非他为了叫他们出洋相,故意没把队里的决定告诉他们?她想着走前一步,责备东东道:"昨天开队委会,决定从今天开始执行按劳取酬,你怎么没告诉他们?"

"噫,才上任一天,可官僚了! 昨天夜里开小组会,嗓子喊破他俩也不去!"东东冷嘲热讽地说。忽然看见大磨婶在一旁站着,他就大声大气地问:"大磨婶,你开会回去咋不告诉大磨叔哩?"

大磨婶是个争强好胜的人,偏偏碰上个不争气的丈夫,气得成天阴沉着脸。这时见男人又出乖露丑,早就怒气攻心,恨不得咬他一口,听东东问她,就咬牙切齿道:"他还算个人? 算我对石头说了。"一句未完,就噙着泪水转身跑了。

大磨看妻子跑了,胆子就更大了,假装糊涂道:"哎呀,她半夜散会回来时,我睡得像死猪一样,谁知道她说的啥,我没听见一个字!"

东东钻空子耍笑道:"刚才你还说,操心操到天快明才迷糊过去呀!"

大磨词穷:"这、这……"

众人又是一阵哄笑。

东东又突然质问老木道:"老木哥,你回去没告诉水花嫂子?"

老木是全村有名的怕婆娘大王,刚张开嘴要回话,忽见水花拿眼盯他,不由得吓得倒退几步,语塞地道:"这、我……"

"好啊,你这个死货!"水花不等老木合嘴,突然冲上去砸了他一拳,反咬一口骂道,"昨天咱俩吵了架,你还想报复我哩!"

东东不屑地讥笑道:"演戏演得怪像!"

水花一只手指着天:"天地良心,我敢赌咒!"

东东撇嘴道:"赌咒谁不敢,又不疼又不痒!"

大磨看矛头对准了水花,轻松地表白道:"反正咱是真不知道!"

玉妹站在一旁发呆,越听越看越替大磨和水花难过:当个人为什么要把自己看得这么轻贱?为了一个工分竟然厚着脸皮又装神又弄鬼!她忽然产生了一个念头:在高中上学时搞大批判,都说知识分子虚荣爱面子,要是大磨和水花也像知识分子那样爱面子,没有这场矛盾,那该多好啊!一阵哄笑声使她清醒了,只见看热闹的人越聚越多,为了扣他们两个工分,却耽误了多少工分啊!她想,得赶快结束这场纠葛才行。她还是按照自己的习惯行事,不肯轻易责怪别人,只从自己身上找原因,转过身批评东东道:"你是生产组长,为啥不指名道姓说到人?"不等东东回话,又急忙对大磨和水花含笑道:"好了,算了,不知者没错,去做活吧!"

大磨和水花自认为胜利了,扫了众人一眼,得意扬扬地走了。

如此处理,惹火了众人,七嘴八舌地嚷嚷起来。

"开头就叫白尖石碰卷刃了,电站还咋修?"

"三句假话一说,制度算吹了!"

"少劳不扣工分,还算啥按劳取酬!"

"谁说不扣了?"玉妹喜笑颜开地劝慰大家,真切地说,"扣!为啥不扣?"

大磨和水花刚走几步,听她如此说,只当受骗上当了,回过头气冲冲地质问道:"啊,说了半天算吹灰了,还要扣!"

"扣我的!"玉妹对他们甜甜一笑,就举起广播筒,一边走去一边大声广播道,"大磨叔和水花嫂子愿意执行制度,今天迟到,都怨我工作上粗心大意,没有把订的制度通知到人,应当扣我二分!"

玉妹走遍整个工地,一遍又一遍广播着,甜脆的声音,诚恳的语气,没有一丝一毫挖苦讽刺的味道。新官上任三把火。本来人们以为要马上开个现场会,让大磨叔和水花在人前亮亮相,露露丑,再把工分扣了,杀一儆百,立下军令,谁也没想到竟会这样解决矛盾。大家感到实在新鲜。可是,紧接着整个工地就像起了山火,噼噼啪啪地熊熊燃烧起来了。

"玉妹的心肠也太软了!"

"真不像话!自己来的晚少做活,叫扣玉妹的工分。"

"天下哪有这号理!"

"真不要脸!"

"脸拿去擦屁股了!"

大磨和水花本来以为得到了伟大的胜利,一副扬扬自得的样子,在人群中逞能。现在忽然成了过街老鼠,到处都是敌意的眼光,愤恨的骂声。陈大磨和金水花的脸皮厚,一锥子扎不透,大磨婶却早气坏了羞死了。她两眼流着泪,疯了般冲着陈大磨气急败坏地吵骂道:"你还有点人味没有? 说你不要脸,你真是把脸当成鞋底子,踩到屎上也试不着臭!"

陈大磨脸不红气不喘,振振有词地嘻笑道:"这算个啥? 人家多大的干部还不是斗来斗去,是没游过街,还是没戴过高帽子? 咱这脸还不如人家的屁股哩。咱要嫌丢人,那些大干部就该一头栽河里淹死了!"

陈大磨的这一番不要脸的逻辑,把大磨婶噎得白瞪眼,嘴脸发青,把站在一旁的东东也气得咬牙。当他抬头看见玉妹还在远处广播,要扣自己的工分,真被激怒了。他箭一般冲了过去,不由分说,一把夺过玉妹手中的喇叭筒,愤愤不平地发火道:"你不会当队长不要当,你有多少工分贴赔?"

玉妹两只传情的眼甜甜盯住他,笑道:"你说咋办?"

东东恨道:"狠狠斗争他们一场!"

"噫!"玉妹笑得更甜,挖苦道,"本事可真不小! 斗了一二十年,你见过几个人叫斗进步了?"

东东不服,反驳道:"斗都不行,你这就灵了?"

玉妹认真地说:"人心都是肉长的,我就不信他们的心是铁打的! 咱们只要真诚相待,以理服人,我就不信他们不变。不信,咱们试试行不行?"说时又笑着从他手中夺过喇叭,边广播边朝前走去。

东东还想发火,可是伸手不打笑面人,只好看着她的背影,重重地说:"好! 咱们等着看,狗要真能改了吃屎,才真算你能!"

三

玉妹没有白丢工分。这天上午和下午,陈大磨和金水花上工都没有落后。玉妹见起了效果,心里比喝了蜜糖还甜。担土的路上碰见了东东,就悄悄指指大磨和水花,嘴里没讲什么,那笑眯眯的眼睛却在说话:"你看看咋样?"东东不甘认输,抽抽鼻子,做个鬼脸,甩刺道:"别高兴得太早了。两个工分就能把两颗黑心洗干净,也太便宜了!"

在黄土崖下起土,往小水电站担,要穿过邻队的苹果园。这时虽然天气还热,可是已到秋末季节,苹果累累,白里透红,红里透白,喷吐着清香的气味,引诱着行人。有几枝伸到小路上空,低得碰头。社员们来来往往,没人伸手摸一下。看果园的张七爷敲着铜锣,来来回回赶着贪食的鸟儿。

金水花和男人老木担着空筐走过来了。压弯枝头的苹果,碰住了水花的鼻子。那清香的味道,好看的颜色,早就使她流涎水了;只是为了早上的事,还有点不好意思下手。这时,她头往上一仰,看着鼻子尖上的苹果,开玩笑地叫道:"好啊,我不找你,你还找我哩;你当我不敢吃你!"说着踮脚伸嘴咬下一个。

老木看她又惹是生非,着急地叫道:"你……这是人家外队的呀!"

水花毫不在乎地讥笑道:"咋,外队的吃着有毒?"

"唉!"老木四下看看,听见脚步响,又气又急地一跺脚走了。

水花边吃边走。真好吃,又脆又甜又香。当她还想再摘一个时,猛抬头看见玉妹担土迎面走来,忙把半个苹果塞到怀里,装作没事人的样子和玉妹擦肩而过。

玉妹早已看见,嘴张了几张,欲说又止,看见她的背影心里一阵发冷。这个三十来岁的女人,嘴尖身懒手长,一贯爱占小便宜;找着老木这个男人,偏偏一颗心实得像块石头,一点窟窿也没有;凭嘴没她巧,凭门道没她多,又比她大了几岁,因而事事让她,处处怕她。她不管干了什么坏事,老木也不敢拦她的马头。天长日久,她见东西不拿就心急手痒,村里人没有不讨厌她的。"文革"开始,老队长点名批评了她,谁知造反派趁势把她剃了个阴阳头,游了一阵街。谁知她不但没学好,反而更坏了,动不动就说:"咋?至多再给我剃个阴阳头!"为了这事,她对老队长怀恨在心,后来抓走资派时,她没少添坏言。大家都知道她是报复,可是谁也拿她没有办法。今天早上,因为她来得晚,玉妹甘心情愿贴了工分,只说能感动她,谁知一天没有过去,又偷摘了人家的苹果。玉妹想当面揭穿她,又怕她耍起赖没法收拾。为了偷吃一个苹果,你能把她如何?就说不管算了,这是邻队的果园,人家发觉了,该说自己队里的人真不值钱!想来想去,结果还是怨自己这个队长没把社员教育好。她苦笑笑,叹了口气,顺路找到水花摘苹果的那一枝,从口袋里掏出一角钱,绑到枝头上,这才放心地走了。

水花发觉玉妹看见她偷吃苹果,心里多少有点发毛,快步走了一节,回头看见玉妹还在那里呆呆站着,忙三嘴两口吃完那半个苹果,把果核远远扔了,这才放心地想:屁!拿贼拿赃。现在没凭没据,她敢说个不字,看我不和她拼了。水花是干这种事的老手,对这种事根本不当回事,很快也就忘了。她担着空筐,顺着河边小路匆匆走着,忽然听见一阵啪啪击水的响声。她感到奇怪,站住四下看去,只见长着一丛树毛的河边,一条大鱼在水里挣扎。她急忙跑到河边一看,不知是谁在树毛上绑着一根钓鱼丝绳,钩子扔在河里,一条大鱼被钓住了,拼命地挣着浮标。水花喜出望外,看看四下没人,忙拉出那条大鱼,放到筐里,拔了几把野草盖住,又把鱼钩扔到河里,然后喜滋滋地走了。

东东恰好担土过来,看见水花从河边鬼鬼祟祟跑了,不知在搞什么鬼,就放下担子去看个究竟。跑到河边,入眼就看见钓鱼钩,不由得怒火攻心,看着远去的水花恨道:"真是狗改不了吃屎,正干活来钓鱼!"说着解下树毛上的绳头,把鱼绳拉出来揉成一团,扔到远处草丛里,狠狠地说,"我叫你钓!"然后得意扬扬走去。走了几步,想想还不解恨,又拐回去拾起鱼钩,绑上一块大石头,扔进水里,把绳头依旧绑到树毛上,这才自得地笑着走去了。

快收工的时候,陈大磨担着筐子,悠闲地走着,哼着曲子:"昔日有个姜太公,会钓鱼他才出了名。"他唱着来到下钩的地方,看见浮子下沉,以为钓住了一条大鱼,不由喜上眉梢,看看前后没人,忙弯腰捉住绳子拉起来。他越拉越重越喜欢,自言自语道:"可逮住个大家伙!"

陈大磨一把一把拉上来了,啊,一块石头! 他愣怔了一下,接着怒气冲冲地骂开了娘。气还没出完,忽然听见人们叫着收工,他忙合上嘴巴,收起鱼绳揣到怀里,不敢再声张,只好吃个哑巴亏,闷闷不乐朝工地走去。

工地上正在记工。大磨心神不宁,四下乱看,想找那个偷鱼贼。记完工走时,忽然看见水花担的筐里乱草蠕动,他悄悄跟上去,伸手轻轻拨开乱草,只见一条将死的大鱼还在挣扎着。他恍然大悟,不由分说,一把抓过了那条鱼。水花觉着后边的筐子猛一轻,忙回头看去,见大磨拿走了鱼,便扔下筐子,伸手去夺。大磨哪里肯放,火道:"你在哪里弄的鱼?"

水花嘴硬地说:"拾的,咋?"

"拾的? 你再去拾一条叫我看看!"大磨冷笑着,捉住鱼头不放,越想越气,恨道,"偷了鱼不说,还绑个石头,你算坏极了!"

水花捉住鱼尾不放,恶言恶语还击:"'四人帮'都打倒了,你还诬赖好人,谁绑石头了?哼,做活哩,去钓鱼!"

大磨反唇相讥:"我钓鱼就该你偷?"

大磨婶气得浑身发抖,上去拉大磨,气道:"你还有脸吵哩!"

大磨甩脱她,对着水花怒冲冲道:"你打听打听,姓陈的也不是好惹的!"

老木去拉水花,低声下气地求告道:"鱼给他算了,想吃了咱去买一条!"

水花推开他,跳起来对大磨反击道:"你也访访问问,姓金的也不是好捏的!"

两个人手里夺着鱼,展开了拉锯战,忽而进,忽而退;两张嘴像打乱枪,啥话不毒不说啥。看热闹的人围个里三层外三层,有的耍笑,有的批驳。他们两个全不介意。东东越看越气,猛地冲到他们当中,狠劲一抓,夺过那条鱼,大喝一声:"我叫你们争!"

水花看着被夺去的鱼,幸灾乐祸地讥笑大磨道:"你可钓吧!"

大磨看着被夺去的鱼,挖苦水花道:"你可偷吧!"

东东捉住那条大鱼,甩开胳膊,狠劲往河里扔去。玉妹和张七爷从河对岸过来,刚走到河当中,只见扔来一件东西,落入水中,差点打在玉妹身上。玉妹不知扔的什么,又听岸上一阵哄笑,好生奇怪。玉妹和张七爷过来河,问:"扔的啥东西,喜这么狠?"众人见邻队张七爷在场,都用眼乜斜着大磨和水花,笑而不答。玉妹也不再追问,指指水花,对张七爷说:"就是她!"

张七爷走过去,对水花埋怨道:"水花,你也太薄气①了!"

---

① 薄气:豫西南方言,指客气、见外。

水花只当偷吃苹果的事犯了,变脸失色道:"我咋?"

张七爷笑道:"都是兄弟队,摘个苹果解解渴就算了……"

"好啊,还偷人家苹果哩!"大磨打断张七爷的话,报复地咋呼起来。

众人也气炸了。

"做活时少只手,见了东西就多只手!"

"咱们队里的人算叫你丢完了!"

"批判她!"

"差啦,差啦!"张七爷看大家误会了,忙拿出那一角钱,摇着说:"她吃个苹果解解渴,就在树枝上绑了一角钱! 兄弟队嘛,也太外气了!"说着把那一角钱递给水花。

大家听了将信将疑,面面相觑,哑口无言。

水花初时吓得出身冷汗,这时则迷惑不解,推开张七爷的手,尴尬地说:"不,不……"

"别客气,心意到了就有了!"张七爷坚持着硬要塞给她。

水花又羞又愧又怕,涨红着脸,硬是不接,巧嘴变成了拙嘴,说不成话:"不,不……"

张七爷看她执意不收,就从口袋里掏出一个当五分的硬币,说:"你觉悟这么高,我们也不能卖高价呀! 真要给,找你五分钱!"

张七爷硬把五分钱塞给她。她看见男人老木在一旁得意地笑眯眯着,以为是男人绑的,也就心安理得地收下了。

张七爷对着众人夸道:"你们队里风格真高,我回去给俺们队长说说,叫大家也向你们学习!"

是真是假,人们怀疑不定,不知如何回答;见大磨站在一旁发呆,就把话头对准了他,嘲笑道:"大磨,你啥时候也露一手!"

"快了，碌子发芽驴出角时，大磨保险也能露一手！"

"你要有脸有面，就一头栽到河里淹死！"大磨婶见人们又要笑她男人，淌着眼泪走了。走了一节，又回头决绝地说："你敢再踏进家里一步，你试试！"

陈大磨傻脸了。人们都回家走了，只有他还在呆呆地站着。

四

东东气了整整一天。他不气大磨，也不气水花，只气玉妹没良心，更气自己手段不准，扔那条鱼咋没打到玉妹身上，叫她看看大磨和水花算不算人？你玉妹又不是远路人，啥事不知道？斗争我爹时，大磨和水花没少添坏言，活活把我爹气死。如今你当了队长，全不念我爹的仇气；他们干了坏事，你不但不整他们，还对他们那么好，对我是啥感情？他越想越不是味，见了玉妹就板脸瞪眼；玉妹几次和他说话，他都歪着头不搭理。玉妹也不介意，只是笑笑算了。收工以后，队里干部开了个会，研究明天怎么办。东东来了劲，翻了玉妹一眼，不满地讥笑道："事实证明，当菩萨不中。有人不是上工晚，就是来早了也不正经干。对陈大磨和金水花不好好整整，就会长了这些人的志气，减了新班子的威风，往后别想干好！"有人赞成，有人反对。玉妹笑了笑说："我想了一天，还是咱们的方法不对头，干部光催工催时不行。听听大家意见，都说，只有按三中全会的路线办才灵。我看有理，咱们明天也搞定额包工，就能解决东东说的那些问题！"

散了会，东东见自己的目的没有达到，便站起来就走。玉妹想解劝解劝他，急忙追了出去，连喊他几声他也不搭理。月光下，玉妹追得快,他就走得更快;玉妹生气得站住不追了,他也站住不走了;玉妹急忙赶上去,他又开步走了。两个人不远不近拉着一段距离。谁知追着追着,东东出了村子,一直往岗上山茱萸林子走去。玉妹急了,站住求告道:"爷娃,深更半夜了,你到底要上哪里?"东东也站住,回头激将道:"我爹今年十周年,我去看看。又不是你的爹,不连你的心,你去干啥?"玉妹一听,明白了八九分,暗自想道:"想给我开现场会哩。好啊,今天夜里咱们看看谁开谁的现场会!"

说话间到了土岗上。荒草丛中一座孤坟,坟头上长着两棵碗口粗的松树。东东刚靠到左边树上,玉妹也三步并成两步赶到。东东伸手量量树的粗细,气愤地说:"大丈夫报仇三年不晚。你坟头上的小苗长成了大树,我没本事,还没给你报仇出气。"

"多亏党中央粉碎了'四人帮',才给你报了仇出了气!"玉妹截住东东的话,伴着坡下淙淙的流水声和山上的松涛声,如泣地诉说道,"只是你想了一辈子的好光景,到如今还没实现。自从解放那天起,你们就盼着好生活:人人住高楼,吃穿不用愁;走路坐汽车,看戏到村头;耕地不用牛,点灯不用油。可是,你们一辈子一直忙着斗争,心思全用在斗争上。年年斗月月斗天天斗,七斗八斗九斗十斗;白天顶着太阳斗,夜里点着一盏油灯斗;斗别人和被别人斗。斗到你死时,你棺材头上点的还是一盏油灯。你死够十年了,我们白天还是牛拉犁,夜里还是点油灯!"她说一句偷看一眼东东,又说:"如今打倒了'四人帮',可该搞'四化'了,又有人还想叫接着斗,想叫和种地一样,一季接一季播种仇恨的种子。爹呀爹,不是我们不孝顺,不给你报仇出气,真是不能这样孝顺啊!当初你错斗了别人,后来别人又错斗了你;我们再要去斗那些斗过你的人,啥时才斗到头呀!啥时候才能实现'四化'? 就这样永远斗下去,咱们的国家咋办? 咱们的人民咋办？能叫我们这一辈子还拿桐子照明？还甩牛鞭子种地？还抱着杠子推磨？"玉妹本想解劝解劝东东，谁知想到国家的前途和个人的命运，不由动了感情，竟真的抽泣起来。

东东本想引她来到坟上，激起她对大磨和水花的仇恨，谁知她说得入情入理，叫人心服口服，现在又看她哭得泪人一样，他的一颗心也就软了，只好走过去，低声下气劝道："噫，看你哭的，谁说叫人再斗人了！"他掏出手巾，给她擦着眼泪，说："不斗就不斗，听你的还不行？你要再哭，我可也要哭了，你别当就你会哭！"逗得玉妹破涕而笑了。

两个人踏着月光往村里走去。路上，玉妹又劝道："你想想，都住在一个小院里，一天不知见几回，互相帮助，说说笑笑多快乐；为啥非要你抠我鼻子我剜你眼？成年闹气，一辈子有啥乐趣？"东东说："谁不想欢欢乐乐，可是他们死皮不要脸，成天日鬼弄棒槌，不斗咋行？你能用啥法把他们摆治好？"玉妹说："为啥他们会死皮不要脸？还不是斗来斗去把他们的脸皮撕破了，斗厚了。人敬我一尺，我敬人一丈。只要大家不嫌弃他们，真心诚意地待他们，敬他们，他们自然会看重自己的脸面！"东东暗暗抽抽鼻，心里不服，又怕惹得玉妹再生气，就说："好吧，咱们先烧一炉香敬敬看看啥样！"两个人说着话进了村子。

这时候，老木家里正演着一出错中错的小戏。水花在案板上擀着面条，丈夫老木坐在灶里盯住她。老木脸上堆满了憨笑，忽然起来洗了洗手，走到案板前夺过水花手里擀杖，笑眯眯地说："你歇歇，我擀！"

水花退到一旁，乜斜着他，奇怪地道："嘿，今天日头咋从西边出来了！"

老木擀着面，两只笑眼盯着她，甜甜地笑道："你今天才是日头从西边出来的，咋想起来在树枝上绑一角钱？"

"啥呀，不是你绑的？"水花发觉自己原来猜错了，不由愣住了。

"啊，不是你？"老木本来当成真是水花绑的，满心欢喜，听了水花反问，心里凉个净，怔了一下，把擀杖又塞给水花，坐到一边吸烟，闷声闷气埋怨道："那你为啥收人家的钱？"

水花没理也要强辩："他要硬给能怨我？"

老木又气又急地"哼"了一声，说："可好，白吃了人家的苹果，还又落表扬又落钱！还不快还给人家！"

水花喃喃道："还给谁？"

老木顶了一句："谁知道是谁？"

"我！"东东踏进了门，当是问他是谁。他走到水花身边跷着大拇指，嬉皮笑脸地叫道："水花嫂子，你可真是提茶壶的升老板——一步登天，觉悟真高！高高高！"

水花被他笑红了脸，气道："你看的啥笑话？"

东东不知根底，玉妹没给他讲那一角钱的根根秧秧，反将计就计说真是水花绑的，叫他来说几句好听话，一来给水花个面子，促使她从今以后变好；二来缓和一下他们双方的关系。这时，见水花生气，就严肃认真地说："咋？我可真是诚心诚意来学习的。过去都怨我把你看低了，不知道女大十八变，没想到你把解放军的好传统学到手了，吃个苹果还绑个钱！"

东东越认真，水花越认为是挖苦、耍笑她，气得浑身乱抖，双手把东东往门外推去，连声叫道："走走走！"

东东被推出门外，门"咚"一声关上了。他还要说什么，忽然听见对面在哭，回头一看，只见对面厢房闩着门，玉妹站在门口，大磨抱着头蹲在旁边,屋里在哭。他走过去问玉妹:"咋了?咋了?"玉妹摆摆手不让他发言,然后又隔着门求情道:"婶子,有啥话开开门进去说不行?深更半夜你叫他去哪里?"

"他愿去哪里去哪里,从今往后只当我死了男人!"大磨婶的声音发抖,越说越气越伤心,抽泣道:"好妹子,我算倒了血霉,找了个这号不要脸的东西,我咋有脸见人啊?还不如一头栽到河里淹死也干净些!"

玉妹劝道:"大磨叔今后改了还不行!"

大磨婶在屋里气道:"他要能改也算人里头数!"

玉妹拍门,着急地说:"婶子,我给你立个保字,大磨叔要再不改,你拿我是问行不行?"

东东拉起大磨,指指屋里,比画着让他赔个不是。大磨看看左右,厚着脸皮往自己脸上啪啪两巴掌,说:"我不要脸!我不要脸!我要再那个就不是人生父母养的!"

玉妹用劲推门,威胁道:"大磨叔也后悔了,你要还不开,我就在门口陪着大磨叔站一夜!"

门吱地一声开了。

五

第二天施行定额包工,不出玉妹所料,大家不催自到,来得都早。男的备料担石头,各自单独堆放,按方记工。玉妹领着妇女们摘山茱萸,按斤记工。

水电站旁边坡上,一株株山枣树,挂满果实。这果实形同早年间妇女戴的耳珠,鲜红晶莹。这是一种名贵中药,药名叫山萸肉,又叫山茱萸。每到秋天,叶子全落,只剩下山枣,像是结了一树珍珠,实在好看。妇女们到了坡上,玉妹给大家分了活,说:"咱们就指望这买发电机哩,可得摘净一点!"

妇女们排成横行,往前摘去。一双双灵巧的手指如同蜻蜓点水,摘下山枣放进篮里。三个女人一台戏。大家又说又笑,好不热闹。只有水花闷闷不乐,像吃了哑药,一言不发地想着心事。昨天那一角钱肯定是玉妹绑的。她为了什么?是想挖苦、耍笑人,还是想露能显示自己?可她为啥不当面戳破?那样,她就可以抬高自己,打击别人,又能给她没过门的死老公公报仇出气!水花胡思乱想,理不出个头绪,愣愣怔怔地有一下没一下摘着。大家说说笑笑摘到林子尽头,坐下休息,见水花落在后边,就叽叽喳喳地喊道:"水花,快点!"

水花正在心烦,认为大家是讥笑她,就翻脸恶声恶气地说:"我摘得少,少记工。叫你们腊月王八——闲操心!"

大家听她骂人,火了,纷纷回奉道:"都少要工、不要工,电站还修不修?"

大磨婶站起来气道:"还骂人哩,你那嘴放干净点!"

玉妹忙拉大磨婶坐下,含笑劝道:"别说了,她能把谁骂掉一块!今天没叫自到,这就进步不小!"

玉妹劝住了这头,又走向水花,看看她正摘着的那棵树,笑着为她开脱道:"怪不得你慢,这棵树结得格外稠嘛!"

水花得了理,翻了坐在林子那头的人们一眼,不服气道:"人的眼都瞎了!"

"大家说句玩话嘛!"玉妹上去摘着,说,"你也坐下歇歇!"

"腰都使断了!"水花一点也不客气,拉起衣襟扇着风,真的坐下了,"使死使活也没人心疼!"

玉妹淡淡一笑,飞快地摘着。她把摘下的山枣放进水花篮子里。水花看见,虎生站起,上去夺过自己的篮子,推让道:"你放到你的篮子里,按斤计工哩!"

玉妹又夺过篮子,把摘下的山枣照旧放进去,笑道:"看你说得多薄气。我比你小些,帮你做一点也应该!"

水花听她这样说也坐不住了,站起来和玉妹一同摘着。她一边摘,心里一边嘀咕:啥来帮忙? 一定是为了昨天吃苹果的事,想借这个机会来教训人哩! 她不由脸红了,心虚了,走又走不开,只好硬着头皮等玉妹开口。可是,等来等去,一直不听玉妹说话。她偷偷看看玉妹,只见她专注地摘着,没有讲话的意思,水花反倒沉不住气了,不由脱口叫道:"玉妹!"

玉妹不停手,连看她一眼也没看:"咋?"

水花口羞了,到嘴边的话又咽了下去,苦笑道:"不咋!"

两个人又默默无言地摘了一会儿。水花看玉妹还和没事人一样,自己倒按捺不住了,又攒攒劲叫道:"玉妹!"

玉妹这一回停住了手,看她满脸飞红,奇怪地问:"咋啦?"

水花憋了半天,末了掏出一角钱,低着头背过脸,伸手塞给玉妹。玉妹怔了一下,明白过来是怎么一回事之后,又把那一角钱强塞给水花,甜甜笑道:"好嫂子,别这样。咱嫂妹们还是外人,我的和你的还差多远。往后你帮我的地方还多着哩!"

水花看看手中的钱,头奋拉得更低了。她喃喃说道:"好妹子,你往后看吧!"

直到晌午收工回家的路上,水花和玉妹再也没有说话。可是,水花心里像滚了锅,热腾腾乱扑通。自从玉妹当了队长,她就认为一定要打击报复自己,早做好了思想准备,单等玉妹一发火,就破脸不要闹它个黄河水不清。谁知来得晚了她扣自己工分;偷吃苹果她自己垫钱;做的慢了她帮着干。虽说她一次又一次都占理,可是没有得理不让人;不但没整自己,还处处让着自己。水花越想越不是味,不知如何办才好。水花走着想着,忽听笑声雷动,抬头看去,只见保管室前墙下边,不知为什么黑压压围着一堆人,她也随着人群走去,想看个明白。

这堵粉白墙上,漆着一块黑板。当年是写最新最高指示的,如今成天板着黑脸空在那里。这时,东东用粉笔在黑板上写着一首打油诗。大家不知写的什么,便一窝蜂拥来,在墙下看着念着。这时,玉妹和水花等一群妇女走过来,人们冲着大磨婶齐呼乱叫:"大磨婶,快来看,大磨叔可上墙报了!"

大磨婶不信,撇嘴笑笑,不屑地道:"他要能受表扬,驴都能长角!"

"你别隔门缝看人——把人看扁了!"几个小青年不由分说,上去把大磨婶拉了过来。一个小青年指着黑板报念道:

> 光棍收心金不换,
>
> 大磨如今干得欢。
>
> 运石备料快又好,
>
> 一天任务半天完。
>
> 下午开个现场会,
>
> 都去学习莫迟延。

大磨婶见男人真的受了表扬,喜从心中起,满脸堆笑道:"瞎猫碰上个死老鼠,不值得上墙费这几个字!"

大家七嘴八舌笑道:"如今不许斗争了,时兴表扬了。大磨进步了,你也该慰劳慰劳才对!"

水花听了人们夸奖大磨,又见大磨婶笑得含泪,好像谁打了自己一耳光,只觉着脸上发烧起火,急忙挤出人堆就走,丈夫老木看她走了,就匆匆追上来,并膀走着,看着她的脸,眼气地说:"看看,人家大磨叔都进步了……"

水花不服地狠道:"啥稀罕,谁不会! 跑不到他前边羞死了!"

老木听她如此说,喜上眉梢,连连夸好。两个人说着话往家走去,一脚踏进大门,看见院中石板上坐着一个人,五十多岁,头戴制帽,一双贼眼骨碌碌四下乱瞅。两个人不由一怔。这人看见他们,忙站起来哈哈道:"我又来了! 等得我把头发都急白了!"

水花像挨了一砖,惊怕地道:"啊,表叔!"

老木像吃了蝇子,腻烦地道:"来啦!"

这人名叫李大顺。他看出对方不欢迎,就拍拍放在身边的一口木箱,解释道:"我进深山了。你大表姐她舅送给我一口箱子,拿到这里拿不动了,先寄放在这里,你们早晚进城时给我捎去!"说着掏出带锡纸烟递给老木。

老木不接,掏出旱烟袋,坐到捶布石上,低头吸着,硬声硬气地问:"还倒腾买卖啊?"

李大顺哈哈笑道:"'四人帮'打倒了,我也洗手不干了。"他指指脑袋,油滑地说,"如今这里面早换上'四化'了,这次进山是给生产队买牛哩。"

水花开开门,李大顺提着箱子跟进去,老木寸步不离地紧紧跟着。李大顺看看老木,又看看水花。水花会意,对老木命令道:"还不快去担水做饭!"

老木翻他们一眼,迟疑着担起水桶走了。李大顺忙打开箱子,从里边拿出一个小包,递给水花。水花打开小包一看,里头有头巾、衣料和点心,马上满脸堆起笑容,说:"又叫你破费了!"

李大顺盖上箱子,走到门口探头往外看看没人,回头对水花悄声说:"又到收山茱萸季节了,今年价钱好,再弄一点吧?"

水花害怕地说:"可不敢了。今年不比往年,今年搞包工,操心的人多了。眼都睁多大,不像往年那样都是睁一只闭一只!"

李大顺打气道:"看你怕的,没事。现在上边还顾不着管下边,过了这个村,可就没有这个店了!"

水花心里有点活动了。可是,想起玉妹那样对待自己,不由为难了。推却道:"咋弄呢,你不知道,俺们这个新队长……"

"就干这一回,行吧?"李大顺怕老木回来,忙打断她的话,以重利引诱,说,"这一回保险给你挣个缝纫机!"

听说能弄个缝纫机,水花横下了一条心,又高兴又担心地说:"真能弄个缝纫机? 万一要出了事……"

李大顺胸有成竹地献计道:"没事。叫老木送去,都知道他是个老实人。"

老木担水回来了。李大顺不吃饭就要走,老木也不留他。水花提起一个篮子,对老木嘱咐道:"你先做饭,我去薅点猪草。"说着送李大顺走了出去。

六

玉妹收工回来,看了黑板上的打油诗,心里一直犯疑:担石头是个重活,大磨不会那么快干完? 就是真的干完了,东东也不会主动表扬他? 她怕再闹出什么矛盾,回家告诉妈妈说不在家吃饭了,便急急忙忙赶到东东家里。见他正在擀面条,玉妹就洗洗手夺过面杖擀起来。东东站在她身边,看着她的脸,嘻嘻笑个不停。她见东东看着自己笑个不住,也抿嘴笑道:"你吃笑药了?"

东东笑道:"告诉你个好消息,下午请你看场好戏!"

玉妹信以为真,忙问:"啥戏?"

东东说:"巧破空心计。"

玉妹奇怪地道:"只听说有个'空城计',哪里又出来个'空心计'?"

东东一本正经地回道:"新编现代戏!"

玉妹追问:"哪里演的?"

东东笑道:"我自编自导的。"

"你……"玉妹发觉是诳她的,一下子就想到了那首打油诗,便打量着他,怀疑地追问,"是不是想看陈大磨的洋戏哩?"

"事实证明,你昨天给陈大磨吃的药一点也不灵!"东东纵情地笑着,把前前后后的经过讲了一遍。

原来,上午男劳力担石头备料。这是个包工活,每人两方石头,单独堆放,下午收方,早干完早回,愿多干的多记工。不到中午,大家还干得正欢时,陈大磨的任务可完成了。他挑着空担子,歪戴草帽,斜披衣服,哼着小曲,扬扬自得地往家走去。

仇人路窄。大磨正自得其乐地走着唱着,东东担着石头迎面过来了。东东见他这么早收工,就打量着他,怀疑地问道:"大磨叔,你可完成任务了?"

大磨见是这个对头,先是一怔,继而哈哈大笑着径自走去,大咧咧地回道:"泰山不是人堆的,火车不是人推的!"

东东看着他的背影,心里一阵犯疑:出力棒子都还差得多哩,这个懒驴怎么不到半天就完成任务了？他忙把石头担到自己那一堆倒下，走到大磨那堆石头跟前看去。这堆石头垒得方方正正，十分整齐，没有任何破绽。他掏出卷尺量了又量，算了又算，不仅不少，还多了一方寸。他找不出把柄，心里很不满足，却又无可奈何，只好悻悻地离去。走了几步，心里忽然一动，忙又拐回去，揭开表面石板一看，哈！里面是空的！东东像拾了个宝贝，一颗心高兴得乱蹦乱跳。他想大喊大叫，让人们都来看看大磨的空心计。可是，他刚张开嘴，心里忽生一计，忙合上嘴巴，又把石板照原样盖好，回来写了那首诗，准备下午演场好戏。东东说完始末，笑道："下午叫他来个当众出彩，保险叫大家笑掉大牙！"

玉妹听着听着，桃花似的笑容消失了，翻他一眼，说："你这是啥态度？"

东东理直气壮地说："咋，你还不服？你这个大夫治不了他这种病，叫我也试试，看咱俩谁的灵？"

玉妹往锅里下着面条，斜他一眼，批评道："他就使个空心计，你能把他法办了？还不是得靠教育。你玩他出出洋相，就能叫他进步了？只能使仇气越来越深，使他的脸皮越来越厚！"她说着看东东板起脸瞪了眼，就甜甜一笑，往他眉尖上捣了一指头，撇嘴笑道："眼瞪的，不是当初想谈恋爱那时候了，眼睫毛都会笑。我哪点说错了？人都是服理怕敬的，没见过怕斗服耍弄的。没见斗这一二十年，把几个人斗进步了？咱们要是诚心待他，以理服人，不是耍弄他，人心都是肉长的，我就不信他还是老样子，不进步？"

东东心里不服，可是她笑得好看，说得好听，不好再坚持下去，再加怕她从中打破锣，坏了这场好戏，就做个鬼脸，笑道："好了，不要宣传了，小心磨破了嘴唇！我相信狗也能改了吃屎，可行了吧？"

两个人笑着吃完饭。东东要躺一会歇歇,玉妹给他关上门,想了想,便往大磨家走去。

陈大磨家里像过年一样喜气洋洋。大磨坐在当间椅子上,摇着二郎腿,拉着胡琴,摇头晃脑地唱着小曲。大磨婶在门角锅灶上炒着鸡蛋,散发出一阵阵油香。玉妹走了进来,笑道:"呀,改善生活哩!"

"好不容易碰上个闰腊月,可要脸一回!"大磨婶满面春风,瞟了大磨一眼,要给玉妹搬椅子。玉妹不让她动,趁势坐到灶旁,一边帮她烧火,一边端详着大磨。大磨偏着头,胡琴拉得更脆了,摆出一副受之无愧的得意样子。玉妹看看暗自想道:"脸皮可真厚,一点也不发红!"不由叹息一声。

大磨婶也看着大磨,喜不自禁地说:"看看,受一回表扬,可得意得忘了姓啥名谁。往后只要天天这样,心扒出来给你炒炒吃了也情愿!"

大磨嬉皮笑脸道:"你就那一颗心,够我积极几回?咱只要求炒个鸡蛋就行!"

玉妹看大磨连妻子也欺哄,更加同情大磨婶的不幸。大磨婶为了大磨不争气,一双眼睛经常哭得泛红。玉妹昨天夜里还在劝她,大包大揽说大磨会变好,没有想到他今天就又干出这号丧德的事。玉妹本心想来批评他,可是,看大磨婶难得喜欢一回,现在要是一语道破,马上就会伤透她的心,不但这顿饭吃不成,她一定又会哭着去寻死觅活。想到大磨婶的可怜,便暗暗下了决心,一定要帮助大磨学好。她看着大磨,微微笑着,激将道:"大婶,放心吧,大磨叔这一回可是真开始积极了,往后有你喜的。大磨叔,我没说错吧?"

"错不了!"大磨一点也不害臊,哈哈道,"都把心放到肚里吧!

过去咱玩嘴,那是'四人帮'的流毒;往后,你只管把鸡蛋给咱留着,咱也要一个心眼为四化了,玩玩真本事,叫你们看看!"

大磨婶撇嘴笑道:"说不玩嘴可又玩起来了。反正丑话说到前头,要再做大家捣脊梁骨的事,看我不活吞了你!"

他夫妻两个,一个玩假,一个玩真,假的骗住了真的。玉妹看着心里五味俱全,不说穿,气得慌;说穿了,又不忍心;低头憋了半天没有讲话,便苦笑笑告辞了。

玉妹离了大磨家,匆匆忙忙赶到静悄悄的水电站工地上。她万没想到,她的突然出现,吓坏了一个正在做贼的人。你道是谁? 就是水花。水花正在坡上偷摘山枣,听见动静,忙藏到一棵大柿树后边,探头看去:只见玉妹担着石头,走到大磨的石堆前,揭开面上石板,把石头倒了进去;然后又转身跳到河里捞石头,扔到岸上;捞了一堆,跳上岸飞快地担着。水花惊奇地看着,初则迷惑不解,继而恍然大悟;抽鼻撇嘴讥笑道:"原来他这表扬也是假的!"说着又飞快地摘起山枣来。

过了一会儿,水花看看天色不早,快到上工时候了,再往下看看,玉妹不知什么时候走了。她赶忙薅了几把猪草,盖在篮子上边,就急忙回家。进了村子,只见东东拿着广播筒,一路走着叫道:"上工了,都快去参观大磨叔的干劲啊!"水花不屑地冷笑着。回到家里,丈夫老木在门口踮脚翘首等她,爱怜地埋怨道:"哎呀,说勤快就勤快得忘了饥饱! 我吃过了,你快去吃吧!"水花怕露了马脚,催他快走,说:"你吃了快去上工,别再落人后了!"说时看见大磨婶喜笑颜开地在喂猪,就幸灾乐祸地大声疾呼道:"快去吧,没听在喊哩。快去看看大磨叔是咋积极的,咱们也好学习学习!"

大磨在屋里一听就慌了神。他忙冲门而出,拔腿就跑,边跑边气咻咻地骂道:"妈的！这个东东,我扒你老祖先坟了？你成天找老子难看!"

大磨婶一愣,看他慌乱心虚,不由变脸失色地追问:"咋啦,又是假的?"

大磨也不顾回话,一个劲朝前跑。大磨婶怔了一阵,也忙追了出去。

通往工地的路上,东东兴致勃勃。他是高中毕业生,在学校里演过剧,懂得只有大起大落才能出戏。这时,他正在大起——对树不说也要撞三脚。他拉住张三,拦住李四,说人不可貌相,海水不可斗量,添枝加叶,形容大磨今天如何如何积极肯干,如何如何拼命流汗,把大磨说成了搞四化的样板人。人们开头将信将疑,后来听他说得有鼻子有眼,也就信以为真,不住连连啧啧称道。正说着,大磨从后边慌慌张张赶来,想抢到人前先到工地。东东一把拉住他,笑道:"跑那么快干啥？慢慢走,给大家介绍介绍你提前完成任务的宝贵经验。"

大磨看东东挤眉弄眼,一脸能气,更断定大事不好了,一定露了馅。他不怪自己使奸,却恨不得一口吃了东东。他怒气冲冲摔打着要挣脱东东,东东偏偏死不放手。他有苦难言,牢骚满腹道:"你排场是你的,我落后是我的,你看的啥洋戏!"

东东假装迷瞪僧,笑得更响,对人们大声道:"看,怪不得大磨叔进步快;听听,多虚心啊。一点也不骄傲!"

说说笑笑到了工地。东东走到大磨那堆石头跟前高呼大叫:"喂,都来学习啊!"

逢着陈大磨的事,大家格外来劲。人们蜂拥而至,把这堆石头围得严严实实。大家看去,垒得方方正正,没有破绽。东东为了把这场好戏的高潮再推进一步,就掏出卷尺,把这堆石头的高低宽窄量了又量,算了又算,然后扬扬得意地夸奖道:"看,大磨叔不但提前完成了任务,还超额完成了任务,多了一寸。咱们鼓掌祝贺!"说时冲着大磨,带头鼓起了掌。

"好啊!"大家欢叫着,响起了热烈的掌声。

好像临刑前让喝碗酒一样,大磨的脸皮再厚也被憋红了。他瞪着东东,咬牙切齿,恨道:"你——"

"看,大磨叔被表扬羞了!"东东指着大磨笑道。

大磨婶的眉头展开了,轻轻含笑,一脸愉快幸福的神色。东东看她一眼,又点了一把火:"大磨婶,今天夜里你得给大磨叔买瓶大曲酒喝喝!"

人们纵情笑着,转身欲要散去了。

东东突然一声大叫:"别急,看人要看心,看石方也要看心!"

这一声吼叫,喝住了众人。大家回头站住,只见东东的笑容顿消,满面嘲讽的神色,挑战似的瞟着大磨,径直走向石堆,伸手去扒。大磨像被当场抓住的小偷,故作镇静,上去拦住东东,装腔作势地质问道:"有啥好看,里面也没花,扒乱了谁给我垒?"

"我垒!"东东推开他,大声大气地点醒大家,"咋啦?里边是空的?为啥怕看?"

"啊,空的!"大磨婶忽然明白了:玉妹的诚恳劝告,东东的热情表扬,原来全是做的戏,都是为了让大磨当众出丑。她恨男人不要脸,也气玉妹和东东故意捉弄人。霎时怒火攻心,眼前一黑,差点晕倒,急忙靠着另一堆石头站住,早已哭干了泪水的眼睛直瞪着,冲着大磨恨道:"你——"

大磨也不是好惹的,这时狗急跳墙,反咬一口道:"扒吧!只要上午放工时没人偷我石头,这还能是假的!"

人们看出了门道,肯定石方里有问题,陈大磨一定又犯病了。有人气愤,有人好奇,有人想看洋戏,便七手八脚去扒石方。大磨看大势已去,反而抹下脸,铁定了心,准备诬赖别人偷他石头,决心大闹一场。

大家搬开了上边盖的石板,里边竟是实的。东东不由一愣,仍不死心,叫道:"再往底下扒扒看看!"

人们又继续往下扒去。一直扒到底,并无一点空隙,大家松了一口气。气愤的人笑了,好奇的人感到不满足,想看洋戏的人失望了。于是,纷纷议论起来。

"哩,我当真是空的呢!"

"哈,隔年的皇历看不得了!"

"三花脸改唱红脸了!"

"这才出鬼了!"东东变了脸,暗自叫怪。

"莫非出神了!"大磨迷迷糊糊地干笑着。

大磨婶长嘘一口气,脸上又变得红润了,斜了东东一眼,对着大磨叹道:"看你刚才那号样,我真当又使奸了!"

大磨尴尬地苦笑道:"我试试你,看看你的脸可又马上变成锅铁了。"

大磨婶"哼"一声,嘲弄道:"你要天天积极,一天到晚试不完,还不把人的魂都摘了!"

大家听了笑个不住,纷纷走散了。东东也一步一回头,迷惑地看着大磨,怏怏而去。

大磨看人们都走了,便去把扒乱的石头重新垒好。他搬着想着:是谁来悄悄救了驾?是谁来报恩的?自己没给谁办过好事呀!他百思不解。突然,他看见一块雪白的石头上有鲜红的血迹,不由惊叫一声:"啊,血!谁的?"

七

日落西山,人们说说笑笑回村去了,只有陈大磨落在后边,耷拉着头,想着心事。路过一条小河时,看前边的人走远了,他就靠着一块巨石坐下去,洗着脚,胡思乱想起来。彩霞照在河里,山的倒影在水中随波晃动。他发愣地看着想着,忽然想起了自己第一次挨斗的情景。那是一天等于二十年的时代,他在"超英赶美号"小土炉上拉风箱炼铁。当时他才二十来岁,身体棒得像条犍牛。可是,两天两夜没合眼,熬得他迷迷糊糊了。他请假上厕所,一去不见回来。东东他爹那时是炉长。他去找他,原来他蹲在茅池上睡着了,头还一栽一栽的。人们拉他起来,骂他是懒驴上套屎尿多,说他误了"超英赶美",坏了国家大事,对他展开了大辩论,又推又搡,跌得他头破血流。这是他第一次挨斗,羞得他没脸见人,恨得他咬牙切齿。后来,又提倡人人练就一双火眼金睛,你瞅我的错,我挑你的刺,越练越红,斗争也越来越凶。人们既觉着最大的痛苦是挨斗,又觉着最大的快乐是斗人。他陈大磨也不例外,除了斗别人,就是别人斗他。当时听说千千万万大干部经常挨斗就觉得自己挨斗不以为耻;听到一些垮台人物挥霍腐化的丑闻,就觉得自己沾点小光合情合理。天长日久,自己的脸皮变得越来越厚。二十年来,撒向人间的全是斗和恨,别人从没爱过自己,自己也从没爱过别人。今天突然有人如此爱自己,不但没把自己揪出来批斗要笑一番,撕一脸没皮,反而悄悄帮了一把,给了自己脸。他猜不着这人是谁,也不知道这个人为啥要这样干。他越想越纳闷，不由得哼起了小曲：

　　　奇怪奇怪真奇怪，

　　　这事叫人真费猜。

　　　莫非神仙下凡来，

　　　帮我大磨下楼台。

"大磨叔，愁啥哩？"大磨忽听有人叫他，好像心事被人看穿，慌乱地回过头去，见是玉妹扛着锄站在身后。他心里虚了，嘴硬地道："谁发愁了！"

玉妹笑眯眯地盯着他，道："不愁？咋愁眉苦脸的？今天又吃批评了？"

大磨不敢看她，低着头，装着专心洗脚的样子，问她："下午你没去工地？"

"没有。女的锄秧茬。"玉妹回道。

听说没去，大磨放心了，恢复了常态，又扬扬得意地自吹自擂道："怪不得你犯了官僚主义，不哄你，今天得了个头名状元！"

"啊！"玉妹心头一凉，大磨话中没有一点羞愧之意，使她感到厌恶。她穿着凉鞋跳进水里，摆着脚上的灰尘，一大阵没有回话，半天才正言正色问道："初一过得不错，初二、初三哩？"

大磨忘了所以，又耍起五马长枪，信口开河道："哎呀，谁也不能把人看死了。十七不能老十七，十八不能老十八，模范也是人当的，这一回不是对你吹的，我要当不了这个模范就不披这张人皮了！"

"好哇，我可要准备奖状了啊！"玉妹心里又热起来。可是，知道他说觉悟话比喝凉水还容易，就盯住他，追问道，"咱们说句话得像立座碑，可不能像阵风啊！"

"这一回可不比往常，一言既出，驷马难追！"大磨越说越高兴，得意忘形地伸出了巴掌,说:"不信? 敢跟你打手击掌!"

"好!"玉妹高兴得眉开眼笑,真的伸出手和大磨击了掌。

"啊!"就在这击掌的一瞬间,大磨发现她右手上包了一块纱布,还浸着鲜血。他脑子一闪,像又看到了那块白石头上的血迹,惊叫一声,脱口而出地问:"手咋了?"

"碰伤了!"玉妹随口答道。

"干啥碰的?"大磨追问。

"山里地保——管得宽,这还得向你报告吗?"玉妹开了个玩笑,蹚着水过河去了。走到河对岸,又回头对他甜甜一笑,叮嘱道:"说到做到,不放空炮!"

大磨突然觉得脸上发烧起火,虎生站起来,想要回话,嘴张得很大,却哑了一般出不来声音。这是他多年来第一次感到口羞,只好眼看着她越走越远。

大磨在河边又坐了一阵,心里乱得很。过去可没这样乱过,那时做了坏事,也心安理得。"哼,有些大官干的坏事,要比我这大几万倍哩!"就是挨了整,也毫不介意,"哼,人家多大的干部还挨斗哩!"这次不同了,人家暗暗帮忙,吃苦还不讨好,他搜肠刮肚也找不到自我安慰的理由,多年来形成的荣辱观开始动摇了。一直坐到天大黑,他才回到家里。走到院里,就闻见一阵扑鼻香味,踏进门见妻子正在炒菜。妻子抬起头对他温柔地笑笑,又回头指指桌上。他过去一看,桌上真的放着一瓶大曲酒。多少年来,妻子都是竖眉瞪眼地看他,摔摔打打地待他;他也不爱她,骂她是丑八怪恶婆娘。原来她笑起来也这么好看,待人也会这么亲热! 他心里热了,感动了,走到妻子面前,看着她,想跟她说句真心话。他觉着今天的事瞒着她太背良心了。但他刚要张嘴,妻子却先开口了。她情意绵绵地诉说道:"你也会当个人嘛,这多好! 你知道不知道:多少年来,我见人就低一头。一听别人斗你,耍笑你,我心里就比锥子剜还难过!"说着泪珠滚滚落下来。

大磨低下了头,张开的嘴又合住了,满肚子的话一个字也不敢出口。从前可不是这样,每逢妻子骂他不该出乖露丑,他会高声大气骂道:"哼,不见得整我的人多排场! 自己吃肉,别人啃根骨头也不中!"现在他却忽然失去了说这些话的勇气。他对着妻子干笑一声,回头坐了下去。可是心里还像猫抓一样不安生,忽然又想起了玉妹,从心里升起一股敬爱之情。她那情真意切的话音,甜甜的笑容,还有那白石头上的血迹,好像都在推着他去干点什么。他心一横,走了出去,想找玉妹赔情道错,表示一番感激,检讨个痛快。

大磨出了大门,往东走去,山村不大,一会儿就到了玉妹家。玉妹妈坐在大门外石板上吃饭,大磨问:"玉妹哩?"

玉妹妈往院里努努嘴,说:"在屋里吃饭哩!"

大磨走进院里,正要进屋,只听见玉妹在和东东顶嘴。他犹豫了一下,进退不是,就站在桂花树下发呆,听着屋里飘来的声音。

屋里,玉妹和东东坐在小桌旁,面对面吃着饭,争论得面红耳赤。

"噫,你别以为你这个大夫怪高明,大磨这病吃补药根本不行!"东东反驳道。

"啊,你高明! 就会下老鼠药!"玉妹嘲笑着,从盘里夹起一个鸡蛋放到东东碗里,笑道,"吃呀,这是我妈给人家女婿煮的!"

"咋啦! 就我长个吃鸡蛋的嘴呀!"东东夹起鸡蛋又放到她碗里,接着说,"实给你说吧,他得的是癌症,没治!"

"咱们也按劳取酬。你今天担石头,活儿重!"玉妹夹起鸡蛋,抬起身强塞到东东嘴里,又反驳道,"你也别把人看死了,我看他这病好治!"

东东嘴里塞个鸡蛋,憋得眼睛瞪多大也说不出话,半天才伸伸脖子咽下去,说:"你真要能治好他的病,我敢和你打赌!"

"赌啥?"

"我要输了,头朝下转三圈。你呢?"

"我?也是!"玉妹伸出手,挑战似的说,"你敢打手击掌?"

"不敢?羞死了!"东东伸出手,和玉妹啪啪啪三声击掌,又狂笑道,"你敢和我击掌,哼,陈大磨可不敢和你击掌!"

玉妹笑得更响:"实给你说吧,你击的这个掌,陈大磨刚才击过哩!"她又紧紧握住他的手,"你试试热劲还没凉哩!"

"啊!"东东发觉又没跑出她的手心,在她好看的脸上捅了一指头,用劲攥住她的手,恨道:"看我轻饶了你!"

"妈呀!"玉妹的手被攥得生痛,忍不住一声尖叫。

玉妹妈听见呼叫忙往院里跑,大磨听见呼叫忙往院外跑,两个人在门口撞了个满怀。玉妹妈惊问:"咋啦?咋啦?"

"没,没——两个人打着玩哩,你快去看吧!"大磨撒个谎,出门扬长跑了。

八

三天不挨打,就要上房坡揭瓦。东东认定大磨和水花死也不会改好,只是为了不惹玉妹生气,才在面上让了步。可是,暗地里他还是磨道圈里查驴蹄,总想用事实说服玉妹,对他们不断打击,心头方才痛快。

这天,男社员们把附近河里石头担完了,不少人便到山坡上找石头担。东东在山枣林外边起石头，抬头擦汗，忽然看见水花落在妇女们后边，鬼鬼祟祟四下瞧着。"这货又想捣啥鬼哩！"东东警觉地想着，便轻轻放下镬头，悄悄卧倒在乱草丛中，双手支着下巴，瞪着两只眼远远看去。

这时，水花心里有两个人打架打得正凶。一个好水花说："算了，算了！玉妹把咱当个人往桌上捧，咱为啥愿意当个狗硬往桌下钻？咋有脸再见玉妹？"一个坏水花说："总是名声不好了，再干这最后一回，等缝纫机到手了，往后就是给抱个金娃子也不干了！"好坏水花斗来斗去，结果坏水花占了上风。她看看前边，妇女们都在专注地往前摘着；看看后边，没有人影，忙在地下扒个坑，把半篮山茱萸倒进坑里，又用土埋住，扎了根草做标记，然后又往前摘去。

东东瞪着眼，把水花的一举一动看得清清楚楚，几次想跳出来当场抓住，可是都忍住了。他眼珠子转了几转，生了一计，得意地窃笑不止；直到看她往前摘去，才爬起来担着石头走了。

中午收了工，东东推故落在后边不走。等到人都走完，他跑到坡角一棵大皂角树下，出出溜溜爬到树上，飞快地掰了一大包子皂角刺。这刺又尖又硬，扎住人能痛得入骨。他下了树，又跑到坡上山枣林里，找到水花埋山茱萸的地方，扒开埋的土，拿走山茱萸，把皂角刺放下去，用土照原样埋好，又扎上那棵草，然后兴高采烈地回村去了。

这时，水花和男人老木已经回到了家里。水花从屋里抓了一把玉米粒走出来，撒在地下，"咕咕咕"地唤着，一群鸡子跑来吃食。她赶走了别家的鸡，提起一个箩头，对老木嘱咐道："你还做饭，我再去割点猪草。"

老木忙走出来，捉住她手中的篮子，憨厚地嘿嘿笑道："看你这人,越说脚小越扶着墙走。做了一上午活儿,也不怕饿坏了身子,积极起来就不要命了,吃了饭再去吧!"

水花夺过篮子,看着他那个傻劲,假意怪道:"成天说我不积极,可积极了,你又光拉后腿!"

老木被她埋怨得甜甜笑着,看着她走去。

水花走出大门,恰巧碰见东东收工回来,两个人互相看一眼,水花就匆匆走了。东东伸出舌头一笑,又回头站在门口一个石碌上,踮起脚尖,两只眼追着她的行踪。水花出了村子,故意绕了个弯,然后一溜小跑往山枣林而去。东东看了,不由心花怒放,鼻子眼睛都笑了,家也不进了,饭也不做了,快步跑着去找玉妹。

玉妹在保管室门口,正往黑板上写表扬稿。东东慌慌张张跑来,像报火警似的叫道:"玉妹,快! 山枣林里有人负伤了,你快去看看!"

"啊!"玉妹一惊,停住手,急问:"谁?"

东东撒谎道:"我只听见呼爹叫娘喊痛,不知道是谁。"

"你为啥不去看看?"玉妹说着审视着他,看他一脸能气,就怀疑地说,"你别哄人!"

"我又没有药,去了也是白去!"东东一本正经,严肃而又郑重地催道,"哎呀! 人命关天,你还不快去看看。我的好队长,你别磨蹭了行不行?"

玉妹看他挺着急,就信以为真,忙进保管室背上卫生保健箱,飞也似的往山枣林跑去。

东东看着她走远了,扑哧一声笑道:"你去看看,看看吃了你的药,病是轻了,还是重了!"

山枣林里,水花装作割草的样子,看看四下没人,又不放心地叫了一声:"谁在那里?"听听还没动静,就忙走到那个插着草标的地方,蹲了下去,一边四下张望,一边伸出双手狠劲快扒。突然,一阵刺心割骨的剧痛,使她忙缩回手! 只见两只手上扎满了皂角刺。她又疼又惊地呆住了;再用脚踢踢,坑里都是皂角刺,连一颗山枣也没有了。一不小心又撞住了手上的刺,十指连心,疼得她乱跳乱蹦,忍不住"哎哟哎哟"地叫了起来。

玉妹赶到山枣林,不见动静,正在怀疑东东是不是给她开玩笑,突然听见叫疼,忙顺着声音寻了过来。她一眼看见水花,抢前几步,急问:"水花嫂,咋啦?"

水花吓了一跳,急忙把手背到身后;谁知又碰住了刺,疼得头上渗汗;只好吞吞吐吐遮盖道:"不咋,不咋,扎了刺!"

玉妹上去,轻轻拉住她的手,拔下一根根皂角刺,打开卫生箱,拿出药棉,擦去血迹,抹上药水,关心地埋怨道:"咋不小心?"

水花撒谎道:"两眼一花,抓住了刺!"

玉妹看看左右,没有皂角树,怎么能抓住皂角刺? 她心下犯疑,四下瞅瞅,当发现旁边土坑里的皂角刺,就明白了似的;但看她疼得难受,也不好追问,就安慰道:"不要紧。这药一抹,就不会化脓了。"说着背起卫生箱,又扛上水花的箩筐,一同往村里走去。

水花心怀鬼胎,边走边想,越想越不对头:山枣哪里去了? 谁埋的皂角刺? 玉妹咋来得这么巧? 她怀疑地看着玉妹,追问:"你咋知道我叫刺扎了?"

玉妹不介意地回道:"东东讲的。"

"东东?"水花一下子明白了。她立时又气又恼,抢上一步,恶狠狠夺过玉妹扛的箩头,扭身从另一条路走了。

玉妹不知怎么惹她火了,愣愣地问:"咋啦,水花嫂子?"

"哼,别装神的装神,装鬼的装鬼,报复人也不能这样报复法!"水花头也不回,气冲冲地扬长走了。

玉妹摸不着头脑,不知道船在哪里弯着,再看着水花的背影发愣。她心想:一定又是东东玩了啥鬼把戏!想到此,她就生气地找东东去了。

保管室门前场里,围了一堆人。东东把半筐山枣往众人面前咚地一放,津津有味地比画着说着,介绍他如何用皂角刺巧治水花的经过。人们听了纵情狂笑,有的笑得捂住肚子,有的笑得连连咳嗽,有的笑得直流眼泪。笑得老木又羞又恼,蹲在地下,双手抱住头,一言不发,恨不能钻到地下。这个一百杠子也打不出个屁的老实人,从来没做过昧良心的事,脸皮比纸还薄,偏偏找了这个不要脸的女人,害得他成年不敢在人前抬头。了解情况的人知道他管不住她,不了解情况的人还以为是他纵着她干的。他每次受了羞辱,都下定决心要和她离婚;可是,乡里人说个女人不容易,没有一千八百办不成事,总怕离了婚再也找不到女人了,只好忍气吞声过日子。为了使她不偷偷摸摸,她想要什么东西,他就咬着牙去挣钱,给她买到手里。寒冬腊月,冰天雪地,别人家婆娘娃子围着炉火坐,他还上山打柴卖柴。他累死累活地干,也填不满她那没底的肚子,还是不断出去偷偷摸摸。他盼她学好,也曾苦苦哀求过她;可是,她这个耳朵进那个耳朵出,不把他的话当成话。这几天,她格外勤快,他只当她真是改邪归正了,谁知道还是在瞒哄自己。大家的狂欢乱笑,使他走不了待不住,羞愤难当,只觉着肚子鼓得要爆炸了;如果这时候水花要在场,他真敢上去咬她几口!

东东看着他,激将道:"老木哥,你是缺吃还是少穿?为啥光打发她去干这号事?"

"你……"老木虎生跳起来,冲着东东,张大嘴半天说不出话。他憋得脸发青脖子发粗,憋出了几滴眼泪,最后狠狠地赌咒道:"要是我叫她干的,我就不是人生父母养的!"说完又蹲下去抱住了头。

东东看他憋得可怜,不免心也软了;可是,又气他太软弱无能,就点火打气道:"不是你叫他干的,为啥你成年光唱《怕婆娘顶灯》?你就不敢治治她,要是我……"

"要是你,你怎么着?"突然身后厉声地问。

东东回头一看,啊!玉妹站在身后。她那桃花似的面皮变成了青柿子。他看她生气了,他那股得意劲顿时没影了,嘿嘿笑道:"要是我呀,我一定得好好帮助教育她!"

众人一阵哄笑。小青年们对着东东用指头刮脸逗他,他也羞红了脸。

就在这时,老木看众人不注意他,就悄悄溜走了。

九

成年忍气吞声的人,一旦憋不住发了火,比经常发火的人不知要凶多少倍。老木这一次真是拼上了。"日他妈,天下的光棍多得很!"他一路反复嘟嚷着这句话。回到家里,他一脚踢开了门,冲进里间,水花坐在床头,双手伸在面前看着,一见男人回来,又是委屈又是气愤,哗地流下眼泪,哭道:"你钻到哪个老鼠洞了?跟着你这个肉头鳖,权没权,脸没脸,人家把我降死了,你连屁也不敢放一个!"

"你那两只爪子咋啦?"老木盯住她的手怒吼道。

水花一震,为啥今天的威风不灵了?她这才认真看看他。他的脸比炭还黑,眼比火还红。从来没见过他发这么大的火,她有点怯阵了,心虚了,忙把手背到身后,嘴硬道:"手?我手咋啦?"

"你咋了你知道!"老木冲了上去,把她按到床上,拉住她的双手一看,果真抹着红药水,像在血里泡过一样,证明东东说的一点都不假。他气疯了,他捏住她那红肿的双手,狠劲对搓起来。这还不解恨,他又捉住她的手在床帮上狠狠地拍打着,一边气急败坏地叫道:"我叫你偷!我叫你偷!"

水花哪里受得住,不碰住东西手都疼得钻心;现在这一搓一拍打,更像刀子剜一样疼痛难忍。她头上冒汗,眼里流泪;身单力薄的她,又不是老木对手,她挣扎不脱,忍不住就大声呼救道:"都快来救命啊,他要杀人了!"

老木还是不肯罢休。他想起自己的受骗上当,更是憋气,一边继续折磨着她的手,一边重重地恨道:"可说我不该拉你后腿!可说我不该拉你后腿!"

水花尖厉地嘶叫,惊动了大磨两口子。他们丢下饭碗,急急赶来劝架;见老木骑在水花身上,忙把他拉下来。水花看有人拉架,知道他不能再打自己,马上又使出泼妇的手段,用头往老木身上乱撞,撒野道:"我是不活了,今天非碰死在你身上不行!"

大磨婶拉住水花,大磨叔拉住老木,虽然当中隔开了,可是两人的眼睛还在打架:你瞪着我,我瞪着你。大磨婶追问:"啥事嘛,划着生这么大气?"

"她办的好事叫她说!"老木呼呼喘着粗气。

这时,看热闹的人越来越多,了解内情的人假装迷瞪僧,不了解内情的人寻根问底,异口同声道:"老木今天咋发这么大泼?"

"我算瞎眼了!"水花害怕露了真情,胡搅蛮缠吵起来,"嫁给你这个老鳖一,还不如嫁给干部家一条狗哩! 常说打狗还得看主人。人家的狗还有个面子,你哩。"

老木越听越气愤。他四下看看,没地方可以发泄怒气,忽然打开柜子,抓住里面的衣服,一件一件又一件狠狠甩到水花脸上头上,质问道:"是少你穿了? 少你戴了? 叫你主贱去偷人?"说着抓住一条被子,欲向水花扔去;却又忽然缩回手,往胳膊下一夹,扭头冲门而去。临行,他决绝地说:"从今往后,你只当我死了;你愿嫁鸡你嫁鸡,你愿嫁狗你嫁狗!"

大磨婶一把拉住他,用现身说法劝道:"你这是干啥? 人家有错改了行不行? 像你大磨叔那样,我就该把他嚼嚼吃了?"

大磨听了嘻嘻笑道:"对,对。人嘛,谁一天没有个三昏三迷!"

人们也真真假假地劝道:"是啊,别把话说死了! 没有远比,还没有近比,看看大磨不是说变就变好了!"

"她要像大磨叔一样,她也算吃五谷长大的!"老木说着猛一用劲,挣脱了大磨婶,一怒而去。

"唉,你!"大磨追了出去。

大磨夫妻的一唱一和,众人对大磨的夸奖,弄得好像水花没伴了,就她一个人落后了。水花可受不了这个冤枉气。她扫了众人一眼,从不少人的脸上看到了幸灾乐祸的神气。她要报复了,便冷冷一笑,连刺带挂拉地自我开脱道:"哼,有些人别喜死了! 排场啥排场,就会吃杏拣软的捏! '四人帮'都打倒了,还想亲一派打一派呀! 有人干了坏事还上黑板报受表扬,眼都叫臭青泥糊住了? 好像就我是个落后分子!"

大家听这话是冲着陈大磨来的,难道大磨提早完成任务其中果真有假? 都怀疑地看着大磨婶。大磨婶火了,理直气壮地反驳道:

"水花,我们可是你叫救命叫来的。你好你坏你知道,大家也知道,你不能拿别人给自己遮羞挡丑!你今天得说清楚,他上黑板咋了?"

水花撇撇嘴,挖苦道:"咋了?排场!漂亮!担石方光垒个外壳,还炒鸡蛋慰劳哩!"

大磨婶问道:"当中石头是你担的?"

"人家玉妹歇晌时去担的!"水花一言出口,见大家无不惊疑,看转移了目标,好像自己偷山枣的事已经不算个事了,扬扬自得地说,"不信?叫玉妹捂住心口窝说说。哼,还当别人不知道哩!好像就我不是人,里里外外结成伙子看我洋戏!"

"原来是这啊!"人们像大梦初醒。

"想着他也不会嘛!"

这真是突然一个炸雷击在大磨婶头上。她只觉头蒙了,眼花了,嘴脸发青,浑身发抖。她双手捂住脸,跟跟跄跄逃出了水花家。人们追了出来,同情地叫道:"大磨婶!大磨婶!"

大磨婶头也不回,憋不住哇一声哭道:"我还咋有脸活人呀!"说着一头钻进自己屋里,咚地关上门,上了闩,放声痛哭起来。

人们拥到大磨门口,喊门门不开,越劝她在屋里哭得越痛。大家知道她性子刚强,实怕有个三长两短,除了埋怨水花不是东西,只好打发人去找大磨。

大磨哪里知道大祸已经降到头上了,这时正在场边一间小屋里劝说老木。这屋里放着一张床,是秋夏两季收打庄稼时护场人的住室。老木坐在床上。耷拉着头生闷气。大磨坐在他身边,神态轻松,说些逗笑的话劝解老木:"回去吧,回去低个头算了。常言说,鸡不和狗斗,男不和女斗,向女人低个头不算丢人!"

老木厌恶地瞪他一眼,转个身把脊梁对着他。他又用现身说法劝道："常言说，天上下雨地下流，夫妻没有隔夜仇。我就经常让着你婶子，她不比你们水花还厉害！"

"他俩不能比！"老木烦了，话像撂石头，落地就是个坑，"你让着大磨婶，是向好思想投降；我要让着她，就是向贼投降！"

大磨被噎得拉长脸说不出话，半天才找出了下台的梯子，解嘲似的说道："看看看，你可当成真的了。我是试试你，看看你能不能抗战到底。"

听说老木和水花斗气，离开了家，大家纷纷赶来看他。大家都知道他是个好人，对他充满了同情，有的解劝，有的鼓励，你一言我一语，小屋里顿时热闹起来。正在这时，有人来给大磨报信，说水花如何揭发，大磨婶如何伤心，前前后后讲了一遍。大家听了又是一惊，同声称赞玉妹心地善良，责备大磨不该无功受赏。大磨又怕又羞，头耷拉得挨住了裤裆。老木听了这事，格外气愤，不平地说："她还有脸说别人，她多光彩？偷吃了人家苹果，玉妹赔了钱，人家退给她，她还厚着脸皮接住！"

大家听了，越发敬佩玉妹帮助人的一片苦心，也纷纷为她不平，说："玉妹把心扒给他们吃了，他们还是给脸不要脸，死不悔改，真是没有良心！"

不论别人说什么难听话，大磨都不敢回话。人们责骂了一阵，又催大磨快点回去，向大磨婶赔个不是。大磨早就想走开，听人们催他，忙趁机没趣地走了。他回到小院大门口，不由头皮发麻腿发软，不敢跨过门槛。心想：妻子正在火头上，自己这时回去，只能火上浇油。有心找个人来劝劝，又没有个知己，多年来混得连个三朋四友也没有。想来想去，只有去找玉妹，只有她诚心对待自己，从来没有看过自己洋戏，遇到难处肯帮忙。于是，他匆匆去找玉妹，叫她来劝劝妻子。谁知,玉妹妈说她进城去买发电机了。大磨走投无路,又转到场边,忽然听见有人说着笑着走过来,他赶忙一头扎进草垛里藏了起来。

草垛里倒很安静,可他心里却乱成了一团麻。他忽然觉得,玉妹这样待他,比挨场斗争还憋气。要是从前,碰见这个事,人们一定要斗他一场,他就会抹下脸子,振振有词地反抗道:"球! 有人把多大个国家都偷去算自己的,我这算个啥?"可是,现在她硬敬你,说的道理又那么透,你还怎么吵? 还怎么反抗? 他胡思乱想着,直到肚子饿了,才发觉天黑了。他钻出草垛,蹑手蹑脚回到家里。上屋和两边厢房都关门闭户了,只有灯还明着。他想喊门,又怕惊动邻居来看笑话,就孤零零靠在院中果树上。头顶,乌云遮月;身上,冷风割人。他又冷又饿,浑身打了个冷战。东东和水花家的灯都熄了。他一步一步走到自家门口,轻轻推推,门闩上了。他走到窗前,悄悄站住,里边灯影摇动,传出了声声抽泣。他悔恨交加,站了一会儿,忍不住轻轻敲敲窗棂,低声叫道:"开开门吧,我再也不了!"

屋里,灯光突然熄灭了。

大磨摇摇头,又站了一会儿,无可奈何地回身走出了大门。天上的乌云更黑了,冷风更猛了。茫茫黑夜,哪里安身? 他想了想,只好到看场屋里去找老木。老木还没灭灯,半躺在床上想心事,看大磨进来,扫他一眼,没有说话。大磨强笑笑,坐到床边,把烟袋递给老木:"尝尝我这!"

老木厌烦地推开递来的烟袋,还是不言不语。

大磨尴尬地苦笑道:"我来和你做伴,省得你怕!"

"我不怕!"老木噗地一口吹灭了灯。

大磨长叹一声,喃喃道:"没想到咱俩一样下场!"

"咱俩不一样!"老木沉闷地反驳道,"你为啥？我为啥？"

漆黑的屋里,再也不言语了。

十

工地上,人们正在紧张地干着活,拖拉机突突响着开来了。玉妹站在拖拉机车厢里,挥着手向人们报喜:"发电机拉回来了啊!"

"电灯快明了!"人们欢呼着,飞跑而来。大家七手八脚把电机卸了下来,团团围住,看个不够。你摸摸这里,我看看那里,老年人像得了老生子,年轻人像找了个好对象,心里都比蜜还甜。大家摸足了,看够了,才恋恋不舍地去河边洗手。

玉妹和老木、大磨、东东蹲在一块儿。老木用泥沙搓去手上的油污,若有所思地突然问道:"玉妹,你说说,这手黑了能洗净,人心黑了能不能洗净?"

玉妹见他眼巴巴地看着自己,明白他的意思,笑道:"能!"

大磨看看洗净了的手,愁眉苦脸地问:"玉妹,这手洗净了人家能看见,心洗净了人家看也看不见,还是不信,你说咋办?"

玉妹看看他两个,笑道:"你两个今天是怎么了?"

东东对着她耳朵悄声道:"你不知道,咱们那个小院,现在变成三家四户了!"说完笑嘻嘻走了。

"三家四户?"玉妹不解,奇怪地追上去,要问个青红皂白。东东扬扬得意,把老木如何出走,大磨如何被赶在门外的事,津津有味地讲了一遍。玉妹听着听着来了气,桃花似的脸色变成了黑锅铁。东东看她气了,就心虚嘴硬地辩道:"这号人屡教不改,不狠狠治治可真不中呀!"

玉妹又气又急，叫苦道："我的好爷娃呀！你是不是看着乱得像杈挑的一样才美气？就你这样治，能把他们的坏思想治成好思想？"

东东不服地"哼"了一声，搪塞道："按你说，咱们帮着他混，帮着她偷才对？"

"我叫你帮着混，帮着偷了？你不要不论理！"玉妹看他板起脸子不认输，想到自己做了多天的工作叫他一风吹了，又想到多少年来的理想难以实现，忍不住伤心地说，"我当上队长，你不使正劲帮我，还光打破锣，就这样闹下去，啥时候才能团结起来搞四化？你只图出气、痛快，就不怕咱这山沟里永远穷下去？你还叫我进城见人不见？"她说着忽然落下了眼泪！

"你还叫我进城见人不见？"玉妹这一句话，打中了东东的心，他那犟筋脖子不由软了，低下了头。

原来，当年东东和玉妹一同在县里上高中，两个人同来同往，互相体贴。东东看玉妹善良温柔，玉妹看东东聪明幽默，一来二去，结了同心。谁知，玉妹生得太好看了，每从街上经过，总有不少人向她行注目礼，咂嘴声此起彼落，都说"深山出俊鸟"。有些城里人眼馋了，不断托人向她求婚，千方百计打动她的心，叫她留在城里。人家劝她说："山沟里有啥求头？夜夜点油灯，早上起来，鼻子里两筒黑烟泥。城里多好，夜里和白天一样亮！"玉妹笑笑说："城里电灯是自古生的？我们回去也修电站，叫它夜里比白天还明！"人家说："山沟里抬脚就上坡，这个石头尖跳到那个石头尖，能胜城里柏油马路，闭上眼走路也不摔跤！"玉妹笑笑说："柏油马路是老天爷铺的？我们也是人，就不信山沟里走不了汽车！"人家说："山沟里那房子，弯腰进门还能把头上碰个包，城里高楼大厦又高又亮！"玉妹还是笑着对答道："山里的天也高得很，将来我们想盖多高的房就盖多高，保险也戳不塌天!"别人有来言,她就有去语;人家劝的话重了,她就叹息道:"谁不想享福。美是怪美,可是我妈哩? 我们村里老少哩? 你能叫他们都跟我来吗?"一个又一个媒红,都叫她谢绝了。东东知道,她这些话有一半是真的,还有一半是为了他。对她的真情,他感动得流泪。他们也曾下定决心,回来后大显身手,把家乡变个样。可是,他们毕业回来了,一年、两年、三年、四年,山沟里还是点煤油灯(这还是高级的,前两年连煤油也没有,又过原始社会的生活,用桐子照明);路还是蚰蜒小路;房还是又低又暗的小屋。他们被捆住了手脚,因为追求幸福生活就是修正主义,只有贫穷才是劳动人民的本色。现在粉碎了"四人帮",英雄才有了用武之地,才有了实现理想的机会。前几天,大家选玉妹当了队长,她就立下了军令状,保证叫电灯先明起来,叫吃粮不用推磨,叫打油不用锤夯……

东东想到这里,心里五味俱全,仔细想想,自己也确实不对,就认错道:"好,好,都怪咱方式方法不对头!"

"方法不对头? 说得可轻巧!"玉妹"哼"了一声,批评道,"你和他们住在一个小院里,你又是团员,听名称怪进步,你帮过他们几回? 他们出了错,你就没一点责任? 不但不心疼,还高兴得像刘备得了荆州,在一旁添油加醋看洋戏。这是方法不对头?"

东东被揭了底,不得不挖思想,尴尬地苦笑道:"千错万错都怨我感情错了。成天不是盼着他们学好,是一心盼着他们出错。看见他们有了错,自己心里就痛快! 今后咱改,这可行了吧?"

玉妹听他说的是真心话,本来想算了,可又怕他再犯,就故意板着脸走去,气道:"管你改不改。反正我也看透了,咱们不是一个心眼,想不到一根弦上!"

东东看她不放笑脸,拂袖而去,不由急了,追上去求告道:"哎呀,我都坦白了,你还不从宽?不给出路的政策可不是无产阶级的政策!"

这语言可真灵,玉妹被逗得忍不住笑了。可她马上又咬住嘴唇,吓唬他道:"你别说俏皮话。你只要还是这样下去,实给你说,小院里可不只是三家四户,还会变成三家五户!"说着去做活了。

整整一个上午,玉妹手里做着活,心里盘算着如何使大磨和水花学好,如何使这两家人和和睦睦搞生产。到放工时不但没想出好办法,还一波未平一波又起,大磨婶和水花又吵了一架。收了工,水花找柴、担水,然后坐在门口懒散地捡着菜。这些活本来都是老木干的,可现在都压到了她身上,她就不干不净地骂着老木没良心。这时,对门的大磨婶和十岁的儿子小扣,在门口一张小桌上吃饭。小扣听见水花骂老木,想起了爹爹,伸手从桌上拿起个馍,站起来要走,说:"我给我爹送去!"

大磨婶狠狠夺过馍,没好气地说:"饿死他个死不要脸,还亏他啥材料!"

水花听了刺耳,不由翻了大磨婶一眼。

大磨婶没有发觉,还在数落着:"你长大了可不许学他。哼!穿的像个人,心比狗屎还臭!"

水花不由低头看看自己穿的衣服。

大磨婶还没发觉,继续发泄着对大磨的不满:"成天好吃懒做,钻窟窿打洞占小便宜,像蛆一样,见肉就往里头拱!"

水花听着听着火性起来了,虎地站起,指着大磨婶吵道:"你积极是你的,你不要指鸡骂狗,我把你娃子抱扔井里了?"

"啊!"这真是祸从天降。大磨婶一愣,继而反驳道:"咋?我揭俺小扣他爹的秃痂子①,你疼的啥? 山里地保管得宽!"

水花蛮不讲理地回道:"你骂你男人,为啥叫我听见?"

"我要知道你们害的一个病,我还把他顶到头顶敬哩!"大磨婶挖苦了一句,又自言自语地嘟哝道:"风不刮,树不摇,心里没病不犯疑!"

水花正要撒泼,玉妹笑眯眯地跑了进来。大磨婶一眼看见就迎了上去,委屈地诉苦道:"玉妹,你评评这个理! 俺们那个死不要脸,为啥不准我管他骂他? 天下还有没有这号理?"

玉妹奇怪地笑道:"哎呀,谁敢不叫你管大磨叔呀?"

"谁?"大磨婶回头指向水花。水花看见玉妹又羞又怕,早溜进了灶房里。大磨婶牢骚地对玉妹诉说了一番。玉妹劝她不要生气,就往水花家走去。

水花回到灶房里,贴着门缝,支愣着耳朵听大磨婶告状。听听没有添枝加叶,也就不好发作,然后赌气地想道:"他娘那脚! 做好吃的,叫人们看看,离了他谁还能连毛吃猪!"她想着拿柴烧锅;柴是大块的,她抢起斧头去劈。斧头震飞了,震得她的刺伤针扎般疼,忙抬起手用嘴去吹,吹了一阵,一抬头看见玉妹站在灶房门口,满怀怜惜地看着她。她猛地转了个身,走到灶里背对着玉妹坐下去,心里虚嘴上硬,用拼上的口气说:"说吧,想咋收拾我? 我知道斗争东东他爹时,我提过意见!"

玉妹看看她,咽下一口气,也不回话,走过去拾起斧头,弯腰看看木柴的纹路,然后抢起斧头,三五下把柴劈碎,撂给了水花;又揭开锅,添上水,才含笑地说:"烧火做饭吧,吃了饭再说!"

---

① 秃痂子:豫西南方言,指短处、缺点。

玉妹这个动作、这句话，打乱了水花准备拼上的对策；也打垮了她故作强硬的威风。她不好再撒野了，可是又不好意思马上示弱，就冷冷地说："我不饿！"

"你不饿我饿。"玉妹恳求道，"做做咱俩都吃！"

水花不好再推却了，只好生火。玉妹走到灶里，从水花手中拿过火钳，说："我烧，你去做！"

水花顺从地站起来，淘米做饭。两个人不言不语。沉默使水花更加心虚。她胆怯地偷偷看了玉妹一眼，只见玉妹也在皱着眉看她；她连忙低下了头，再也不敢看玉妹了。

玉妹思索着怎样才能洗净她心灵上的污泥，好半天才说："我在城里见了李大顺！"

水花怔了一下，头皮都发麻了，头也耷拉得更低了。

半天，玉妹又说一句："他因为投机倒把叫拘留了！"

水花惊呆了，手在发抖，淘米的水洒了。

"我看出来了，这一回不是你想干的，都怪李大顺拉你下水！"玉妹讲得有情有理，声音又是那样温柔，"你也有错。自己没长主心骨，经不起他的引诱，差一点叫他把你也拉进法院里！"

水花的眼红了。

"我批评了东东，他不该捉弄你。他也认错了，保证以后再也不了！"玉妹顿了顿，又责备自己道，"这事我也有责任。过去对东东帮助不够，你原谅这一回吧！"

水花被这诚恳的话打动了，心里一热，眼泪像断了线的珠子，滚滚落下。

玉妹看时机已到，站起来走近水花，轻轻按着她的肩头，恨铁不成钢地批评道："水花嫂子，你想过没有，怎样活着才快活？你和大家一般高一般粗,也有一双巧手,可是,你用这双手往自己脸上搽的什么?……好嫂子,过去的事一巴掌拍消不提了,从今往后,咱们一同好好搞'四化'……"

水花哇一声哭了,抽泣道:"谁知道大家信我不信?"

"信!我就信!"玉妹真诚地说。

十一

一夜西风招来了一场寒霜,天气突然变冷了。妇女们放假做棉衣。整整一个上午,玉妹都在帮大磨婶做衣服,两个人无话不谈,十分投机。到晌午头上,把大磨叔的棉衣做好了,玉妹以为做好了工作,会把棉衣送给大磨穿。谁知大磨婶却掂着棉衣要往箱子里锁!玉妹忙起身拦住她,怪道:"哎呀,我说了一个上午算白说了,你就不怕他冻下病了!"

"这号人就不能心疼他!"大磨婶说着就把棉衣放进了箱子里,乜斜了玉妹一眼,要锁又迟疑着不锁。玉妹心里明白,就从她身后伸出手抓过棉衣,回头交给小扣,说:"快给你爹送去!"小扣接过,回身飞快地跑了。大磨婶埋怨道:"你咋能这样?送去了他还当成咱服软了!"说着做出要追赶小扣的架势。玉妹看她想送又不好意思,就拦住她不放。她要挣脱又不用力,无可奈何叹道:"要不是看你面子,说啥也不叫他穿。冻死他我心里才美气!"玉妹甜甜笑道:"你的心可真狠!"

小扣跑到看场屋,把棉衣塞给大磨。大磨刚放工回来,冷得打颤,摸着软软和和的棉衣,还没穿到身上,心里可热了,笑眯眯地问:"你妈叫你送的?"

小扣天真地摇摇头。

大磨又问:"你自己送的?"

小扣又摇摇头。

大磨把小扣拉到怀里,追问:"到底是谁叫你送的?"

小孩嘴里掏实话,小扣同情爹爹,说道:"我妈说你落后,冻死也不亏,要把棉袄锁起来,我玉妹姐抢来的!"

大磨被这句话震得往后一仰,心里又凉又热,眼睛不由蒙上了一层泪水。

"爹,你咋哭了?"小扣惊讶地看着他,从他怀里挣出来,边跑边叫,"我去给我妈说!"

大磨看着棉衣,恨妻子不该铁石心肠,咬着牙不干不净骂道:"哼,好像天下就你一个积极,开口队里,闭口集体,比对你老祖宗还亲!"

老木正在墙角临时支起的小灶上做饭,越听越不是味。因为他上午曾劝过大磨,叫他热爱集体,不要坑队里。现在只当他是骂自己的,把刀一撂,上去拉住大磨,气愤地叫道:"走,咱们找个地方评评理,看我说坏了你啥?"

大磨一愣,吃惊地问:"咋啦? 咋啦?"

老木出着粗气,质问:"你为啥骂我?"

大磨这才明白,叫冤道:"我骂你了? 我骂俺女人的啊!"

老木不信,火道:"你别当我是憨子,你口口声声积极长积极短。一口一个队里,一口一个集体,就我上午劝劝你,你不是骂我是骂谁?"

"咋,就你一个积极?"大磨也气了,挣脱老木,自豪地说,"哼,俺小扣他妈也不比你差到哪儿!"

老木语迟，憋了半天驳斥道："管她是你啥，只要积极，你也不该骂！"

大磨还要再辩，抬头看见东东站在门口，忙合上嘴巴。东东嘻嘻笑着吓唬他道："好啊！你还骂人家不该积极哩！我去告诉大磨婶！"说着假意回头要跑。

大磨忙上去拉住他，求告道："好爷呀，你别火上浇油了！"

东东挣着要去，大磨拉住不放，正在这时玉妹赶来，叫道："东东！"

东东这才松开手，对玉妹笑笑做个鬼脸跑了。大磨看见玉妹，心里一热，感激地叫道："玉妹，我……"他不知怎样说才好，抱住头蹲了下去。

这时，水花也来了。玉妹做了几天工作，她的确也心回意转了，再加很多重活要男人做，她不得不来叫老木了。走到看场屋门口，听见屋里说话，不知是谁，怕进去被人耻笑，忙退到一边，扒住窗户往里偷看。

屋里，玉妹从床上拿起老木的被子，对他们两个人笑道："别气了，大磨婶和水花嫂子叫我来接你们回的！"

大磨听了喜出望外，忙站了起来，立到玉妹身边，笑着和她一块儿走。老木却不放笑脸，上去夺过玉妹手中的被子，又扔到床上，重重地说："我不回！"

玉妹劝道："哎呀，人家水花嫂子这几天都变好了！"

"她会变把戏！"老木闷声闷气地贬责道，"哼，刚埋怨我不该拉她后腿，眨眨眼就去干那号丢人丧德的事！"

玉妹解劝道："那事人家已经认了错，况且都是李大顺勾引的！"

大磨迫不及待地想回，也帮腔劝道："哎呀，该罢休就罢休，非要叫水花亲自来请你不行?"

"请也不中!"老木翻大磨一眼,决绝地说,"我还没叫她哄美?要得我回,她就变个样子叫大家看看;到那时,不用她请,我自己找上门给她庆功!"

玉妹看他态度坚决,一时也难以说通,就对大磨说:"大磨叔,走,你先回!"

"行!"大磨早巴着这句话,跟上玉妹就走。

老木看着共过几天患难的大磨走了,心里忽然觉着像少了点什么,又有点过意不去,脱口而出叫道:"大磨叔!"

大磨已走到门口,听他叫自己,又回头站住,奇怪地问:"咋?"

老木憨厚地说:"这几天,我对你的态度不好,你可别生气!"

大磨苦笑笑,说:"看你说到哪里了!"

老木诚心诚意地嘱咐道:"回去可别再惹大磨婶生气了! 她多好啊,手又勤快,心又直杠,谁不抬举她? 她为你哭了多少回啊! 你有一点好处,她都喜欢得恨不能把心扒给你吃了! 水花要像大磨婶那样,我就是当牛当马也心甘情愿!"说到最后,声音里充满了辛酸的味道。

大磨被这话打动了,心头一热,一股热血直冲头顶,突然又拐回来坐到老木身边,呆头呆脑道:"我也不回了,我还给你做伴!"

玉妹上前几步,笑道:"咋又变卦了?"

大磨郑重地说:"我也要变个样子叫人们看看,我就不信俺小扣他妈不来接我回去!"

水花听到这里,又气老木没情没义,又恨大磨的格外露能,就暗暗下了决心:不怕你老木隔门缝看人,就不信不能叫你找着我说好话。想到这里牙一咬回头气冲冲走了。

水花回到小院里,只见大磨婶正在给她扫门口的地。自从老木走后,她就懒得动弹,门口又脏又乱,烂菜叶、朽树叶扔了一地。大磨婶已经帮她打扫得干干净净。水花看了不由得一愣,两个人对看了一眼,大磨婶刚要开口,水花头一摆跑进了灶房里。一脚踏进门槛,入眼看见东东正在给她劈柴,累得满头大汗。她又是一愣,继而寒下了脸子,因为她一见东东就来气。东东看看她,噗地一声笑,撂下斧头跑了,到门口回头做个鬼脸,叫道:"水花嫂子,看在我比你小的份上,饶了咱吧!要不,玉妹可就要和我蹩了!"说着跑了。

水花看着地下的劈柴,心里比乱麻还乱,正在发呆,大磨婶被东东推着进来了。大磨婶满脸堆笑,说:"他嫂子,你还在生我的气吧?我这个一点就着的脾气,往后保证改改!"

水花不知如何回答,红着脸低下了头。

大磨婶又认真地说:"玉妹这几天批评我了!细想想我也真不对,咱们住在一个小院里,我这个近邻没有当好,平常对你没帮助,有时候还看你笑话!"

东东也插嘴道:"对,对,我也是这个贱毛病!"

大磨婶指着东东,做证道:"玉妹也批评他了,批评得可狠了!说他这个毛病要再不改,就不和他好了!"

东东得意地笑道:"只要你往后改邪归正,咱们就停战讲和。"大磨婶听他说重了,忙悄悄拉拉他的衣襟,他忙改嘴道:"对,对。往后咱们要互助互爱,让三个烟囱冒烟,一个心劲搞四化,那该多好!"

水花白东东一眼,还是不答话。

大磨婶急了,回头就走,说:"你也别气,我去把老木给你接回来,央他给你说!"

水花突然上去拉住她,憋不住哭道:"好婶子,你别去,强扭的瓜不甜!"顿了顿,擦擦眼泪,低下头刚强地说:"他自己有心有腿,他能自己走了,也得叫他自己回来!"

十二

顺河风刮得工地上的汽灯忽明忽暗。明天就是国庆节了,为了能够在电灯下演戏,人们甘心情愿加班加点,突击修通最后一节渠道。夜深了,冷风嗖嗖。玉妹跑来跑去,督促大家收工,免得冻坏了身体。人们都回家去了,只有新修的机房里灯光还在亮着。玉妹走了进去,见东东伏在桌上聚精会神地计算着数据,她把放在一边的大衣轻轻披到他身上。东东回头一笑,又低头计算着。

玉妹不放心地问:"明天保准通电吗?"

东东信心十足地说:"只要明天上午能栽好电杆,下午能架好电线,保你用电灯演戏庆国庆!"

玉妹想想又问:"安那么多灯泡,还要加工磨面、打米、铡草、轧花,会不会超负荷?"

"没问题!"东东有把握地说。

玉妹放心地转身走了。

东东眨眨眼,突然又认真地说:"别走,有一个数据可是大大超过了负荷!"

玉妹忙回头走向他,问:"哪个数据?"

东东飞快地在纸上写下了一行数字,笑道:"你看!"

玉妹拿起那片纸,只见上边写着一个加减式:$26 + 25 - 48 = 3$。她轻轻念着,奇怪地问:"这是啥数据?"

东东站起来,指点着玉妹手中那片纸上的数字,眯着眼,憋住笑,说:"你二十五,我二十六,加在一起,减去号召的晚婚年龄四十八岁,已经超过三年了!"

玉妹噗一下笑了,脸红得像落了彩霞,照他头上狠狠捅了一指头,回身跑了。

东东追出去,叫道:"超了咋办呀?"

玉妹一溜小跑,实怕拉住了,头也不回地道:"电灯还没明哩!"

原来,他们早就定于今年国庆节结婚,双方都备办齐了东西;可是玉妹自从当了队长,忽然变了卦,不说行,也不说不行,只是说要在电灯底下结婚。东东想到早就盼望的一天终于来了,浑身都自在,冲着她的背影大声叫道:"一言为定!"

东东站在机房外边,望着满天星斗,像看到盏盏电灯。想着即将在电灯下举行的婚礼,想着明天、后天的幸福生活,想得入了迷,直到远处传来了声声鸡叫,他才又回到机房去了。

村里,家家鸡叫,天还黑得伸手看不见五指。大磨婶被鸡啼惊醒,想起水花昨夜约她今天早起,争取抢个头名,忙下床开门走出去,喊道:"水花! 水花!"连叫几声不听答应。她当她睡熟了,走过去推她的门。谁知门已落了锁。大磨婶心里甜滋滋的,自言自语笑道:"这人,走也不喊一声,还怕我抢工哩!"说着飞快往大场里跑去。

大场里放着一辆辆架子车,头天夜里都装好了电杆。这时,人声哄哄,都在寻找自己的车子,然后争先恐后地拉着上路。

大磨婶匆匆赶来,到处找不到自己头天夜里装好的拉车,着急地呼叫道:"谁拉错了? 把我的车子拉走了!"

老木也在着急地吆喝:"谁把我的车子也拉走了!"

吆喝声渐渐落了,场里已经没有一辆拉车了,只剩下大磨婶和老木两个空人。大磨婶心里一动,问:"那个死人哩?"

老木还在着急,说:"早八百年就悄悄起来走了!"

"啊!"大磨婶明白了八九,笑道:"你也别找了,可能是水花拉走了!"

"她? 哼!"老木怀疑地摇摇头。

"她也老早都来了!"大磨婶想想,说,"走吧,咱们快去给别人推车也行!"

两个人快步追上了车队。从村子到电站,要翻一个陡坡,简易公路盘山而上,人们拉着电杆,艰难地往上爬着。这时,东方露白,能模模糊糊看见人影。远远望去,走在最前边的人累得弯腰弓脊,肩上袢带绷得笔直,吃力地一步一步拉着。这人用劲过猛,可能踏到了石子,只见脚下一滑,一头栽在地下。重车失去了拉力,就拖着人横冲直撞往坡下滑去,眼看着就要冲进路边深沟里。

远处的人看见了,放下车子,一面飞跑着上来抢救,一面惊慌地呼叫:"快松开袢带! 快! 快!"

那人早吓昏了,袢带还在肩上,车继续往下滑去;再有眨眼工夫,人就要跌个粉身碎骨。这时,只见后边一个人,撂下自己的车子,三五步跑上去,用肩头顶住那人的车尾。车子停住了,人也得救了。

大家松了一口气,庆幸没闹出人命,欢呼着往坡上跑来。老木第一个跑到跌跤人的身边,关切地埋怨道:"你冒失的啥? 多危险呀! 你不要命了?"话音没落,那人一回头,原来是水花! 老木惊疑地"啊"了一声,猛上前几步,伸出了双手想要扶住她,却又突然倒退几步,不好意思地叫道:"你——"

水花惊魂未定,一眼看见老木,真是大难不死见了亲人,眼泪不由流了出来;但她却要强赌气地咬住嘴唇,头一甩又拉起车子要走。

老木上去一把夺过车子,埋怨道:"还不快去谢谢人家救了你的命!"

水花这才想起救命恩人,忙回头去找。这时,大磨婶也跑了上来,一眼看见水花,急着问:"哎呀,真吓死人了!是谁救了你?"

那个救人的人背对着大家,看着自己的车子滚到崖下,急得搓手跺脚,听人问他,才回过头来。啊,是大磨!大磨婶万没料到他会办这么大好事,愣愣地叫道:"啊,你——"

大磨指指崖下,心疼地道:"车子算完了!"

大磨婶听了这句质量不高的话,哭笑不得,说:"咳,你呀!车子,车子,那能值几千?值几百?能比人还金贵?"

水花感激道:"大磨叔,你——"不知说什么才好,又流下了眼泪。

大家赶来,纷纷夸奖大磨舍己救人,又夸奖水花不怕苦,夸得他两个羞红了脸。然后又都急忙赶路,分别拉到指定的地方。只一个早上,大家可分头把电杆栽齐了。

上午,分头架电线。东东和大磨、老木负责一段。东东上在电杆上,大磨和老木在下边拉线。大磨抬头看着东东,嘻嘻道:"东东,听说玉妹你俩今天夜里结婚?"

老木羡慕地喜道:"真的?"

东东低头看着他们两个,高兴地取笑道:"眼气啦?你俩也该结婚了呀!"

大磨哈哈道:"我们早超过你了!"

老木实打实地说:"谁家还兴结两回?"

东东笑道:"再结一回也不多嘛!那一回是身子结了心没结,这一回结个同心嘛!"

"结个同心!"老木品着这句话,憨笑着,忘了往上递瓷瓶。大磨看着他那个呆劲,推了他一把,耍笑道:"快递瓷瓶啊! 人家结婚,你做的啥好梦!"

说说笑笑,半下午就架好了电线。大家收工回家,大磨和老木回到看场屋。老木夹起被子,叫道:"大磨叔,回吧!"

大磨吸着烟,摇摇头说:"你先回吧!"

老木憨笑着,说:"真是要大磨婶来接哩!"

大磨笑嘻嘻笑道:"实给你娃子说,这一回是要不蒸馒头争口气!"

老木只好独自走去,到了门外回头叫道:"大磨婶真来了!"

大磨伸头一看是真的,忙躺到床上闭住眼睛。大磨婶走进来,见大磨在装睡,撇撇嘴叫道:"咋啦? 真是立了大功,还得叫三跪九叩哩!"

大磨不但没起,反打起了呼噜。

大磨婶装作要走的样子,吓唬道:"你别给我装死,敬酒不吃吃罚酒! 不回,我可走了。"

大磨从床上跳下来,说道:"回! 回! 我压根就没想着出来!"

大磨婶撇嘴笑笑。两个人一同回家去了。

十三

天刚黑,电灯就放明了。家家户户的屋里都挂上了小太阳。人们仰望雪亮的灯光,拿今比昔,到处响彻着笑声。

东东的小院里更是满院喜气。东东的门上贴了大红喜联,成群结队的男女欢笑着前来参加东东和玉妹的婚礼。

大磨家也是喜气洋洋。大磨婶看着电灯,听着上屋里传来的笑声,不由得想起当年和大磨结婚时的情景。

那时大磨婶顶着红盖头,被引进新房。老木举着用铁丝串起来的、点燃着的一串桐子,火光中夹着浓烟,在大磨婶面前晃着,熏得她连声咳嗽。老木笑道:"看,花婶子咳嗽了!"

大磨看她发愣,忙问:"又咋啦? 谁又惹你生气了?"

大磨婶苦笑道:"我想起咱们结婚时点的那个亮!"

大磨嘻笑道:"眼气啦?"

大磨婶笑着帮他换上新衣,戴上新帽,又拉衣服又打灰,把他打扮得整整齐齐。大磨走到桌前,拿起镜子,拉过大磨婶一同照着镜子,得意忘形地笑道:"看,咱们也不老呀! 咱们就得也在这电灯底下再结一回婚才美气。"

"净说些淡话!"大磨婶夺过镜子放到桌上,笑着怪道,"我看你三天不挨打,就高兴得忘了姓啥!"

老木家里,也洋溢着欢乐。老木收拾打扮一新,看看电灯,也想起了自己结婚时的情景。

——新房里,东东端着墨水瓶做的小油灯,在水花面前晃来晃去,调皮地叫道:"嘿,真好一个花嫂子,都来看呀!"水花火了,噗一口吹灭了灯。

水花看他发怔,捅他一下,质问道:"咋,还生气呀?"

老木嘿嘿笑道:"谁气了。我想起咱们结婚时点的那个灯,要也是电灯,你就吹不灭了!"

水花催道:"有啥好想的? 走,快去吧!"

"急啥?"老木手忙脚乱,给她系上了围巾,又给她拿来了梳子和镜子,"你也打扮打扮嘛!"

水花推却道:"打扮个啥,又不是咱们结婚哩!"

老木憨乎乎地笑道:"咱们再结一回也不多余嘛!"

这时,上屋里传来了阵阵叫声:"大磨叔,老木哥,快来哟! 举行罢婚礼还要去演戏哩!"

"来了! 来了!"两边厢房同时答应,两对夫妻急忙走到上屋。

婚礼开始了,鞭炮齐鸣,业余剧团的乐队奏起新婚曲。雪亮的电灯,照得后墙正中的红双喜字更红了。

东东和玉妹面对红双喜字,站在屋正中。下一项议程是夫妻对拜,东东突然跑向司仪,对他耳语一阵。司仪大笑不止,然后大声提议道:"叫大磨叔和大磨婶,老木哥和水花嫂子,陪着东东和玉妹结个婚,行不行?"

"行!"人们狂笑着,七手八脚地死拉活扯,不容挣扎,硬把大磨叔和大磨婶一对拉在左边,把老木和水花一对拉在右边,又在他们三对夫妻胸前挂上红花。然后,司仪叫道:"夫妻对拜!"

乐曲声中,三对夫妻互相鞠躬对拜。

接着,大家要叫玉妹谈谈恋爱经过,玉妹落落大方地笑道:"算了,算了,不要误了大家看戏。"

人们哪里肯依,又欢欢乐乐地热闹了一阵,然后乐队吹吹打打伴送着三对夫妻走向了剧场。

从此后,小院里夜夜电灯通明,三家人好得似一家人。

原载《中篇小说新作》1982 年第 3 期

贫农代表

一

伏牛山南边,有个红花坪大队。

一九六二年春季里,有一天上午,大队支书刚端起碗吃饭,突然闯进来一个生人,跨过门槛,就大声叫道:"我可算找到家了!"支书站起,仔细看去,这人有三十来岁,长得又高大又粗壮,浓眉大眼,满脸胡子茬,活像戏上的张飞。这汉子肩上扛着一根扁担,扁担尖上挑着一卷行李,腰里插着一把砍柴的大斧。支书当他是卖柴的山里人,就说:"我家不买柴!"那汉子笑笑,也不言语,从口袋里掏出一封信,递了过去。支书接住信,从头至尾看过一遍,忙上去接过他的扁担、行李,高声大叫地喜道:"哎呀,十年前就知道你,可惜没有见过,原来你就是王铁汉!"铁汉也朗朗笑道:"对啦,王铁汉就是咱家!"

支书没见过王铁汉,可是,老早就看过他的戏文。

铁汉,是个苦人儿。七岁时,爹被逼租,投井而死;妈妈哭瞎了一双眼睛,就拉上他讨饭。八岁时,有一天妈妈唤他到面前说道："儿啊，不是娘有心把你往老虎嘴里送，只因年景不好，讨得半碗残茶剩饭，也难保咱娘儿俩的性命。如今娘把你雇给贾善仁放牛，逃个活命去吧！"小铁汉听了，抱住亲娘大哭一场，第二天便到贾家上工。

铁汉到了贾家，起早贪黑，没明没夜，一直干到十九岁，由放牛娃变成了扛活长工。这年夏天，地主催活催得太紧，一头黄牛活活累死。贾善仁一口咬定是铁汉害死的，逼他立即赔出来。可怜一个穷汉，哪有许多银钱？铁汉不服，心肠一横，大喊大叫道："这不是明摆着讹人！要命有一条，要钱没一个！"一天下午，贾善仁和他三姨太太，站在地头树荫下边，手摇金字纸扇，打发狗腿子，把铁汉叫来，扇子"哗啦"一合，指着铁汉问道："有钱没有？"铁汉脖子一硬，回道："没钱！"贾善仁一声奸笑，喝道："你有种！敢再说三声没钱？"铁汉面不改色，硬邦邦地回道："没钱！没钱！还是没钱！"贾善仁脸子一抹拉，露出一副凶相，命令道："来人呀，给我套上！"一群打手，如狼似虎，冲上前去，七手八脚，不容分说，把铁汉按倒在地，套上绳索，逼他作牛拉犁。一步一鞭，打到地头；地头放着一盆麸子草料，又逼着铁汉去吃。贾善仁回头一看，见三姨太太笑得连声咳嗽，便拍手打脚地喜道："你可笑了！你可笑了！我就说有办法叫你笑吧！"

铁汉受了这番侮辱，早气得双眼冒火，他挣脱打手，握紧拳头，夯开膀子，如猛虎下山，向贾善仁冲去。眼看着，那铁拳就要砸在贾善仁头上，他猛一想：不对，双手难敌四拳，上去一打，就休想跑开。他牙关一咬，咽下冲天的怒气，收回拳头，转身跑开。就在这天夜里，更深人静时，铁汉放了一把大火，烧了贾家深宅大院，扛了一根扁担，带上一把斧头，逃命在外，直到解放，才又回到家里。

反霸时,群众控诉了贾善仁的罪恶,纷纷要求报仇雪恨,上级批准镇压。铁汉要求叫他来打这一枪。到枪毙时,贾善仁还是恶气不泄,凶狠地叫道:"来吧,枪毙了老子,还有儿子,十年以后,咱们再斗!"铁汉听得火冒三丈,大喝道:"你儿子敢反动,老子再枪毙他一回!"他抬起腿,一脚踢去,那老贼踉踉跄跄,跌个嘴啃泥。铁汉趁势一枪打去,结束了老狗性命。从此,铁汉就参加了革命工作。

当时,有人根据这些事,编成了一本戏,起名叫《铁汉革命》。红花坪业余剧团也演过这个戏,所以,支书早就知道铁汉,今日见面,便分外亲热。

铁汉这次从县里下放下来,担任大队副支书工作。这两年,大队干部都是分片包干的。吃完饭,谈过一阵闲话,铁汉问道:"叫我到哪个生产队去?"支书想了想,想起了王家坪,那里的贫下中农们,对生产、对干部都有些意见,工作比较困难。支书不好意思地讲道:"想叫你去王家坪,只是那里有点落后,贫下中农小组建立以后,也没能起到应有的作用……"铁汉插言道:"不做工作就会进步,还要干部做啥?"支书又说:"你刚刚来,就叫你到困难地方去,实在过意不去!"铁汉大手一摆,朗朗笑道:"这有啥! 从前,我有个老首长讲过:一边是金银,一边是困难,要叫选择的话,他就爱困难。因为,克服一个困难,就是一个胜利。咱爱的也是这个!"说完,他就扛上扁担,要马上去王家坪。支书要送他去,他伸出胳膊拦住,笑道:"又不是新媳妇上婆家,还得要个送客!"支书只得送到村口,指了指去路,看他走远,想起了王家坪的几个人,心里说道:"这一去,不要多少天,又够编一本戏了。"

铁汉还用那根旧扁担挑着行李卷,往王家坪赶去。一路上,看不完的桃红柳绿,听不尽的百鸟歌唱;大道上,车来马往,山里下来的是桐油生漆,城里上去的是油盐百货;两边麦田里,一片墨绿,送粪的人群往来穿梭,好一派兴旺景象! 铁汉心中快活,东看看,西瞧瞧,不知不觉,太阳落进西山。等他走到王家坪,天已黑了。刚进村口,忽听有人问道:"谁?"铁汉四下看看没有人影,站定脚步,反问道:"是我,你在哪里喊?"这时,从一个四面透风的草棚里钻出来一个人,头上沾满白色麦草,往铁汉面前一站,问道:"你是谁? 干啥的?"铁汉把他端详一阵,回道:"我是王铁汉,来你们队里劳动的,要找队长老宽。"这人伸手去接铁汉肩上的东西,一边说道:"我就是老宽,走!"铁汉跟他走去,怀疑地问道:"你怎么藏到那棚子里?"老宽笑道:"我藏在那里? 我是睡在那里,你没看见,那旁边下的红薯母!"铁汉听了,心里好生奇怪,这样一个挺负责的队长,为啥工作会搞不好? 他关心地问道:"天天夜里你都来看吗?"老宽叹道:"现在夜里还冷,别人都不想来受冻;再说,叫别人看,我也放心不下;睡在屋里,夜里光做梦,梦见红薯母叫糟蹋了!"铁汉听了颇受感动,便取笑道:"原来你是不放心别人! 要是村北头,再有一畦红薯母,那你就得分成两半了!"老宽正儿八经回道:"哎,有钱买种,没钱买苗,这是一季子庄稼呀! 叫别人看坏了,我怎对得起大家!"铁汉笑笑,不再言语。

说话间,到了会计室。说是会计室,其实会计并没有在这里住,只是白天在这里办办公事。屋里有现成的床铺,铁汉就在这里休息。老宽跑回家里,端来了饭菜,请铁汉吃。铁汉也不客气,一边吃饭,一边凑着灯光,看着老宽。只见他四十多岁,宽脸膛上皱纹如刻的一般,满面憨厚的笑容,穿戴也是粗布衣,是个老实人的样子。铁汉问过队里的一些情况,本想直接问一问贫下中农的情况,转念一想,便问:"咱队谁比较积极,谁比较落后?"老宽从嘴里拔出烟袋,想了想,摇摇头,双眼看着铁汉的脸色,慢吞吞地回道:"要说积极,还数着刘财,别看人家是个中农户,可是出工最多,有技术,又有家具,队里缺东少西,都是伸手向他去借,人家从来没有叫搁过脸!人家父子几个,顶住队里半个天!要说落后,只怕还数着王祥,说起来是个贫农,就是没有集体思想,看别人工分多了就眼红;特别是这半年来,成天不吭不声,一有空,就去砍柴卖。"铁汉停住筷子,脸上露出惊疑的神情,"噢"了一声。老宽看得真切,赶忙又说道:"要不信,你明天看,今天又在山里砍了一担柴,明天保准还要去赶集!这个人呀……"他不知怎样评价才好,于是叹了口气不说了。

铁汉听了便点点头未搭腔,又接着吃饭,心里说道:"明天,我倒要看看王祥是个啥样人。一个贫农,难道忘本了不成!"

二

老宽的话,一点也不假。第二天吃过早饭,铁汉去看王祥。王祥正在收拾柴担子。铁汉看这人有五十来岁,身披一件破棉袄,一脸不高兴,眼里有种不相信人的神气。铁汉蹲到他身边,亲亲热热问道:"大叔,赶集吗?"他冷冷地回道:"嗯!"铁汉又亲热地问:"这担柴,能值多少?"王祥又冷淡地回道:"有多少值多少。"铁汉碰了一鼻子灰。这时候,屋里跑出来一个小女孩,扑到王祥身上,撒娇地叫道:"爹,今天可给我扯根红胶绳!你答应几百回了,光不给俺买!"王祥轻轻把她推开,说道:"去一边玩,爹今天准给你买!"小女孩喜着跑回去,一边叫道:"妈,我爹答应了!答应了!"

王祥也不顾铁汉,担上担子,走到路上,高声喊道:"苦根,快走!"随着喊声,从邻院里走出一老一少,担着两担柴,跟着王祥,往城里走去。铁汉问过村里人，知道那个年轻的叫作苦根；那个年老的叫作刘七，都是苦人出身。他更觉着奇怪。铁汉转身回到屋里，背了一个粪筐，顺着大路，去拾那车来马往拉下的粪土。

王祥一行三人，走出村子，苦根几个大步追上王祥，问道："祥叔，你说说，才来的这个下放干部，会不会和咱一股劲？"王祥回道："还没见他的心，谁知道呢？"一语未了，苦根突然一声大叫："祥叔，你看！"顺着他的手指看去，刘财的一头大母猪，正在王祥自留地里啃吃麦苗。苦根把柴担"咚"地一摔，弯腰拾起一块碗大的石头，一边往前冲去，一边骂道："你刘财欺侮穷人，还叫猪也欺侮穷人，看我今天不砸死你！"王祥忙放下担子，一个箭步上去拦住苦根，劝道："猪又不通人性，怎知哪块地是他的，哪块地是我的？把它打伤，又要惹出一场是非。不要为咱几棵麦子，闹得大家不团结！"苦根挣了几挣没挣开，狠狠看了王祥一眼，扔下石头，担起担子，赌气地和刘七走了，嘴里还气愤地顶道："人家骑到你头上，你还要忍。也不知道他是龙王爷，得罪他了，怕不下雨怎的？"王祥看着苦根气冲冲走了，一边撵猪，一边叹道："这能是怕他？为了自己的一点小事，何苦去逗惹他！"

王祥把猪撵回村里，转身担起柴担，大步流星地去追苦根。走出村子，抬头看去，一眼好庄稼，麦苗嫩生生黑油油，真是叫人喜爱。心头一阵高兴，把那猪吃麦苗的事情，早忘得干干净净。踏过北小河，正在高兴，忽然看见路南边麦田里，扔了许多石头，压住麦苗，不由得气打心中起，自语道："是谁的眼睛叫鸡屎糊住了，把石头往麦地里撂？"他放下担子，准备把那石头捡出来，转身一看，路北有一块才开的小片荒地。他知道这是刘财家开的。他拾起一块石头看看，上边还粘着生土，心下断定是从刘财家小片荒地里撂过来的。他最见不得这样的事,气冲冲地怒道:"你开荒是种庄稼,队里的地难道是放牛的草场?你想多吃粮食,就叫大家喝西北风?你能撂得过来,我就撂不过去?"王祥越说越气,走进麦田,弯着腰,低着头,把石头又往路北小片荒地里撂去。他正撂得起劲,突然有人冷笑道:"王祥,你长眼没有?你还让人走路不?"王祥抬头一看,刘财拉着架子车,站在路上,满脸怒气,眼射凶光;车子上装着肥田粉,还放着两张筛面罗。王祥看见架子车,更恼十分。队里派刘财去拉肥田粉,急着上红薯苗,原说当天去当天回来,谁知他到外边,拉起脚来,停了五天,到今天方才回来。王祥直起腰杆,指指麦地石头,质问道:"哈,你还有脸问我?你的眼长到哪里去了?你家张二梅开荒,为啥把石头扔到麦地里?你还让大家活不!"刘财这才想起临走时交代老婆开荒的事,他歪着头,冷笑道:"你倒是山里地保,管得宽!这是你的地?我看你,只要管住你那三尺门里就行!"王祥气极,大踏一步,回道:"要是三尺门里,我还不管哩!我人穷,你愿怎捏你怎捏,这些人不说个破字。这是大家的地,你踩灭大家,我就是要管!"刘财嘿嘿几声奸笑,挖苦道:"哟,我几天没在家,不知贵代表又升了什么大干部,管起大家的事了!恭喜,恭喜!"王祥听了,眼睛出火,嗓子冒烟,浑身哆嗦,指着刘财喝道:"代表怎的,这是贫下中农选的,你能怎么样?刘财,你不要欺人太甚!叫你去拉肥田粉,你去做生意赚钱!你家里开荒,把石头扔到队里的麦地里,都不许别人说一声!"刘财听他揭短,要起无赖,连讽带刺加威胁地说道:"王代表,我刘财有罪,有罪!不过我赚了钱,你能把我怎么着?这是队长准许的!咋,王代表不准许?再说,我赚钱,光是为我自己?我买这筛面罗,看你不使!"王祥一声冷笑,指着那筛面罗,理直气壮地数落道:"别拿这来唬人!你买筛面罗图的啥?你把大家的蒸馍拿跑,又扔给大家一点馍渣,叫大家吃了亏,还得承你的情。你这能处,别当外人都是瞎子看不见!"刘财被戳到疼处,恼羞成怒。他俩越吵火越旺,吵得天昏地暗。

这时,队长老宽跑来了,还离老远,就摆着手,呼喊道:"好爷们呀,你们两个怎么一见面就吵仗?叫过路的看见,也不怕笑话!"说着箭一般跑到跟前。刘财是个能人,像乡里玩的拉洋片一样,脸色本来是要命的判官,唰一下变成慈悲的佛爷,笑嘻嘻道:"我敢吵嘴?你问问王祥,我起高腔了没有?队长,我算明白了,人家为啥找我的事,还不是仇恨我有两辆拉车!只恨咱鬼迷心窍,当初为啥疯了,要买拉车!只想着为队里做好庄稼,谁知好心变成驴肝肺!去他娘的,都是你惹的祸!"刘财说着说着,好一阵伤心,挤巴挤巴眼睛,没有挤出眼泪,就做出满脸气愤的样子,弯腰搬起一块斗大的石头,一边回头看着队长老宽,一边就要往车子上砸去。老宽吓了一跳,忙上去拦住,双手夺过石头,扔在地下,好言好语劝道:"有话好说,和车子有啥仇恨?你舍得砸了,队里还离不开它呢!"刘财长叹一声,斜了王祥一眼,又对老宽指指车上的筛面罗,表功道:"我看大家没罗使唤,就咬着牙买了两张!"老宽点点头,过意不去地说:"又叫你多花钱了!大家可真没有少沾你的光!"刘财不再言语,得意地瞟了王祥一眼。老宽回过头去,看着王祥,不高兴地问道:"为了啥事,吵得连柴都不去卖了?"王祥看见他俩那个亲热劲,又见刘财那得意的样子,刺得心疼,便气呼呼地贬责道:"啥事?这是你队长夸的好经验,好技术!自己开荒,把石头撂到队里的麦地里!"

老宽也不答话,走到地里一看,麦苗砸断了不少,心里也很恼火,但他还是温和地说:"刘大哥,这就是你的不对了。麦子都起身了,你把麦子砸坏,难道就不心疼?"这些石头,刘财明知道是自己的老婆开荒时撂的,但他仍强辩道:"怎么,你这队长,又听一面之词了? 拿奸拿双,捉贼捉赃,我撂石头,你队长亲眼见了?"老宽怔住了。他又看看王祥,见他板着脸,手里掂着一块石头正准备往外撂。那石头上还带着生土,他确信那些石头是从小片荒地撂过来的。他想狠狠批评刘财几句,但又怕得罪人。他心里埋怨着:"王祥啊! 你管闲事也不分分人,只看见针尖大的小事。刘财即便有错,也不该忘记他的好处。你只管得罪他,人家要是又不干了,叫我这队长咋办?"他左也难,右也难,一个是有理,不能评成没理;一个是没理,又不敢得罪。想来想去,眉头皱了几皱,忽然想起了老主意。他先把王祥拉到一边,摁他蹲下,低声劝道:"祥哥,别人不清楚刘财,你还不清楚? 他那股自私味,十里八里都能闻见。但是,他有经验、有技术,咱们为了生产,得主动团结他,光吵吵能行? 你放心,我再去批评他,叫他承认错误,你就别气了!"王祥翻他一眼,说道:"你敢批评他?"老宽道:"看你说的,连他都不敢批评还中! 算啦,君子不把小人怪,宰相肚里行舟船!"王祥咽下一口气,不再言语。老宽稳住了这头,又过去把刘财拉到小片荒地里,低声下气地劝道:"刘大哥,你还不知道王祥,自他被选上了代表,不要说你,就是我这个队长,还不是叫他吵得头疼! 算啦,小气好生,宰相肚里行舟船!"刘财大方地回道:"好,不看僧面看佛面,我听你的话。"说完走出小片荒地,拉起架子车就要走。王祥看见刘财要走,呼地一下站起,不服地喊道:"队长,这地里石头咋办? 谁能扔进来,还得把它再扔出去!"刘财挂上肩带,迈开步子走去,粗声粗气地说道:"谁积极谁去捡,反正,那石头上也没刻我刘财的名字!"王祥追上一步,叫道:"咋,说了半天,你还不承认错误? 你刘财算顶住天了!"老宽一看大势不好,忙站到当中把两人隔住,先对王祥说:"这事你有理!"又转身对着刘财说:

"这事你也有理!"然后拍拍胸脯,苦着脸说:"你俩都不怨,就怨我一个人,你俩都走,这石头我来捡!"老宽弯腰去拾,被王祥一把拉住,说:"你拾,不成! 今天非叫他刘财拾不可!"刘财拉起车直往前走,头也不回,说道:"我今天就是不拾,看谁敢把我抬起来转几圈!"王祥气个半死,咬咬牙道:"好! 你不拾我拾!"他又跑进麦地,弯腰拾起石头,一块接一块,狠劲往小片荒地撂去。刘财回头看了一眼,把车子肩带一撂,几个快步跑回小片荒地,拾起王祥扔过来的石头,又往队里麦地扔过去。石头在空中飞来飞去,老宽气得双手一拍,叹道:"好,我看你们撂到哪年哪月!"他干脆不管不问,坐到一旁生气。

王祥和刘财正在对着撂,忽听一声雷响似的吼道:"住手! 谁砸住我,谁给我养伤!"三个人同时抬起头看去,铁汉背着一个粪筐,站在路当中,满面怒色。老宽站了起来,苦笑一声道:"不叫你们撂,你们偏偏不听!"王祥手里掂着一块石头,看着铁汉,不言不语。刘财还不认识铁汉,也不在意,把他当成拾粪人,淡淡一笑。铁汉看看刘财,见他四十来岁,谢顶头,一双眼闪个不住,问老宽道:"他是……"老宽忙回道:"他是刘财,拉肥田粉才回来!"铁汉点了一下头,坐到王祥的柴担上,从口袋里掏出烟锅吸着,对老宽强笑道:"老兄,我走南闯北,还没见过你这样人。人家斗气,你坐在一旁看热闹!"老宽摇摇头,长叹道:"人家不听,咱有啥办法!"铁汉往两边看看,王祥是满面怒气,刘财是一脸冷笑,又问道:"是谁不听?"老宽看看东,又看看西,不敢指名道姓,就和稀泥道:"反正,怪咱不会劝架!"说完又对着王祥和刘财埋怨道:"划得着吗? 为这针尖大麦芒小的事,吵得叫老王同志笑话!"王祥瞪他一眼,回道:"这是小事,啥是大事? 队里将来还吃麦不吃? 这是你队长说的话!"刘财见王祥和老宽争吵,并不理会,只是在一旁打量铁汉,看他怪土气,没戴表,身上穿件旧棉农，补丁摞补丁，可能是附近农场里的工人，来帮助指导技术的。正想到这里，又听王祥愤愤地说："哼！这是破坏集体生产，还说是小事！"刘财马上顶撞道："这开荒也是有政策的，你这不是破坏政策？"铁汉听了，往两边看看，一边是小片荒地，一边是大块麦田，心里完全明白了，压下心中火气，强装笑脸，对老宽说道："队长，你就给他们评评这个理吧！一个说队里要吃麦，是大事；一个说开荒有政策，也是大事；叫我看，事都不小，你就评评吧！"老宽听这么讲，左右为难，心里埋怨道："你去拾粪吧！管这闲事干啥？"他还想一推六二五，清白不了糊涂了，就软顶道："老王，我没本事，这事要弄清，非支书来不可！"话未落音，只见一个小伙子跑来，气喘吁吁地喊叫："老宽，老宽，王支书呢？公社来电话叫他呢！"老宽听了，心里一愣。铁汉一旁搭腔道："你说我一会就来！"转脸又对老宽说道："你别客气！我来时，支书就对我讲：'老王啊，老宽是个贫农，又是个好队长，你这个副支书，有事得多和他商量呀！你俩一股劲了，保险能搞好！你怎么说自己没本事！'"老宽听了，"啊"了一声道："昨天夜里，你咋没说你是副支书！"刘财心里一沉，马上低下头去。王祥脸上露出笑容，掏出烟袋，自自在在地吸着。铁汉笑道："支书不支书，都是一样劳动。我这人有个毛病，看见谁争吵，专好分个谁是谁非，要是弄不清，就心烦意乱，得几天吃不下睡不着。来吧，你就把这事断断！"老宽被挤到了墙角，苦笑一声。铁汉又说："怎么？怕麻烦！好，我来问，你来评！"他也不等老宽回答，就问王祥："大叔，你怎么把石头往人家小片地撂？"王祥火道："你这支书，怎么也这样说！你睁眼看看，麦地里有没有这号石头！"老宽插言道："看你这人！你说你的理，别和王支书顶嘴！"铁汉摆摆手，说："你别打岔，让他讲下去！"王祥接着说："我去卖柴，见地里扔了好些石头，上边还粘有生土，不是他开荒撂出来的,还能是从天上落下来的?"铁汉"噢"了一声,又问刘财道:"老兄,他说是你撂的,你可承认?"刘财抬起头,嘻嘻笑着讨好道:"王支书,你想想,眼看这地里一片绿油油的好麦子,我能往地里撂石头!反正,说话又不报税,亏他能说得起!"铁汉听了这话,火从心中起,两眼圆睁,冷笑一声,挖苦道:"噢,原来王祥是个穷人,要是说话也报税,那他只好封住嘴巴了!"刘财发觉自己讲错了,脸上红个净。铁汉又问老宽道:"队长,我是外路人,不知道你们这里的特点,难道你们这里石头也有腿,它会跑?"老宽听他口气不对,赶忙笑道:"嘿,嘿,别开玩笑!"铁汉收住笑脸,胳膊一伸,指着那石头,正颜正色地问道:"不会跑,石头怎么到这地里?"老宽看了刘财一眼,见他头上汗珠滚落,怕铁汉逼得刘财没法下台,影响团结,灵机一动,打个圆场,回道:"我想也不是故意的,可能是他女人往路上撂的,使劲过了,才撂到麦地里!"刘财忙顺竿爬道:"对,准是我家那个糊涂婆娘干的,做活没长眼,不知道手高手低!"铁汉问王祥道:"大叔,你说是吧?"王祥不服,火辣辣地说:"叫我看,不是没长眼,是眼长斜了,只看见小片荒地,看不见队里麦地!"铁汉连声说道:"对!对!是有点斜!队长,就算失手把石头撂到队里麦地,该怎么办?"老宽这时再没话可说,回道:"再把它撂出去!"他看着刘财,三分无奈,七分央求地说:"刘大哥,你就把它拾出去吧!"刘财自知理短,不敢再不论理,咽下一嘴口水,看了铁汉一眼,心服口不服地说:"他要不给我吵,我老早就拾了!"说着跳进地里,把他扔进来的石头,又一块一块捡出去。王祥看看铁汉,跨上一步,有千言万语跑到嘴里,想对铁汉讲说什么,可是看看老宽和刘财,嘴张了几张,把话又咽回肚里,走上路去,挑起柴担,急急忙忙往城里赶去。铁汉背起粪筐,约上老宽,讲道:"停一停,咱们再好好谈谈。"

刘财看着他们走远，咬着牙骂自己道："倒霉！早知如此，不等他来，我就拾了！"他越想越不对头，赶忙拾完，拉起车子，回到村里。刚进村口，见王祥的女人胡巧莲，正在渠边淘粮食，灵机一动，想道：光棍不吃眼前亏，该低头时就低头，我得赶紧拉她一把，省得在王支书面前说我闲话！便讨好地指着车上的两张筛面罗，叫道："喂，老少爷们，这里置的粗细罗都有，啥时要用啥时去拿！"

三

王祥的妻子胡巧莲，正要磨面，又听刘财大喊大叫，说他家买了新罗，欢迎大家使唤。她淘好粮食，晒到院里，就去借罗。

刘财的女人张二梅，听了刘财埋怨她扔石头的事，气得咬牙切齿。正在这火头上，胡巧莲来了，笑道："孩他刘婶，听说你家张了新罗，借我用用新！"张二梅身子一扭，把个脊背对着她，冷言冷语道："王祥那么积极，王支书能不给他发几个罗，何必向俺家来借！"胡巧莲只当她在耍笑，就说："别闹着玩了，快给我拿去吧！"张二梅转过身来，板着脸道："俺那罗可不敢叫你用！俺那罗上沾有自私自利味，筛下面，你家一吃，王祥也沾上了自私自利，咱村就没有好人啦，这责任俺可担当不起！"胡巧莲看她来真的，气得变脸失色，回奉道："王祥咋又戳你们鼻窟窿了？借不借由你，你也不该拿这来挖苦人！"

胡巧莲忍着眼泪，回到家里就哭起来。正哭得伤心，刘财一脚踏进门来，手里提着两张新罗，亲亲热热地叫道："大嫂子，惹你生气了！千不是，万不是，都是那个贱人的不是，我已经把她捶了一顿，也算给你出了一口气！"胡巧莲忙擦干眼泪，从椅子上站起来推却道："俺今天不磨了,你拿回去吧!"刘财不容分说,把罗放到当堂桌上,自己拉把椅子坐下,皮笑肉不笑地说道："你要再生气,我也就要生怪了。王祥哥俺俩今天斗了几句嘴,这都是小意思。我也不明白,哪一点得罪了他,他见我就红了眼。就说我拉车吧,这又坏他啥事?常话讲:一人有钱,全村方便。我只要能弄来,还不是和大家的一样!今后你缺啥少啥,只管给我说,不会叫你空手的!"胡巧莲听他说得中听,也不知该怎样回话,只得告饶道："你放心,我知道好坏;你不要和他一般见识,我会说他的!"刘财便连声应着告辞。

胡巧莲越想越气王祥。自己一大家子人,劳力少,坠子多,队里又经常没活,做不下多少工分,分的粮食仅够吃喝,没有余粮余钱添置家具,少不了常常向别人借东借西。常话讲:万事求人难。为了借家具,没有少看别人的眉高眼低。只要人家肯借给咱,就是抬举咱,为啥要去堵自家的路?他刘财赚钱不赚钱,又没坑害住咱,你管他闲事干啥!胡巧莲正在生着闷气,王祥扛着根空扁担回到屋里,也不言语,一直走进里间,翻箱倒柜,弄得叮叮咚咚响。这时候,他的女儿从外边追了回来,扑到他身上,问道："爹,给我买的胶绳呢?"王祥坐在床上,往一个小盒子里塞着钱,慢言细语地说："乖乖,听爹的话,街上没有好的,等到过年时,给你买个长长的一根好不好?"小女孩听了眼泪噗噜噜滚下来,哭道："人家小喜都有胶绳,我也要!"王祥看她哭了,自己眼睛也酸了。他是最亲这个小闺女的,可是,他有自己的打算,钱是一文也不能花的。他给女儿擦擦眼泪,把她搂到怀里,神情凝重地说："小红,听爹的话,爹心里亲你。以后不许和小喜比,你爹我是啥人,她爹刘财是啥人,给她比,丢爹的人!她爹那钱,来路不正,扎的头绳再花,也是臭的!爹把钱攒着,是为你们这些娃子们的将来,叫你们一辈子吃穿不完。懂吗?爹的好孩子!"

胡巧莲在当间听到这里,呼地站起,揭开门帘冲进里间,靠窗子站住,指着王祥,气势汹汹地喝道:"你先别哄那三岁小孩!我来问你,为啥又和刘财吵嘴?人家把你孩子扔井里了?"王祥抬头看她一眼,又低下头,一心一意往一个小木盒里塞钱,冷冷回道:"哼!再不吵,他把大人都推到井里了!"胡巧莲还嘴道:"我看刘财还不错哩!上午我去借罗,他婆娘恶眉瞪眼不给借,刘财知道了,又亲自给送来,人家哪一点对不起咱?"王祥听了,浑身一颤,起身冲到当间,见桌上放着两张新罗,就命令道:"给我送去!咱宁可吃囫囵粮食,也不用他的罗!"胡巧莲生气地说:"人家摸脉都摸在手脖上,你摸到了脊梁上,还在那里迷着呢!人家好心好意送来,为啥不用?"王祥掂起罗向胡巧莲递去,红着眼说:"我在哪里迷着?我在集体上迷着!你在哪里迷着?你被资本主义迷住了!人家把罗送给你用用,就把你的心糊住了,把你的嘴封住了,帮起人家说话,还能得不轻!"王祥正讲着,忽然有人叫道:"好!这话讲得好啊!"王祥忙揭开门帘子一看,见是铁汉坐在那里微微笑着。

铁汉头天夜里听了老宽的介绍,知道王祥只顾个人,不顾集体,今早果然见他去卖柴,也就有了三分相信。可是,经过扔石头那场事,觉着王祥不像老宽介绍的那样坏,便对老宽的话,又有七分怀疑。他想来找王祥谈谈,恰巧碰上了他们夫妻吵架,听着听着,不由得连声叫好。

王祥见是铁汉,便不再争吵,拉了一张凳子,坐到铁汉对面,低头吸烟。他在反复地考虑铁汉这个人。他觉得这个大个儿对人倒挺亲热,早晨就想扯家常,可是自己没理他。上午扔石头那事,他又和自己站在一边,给刘财评了个没理,心里就有点信服了。当时碍着老宽、刘财的面,没把心里话说出来。现在,这大汉又来找他,一进门就夸赞他讲得好。他想到这里，心里一热，便想把全部心事倾倒出来，请这位副支书，给他们这个贫农小组撑腰。但他又想起刘七的话："还是等一等，不看说的看做的！金子假了，它是经不起烈火的。"

王祥低头吸烟在思考，铁汉可憋不住了，便先开口："你刚才讲的，我都听见了。人穷骨头硬，这是咱贫农的本色。要富大家富！光图个人，才是鬼迷心窍哩！"王祥很同意他这几句硬挺挺的话，可他有心考验考验铁汉就说："可有些人不是这样！"铁汉急忙追问："谁？"王祥指着里间冷冷地说："你叫她讲吧！"说罢，又低头吸烟。胡巧莲掀开门帘子，走到当间，靠门框站着，看铁汉笑眯眯的，就放开胆子讲道："你本事大，骨头硬邦，咋不把家具置齐？要求人，你就别硬！要硬，你就别求人！"铁汉听了，点了点头。王祥正要回说什么，队长老宽失急慌忙地走来，喊道："王支书，你出来一下。"铁汉走出去，老宽悄悄说道："刘财过年时，还剩个酒底，想叫你去尝尝。今天晌午，我把你的饭，就派在他家，现在就去吧！"铁汉看他那神秘的样子，手一摆，故意大声叫道："什么？刘财请我喝酒！谢谢他吧，我不去！"说着转回身，走进屋里，对胡巧莲又高声大气重复道："刘财请我喝酒，怪有意思！今天上午，就在你家吃饭。来，你做饭，我烧锅！"说着就走到灶旁坐下，找火棍，抱柴火。老宽羞得脸红，无趣地走开。王祥微微笑着，不住点头。胡巧莲忙走近灶旁，拉他一把，说道："我来烧！"铁汉不肯起来，笑道："怕我费柴不是？我明天上山给你砍一担。别的不中，砍柴咱行。旧社会，我烧了地主房子，就跑到山北，整整耍了五年扁担！"胡巧莲看他挺随和，掂起一个篮子，扔给王祥，催道："吸，吸，就会吸烟！还不快去挑点菜回来。"王祥挂起烟袋，提起篮子，领上小女孩往菜园去了。

胡巧莲擀着面条,对铁汉说道:"他是个二性子,自从被选上了贫农代表,他成天管不完的闲事,你再一捧,他都要把人得罪完了!"铁汉烧着火,问道:"你为啥那么怕得罪人?"胡巧莲叹道:"不讲别的,就说缺这少那吧,把人得罪了,咋好张嘴去借?人家能不卡俺们!"铁汉又问:"不能自己置点家具?"胡巧莲把案板弄得咚咚响,不满地说:"谁有头发肯装秃子?队里做不下工分,上哪里弄钱置家具?"铁汉心里想一想,趁机说道:"没钱?人家都说王祥成天搞副业,都快成财主了,你们会没钱?"胡巧莲听了,停住擀面,怒气冲冲地说:"谁花过他一个钱毛!卖柴弄俩钱,他看得比命还重!我叫他装点酱油,不中!孩子叫他割点头绳,不中!我们活活困死在他手里!动不动就说,旧社会住破庙,讨饭吃。"胡巧莲说着说着,气上心来,忘了王祥的嘱告,带着面手,跑到门口,把头伸到门外看看没人,噔噔跑进里间,只听见一阵翻箱子的声音,接着,双手捧着一个小木盒走出来,递给铁汉,没好气地说道:"这就是他的钱,这就是他的命,你能掏得出来!"铁汉接住。这木盒有升子一般大,四边全钉得死死的,没有可开的盖子,只在上边有眉毛长那么一条缝,窄得只能塞进去一张纸。也不知往那里塞过多少钱,但见那缝已磨得油光发亮。他放在耳边摇摇,有轻轻的响声。他翻转过去,把口朝下倒倒,也倒不出来。看样子,钱是只能塞进去,休想再取出来。铁汉还要再看,胡巧莲上去一把夺过,急忙又拿去放到箱子里,又后悔又担心地交代道:"你可千万不能给他说,他要知道我叫你看过,那可不得了!"铁汉点点头,再也没有说话,他心里猜不透:把钱保存得这么金贵,他要干啥?停了一阵,他忍不住问道:"他攒这钱干啥,能没对你讲过?"胡巧莲撇撇嘴,说道:"人家才不给咱讲,说女人嘴不管风,肯跑话。有时兴致来了,溜了一两句,说要给子孙们置份大家业!哼,连自留地也不好好种，就指望担柴卖，能争个脸？"

铁汉听了这话，如同吃了一块石头，心里又沉又重，暗自想道："要置份家业？莫非他真是要往邪路上走？可是，今上午扔石头那事，看他对集体又挺关心。这个人，他究竟要干什么？"

四

铁汉没有摸透王祥的心思，就像隔着一层纸，看不见王祥的面貌。吃过午饭，他回到队屋里休息，想着下一步该怎么办。这时，社员们都来到队屋门前场里，往砖瓦窑上送麦草。原来，队里麦草用不完，要卖给窑上换钱。铁汉赶忙拿起扁担，往外走去。大家看见铁汉也要来担，都很欢迎。苦根特别注意他，见他拿着一条又厚又长的扁担，就上去瞧瞧，问道："这是借谁家的，我怎么都没见过？"铁汉一边捆着麦草，一边回道："我带来的！"苦根又问："只怕这条扁担用的年代不少了，磨得乌油发亮！"铁汉说："用过一二十年了。"接着，他讲了这条扁担的历史，解放前用它担过五年柴；解放战争年代，用它支过前；现在又用它为社会主义劳动，最后笑道："它有三担：旧社会担痛苦，解放时期担斗争，现在担幸福。"大家听得入神，知道他也是个苦出身。铁汉绑的捆子像两座小山，担起来跑得风快。苦根伸伸舌头，大家齐声叫好。一连两天，铁汉总是担得多，跑得快，大家过意不去，叫他休息，他也不肯。人眼是秤，人们知道他给刘财评个没理，知道刘财请喝酒，他也没去，现在又看他劳动肯卖力气，想着都是一条苦根上的秧子，都愿意把肚里话说给他听。有一次，休息时，他向社员们了解老宽、王祥、刘财等人的情况。这个说："队长不错，就是骨头软些，眼皮往上翻，光看见有钱人。"那个说:"刘财对乡亲们,小仁小义不错,就是心狠些。"讲到王祥,都说:这人呀,原来就是个硬汉子,把骨头砸烂,也找不着一点自私味,所以贫下中农都选他当自己的代表。谁知,这半年来,不说不笑了,只见他有空就去打柴,不知道想干什么。铁汉听了,都一一记在心上。

这天夜里,铁汉把王祥叫到队屋,两人对面坐下,扯过一阵闲话,铁汉看他的态度,不像以前那样冷淡了,便激将道:"人怕忘本啊!我听说,有一个人,在旧社会,住破庙避风雨,数九寒天无衣无被,钻在树叶堆里睡觉,北风一吹,树叶刮散,一家人抱在一起哭天哭地。到土改时,这人打土豪分田地,不分日夜,干得十分积极。可是,现在他变了。当上了贫农代表,对集体不关心了,成天打柴,卖了钱就装进一个小木盒里,想个人发家致富!"铁汉说着,悄悄地看着王祥的脸色,只见他一阵悲一阵喜,到最后浑身一颤。王祥咬咬嘴唇,抬起头来,两只眼水淋淋的,看着铁汉,激动地说:"你别再讲了!这几天,我也把你看得差不多了,我看你对我们这些贫农不会有二心的。你是嫌我这个贫农代表没有发挥作用吧!你听我给你说说。"

王祥又气又恨地说了起来。原来,去年秋天发生的一件事情,伤透了他的心。

还是去年开始秋收的时候,队里召开社员大会,研究劳动定额问题。本来,像这样重大的事情,队长应该先交贫农小组讨论讨论,让贫农们提提意见,可是由于队长不相信贫农,不依靠贫农小组,就直接提到社员大会上来讨论了。队长老宽讲道:"往年,到了抢收抢种季节,劳力总是摆调不开,顾了头,顾不了脚。今年,多亏刘财家买了两辆架子车。这玩意儿一个人能顶六七个人,拉庄稼,送粪土,也就有了靠山。大家商量商量,看这车子的工分怎么个评分!"大家听了，都拿眼睛看着刘财，不言不语。怕的是说多了，大家吃亏；说少了，得罪刘财。这刘财是村里的头户，家里各种家具齐全，不要说社员要常常伸手向他借东西，就是队里也有求告他的地方。俗话说：用人家的东西手软。一点不假，刘财仗着这些东西，在村里说一不二，他的眉高眼低，大家没有少看。现在，队长提出这个问题，谁也不愿去惹是生非。刘财等等看没人开口，就掐灭半截纸烟，夹到耳朵轮子里，站起来神气地笑笑，拍拍胸脯，说道："人凭良心树凭根，我拍住心口窝说话，买这两辆车子，真不容易。要不是为了队里生产，打死我也不买。工分不工分，都是小事。不过，既然队长提了出来，说说也好。这是先小人后君子，省得以后出些不三不四的闲话。反正，不能叫大家吃亏，你们放一百条心。我提个意见，别人担一担一分，我只要九厘，就是吃点亏，也便宜不了外人！"大家听了，吓得张着大嘴，说不出话来。眼看着就要决定，王祥在心里划算一阵，暗自叫苦道："队里满打满算三十多个劳力，他两辆车子，就顶十三四个人挣的工分，这还有别人过的日子！我不能眼看着穷弟兄们受他刻薄，大家选我当贫农代表，就是要我给大家说话的。"王祥一口气憋在肚里，气得双眼火红，忍不住站起来指着刘财，质问道："刘财，按你的意见，你父子两人一天能挣一百三四十分，一人就六七十分；大家呢，干一天才能挣十分，这还是你吃亏？你要占便宜，就把大家捏死不成！"众人听了，齐声叫好。刘财听了，气得谢顶头像一团火，他万万没有料到，敢有人当面冒犯他。他从椅子上跳起来，指头点着自己鼻尖，脸像猪肝一般，声声问道："按你说，我买车子是想沾大家的光！我把心炒炒叫大家吃了，还说我那里面有毒药！好，不叫拉，我不用车子拉！"刘财嘴里说着，心里却想："哼，等着瞧吧！天一阴，叫他趴在地上给我磕头！纱帽越撂越稳，我怕个什么？现在贫农小组才成立,你王祥就想杀我的威风,要让你掌权,以后还有我过的日子吗?"他决心要杀一杀王祥的傲气,便仰着脑袋,袖子一甩,冲出会场,还口口叫道:"我现在就回去卸车子!"队长老宽追上前去,拉了一把,被刘财扑甩得差一点跌倒,转回来对着王祥双脚一蹾,怪道:"这可心满意足了吧?"王祥倒不在乎,淡淡说道:"离了杀猪匠,还能连毛吃猪不成!"

一连几日,庄稼砍倒在地,怕的是云起雨落,社员们紧上加紧往场里运送,真是三步并成两步走,两步并成一步行,独独刘财按兵不动,不出车,也不出人。老宽急了,去给刘财说好话,刘财爱理不理地讲道:"你又没得罪我,你来给我说好话干啥!"老宽心里明白,他是要叫王祥来低头认错。老宽又去找王祥,求告他道:"穷人脖子没犟筋,你就去给他低个头吧!"王祥正颜正色地回道:"别想!我不能给贫农爷们丢人!他是啥人?叫我去向资本主义低头,头打烂,麻缠,也不会把下颏点一点!"老宽忍气吞声劝道:"我知道他思想不好,可是,他有经验有技术,又有先进工具,咱们得团结他!"王祥一声冷笑,批驳道:"要是为了团结,我磕头都行。可是,你这不是团结他!这叫没原则,我不干!互助合作时,我也住过训练班,别拿这来唬我!"老宽看他把话说绝,也无可奈何。他急得心焦火燎,走一步路,都要看看天色,睡到半夜,还要起来看看有没有云彩,他怕万一来了一场大雨,会把庄稼沤坏。他三番五次去找刘财,刘财稳坐不动,拿捏道:"佛争一炉香,人争一口气,要我出车,除非王祥前来!"老宽没有办法,就趁王祥没在家的时节,把根根秧秧都对王祥女人讲了,末了说道:"大嫂子,你也该劝劝他才是,让他就去给刘财说句好话,这也不是要割他身上肉!"王祥的女人胡巧莲,听队长讲说一遍,又气又恨,恨的是刘财心肠太狠,气的是王祥多管闲事。等得王祥回来,胡巧莲就吵道:"天塌砸大家,又不光砸死你一个人,你管他干啥?"王祥也不理会,吸足了烟,瞪她一眼,回道:"要是光砸死我一个人,我还懒得和他争斗;就是看他碰的人太多了,我才要顶住!"胡巧莲逼他去赔情,说道:"能得罪一亲,不得罪一邻,你去给人家道个不是,不就完啦!"王祥狠狠地说道:"别说是一邻,就是我亲爹亲妈,长出这样心肠,我也不饶!"

老宽夹在当中,气罢刘财,又气王祥;气刘财装腔作势,你和王祥赌气,不该不出工;生气王祥多管闲事,黑猫白猫逮住老鼠都是好猫,不管车拉、人担,队里都要出工分,只要做好庄稼就行,现在把猫撵走,谁捉老鼠? 老宽气得万般无奈,就去对刘财讲道:"你们谁是谁非,我全不管;我只管搞好生产,如今生产要受损失,我只好向大队辞职! 车子的工分按你说的记,你去出工,行了吧!"刘财听了,知道弓已拉满,要再拉一下,弦就会断了。老宽要是给大队一讲,只怕没有多好的果子吃;再说只要老宽今后不再听王祥的话也就行了。只要王祥的威风使不出来,老宽是好对付的,便趁机下台道:"算了算了,我能眼看着你受气作难,千不念,万不念,念你辛辛苦苦为大家,我马上就出工!"说到这里,刘财想探一探老宽的口气,看他今后听谁的,便叹了一口气,好像很委屈地说:"队长,我刘财买车子,还不是为了把生产搞好,谁知咱这心,被人家当成驴肝肺了。以后还是人家王祥说了算,我刘财说的话能顶个屁用!"老宽一听刘财很伤心,便一拍大腿说:"刘大哥,放心吧! 只要对生产好,还有不听你的!"这一说,刘财的心算装在肚里了。

刘财父子俩,拉着两辆架子车,就像大街上跑马,人们还离老远,就听他吆喝着叫让路,横冲直撞,十分威风。拉了一车庄稼来到场里,对着王祥,指鸡骂狗地说了起来:"有些人,别看买不起车子,可能说得起大话哩！反正，说进步话又不费一个钢钉！他们不知道，车子出一天工，得损耗多少钱？这些人要有车子，他们一天要十分，我一天就只要五分！"这些刻薄话，一个字像一支箭，箭箭射向王祥，王祥想起队里庄稼，把那箭一般的话，咽到肚里，扎得心疼，也不往外吐露。

王祥回到家去，气倒在床上。他想起土改时的贫农团和贫农小组，心里一阵滚热。如今贫农小组才刚成立，他在会上也只不过给贫农们说句公道话，就惹下这场风波，受到这么大的打击，他心中很是不服，决心争回这口气。他冷静地思考了一夜，第二天，他找到贫农组里一同干过长工的刘七，和给地主放过羊的苦根，把刘财的话，原原本本学说一遍，最后讲道："咱们不能就此倒下去，要想办法把刘财这股歪风打下去。刘财有的东西，队里要有，还要比他的多才行。只有队里强了富了，我们才能直起腰杆。要不，他拿着这些东西，就会当成刀子，来刻薄大家！"刘七问道："祥哥，你心里有什么办法？"王祥说道："我倒有个办法，就是苦些。"苦根膀子一多，说："只要能争回来这口气，就是上刀山我也干！"刘七也说："再苦，总比叫他拿捏强些。"王祥看他二人说得坚决，就有力地说："咱们合住伙，上北山打柴，给队里攒一笔钱，买几辆拉车。现在，不能告诉队里，要不，刘财的工分最多，队长又听他的话，积下副业钱，一到分红时，便又分到他手里了。咱们先把钱攒着，等够买车子时，买成车子交到队里。"刘七和苦根都连声称赞这个办法。大家商量好时，刘七又说："苦倒不怕，咱在旧社会，啥苦没吃过；只怕咱们都是急人，弄几个钱又顺手花掉！"苦根道："咱不会咬住牙，除非死人，一个也不花！"王祥想一想，说："不怕，钱由我存住！"最后，又定下一条纪律：严格保守秘密，不能让第四个人知道。

　　种完麦,进入冬闲,隔上一两天,队里就没活干。这时候,王祥就同刘七和苦根,上山打柴。上山得过十五里河,得爬十里猴上天,水割脚、风割耳,他们早去晚归,腿上手上都冻出血道道,但为了争气,就是大风大雪,也不停工。打柴卖下的钱,都交给王祥。王祥做了一个盒子,有升子一般大小,四边钉死,只留一道缝,票子折了折塞进去,进去以后又自动散开,再也倒不出来。他塞一次,就在墙上按钱数画上道道,做下记号。胡巧莲几次向他要两角钱,他都不给,心里想着:"两角钱又够买根车子条,一花掉就又少根车子条。"他拿住破庙当长工时节的苦岁月,来劝妻子俭省过日子。冬去春来,一直积到今天,不少人说他想搞自发,他听了实在难受,有委屈又不能去辩白,他想的是:日久见人心,何必去辩白!……

　　王祥讲了这段经过,铁汉听得心里一阵滚热,又恨又气又喜,恨的是刘财思想太坏,气的是老宽没有立场,喜的是王祥热爱集体。他鼓励了王祥一番,末了讲道:"你们光有这份志气,还是不够的,要把贫下中农都发动起来。众人拾柴火焰高,不要说几辆架子车,就是汽马车、拖拉机也能置来!"王祥这时突然站起,双手按住桌子,看着铁汉,恳求道:"我们请党给咱们贫农小组撑腰,一定要叫队里富起来!"铁汉重重地说:"我一定和你们一起干!"

　　这时,已是深更半夜,铁汉送走王祥,自己也解衣睡觉,躺在床上,止不住想道:"我们有了这样的群众,天下哪还有过不去的火焰山!"他想着想着,恍恍惚惚地睡着了。也不知过了多长时间,突然一阵喊声把他惊醒,睁眼一看,天已大亮,仔细听听,门外有人吵嘴。他急忙跳下床,自语道:"又出了什么事情?"

五

铁汉隔着窗棂往外看去,原来是苦根在和老宽顶嘴,王祥蹲在一旁,大睁两眼,满脸青色。铁汉没有出去惊动他们,站在窗下听着看着。

苦根指着老宽,高一声低一声挖苦道:"人家别的队长,对社员平等看待,手背手掌都是肉!你哩,是我们的后娘!"老宽也指着苦根,质问道:"我哪一点是后娘?我偏谁了?向谁了?"苦根嘴唇一撇,冷冷地说:"刘财是你亲的,我们是'带肚'!还不偏不倚哩,那为啥给人家派活,不给我们派活!"老宽脸上青一块红一块,气得浑身乱抖,咬着牙说道:"苦根,你也是二十几的人了,讲话得论点理才行!没活还是没活,总不能为了你多挣工分,就派你上河里洗土坯!"苦根急得流下眼泪,反问:"没活,刘财女人和儿媳妇割草,这不是活!"老宽理直气壮地说:"这?当初队里有规定:谁喂牛谁割草。"王祥呼地站起,气愤地说:"这是谁规定的?贫农们都不……"王祥一句话没讲完,老宽急忙拉他一下,使眼色不让他讲下去,截住他好言说道:"祥哥,你不知道点子,停一时,我给你说。"王祥被他弄得摸不着头脑,只当他有什么全面安排,便回身劝苦根道:"你先回去,等等再说。"苦根倒也听话,瞪了老宽一眼,不满地走开。

苦根一走,王祥问道:"你说怎么办?"老宽满脸为难,讨好地笑道:"队里真是没活,不能去做瞎工,浪费工分。不过,你放心,对你还是要照顾照顾,你今天去挖地角。快拿上镢头,悄悄去挖,别向旁人说就行!"王祥听了,倒退一步,脖子青筋一蹦老高,张大嘴呼哧呼哧喘几口气,又委屈又生气地大声叫道:"哎,你把我看成了什么人?

我不吃独食！有饭大家吃，得给贫雇农都派了活儿，我才去做！你这算啥话！"老宽把脚一跺，扭身走开，气道："好，你有种，你愿咋办就咋办！"

铁汉在窗里边，看得真，听得清，这时急忙走出来，喊住老宽，对王祥讲道："你先回去，今天一定给你们派活！"王祥用鼻子"哼"了一声，走回家去。老宽跟着铁汉，走进队屋，往床上一坐，就低下头去，叹道："王支书，当个队长真把人难坏了！你不知道船在哪里弯着，还当是我不好！"铁汉又好气又好笑，真想狠狠批评他一顿，可是想起自己脾气不好，就强笑道："船在哪里弯着？"老宽往铁汉跟前凑凑，直起身看看窗外没人，悄悄说道："你别听他们的！他们这些人，鸡蛋里头也要挑骨头，成天光想着队里工分，就不为队里打算！"铁汉想起王祥积钱想给队里买架子车的事，就不平地问："你讲明白一点。"老宽冷笑一声，愤愤地讲道："就说王祥吧，头年秋天，看见刘财用车子拉庄稼，他就眼红。他就不给队里算算账，用车子拉，一担只要九厘；叫人拉，一担得一分。你算算，刘财一天拉八十担，一担少一厘，忙一天就给队里省八分！这一年，队里就少开支一千来分。他们光算自己小账，就不算算队里大账！"铁汉道："这样算来，刘财一天就能得七十二分！"老宽也不看看铁汉的脸色，只管说下去道："要叫人担，还得八十分哩！"铁汉听到气处，从床上站起来，转了几个来回，皱着眉头，说道："车子工分的问题要解决，要听听贫农们的意见。好，这个问题咱以后再专门研究。那割草的活，为什么别人也不能干！"老宽回道："队里研究过，谁喂牛谁割草。因为牛和人一样，有爱吃的，有不爱吃的，别人摸不住它的脾气，割的草它就不吃！"

铁汉站住，双眼盯着老宽，咽下一嘴口水，消消嗓子里火气，冷冰冰地说:"照你这样讲来,贫下中农就别想挣工分了! 拉拉送送,没有车子;喂牛割草,摸不住脾气!"老宽听他话里有刺,心里老不是滋味,就气壮地回道:"那我有啥办法? 现在是搞生产,又不是搞土改;要是搞土改,贫雇农困难了,就给他们多分一点!"铁汉听得火起,面红耳赤,一拳砸在桌上,满头大汗地叫道:"胡扯八道! 搞生产就把贫下中农扔了? 这是你发明的政策!"铁汉正讲到气处,看见老宽满脸惊慌,心里一动,忙把话刹住,苦笑道:"你先等等!"说了就匆匆跑出去,到场边水渠里,捧起凉水,把头冰冰,狠狠地骂道:"他妈的,记着记着又发脾气了,真是'江山好改,秉性难移'!"

老宽坐在屋里,越想越伤心,难过地自语道:"看你厉害的! 我又没把庄稼做坏! 贫农? 我知道他们是贫农! 他们只要有车子,拉拉送送也叫他们干! 他们只要有房子,牛也叫他们喂,草也叫他们割! 自己干不上去,没有那个条件,光指望成分好,挡不住做不好庄稼!"老宽正在埋怨,铁汉走进来,在他肩上拍了一巴掌,苦笑道:"对不起得很,我刚才发了脾气! 我来到咱们队里,你就是我的队长,以后监督住我,不能让我再犯这个毛病!"老宽一肚子不满,听他这么一讲,不好意思地笑笑,说:"看你讲的,我也有不对的地方!"

铁汉停一停,坐了下去,叹道:"你不知道,我从小给地主放牛,后来当长工,有一年,地主逼着我装牛拉犁……从那以后,我就有个毛病,只要见谁对穷人有一点不好,我就忍不住要和他拼命!"老宽听得眼红,也勾起了自己的伤心账,说道:"还提那时候干啥? 我比你也强不了多少,我的兄弟被拉壮丁,偷跑回来,人家要封门,没有办法,只好卖了祖业地,买个壮丁补上!"铁汉听到这里,趁势讲道:"这样说来,咱们都是穷人! 穷人可不能忘了穷人! 如今按劳付酬,你给谁派活,就是给谁分粮分钱。王祥和苦根他们都是穷人,和咱们一条根,咱们可不能看着他们少分粮食!"铁汉还想把王祥他们如何积钱想买车的事告诉老宽,可是看看天色不早,怕误了上午干活,又想还是等到贫农会上讲更好些,就说道:"买车子送粪,盖房子喂牛,这眼下都办不到。咱们队里有十八头牛,一天得一两千斤青草,我看,先叫他们去割草!"老宽听铁汉要叫苦根等割草,很不放心,推托道:"只怕割的草牛不吃! 再一层,喂牛割草一包到底,谁喂死了谁赔。要是叫别人割草,出了毛病,喂家说是草有问题,推来推去,没人负责,这咋办?"铁汉认真地说:"贫下中农割草,只会在心在意,还会有什么事? 要不相信贫下中农,可是个大错误!"老宽看他态度坚决,想了又想,淡淡回道:"我是没啥意见,不过得先和喂牛户商量商量!"铁汉听他这话,点了点头,便说:"你现在就去,今天就开始,我等着你的回话!"

老宽跑到各家喂牛户,把这个意见讲说一遍。因为割牛草是个轻活,又能多挣工分,有的人心里虽不愿意,可是听他口口声声说是支书的意见,也就抢着答应。老宽又回到队屋,对铁汉回道:"喂牛户也没有多大意见。"铁汉不放心地问:"刘财怎讲?"老宽说:"刘财去拉脚了。他女人讲:要是别人割的草牛不吃,她可不能白白扒给工分!"铁汉听了,心里打个三回六转,叫老宽去分派割草,并特别嘱咐了一句:"你叫苦根去包刘财家那头牛。"说完,便急忙到各家喂牛户转了转,又到各个牛槽里看看。

吃过早饭,十几户贫下中农都去割草,一家包住一头牛,大家都很高兴。铁汉走到村口,碰见苦根,他是特地来找苦根的。铁汉喊住苦根,故意问道:"你给谁家割草?"苦根说:"刘财家。"铁汉又说:"你问过他家没有,他家喂的牛爱吃什么草?"苦根说:"问过了,说是爱吃水草。"铁汉"嗯"一声,不高兴地说:"那你去割山草!"苦根打个愣怔，问道："他家说牛爱吃水草，你怎么叫割山草？"铁汉笑道："你真是个憨子。"他对住苦根耳朵悄悄讲了几句，苦根忽然明白，喜着跳着往山里跑去。铁汉就到大队商量事去了。

六

天快黑的时候，铁汉从大队回来。走进村口，碰见苦根割草回来，铁汉喊住他，抓了一把草仔细看看，见里面没有一根朽草叶，没有一粒沙土，就满意地说："你送草去，她要问你在哪里割的，你可记住我早上和你说的话！"苦根点头回道："是。"就担着草，忍住笑，往刘财家走去。

刘财的女人张二梅，老早就站在门口等着，看见苦根担草走来，就问："你这草在哪里割的？"苦根放下担子，擦把汗，问道："你说牛吃水草，我是在河边割的。"张二梅听了，心里大喜，忙回去拿出一杆大秤，把草称了，又拿回屋里在灯下看看分量，笑得嘎嘎地说："好娃子呀，都担一百一十斤，今天得扒给你十一分哩。"苦根眯缝着眼，也笑着问："怎么，心疼啦？"张二梅鼻子一抽，说道："我倒不心疼，只是别人眼红！"苦根要去扒草，张二梅拦住他，说："连箩头先放这里，明天割草时来拿。"苦根应了一声，走了出去。

刘财家喂的牛，惯下一个脾气，逢着水草连一嘴也不吃。张二梅听苦根讲，真是割的水草，心里老喜，想道："叫你今天白搭一个工，明天就不和我抢着割了！"她认为自己计策高明，便拧着碎步，大摇大摆，跑去找见队长老宽，问道："队长，你是想使唤活牛，还是想吃死牛肉？"老宽正在洗脚，忙抬起头失急地问："怎么啦？"张二梅叫道："我的好队长呀，苦根割那草，牛连尝也不尝。这工分，是从我家里扒,还是从你家里扒? 牛要饿瘦,这千斤担子,是你担,还是俺家担?"老宽听她这么逼人,脸上顿时落下一层寒霜,埋怨道:"我就说不中,王支书偏要说中。我找他去,叫他看看到底中不中!"

老宽胡乱地洗过脚,三步并成两步去找铁汉,踏进队屋,就叫道:"王支书,这一下,你可服了吧! 你去看看,苦根割那草,牛连闻都不闻! 我看今天这工分咋解决?"铁汉朗朗笑道:"我就是在等着,知道你要为这件事来找我!"老宽急得不行,看他还笑个不住,心里生气地想道:"你还喜哩,这草牛不吃,今黑就得饿着,这都是你办的好事!"想着就觉得自己占理地质问道:"这问题你说怎样解决? 第一个,牛饿着;第二个,割的草牛不吃,还给工分不给?"铁汉把夹袄一披,拉住老宽的胳膊,说:"走,咱们去喂喂,我倒不信!"一边走着,老宽一边牢骚道:"王祥他们成天埋怨我,说我偏心,不给他们派活,这你可去亲眼看看,是我不叫他们干,还是他们干不了? 自己不知道自己多高多长,还光埋怨别人!"铁汉也不答话,任他说下去。

走到刘财家门口,碰见苦根,苦根指指还放在门外的箩头,挖苦道:"人家喂牛不吃青草,要喂白面蒸馍才行!"铁汉摆摆手说道:"你先过去,叫你时再来!"铁汉说了,掂起一箩头草,走进牛屋。张二梅赶忙走来,高声高气地吆喝道:"你不用喂啦,就是拌上糖,它也不吃! 我还不知道它吃啥草!"老宽站在一旁,打岔道:"你别搭腔,不到黄河心不死,喂喂不吃,这条心就死了!"铁汉见他们在看洋戏,嘿嘿笑着,走到牛槽旁边,伸出双手,把槽里的剩草扒出来,才从箩头里抓了一大把新草,添进槽里。两头卧着的大牛,猛地站起,把头伸进槽里闻闻,就大嘴大嘴地争着吃起来。铁汉回头瞪了老宽一眼,老宽惊奇地回头看看张二梅,张二梅叫道:"哎呀,这才怪哩!"铁汉指着牛头,问老宽道:"这是牛不吃苦根割的草吗? 可看到黄河了吧！还说你不偏一个向一个！"老宽浑身是嘴,也无法辩白,气得白眼珠子翻着,扭回头,指着张二梅,恼怒地说:"这是牛不吃? 你说这瞎话啥益!"张二梅在一旁看呆了,嘴张得能塞进拳头,连声"啊、啊",老半天说不成话,最后才强辩道:"哎呀,这都是苦根的花样!我这牛不吃水草,他说割的是水草,我当成了真的,谁知,他是骗人的!"老宽顿时心口一松,扬扬得意地对铁汉说:"你看看这个苦根,我说他调皮,你还不信哩,割个草也不老实!"铁汉一声冷笑,大步走到门口,高声喊道:"苦根! 来这里一下!"苦根早在一旁等着,听见叫声,从黑影里跳出来,走进屋里。铁汉故意板着脸子,问道:"苦根,刘财家的牛,不吃水草,你为啥偏偏说是割的水草? 玩的啥花样?"苦根看看老宽,又看看张二梅,大惊小怪地叫道:"我玩花样?是张二梅交代我的。她对我说:'你可千万割水草呀,割别的草,它可是一嘴不吃!'你们说这是使的啥花样? 今天我要听了她的话,割的草牛不吃,明天队长就会说:'你看,我就说他们不中嘛,连草都不会割!'那队长更不给我们派活了!"苦根说完,铁汉狠狠看了老宽一眼,气冲冲地走开。苦根跟着,跨出门槛,噗地一声大笑。老宽气得咬牙,对着张二梅,把脚一跺,转身去追铁汉。

铁汉回到会计室,刚刚坐下,老宽也随后赶来,自知没趣,便低头坐在一旁。铁汉又好气又好笑地问:"你口口声声说刘财有经验,难道这也算是经验?"老宽摇摇头,有苦难言,叹道:"这都是张二梅玩的鬼,人家刘财可就是有经验,你不知道……"

刘财的经验,老宽领教过,只是说不出口。有一年种麦时,刘财在摇耧播种,看见老宽走来,就存心显显自己威风,灭灭老宽的志气,故意把头扭在一边,和人大声谈笑,任牛随便走去,一点也不在意。老宽看他马马虎虎,就担心地大声说道:"刘大哥,有话等耧完了麦再讲吧！要不小心，耧得不均匀，将来会断垄缺苗，要不就会结成疙瘩。"刘财也不言语，摇到地头，把耧一扎，将军道："队长，你来耧个样子，我好照着耧！"老宽听了从脚跟热到头顶，他从前租种地主二亩地，是个小庄稼户，用不起耧，每到种时，都是撒种，从没耧过。如今看刘财有意难为自己，心中不服，便上去接住耧，说道："这还能难坏人不成！"他使出浑身力气，规规矩矩耧了仨来回。刘财接住耧，哈哈几声大笑道："原来是这个耧法！看看我的，让咱闭住眼给你耧一个看看！"他真的双眼紧闭，双手摇耧，也走了三个来回，然后又笑道："献丑了！献丑了！等出苗时看吧！"老宽被弄得又羞又恼，几天过去，麦苗出来，到地里一看：刘财闭着眼耧的，苗儿又匀又齐；老宽睁着眼耧的，稠稀不匀。刘财拍拍老宽的肩膀，笑道："老弟，这不是斗地主那时候了！如今是做庄稼，轮到老哥咱出力了！"老宽这人也就是少点志气，自己不如人家，不是下决心把别人那一手学来，反而佩服得五体投地，连声赞叹道："从今往后，我算服你了！"刘财抓住了老宽的小辫子，遇到老宽不听他的话时，他就嘿嘿冷笑道："老弟，我闭着眼比你睁着眼都看得清，听我的错不了！"人怕揭短，老宽只好言听计从。再加上他又买了两辆车，队里忙天离不开他，一点不称心，就来个按兵不动。一来二去，老宽便被他稳稳地拿捏住了。

这时，老宽只恨自己偏听张二梅的话，弄得当面出丑，暗暗想道："要是刘财在家，一定不会这样捣鬼，都怪妇道人家没有见识！"铁汉又耐心地讲道："我们当干部，根子要扎正，不能帮着富裕中农敲边鼓，排挤贫下中农干活啊！你知道贫下中农为什么对你有意见，病根子就在这里。因为你打击了大家的积极性，集体生产就会受损失啊……"老宽听了，连忙说："以后改，以后改！"铁汉站起来，说:"先谈到这里,支部还叫今天夜里开个贫农会,说要使各队的贫农小组都充分发挥它的作用。"老宽知道今天自己做了错事,一直没趣地坐着,这时就献殷勤地说:"有啥事,我去各家各户传传就是了。贫农会好久没开了,一时也传不齐,等你把人叫到,天也明了!"铁汉听了不顺耳,要回他一句,刚张开嘴,窗外有人叫道:"你又隔着门缝看贫雇农!保险马上都来,一个也不少!"老宽问道:"是谁?"外边没人答应,只听一串脚步声越跑越远。老宽站起来,蛮有把握地说:"等着吧,人要能到齐,那才算怪哩!"

铁汉想起王祥的事,就对老宽说道:"你也等着,叫你奇怪的事多着哩!"

七

在窗子外边说话的是苦根,他听了铁汉和老宽的谈话,喜得心里乱蹦,又听了老宽那贬损贫下中农的话,忍不住就在外边封他的嘴。苦根说了一句,便一溜小跑去传人,先跑到刘七家里,慌慌张张埋怨道:"好七哥呀,你是怎么搞的,队里开贫雇农会,人都到齐了,只差你一个,还不快去!"话没落地,人早跑开,到了王五家里,叫道:"好五叔哩,你怎么这样慢,贫雇农开会,只差你一个,还不快去!"他一连跑了十几家,对每一家都是这般讲话。那被叫的人,听说是开贫雇农会,十分新鲜,又听说自己落在后边,都急急忙忙赶去。

一时三刻,贫下中农全到齐了。大家挤在一间屋子里,坐在一条板凳上,好像胳臂挽着胳臂,心连着心似的。虽说这些土改时的老伙计住在一个村子里,一天要见好几次面,但总没有像今天这样坐到一块儿感到亲切。去年成立贫下中农小组时开过一次会,大家选王祥为代表小组的组长,以后在王祥的主持下,也开过几次会,提出过不少有利于巩固集体经济、发展生产的意见,但是自从去年秋天发生那件车子工分事件以后,队长对这样的会就不愿叫开了,说它的作用不大,光闹不团结。后来,王祥领着大家开过一两次会,又对老宽提了些积极建议,但是队长也没有接受,因此大家也就感到这样的会作用不大,解决不了问题。现在这个会又恢复了,大家觉得分外亲切,分外新鲜! 也就不由得纷纷议论开来,这个说:"咱队的'阶级'又跑回来了!"那个说:"早就不该丢掉!"刘七说:"有人说现在是搞生产,不要分阶级了,不知从哪里取来的'经'!"王祥说:"不分原来的老阶级,就会出新'阶级'!"苦根说:"就是! 现在的刘财就想叫大家当他的长工哩!"

铁汉站起来,看看人已到齐。老宽还在迷瞪着,直到铁汉拍了他一下,他才抬起头,睁开眼,四处瞧瞧,觉得惊奇,不由得说了句:"啊呀! 已经到齐了!"苦根得意地朝他笑笑。

铁汉首先代表支部和大队做了检讨,让大家对支部和大队多多批评,然后说道:"从前搞土改,大家团结一致,当家做主,斗倒了地主;现在搞生产,也要依靠大家团结一致,当家做主,建设社会主义。今天,咱们贫下中农们就谈谈当家做主的事!"

铁汉的话一落音,大家就又纷纷议论开了,这个说:"不让开贫农会,怎能当家做主呢?"那个说:"说的话,没人听,有啥用?"苦根说:"咱们的队长,不听咱贫农的话,不给咱们派活干,忙了一年,钱粮都跑到刘财家里了,这不是还等于给人家当长工!"虽说会场上的议论乱纷纷的一片,可是铁汉听得非常认真,非常清楚。老宽呢,还是低着个头,只是当他听到苦根说的"队长"那两个字时,觉得非常刺耳,才抬起头来瞪他一眼。这时,王祥虎生站了起来,铁汉见他想说话急忙也跟着站起来,提高嗓子叫道:"请大家静一静。"

屋里一下子静了下来。王祥咳嗽了两声,激动地说:"我先说两句。"停了停,才继续说下去:"这是咱们贫农会,我见到咱们这班老伙计又聚在一起,心里热乎乎的!我有满肚子话要倒,可从哪里说起呢?还是从去年秋天的事说吧!可是这些事,在座的老伙计们都知道,也不用说了。"苦根见他说了半天,说不上正题,发急了,便站起来冒冒失失地说:"祥叔,你先说说队长批评咱的事吧!"王祥果然被他提醒了,说道:"自打车子工分的事以后,队长就老是对我黑眼来,白眼去,批评我,说我光会挣工分,光会吵嘴,不能为队里打算,不会团结人!我是和刘财吵过,也争过工分,这不假,可我为啥和他吵,为啥和他争,为我自己吗?羞死啦!我才不是这号人呢!我是见刘财刮大家,刮得太狠了,刮得我心疼!我最看不惯刘财那个自私劲,今天出去拉脚赚钱,明天回来搞自留地,开小片荒,一年三百六十天,他参加了几天队里的生产?可他分的粮食、分的钱,哪一家有他一个人的多?他女人的手,还长得很哩,偷一把拿一把,你要是批评她,她就骂天骂地,把你骂个死。在座的谁没挨过她骂?我呀,最见不得这号人了!咱们一年到头,起早睡晚,流血流汗,风里来雨里去,打的粮食倒不少,可分到咱手的有多少呢?咱三四个劳力分的,合起来,也顶不上他一人分的!这不明明是刮大家吗?在旧社会,在座的都被地主刮过;可今天,咱们又受他刮,能服气吗?他为什么能这样刮呢?就是因为队长处处让着他!咱的话,队长听不进!就为这,队长批评我,说我挣工分啦,吵嘴啦,这我就能吃下了?"

这一段长长的控诉,引起了所有到会人的辛酸回忆,大家又纷纷议论开来。这个说:"这能叫挣工分!要是批评我,我也不服!"那个说:"刘财仗着两辆车子搜刮人!"苦根气愤地说:"队长就没把众人放在心上!"

老宽本来听得心里就很难受,低头坐着,苦根的话更伤透了他的心。他感到很委屈,捶胸顿足地说:"我没把众人放在心上?你这话背良心!我辛辛苦苦为了谁?是为我?我多拿过队里一个钢钉?远的不说,就说今年春上,红薯母压上以后,我叫谁去看过一天?下着瓢泼大雨,淋得我浑身透湿,冻得我上下牙打架,我给谁讲过一个苦字?到如今,还这样说我!"铁汉忙站起来,摆摆手,压住大家的话头,轻言细语地讲道:"咱们有话慢慢说,都不要带气!老宽也是个贫农,关住门都是自己人,咱们今夜主要是谈谈心,说说心里话。"

王祥又接着讲下去:"要说队长为自己,我不同意!"老宽气消了,不由得眉眼也舒展了开来,长长地吁了一口气,点了点头,并得意地朝苦根瞟了一眼。王祥又接着说:"要说队长没把贫农放在心上,这话也不过分!"老宽的眉眼又紧缩了起来,脸色阴沉沉的,咬咬牙,摇摇头。王祥并没有注意老宽脸色的变化,还在继续往下说:"队长为啥没把贫农放在心上呢?为的是贫农困难多,给他找的麻烦多,好提个意见;队长为啥向着刘财呢?刘财有架子车,人家父子两个顶住咱队半个天,有经验,有技术。"王祥这一席话,说得老宽直点头,并自言自语地说:"你说到我心里了,说到我心里了!"王祥没有管他这些,只管往下说:"可是,刘财的心咋样呢?去年秋后,我同队长说过:'队长,咱大家吃点苦,每年多积几个钱,队里也买几辆车子。有了车子,你的腰杆也就硬邦了,你也就不怕刘财拿捏了。'队长呢,他不听,他说:'你呀,就会计算队里,队里买车子,谁会保管?谁会修理?弄坏了又是大家受亏!'我说:'贫农们保管!'他说:'你们能保管得好?算了吧,你少出这些点子吧!'队长就是这种人,他被刘财的车子、经验技术迷住了！刘财是有经验,有技术,可他心不正呀！"

会场上又是一片吵吵嚷嚷。苦根又站起来说话了:"对！对！队长就迷在刘财的车子上、经验技术上！我说他没有把贫农放在心上,他不服。他不知道我们贫农的心比他的经验技术值钱,我们的手比他的车子值钱!"大家也接上腔了:"是呀,我们有一颗赤诚的心呀!""我们有一双什么都能做的手呀!"说着纷纷伸出了一双手。

苦根见大家都在比画着手,指着心,又发起火来,打着自己的手,说:"手,手,手！在咱这个队,手也不值钱！光有手,队长不派活给你干,还管个屁用！喂牛不叫咱喂,割草不让咱割。多亏祥叔给咱出主意,想办法,叫咱的手闲不着!"苦根转过脸来对王祥说:"祥叔,你把咱冬天做的事说一说!"

王祥和老宽都一起站起来要说话,老宽见王祥也要说话,他急得摇头。铁汉打个手势,让王祥坐下。老宽指着苦根,辩白道:"苦根,你说喂牛割草不叫你们干,你没有想想,你有房子吗?把牛拴到露天地里?别当我不知道依靠贫雇农,打土改时我就知道了！可这不是斗地主,这是种庄稼,种庄稼就得依靠经验,依靠工具……"会场里一片嘘声,铁汉听得火起,打断他的话,说道:"又是经验,又是工具,不假,这是重要的,可是更重要的是人！是人的心！心正了,心齐了,没有经验,可以学;没有工具,可以置;只要大家一股劲,艰苦奋斗,啥都能弄来!"王祥接住说道:"这不假,我就不服,如今这天下是我们的,土地是我们的,身子和双手是我们的,我们只要干,就能送走穷,迎来富！我们人穷志不穷,从头年冬里,我和刘七、苦根,就决心要争回这口气,要给队里买几辆车子。有人说,我们是迷到小自由上,我们听了伤透了心!"王祥讲到这里,激动得流下眼泪,他转身跑开,一会儿又转来,双手捧着一个小木盒,递给大家,接着讲道:"我们砍柴的钱,都在这里边装着! 当初,我们不敢说,是怕刘财知道了不依,到分红时,把钱给分了,不仅买不成车子,还得被刘财刮去一大半。现在,这钱就交给队里吧!"人们一边听,一边传看着他拿来的小木盒,每个人心里都像烧着一团火,赞叹着,一齐说道:"这不行! 不能叫你们几个苦干,要干大家干,我们兑钱,哪怕是砸锅卖铁,也要买车子置工具,凡是刘财有的,我们也一定要有,还要比他的多,比他的好!"老宽听得眼里一阵酸,上去拉住王祥,直摇头说不出话来。铁汉被大家热火朝天的精神感动了,可是他想想不能收下大家的钱,就站起来冷静地说:"大家有这份心是好的,可是,钱不能要! 王祥他们砍柴的钱还归他们,大家也不能兑……"王祥又站起来,一脸着急的样子,打断铁汉的话,说道:"为什么不能要? 钱是我们挣来的,那不假,可我们这人是人民公社的,是社会主义的。我们能忘了是怎么活过来的? 解放前,有一年地主收了我的地,没处安身,我白天给人家打短工,妻子儿女去要饭,夜里就住在娘娘庙的戏楼上,夏天还好过,冬天没穿没盖,扫堆树叶,夜里钻在里头当被盖。那破戏楼没门没窗,又朝西开,一阵西北风,树叶被刮走了,一家人冻得抱头大哭! 我那两个大小子,就又冻又饿死在那戏楼上边……"王祥流下了眼泪,说不下去了! 会场的人一个个陪着流泪;吸烟的烧住手指头,还不觉得;屋里响着叹息声,响着咬牙声。王祥停了停,擦擦眼泪,又说下去:"现在我能活着,就是多亏了毛主席、共产党! 就说我们队里现在有点问题吧,可我一家人还是吃得饱,穿得暖呀! 要不是人民公社,我能过上这样的生活?"他这一说,铁汉也想起了自己的苦,更觉着王祥可亲,但还是坚持地说:"这是政策!"王祥反转身,理直气壮地说道:"我说的也不违反政策! 是我们自愿的!"铁汉见他坚决,又不能辜负他这片好心,就说:"我建议,按队里规定,一天交多少钱,记多少工分,大家说好不好?"大家齐声答道:"好,好!"于是,铁汉对老宽说道:"钱你先收下,按照队里规定,给他三人评功记分。"然后又对大家讲道:"王祥他们挣的钱不多,还不够买车子。我再提个建议:这些天,还不老忙,我们学习王祥和刘七、苦根的精神,从明天起上山去砍柴,有个三五天,就可以买几辆车子,大家看看怎样?"大家听了,都很赞成,一齐说道:"这太好了,用我们的双肩,把队里的千斤担子担起来! 我们要当家做主!"

散会以后,铁汉留下老宽,问道:"你听了今夜的会,心里是啥滋味?"老宽低头坐着,不言不语,停了好大一阵,站起来说道:"你别问了,我心里乱得很,叫我回去好好想想!"铁汉送他出门,只见各家各户灯火通明,响着一片叮叮当当的磨斧头声音,还有一阵阵笑声。铁汉问道:"看见了没有?"老宽回道:"看见了!"铁汉又问:"听见了没有?"老宽回道:"听见了!"铁汉看着老宽走去,他想起明天,止不住笑出声来。

八

一连几天,铁汉领着贫下中农们上山打柴,早出晚归,翻山蹚水,大家没有说过一个苦字。打来的柴,卖了不少钱,只是供销社一时缺货,车子还没买到手里。

到了春耕大忙,打柴停止了,出外搞副业的人也回来了,开始春耕春播。

这天,铁汉跟着几个社员去修石堰。这是个重活,一块石头几百斤,得七八个人才能抬得起。干了一天,大家都很累。收罢工,铁汉去渠里洗洗脚,又和人扯了一阵闲话,回到队屋休息。踏进门,见挤了一屋子人在记工,他也站到一旁看着。只见小记工员把算盘拨拉几遍,说道:"修石堰的一百五十二分,除下王支书不记工,还有十四个人,每人多少,你们自己去分。刘财爷俩送粪,两辆车子,一共一百四十九分。割草的工分,由喂牛户给工票。大家看算错了没有?要没错,就发工票。"他说着就掏出钥匙,去开工票箱子,准备发工票了。这时,从他头顶伸出一只大手,拦住他开箱子,问道:"这是谁的规矩,这样算账?"小记工员也不看一眼,笑道:"怎么,不知道这是老规矩?"后边那人说:"越是老,问题就越大!"记工员还要讲说什么,见大家捂着嘴哧哧地笑个不住,这才回头一看,见是铁汉,忙转过脸,伸了一下舌头,说道:"不发就不发。"铁汉对大家嘱咐道:"都先回去,今夜开队委会研究研究再发。"大家心里明白是怎么回事,都笑笑走去。

吃了晚饭,铁汉在队委会上讲道:"咱们的分配政策,是按劳付酬,不是按工具付酬,不过先进工具也要提倡,大家讨论讨论,看车子工分如何制定才合理?"队委们你一句,我一句,开始讨论,独独老宽不发言,冷坐一旁,想着心事。这些天,他听到贫下中农对自己的批评,老觉着面子上不好看;想想有些批评,也有道理;再看看贫下中农们那股干劲,觉着就是靠得住。可是,再一想想刘财,说经验有经验,说工具有工具,总是还比贫下中农们强些。就是队里买几辆拉车,有些家具还得向刘财伸手。再说,得罪个人,不如维持个人。他想来想去,才打定主意:过去不依靠贫农不对,以后不依靠中农也不对,三条路打中间走,不管他中农贫农,反正都要依靠,不偏谁,不向谁。这时候,他才听到王祥在发言:"什么劳动所得!就拿今天来说,修石堰的劳动,比拉车子的劳动重得多,可是修石堰的人一天只记十分多一点,刘财一人就得七十多分!这哪里是凭劳动?"老宽听了,觉着也在理,便点了点头。大家研究一番,决定拉车的人,和同等劳力一样记工,把车子的折旧费和损耗修补费,也折成工分,一同记上。另外,为了提倡添置先进工具,除了上边记的以外,再适当多记一点,作为奖励。老宽这时却又担心起来,吞吞吐吐讲道:"只怕一下子降得太多了,能不能再少添一点?"铁汉不耐烦地说:"这不是多少的问题,只要合理,一百分也应该;要是不合理,一分也嫌多。"老宽心里想,只要刘财答应,我巴不得队里少出工分哩!我看你们能给他讲得通?谁知,铁汉说道:"老宽,你现在就去动员刘财,给他讲清道理!"老宽像是被蜂蜇住,惊叫道:"叫我去说?他要不答应怎么办?这粪可是急着送的,误了春耕生产怎么办?"铁汉摆摆手,叫他快去,嘱咐道:"他不干不怕,有大家哩!你现在就去找刘财,我开贫下中农小组会动员他们准备送粪。"老宽无奈,只好硬着头皮,去找刘财。

刘财去外边拉脚,昨天回来,听妻子张二梅说了割牛草的事,还没有什么,今天儿子去记工回来,说是铁汉让研究了再记,便知道大事不好。他气得晚饭也没吃,躺在床上,长吁短叹,张二梅在一旁添油加醋,说得他心烦意乱,前思后想一阵,觉着大事全坏到老婆身上,便恶狠狠地骂道:"滚你妈的,都是你把盛到碗里的饭打洒了!生成的贱货,挨杠子不挨针。王祥女人来借罗,你为啥不借给?我买罗就是为了叫别人使的!人家只要少提一句意见,得的好处,十张罗都能买来!苦根来割草,你又哄人家,草叫他割,咱一天也不过少十分八分,你只当还是老宽主事,这个姓王的可不好惹!你看着吧,将来事弄大了,把车子工分一降,一天就少了百十分,哪多哪少,你的心叫狼扒吃了,都没算算?"张二梅哭着吵道:"你有本事就会向我吵,我还不是怕你回来了不愿意,才生方哄苦根!"老宽站在院里,隔三岔四听了几句,也没听真切,反正知道是在生气,便大声咳嗽一下,打个招呼,然后才走进屋里。

刘财看他进来,忙从床上站起,对女人说道:"箱子里有带锡纸的烟,给老宽拿来吸!"张二梅忙擦干眼泪,打开箱子,取出一盒上等烟,抽出一支,递给老宽。老宽想着是来报忧的,比不得以往来报喜那时节,觉着把烟一吸,更没办法开口,便接过烟放到身边桌上,连住咳嗽几声,摆着手说:"这两天咳嗽,不想吸烟。"刘财看穿他是做作,跳下床来,又拿起桌上的烟递过去,慌乱地问:"咋啦,我有啥事了?"老宽忙回道:"没事!没事!"刘财不相信地嗯了一声,说:"没事?那你今天为啥连我的烟也不吸了?"老宽苦笑一声,这才接过烟吸着。他吸着烟想着,不知怎么讲才能不伤和气,使刘财称心如意。刘财看着他的眼睛,问道:"我看你心里有话,有啥话讲到当面。咱俩相处也不是一天半天了,是心靠心的朋友,还有啥不好出口?"老宽想了好大一阵,想起铁汉还等着回话,便低下头,不敢看刘财的脸色,把队委会的决议,拐弯抹角讲说一遍。刘财听了,一屁股跌坐在床上,冷冷地回道:"我早知道有这一手!"老宽抬头悄悄看了刘财一眼,见他脸色像池塘里的臭青泥,便好言劝道:"他们都不想来给你讲,我说:我去,刘大哥是明白人,一点就破,没有点不亮的灯。我想着你也不会生气。"张二梅哇地一声哭了,说道:"我们不生气,我们还唱戏哩!"刘财大声骂道:"爬一边去,没有你插的嘴!"一哭一骂,弄得老宽只摇头叹气,刘财强装笑脸,说道:"你放心,别人不知道我,你还不知道我,我刘财不是那往里迷的人!你说说,是队里缺啥我没借给过?就是大把大把银子钱,只要我有,不管谁张张嘴,没有搁过脸!亲邻嘛,谁敢断定谁没有个困住的时候?"老宽连声说:"这我明白,我知道好坏!"老宽不想久停,便试摸着问他明天还拉不拉粪? 刘财的眉头皱皱,眼珠子转了几转,又含糊又爽朗地说道:"为啥不拉? 我还能给你脸上抹灰? 我知道这又不是你的主意,只要我没有事,一定去送粪! 你这个老脸,我还得要捧,你说行吧?"老宽十分感激地说:"这有啥不行! 这很好,很好! 我就说刘大哥是个明白人!"老宽告辞出来,身上出了一身冷汗,谢天谢地,他想道:"这一回可真顺利,看起来刘财是进步多了,人家就是讲交情!"

老宽浑身精神,觉着自己完成了一件艰巨的任务,胜利而归。赶回队屋一看,参加会的人还没散,就扬扬得意地说道:"都回去吧,明天该干啥还干啥,送粪的事,不用大家操心了! 明天刘财还照常出工,保证车一辆不少,能给队里省个工分就省个工分!"铁汉问刘财怎么讲,他把刘财的不满神色和张二梅的哭闹,一字不提,只说道:"你们别老是把刘财看成榆木疙瘩,这人还是有点进步的,我去一讲,他就满承满招答应了。你们放心,他答应我了,就不会改口,我知道他,这点信用还是有的!"

大家本来半信半疑,听他说得这样坚决,也不好辩驳。谁知苦根听了这话,着实气得慌,心里想道:"你这个队长,对我们这帮穷汉,总是信不过,可对刘财却是这般信任,竟敢替他大包大揽! 这不分明还是向着刘财吗?"他越想越不是味,就把嘴对住王祥的耳朵,悄悄问道:"你说刘财明天会出工不会?"王祥咬着烟袋,摇了几下头。苦根又问:"你敢断定?"他见王祥点了点头,胆子大了起来,暗暗想道:"我偏要和他试试!"便站了起来挑战似的向老宽问道:"队长,你的口气不小,你敢保险他明天出工?"老宽看他不相信自己,就心里有气,冷冷回道:"我骗你啥益? 你要不信我的话,等到明天看看就知道了!"苦根一阵狂笑道:"明天? 后天也不会出工!"有些人听他说得没根没据，便劝道："苦根，你又没听见刘财的话，怎知人家不会出工？"苦根看着老宽，连激带刺地说："我没听见他的话，我可知道他的心。咱队长是个山老愚，又要受骗了！"老宽听得好恼，把帽子往桌上一摔，站起来咬着牙说："你说，我受了什么骗？ 我愚在哪里？"苦根被他反问得一时说不出道理。王祥见此情景，不得不替苦根说话，便细言细语地说道："你受骗，就是受刘财花言巧语的骗；你愚，就愚在不识人上面。刘财是个什么样的心，你还没看透？"苦根听王祥这么一说，胆子更壮了，便追问道："你还敢断定他出工吗？"老宽不耐烦地回道："我敢断定！ 君子一言，驷马难追。他要不出工，你说啥我听啥！"边说着边示威地伸出了个巴掌："你敢击掌？"苦根本是个冒冒失失的小伙子，这一来反而不敢冒失了，他用眼瞅了瞅王祥。王祥想：这也是让老宽受受刘财教训的好机会，便示意地点了点头。苦根得到王祥的同意，便伸出一个巴掌，在老宽面前晃了几晃，对准他的巴掌，连着拍了三下，然后对大家嘎天嘎地地笑道："咱们明天看看到底是谁靠得住！"老宽也赌气地回道："明天看看到底是你找事，还是我的话靠不住！"铁汉看了这场"三击掌"，觉得很有意思，所以就没有阻拦大家。他看看天不早了，便笑着说道："不管刘财明天出工不出工，总得依靠咱们贫下中农。今天，天不早了，大家回去准备准备，明早肩挑担抬一齐上，做个样子给刘财看看！"

大家笑着散去，一路上还继续谈论着刘财出工不出工的事。王祥起身要走，铁汉把他留了下来，说有事和他商量。

铁汉听了王祥对老宽的批评，又看到他点头示意让苦根去击掌，他一方面佩服王祥看人看得透，看得准，这一点是老宽不及的。另一方面，他又为王祥担心。因为他从王祥的言谈行动上，发觉王祥只考虑到刘财不会上工,没有考虑到怎样才能叫刘财上工。他觉得很有必要把王祥留下来和他作一次长谈。

等人们散了,铁汉笑嘻嘻地故意问道:"大叔,你看刘财明天会上工吗?"王祥感觉问得奇怪,肯定地答道:"这还用问吗? 刘财要能来上工,我就不会让苦根与他击掌了。刘财的心怎么长的,你还不知道? 放心吧,这下,保险会擦亮了老宽的眼睛。"铁汉笑道:"老宽会认识刘财的! 从贫农会以后他就开始变了,这点,我倒放心! 我不放心的是你!"王祥更奇怪了,问道:"我怎么啦,让你不放心?"铁汉故意激将道:"我担心的是你不肯团结刘财,我担心的是你不会帮助刘财,我担心的是你没有办法牵着刘财,使他和你走一条路!"王祥听他左一个"担心",右一个"担心",气火了,质问道:"今天你怎么啦? 和老宽一个腔调,担心这,担心那,就是不相信贫农的心! 你要知道贫农的心向着党,党叫贫农干什么,贫农什么都会干!"铁汉见他发急的样子,又听了他这一大篇赤胆忠心的话,忙笑道:"你别发急,只要你肯耐心帮助他,我这一堆的'担心'也就没有了。"停了一会,铁汉继续说道:"叫我看,刘财明天会不会上工,完全在我们,这要看我们如何工作了。"王祥这才恍然大悟,指了指自己的脑袋说:"咱的心是直的,不会拐弯! 你快说说怎样才能叫他上工!"铁汉笑道:"你别急,我先考考你,你打算怎样帮助刘财呀?"王祥扑哧笑了起来,说道:"这——你难不住我! 办社时,我也住过贫农训练班。团结他的社会主义思想,斗争他的资本主义思想。"铁汉点点头,笑道:"那你说说他的社会主义思想在哪里?"王祥愣怔住了,半天说不出话,可铁汉还在等他回答,只得说道:"把他骨头砸烂,也没有社会主义味,光想自家发财,光想搜刮别人,能有社会主义了?"铁汉笑着反问道:"那就只有让他走资本主义道路了?"王祥连忙摇头:"不能,不能,如果让他走那条路,我们不是还有当长工的危险!"铁汉故意地问:"那该咋办呢?"王祥拍了一下大腿,醒悟过来了,说道:"我懂了,懂了,咱们把他拉过来,和咱们一块儿走。"铁汉高兴地叫道:"对!对!"他又继续问道:"我听说,刘财女人的哥哥叫他一块儿出去做生意,他没去。有这回事吗? 还听说,他是最后一个参加初级社的,有这回事吗?"王祥奇怪地答道:"怎么? 你也知道? 有这回事。你问这干啥?"铁汉笑道:"你别问,你先说说他入社时的情况,再说说,他为什么不去做生意呢? 他是个认钱不认娘的人呀!"王祥说道:"他入社前,多少人去动员他,把嘴皮都磨破了,他不入;后来,见大家都入了,他一人单干,又不及咱们社收的粮食多,才勉强入了社。他买车子时,他女人和他吵了一场。他女人叫他和人家一块儿跑生意,他怕不稳当,怕犯法;说拉车子给公家搞运输又赚钱又稳当,还不犯法。这种人非得叫人牵着鼻子、指定路子走不行,要是没有人给他领路,他就会滑到邪道上去。"铁汉笑道:"说得好,说得好! 这种人就是这样的,这个领路的人是谁呢? 就是党,就是咱们广大贫下中农。"王祥连连点头。铁汉觉得已没有什么再担心的了,便对王祥说:"明天,咱们一定得叫刘财上工! 让他亲眼看看贫下中农的干劲! 让他看看党的政策的威力,让他知道咱们离了他,离了他的车子,凭着贫下中农的干劲,也能把粪送完。先把他的拿捏劲打下去。明天一早咱俩分别去动员有车户,一定要保证车户出工。刘财是个'认工分不认娘'的人,他睁眼看着别人把工分挣走,是不会甘心的。明天咱们当众再宣布几项规定,如'农忙时,不得无故缺工',把他的后门堵死,逼着他和大伙一起送粪。另外,队里的车子,明后两天,一定要买来,这对他的教育会更大,更有力。你一定要耐心帮助他,开导他,让他自觉自愿、老老实实地参加队里生产,他有经验、有技术,又有车子,对发展集体生产都有用。"王祥听了他条条有理的布置,十分高兴,不由得拍了铁汉一巴掌,夸赞道:"你的办法真多!"铁汉严肃认真地说:"这是毛主席和党教导我的!我以前和你一样,给人家放牛,扛活,多亏党和毛主席把我救了出来!"王祥不禁感叹起来:"我哪一天能见到毛主席,我的心愿也就了啦!王支书,你介绍我入党吧!"铁汉忙说:"好,好!我得和支部谈谈!你呢,要团结更多的人,光靠你和苦根、刘七三个人是难把队里生产搞好的!"

他们谈得很多,很多,不知不觉天快亮了。铁汉劝他回去睡一会,王祥不肯,便和铁汉一同躺下,可是王祥太兴奋了,哪里睡得着呢!

刘财自打老宽走后,就躺到床上,浑身瘫成一堆泥。他把新的劳动定额,在心里算了几百遍,觉着还多少有点油水,有利可图。可是,心里老不是味,少了没有多了出气均匀。这两年,他的胃口越吃越大,对这一星半点甜头看不在眼里。现在不比从前了,土改那时节,他害怕自己划上富农,确实恨过自己不穷,还到处检讨,骂自己以前不该放账,不该雇短工,检讨起来就痛哭流涕,把心口拍得发紫,下决心要进步。这两年,他那善瞅空子的一双眼又明亮了,他仔细研究一番,制定了一个发家致富的计划。他想,搞副业是允许的,就买了两辆车子。他想,喂牛是允许的,想买两头牛,有了牛借给队里使用,又是大堆工分。然后,粮多了,钱多了,就可以盖上一院楼房瓦舍。还有,这养蜂是允许的,有了钱买它十箱二十箱,一年见个千儿八百斤蜂蜜;这养羊也是允许的,买个三五十只母羊,分散到各处羊群里,一年生个十几只小羊,又是一堆钱。这些事只要完全办到,再加上小片荒,每年就有花不完的钱,吃不完的粮。这些还是小事,只要有钱,还怕没人求告?还怕没人听话?到那时候,自己说叫队里往东,队里就不能朝西! 可是,计划刚刚开个头,就走不通了! 他觉着一切都完了! 工分调整了,就得老老实实劳动,不常出勤,就做不够队里规定的劳动日,也就没有了工分,没有了粮食。要常常去队里劳动,就不能随随便便去搞"小自由"了,就不能三天两头出外搞运输挣钱了。路被堵死了,一头碰到南墙上,越想越不是味,也不知想到了几更几点,迷迷糊糊地睡着了。忽然间,他看见自己买的两头大牛跑了,就赤脚敞怀地去追,追着追着,牛跑到自留地里,把庄稼踏坏了。他拐回头去扶庄稼苗,忽然又看见自己新盖的楼房冒起狼烟,房子又失火了,便呼地叫天地赶回去救火。等走到院里,妻子在抱头大哭,说是在银行的存款条叫烧了! 他气得疯了一般,一脚向妻子踢去,张二梅大叫一声:"你蹬我干啥? 恶气还没散吗?"刘财睁眼一看,黑咕隆咚,想了想刚才那一场梦,不禁战栗起来! 他也不搭理妻子,仍然想着自己的心事。算来算去,在队里做活,不如去搞副业,搞副业赚钱多,赚一个落一个。不过,他又害怕批评,怕说落后,怕说自发! 可是再一想,积极不当钱花,进步买不来一根针。当前正是春耕送粪,用车子的紧要时刻,如果现在一软就更难拿捏住他们了,于是心一横,宁可现在不出工,不拿工分,也要和他们斗一斗。刘财心里打定了主意,听听鸡叫三遍,就喊妻子道:"快起来做饭!"

天刚明,刘财往供销社跑去。二三里路,一会儿就到了。他问供销社营业员老赵:"今天有没有货拉?"老赵正急着往城里送鸡蛋,因为这几天春耕大忙,找不下车子,本来打算今天自己去送,看刘财来问,就欢喜地说:"可有,你们的粪送完了吗? 我正发愁哩!"刘财笑道:"送完了! 送完了! 我今天给你拉。"老赵知道他的为人,不放心地又问:"队里知道你来吗?"刘财一怔,怪道:"大忙天,我要没有领过'圣旨',能敢私自出外?"老赵便放心地说:"那好,吃了饭早些来!"刘财忙往回走去。谁知刚踏出门,碰见苦根手提油瓶走来,他打个招呼,也不在意,就回家拉车。

刘财一边吃着早饭,一边思虑着下一步对策,快吃完时,才对张二梅嘱咐道:"谁要来找我,你就揽到自己身上,你一个妇道人家,他们能把你抬起来求雨?"交代了一番对策以后,刘财又说:"今天早上,可叫咱们小喜,去把王祥家小红叫来。我买那头绳、围巾,都是一色两件,原想送给老宽孩子的,老宽未拿去,现在就是他来要也不必给他了,你把这些给小红吧! 王祥是个'狠人',他不怜惜自己,可是,最亲他的小闺女。我就不信维持不住他! 人心都是肉长的,只要对他好,不怕他再找咱的事! 你有空时,也多去找他女人说些好话。你没看看,人家现在是贫农代表,那个姓王的最听他的话。老宽看来是不中用了!"张二梅"哼"了一声,有些不服;刘财瞪她一眼,她赶忙说道:"我知道。"刘财三扒两咽吃完饭,就和儿子拉上架子车,往供销社走去。多亏他家住在村头,倒也没人看见。

刘财走后,张二梅喊过小喜,一抱子搂在怀里,嘱咐道:"去场里玩,把小红喊来,妈给你取糖疙瘩吃!"五六岁的小喜,笑着蹦着跑了,一会儿可把小红拉来了。张二梅一看见小红,就把她抱起来举到头顶,然后嘴唇亲了小红的左边脸蛋,又亲了右边脸蛋,亲得"吱吱"直响,刺得小红发痒难受,便用小手揪住她的头发往外推。她又拉把椅子坐下,给小红梳头。六岁的小红,睁大眼睛,奇怪地看着张二梅。张二梅拿过一根红胶绳,一边给她扎发辫,一边说道:"这是你刘叔给你买的! 他可亲你了,知道你爹没钱,他就给你买了! 小红呀,认给我当干闺女行不行? 我给你做花衣裳,给你买糖吃!"小红天真地说:"俺不,我爹不叫和你们比!"张二梅猛地把扎好的头绳又抹下来,一巴掌推开小红,气道:"你爹!你爹!真是有啥老就有啥小!"小红哇一声哭了。张二梅一想不对,又一把拉过小红,哄道:"看看看,真不耐玩,婶是和你说着玩的,你可哭了!"她给小红擦干眼泪,顺手在桌上捏了一块糖,塞到小红嘴里,然后把头绳绑上,起身找出一件红围巾,围到小红脖子上,轻轻推开,喜道:"哎呀,你看看多漂亮呀!"小红也不知道该怎样才好,就又跟小喜出去玩了。

正在这时,老宽来了。一早起来,他就去粪场倒粪,左等右等不见刘财到来,别的人都担了两趟,还是不见他的影子。想起头天夜里和苦根三击掌的事,止不住心慌意乱。他撂下锄头,一边走一边寻思道:"好个刘财,都说我向着你,你也不给我争争面子!"他踏进大门,就喊道:"刘财,还在屋里磨蹭啥!"张二梅听见叫声,忙披散头发,做出才吵过架的样子,从屋里气呼呼地走出来。老宽看她气色不正,心里跳得像敲鼓,忙问:"刘财呢?"张二梅拉把椅子,扔到老宽面前,自己坐到门槛上,气势汹汹地说道:"叫我一耳光把他爷俩打跑了!"老宽从椅子上跳了下来,"啊"的一声,惊问道:"为啥?"张二梅冷笑着,骂道:"他排场嘛,他积极嘛!他总是想装胖子嘛,我把他脸打肿,可叫他去装胖子!"老宽截住她的话,急问:"到底为啥?"张二梅捏了一把鼻涕,差一点甩到老宽脸上,骂道:"我从娘家拿回钱,他去买成车子,当初我指望挣些钱还人家,如今这指望落了空。一天给的工分,还不够开销车子的修补费。我叫他趁早把车子送去顶账。他硬要积极,说什么队里集体活正忙啦,要为大家着想啦,硬要去送粪!我可不能看着车子拉成光圈,叫我娘家打锅!我不打他,他可当我怕他哩,他还不乖乖送去哩!"老宽听了,像迎头挨了一砖,气得直跺脚,说不出话来。张二梅还在不干不净地骂着:"他算瞎了眼,逞什么能,买什么车!车子在咱队不值钱,可在我娘家那生产队里,不要说亲自拉了,就是把车子借给别人用,自己稳坐不动,一天也给个三二十分! 只要有车子,到哪里还挣不来工分? 他偏偏要死守住这个队,我不和他拼上才怪哩!"老宽听她说个不断头,急得心焦火燎,插嘴道:"他是才走,还是老早就走了?"张二梅回道:"没有十里,也有八里,他走得慢了,怕我撵上和他拼命!"老宽仰天一声长叹,责怪道:"要送,也该给我说一声,你们这不是给人难看吗?"张二梅挖苦道:"说的啥? 反正咱队里不想使唤车子!"老宽摇摇头,无奈地说:"你快去撵他回来,工分嫌低了,咱们再商量!"

老宽忙转身去找铁汉,他只觉着头发蒙,脸发烧,像是大病在身。他脚下似有千斤重,一步一移,恨自己看错了人,恨自己不该和苦根击掌,这可怎么有脸去见人? 他正低头想着心事,忽听有人笑道:"刘财马上就来了吧?"老宽抬头一看,见是刘七笑嘻嘻地站在面前,忙摇摇头,咬牙道:"别提了!"刘七向前走去,说道:"铁汉叫来喊你快去!"老宽怔怔地问:"他知道了?"刘七回道:"知道什么?"老宽也不回答,硬着头皮走去,想着怎样对大家交代。

十

老宽正低着头走,耳里响起一片大笑,抬头看时,已到了粪场。只见男女老少都在担粪,挤得水泄不通。人人看着他发笑。这个说:"咱们不用担了,队长把刘财搬来了!"那个说:"这还用提,要没有这个保险劲,队长能敢和苦根三击掌!"说得老宽抬不起头,恨不得找个地缝钻进去。铁汉撂下担子,大声说道:"都快担粪吧,有啥意见以后再提!"大家这才停止议论,有的撇撇嘴,有的挤挤眼,担起筐子走开。

　　粪场里剩下铁汉和老宽,两个人坐到附近一棵槐树下,铁汉拿出烟袋吸着,问道:"刘财跑了不是?"老宽抬起头,睁大眼,惊奇地问:"你知道了?"铁汉笑笑,说:"我比你知道得还早,已经去人请了,马上就会转来! 你说说,这个问题,怎样解决?"老宽自知理亏,又要给自己找理,吞吞吐吐地说:"这也不怨刘财! 都怪他女人张二梅,嫌工分低,要把车子送走。为了这,刘财还挨了她一耳光。我看,正是春耕大忙,队里虽说要买车子,可是远水不解近渴。队里闲时,人多活少;到忙天,就嫌人少活儿多,车子也真离不开,反正,大家一心一意把生产搞好就行!"铁汉手一摆,问道:"别拐弯抹角! 你直截了当地说,该怎么办?"老宽看看铁汉脸色,见他满脸藏笑,就放开胆子说:"原来的车子工分确实太高,现在又一下子降得太多,反正,也要依靠肩膀头,也要依靠车子,按我说,来个二一添作五,从中砍开,两下都照顾了!"铁汉虎生站起,用烟袋指着他,怒冲冲地问道:"这些天,大家给你提的意见,难道大风都刮跑了? 你这是啥话? 多少工分,是队委会的决议,你当队长的能不执行? 这是社会主义建设,不是旧社会做生意买卖,怎能讨价还价? 你到底坐在哪条板凳上?"老宽双手抱住头,一声不吭,闷了半天,委屈地说:"我还不是为了团结,想把庄稼种好!"铁汉感到这个人脑筋像块石头,固执得叫人生气,但看他也挺难受,就耐着性子好言劝道:"团结,不是拿贫下中农的利益去收买他;你这是哄哄捧捧,根本不是团结! 团结,就得有批评斗争;团结,就得帮他改造思想,和大家一同前进! 昨天夜里,我要发动贫农,你还说他靠得住,这可靠得好!"老宽低低回道:"他还是靠得住的,就怪他女人不是东西,逼着他把车子送给她娘家!"铁汉冷笑道:"你这个脑袋瓜呀,叫我怎么说呢! 这车子难道是真的往她娘家送的? 不一定吧!"老宽重重地说:"真的,真是往她娘家送的!"

这时,南边路上响起一阵争吵声,铁汉站起看去,王祥拉着刘财来了。他喊老宽道:"你去问问,看看他是不是把车子往她娘家送?"

原来,苦根一早就注意着刘财的行动,见他往供销社去,便悄悄地随后跟着,问过供销社老赵,才知道他要出去拉脚。苦根得了这个消息,赶忙回来告诉王祥。一进村,远远地见王祥从一家车户出来,他急忙赶上几步,高兴地叫道:"祥叔,祥叔!队长可输在我的手掌里了!刘财要去供销社拉脚。这一下,可让队长看看,刘财到底是亲钱,还是亲集体?"王祥听了大吃一惊,连忙问苦根:"快说,他现在哪里?"苦根得意地想从根到梢把刘财到供销社拉脚的情况讲给他听,王祥嫌他啰唆,手一挥,说道:"别啰唆了,快说,他人在哪里?"苦根这才笑着说:"他父子俩拉着车子去供销社啦!咱们赢啦,队长输啦!"王祥一听刘财父子俩已走,更急了:"这是啥时候?还在谈你赢他输!快去,把他拉回来!"苦根觉得奇怪,诧异地问道:"你怎么啦?把他叫回来干啥?他回来,队长还会认账?"王祥见苦根啰唆个没完,更不耐烦地说:"快去,快去!队长认账不认账是小事,改造刘财是大事!改造,懂吗?"苦根见王祥这样发急,知道有重要的事,便顺从地转身拔腿就跑,刚跨一步,又被人拉了回来,只听叫道:"不中,不中!王大叔,还是你亲自去!"原来,这人是铁汉。铁汉和王祥一早出来,分别去动员车户出工。他从车户家出来,要找王祥商谈订立出勤制度问题,见王祥正催苦根去追刘财,他觉得不妥,苦根冒冒失失地去叫刘财,准会闹个"武开台",后果反而不好。铁汉说完,转身见苦根满脸不高兴,就对苦根说:"你同我一起找老宽去,咱们一块儿商量商量,订个出勤制度。"

王祥急急忙忙跑到供销社,只见车上已经装好鸡蛋,刘财父子俩正弯腰刹车。他是最见不得这种自私自利的人的。现在见刘财在大忙天私自跑出来拉脚,火气直往上冲,恨不得一步跨到跟前,把他扭回去。一只大手刚刚伸了出去,觉得不对头,马上又缩了回来,只是轻轻地在刘财肩上拍了一下,压住火气叫道:"喂,刘大哥! 你怎么到这里来啦?"刘财扭过头一看是王祥,心一沉,真是冤家路窄,便冷不丁地顶了一句:"咋,兴你来,不兴我来?"说完,仍低着头刹车。王祥见他如此不讲理,反而含笑地说:"刘大哥! 队里是派我来找你回去的!"刘财一听叫他回去,就大惊失色,眼看这趟脚钱就要到手了,却不知从哪里跑来个王祥,要阻止他去拿那已经到手的钱,这不是成心与人作对,便决心设法把王祥轰走。这不仅仅是为了几个脚钱,他清清楚楚地知道,车子工分的降低,也是王祥的主意,便怒冲冲地说:"我不回去! 你们见我得的工分多,眼红;现在见我拉脚挣钱,也眼红,是不? 我不回去!"王祥见他这般无礼,实在气愤,但仍耐着性子解释道:"倒不是我们见你得的工分多,眼红;也不是见你拉脚挣钱,眼红;你只知道自己要过好日子,人家没车户也不能不过日子呀! 你的车子值钱,大家的血汗也不能白流啊! 现在队里正忙着春耕送粪,一刻值千金! 你也是种庄稼的老手了,连这些道理能说不懂? 再说,社员不靠队,不靠集体,还靠啥呢?"刘财一听王祥讲起大道理来,便改变了战术,讽刺地说道:"哟! 从什么时候,咱队又来了一个副队长呀,开口队里,闭口队里! 噢! 我真老糊涂了! 这不是咱队的王组长,王代表,王委员吗? 怪不得左一个'队里',右一个'队里'!"王祥见他如此挖苦,心里的火实在压不住了,便喝道:"你胡说! 贫农代表是大家选的,是领导批准的,不准你随便侮辱! 闲话少说,你得跟我回去!"刘财一看大势不对,王祥今天这样理直气壮,一定是奉王支书的命来叫我的,事闹僵了,终归对自己不利。

心下暗想:能大能小是条龙,不大不小是条虫;便转身满脸赔笑地说:"祥哥,你就高抬贵手,叫我过去这一回吧! 老哥,你何苦哩! 咱们都是好邻居,谁还没有个头痛脑热? 给人方便,自己方便! 就说过去有对不起你的地方,仇也是宜解不宜结。就说那回借罗的事,都是张二梅的过错,我也打过她了,你不要心里还不美气!"

王祥见和他说理,说不通;劝他,开导他,他又不受劝,不受开导。他灵机一动:要他回去,非得堵死他的"后门"不可,便对刘财笑道:"你等等,我一会儿就来,咱一块儿走!"刘财认为他同意了。

王祥急急忙忙跑进供销社屋里,见了老赵把一定得叫刘财回去的道理,向老赵说了一遍,并连连道歉作保证:"您的鸡蛋,我们今夜一定派人送去! 支援城市,咱们社员也挺热心的。"老赵也抱歉地说:"我也被他骗了,听他说是队长允许的,不知你们队里粪还未送完。以农业为基础嘛! 你们队,买架子车的事,我们已向总店去电话催了。总店说工人们正在日夜赶制。现在,用车子的量很大,一时制造、调拨、供应不上,请你们原谅!"王祥说:"还请你们费心! 我们今天夜里派人给你们送鸡蛋,顺便到城里看看。"老赵感激地说道:"不用了,不用了! 我一定让刘财回去就是了!"于是便和王祥一同走了出来。一出来,见刘财父子俩已经走了。

原来,刘财在门口等得发急,便起了疑心。又一想,怪自己太傻,为什么不趁机先走呢? 所以当王祥出来时,他俩已拉着两车鸡蛋往县城里去了。老赵和王祥随即跟在后面紧追。幸好他俩还没有出街。老赵追上刘财,对他说:"鸡蛋不拉了,你回去吧!"刘财这才知道是王祥出的点子,但是,当着老赵又不敢和王祥争吵。因为他不敢得罪老赵,以后还要老赵照顾他哩! 只得乖乖地把鸡蛋运回供销社,跟着王祥回去。

走在路上,刘财一边走,一边骂王祥。王祥不理他,任他怎样骂,他只是劝解他开导他。王祥这套以柔克刚的办法,着实起了一些作用。走到快进村时,刘财又想起孬点子来了,便把车子一放,仰八叉,四脚朝天,平躺在车板上,耍赖道:"我不走了,我要歇息哩!看谁能牵着我走!"王祥听他这话,想起和铁汉的谈话不觉笑了起来。刘财的儿子,学着他爹的样子,也躺了下去。王祥拉起这个,那个躺下;拉起那个,这个又躺下;又气又急,没有办法。正在这时,苦根箭一般跑来,把刘财父子看了又看,对王祥使个鬼脸,说:"哟,刘大叔病了,让他们好好躺着吧! 咱们也学学车子是怎样拉的!"他们拉上快步跑着,刘财想想不对,这耍无赖更丢人,便跳下来夺过车子,装作天不怕地不怕的样子,气呼呼地拉着车子走去。心想:回来就回来,回来我不拉粪,看你能牵着我拉不成!

铁汉和老宽正在谈话,王祥伴着刘财走到身边。刘财把车子一停,肩带一撩,对铁汉质问道:"这还论理不论?"铁汉一听火了,自己有错不承认,还气势汹汹逼人,便问道:"谁不论理?"刘财装腔作势地说:"家有千口,主事一人,总不能十八口乱当家!"他指指老宽,又指指王祥,说道:"我给队长请过假,王祥凭啥拉住我不放?"老宽正在没办法下台,他又砸了一砖,气得从地上一跳而起,冲向刘财,涨红着脸,质问道:"刘财,你说话还有点良心没有? 我啥时准过你的假? 你看我为你受的枷还小!"刘财不慌不忙阴森森地问道:"我昨天夜里对你怎么讲?"老宽说:"你讲,明天没事,一定来送粪!"刘财冷笑一声,又问:"你怎么答应的?"老宽道:"我说还有啥不行! 我啥时准你假了?"刘财有理地回道:"这就对了! 我讲没事来送粪,可没讲有事也来送粪。"老宽被刘财气得嘴脸发青,无话可答。铁汉抱不平地说道:"老宽没你能,不懂得你这番话。你只讲讲,你今天有啥大事?"王祥代他回道:"他有啥大事?去赚钱!我跑到供销社,货已装好了!"苦根插嘴道:"人家一早就去找老赵,说是队长派他去拉货的!"老宽听了,又气又恼,咬碎了牙,恨道:"你们一家人,为啥没有一句实话?你婆娘说是她把你打跑了,你又说是我派你去搞副业的,到底搞的啥鬼?安的啥心?"刘财见底子被揭出来,低头不语。苦根回老宽道:"啥鬼?资本主义鬼!啥心?钱心!"

这时候,担粪的人都转回来,大家围住看热闹,说些带刺的话。刘财蹲下去抱住头,不敢仰脸看一下。铁汉忙止住大家,说道:"都别挖苦,只要他能改正,还是个好社员。"苦根叫道:"现在咱们全队的人都在这里,我提个意见:咱队得订个出勤制度,从今往后,除在放假日,可以自己搞点副业外,规定出勤的日子,要搞副业由队里统一安排。大忙时,任何人不能随便不上工。"刘七应道:"这好,这好!大忙时,除了病假外,谁要随便不上工,就算违反队规!"老宽说:"大家要同意的话,就举个手,算是队里制度,谁也不能违犯!"大家听了都举起手,一致通过,纷纷说道:"早就该这样办,不能老是有人管出力,有人管吃馍!"刘财看看人多势众,也不敢胡缠,只好去送粪,一路想道:"我看王铁汉总不能在这里安家落户,只要我有车子在,到了忙天,不怕没人找上门说好话。"

吃过早饭,送粪的人比早上还多,老宽惊喜地笑道:"从前到忙天,下请帖有的还不来,今天刮的啥风?"人们回他道:"啥风?社会主义风!从前是人家吃肉,叫我们来啃骨头……"老宽红着脸打岔道:"还翻那老账干啥?"王祥把粪筐装得满满的,眉开眼笑地叫道:"老少爷儿们,谁敢和咱比比?"人们齐声回道:"比就比,谁还怯谁不成!"人们叫着笑着,一路飞跑。刘财听着阵阵笑声,刺得心疼,大家越喜欢他越生气,趁没人注意的空子,弯腰把气门芯拔一拔,车子胎马上扁了,他高声叫苦道:"他妈的,人倒霉了,喝凉水也塞牙,车子打炮了,这一下又得花好些钱!"大家都不理他。刘财见老宽走了过来,叫苦声提得更高了。老宽走近去看了看,狠狠地向刘财瞪了几眼,什么也没说,和社员一起去担粪了。刘财见没人理睬他,觉得无趣,只得拉着车子回家。一会儿,刘财担着一副粪筐来了,大家知道他是故意玩奸,想拿捏人,所以都很生气。有人便要和他赛赛,要看谁担得多跑得快。虽说他也长有肩膀,只因有了车子,长期没担过东西,便没有贫农的肩膀头硬实。没有几趟,肩上就像火燎的一般烧疼,压得浑身是汗,还落在别人后边。到了下午,他厚着脸皮来向老宽请假,弯着腰,捂着胸,皱着眉,哼哼呀呀地说是病了。老宽不相信,不预备准假,恰好铁汉过来,就去问铁汉,铁汉利亮地说:"准假!病能不叫害?"

刘财回到家里,稳坐钓鱼台,一心等着人们来给他说好话。

十一

下晌后,王祥把他和供销社老赵谈的话向铁汉和老宽说了一遍,老宽积极支持王祥的意见,随即派了几个贫下中农社员给供销社送鸡蛋,并一再嘱咐他们:"你们一路要小心,天快黑了,夜里赶不回来,就明天回来! 每人都把棉袄带上,天冷了,当心着了凉! 祥哥,请你领着去吧!"

王祥等人连夜把鸡蛋送到城里,供销社的经理热情地接待他们,并向附近的农具厂打电话,给他们联系架子车的事。工人们连夜给他们加工,终于赶制了四辆,但是光有轮子,没有车身。王祥说就这样带回去吧,刘七是个木工,会做架子。

　　吃过午饭,送鸡蛋的人回来了。四辆架子车轮子往场里一放,引来了男女老少,挤得里三层外三层,都争着摸摸看看,那个喜欢劲就像看花轿。这时候,老宽又喜又急,拍着巴掌说:"还没有木料做架子呢,这又是难题!"王祥回身看了一圈,瞧见了刘七,叫道:"老七,你是二木匠,去把我家门前那棵楸树放了,足够做架子!"刘七应道:"别开玩笑了,你留着做寿木的……"王祥拍拍腰板,大声笑道:"我还要再活五十年哩!怎么,你巴着我用它不成?"刘七知道他说一不二,笑了笑,回家拿上斧头锯子,跑到王家门口。这棵楸树,他平常见过千百遍,只是没有注意过。这时,他仔细看看,长得端端正正,真是个好材料。走上去,伸开指头量量粗细,心里软了,自语道:"再有几年,就是一副上等寿木!"他下不去手,又回到场里,对王祥讲道:"树正长着,多好的料子啊,放了大材小用,怪可惜人!"王祥正在擦车子,抬起头笑道:"去放你的吧!好料子用到好事上,有啥可惜!"刘七看他说得坚决,又拐回去,把那树从根到梢估量个够,狠狠心,眼一闭,咬着牙,扬起斧头砍下去。睁眼看时,斧头印上噗噜噜滴下了树汁。当木匠的人,是最心疼树木了,他的手再也扬不上去了,站起来摇摇头,只好再去到场里,对王祥说道:"还是等一半天去山里找点杂木吧。树一流汁水,我就像看见它哭了!"王祥抬头把他看个够,站起来夺过斧头,大步往家走去,一边说道:"怎些婆婆妈妈的!"他迈开大步,走到树下,扬起斧头,"刷刷刷"一阵响,把树皮都剥了下来,然后把斧头一撂,说道:"这下你可放了吧!"说完又昂起头大步走去。刘七看看树皮剥光,不放它也活不成了,这才唉叹一声,蹲了下去,拉开锯子,把树放倒。队里作了价,付给了王祥现钱。

　　人多手快,拉锯的,炕火的,砍楔的,打眼的,分头干起来。第二天吃过早饭,架子已经做好,又把车子装上,场里响起一阵欢叫:"队里有车子了！队里有车子了！"队委会研究了车子的使用保管问题，决定由专人负责。

这时，铁汉也由区里回来，他看看车子，又对拉车的社员嘱咐道："我去看刘财的病。停个吃一顿饭的工夫，你们到他家门口，拉他那牛圈出的粪！"大家笑道："好！也让他看看，没有他那个白萝卜，一样办酒席！"铁汉就去看望刘财的病情。

刘财这两天没上工，有人说他是装病，这话也不全对，他真是有点病。头一个病是肩膀头疼，这是那天上午担粪压的。第二个病是心口疼。他有两辆车子，队里从种到收，重活他都不干，只是拉拉粪土、拉拉庄稼，干上一两个月活，挣的工分，就顶住别人不歇气干一年的工分。用他的话说：有福之人不用忙，没福之人忙断肠。他不忙，挣的工分就比忙的人多几倍。他的空闲时间最多，开的小片荒地没有五十块，也有三十块；几个月还能去拉上几趟脚。真是要粮有粮，要钱有钱，算得上王家坪的活财神。如今车子工分一降低，出工少了没工分，出工多了弄不来活便钱。原来那个发家计划，像是一场好梦，被铁汉王祥们惊跑了。想起那个梦，就止不住心疼。

刘财把大门关着，躺在院里睡椅上生闷气。他的女人在一旁骂街，骂了铁汉骂王祥，骂了王祥又骂刘财。她是个见了工分就眼红的人，这两天刘财没出工，她恨得连饭都不想叫他吃，并恶声恶气地吵道："孩子哩，你打发他去走舅家；你哩，躺在那里装死！生气能值几个工分？走到哪一步说哪一步话。人家诚心摆治咱，你有啥法？管他咋，去拉一天现落二十分，还要比别些人多十分。你气，你气，等你气完了，人家也把粪送完了。张王二家的车也出工了，你再不上工，我看你可上哪里挣分！"刘财被吵得气上加气，把椅子一捶，骂道："你懂个屁，越到麦口，粮食越贵！"他这话是个比喻，指的是离节令越近,队里活也就越急,那时候,就会拿出高工分来请他。他的女人撇嘴抽鼻地回道:"我懂得个屁?你懂得!当初,你要听我的话,跟他舅去做生意,不比拉这车子强。你看人家出去一趟,就大把票子大把票子往回挣。那时,你说拉车子不犯法,稳当。稳当个屁!"刘财说:"我要听你的话,早倾家荡产了。现在税务局正在罚他的款呢!"他女人一听又哇的一声哭了,她央求刘财说:"你得赶紧筹钱救救他!"刘财愤愤地说:"我还自身难保呢,救他个屁!"他女人又拍着大腿哭了起来:"天呀,这是个什么世道呀!简直没有咱走的路了啊!"

这时候,外边突然响起重重的脚步声,有人喊着走来:"刘大哥的病怎样了?"话没落,两扇大门被推开。刘财一看是铁汉,心里哗地一下扯了两道闪电,一个是害怕,怕铁汉来批评;一个是惊喜,或许铁汉是来说好话请他拉粪的。他哼哈着,装出一副费劲的样子坐起来,一边说:"哎呀,王支书,你可真是太关心群众疾苦了!"一边又叫张二梅搬来椅子。铁汉坐到他身边,伸手摸摸他的额头,说道:"哎呀,就是有点烧,人一烧就会发迷!"刘财难为情地结巴道:"啊,啊,你看,人倒霉不走时运!早不病,晚不病,唉,不知人家在怎么说我的闲话哩!"铁汉笑道:"这你放心,我已经向大家解释过了。我说,刘大哥是明白人,一点就透,这个理还是能想通的。你想嘛,就拿前几天比吧。比劳动,修堰的活儿比拉车子重得多;比重要,堰要不修,连地都能冲跑,一个粮食子都不会见;比快慢,你一天拉八十担粪,人家一天修补三道堰,都不算慢;比工具,你是车子,车子坏了还能买,人家是用手,手是无价宝,砸伤了有钱难买;比报酬,按新规定,你一天还比别人多一倍,除下折旧损耗费外,还有点奖励,吃亏占便宜,你还能想不开!"刘财听得低下头去,心里想道:"这人抠得就是厉害!"他挤出笑容,佩服地说:"对,对,咱俩想到一根弦上了!"铁汉哈哈笑道:"我知道你也是这样想,我就对大家说你是个明白人!"刘财低头不语,觉着说得再好听就是不当工分,心里老不自在,只是嘿嘿哈哈笑着,也不表态。

外边突然响起一片欢叫声:"车来了! 车来了!"苦根带头,接着就是四辆新车子,扎到了刘财家门口。铁汉从院里向外指指,说道:"队里新买了四辆拉车!"刘财看了一眼,脸上起了七十二种变化,"啊啊"着跌坐在睡椅上。铁汉又从口袋里掏出一个纸包,放到刘财巴掌里,说:"王祥叫我把这个小包捎给你,他说谢谢你,他家过得很好,请你少费心!"铁汉笑笑,大步大步走出去。刘财竟然忘了客套,忘了送送铁汉,他的手颤抖着,打开那个小纸包,露出了一根红胶绳,还有一方花围巾。他失神地抱住了头,呆坐在那里,像一个木头桩子似的动也不动。

停了好长一阵,他方如大梦初醒,突然大声叫道:"快把气筒给我拿来!"张二梅从屋里走出来,奇怪地问道:"你使性不去送粪,要气筒干啥?"刘财往膝盖上啪地拍了一巴掌,趁劲站起,吼天吼地地骂道:"放屁! 谁说我使性不去送粪? 我这几天是病了,你不知道?"张二梅吓得退回屋里,拿出气筒,帮他打气。

刘财又出工了。老宽还担心他会再找麻烦,谁知他顺顺当当,跟着队里四辆车子,人家咋办他咋办,再也没提出什么条件。

十二

转眼到了收麦季节,庄稼打头很好,比往年增产不少。交罢公粮,卖过余粮,队里进行分配。因为贫下中农们挣的工分比往年多,分的粮食和钱也比往年多得多。王祥进城赶集，买回了筛面罗和各种农具，妻子胡巧莲喜得合不住嘴，说道："这以后不用求告人了，也没人拿捏咱了！我再也不吵你了！"家家户户都添置了农具，都很欢喜。

王家坪笑声不断，人有精神，庄稼排场，怎能不喜？不过，还有两个人成天闷闷不乐。一个是刘财，他虽说分的东西不比别人少，可是肚里有块病，总觉着王祥和他过不去，是故意找他差错，平常见了王祥，头一摆，装着没有看见，不和王祥搭腔说话。还有一个是老宽，他觉着自己过去工作上有错误，对不起大家。铁汉给他俩谈了几次话，只是这些疙瘩老解不开。

没隔几天，按照社章规定，队里要改选干部。老宽暗自想道："我这队长是垮定了！"这天早上，在队屋开会选举，人都到齐了，老宽才一步一松走去。铁汉把他叫到一边，鼓励他好好检讨，说道："群众的心是厚诚的，只要有错能改，大家不会外待你的！"他们走进会场，大家都拍巴掌。老宽站在当中报告一年来的生产和工作。起初，他有点胆怯心虚，觉着羞愧难当，脸像一块红布，说话结结巴巴，到后来激动了，眼红了，话像洪水一般滔滔不绝地倾泻着："这都怨我，我不靠贫下中农搞好集体经济，却去靠个别自发户，越靠得紧，大家分得越少，自发户的胃口也越吃越大！弄得差一点走到邪路上。现在我算看透了，只有队里富了，贫下中农富了，贫下中农的腰杆直起来了，那些自发户才能老老实实跟着队里走！我错了，大家批评我吧，撤我的职吧！"会场里起初是一片寂静，接着又是一片掌声。苦根在乱纷纷的人声中说道："人嘛，谁能没个错，只要能改就行！"

接着选举，王祥当选成队长，老宽被选成副队长。这真是出乎老宽意料,想不到大家还这样信任他! 他又站起来,憋了一肚子话,却说不出口,一个劲讲道:"以后看吧,以后看吧! 大家对我这样好,我不会再对不起大家!"大家拍巴掌欢迎王祥讲几句话。王祥心里像涨了大水,浪头一个接一个,激动地说:"大家选住我,我什么也不会,只有一把力气! 我别的也没啥本事,大家把心交给我,我一定也把自己的心交给大家! 我一定和老宽团结好,千斤担子众人担,扭成一股劲,把生产搞好。"说到这里,他又转过身来,对着刘财说道:"刘大哥种庄稼有经验,有技术,我希望他和大家一条心! 只有集体富了,咱每个社员才能过好日子!"王祥说完话,大家使劲地拍了一阵巴掌。刘财的头低了一早上,听王祥这么一讲,心里也发热了,抬头看去,王祥憨笑着站在当中,他的心胸那么广阔;他的身影,那么高大。自己是多么矮小! 铁汉又讲了几句鼓劲的话,大家便欢欢乐乐散了!

王家坪一天一天地变了样:人变得更快活了,庄稼变得更绿了,牛羊变得更肥壮了!

河南人民出版社 1964 年 3 月出版